LINDSEY KELK

Einmal Happy ohne End, bitte!

Buch

Rachel Summers liebt To-do-Listen. Freund, Wohnung, toller Beruf – erledigt. Nicht auf der Liste: vom Freund verlassen werden … Doch bevor Rachel in Selbstmitleid versinken kann, tauchen ihre beiden besten Freunde, Emelie und Matthew, mit einer Rettungsaktion der besonderen Art bei ihr auf: der ultimativen To-do-Liste für frischgebackene Single-Mädels. Darauf stehen zehn Dinge, die sie in den nächsten beiden Wochen erledigen muss, um sich von ihrem Liebeskummer abzulenken. Wie wäre es zum Beispiel mit einer radikalen Typveränderung? Außerdem wollte Rachel sowieso endlich mal wieder mehr Sport machen – warum nicht einen Yogakurs bei diesem süßen, extrem gelenkigen Yogalehrer? Und sollte nicht jeder mindestens einmal im Leben etwas Verbotenes tun, vielleicht sogar das Gesetz brechen?

Für Rachel brechen zwei extrem abenteuerliche Wochen an, denn Emelie und Matthew sind fest entschlossen, ihr zu beweisen, dass das Glück irgendwo da draußen wartet, wenn man nur den Mut aufbringt, auch mal ein paar Risiken einzugehen …

Autorin

Lindsey Kelk begann mit dem Schreiben, als sie sechs Jahre alt war und alle Bücher in ihrem Kinderzimmer durchgelesen hatte. Tragischerweise wurde ihr erster Roman nie veröffentlicht. So entschied sie sich 22 Jahre später, Lektorin für Kinderbücher zu werden, damit niemanden ein ähnlich schweres Schicksal trifft. Lindsey Kelk lebt in London und liebt New York und das Kaufen von Schuhen.

Von Lindsey Kelk außerdem bei Blanvalet erschienen:

Verliebt, verlobt, Versace (37398) · Mit Chic, Charme und Chanel (37450) · Gucci, Glamour und Champagner (38017)

LINDSEY KELK

EINMAL HAPPY OHNE END, BITTE!

Roman

Aus dem Englischen von Uta Hege

blanvalet

Die Originalausgabe erschien 2011
unter dem Titel *The Single Girl's To-Do List*
bei HarperCollins, London

FSC
www.fsc.org
MIX
Papier aus verantwortungsvollen Quellen
FSC® C014496

Verlagsgruppe Random House FSC® N001967
Das FSC®-zertifizierte Papier *Holmen Book Cream*
für dieses Buch liefert Holmen Paper, Hallstavik, Schweden.

1. Auflage
Deutsche Erstausgabe August 2014
bei Blanvalet, einem Unternehmen der
Verlagsgruppe Random House GmbH, München

Umschlaggestaltung: www.buerosued.de
Umschlagmotiv: Plainpicture/Maria Dorner
Redaktion: Christina Riemann
Herstellung: sam
Satz: DTP Service Apel, Hannover
Druck und Bindung: GGP Media GmbH, Pößneck
Printed in Germany
ISBN: 978-3-442-38018-3

www.blanvalet.de

Allen Singlefrauen, die Stunden ihres Lebens, ihre Leidenschaft und jede Menge Lipgloss für die Erforschung der ultimativen Checkliste gegeben haben, insbesondere Rachael Wright, Sarah Donovan, Sarah Benton, Emma Ingram und Alicia Romano.

Die von euch gebrachten Opfer werden nicht vergebens sein.

Vier Wochen zuvor …

Einen so seltsamen Sonntag hatte ich bisher nicht oft erlebt.

Mein Freund Simon war schon lange aufgestanden und zum Fußball abgehauen, als ich mich aus unserem Bett aufs Sofa rollte und mit einem dreistündigen Marathon einer meiner Lieblingsserien, *Friends*, begann. Es war Ende Juli, doch das Wetter war echt mies, und abgesehen von einer Katze, die mit missbilligender Miene draußen vor dem Fenster hockte, und dem periodisch auftretenden Drücken meiner Blase zwang mich nichts und niemand aufzustehen. Für gewöhnlich war ich sonntags immer megamotiviert. Denn es kam nicht allzu häufig vor, dass ich eine geregelte Arbeitswoche hatte, und so blieb mir oft nur sonntags Zeit, um irgendwas zu tun. Doch an diesem Sonntag war das einzig Anstrengende, was ich machte, meinem schwulen Kumpel Matthew jede Viertelstunde eine SMS zu schicken, in der immer nur »Wie stehen die Aktien?« stand.

Es war mir egal, dass eigentlich eher Teenies derart blöde Streiche spielten. Weil ich es auch jetzt noch witzig fand.

Ich lungerte also in meiner abgewetzten Juicy-Couture-Jogginghose, einem Pokémon-T-Shirt, in dem ich vor

Jahren halb ironisch an der Uni aufgelaufen war, und fettigen, zu einem Knoten aufgesteckten Haaren auf der Couch, als Simon gegen sechzehn Uhr nach Hause kam, rollte mich gemächlich auf den Rücken und stieß ein verführerisches Knurren aus. Roaarrrh. Rachel-die-Sexbombe-Summers in Aktion.

Mir war klar, dass irgendwas nicht stimmte, als mich Si nicht einfach flüchtig auf die Wange küsste und im Bad verschwand, um seine schmutzigen Klamotten auszuziehen, sondern sich zu mir aufs Sofa setzte, seine Ellenbogen auf die Knie stützte und laut atmend vor sich hin starrte.

Ich wartete ein paar Minuten ab, stellte Monica dann stumm und richtete mich auf.

»Alles in Ordnung?«, fragte ich.

»Willst du vielleicht ins Kino gehen?« Er starrte immer noch auf den Kamin. Oder eher auf den Fußboden davor. Als könnte er dort irgendetwas sehen, was mir verborgen blieb.

»Ich bin ziemlich k.o.«

Verflixt. Ich war nicht *faul*. Schließlich hatte ich mich letzte Woche jeden Tag vierzehn Stunden abgerackert. Aber offenbar war schlechten Menschen und eben auch Maskenbildnerinnen Ruhe einfach nicht gegönnt. »Warum holen wir uns nicht einfach etwas vom Chinesen und gucken eine DVD?«

Er antwortete mir erst mal nicht. Mein Finger hing über der Volume-Taste der Fernbedienung, während ich auf seine Zustimmung oder zumindest auf den Gegenvorschlag wartete, statt was vom Chinesen was vom Inder holen zu gehen.

Schließlich holte er tief Luft. »Okay. Ich habe nachgedacht.« Was auch immer er vor dem Kamin sah, hielt ihn weiterhin in seinem Bann. »Wir sollten eine Auszeit nehmen.«

»Klar. Wir fahren doch im September nach Kroatien.« Ich starrte ihn verwundert an und streckte meine Beine über seinen Beinen aus.

»Ja.« Er dehnte dieses eine Wort so aus, dass es sich fast über den gesamten Werbespot erstreckte, der vor meinen Augen in der Glotze lief. »Nein. Ich meine … von … der Sache … zwischen uns.«

Ich lenkte meinen Blick vom Fernseher zurück auf ihn.

»Wir sollen eine Auszeit nehmen?«

Was auch immer auf dem leeren Fleck vor dem Kamin Faszinierendes zu sehen war, es legte jetzt anscheinend sogar noch ein flottes Tänzchen hin. Denn ich konnte mich beim besten Willen nicht daran erinnern, dass er je zuvor so konzentriert auf irgendwas gewesen war, was nicht an einer X-Box hing.

»Willst du etwa Schluss machen?« Ich zog meine Beine ruckartig von seinen Knien und nahm eine halb fötale Haltung ein. Warum nur hatte ich mich nach dem Aufstehen nicht wenigstens gekämmt?

»Nein.« Simon schüttelte den Kopf. »Das ist es nicht. Ich brauche einfach eine Pause.«

»Klingt, als ob du mir den Laufpass gibst.« Ich bemühte mich verzweifelt, nicht in Tränen auszubrechen. Denn ich sah bereits entsetzlich aus, und wenn ich jetzt noch heulte, half mir das sicher nicht. Doch es half mir auch nicht, dass ich plötzlich eine hohe, schrille Stimme hatte, im Vergleich zu der wahrscheinlich sogar ein Delfin wie ein Kettenraucher klang. »Also, was hat das alles zu bedeuten?«

»Reg dich ab. Ich muss nur ein paar Dinge für mich

klären. Deshalb mache ich noch längst nicht mit dir Schluss.«

»Hast du eine andere?«

O mein Gott, er hatte eine andere. Wir waren seit fünf Jahren zusammen, bedienten gemeinsam den Kredit nicht nur für einen gebrauchten, klapprigen Renault Mégane, sondern auch für diese Wohnung, und jetzt hatte er urplötzlich eine andere.

»Nein.« Er brüllte fast. »Natürlich habe ich keine andere.«

Na gut.

»Ist es, weil ich nicht ins Kino will?« Ich schlang mir die Arme um die Knie.

»Willst du denn jetzt ins Kino gehen?«

Ich zuckte mit den Schultern, da ich keine Ahnung hatte, was ich anderes hätte machen sollen. »Vielleicht.«

Und damit war das Thema abgehakt. Am Ende sahen wir uns den neuesten *Fluch der Karibik* an, aber ehrlich gesagt, fiel es mir etwas schwer, mich auf den Film zu konzentrieren. Und wenn einen noch nicht mal Johnny Depp ablenken kann, wer bitte dann?

Als wir wieder nach Hause kamen, legte ich mich in die Badewanne, während Simon seine Sachen in das leere Gästezimmer trug.

Und als ich am nächsten Abend von der Arbeit kam, hatte er eine Nachricht auf mein Bett gelegt, in der er schrieb, er bräuchte etwas Zeit zum Nachdenken und zöge deshalb erst einmal zu einem Freund.

Ein paar Tage später aber kam er wieder heim. Da fuhr ich gerade für fünf Tage zum Arbeiten nach Manchester.

Und als ich wieder nach Hause kam, war er selbst geschäftlich unterwegs.

Danach brachte ich knapp eine Woche mit der Pflege meiner Mutter zu, die durch einen Beinbruch an ihr Bett gefesselt war, und direkt danach war er mit einem Junggesellenabschied auf Tour.

Und dann kam er eines Abends einfach wortlos nicht mehr heim.

Aber zwischen uns war es nicht aus. Wir legten einfach eine kurze Pause ein.

Eine Pause, die inzwischen schon vier Wochen dauerte.

Einfach eine Pause, und trotzdem war es zwischen uns noch lange nicht vorbei …

Vier Wochen später …

1

»Wenn dir jemand vor zehn Jahren gesagt hätte, dass du mal so was machen würdest, hättest du das sicher nicht geglaubt, oder?«, fragte Anastasia. Dann rückte sie den Träger ihres Spitzen-BHs zurecht und türmte ihre künstlich blonde Lockenpracht auf ihrem Schädel auf, bevor sie sie weich um ihre schlanken Schultern fallen ließ. »Ich meine, schließlich ist die Arbeit in der Modelbranche nichts, was einem der Berufsberater unbedingt empfiehlt.«

Da ich schon seit einer Viertelstunde auf dem Boden knien musste, hob ich kurz den Kopf und durchbohrte die naive Blondine mit dem mörderischsten Blick, zu dem ich in der Lage war.

»Wahrscheinlich nicht.« Ich rutschte, soweit der Schmerz in meinen Kniescheiben es zuließ, hinter ihrem Allerwertesten herum. »Aber dass ich mal den Großteil meines Lebens damit verbringen würde, Knutschflecke an deinem Hintern abzudecken, hätte ich, ehrlich gesagt, noch weniger geglaubt.«

»Tut mir leid.« Jetzt rückte sie den Inhalt ihres winzigen BHs zurecht, und ich kämpfte gegen das Verlangen, auf den Pobacken der blöden Tusse zu vermerken, dass sie eine Schlampe war. Und zwar mit leuchtend rotem Lippenstift. »Dieser neue Typ ist ein bisschen pervers. Ich glaube, ich versuche es mal mit nur einem Freund. Ich meine, das ist wahrscheinlich sterbenslangweilig, aber ich habe überlegt, ob ich es nicht mal mit jemandem probieren soll, der nicht auf dieses ganze schräge Zeug abfährt. Gott sei Dank war dieses Shooting nicht schon letzte Woche – denn die Schürfwunden an meinen Handgelenken hättest du nie überdeckt gekriegt …«

Ich atmete laut und vernehmlich aus und verschloss meine Ohren für Anastasias zu gleichen Teilen amerikanischen, osteuropäischen und Nord-Londoner Akzent, und konzentrierte mich erneut auf meinen Job. Wenn es etwas gab, das ich perfekt beherrschte, war es, mich auf meinen Job zu konzentrieren, ganz egal, was auch geschah. Weil ich eine exzellente Maskenbildnerin und obendrein die Königin der freiwilligen, temporären Taubheit war. Aufträge wie dieser klangen immer furchtbar aufregend und obermegacool, in Wahrheit allerdings bestand mein Job vor allem darin, mich bereits vor Tagesanbruch aus dem Bett zu hieven und dann stundenlang herumzustehen und jemand anderen so herzurichten, dass er wunderschön aussah, um zu vorgerückter Stunde wieder heim ins Bett zu gehen. Wirklich glamourös.

Wobei wenigstens der Sport in meiner Arbeit inbegriffen war. Meine Ausrüstung wog nämlich über dreißig Pfund, und sie bis an meinen Arbeitsplatz und abends wieder heimzuschleppen, hatte meine wöchentlichen Laufrunden ersetzt. Außerdem traf man gelegentlich berühmte Leute, auch wenn das gewöhnlich hieß, dass man auch bei ihnen Spuren derart zweifelhafter sexueller Heldentaten überdecken musste, dass man nie mehr eine Seifenoper gucken konnte, ohne gleich daran zu denken, dass wahrscheinlich jeder Star, den man dort sah, ein perverser Fiesling war. Deshalb war es ein Glück, dass ich meistens von früh bis spät in einem Studio im alles andere als aufregenden Parsons Green mit dem Einpudern diverser Körperteile langweiliger Nicht-Berühmtheiten beschäftigt war.

An Tagen wie diesem hatte ich ganz sicher keine Lust mehr, nach der Arbeit heimzufahren, mir falsche Wimpern anzukleben und mich aufzubrezeln, um den Abend mit denselben zwar berühmten, aber widerlichen Leuten zu verbringen, denen ich bereits den ganzen Tag lang ausgesetzt gewesen war. Lieber fuhr ich heim, nahm ein ausgedehntes Bad und fiel dann ohnmächtig ins Bett, während mein Freund Simon vor der Glotze saß.

Ich könnte nie mit einem Koch zusammen sein, ging es mir durch den Kopf, während ich den letzten Rest Grundierung mit dem Schwamm auf Anastasias Hinterteil auftrug. Denn selbst wenn er fünf Sterne hätte, würde er mir kein verführerisches Sieben-Gänge-Menü mehr kochen wollen, wenn er abends von der Arbeit käme. Nein, wahrscheinlich hätte ich noch Glück, bekäme ich dann wenigstens noch einen Spaghetti-Toast von ihm serviert. Obwohl es, wie ich traurig dachte, nicht einmal mehr das bei mir zu Hause gab. Es war Freitag, deshalb war morgen Samstag, und am Samstag kaufe ich immer die Lebensmittel für die ganze Woche ein. Ein Wochenende fühlte sich für mich erst richtig wie ein Wochenende an, wenn mein Blutdruck während eines Einkaufsmarathons bei Sainsbury's gefährlich angestiegen war. Was unglücklicherweise hieß, dass das freitägliche Abendbrot aus den zweifelhaften Resten eines kalorienarmen Fertiggerichts von meiner letzten Diät oder einer Pizza aus dem Tiefkühlfach bestand. Weshalb es bei mir immer einen kleinen Vorrat solcher Nahrungsmittel gab.

»Du bist so still, Raquel«, stellte Ana mit lauter Stimme fest und verrenkte sich den Rücken, um sich meine Arbeit anzusehen. »Was denkst du gerade?«

»Nichts«, log ich, trat einen Schritt zurück und sah mir ihren jetzt perfekten, pfirsichweichen Hintern an. Nirgends war noch eine Spur von ihren sexuellen Großtaten zu sehen; was bestimmt auch besser war, weil es schließlich bei dem Shooting um Großpackungen mit schlichten Baumwollunterhosen ging. Und wahrscheinlich würde meine Mutter keinen Fünferpack mit Schlüpfern kaufen, die Möchtegern-Rockstars dazu animierten, einem möglichst fest ins Hinterteil zu beißen. Oder vielleicht doch. Schließlich waren sie und Dad seit zwanzig Jahren geschieden, und deswegen hatte ewig niemand mehr die Festung ihrer Weiblichkeit gestürmt. Hoffte ich. Igittigitt.

»Fertig.« Mit einem letzten Flackern meiner Puderbürste scheuchte ich sie los. »An die Arbeit.«

Ana klatschte in die Hände und begab sich gut gelaunt an ihren Lieblingsort. Vor eine Kamera. Hinter der in diesem Fall Fotograf Dan aufmunternde Worte rief und wie ein Wilder knipste, während Ana mit derselben Energie wie der, der sie die Bisswunden an ihrem Hinterteil verdankte, zahlreiche verschiedene Posen in dem falschen Schlafzimmer einnahm. Echt beeindruckend. Ich klemmte mir mein langes blondes Haar hinter die Ohren und bemühte mich, nicht eifersüchtig auf das Weib zu sein. Aber schließlich war es bereits eine ganze Weile her, dass ich selbst in einem Schlafzimmer herumgeschleudert worden war.

Ich schüttelte den Kopf, als ich sie vor der Kulisse tollen sah. Was hieß »Auszeit« überhaupt? Fernsehen und Kino, die zwei Ratgeber im Leben eines Menschen, denen ich am meisten traute, hatten mich gelehrt, dass eine Auszeit niemals etwas wirklich Positives war. Ich konnte nur hoffen, dass sich Simon nicht von einer Trittbrettfahrerin umgarnen ließ. Schließlich hatten wir eine derart geordnete Beziehung, dass all unsere Freundinnen und Freunde neidisch auf uns waren. Wir waren seit fünf Jahren ein Paar, hatten eine Hypothek auf eine eigene Wohnung aufgenommen, einen eigenen Wagen, riefen uns auch öffentlich mit nervtötenden Kosenamen, und ich war mir nicht nur sicher, dass es nicht mehr lange dauern würde, bis der Heiratsantrag käme, sondern hatte sogar bereits ein paar Hochzeitsmagazine unter meinen Arbeitsutensilien versteckt – verschämt wie andere Leute Pornohefte verbargen. Und vor allem taten wir es immer noch relativ häufig, was, soweit ich wusste, nach fünf Jahren eine echte Leistung war. Okay, ich zog vielleicht nicht jeden Abend eine heiße Show vor meinem Liebsten ab. (Denn nach vierzehn Stunden auf den Beinen, während derer man versucht hat, irgendeinen »Star«, der gerade aus der neuesten Tanzshow rausgeflogen ist, so aussehen zu lassen, als hätte er die letzten achtundvierzig Stunden nicht an einem Tresen, sondern irgendwo auf einer Schönheitsfarm verbracht, zieht man nur noch ungern Strumpfhalter und Seidenstrümpfe an.) Aber trotzdem lief es gut. Lief es immer noch echt gut. Oder wenigstens aus meiner Sicht. Aber vielleicht hatte ich auch die Erwartungen an unser Sexualleben zurückgeschraubt, ohne dass es mir bisher bewusst gewesen war.

»Make-up?«, schrie Dan, der Fotograf, quer über das Set.

Ich nickte gehorsam mit dem Kopf, trottete zu Ana, schwenkte meine Puderbürste und bemühte mich, sein

Seufzen und das missbilligende Schnalzen seiner Zunge einfach nicht zu hören. Dan und ich hatten schon häufiger zusammen Unterwäsche-Shootings durchgezogen, und obwohl der Kerl eine totale Nervensäge war, war ich sein »künstlerisches« Naturell inzwischen hinlänglich gewohnt. Und vor allem die sechs Stunden, die wir mal mitten in einer Wüste hatten warten müssen, bis ein längst verblühtes Supermodel alles, was sie in den letzten fünfzehn Jahren gegessen hatte, wieder losgeworden und auch nur zu einer Aufnahme bereit gewesen war, hatten eine Bindung zwischen uns geschaffen, die es mir jetzt möglich machte, sein Geschnaube gleichmütig zu übergehen.

»Lass dir ruhig Zeit, Raquel.« Er nahm seine riesengroße Kamera in eine Hand und funkelte mich zornig an. »Es ist schließlich nicht so, als ob wir heute noch was vorhätten, nicht wahr?«

Ich lächelte ihn höflich an, streckte aber in Gedanken wütend meinen Mittelfinger aus. Denn er wusste ganz genau, dass ich es hasste, wenn mich Ana Raquel nannte. Das klang einfach entsetzlich affektiert. Und vor allem kannte Ana meinen Namen, denn trotz ihres dämlichen Akzents hieß sie mit bürgerlichem Namen Anne Smith, stammte aus Basildon und hatte dort zusammen mit meiner Cousine die Gesamtschule besucht – bis sie vor der Abschlussprüfung abgegangen war. Doch inzwischen hatte sie sich nicht nur einen falschen Namen zugelegt, sondern auch ihre Altersangabe eingefroren. Zweiundzwanzig, Ana? Nein, ganz sicher nicht. Sie und Dan konnten einem zusammen wirklich furchtbar auf die Nerven gehen, doch mit immer gleichbleibender, mörderischer Freundlichkeit ließ sich ein Tag mit ihnen überstehen.

Dan versuchte immer, irgendeinen Streit vom Zaun zu brechen, denn er liebte es, mich aufzuregen, aber Profi, der ich nun mal war, blies ich einfach den überschüssigen Puder von der Bürste und flackerte mit den Borsten über Anas weich schimmernde (aber trotzdem nicht einmal mehr ansatzweise zweiundzwanzig Jahre junge) Haut. Währenddessen brachen sie und Dan in hysterisches Kichern aus, als hätte Dan einen phänomenalen Witz gemacht, den ich aufgrund meiner Beschränktheit nicht verstand. Oder als wäre ich wie alle Maskenbildnerinnen unsichtbar und obendrein noch taub.

»Fertig?«, fragte Dan, während er überprüfte, ob genügend Puder auf den prallen Brüsten seines Models lag. Ich konnte es nicht mit Bestimmtheit sagen, doch ich war mir ziemlich sicher, dass sich die Beziehung zwischen Dan und Ana nicht allein auf das Berufliche beschränkte, und auch sein Gebiss schon einmal in Kontakt mit ihrem Hinterteil gekommen war. Denn als er beim letzten Job die Hälfte meines Sandwichs abgebissen hatte, ohne dass ihm etwas davon angeboten worden wäre, hatte ich die Zahnabdrücke zweifelsfrei erkannt. Nun, vielleicht war er auch nicht der Hintern-Beißer, aber irgendetwas lief ganz sicher zwischen ihnen. Wahrscheinlich war er der Langweiler, an den Ana sich jetzt erst mal halten wollte. Schließlich konnten wilde Sexspiele mit einem Kerl, dessen einziges Interesse seinem eigenen Bizeps galt, für ein Supermodel nicht besonders spannend sein.

»Gleich«, erklärte ich und sah mir mein Model noch einmal von allen Seiten an. Denn ich würde in meinem Job nicht pfuschen, auch wenn Ana meiner Meinung nach vollkommen hirnlos und vor allem eine Oberschlampe war.

Nein, sagte ich mir, als ich aus dem hellen Licht zurück ins Dunkel trat, hätte jemand mir vor zehn Jahren gesagt, dass ich irgendwann mal so was machen würde, hätte ich ihm nicht geglaubt.

»Ciao, Raquel.« Ana warf mir eilig eine Kusshand zu und rauschte an mir vorbei, trotz der Jahreszeit in mindestens drei Kaschmirschals gehüllt. »Und, Dan, es war wie immer wirklich toll, mit dir zu arbeiten. Ich hoffe, wir sehen uns bald wieder.«

Die Kusshände, die sie in seine Richtung warf, sahen nicht mal ansatzweise so hektisch aus wie bei mir, und die Raffiniertheit ihres Vorgehens wurde durch die Tatsache geschmälert, dass sie so vernehmlich flüsterte, sie würde im Auto auf ihn warten, dass auch der Stylist, Dans Assistent und ich es deutlich hörten. Wodurch mein Verdacht bestätigt war. Doch zumindest besaß Dan den Anstand, ein wenig verlegen auszusehen.

Ich beschloss, mich blind und taub zu stellen, und packte weiter meine Sachen ein. Während der sechs Jahre seit dem ersten Job, den wir zusammen hatten, hatte Dan mit derart vielen Models etwas angefangen, dass er vollkommen problemlos eine eigene Victoria's-Secret-Zweigstelle hätte eröffnen können, aber Ana hatte wirklich einen Namen in der Branche, also hatte er nach Jahren in der Unterliga jetzt endlich den Aufstieg in die Erstliga geschafft. Und dieses hehre Ziel hatte er bereits seit Jahren hartnäckig verfolgt.

»Nacht, Rach«, rief er mir zu und trottete verlegen los, damit seine neueste Eroberung nicht plötzlich die Geduld verlor und ihn alleine auf dem Parkplatz stehen ließ.

Ich winkte ihm noch kurz, setzte mich auf den Make-up-Stuhl, stieß einen zufriedenen Seufzer aus, klappte mein Notizbuch auf und blätterte die von mir vollgeschriebenen Seiten durch, bis ich auf das heutige Datum stieß. Es war mit einem blauen Stift oben auf dem Blatt notiert, das meine aktuelle Checkliste enthielt. Ich zog einen schwarzen Kugelschreiber aus der Handtasche und strich die Punkte, die erledigt waren, sorgsam durch: Die Wäsche war inzwischen in der Reinigung, ich hatte neues Klopapier gekauft, und das Unterhosen-Shooting war vorbei. Was jetzt noch auf meiner Liste stand, waren der Erwerb einer Flasche Wein, ein Bikini-Waxing, Haare waschen (was bei einer Mähne, die mir fast bis auf den Hintern reichte, eindeutig als eigener Punkt zu werten war) und ein kurzer Telefonanruf bei meinem Bruderherz.

In Ordnung, meine Vorliebe für Listen war vielleicht ein bisschen ungesund, und sicher sollte es mir auch nicht einen solchen Kick verschaffen, irgendwelche Punkte durchzustreichen (denn das machte vielleicht einfach deutlich, dass ich sexuell bei Weitem nicht befriedigt war), doch ich hatte nun mal ein System. Ich schrieb immer in Blau, strich stets mit einem schwarzen Kugelschreiber durch, legte täglich eine neue Liste an und machte abends erst die Augen zu, wenn alles, was dort stand, erledigt oder ordentlich in eine andere Liste übertragen war. Ich konnte nichts dagegen tun. Offenbar hielt ein genetischer Defekt mich davon ab, irgendetwas zu erreichen, wenn ich es nicht vorher aufschrieb. Oder vielleicht war auch mein Naturwissenschaftslehrer schuld, der mir erklärt hatte, dass Listen bei der Vorbereitung auf die Abschlussprüfung äußerst hilfreich wären. Und auch wenn ich in Bio und dann auch noch in Chemie mit Pauken und Trompeten durchgefallen war, hätte ich in einem Schulfach *zwanghaft-obsessive Ordnung* sicher eine glatte Eins gehabt.

Inzwischen war mir klar, was von beidem mir in den vergangenen zwölf Jahren nützlicher gewesen war, und es hatte nichts mit irgendwelchen Kenntnissen in Photosynthese oder so zu tun.

Obwohl – wenn meine Rechnung aufging, würde heute Abend die Biologie eine sehr große Rolle für mich spielen. Denn ich wollte angeln gehen.

Und hoffentlich biss Simon an und kehrte ein für alle Mal in unser Schlafzimmer zurück.

2

Da Pläne wie der meine nur erfolgreich sind, wenn man bei der Umsetzung die Unterstützung treuer Helfer hat, waren meine beiden besten Freunde, Emelie und Matthew, mit von der Partie. Wobei Emelie bereits, als wir ins Phoenix kamen, vollkommen hinüber war. Die Königin des Vorglühens hatte nämlich schon in meiner Wohnung eine ganze Flasche Rotwein leer gemacht und versuchte jetzt, uns beide davon zu überzeugen, dass es Zeit für eine Runde Schnäpse war. Und aus welchem Grund auch immer wurde sie dabei auch noch von Matthew unterstützt. Ich selbst trank für gewöhnlich nicht. Weil in meinem Job ein Kater wenig ratsam war. Kaum ein Model oder Star wünschte sich eine Maskenbildnerin, aus deren Mund einem eine Ginfahne entgegenschlug, während sie mit zittrigen Bewegungen den flüssigen Kajal auftrug. Deshalb trank ich immer nur so viel, dass ich zwar gut gelaunt, aber emotional nicht allzu aufgeladen war, und schaffte es fast jedes Mal, mein Kebab bei mir zu behalten, ganz egal, wie lang die Nacht auch war. Ein Talent, mit dem die gute Emelie eindeutig nicht gesegnet war. Doch obwohl sie wusste, dass sie nicht einmal ein Mixgetränk trinken konnte, ohne den gesamten Nachtbus vollzukotzen, gab sie einfach nicht klein bei. In manchen Dingen konnte Emelie noch hartnäckiger als ein Schnupfen sein.

»Los, Ray, es ist Freitagabend«, sagte sie und schob

mir ein bis zum Rand mit klebrig-dickflüssigem Alkohol gefülltes Schnapsglas hin. »Und es kann bestimmt nicht schaden, wenn du dir ein bisschen Mut antrinkst.«

»Ein Glas«, schränkte ich weniger als Warnung für mich selbst denn als Befehl an meine Freundin ein und kippte mir den Inhalt meines Glases in den Hals. Von dem ätzenden Sambuca brannte mir die Kehle, und bis ich die Augen wieder aufbekam, gab Emelie bereits die zweite Runde aus. Doch heute Nacht würde ich ganz sicher nicht ihre Haare beiseitehalten, während sie die Hälfte eines Burgers rückwärts aß.

»Wenn du mich mit ihr allein lässt, mache ich dich fertig«, drohte Matthew, der wie immer wusste, was mir gerade durch den Kopf gegangen war. Ich zuckte mit den Achseln und versuchte nicht zu lächeln. Denn er liebte Emelie. Matthew (niemals Matt) und ich waren befreundet, seit er eine Vorlesung an der Uni über die Queer-Theorie verlassen und lautstark verkündet hatte, dass das ja wohl alles »der totale Schwachsinn« war.

Und als seine neue Mitbewohnerin hatte ich mich in der Pflicht gesehen, ihm hinterherzulaufen, und dann hatten wir den Nachmittag, den Abend und beinahe die ganze Nacht in einer Kneipe zugebracht und unsere eigenen Theorien über die Geschlechter aufgestellt. Ich hatte erklärt, dass Männer einfach gierig wären, während Matthew mir erklärt hatte, er müsste brechen, käme er jemals mit einem weiblichen Geschlechtsteil in Kontakt. Wobei es durchaus Belege für die beiden Denkrichtungen gab.

Wir profitierten beide gleichermaßen von der Tatsache, dass wir seither die besten Freunde waren – denn ich brauchte keine Angst zu haben, dass er mir je an die

Wäsche gehen wollte, und er konnte seine Oma dadurch glücklich machen, dass er eine Alibifreundin für sämtliche Familienfeiern hatte. Seine Mutter hatte ihm zufolge gleich nach der Geburt gewusst, dass er vom anderen Ufer war, seine Großeltern hingegen kamen nicht so gut mit einem schwulen Enkelsohn zurecht. Und vielleicht war er genau aus diesem Grund in einem knallengen, leuchtend pinkfarbenen Hemd auf der Beerdigung seines Opas aufgetaucht.

Das arme Schätzchen hatte es als Kind nicht leicht gehabt. Sein Dad hatte sich bereits aus dem Staub gemacht, bevor er auf die Welt kam, war dann aber vor einem Jahr urplötzlich wieder aufgetaucht, hatte kurz darauf das Zeitliche gesegnet und dem überraschten Matthew einen solchen Berg von Kohle hinterlassen, dass der seinen Job als Flugbegleiter aufgegeben hatte, um erst einmal planlos in den Tag hineinzuleben, nachdem seinem Dasein die bisherige Struktur genommen worden war. Aber wie man es auch drehte und wendete, er wäre auch ohne all sein Geld eine ausgezeichnete Partie. Denn er war riesengroß – weit über einen Meter achtzig –, breitschultrig, mit dichtem blondem Haar, das ihm in die dunkelblauen Augen fiel, und trotz meiner wiederholten Warnungen vor den Gefahren von Solarien hatte er stets gebräunte Haut. Äußerlich sah er wie eine Mischung zwischen Hitlers Traum vom Arier und den feuchten Träumen einer Talentshow-Jury aus. Seine Persönlichkeit jedoch hätte einen faschistischen Diktator sicher eher enttäuscht. Was der Hauptgrund dafür war, dass ich ihn derart liebte. Zusammen mit der Tatsache, dass er immer in meine Wohnung kam, um dort die Spinnen umzubringen, wenn mein Liebster nicht zu Hause war, um das für mich zu tun.

Es war gerade mal halb elf, aber in dem Club herrschte schon einiger Betrieb. In einer dunklen Ecke des wie immer stickigen, beengten Kellerraums ging die Clique meines Bruders mit Begeisterung die Plattensammlung irgendeines eingeladenen DJs durch und debattierte hitzig, wozu sich am besten tanzen ließ. Als er aufsah, winkte ich ihm zu. Diese Show zogen sie im Vier-Wochen-Rhythmus ab, hauptsächlich, damit die Mädels sie so lässig mit dem DJ quatschen sahen. Was Jungs nicht alles machten, nur um irgendwo zu landen. Dachte ausgerechnet ich, deren Intimbereich nach einem hoffnungsvollen Waxing immer noch in Flammen stand.

»Hast du schon Hallo zu Paul gesagt?«, erkundigte sich Em, drückte mir das zweite Schnapsglas in die Hand, und guckte wie ein erwartungsfroher Welpe dorthin, wo mein Bruder stand. »Vielleicht sollten wir kurz zu ihm rübergehen.«

Ich kippte meinen Schnaps herunter und erschauderte. »Das sollten wir auf keinen Fall. Vor allem du solltest das nicht. Wirklich, Em. Bleib besser hier.«

»Ich hab ja nur gesagt, wir sollten Hallo zu ihm sagen.« Em leckte einen Tropfen Schnaps von ihrem kleinen Finger ab und war wie immer völlig blind dafür, dass jeder Mann in diesem Club ihr liebend gerne angeboten hätte, das Gleiche zu tun. »Wie du redest, könnte man fast meinen, ich würde auf deinen Bruder stehen.«

Es gab nichts, was Emelie Stevens und ich nicht übereinander wussten. Doch wir plauderten Geheimnisse der jeweils anderen nie aus. Ich hatte bisher nur Emelie erzählt, dass ich erst mit zweiundzwanzig zum ersten Mal mit einem Mann im Bett gewesen war, dass ich nachts nicht schlafen konnte, bis ich wusste, wo mein Teddybär aus Kindertagen war, und dass ich aus Versehen Matthews Katze überfahren hatte, als ich sie versorgen sollte. Dafür wusste ich, dass Emelie in Kanada jahrelang der Star einer beliebten Kinderfernsehshow gewesen war, dass sie sich in ihrem ersten Uni-Jahr einen Schwangerschaftstest hatte besorgen müssen, nachdem sie während der Halloween-Party hinter dem Studentenwohnheim mit John Donovan Bienchen und Blümchen gespielt hatte … und dass sie schon für meinen Bruder schwärmte, seit er mich im zweiten Uni-Jahr vor den Weihnachtsferien abholen gekommen war.

Es war einfach lächerlich – denn Emelie war wunderschön. Und zwar so wunderschön, dass ich es noch sah, obwohl ich Tag für Tag auf irgendwelche Supermodels traf. Sie war mittelgroß und mittelschlank, mit etwas mehr als mittelgroßen Brüsten, und wenn man sie von hinten sah, kam sie einem wie ein ganz normales Durchschnittsmädchen vor, aber wenn sie sich dann umdrehte, haute es einen einfach um. Sie hatte meterlanges, superdichtes, welliges kastanienbraunes Haar, und die Wimpern, die die leuchtend grünen Augen umrahmten, waren derart dicht und konnten derart herrlich klimpern, dass wahrscheinlich sogar Bambi neidisch war. Ihr Outfit war stets makellos, doch an ihrem Körper hätte selbst ein Müllsack sexy ausgesehen. Und als wäre das noch nicht genug, stammte Emelie aus Montreal, und obwohl sie schon seit zehn Jahren in London lebte, hatte sie noch immer diesen wunderbar melodischen frankokanadischen Akzent, der besonders deutlich wurde, wenn sie irgendwie gestresst, wütend … oder auf der Suche war. Ein unglaubliches Gesamtpaket. Wobei sie zum Unglück für die Männerwelt auf geradezu absurde Weise unerreichbar war.

Während ich das Singleleben schon mit sechzehn aufgegeben hatte, hatte Em noch nie was Ernsthaftes mit einem Mann gehabt. Dabei gab es jede Menge Angebote, und sie hatte einen höheren Verschleiß an Männern als ich selbst an Zwiebel-Monster-Munchs, aber mehr als ein, zwei Wochen hatte keine der Beziehungen jemals gewährt. Sie mochten sie zu sehr, mochten sie nicht genug, waren zu reich und großkotzig oder zu arm und langweilig. Keiner von den Typen hatte jemals eine echte Chance, und sie erzählte mir die ganze Zeit, sie wäre auf der Suche nach »dem Richtigen«, den sie sofort erkennen würde, wenn sie ihn auch nur von Weitem sähe, und deshalb hätte es einfach keinen Sinn, ihre Zeit mit Losern zu vergeuden, aber Matthew hatte eine andere Theorie: Seiner Meinung nach war Em so hoffnungslos in meinen Bruder, diesen Vollidioten, verliebt, dass sie einfach blind für alle anderen Männer war. Damit hatte er als selbst ernannter Küchenpsychologe sicher recht. Doch glücklicherweise würde es mein Bruder niemals wagen, sich an sie heranzumachen. Er war stolz auf seinen Ruf als gnadenloser Frauenheld, und auch wenn er im Verlauf der Jahre meiner Freundin immer wieder deutlich zu verstehen gegeben hatte, dass auch er nicht blind für ihre Schönheit war, hatte ich ihn bisher jedes Mal erfolgreich davon abgehalten, dass er seinen Worten irgendwelche Taten folgen ließ. Meine beste Freundin würde nicht einfach die nächste Kerbe in einem der Bettpfosten dieses gewissenlosen Kerls werden. Wobei von diesen Pfosten zwischenzeitlich sicher kaum noch etwas übrig war. Oh, grausames Universum, warum lässt du zu, dass es in meinem Leben so viele männliche Huren gibt?

»Hast du die E-Mail von der Uni auch gekriegt?«,

sprach ich ein anderes Thema an, während ich versuchte, meine Haare dazu zu bewegen, dass sie hinter meinen Ohren blieben. Was bei dieser Masse alles andere als einfach war. »Wegen des zehnjährigen Jubiläums?«

»Ich habe sie gekriegt, gelesen und gelöscht.« Matthew nickte und zog meine Haare wieder hinter den Ohren hervor. »Denen geht's doch nur um Geld.«

»Ich kann einfach nicht glauben, dass es schon so lange her ist, seit wir an der Uni waren.« Emelie versuchte, die Person hinter der Theke dazu zu bewegen, uns allmählich etwas Richtiges zum Trinken zu servieren. Doch zum Glück war die Person kein Mann, und so dauerte es zehnmal länger als die sonst üblichen drei Sekunden, bis die Flasche Weißwein vor uns stand. »Ich habe das Gefühl, als wäre das erst zehn Minuten her.«

»Aber seht doch nur, was in der Zwischenzeit aus euch geworden ist.« Matthew legte einen Arm um ihre Schulter, weil sie sich auf eine andere Art nicht von der Theke lösen ließ. »Eine Spitzen-Maskenbildnerin und eine supererfolgreiche … wie nennt man das eigentlich genau, was du da machst?«

Sie zog eine Grimasse und entwand sich seinem Griff. »Ich bin Grafikerin.«

»Sie hat ein hübsches Bild gemalt, das hat irgendwer auf jede Menge Zeug gepappt, und dann haben jede Menge kleiner Mädchen dieses Zeug gekauft«, klärte ich Matthew auf. »Ein Bild von einer kleinen Katze.«

»Ah.« Er nickte, und ohne auf Ems Das-ist-echt-nicht-witzig-Miene einzugehen, fügte er hinzu: »Dann bist du also diejenige, die kleinen Kindern das bisschen, was sie an Kohle haben, aus den Taschen zieht.«

»Ihr könnt mich beide mal«, erklärte sie erbost. »Ich bin

Grafikerin, und Kitty Kitty ist nicht bloß ein Katzenbild, sondern eine Marke. Und zwar eine von den bestverkauften Tween-Marken in Großbritannien.«

»Tween.« Matthew sah sie grinsend an. »Hast du dir das gerade ausgedacht?«

»Das wissen wir doch, Em.« Ich zog meinen Kitty-Kitty-Geldbeutel aus meiner Tasche und fuchtelte damit, um sie von Matthew abzulenken, vor ihrem Gesicht herum. »Er ist doch nur neidisch, weil er keine Arbeit hat.«

»Ich nehme eine berufliche Auszeit«, verbesserte er mich, entdeckte plötzlich eine freie Couch und marschierte mit drei großen Schritten quer über die Tanzfläche, bevor eine Gruppe junger Mädchen die Gelegenheit zum Deponieren ihrer Handtaschen auf dem davorstehenden Tisch bekam. »Man ist nämlich nur arbeitslos, wenn man keinen Job und keine Kohle hat.«

»Kannst du das noch einmal wiederholen?«, fragte Em in unschuldigem Ton.

Matthew machte seine Augen zu und kniff sich in die Nase. Was uns zeigen sollte, dass er mühsam um Beherrschung rang. »Ich lasse mir einfach Zeit, um rauszufinden, was ich machen will.«

»Das versuchst du jetzt seit einem Jahr«, erklärte Em ihm deutlich weniger beherrscht.

»Genau, seit einem Jahr«, stimmte er mit drohend leiser Stimme zu. »Aber vielleicht sollte ich wie du einfach eine blöde Katze malen und das Bild auf Brotdosen und Federmäppchen kleben, statt etwas Vernünftiges zu tun.«

»Wie den Leuten in fünftausend Metern Höhe Hühnchen oder Pasta zu servieren?«, schnauzte Em zurück.

»Nein, du Knalltüte, deswegen mache ich ja diese Auszeit!«

»Du hast seit einem Jahr …«

»Kinder, könnt ihr vielleicht etwas leiser reden?«, bat ich laut.

Matthew starrte Em aus zusammengekniffenen Augen an, sie streckte ihm die Zunge raus, und dann wandten beide sich an mich. Echt, ich fühlte mich so oft wie eine Grundschullehrerin auf Klassenfahrt, dass es bestimmt nicht gut für meine Psyche war. Unter anderem deshalb brauchte ich inzwischen dringend meinen Freund zurück. Weil Simon ein durch und durch vernünftiger Erwachsener war. Das Einzige, was mich in meiner Welt daran erinnerte, dass auch ich erwachsen war. Das hieß, abgesehen von der Tatsache, dass ich inzwischen steuerpflichtig war, auch wenn ich diese beiden Dinge nicht auf eine Stufe stellen wollte, wenn es sich vermeiden ließ.

»Dann ist heute also der große Abend?«, fragte Em und zupfte den Saum ihres hautengen schwarzen Topshop-Minikleids zurecht. »Mit Simon, meine ich.«

»Ja«, bestätigte ich ihr, während ich meine Haare wieder hinter meine Ohren zwang. »Heute ist der große Abend.«

»Hast du irgendeinen Plan?«, erkundigte sich Matthew und zerrte mein Haar wieder hervor. »Wenn du deine Haare hinter deine Ohren steckst, siehst du aus wie eine unglückliche Maus. Und mit einer unglücklichen Maus will niemand in die Kiste gehen.«

»Vielen Dank.« Statt meines Freundes bedachte ich den Fußboden mit einem bitterbösen Blick und atmete tief durch. »Und nein, ich habe keinen Plan. Ich werde einfach kurz mit meinem Drink zu seinen Freunden rübergehen und Hallo sagen. Schließlich lieben seine Freunde mich.«

Em und Matthew nickten aufmunternd. Und Simons

Freunde liebten mich tatsächlich. Weil ich seine coole Freundin war. Die, die es unglaublich witzig fand, dass sie nach der Weihnachtsparty in der Firma noch in einem Striplokal gelandet waren. Die, die ihnen morgens Schinkenbrote machte, wenn sie irgendwann spät nachts ohnmächtig auf unserer Couch gelandet waren. Oder die zumindest Striplokale tolerierte und die Brote machte, um sie auszunüchtern, während sie so tat, als wüsste sie genau, was die Abseitsregel war. Wobei eine eingehende Klärung dieser Frage ganz bestimmt nicht nötig war.

»Und dann wirst du ihn zur Seite nehmen und ihm sagen, dass dir klar geworden ist, dass er die Liebe deines Lebens ist, du ihn mehr als alles andere brauchst und jede Menge Babys von ihm willst?« Es wäre untertrieben zu behaupten, dass die gute Em romantisch war.

»Oder wirst du ihm erklären, dass er heute Nacht mit dir an einen Ort gelangen wird, an dem bisher noch niemand je gewesen ist?« Matthews Zartgefühl war deutlich weniger romantischer Natur.

»Also bitte, Matthew. Iiih. Und auch auf deine guten Ratschläge kann ich durchaus verzichten, Emelie.« Ich wollte mir die Haare abermals hinter die Ohren schieben, ließ es dann aber zu Matthews unverhohlener Freude sein. »Ich werde ihm einfach sagen, dass ich finde, dass die Auszeit durchaus wichtig war, dass ich jede Menge Zeit hatte, um mir zu überlegen, was ich will, und dass ich jetzt denke, dass wir zwei bereit sind, gemeinsam den nächsten Schritt zu gehen.«

»Babys?«

»Analverkehr?«

»Mein Gott.« In der Hoffnung, dass die zwei verschwunden wären, wenn ich wieder sehen konnte, hielt ich mir die Augen zu. Aber nein. Natürlich waren sie noch da. »Zweimal nein. Vor allem zu deiner Frage, Matthew. Gott.«

Matthew zuckte mit den Achseln und trank einen großen Schluck von seinem Wein. »Ich meine ja nur, wenn du wirklich sein Interesse wecken willst ...«

»Ich glaube nicht, dass ich schon jetzt derart schwere Geschütze auffahren muss«, erklärte ich und blickte zum millionsten Mal auf meine Uhr. Inzwischen war es schon fast elf. Warum war er noch nicht da? Schließlich ließ er keinen von Pauls Abenden im Phoenix jemals aus. »Ich werde ihm nur vorschlagen zu reden. Schließlich sind wir seit fünf Jahren zusammen, kennen uns so gut, dass wir immer schon vorher wissen, was der andere sagen will, und das Schicksal hat vorherbestimmt, dass wir zusammen sind.«

»Ja genau, weil es für Kerle kaum was Schöneres als ein Gespräch an einem Freitagabend gibt«, stellte Matthew zynisch fest, und meine Freundin nickte zustimmend.

»Er hat recht«, erklärte sie. »Ich meine, nicht mit dem obszönen Vorschlag, den du Simon machen sollst, obwohl die Idee wahrscheinlich gar nicht mal so dämlich ist. Weil Männer schließlich einfach seltsam sind.«

»So macht's einfach den meisten Sinn«, antwortete ich. »Simon ist nämlich nicht gut, wenn man Gespräche vorher plant. Dann kommt er sich immer vor, als ob er auf dem Prüfstand steht. Und ich will nicht, dass er das Gefühl bekommt, ich würde ihn zu einem tiefschürfenden Problemgespräch bewegen wollen, sondern einfach etwas mit ihm quatschen, weil er sich dann sicherlich daran erinnern wird, dass ich einfach fantastisch bin und ihm entsetzlich fehle. Und dann fahren wir beide heim, haben überwältigenden Sex, und damit ist die Sache abgehakt.«

»Und er wird einfach vergessen, was für Gründe es für diesen Schwachsinn mit der Auszeit gab, und ihr werdet bis ans Lebensende glücklich miteinander sein?« Matthew schüttelte den Kopf. »Vergiss es, Rach.«

»Vielen Dank für eure guten Ratschläge.« Entschlossen stand ich auf und überlegte, wie ich am geschicktesten zur Theke kam. Bei einem neuen Drink wären die beiden vielleicht endlich still. Und wenn Emelie noch einmal fünfzig Pfund für eine Taxi-Reinigung berappen müsste, wäre das nicht mein Problem. »Auch wenn der eine von euch beiden nur auf Männer steht und die andere nie länger als zwei Wochen mit irgendeinem Kerl zusammen war, seit Adam Rothman vor drei Jahren im PizzaExpress den Rest von ihrem Eis mit Karamellsauce gegessen hat, während sie auf der Toilette war: Möchtet ihr vielleicht noch einen Wein?«

»Du bist heute Abend echt empfindlich.« Matthew nahm den letzten Schluck aus seinem Glas. »Und ja.«

»Tja, zumindest siehst du wirklich gut aus«, meinte Em. »Ich meine, als hättest du dich echt bemüht.«

»Ich *habe* mich bemüht.« Genau, wie ich mich jetzt bemühte, meiner Freundin keinen Fausthieb zu verpassen, was erheblich schwerer war.

»Und das sieht man dir an.« Sie blickte mich mit einem aufmunternden Lächeln an, als dächte sie im Ernst, sie hätte mir ein Kompliment gemacht.

»Ich glaube, was unsere gute Freundin sagen will, ist, dass du noch fantastischer als sonst aussiehst«, korrigierte Matthew sie. »Im Ernst, du siehst echt klasse aus.«

Ich hatte den gesamten Inhalt meines Schranks auf

dem Fußboden des Schlafzimmers verteilt, bevor ich am Schluss in eine schmal geschnittene Jeans und ein tief ausgeschnittenes, schwarzes Oberteil geschlüpft war, die beide gerade eng genug waren, um nicht wie Wurstpellen und trotzdem sexy auszusehen. Hoffte ich auf jeden Fall.

»Ich weiß, dass du das jetzt nicht hören möchtest, aber bist du sicher, dass du diese Sache durchziehen willst?«, erkundigte sich mein bester Freund. »Dass du wieder mit Simon zusammenkommen willst und all das andere Zeug?«

Super. Dieses dämliche Gespräch hatten wir inzwischen etwa tausend Mal geführt. Seit dem Beginn der Auszeit hatte Matthew mir schon unzählige Male angeboten, Simon die Visage zu polieren. Und auch wenn ich es durchaus zu schätzen wusste, dass er derart treu auf meiner Seite stand, wollte ich auf keinen Fall, dass es irgendwie seltsam wäre, wenn ich bald wieder mit Si zusammen war. Denn es ist nicht gerade witzig, wenn man lautstark über seinen Ex gelästert hat und dann mit einem Mal wieder mit ihm zusammenkommt. Das hatte die Erfahrung mich gelehrt.

»Wir kommen nicht wieder zusammen, weil wir nämlich niemals wirklich auseinander waren«, rief ich Matthew in Erinnerung. »Aber ja, ich bin mir sicher, dass ich diese Sache durchziehen will.«

»Wir machen uns einfach Sorgen«, meinte Emelie und setzte eine möglichst sorgenvolle Miene auf. »Schließlich ging es dir in letzter Zeit echt schlecht.«

Ach ja?

»Und solltest du dich derart darum bemühen müssen, dass er zur Besinnung kommt?«, fügte Matthew noch hinzu, und ehe ich ihn unterbrechen konnte, fuhr er unbarmherzig fort. »Er sollte dich auf Knien anflehen, ihn nach diesem Blödsinn mit der Auszeit wieder aufzunehmen. Bist du wirklich sicher, dass es nicht vielleicht besser für dich wäre, ihr würdet die Auszeit noch ein bisschen in die Länge ziehen?«

»Ganz sicher«, erklärte ich ihm schnell. »Simon ist mein Freund. Wir haben eine gemeinsame Wohnung, werden heiraten und jede Menge Kinder kriegen. Wie oft müssen wir das denn noch durchkauen?«

»Ich finde einfach nicht, dass dein Seelenverwandter einen Monat ohne dich im Gästezimmer schlafen sollte, weil er sich erst einmal alles ›durch den Kopf gehen lassen‹ muss.« Matthew liebte es, wenn er in Anführungszeichen sprechen konnte, und fügte deshalb fast gut gelaunt hinzu: »Ich will nicht behaupten, dass du nicht mit Simon glücklich warst, aber jetzt kommst du mir alles andere als glücklich vor. Du weißt, die Dinge ändern sich, und das ist nicht immer schlecht.«

»Bitte fang nicht wieder von Seelenverwandtschaft an.« Diesen Teil des Gesprächs mochte ich am wenigsten, und vor allem hatten wir ihn bereits oft genug geführt. Matthew und Emelie zusammen erhielten wahrscheinlich ganz allein mehrere Grußkartenhersteller am Leben – sie waren beide einfach hoffnungslos romantisch. »Und vor allem geht es seit noch nicht mal einem Monat so, also übertreibt mal nicht. Ich habe kein Problem damit, also solltet ihr das auch nicht haben. Er hat einfach etwas Zeit gebraucht, um … ihr wisst schon … um in Ruhe nachzudenken. Und ist er vor allem nicht viel besser, als die anderen waren?«

»Ja, aber offen gestanden, Schätzchen, waren die anderen auch nicht gerade toll.« Um mich bei dem Satz nicht ansehen zu müssen, ließ Matthew den Blick auf seinen Fingernägeln ruhen. »Weißt du, in Bezug auf Männer hast du nicht gerade den besten Geschmack. Trotzdem will ich nicht, dass du dich nur aus Gewohnheit weiterhin an einen Typen hängst.«

»Das sehe ich genauso«, meldete auch Emelie sich abermals zu Wort und fuchtelte mit ihrem leeren Glas vor meinem Gesicht herum. Wenn ich an die Theke ginge, käme ich am einfachsten aus dieser Sache raus. »Allzu viele Frauen bleiben einzig aus Gewohnheit noch bei irgendwelchen Typen, deren Haltbarkeitsdatum schon lange abgelaufen ist.«

»Das ist es nicht.« Abermals stand ich entschlossen auf und sah mich suchend um, doch es gab noch immer keine Spur von meinem Freund. »Er ist gut im Bett, wird ein toller Vater sein, ist alles andere als ein Arschloch, und ich liebe ihn. Also, wer will was zu trinken?«

Umgehend hob Emelie die Hand. Matthew allerdings verschränkte seine Arme vor der Brust. »Ich bin nur froh, dass du das Wichtigste zuerst genannt hast. Denn dann scheint er auf jeden Fall der Richtige für dich zu sein.«

»Wenn du meine Eltern hättest, würdest du ganz sicher auch nicht an die *große Liebe* glauben«, antwortete ich. »Also, noch mal eine Runde von dem widerlichen weißen Hauswein?«

Ohne eine Antwort abzuwarten, bahnte ich mir einen Weg in Richtung Bar und unterdrückte dabei mühsam meinen Zorn. Denn natürlich gab es einen Grund, weshalb Matthew auf diesem idiotischen Gefühlstrip war. Abgesehen von der Tatsache, dass er sich einfach Sorgen um mich machte, hatte er noch lange nicht verwunden, dass er selbst vor einem halben Jahr von seinem »Seelenverwandten« Stephen wegen einem 24-jährigen Unterwäschemodel verlassen worden war. Eine so schreckliche Trennung hatte ich selten erlebt, und folglich vermied ich in jeder weiteren Unterhaltung die Worte »Stephen«, »Unterwäsche« und »Model« – was unsere Unterhaltung auch an jenem Abend streng limitierte. Es war nicht so, dass Matthew nicht darüber reden wollte, aber jedes Mal wenn er das tat, verfiel er in eine Art katatonische Erstarrung, und drei Tage später kam ein Anruf, und ich hörte, dass er irgendwo in Mexiko zu sich gekommen war und ich seine Katze füttern musste. Als er noch Besitzer eines solchen Tiers gewesen war. Das gehörte offenkundig zu den Freuden einer alten Saftschubse, die jetzt mit dem Verprassen einer ziemlich dicken Erbschaft vielleicht doch nicht völlig ausgelastet war. Die meisten Leute, die ich kannte, gingen, wenn ihnen jemand den Laufpass gab, in einen Pub, betranken sich und wachten dann im Nachtbus Richtung Peckham auf. Matthew ging in einen Pub, fuhr anschließend nach Heathrow, stieg in einen Flieger und wachte in Rio wieder auf. Neben einem Kerl namens José. Wir wissen immer noch nicht viel über José, aber da die beiden bereits vorher Facebook-Freunde waren, fanden wir das durchaus nett.

Ich schlängelte mich durch die zunehmende Zahl an Körpern auf der Tanzfläche, bezog dann meinen Posten an der Bar, gab meine Bestellung auf und drehte mich nach meinen beiden besten Freunden um, die unter schrillem Lachen wie zwei alte Hexen wild mit ihren Armen ruderten, als hätten sie niemals auch nur den allerkleinsten Streit gehabt. Manchmal machten sie mich wirklich fertig, aber trotzdem wäre ich wahrscheinlich völlig aufgeschmissen, ließen sie mich je im Stich.

»Na, wie stehen die Aktien, Schwesterherz?« Mein Bruder schob sich neben mich, zwinkerte der jungen Frau hinter der Theke zu und trank bereits den ersten Schluck von seinem Bier, bevor ich selbst auch nur den Mund aufklappen konnte, um den Weißwein zu bestellen. »Emelie sieht heute Abend wieder einmal super aus.«

»Was dir egal sein kann.« Ich bestellte unseren Wein und bedachte ihn mit einem möglichst strengen Blick. »Gibt es nicht genügend andere Kandidatinnen für das, was du zu bieten hast?«

»Meine Güte, sicher, sogar jede Menge.« Er drehte sich um und lehnte sich gegen die Bar. »Aber ganz egal, mit welcher dieser anderen ich in die Kiste springen würde, würde dich das nie so nerven wie bei Em, nicht wahr?«

»Wirklich witzig.« Ich griff nach der Flasche und marschierte schnurstracks zurück zu unserem Tisch. Mit meinem Bruder dicht auf den Hacken. Oder besser gesagt, auf den flachen Schuhen.

»Matthew«, grüßte er mit einem kurzen Nicken, ehe er sich auf den Platz direkt neben meiner Freundin fallen ließ. »Em.«

Ich tat so, als würde ich nicht sehen, wie eine heiße Röte ihre wohlgeformten Wangen überzog.

»Was sitzt ihr hier herum?«, erkundigte sich Paul. »Dieser DJ ist der Hit.«

»Wir haben versucht, deiner Schwester ein paar gute Tipps zu geben.« Matthew nahm die Flasche und füllte die Gläser wieder auf. Ah, die wunderbare Tradition des freitäglichen Komasaufens, der unser gesamtes Land verfallen war. »Aber das ist alles andere als leicht.«

»Weil sie sowieso nicht zuhört«, antwortete Paul. »Die Mühe könnt ihr euch ruhig sparen.«

»Rach.« Emelie riss ihren Blick lange genug von meinem kleinen Bruder los, um Simon zu entdecken, der inmitten einer Gruppe unbekannter Leute durch die Tür getreten und jetzt auf direktem Weg in Richtung Tresen war.

Simon. Mein Simon.

Es war einfach nicht zu glauben, dass ich ihn seit vier Wochen nicht mehr gesehen hatte. Halb kam es mir vor, als hätte er mich erst an diesem Morgen auf dem Weg nach draußen auf den Kopf geküsst, und halb erschien es mir, als ginge dort ein völlig Fremder durch den Raum. Er trug noch sein schickes Jeans-und-Hemd-Outfit, in dem er freitags immer zur Arbeit ging. Und falls er lange hinter seinem Schreibtisch festgesessen hatte, wollte er wahrscheinlich erst mal einen Drink. Whiskey-Cola, auch wenn ihm in Wahrheit süßer Malibu mit noch süßerer Limo lieber war. Seine leicht gebeugte Haltung und sein etwas unsicherer Gang machten mir deutlich, dass er schon den einen oder anderen Drink genossen hatte, doch vor allem sah er hundemüde aus. Es tat mir in der Seele weh, dass ich nicht einfach zu ihm gehen und ihn zur Begrüßung küssen konnte. Aber das gehörte nicht zu meinem Plan.

Dadurch, dass ich einfach nur hier saß und unglücklich an meinem Weinglas nippte, würde ich ihn jedoch nicht zurückgewinnen. Also zwang ich mich zum ersten Mal seit einer Ewigkeit zu einem Lächeln und nahm Emelie am Arm. »Los, ich will, dass Simon denkt, dass wir uns amüsieren.«

»Besteht vielleicht die Möglichkeit, dass wir uns wirklich amüsieren?«, erkundigte sie sich. »Denn das wäre deutlich glaubhafter, als wenn wir nur so tun.«

»Tanz einfach mit mir.« Ich klemmte mir die schwarze Leder-Clutch unter den Arm, zog meine Freundin Richtung Tanzfläche, und sofort kamen Paul und Matthew hinterher. Paul, weil er wahrscheinlich hoffte, dass er die Gelegenheit bekäme, Emelie ein wenig zu begrapschen, und der gute Matthew, weil er jede Chance nutzte, aller Welt zu zeigen, dass er der wahrscheinlich beste Tänzer seit Travolta war. Aus den Lautsprechern dröhnte ein derart lauter Smokey Robinson, dass ein Gespräch unmöglich war, und so fing ich in der Hoffnung, dass mich Simon sähe, an mich zu bewegen und machte dabei die Augen zu. Da wir schon seit Jahren oft zusammen tanzen gingen, konnte ich die andern spüren, ohne sie zu sehen. Em lehnte sich schwer an meinen Rücken, teils in dem Bemühen, sexy auszusehen, und teils, weil sie schon zu betrunken war, um noch allein zu stehen. Matthew hatte sicher seine Hände in die Luft geworfen und sang leise vor sich hin, während seine flotte Schrittfolge inmitten des Gedränges unterging. Irgendwann driftete Emelie davon, und zwei Männerhände packten mich. Eilig senkte ich den Kopf, damit niemand mein Lächeln sah, und lehnte mich an Simons Brust.

»Hi.«

Die natürlich nicht die Brust von Simon, sondern die von einem völlig Fremden war. Und zwar eines Fremden, dessen körperliche Nähe einem alles andere als wünschenswert erschien. Ich erstarrte, doch er nutzte die Gelegenheit, wirbelte mich einmal schnell herum und beugte sich so tief wie möglich über mich. Emelie und Matthew waren viel zu sehr damit beschäftigt, ihre Tanzkünste zur Schau zu stellen, um zu sehen, was passierte, und mein Bruder wandte seine offizielle »Wenn ich es nicht sehe, brauche ich auch nichts zu unternehmen«-Taktik an, wie er es immer machte, wenn irgendein Typ seiner Schwester nahe kam.

»O mein Gott, lass mich in Ruhe.« Ich versuchte, mich meinem Verehrer zu entwinden, aber da er mich um gute dreißig Zentimeter überragte und wahrscheinlich locker fünfundzwanzig Kilo schwerer war als ich, pflückte er mich einfach von der Tanzfläche und hielt mich vor sich in die Luft. Ich legte ihm die Hände auf die Schultern, um nicht völlig die Balance zu verlieren, und obwohl mir meine Schuhe von den Füßen rutschten, holte ich zu einem Tritt in seine Leistengegend aus, der ihm bestimmt die Luft genommen hätte, hätte ich mein Ziel nicht knapp verfehlt.

»Sicher nicht.«

Ich holte schwungvoll aus und schlug ihm mitten ins Gesicht. Das war schließlich nur gerecht, nachdem aus meinem Tritt in seine Eier nichts geworden war. Aber da ich derartige Szenen hasste, wurde ich von diesem Vorkommnis in meiner Absicht, Simon klarzumachen, dass die Auszeit jetzt ein Ende haben musste, noch bestärkt.

Ohne auf die lauten »Ohs« und »Ahs« der anderen Tanzenden zu achten, bückte ich mich kurzerhand nach meinen Schuhen, kämpfte mich zur Theke durch und sah, dass Simon bereits wieder auf dem Weg zurück nach oben Richtung Straße war.

»Simon!«, rief ich und versuchte, meine Schuhe anzuziehen, bevor ich durch die Tür nach draußen trat. »Warte, Simon!«

»Rachel?«

Ich drehte mich eilig in die Richtung, aus der seine Stimme kam, und sah, dass er sich in der Raucherecke von einem mir fremden Typen Feuer geben ließ. Er wirkte überrascht, mich vor dem Club zu sehen. Und ein bisschen wie ein Schüler, der sich von der Lehrerin hatte erwischen lassen, während er mit einem Glimmstängel hinter dem Fahrradschuppen stand. Eine solche Wirkung hatte ich mir sicher nicht erhofft.

»Simon«, sagte ich und starrte ihn mit großen Augen an, als er die Zigarette hinter seinen Rücken hielt. »Du rauchst ja.«

»Äh, nein, ich …, tja, nun, nur dieses eine Mal.« Er schwenkte die Marlboro Light wie einen Zauberstab. »Ich hatte einen echt stressigen Tag. Warst du da drin?«

»Du … du hast mich nicht gesehen?« Ich schlang mir die Arme um den Bauch. Es war etwas zu kühl, um ohne Mantel draußen rumzustehen. »Du hast uns nicht auf der Tanzfläche gesehen?«

»Du hast getanzt?«, fragte er überrascht. »Mit wem?«

»Mit niemandem«, erklärte ich und trat ein wenig näher auf ihn zu. »Das heißt, mit Matthew und Emelie. Und Paul.«

Er machte einen Schritt zurück. »Aha. Ich wusste gar nicht, dass du hier bist.«

Ich blieb stehen und sah ihn an. Es lief nicht im Geringsten wie geplant. Dafür hatte ich bestimmt nicht meine beste Unterwäsche angezogen und die Qualen eines Waxings durchgestanden.

»Können wir kurz reden, Simon?«, fragte ich, wobei ich wieder einen Schritt in seine Richtung tat.

»Können wir das vielleicht morgen machen?«, fragte er zurück. »Ich weiß, wir müssen über ein paar Sachen reden, nur hatte ich heute einen echt beschissenen Tag und furchtbar viel zu tun und …«

»Ich habe dich vor vier Wochen zum letzten Mal gesehen«, rief ich ihm möglichst leise in Erinnerung. »Vielleicht hast du ja jetzt mal fünf Minuten Zeit für mich.«

»Es ist nur – ich glaube, dass wir gerade gehen wollen. Marks Freunde sind in diesem anderen Laden, und wahrscheinlich fahren wir da noch hin …« Er brach ab und blickte über seine Schulter auf den Typen namens Mark, der, wer er auch immer war, noch immer nicht in meine Richtung sah.

»Nur eine Minute.« Ich versuchte, mich an meine Rede zu erinnern. »Ich will über diese Auszeit reden. Weil sie meiner Meinung nach lange genug gedauert hat.«

»Oh.« Er ließ die Zigarette fallen und trat sie auf dem Gehweg aus. »Also gut, bringen wir es hinter uns.«

Bringen wir es hinter uns?

Ehe mir auch nur der nächste Satz einfiel, trat er auf mich zu, legte einen Arm um meine Schulter, führte mich über die Straße und lehnte sich erschöpft an einem Geländer an.

»Tut mir leid, dass ich die ganze Zeit auf Tour gewesen bin.« Er ließ seine Hand noch kurz auf meiner Schulter liegen, zog sie dann aber zurück und stopfte sie so tief wie möglich in die Tasche seiner Jeans. »Ich wollte mit dir reden, aber es war einfach immer etwas los. Ich weiß nicht mehr, wo mir der Kopf vor lauter Arbeit steht, ich bilde diesen neuen Assistenten aus, der ein totaler Schwachkopf ist, und dann war da noch der Junggesellenabschied, und, entschuldige. Ich halte besser erst einmal den Mund. Also, dann schieß los.«

»Du wolltest mit mir reden?«, fragte ich und wünschte mir, ich hätte meinen Lipgloss erneuert, bevor ich vor die Tür getreten war. Aus den Augenwinkeln nahm ich wahr, dass Matthew seinen Kopf durch die Tür des Phoenix streckte und sofort wieder zurückzog, nachdem er gesehen hatte, wo ich war. »Ich nämlich auch mit dir.«

»Ach ja?« Simon sah nicht gerade glücklich aus. »Ich dachte, es würde einfacher, wenn wir uns erst mal nicht sehen. Aber das wird es nicht, oder?«

»Was wird nicht einfacher?« Ich rieb mir die Arme. Es war wirklich eisig, und für diese Kälte war mein BH eindeutig nicht dick genug wattiert. »Hör zu, Si, wie gesagt, ich will schon mit dir reden, seit du ausgezogen bist. Ich finde, diese Sache mit der Auszeit war total okay, und es war gut, dass wir einmal ein bisschen Abstand hatten, aber ich finde, jetzt reicht's. Länger braucht diese Auszeit wirklich nicht zu gehen.«

»In Ordnung. Gut. Okay.« Er klopfte seine Tasche nach dem Zigarettenpäckchen ab. »Hast du einen anderen?«

»Wie bitte?« Ich schob mir die Haare wieder hinter meine Ohren und versuchte nicht zu sehen, dass Matthew auf der anderen Straßenseite stand und mir mit einer Handbewegung deutlich machte, ich sollte sie wieder nach vorne ziehen. »Warum in aller Welt sollte ich einen anderen haben? Hör zu, Simon, ich habe endgültig genug von dieser ganzen Sache und will, dass es wieder normal zwischen uns beiden wird.«

Er zündete sich die nächste Zigarette an und starrte vor sich auf den Bürgersteig. »Sorry, Rach, ich habe was getrunken und kann dir nicht ganz folgen. Was hast du gesagt?«

»Dass die Auszeit jetzt lange genug gedauert hat.« Ich streckte eine Hand aus und nahm ihm die Zigarettenschachtel ab. »Würdest du mich bitte ansehen?«

Er zog an seiner Kippe, blies mir eine graue Rauchwolke entgegen und schüttelte den Kopf. Also trat ich noch ein wenig dichter vor ihn, bis ich mit den Zehenspitzen gegen seine Zehenspitzen stieß, legte meine freie

Hand auf seinen Arm und zog ihm die Zigarette aus dem Mund.

»Du rauchst doch gar nicht, Simon.«

»Ich habe geraucht, bevor ich mit dir zusammen war«, erklärte er mir ruhig.

»Aber das ist schon fünf Jahre her«, antwortete ich ihm mit gedämpfter Stimme, konnte aber trotzdem ein paar Leute auf der anderen Straßenseite angestrengt die Ohren spitzen sehen.

Plötzlich kam es mir so vor, als fände unsere private Unterhaltung irgendwo auf einer Bühne statt.

»Fünf Jahre sind eine lange Zeit.« Er entzog mir seinen Arm, trat einen Schritt zurück und zog erneut an seinem Glimmstängel. »Und ich habe von dieser Auszeit ebenfalls genug. Dann sind wir uns also einig, dass die Auszeit zwischen uns nicht funktioniert.«

»Simon, was …« Mir fehlten einfach die Worte. Denn es lief vollkommen anders als geplant. Inzwischen sollten wir schon längst in einem Taxi sitzen und dort irgendwelche unzüchtigen Dinge treiben, statt hier mitten auf der Straße wirres Zeug zu quatschen, während Matthew in der Tür des Phoenix stand und versuchte, auszusehen, als verfolge er nicht ganz genau, was hier geschah. Und, na super, Em stand einen Meter hinter ihm. Wenigstens war Paul unten im Club geblieben – nein, Moment, da stand er ja. Das hatte mir gerade noch gefehlt.

»Ich weiß, ich habe mich bei dieser ganzen Sache ziemlich dämlich angestellt, aber ich will es nicht noch schwerer machen, als es bereits ist.« Simon zuckte hilflos mit den Achseln. »Aber weißt du, es war auch für mich nicht leicht.«

»Was redest du da für ein Zeug?« Ich packte seinen

Arm und schob mich so dicht vor sein Gesicht, wie es bei seinem Zigarettenatem möglich war. Körperliche Nähe zwischen uns sollte etwas Verführerisches sein, nicht verwirrend und dazu noch total ekelhaft. »Können wir jetzt bitte einfach heimfahren?«

»Ich komme nicht mehr heim.« Er schüttelte meine Hand von seinem Arm und machte wieder einen Schritt zurück. »Dies ist nicht nur eine Auszeit, Rachel.«

Er war bleich und sah mich unbehaglich an, und inzwischen war mir egal, dass ich erbärmlich fror.

»Ich will keine Auszeit, denn ich will mit dir zusammen sein.« Ich starrte reglos seine Schuhe an. »Okay, wir hatten eine Auszeit, aber mehr auch nicht. Deshalb ist es noch lange nicht vorbei.«

Während einiger Momente schwiegen wir betreten vor uns hin. Ich hörte, dass die Leute auf der anderen Straßenseite redeten und lachten und dass ein paar Türen weiter irgendjemand schrie, aber all das wirkte meilenweit entfernt. Um zu überprüfen, ob ich überhaupt noch eine Stimme hatte, hüstelte ich leicht.

»Simon, ich liebe dich.«

Null Reaktion.

»Simon?«

Nichts.

Ich presste meine Lippen aufeinander, kämpfte mit den Tränen, die in meinen Augenwinkeln brannten, und starrte verzweifelt den verschwommenen, leuchtend roten Briefkasten links neben Simon an.

»Bitte, Simon.« Ich versuchte, mir nicht anhören zu lassen, dass ich völlig fertig war, brachte aber nur mit Mühe überhaupt etwas heraus. »Du bist schließlich immer noch mein Freund.«

Er nahm einen letzten Zug von seiner Zigarette, ließ sie auf die Erde fallen und trat sie mit einem seiner offensichtlich neuen braunen Lederschuhe aus. Dann lenkte er den Blick zum Himmel und atmete hörbar aus.

»Du bist nicht die Richtige für mich.«

Ich verschränkte meine Arme vor der Brust und grub mir die Fingernägel in die nackte Haut.

»Tut mir leid, Rachel.« Jetzt starrte er wieder auf den Bürgersteig. Hauptsache, er brauchte *mich* nicht anzusehen. »Ich vergeude deine Zeit. Denn du bist nicht die Richtige für mich.«

»Ich bin …« Ich räusperte mich kurz und fing noch mal von vorne an. »Ich bin nicht die Richtige für dich?«

»Nein.«

»Ist denn eine andere die Richtige für dich?«, fragte ich, obwohl ich mich vor seiner Antwort fürchtete. »Hast du … gibt es …?«

»Nein.« Endlich lenkte er den Blick auf eine Stelle rechts von meiner Nase. Direkt ansehen aber konnte er mich offenbar noch immer nicht. »Wirklich nicht. Es ist nur so, ich habe über alles nachgedacht und mag dich wirklich gerne, echt, aber trotzdem bist du einfach nicht die Richtige. Am Ende würde es nicht funktionieren.«

Ich konnte es einfach nicht glauben. »Gibt es dafür einen bestimmten Grund? Was habe ich getan?«

»Du hast nichts getan«, stellte er mit einem neuerlichen gleichmütigen Schulterzucken fest. »Ich bin einfach eines Morgens aufgewacht und wusste, dass es auf Dauer zwischen uns nicht funktionieren wird. Ich dachte, eine Auszeit würde helfen, aber …«

»Du dachtest, eine Auszeit wäre einfacher, als wenn du dich gleich von mir trennst«, soufflierte ich. »Weil ich den

Wink mit dem Zaunpfahl ganz bestimmt verstehen würde oder so?«

»Tut mir leid, ich habe es total verbockt.« Wieder suchte er in seiner Tasche nach der Zigarettenpackung, aber die hielt ich noch in der Hand. Ich schleuderte sie wütend auf die Straße unter einen Wagen, der in diesem Augenblick an uns vorüberfuhr. »Rachel, ich, ich bin einfach nicht gut in diesem Mist. Ich werde dich immer lieben, nur bin ich einfach nicht … na, du weißt schon.«

»Ich weiß gar nichts«, klärte ich ihn auf und schüttelte so vehement den Kopf, dass mein Haar wieder auf meine Schultern fiel. »Denn ich liebe dich.«

»Meine Güte, Rach.« Simon streckte eine Hand nach meiner nackten Schulter aus. Die Berührung hätte wärmend und beruhigend auf mich wirken sollen, aber mir kam es so vor, als versengten seine Finger mir die Haut. »Es tut mir leid.« Er zog seine Hand wieder zurück und stopfte sie in die leere Tasche seiner Jeans.

Ich trat einen Schritt zurück, und obwohl ich heftig mit den Lidern flatterte, brachen sich die ersten Tränen Bahn. Wenigstens trug ich keinen Mascara. Denn nichts ließ eine Frau so jämmerlich aussehen wie der berühmte Pandabären-Look. Dann sah ich Simon wieder an. Im Licht der Laternen wirkten seine kurzen dunkelblonden Haare dunkler, als sie waren, und seine Augen sahen rot und müde aus, aber am seltsamsten berührte mich der Blick auf seinen Mund. Denn allmählich wurde mir bewusst, dass ich ihn nie wieder küssen würde. Denn er gehörte nicht mehr mir und wäre wie der ganze Simon zukünftig für mich tabu.

Ich trat noch einen Schritt zurück und sah den ganzen Simon an. Die gesamten ein Meter achtundsiebzig meines

Exfreundes. Ex. Wie grauenhaft das klang. Dies war nicht mein Simon. Dies war ein mir fremder Mann. Ich wich noch einen Schritt vor ihm zurück und stolperte über die Bordsteinkante auf die Straße.

»Rachel!«, brüllte jemand, und ich drehte rechtzeitig den Kopf, um einen schwarzen Wagen laut hupend an mir vorbeizischen zu sehen, während der Fahrer irgendwas wie »blöde Kuh« durchs offene Fenster schrie. Obwohl ich noch immer mitten auf der Straße stand, konnte ich mich nicht bewegen. Also setzte ich mich hin. Denn das kam mir durchaus vernünftig vor.

»Rachel«, sagte eine andere Stimme, diesmal leiser, dafür aber dicht an meinem Ohr, ich spürte, wie sich ein Paar Arme fest um meinen Körper schlangen und mich wieder auf die Füße zogen, während hinter meinem Rücken offenbar irgendein wildes Handgemenge ausgebrochen war.

»Setz sie in ein Taxi«, befahl Matthew irgendwem. »Ich kümmere mich währenddessen um die zwei.«

Ich starrte meine Schuhe an. Ich liebe diese Schuhe. Wann hatte sich Simon diese braunen Schuhe zugelegt? Warum hatte ich sie nie zuvor gesehen? Wahrscheinlich hatte er sie sich erst heute Nachmittag gekauft – nur ein Mann würde in Schuhen tanzen gehen, ohne zu wissen, ob sie scheuerten. Aber das taten sie auf jeden Fall, weil schließlich alle seine Schuhe scheuerten.

»Bist du okay, Rachel?«, drang jetzt Ems Stimme an mein Ohr.

Ich nickte stumm.

»Ich und Matthew kommen mit zu dir.« Ihre Stimme kam von einer Stelle oberhalb von meinem Kopf, aber ich konnte mich immer noch nicht wirklich darauf konzentrieren.

Ich schüttelte den Kopf.

»O doch, wir kommen mit.«

»Nein«, erklärte ich ihr nachdrücklich. »Ich will nur noch nach Hause und ins Bett. Wirklich. Kommt doch einfach morgen früh. Denn dann brauche ich euch auf jeden Fall.«

»Ich finde wirklich, dass wir jetzt mit dir nach Hause kommen sollten, oder meinetwegen auch nur einer von uns beiden. Wie du willst. Auf alle Fälle fährst du nicht allein. Ende der Diskussion.«

Ich schüttelte erneut den Kopf und streckte meinen Arm nach einem herannahenden Taxi aus. »Ich bin okay.«

Und ehe sie noch etwas sagen konnte, schüttelte ich meine Freundin ab, öffnete die Tür des Taxis, schwang mich auf den Sitz und zog die Tür so schnell wieder hinter mir zu, dass ich mir dabei das Bein anstieß. Aber ich spürte keinen Schmerz.

»Amwell Street, Islington.« Ich beugte mich vor, bis ich den Fahrer nicken sah, und lehnte mich, während er wendete, ermattet in den Sitz. Durch das Fenster sah ich Emelie, die wild mit ihren Armen fuchtelte, während Matthew sich die Hände vors Gesicht warf und mein Bruder sich die Nase hielt. Simon allerdings war nirgendwo zu sehen.

Bis das Taxi kurz an einer roten Ampel hielt und ich ihn entdeckte, wie er zu Füßen meines Bruders auf dem Gehweg lag, Mark, the Stranger, neben sich.

Wer hätte das gedacht?

3

Bis das Taxi mich vor meiner Tür absetzte, hatte ich unser Gespräch so häufig in Gedanken wiederholt, dass es sich anfühlte wie etwas, das jemand anderem passiert oder im Fernsehen gekommen war. Der genaue Wortlaut war verschwommen, jede Geste übertrieben oder gegen eine andere Geste ausgetauscht, doch am Ende kam immer dasselbe raus, egal, wie oft ich diesen Film ablaufen ließ. Ich bin nicht die Richtige. Er liebt mich nicht, er will mich nicht.

Ich brauchte eine halbe Ewigkeit, um den Schlüssel in das Schloss der Wohnungstür zu stecken, und als ich es endlich schaffte, mir den Weg in meine Wohnung zu erzwingen und die Lichter anzuschalten, wurden dadurch nur die glücklichen Erinnerungen an fünf Jahre trauter Zweisamkeit erhellt. Schnappschüsse aus irgendwelchen Ferien, Konzertkarten, Servietten aus diversen Restaurants, Postkarten von verschiedenen Urlaubsorten, alles, was sich während unserer Beziehung angesammelt hatte und gerahmt an unserer Flurwand hing, bis hin zu der Quittung für die Drinks bei unserem ersten Date. Die hatte Simon aufgehoben und mir an dem Tag, an dem wir zusammengezogen waren, überreicht. All das konnte unmöglich vorbei sein. Sicher war das alles nur ein schlechter Traum.

Vollkommen erledigt machte ich die Lampen wieder

aus, schleppte mich ins Schlafzimmer, stieg dort aus meinen Schuhen und zwängte mich im Gehen aus meiner Jeans und meinem plötzlich viel zu engen Oberteil. Ich hatte das Bett gemacht, bevor ich vorhin aus dem Haus gegangen war, denn ich hatte gehofft, dass ich mich mit Simon auf die frisch bezogene Matratze werfen würde, nicht mit einem aufgeschürften Knie und jeder Menge Tränenspuren im Gesicht. Obwohl ich schon seit Wochen ohne ihn in diesem Bett geschlafen hatte, überkam mich jetzt zum ersten Mal seit Anfang unserer »Auszeit« ein Gefühl von Einsamkeit. Weil ich jetzt zum ersten Mal wirklich alleine war. Ich tauschte meine unbequeme Unterwäsche gegen ein verblichenes T-Shirt, das er ausgemustert, ich aber zusammen mit alten Boxershorts von ihm, deren Gummiband gerissen war, heimlich aufgehoben hatte, warf mich rücklings auf das Bett und starrte blind die Decke an. Simons Worte schwirrten immer noch in meinem Kopf herum, als hätte ich den Fernseher nicht ausgemacht, und statt endlich einzuschlafen, dachte ich noch endlos über lauter schwachsinnige Dinge nach. Die Abbuchungen meiner Kreditkarte waren fällig. Ich hatte die zwei letzten *Glee*-Folgen auf Sky Plus noch nicht gesehen, und allmählich war der Speicher voll. Seit über vier Jahren war dies der erste Abend, an dem ich mit ungewaschenem Gesicht ins Bett gegangen war. Deshalb musste ich mir immer alles aufschreiben. Weil eine Maskenbildnerin mit einem fleckigen Gesicht, auch wenn sie vielleicht keine Beziehung hatte, ganz einfach ein Unding war. Ich glitt noch einmal aus dem Bett und zog im Gehen die rutschende Unterhose hoch.

Im Flur berührte ich mein Lieblingsbild von uns, das auf Emelies letzter Geburtstagsfeier aufgenommen worden war. Simon lachte darauf über einen Witz von Matthew, und ich hatte ihm die Arme um den Hals gelegt und mein Gesicht an seiner Schulter angelehnt. Er wirkte unglaublich attraktiv, ich wirkte zumindest nicht dick, und wir sahen beide glücklich aus. Deshalb war es einfach ein perfektes Bild. Ich spürte, wie sich neue Schluchzer einen Weg aus meiner Brust durch meine Kehle bahnen wollten, aber plötzlich hörte ich ein leises Scharren an der Wohnungstür. Eilig machte ich das Flurlicht wieder an und spähte durch das Guckloch. Es war Simon. Mit vollkommen leergefegtem Hirn wartete ich erst mal ab, klappte dann aber den Riegel um und machte auf.

Sein linkes Auge wurde bereits violett, und obwohl jemand versucht hatte, ihn halbwegs wieder herzurichten, klebte an der Nase und an seiner aufgeplatzten Lippe noch ein wenig Blut. Sein geschundenes Gesicht und mein verführerisches Outfit waren derart weit von dem perfekten Bild von uns entfernt, dass ich um ein Haar gelächelt hätte. Auch wenn mir ganz sicher nicht danach zumute war.

»Das Schloss muss mal geölt werden«, murmelte ich rau, während ich mit einer Hand die schlabberigen Boxershorts umklammert hielt.

»Tut mir leid.« Er stand noch immer vor der Tür.

»Du kannst nichts dafür«, stellte ich schulterzuckend fest. »Es klemmt schließlich schon seit einer halben Ewigkeit.«

»Nein, es tut mir leid.«

Ich trat einen Schritt zurück, um ihn hereinzulassen, und presste dabei den Rücken gegen die Fotos an der Wand. Er blieb direkt vor mir stehen und öffnete den

Mund, um irgendwas zu sagen, klappte ihn dann aber wortlos wieder zu.

»Simon?«

Er hatte gerade weitergehen wollen, drehte sich dann aber zu mir um und sah an mir herab.

»Ist das mein T-Shirt?«, erkundigte er sich.

»Ja.« Ich zupfte an dem ausgefransten Saum. »Es ist einfach total bequem.«

»Ich dachte, du hättest es weggeworfen«, antwortete er.

Meine Lippen fingen an zu zittern, und ich schüttelte den Kopf, rollte meine Zehen ein, täuschte ein Gähnen vor und kämpfte gegen die erneut in meinem Hals aufsteigenden Tränen an.

»In Ordnung«, meinte er und vergrub die Hände in den Taschen seiner Jeans.

Ich nickte. Er stand einfach da, elend und geschunden und starrte die Schuhe an, die ich nie zuvor gesehen hatte. Mir war klar, dass ich jetzt irgendetwas sagen musste, und zwar möglichst gleich. Denn am nächsten Morgen wäre es vorbei. Beziehungen wie unsere starben immer lautlos über Nacht. Denn wir waren beide nicht die Typen, die sich, möglichst noch vor jeder Menge Zeugen, irgendwelche blutigen Gefechte lieferten. Weil wir dafür einfach viel zu britisch waren. Doch mir lagen derart viele Fragen auf der Zunge, dass ich sie einfach nicht mehr bewegen konnte, und mein Herz stellte sich bereits tot. Deshalb schluckte ich und öffnete, obwohl ich keine Ahnung hatte, was ich sagen sollte, meinen Mund.

»Neue Schuhe?«

Während eines Augenblicks starrte ich weiter Simons Schuhe an, die mit einem Mal in meine Richtung kamen, und dann hielt er mich plötzlich im Arm und schmiegte sein heiß-feuchtes Gesicht an meine Wange. Erst als sich ein Bilderrahmen schmerzhaft in mein Schulterblatt zu bohren schien, wurde mir bewusst, dass wir uns küssten und dass Simon seine Hände über meinen Rücken bis hinauf zu meinen Haaren und danach wieder hinuntergleiten ließ.

»Es tut mir leid«, murmelte er dicht an meinem Haar. »Es tut mir echt leid.«

Instinktiv schlang ich ihm meine Arme um den Hals und küsste ihn wie in Trance zurück, während mir die scharfe Kante des verfluchten Bilderrahmens weiter in den Rücken schnitt. Erst als er seinen Mund von meinen Lippen hinunter zu meiner Kehle wandern ließ, bemerkte ich, dass meine Augen offen waren und mein Gehirn die Arbeit eingestellt zu haben schien. Was war nur mit mir los? Genauso hatte ich die Nacht schließlich geplant. Simon machte eine Pause und bedachte mich mit einem halb verzweifelten und halb verwirrten Blick. Im Verlauf der letzten Jahre hatte ich diese Gesichtsausdrücke unabhängig voneinander oft genug bei ihm gesehen, aber diese Mischung war mir neu.

»Rach?« Sein besorgter Ton war durchaus zu verstehen. Denn einerseits wusste er genau, dass das Küssen meines Halses ein sicherer Weg in meine Unterwäsche war, aber andererseits hatte ich mich so lange und schmerzlich nach seinen Liebkosungen gesehnt, dass ich irgendwie auf seine Zärtlichkeiten hätte reagieren müssen. Weshalb irgendetwas ganz eindeutig nicht in Ordnung war. »Wirklich, Rach, es tut mir leid.«

»Hör auf. Das hast du jetzt schon oft genug gesagt«, erklärte eine Stimme, die zu meiner Überraschung wie die meine klang. Wenn mich Simon um Verzeihung bat, hieß das, dass es etwas zu verzeihen gab, und damit kam ich in dem Augenblick nicht klar.

»Okay.« Er legte eine Hand in meinen Nacken und schob mir das Haar mit einer so vertrauten Geste über eine Schulter, dass mein Magen zwischen meine Knie sank. »Okay.«

Nickend schloss ich die Augen, als er mich von Neuem küsste, küsste ihn zurück und versuchte, seiner aufgeplatzten Lippe nicht zu weh zu tun. Aber seine aufgeplatzte Lippe war ihm vollkommen egal. Zum ersten Mal seit einem Monat wollte er mit mir zusammen sein, also ließ ich mich von ihm in Richtung unseres Betts schieben, wo er mich auf die Matratze drückte, ehe wenig später das vertraut-behagliche Gewicht seines Körpers auf mir lag. Ich brauchte nicht nachzudenken, brauchte nichts zu tun, denn seine Hände begannen bereits ihre gewohnte Reise über meinen Körper, seine Lippen bahnten sich entschlossen einen Weg über mein Schlüsselbein, und mein linkes Bein schlang sich um seinen Leib. Das hatte mir so sehr gefehlt – er hatte mir so sehr gefehlt –, dass mein Körper nach ihm hätte schreien müssen, statt einfach nur zu reagieren. Es war wahrscheinlich einfach seltsam, weil das letzte Mal so lange her war, das war alles. Und so ignorierte ich die leise Stimme, die in meinem Kopf beharrlich sang: »Du bist nicht die Richtige für Simon. Du bist nicht die Richtige für Simon. Du bist nicht die Richtige für ihn.« Stattdessen kniff ich meine Augen zu und fing an, meine Rolle in dem Stück zu spielen. Denn ich hatte ihn zurück. Und das war es, was ich wollte. Simon war es, den ich wollte. Und jetzt war er endlich wieder da.

Der nächste Tag begann wie jeder normale Samstag. Das Sonnenlicht fiel durch die durchscheinenden Vorhänge vor unserem Fenster, die ich nicht durch blickdichtere Vorhänge ersetzt hatte, weil Simon sich am liebsten davon wecken ließ, dass natürliches Tageslicht durchs Fenster fiel. Und, als wäre er nie weg gewesen, lag er neben mir, und das natürliche Tageslicht verlieh seinen dunkelblonden Haaren einen beinahe goldenen Glanz. Ich lag auf der Seite, ein paar Zentimeter neben ihm, und sah ihm einfach beim Schlafen zu. Die letzte Nacht hatte sich seltsam angefühlt, denn aus meiner Sicht hätten wir reden sollen, bevor er wieder zu mir in die Kiste stieg, aber heute Morgen fühlte sich alles in Ordnung an. Es war wieder alles wie gehabt. Was auch immer für ein Wahnsinn ihn befallen hatte, war er jetzt wieder kuriert.

Um ihn nicht zu wecken, drehte ich mich möglichst lautlos auf den Rücken und ging mit einem leisen Lächeln die für diesen Tag geplanten Tätigkeiten durch. Aber vielleicht könnte ich die Sachen, die auf meiner Liste standen, auch wann anders tun: Die Post könnte problemlos auch bis Montag auf dem Postamt liegen bleiben, und Matthews Geburtstagskarte könnte ich auch morgen kaufen gehen. Aber Lebensmittel kaufen musste ich auf jeden Fall – denn es war einfach nichts mehr da. Ohne die Matratze zu bewegen, glitt ich aus dem Bett und schnappte mir das Tanktop und die Jeans, die noch immer in einem Häufchen auf dem Boden lagen, nahm sie mit in den Flur, zog mich dort an, schnappte auf dem Weg zur Tür mein Handy, Schlüsselbund, Kreditkarte und Strickjacke und blieb nur einmal stehen, um das Bild zurechtzurücken, das am Vorabend in Schieflage geraten war. Keins der Bilder hing vollkommen gerade, aber als ich dieses eine Foto derart schräg neben dem Nachbarfoto hängen sah, gewann mein alter Ordnungswahn die Oberhand, und ich rückte es zurecht. Aber trotzdem sah es noch nicht wieder richtig aus. Statt jedoch noch weiter an dem Ding herumzurücken und dabei möglicherweise irgendwelchen Lärm zu machen, nahm ich es vom Haken, lehnte es gegen die Wand und machte mir eine gedankliche Notiz auf meiner vorläufigen Checkliste, es später richtig aufzuhängen. Nachdem wir gefrühstückt und getan hätten, wonach meinem zu mir zurückgekehrten Freund auch immer nach dem morgendlichen Mahl zumute war. Und meine sonntägliche Liste würde ich noch einmal neu schreiben. Damit wäre meinem Ordnungswahn Genüge getan.

Es war noch superfrüh für einen Samstag, und die meisten Londoner lagen wahrscheinlich noch in ihren Betten, aber ein paar Busse rumpelten bereits an mir vorbei, und die Leute, die am Wochenende schuften mussten, schlurften mit gesenkten Köpfen und Knöpfen in den Ohren den Bürgersteig hinab. Ich trug etwas Lippenbalsam auf, berührte vorsichtig mein wundes Kinn und drehte mir das Haar zu einem halbwegs kontrollierten Knoten auf, während ich die Straße hinunterging. Ich musste wirklich dringend zum Frisör, denn so viel Haar tat keinem Menschen gut. Aber Simon liebte langes Haar. Und ich war es gewohnt. Selbst wenn Dan mich immer Vetter It nannte, wenn ich es während der Arbeit offen trug.

Ich konnte immer noch nicht glauben, dass Paul Simon umgehauen hatte. Etwas derart Nettes hatte er noch nie für mich getan. Das entschädigte mich für das Mal, als er allen meinen Little Ponies die Haare abgeschnitten hatte. Oder wenigstens zum Teil. Ich sollte ihn anrufen und wissen lassen, dass wir uns wieder geeinigt hatten, weil es sonst entsetzlich peinlich würde, wenn wir uns in vierzehn Tagen auf Dads Hochzeit sähen. Aber jetzt musste ich erst mal frische Teilchen, Milch und Kaffee kaufen gehen. Und wahrscheinlich irgendeinen Fleckenentferner, denn einfach mit Wasser kriegte ich das Blut aus Simons Hemd bestimmt nicht raus. Es lebe die Romantik!

Im Supermarkt war seltsam viel Betrieb. Ich sah jede Menge Leute auf dem Weg zur Arbeit, die noch Thunfisch-Sandwiches für ihre Mittagspause kauften, Frühaufsteher, die ihre bereits gefüllten Einkaufswagen durch die Gänge schoben, sowie eine Reihe leicht zerknittert aussehender Herren, deren Mienen geradezu erschreckend selbstzufrieden waren.

»Alles klar?« Eine nach dem Rasierwasser Kouros stinkende Gestalt nickte mir an der Brötchentheke zu. »Anstrengende Nacht gehabt?«

»So könnte man sagen«, antwortete ich, ohne den Typen anzusehen. War ihm nicht bewusst, dass er in London war? Wir sprachen nicht mit Fremden, und während der ersten Jahre sprachen wir auch nicht mit unseren Nachbarn, außer wenn es um eine Beschwerde wegen Lärms oder nachbarlichen Hundekots in unserem Garten ging.

»Man muss einfach zusehen, dass man vor dem Aufwachen verschwindet«, fuhr er fort, während er ein paar Zimtschnecken in eine Plastiktüte warf. »Aber ich lege immer einen Zettel hin. Weil man das ganz einfach muss. Weil sich das einfach gehört.«

»Genau.« Mit einem verkniffenen Lächeln reihte ich mich in der Schlange an der Kasse ein.

Und diese Nervensäge folgte mir.

»Mir tun die Mädels immer leid«, fuhr er mit lauter Stimme fort. »Du weißt schon – wenn ein Kerl nach einem

One-Night-Stand nach Hause geht, denken alle ›Bravo, Mann!‹, aber wenn ein Mädchen Samstagfrüh um sechs in den Klamotten vom Vorabend über die Straße läuft, denkt jeder, dass sie eine Schlampe ist.«

»Genau.« Ich wühlte kurz in meinem Einkaufskorb, doch dann wurde mir klar, was dieser Typ gesagt hatte, und ich starrte ihn durchdringend an. »Das heißt, wie bitte?«

»Ich natürlich nicht.« Kouros-Mann warf seine Hände in die Luft und kippte dabei einen Teil des Inhalts seiner bereits offenen Red-Bull-Dose in meinen Korb. »Ich habe keine Vorurteile. Und es ist schließlich nicht so, dass du wie manche anderen in einem Rock, der deinen Arsch nur halb bedeckt, und einem Top, aus dem die Titten quellen, durch die Gegend läufst. Hübsches Outfit.«

Toll. Als wäre es nicht bereits schlimm genug, dass dieser Charmeur noch immer halb betrunken war, dachte er anscheinend obendrein, wir hätten dieselbe freizügige Einstellung zu One-Night-Stands.

»Weißt du, vielleicht solltest du mir deine Nummer geben, für den Fall, dass du einmal Gesellschaft brauchst.« Von dem abgestandenen Geruch dessen, was er in der vergangenen Nacht getrunken oder vielleicht auch verschüttet hatte, und dem intensiven Duft des Aftershaves bekam ich einen regelrechten Würgereiz.

»Ich habe einen Freund«, erklärte ich ihm schnell und schob den Korb mit meinen Teilchen zwischen uns. »Also nein.«

»Ja, sicher«, meinte er, befingerte eine Packung mit Kondomen und fügte sie seinen Einkäufen hinzu. Würgereiz hoch zwei. Ich wandte ihm den Rücken zu und hoffte, dass er einfach gehen würde, roch ihn aber immer noch und hatte das Gefühl, dieser Gestank hätte sich längst in meinen Kleidern festgesetzt. Gott sei Dank, dass Simon zur Vernunft gekommen war. Denn seit fünf Jahren war dies der erste Mann, der mich um meine Telefonnummer gebeten hatte, und er war definitiv keiner, mit dem ich den Rest meines Lebens verbringen wollte.

Ich zahlte meine Beute, trat so schnell wie möglich wieder auf die Straße und spielte so fasziniert mit meinem iPhone, dass ich nicht einmal mehr hörte, was genau der Typ in meinem Rücken murmelte. Auch wenn es verdächtig nach etwas wie »arrogantes Miststück« klang. Ein wirklich toleranter Typ.

Nicht mal der August war in London eine Garantie für gutes Wetter, aber dieser Vormittag war einfach wunderbar. Nicht ein Wölkchen zeigte sich am strahlend blauen Himmel, und der Sonnenschein war hell und klar. Ich lief fröhlich durch die Upper Street zurück und ging dabei die Textnachrichten meiner Freunde durch. Em und Matthew wären sicher nicht begeistert, riefe ich sie Samstagfrüh bereits vor sieben an, also tippte ich nur »alles bestens« in mein Handy, löschte die Nachrichten, die aus wüstesten Beschimpfungen meines zu mir zurückgekehrten Freundes bestanden, und speicherte nur die Botschaften der Liebe ab. Denn es konnte sicherlich nicht schaden, hätte ich sie jederzeit zur Hand.

Danach sperrte ich die Tasten meines Handys und schob es zurück in die Gesäßtasche meiner Jeans. Ich war nicht allzu gut darin, Gefühle auszudrücken, und auch mit dem »L«-Wort hatte ich mich bisher immer ziemlich schwergetan. Ich liebte meinen Bruder, Matthew, Emelie und Simon, Galaxy-Schokolade, Alexander Skarsgård sowie die Baxter-Jeans von Topshop. Und ich liebte meine

Wohnung mehr als alles andere. Seit der Uni hatte ich in zahllosen bescheidenen möblierten Zimmern und halbwegs erträglichen WGs gehaust, aber das hier, unsere herrliche, im Erdgeschoss gelegene Wohnung mit zwei (!) Schlafzimmern, die wir mitten in der Rezession für einen Apfel und ein Ei bekommen hatten, war mein erstes, echtes Heim, und in den vergangenen achtzehn Monaten hatten wir dort ausnehmend behaglich vor uns hin gelebt. Auch wenn die Behaglichkeit hauptsächlich überall verteilten Bergen von Bügelwäsche zu verdanken war.

Zu Hause, dachte ich, erklomm die fünf Stufen bis zu unserer königsblauen Eingangstür und blieb dort erst mal stehen. Ich war unglaublich nervös. Was, wenn Simon wach war? Vielleicht hätte ich mich wenigstens um einen halbwegs anständigen Look bemühen sollen, bevor ich aus dem Haus ging. Was sollte ich sagen, wenn er in der Küche saß? Vielleicht könnten wir ja ganz einfach so tun, als wäre gestern Abend nie passiert.

»Wenigstens wird Simon nicht nach Kouros stinken«, sagte ich halb zu mir selbst und halb zu einem zufällig vorbeikommenden jungen Mädchen, das mit ein paar Hunden Gassi ging, und schob den Schlüssel in das Schloss.

Noch immer war es in der Wohnung totenstill, und um Simon nicht zu wecken, zog ich mir erst mal die Schuhe aus. Okay, ich würde mir die Zähne putzen, Kaffee kochen, und dann würde ich ja sehen, was geschah. Ich stellte meine Tüte auf der Arbeitsplatte in der Küche ab und lief direkt ins Bad. Was geschehen würde, würde geschehen. Aber warum denn wohl auch nicht?, sagte ich mir und spritzte mir ein wenig kaltes Wasser ins Gesicht. Wahrscheinlich käme es zu einem etwas peinlichen Gespräch, aber dann würde der Weg uns weiter Richtung Hochzeit, Babys und Glück ohne Ende führen. Es gab keine Straße ohne Stolpersteine, und vor allem flippte jeder irgendwann mal ein wenig aus, und Beziehungen ohne Probleme gab es einfach nicht. Ich schnappte mir meine Zahnbürste und rief mir in Erinnerung, dass der Mythos von dem Paar, das bis ans Ende stets nur glücklich miteinander war, eben nur ein Mythos war.

Hmm, wo war die Zahnpasta? Automatisch griff ich in den Schrank neben dem Waschbecken, wo immer eine zweite Tube lag. Beziehungen im wahren Leben waren eben kompliziert. Man musste daran arbeiten und sich bemühen, den anderen zu verstehen und kompromissbereit zu sein. Man konnte nicht einfach abhauen, wenn es einmal schwierig wurde, sondern musste …

In dem Schrank neben dem Waschbecken lag keine Tube Zahnpasta, denn die hatte ich schon gestern rausgeholt und aufgemacht. Nur, dass diese neue Tube nicht im Becher stand. Genauso wenig wie die Zahnbürste von meinem Freund. Und auch sein Rasierer war verschwunden.

Ich umklammerte noch immer meine Zahnbürste und schlich auf Zehenspitzen durch den Flur bis zur Tür des Schlafzimmers. Doch obwohl ich bereits wusste, was mich dort erwartete, machte ich die Tür nicht auf. Übelkeit stieg in mir auf. Zorn. Und die Erkenntnis, dass ich hoffnungslos naiv gewesen war. Mit meinem großen Zeh stieß ich die Tür des Zimmers auf, spähte vorsichtig hinein. Und sah das leere Bett.

Ich trat einen Schritt zurück und spürte etwas Hartes, Kaltes unter meinem Fuß, dicht gefolgt von etwas Scharfem, Brennenden und Heißen. Unser Bild von Emelies Geburtstag. Simon hatte es anscheinend umgeworfen, als er – eilig – aus dem Haus geschlichen war.

Zahnbürste in einer Hand, Handy in der anderen, ließ ich mich auf den Boden gleiten und riss dabei auch noch alle anderen Fotos von der Wand. Das Blut von meinem Fuß tropfte auf das Laminat, das Simon am Tag nach dem Endspiel um den jährlichen FA-Pokal so liebevoll verlegt hatte. Vor dem Ende der Fußballsaison hatte er nämlich keinen Finger krumm gemacht.

Ich entsperrte mein Handy und drückte auf Wiederwahl.

»Matthew?«, fragte ich mit leiser Stimme und versuchte, meine Zehen nicht zu bewegen. »Er hat mir die Zahnpasta geklaut.«

4

»Dafür bringe ich ihn um.«

Ich nickte stumm.

»Ich meine, dafür mache ich ihn fertig. Hau ihn um, poliere ihm die Fresse, reiße ihm Arme und Beine aus und schlage ihm die Nase mit den blutigen Stümpfen ein.«

»In Ordnung«, stimmte ich ihm zu.

»Und danach werde ich …«

»Emelie«, fiel Matthew ihr ins Wort, während er sich nach mir bückte und mich wieder auf die Beine zog. »Damit hilfst du ihr jetzt auch nicht.«

Immer noch mit Zahnbürste und Handy in der Hand, lehnte ich mich gegen meinen Freund.

»Willst du mir das geben?«, fragte er, streckte einen Arm aus, und ich drückte ihm das Handy in die Hand.

»Und die Zahnbürste?«

Widerstrebend überließ ich ihm auch diesen Gegenstand.

Emelie und Matthew waren in Rekordzeit durch die Stadt geeilt und bei mir aufgetaucht, bevor ich auch nur hatte versuchen können wieder aufzustehen. Ich hatte bei Matthew angerufen, er bei Emelie und sie bei Domino's, aber die lieferten um diese frühe Uhrzeit noch nichts aus. Aber schließlich zählte der Gedanke, oder nicht? Unter lautem Schniefen, jämmerlichen Schluchzern und diversen anderen Zeichen grenzenlosen Selbstmitleids hatte ich den beiden die gekürzte Fassung der Ereignisse erzählt, seit ich in das Taxi eingestiegen war, und sie hatten mir ihrerseits berichtet, wie es vor dem Phoenix abgelaufen war. Matthew hatte voller Bewunderung verfolgt, wie mein Bruder Simon mit einem gezielten Fausthieb umgehauen hatte, und dann hatte Emelie ihm noch einen nicht weniger gezielten Tritt in den Unterleib verpasst und ihn mit französischen Schimpfworten belegt, die schwer zu übersetzen sind. Als jemand daraufhin die Polizei gerufen hatte, hatte sich das Trio in die nächstgelegene McDonald's-Filiale verdrückt, während Simon in ein Taxi gekrabbelt war. Danach hatte mein Teil der Geschichte eingesetzt.

»Ich wäre nie auf die Idee gekommen, dass er hierherkommen würde.« Matthew strich mir sanft über das Haar, während ich mich auf das Sofa sinken ließ. »Wir wollten noch zu dir rüberkommen, aber du bist nicht ans Telefon gegangen, deshalb dachten wir, dass du schon schläfst. Denn sonst gehst du schließlich immer dran.«

»Ich habe auch geschlafen«, antwortete ich. »Und sicher bin ich bald wieder okay.«

»Auf jeden Fall«, stimmte mir Matthew zu. »Auf jeden Fall. Gut, dass du dieses Arschloch endlich losgeworden bist.«

War ich Simon wirklich losgeworden? Sicher war es doch eher andersrum gewesen. Und ich war bestimmt kein Arschloch. Hoffte ich.

»Bald wird es dir besser gehen als je zuvor.« Em kochte genügend Tee für die Bewohner einer mittelgroßen Stadt. »Warum nimmst du nicht erst mal ein Bad? Dann würdest du dich sicher besser fühlen.«

»Ich weiß nicht.« War es möglich, dass ein Mensch nicht

wusste, ob er baden wollte oder nicht? O Gott, ich hatte den Verstand verloren.

»Tja, sag uns einfach, was du machen willst.« Matthew küsste mich auf den Kopf und bedachte mich mit einem erwartungsvollen Bick. »Oder, wenn du willst, bleib einfach still hier sitzen, und wir texten dich ein bisschen zu. Oder andersrum.«

Nach der Uhr an meinem DVD-Player war es gerade einmal zehn. Die *Mad-Men*-DVDs lagen nicht mehr auf dem Gerät. Wie konnte es noch derart früh am Morgen sein? Das Leben eines Menschen konnte doch wohl unmöglich so früh an einem Samstagvormittag derart den Bach hinuntergehen. Die *Mad-Men*-DVDs hatte wahrscheinlich Simon eingepackt. Ich sollte mich allmählich umziehen gehen. Oder vielleicht sollte ich tatsächlich erst mal baden. Aber in dem heißen Wasser täte mir mein weher Fuß bestimmt noch weher. Ich hatte mir in den Fuß geschnitten. Und was sollte ich bloß anziehen? Ein Pyjama wäre zu erbärmlich, aber andere Kleider kamen mir einfach zu optimistisch vor. Vielleicht sollte ich einfach noch mal ins Bett gehen. Schließlich war es noch sehr früh. An einem normalen Samstag, an dem ich nicht von der Person, mit der ich den Rest meines Lebens hatte verbringen wollen, derart verarscht worden wäre, läge ich wahrscheinlich noch im Bett.

»Rachel, denkst du irgendetwas, das du uns nicht sagst?«, erkundigte sich Matthew.

Allerdings.

»Er hat die *Mad-Men*-DVDs mitgenommen«, klärte ich meinen Freund mit tragischer Stimme auf.

»Hattest du die schon geguckt?«

Ich schüttelte den Kopf.

»*Fils de pute*«, murmelte Emelie. »Es ist eine Sache, einer Frau die Zahnpasta zu klauen, aber es ist etwas völlig anderes, wenn man ihr Don Draper nimmt …«

»Also, du legst dich jetzt erst mal in die Badewanne«, legte Matthew fest, und auf sein Signal hin stellte Emelie sofort den Wasserkessel weg, trottete ins Bad, drehte die Wasserhähne auf und fluchte, während das Wasser rauschte, weil sie sich am Hahn fürs Warmwasser verbrannt hatte wie jedes Mal. »Okay?«

Etwas anderes als ein Nicken brachte ich beim besten Willen nicht zustande. Es kam mir so vor, als schliefe ich mit offenen Augen, und ich starrte zwischen etwa zwei und zwanzig Minuten vor mich hin, bis Em verkündete, dass jetzt das Wasser eingelaufen war.

Matthew half mir auf und schob mich sanft in Richtung Badezimmertür. »Danach wirst du dich besser fühlen, echt.« Entschlossen drückte er die Tür ins Schloss, bevor ich anfangen konnte, mich auszuziehen. Denn zwar war er der beste Freund, den frau sich wünschen konnte, aber der Anblick nackter Weiblichkeit rief ein heftiges Unbehagen in ihm wach. Er hatte uns von Anfang an deutlich zu verstehen gegeben, dass er keinerlei Interesse daran hätte, jemals auch nur eine nackte Brust von uns zu sehen. Woraufhin ich mich ihm gegenüber bisher stets bedeckt gehalten hatte, wohingegen Emelie natürlich schon drei Wochen nach unserem Zusammenzug im Evakostüm vor ihm herumgelaufen war. »Es ist geradezu erstaunlich, was ein Bad bewirken kann.«

»Alles bereit.« Em zwängte sich in dem winzig kleinen Badezimmer hinter mich und zog so viel von meinem Haar wie möglich durch ein Gummiband. »Brauchst du noch irgendwas?«

»Nein danke.« Ich schälte mich aus meinem Top und ließ es auf den Boden fallen. Hätte ich das Ding noch fünf Minuten länger angehabt, wäre es mir wahrscheinlich von selbst den Rücken raufgekrochen. Die hautengen Jeans hingegen schienen fest entschlossen, sich nicht abschütteln zu lassen, und nach mehreren vergeblichen Versuchen, mich auf irgendeine Art herauszuwinden, riss Em sie mir mit einem ordentlichen Ruck über die Knie, hob sie vom Boden auf, sah mich mit einem breiten Grinsen an, trat in den Flur hinaus und zog die Tür hinter sich zu.

Ich hing über dem Waschbecken und starrte in den Spiegel. Ich trug nur noch BH und Slip, mein Haar bildete eine riesengroße Ananas auf meinem Kopf, dicke Tränen kullerten mir übers Gesicht, und meine Mundwinkel hingen derart herab, dass man sie als Kleiderbügel hätte nehmen können. Einfach jämmerlich. Nimm ein Bad, Rachel. Dann wirst du dich besser fühlen, Rachel.

Ich riss meinen Blick von der Sexbombe im Spiegel los und starrte auf die bis zum Rand mit Schaum gefüllte Wanne, aus der mir der saubere, entspannende Geruch von Lavendel und noch etwas anderem entgegenschlug. Ich brauchte nur noch reinzusteigen. Erst den einen Fuß und dann den anderen, dann röche ich genauso rein und frisch. Der Schaum würde mich sanft im Nacken kitzeln, meine Muskulatur würde entspannt sein, die Haut rosig und frisch, und wahrscheinlich würde es mir wirklich etwas besser gehen. Nur, dass mir nicht das Geringste daran lag, dass es mir besser ging. Ich wollte mich auch weiterhin in Selbstmitleid ergehen und die Ereignisse der letzten Nacht und dieses Morgens ein ums andere Mal Revue passieren lassen. Wollte keinen Tee, wollte kein heißes

Bad und wollte keine mitfühlenden Freunde. Alles, was ich wollte, war, dass Simon wiederkam. Aber wenn ich jetzt nicht in die Wanne stiege, würde mein Geruch den beiden anderen verraten, dass ich ihren Vorschlag doch nicht angenommen hatte, und dann wären sie enttäuscht. Und es täte ganz bestimmt nicht weh, wenn ich ein wenig guten Willen zeigte. Außer, wenn das Wasser kochte und die Haut von meinen wunden Zehen riss.

Meine Freunde hielten währenddessen einen Krisengipfel ab, und durch die Wand hindurch konnte ich jedes Wort verstehen. Eine der besonderen Freuden der während der Neunziger beliebten Billig-Renovierungen waren nämlich Wände in der Dicke von Papier.

»Also, ich werde das Bett abziehen, und du nimmst alle Fotos von ihm ab«, legte Matthew schließlich fest. »Ich werde das verfluchte Bettzeug kochen, denn ich will, dass es in dieser Wohnung keine Spur mehr von dem Scheißkerl gibt, wenn sie wieder aus dem Badezimmer kommt.«

»Okey-dokey«, meinte Emelie. »Ich kann einfach nicht glauben, dass er das getan hat.«

»Ich auch nicht«, antwortete er. »Ich dachte echt, sie ziehen diese Sache bis zum Ende durch.«

Das hatte ich auch gedacht. Das hatte ich wirklich auch gedacht.

»Dann sollten wir dem lieben Gott auf Knien dafür danken, dass er noch zur rechten Zeit verduftet ist. Stell dir doch nur vor, sie hätten tatsächlich geheiratet.«

»Ich weiß, ich meine, wie hätten wir so tun sollen, als würden wir uns für sie freuen, weil sie einem Volltrottel das Jawort gibt?«

Ich lehnte mich in der Wanne zurück. Meine Freunde

fanden, dass Simon ein Trottel war? Aber wir waren fünf Jahre zusammen gewesen, und sie hatten niemals auch nur einen Ton gesagt. Mir war klar, dass niemals die Gefahr bestanden hätte, dass einer der beiden je sein Glück bei ihm versuchen würde – weil er, abgesehen von der Tatsache, dass er ein Mann war, einfach nie ihr Typ gewesen war. Aber trotzdem. Hassten sie ihn tatsächlich so sehr, dass sie sich darüber freuten, dass es aus war zwischen uns?

Ich hob einen meiner leuchtend pinkfarbenen Füße aus dem Wasser und sah mir die lackierten Zehen an. Passend zu dem Tag sahen sie einfach erbärmlich aus. Ich drehte mit den Zehen das kalte Wasser auf und versuchte rauszufinden, warum Simon Em und Matthew offenbar derart zuwider war. Zugegeben, es gab keinerlei Gemeinsamkeiten zwischen ihnen. Simon war nämlich ein echter Vollblut-Kerl. Er guckte Fußball, spielte Videospiele und liebte die Musik von Coldplay, die Arbeit von Will Ferrell und den Körper von Megan Fox. Was ihn nicht zu einem schlechten Menschen machte, sondern einfach zu einem normalen, neunundzwanzigjährigen, heterosexuellen Mann. Vielleicht hatte er sich anfangs in Matthews Gesellschaft nicht immer ganz wohl gefühlt, aber das hatte nur daran gelegen, dass bis dahin kaum einer von seinen Freunden schwul gewesen war. Und in Emelies Gesellschaft hatte er sich ab und zu vielleicht etwas zu wohl gefühlt, aber sie konnte ja wohl kaum so tun, als hätten seine unbeholfenen Flirtversuche ihr nicht irgendwie geschmeichelt. Und als Partner war er echt okay. Er hatte oft gekocht, vor allem, weil ich eine wirklich schlechte Köchin war, hatte sämtliche Männerjobs in unserer Wohnung übernommen, mir Blumen mitgebracht, wenn er

Überstunden machen musste, keinen meiner Geburtstage vergessen, nie irgendwelche Vorhaben kurzfristig abgesagt und sich, ohne zu jammern, mit auf jede Hochzeit, Taufe und Beerdigung mitschleifen lassen, zu der ich eingeladen gewesen war. Er war nicht gierig und nicht egoistisch, hatte mich niemals betrogen oder angelogen, denn er war ein guter Mensch. Wir waren glücklich gewesen, hatten Routine im Umgang miteinander gehabt, und offensichtlich war ich nicht die Einzige gewesen, die gedacht hatte, diese wohlige Routine fände in einem Ring, einem weißen Kleid und einer stürmischen Darbietung von »Oops Upside your Head« in einem netten Hotel irgendwo in Surrey ihren Höhepunkt.

Aber nein. Kein Ring. Kein weißes Kleid. Keine flotte Tanznummer. Nicht mal eine Erklärung. Vielleicht, wenn ich mit ihm sprechen würde. Vielleicht könnten wir ja, wenn er mir eine richtige Erklärung geben würde, noch mal über alles reden. Vielleicht käme er dann doch noch mal zu mir zurück.

Nach einer, wie ich hoffte, angemessenen Zeit, hievte ich mich aus dem noch immer heißen Wasser, trocknete mich ab und wickelte mich in das Handtuch ein. Matthew würde die Zurschaustellung von nackter Haut wahrscheinlich nicht gefallen, aber mein Bademantel hing im Schlafzimmer, und deswegen hatte ich keine andere Wahl. Ich wollte mir nur etwas anziehen, mir mein Handy schnappen und die Sache klären.

Matthew und Emelie standen im Wohnzimmer, wo das Bettzeug auf dem Boden lag.

»Was ist?« Ich merkte, dass mein neu entdeckter Schwung schwungvoll wieder verschwand. »Was ist passiert?«

»Nichts.« Emelie sah panisch auf. »Wow, du siehst wirklich besser aus. Warum gehst du nicht erst mal los und ziehst dich an?«

»Ich sehe beschissen aus«, erklärte ich und hüllte mich noch fester in mein Handtuch ein. »Was ist los? Ist etwas passiert? Hat Simon angerufen?«

»Nein«, antwortete sie, während Matthew irgendwas in der Gesäßtasche seiner Jeans verschwinden ließ. »Zieh dich erst mal an, und dann ziehen wir los und essen was. Du musst doch halb verhungert sein.«

Erbärmlichere Lügner als die beiden gab es sicher nicht.

»Was hast du da eben in die Hosentasche gesteckt?«, wollte ich von Matthew wissen.

»Nichts«, stieß er mit schriller Stimme aus.

»Los, gib her.« Ich streckte meine Hand aus. »Ganz egal, was es auch ist, gib's her.«

Emelie starrte ihn an und schüttelte den Kopf, aber er nickte nur und biss sich auf die Lippe, während er ein Stück Papier aus seiner Tasche zog.

»Matthew, nicht.« Em legte eine Hand auf meine Schulter und hielt mich zurück.

»Warum ziehst du dich nicht erst mal an …«, versuchte er, mich abzulenken, doch ich war zu schnell. Ich stieß meine Freundin auf das Sofa, kniff die Augen zusammen, rückte meinen Pferdeschwanz zurecht und zog das Handtuch noch mal fest. Bevor ich auf das Sofa und von dort auf Matthews Rücken sprang. Einen Arm um seinen Hals, riss ich an dem Stück Papier in seiner Hand.

»Hol sie da runter«, quietschte er, während er wie ein geköpftes Huhn durchs Zimmer lief.

Emelie zog ihre Beine hoch und schlug sich die Hände vors Gesicht. Ich hätte nicht sicher sagen können, ob sie lachte oder weinte, doch im Grunde war mir das auch vollkommen egal. Alles, was ich wusste, war, dass ich diesen verfluchten Zettel in die Hand bekommen musste, was mir, während Matthew zur inzwischen vierten Runde durch den Raum ansetzte, auch endlich gelang. Genau im selben Augenblick, in dem mir das Handtuch runterfiel. Doch es kümmerte mich nicht im Geringsten, dass inzwischen mindestens drei Nachbarn voller Spannung mitverfolgten, wie ich splitternackt huckepack auf einem ein Meter neunzig großen Schwulen durch die Wohnung ritt, als ich mich zu Boden gleiten ließ und die Nachricht eilig überflog.

Matthew blieb wie angewurzelt stehen und keuchte viel zu laut für einen Mann, der so oft wie er ins Fitnessstudio ging. Mit weit aufgerissenen Augen und einem Ausdruck panischen Entsetzens im Gesicht stieß er pfeifend aus: »Großer Gott.« Em hingegen hatte schnell die Fassung wiedererlangt und wickelte mich eilig wieder in mein Handtuch ein. Aber meine Nacktheit war mir augenblicklich völlig schnurz. Mir ging es einzig um den Inhalt der Notiz.

Sie war auf einem blassblauen Blatt Papier verfasst, das dort, wo es aus meinem Notizbuch herausgerissen worden war, ausgefranst war. Ein Blatt Papier aus dem Notizbuch, das ich immer bei mir trug. Jemand war an meiner Handtasche gewesen, hatte ein noch unbeschriebenes Blatt aus dem Büchlein herausgerissen und einen ausnehmend kurzen Text darauf verfasst.

Rachel,
es tut mir leid. Es wird nicht funktionieren. Ich bin diese Woche arbeitsmäßig unterwegs, und danach ziehe ich aus. Tut mir leid.
Simon.

Ich las den Text noch dreimal durch und sah dann erst wieder meine Freunde an. Matthew hatte einen traumatisiert-entschuldigenden Ausdruck im Gesicht, und Em sah einfach nur furchtbar traurig aus. Ich öffnete den Mund, um irgendwas zu sagen, was die Spannung brechen würde, atmete dann aber nur zischend ein. Das war alles? Das war alles, was ich von dem Kerl bekam? Der Zettel ließ sich viel zu leicht zerknüllen, bis ich nur noch ein paar spitze Kanten spürte, und als ich die Faust nach einer Weile wieder aufklappte, lag er wie eine bedeutungslose, kleine Kugel da. Ich schlug die Augen wieder auf und starrte auf das kleine, harmlos aussehende Stück Papier, von dem mir das Herz gebrochen worden war.

»Wie viel Uhr ist es?«

»Halb elf?«

»Hat der Pub schon auf?«

»Wir sind hier in London.« Em hob ihre Handtasche vom Boden auf. »Da gibt es immer irgendwelche offenen Pubs.«

Nickend hüllte ich mich fester in mein Handtuch ein. »Dann ziehe ich mich erst mal an.«

Zum Glück brauchten wir nicht lange zu suchen, und bereits nach weniger als einer Stunde saßen wir in einer dunklen Ecke eines dunklen Pubs, der nur ein paar Häuser entfernt in meiner Straße lag, hatten eine Flasche

Weißwein vor uns auf dem Tisch und warteten auf drei Portionen »Fisch im Teigmantel«.

»Du hast folgende Möglichkeiten«, setzte Matthew an. »Wir können uns betrinken, ordentlich über ihn herziehen und dann mit einem Kebab heimwanken, oder wir können uns betrinken, du kannst dir die Augen aus dem Kopf heulen, und danach wanken wir mit einem Kebab heim.«

»Sag mir, dass es noch eine Alternative gibt.« Ich versuchte, endlich damit aufzuhören, mit dem Zeigefinger in dem Loch in meinen Leggings rumzubohren. Natürlich könnte ich behaupten, ich liefe derart schäbig rum, weil ich mich in aller Eile angezogen hatte, aber wenn ich ehrlich war, bestand meine Garderobe generell entweder aus viel zu schickem oder eben aus eher abgerissenem Zeug. Denn es interessierte niemanden am Set, wie die Maskenbildnerin rumlief, und während der letzten Jahre hatte ich mir eine Art Schwarze-Leggings-weißes-T-Shirt-Uniform für meine Arbeit zugelegt. Denn dann brauchte ich nicht allzu viel zu überlegen, wenn ich morgens gegen fünf in die Klamotten stieg.

»Wir könnten uns auch betrinken, dein fantastisches neues Leben planen und danach mit einem Kebab heimwanken«, beendete Matthew seine Aufzählung.

»Darf ich mitbestimmen?« Em hob eilig eine Hand. »Ich bin für Möglichkeit drei. Nur schlage ich statt Kebab Pizza vor.«

»Nein, es müssen Kebabs sein«, erklärte Matthew ihr. »Denn dies ist die einzige Gelegenheit, bei der ich so was essen kann, ohne mich hinterher zu hassen. Weil sämtliche Kalorien, die man innerhalb von achtundvierzig Stunden nach dem Ende einer Beziehung zu sich nimmt, null und nichtig sind.«

»Gibt es sonst noch irgendwelche Regeln, die ich kennen sollte?«, fragte ich.

»Himmel, jede Menge«, klärte Em mich fröhlich auf. »Du darfst dich zweimal auf der Arbeit krankmelden, jeden von uns beiden dreimal mitten in der Nacht anrufen, ohne dass eine Beschwerde von uns kommt, und so viel Eis essen, wie ein Mensch konsumieren kann. Außerdem musst du im Rahmen einer ausgedehnten Shoppingtour lauter lächerliche Sachen kaufen, die du nie im Leben tragen wirst. Was sonst noch?«

»Du darfst mit jemand völlig Unpassendem in die Kiste gehen, Hauptsache, er ist echt fit. Und danach musst du dich nie mehr bei ihm melden«, fügte Matthew noch hinzu.

»Den Punkt lasse ich wahrscheinlich erst mal aus«, erklärte ich und sah mir die splissigen Enden meiner Haare an. »Aber ich habe mir gestern ein Bikini-Waxing verpasst, und vielleicht sollte ich mir dort jetzt noch ein Piercing machen lassen oder so.«

»Davon will ich nichts hören.« Matthew pflückte sein vibrierendes iPhone aus der Handysammlung auf dem Tisch und starrte nachdenklich auf das Display.

»Halten wir dich von was Wichtigem ab?«, kam mir Emelie zuvor.

»Das macht ihr immer«, antwortete er. »Aber trotzdem liebe ich euch. Und jetzt zurück zu Miss Summers. Hast du nächste Woche viel zu tun?«

»Das Shooting am Montag wird bestimmt bis Dienstag gehen«, klärte ich ihn schulterzuckend auf. »Wieder Unterhosen. Wieder Ana. Wieder Dan.«

»Dann bleibt uns nicht viel Zeit, um dich auf den Weg der Besserung zu schicken.« Em nahm einen vorsichtigen

Schluck von ihrem Wein. Es war sogar für sie noch etwas früh für Alkohol, aber sie ließ nichts unversucht. »Und zu gucken, dass du bis zum Wochenanfang wieder halbwegs nüchtern bist.«

»Ich kann einfach nicht glauben, dass er einfach so verschwunden ist.« Ich stützte mich mit meinen Ellenbogen auf den Tisch. »Ist das etwa normal? Dass die Männer einfach gehen?«

»Ich war noch nie lange genug mit einem Kerl zusammen, um das mit Bestimmtheit sagen zu können«, gestand Emelie. »Ich neige immer eher dazu, einfach nicht auf Anrufe und Nachrichten zu reagieren, bis die Typen aufgeben.«

»Und ich neige eher zu lautem Streit mit Tellerwerfen, der Androhung von Gewalt oder vielleicht einer öffentlichen Szene mitten in der Nacht«, fügte Matthew noch hinzu. »Einfach einen kurzen Brief irgendwo hinzulegen, wirkt auf mich erschreckend mittelklassemäßig und vor allem typisch hetero.«

»Was soll ich jetzt machen?« Ich trank mit einem Schluck die Hälfte meines Weins. Zur Übung für mein neues Leben. »Ich meine, nach dem Weißwein und dem Kebab. Was stellt man als Single an?«

»Dies ist schließlich nicht deine erste Trennung, also weißt du ja wohl aus Erfahrung, dass man so was übersteht.«

»Dies ist vielleicht nicht meine erste Trennung, aber es ist das erste Mal, dass mich jemand fallen gelassen hat.«

Schweigen senkte sich über den Tisch. Vielleicht hatte ich mit diesen Sätzen, ohne es zu wissen, die gesamten Sympathien der beiden anderen verspielt.

»O mein Gott, das stimmt, nicht wahr?«, stieß Matthew

mit rauer Stimme aus. »Du bist vorher noch nie verlassen worden.«

»Und da wir schon mal dabei sind …« Em stellte ihr Weinglas weg und schob sich die wilden roten Haare aus der Stirn. »Was war deine längste Zeit als Single?«

»Es ist nicht so, als hätte nicht auch ich schon jede Menge Mist erlebt«, verteidigte ich mich schnell. »Nur habe ich es einfach bisher jedes Mal geschafft, als Erste einen Schlussstrich unter irgendwas zu ziehen.«

»Aber du warst nie wirklich Single, oder?« Matthew machte ein nachdenkliches Gesicht. »Mit Simon warst du – wie lange? – fünf Jahre zusammen?«

»Ja.« Ich versuchte, so viel Wein wie möglich runterzubekommen, bevor es um meine anderen Exfreunde ging.

»Und wenn ich mich recht entsinne, hast du dich am Morgen nach der Hochzeit der dicken Theresa aus KW von Jeremy getrennt, weil du auf dem Empfang Simon begegnet bist.«

Die arme dicke Theresa aus Kommunikationswissenschaften – vor wie vielen Jahren hatten wir das Studium abgeschlossen? Und noch immer war sie diesen Namen nicht los. Ach Quatsch, sie war bestimmt nicht arm. Sie war fett und hatte einen Ehemann, weshalb also sollte sie mir leidtun? Schließlich hätte ich sofort mit ihr getauscht.

»Und vor Jeremy kam wer, Will?«

»Will, der Wichser.« Em klatschte begeistert in die Hände. »Mann, der war echt witzig.«

»War er nicht, denn er war ein Wichser«, korrigierte ich. »Weil er mich schließlich mit mindestens zwei Dutzend anderen Frauen betrogen hat.«

»Und trotzdem hast du darauf bestanden, diesem Kerl noch eine Chance zu geben«, rief mir Matthew mit zusammengekniffenen Augen in Erinnerung. »Und dann noch eine und noch eine. Das habe ich nie verstanden. Denn so heiß war er nun wirklich nicht.«

»Ich glaube, es lag nur daran, dass er nicht Martin war«, überlegte ich.

»Martin. Der liebe, gute Martin.« Matthew lächelte. »Die Freunde von der Uni fehlen mir. Weil mit ihnen immer alles herrlich einfach war.«

»Abgesehen davon, dass der liebe, gute Martin neben mir noch seinen Englischdozenten gevögelt hat«, rief ich den beiden anderen in Erinnerung und füllte mein Weinglas wieder auf. Weil der Alkohol eindeutig nötig war.

»Und mich«, fügte Matthew gut gelaunt hinzu. »Aber natürlich erst, als er nicht mehr mit dir zusammen war.«

»Darüber habe ich bisher nie nachgedacht.« Em winkte dem Kellner, der mit unserem Fisch und den Pommes ein wenig ziellos durch die Kneipe wanderte. »Wie ist es möglich, dass du bisher niemals Single warst?«

»Vielleicht, weil ich einfach fantastisch bin?«, schlug ich vor.

»Abgesehen vom Offensichtlichen«, gab sie zurück. »Trotzdem sind ja wohl sogar die tollsten Typen irgendwann einmal allein.«

Ich nahm ein Stück Fisch und tauchte es in den See aus Tomatenketchup. Kaum etwas machte mich so glücklich wie die hochfrisierten Speisekarten in trendigen Londoner Pubs, denn kaum etwas machte mich so glücklich wie simple Fischstäbchen. Warum eigentlich war ich bisher noch nie Single gewesen?

»Es ist nicht so, als ob die Kerle bei mir Schlange stehen würden«, meinte ich. »Sonst säßen wir jetzt ja wohl nicht hier.«

»Wahrscheinlich nicht.« Matthew war ein wenig durch den Bau eines wackeligen Fischstäbchenturms von unserer Unterhaltung abgelenkt. »Dann wird das also alles völlig neu für dich. Wahnsinn.«

»Ich kann es einfach nicht glauben.« Fischstäbchen und Weißwein passten überraschend gut zusammen. »Ich dachte, bis Ende dieses Jahres wäre ich verlobt, und jetzt werde ich stattdessen eine dieser irren Frauen, die viel zu dick geschminkt im Bus sitzen und eine Katze in der Tasche auf dem Schoß haben.«

»Das wirst du nicht.« Em zupfte an meinem zerzausten Pferdeschwanz. »Es wird dir gut gehen. Sogar mehr als gut. Du wirst ein toller Single sein.«

Ich fand, dass sie nicht wirklich überzeugend klang. »Aber ich will mein normales Leben wiederhaben.«

»Nichts da«, stellte Matthew fest. »Das hier ist jetzt dein normales Leben.«

Ich ließ mein Fischstäbchen auf den Teller fallen, während mir gleichzeitig die Kinnlade herunterklappte. »Aber das ist total deprimierend.«

»Nein, das ist es nicht. Es ist toll, Single zu sein«, erklärte Em. »Du musst nur erst diese beschissene Trennung überwinden, danach wird es wunderbar.«

»Sie hat recht«, bestätigte Matthew. »Wenn du einen festen Freund hast, hast du immer nur normalen Alltagstrott, weil du nichts anderes mehr machst. Aber das heißt nicht, dass du wirklich glücklich bist. Jetzt hast du die Chance herauszufinden, was dich selber glücklich macht, statt immer nur daran zu denken, was den anderen glücklich macht oder was ihr gern ›als Paar‹ zusammen macht. Das wird dir sicher guttun.«

»Ich wünschte nur, es gäbe irgendeinen Ratgeber dafür«, warf ich schmollend ein. »Ich komme mit Veränderungen einfach nicht gut klar.«

»Es gibt Millionen Ratgeber«, klärte mich Matthew auf. »Nur, dass die alle mies sind. Und dass du vor allem keinen brauchst. Denn du hast schließlich uns, und wir beiden sind die tollsten Singles von ganz London, und wir springen gerne als Berater ein. Vielleicht sollten wir beantragen, dass die Regierung uns dafür bezahlt. Schließlich ist David Cameron total versessen auf Berater.«

Erst mal wollte ich in Ruhe essen. Ich fühlte mich tatsächlich besser, seit ich heiß gebadet hatte und in frischen Kleidern aus dem Haus gegangen war. Und ich fühlte mich auch dank des Weines besser und aufgrund der Tatsache, dass ich hier mit zwei wirklich wunderbaren Freunden saß. Doch ich wollte mich nicht besser fühlen, sondern meinen Freund zurück. Als ich spürte, dass die Tränen ein Comeback versuchten, wandte ich mich eilig in Gedanken einem anderen, irgendeinem anderen Thema zu. Es war Samstag. Was für Tätigkeiten hatte ich mir für den Samstag vorgemerkt?

Nachdem Simon mein Notizbuch für die liebevolle »Fick-dich«-Botschaft missbraucht hatte, legte ich mir besser umgehend ein neues Buch für meine Listen zu. Ich schob meinen Teller fort und fing an, mir alles aufzuschreiben, was ich noch an diesem Wochenende machen musste. Ich war immer noch nicht auf der Post gewesen, bräuchte für Matthew noch eine Geburtstagskarte sowie ein Geschenk, müsste jemanden anrufen, damit er nach dem feuchten Fleck in unserer Wohnung sähe – aber wen rief man da an? Einen Gipser oder so? Und ich sollte wahrscheinlich meinen Dad anrufen, um zu sagen, dass ich ohne Simon zu der Hochzeit käme.

»Rachel?«, riss Matthew mich aus meinen Überlegungen, und ich blickte ihn an, den Stift zwischen den Zähnen.

»Jaa?«

»Was genau tust du da?«

Ich blickte von Matthew zu Emelie und dann wieder zu ihm. Bei beiden hing die volle Gabel auf dem Weg in Richtung Mund reglos mitten in der Luft, und beide sahen mich an, als wäre ich mental nicht mehr ganz im Gleichgewicht.

»Ich schreibe meine Checkliste!«

»Wozu?«

»Damit ich nicht vergesse, was ich alles machen muss.«

»Aha.«

Ich sah meine Freunde noch mal an und wandte mich dann wieder meiner Liste zu. »Weil ich mich dann einfach besser fühle, klar?«

»Solange auf der Liste auch ›Betrinken‹ und ›Mit einem fremden Typen in die Kiste springen‹ steht, ist das für mich okay«, verkündete Em nach einem Augenblick. »Und schreib am besten auch noch auf, dass du mir alle Staffeln von Simons *Peep-Show*-DVDs schenken willst.«

»Die kannst du auf alle Fälle haben«, sagte ich ihr zu. »Aber hier auf der Serviette stehen lauter Sachen, die ich wirklich erledigen muss. Das ist keine Fantasieliste mit irgendwelchem Zeug, das man nach einer Trennung machen sollte oder so.«

»Auf der Trennungsliste hast du bereits ganz schön viele Sachen abgehakt«, stellte Matthew, den Mund voll Pommes, fest. »Die tatsächliche Trennung ist vollzogen, jemand hat deinem Ex aufs Maul gehauen, und ihr hattet sogar schon den vorgeschriebenen Trennungssex. Ich brauche immer eine halbe Ewigkeit, bis ich mich zu dieser Peinlichkeit durchringen kann.«

»Ich auch.« Em nickte zustimmend. »Und der Trennungssex ist das, was die ganze Sache für gewöhnlich in die Länge zieht. Du machst deine Sache also wirklich gut. Du hast schon jede Menge Sachen abgehakt.«

»Dann sollte ich jetzt vielleicht gleich mit der Singleliste weitermachen.« Ich knibbelte das Etikett von der fast leeren Flasche und bemühte mich, nicht allzu traurig auszusehen. »Auf der wahrscheinlich stehen wird, dass ich mich ab jetzt regelmäßig hoffnungslos betrinken und dann irgendwann alleine in Gesellschaft irgendwelcher Katzen sterben werde, mir dafür aber die Beine ab sofort nicht mehr rasieren muss.«

»Oh, Rachel«, jubilierte Em. »Genau das ist es. Wir werden dir eine Liste schreiben. Eine Checkliste für die Singlefrau.«

Ich riss einen langen Papierstreifen vom Flaschenhals.

»Wie bitte?«

Die Augen meiner Freundin fingen an zu funkeln wie die Leuchtreklamen eines Striplokals. »Wir werden dir eine Liste schreiben. Mit allem, was du als Single machen musst. Allem, was du schon lange hättest machen sollen, wozu du aber nicht gekommen bist, solange du mit diesem Schwachkopf zusammen warst.«

»Die Idee ist gar nicht mal so schlecht«, pflichtete ihr Matthew bei. »Ich nehme an, dass ich auch einen Beitrag dazu leisten darf, auch wenn ich kein Singlemädchen bin.«

»Ich weiß nicht«, überlegte Em. »Wenn du ihr vorschlagen würdest, ein paar Pillen einzuwerfen, die Nacht durchzutanzen und danach mit einem heißen Fremden irgendwo auf einer öffentlichen Toilette rumzumachen, wäre das für mich okay, aber so etwas wirst du nicht sagen, weil du ein perverser Homo bist.«

»Wir sind hier in England, Schätzchen, hier wird nicht rumgemacht.« Matthew schenkte ihr ein wenig Weißwein nach, bedachte sie aber zugleich mit einem bitterbösen Blick. »Aber nur weil ich mich nicht jeden Tag um sechs Uhr in der Früh aus einer Sauna in Vauxhall schleppe, nachdem ich drei heimlich schwulen, konservativen Politikern einen geblasen habe, heißt das noch lange nicht, dass ich nicht weiß, was einen zu einem erfolgreichen Single macht.«

»Wenn ihr beiden endlich aufhört, euch zu kabbeln wie die kleinen Kinder, könnten wir vielleicht allmählich anfangen«, kam ich einer Ausweitung des Streits zuvor. »Also los, was soll auf diese Liste drauf? Abgesehen davon, dass ich mich am Valentinstag in den Schlaf weinen werde und mich von einem Fremden auf der Toilette des Inferno vögeln lasse?«

»Oh, da fallen uns schon noch bessere Sachen ein«, versprach Emelie begeistert. »Das werden wir auf jeden Fall toppen.«

5

Sechs Tüten Chips, drei Flaschen Wein und zwei Stunden heißer Diskussionen später waren wir nicht nur sturzbetrunken, sondern hatten auch schon Fortschritte beim Aufsetzen der Singlefrauen-Checkliste gemacht. Auf der kein Besuch des Postamts stand.

»Okay, okay, okay. Lasst uns alles noch mal durchgehen.« Matthew hielt die letzte nicht bereits mit verworfenen Listen beschriebene Serviette hoch. Die definitiven Top Ten der Dinge, die ich erreichen musste, bevor ich ein vollwertiger Single war. Mir war immer noch nicht klar, weshalb Emelie dachte, dass ich, wenn ich Jonglieren lernte, ein erfolgreicherer Single wäre, aber einen Versuch war es möglicherweise wert. Matthew räusperte sich und setzte dann – mit feierlicher Stimme – an: »Nummer eins, du musst dein Aussehen verändern.«

»Nicht verändern«, fiel ihm Emelie ins Wort. »Sie muss sich vollkommen verwandeln. Wir ändern deine Frisur, deine Klamotten, dein Make-up, dekorieren deine Wohnung um. Machen alles neu.«

»Ich brauche wirklich einen neuen Haarschnitt«, gab ich zu. Und, was noch wichtiger war, brauchte mein Wohnzimmer ganz dringend einen neuen Anstrich, und wenn ich die Klappe hielte, sprängen bei der Liste ja vielleicht zwei kostenlose Malergehilfen für mich raus. »Was ist der zweite Punkt?«

»Ein Sportprogramm«, verkündete Em, nahm, während ich vernehmlich stöhnte, Matthew den Kugelschreiber aus der Hand und hielt den Punkt auf der Serviette fest. Bereits seit zwei Flaschen Wein versuchte ich, diesen Punkt vom Tisch zu kriegen, aber sie bedachte mich mit einem strengen Blick. »Keine Widerrede. Das ist wirklich wichtig. Sicher, du bist klapperdürr und siehst im Augenblick erbärmlich aus, aber du kriegst deinen Arsch einfach nicht hoch, wenn dich niemand dazu zwingt, und eines Tages wirst du wach werden und bist eine fette Kuh. Glaub mir, du wirst dich fantastisch fühlen.«

»Ich soll mich also nach einem endlos langen Arbeitstag nicht mehr aufs Sofa werfen, sondern mich in eine grässliche, verschwitzte Muckibude voller grässlicher, verschwitzter Leute schleppen, die die Nase rümpfen, nur weil ich nach zehn Minuten auf dem Laufband schlappmache, und mir dafür auch noch sechzig Mäuse im Monat abknöpfen lassen?« Diese Ausrede brachte ich schon seit Jahren vor, doch leider wirkte Em nicht überzeugt.

»Dann gehst du eben nicht ins Fitnessstudio, aber der Punkt bleibt trotzdem auf der Liste.« Sie warf schwungvoll ihre Hände in die Luft. »Keine Widerrede«, wiederholte sie. »Eine der Regeln lautet schließlich, dass du diese Liste nicht einfach verändern kannst, wie es dir passt.«

»Du musst dich an die Vorgaben halten«, pflichtete ihr Matthew bei. »Und das bringt uns zum dritten Punkt. Dass du irgendwas Extremes tust.«

»Ich glaube, ich wäre einfach glücklicher …«, setzte ich an, bevor ein Schluckauf mich zu einer kurzen Pause zwang, »… wenn die Punkte auf der Liste nicht so schwammig wären. Weil zum Beispiel dieser Punkt viel

Raum für Interpretationen lässt. Und was meiner Meinung nach extrem ist, ist für ihn vielleicht total normal«, erklärte ich, während ich mit meinem Glas auf Matthew wies. Warum nur war mein Arm plötzlich so schwer?

»Lass uns nicht darüber reden«, bat er kopfschüttelnd. »Denn wie ihr beide wisst, habe ich in meinem Leben bereits ein paar wirklich grauenhafte Dinge mit ein paar genauso grauenhaften Leuten angestellt.«

»Damit sind Sachen wie Bungee-Jumping, Fallschirmspringen oder etwas in der Art gemeint«, versuchte Em, uns wieder für das eigentliche Thema des Gesprächs zu interessieren. »Nicht dass du nach Australien auswandern oder dir die Haare abrasieren sollst.«

Bungee-Jumping? Echt. Allmählich kamen mir ernste Zweifel an der rechtlichen Grundlage, wenn auch vielleicht nicht der ganzen Liste, so doch dieses Punkts.

»Ich soll innerhalb von vierzehn Tagen meine lebenslange Höhenangst überwinden und an einem Gummiband irgendwo runterspringen?« Ich ließ meinen Kopf auf die Tischplatte sinken, und sofort klebte er daran fest. Igittigitt. »Das wird bestimmt nicht leicht.«

»Das soll es auch nicht sein.« Matthew zog meinen Kopf an meinem Pferdeschwanz nach oben. »Denn es soll dir zeigen, wozu du alles in der Lage bist.«

»Ich dachte, es sollte Spaß machen.«

»Das wird es auch«, erklärten mir die beiden wie aus einem Mund.

Höhe machte mir ganz sicher keinen Spaß, sie machte eher Erwachsenenwindeln und einen Seelenklempner erforderlich. Ich konnte nicht mal in die Karussells von Alton Towers steigen, wenn ich nicht betrunken war. Doch es hatte sich herausgestellt, dass man das dort nicht gern sah. Man musste sich nur einmal im Oblivion, der fast senkrecht abfallenden Achterbahn, übergeben, um herauszufinden, dass das Mitbringen von Alkohol in einem Freizeitpark verboten war.

»Und danach wirst du eine Million Mal stärker sein«, fügte Em hinzu. »Außerdem warst du diejenige, die festgelegt hat, dass du alles bis zur Hochzeit deines Dads erledigt haben musst, nicht wir.«

Die vierte Hochzeit meines Vaters fand in zwei Wochen statt, und bis dahin bräuchte ich auf jeden Fall ein Date. Denn ich würde nie im Leben ganz alleine dort erscheinen, damit meine bösartige Tante Beverley mich fragen konnte, wo mein Partner ist, um mir anschließend voll Stolz von meiner dämlichen Cousine zu erzählen, die inzwischen Mutter dreier wunderbarer Kinder war. Ich war mir völlig sicher, dass es Tante Beverley gewesen war, die meiner Oma auf dem Sterbebett erzählt hatte, ich stünde auf Frauen. Und ja, ich selbst hatte den zeitlichen Rahmen der Liste festgelegt, als darauf noch »einen Monat lang täglich hochhackige Schuhe tragen« und »Kochen lernen« gestanden hatte, und nicht irgendwelche Dinge, bei denen ich zur Belustigung meiner Freunde mein Leben riskieren musste. Vielleicht sollte ich ganz einfach einen Callboy als Begleiter für das Fest engagieren. Vielleicht verliebten wir uns ja sogar und könnten später unseren Kindern die köstliche Geschichte erzählen, wie aus uns ein Paar geworden war. Oder vielleicht fing ich mir irgendetwas Grauenhaftes bei ihm ein und könnte niemals Kinder kriegen. Hmm. Vielleicht sollte ich doch am besten erst einmal die Liste abarbeiten.

»Wie auch immer, Nummer vier?«

»Der Punkt ist einfach perfekt«, verkündete Emelie.

»Ein Date für die Hochzeit deines Vaters finden. Vielleicht findest du auf dem Weg ja schon einen neuen Mann.«

Ich hatte mir schon überlegt, Fotoshooting-Dan zu bitten, auf der Hochzeit als Begleiter einzuspringen, aber trotzdem ließ ich zu, dass Emelie den Punkt auf die Serviette schrieb. Denn ich hatte bereits eine ganze Packung Kettle Chips gebraucht, um sie von anonymem Sex mit einem Fremden auf ein Rendezvous ohne zwingenden Körperkontakt runterzuhandeln, und so hielt ich jetzt lieber den Mund. Denn bestimmt würde es zählen, wenn ich mich von Dan begleiten ließe, oder nicht? Denn dann ging ich schließlich nicht alleine hin.

»Nummer fünf. Etwas tun, womit er ganz bestimmt nicht einverstanden wäre«, deklarierte Em. »Aber du darfst nicht etwas wie Bungee-Jumping doppelt zählen, nur, weil ihm das nicht gefallen würde. Es muss etwas völlig anderes sein.«

»Der Bungee-Sprung zählt trotzdem doppelt. Schließlich ist er was Extremes, und wahrscheinlich beiße ich dabei vor lauter Angst ins Gras.« Ich schmollte ein paar Sekunden vor mich hin. Simon hatte mir nie irgendwelche Vorschriften gemacht. Weil es ihm zu anstrengend war, zu versuchen, mich von irgendetwas abzuhalten, und weil ich vor allem nichts so dringend hatte tun wollen, um auszutesten, wie weit er mich gehen ließ. Abgesehen von …

»Ich will eine Tätowierung haben.« Ich nahm die Serviette und fügte diesen Punkt der Liste hinzu. »Simon hasst Tattoos. Ich habe einmal mit diesem Model gearbeitet, die so eine tolle Kirschblüte auf ihrem Rücken hatte, und habe mir seither selbst immer so eine gewünscht, mich aber nie tätowieren lassen, weil ich dachte, dass er das nicht will.«

»Siehst du? Das ist eine ausgezeichnete Idee.« Matthew erhob sein Glas mit mehr Erfolg als zuvor Emelie, bevor er das Wort »Tattoo« auf der Serviette unterstrich. »Gratuliere, du kriegst ein Tattoo.«

»Sechs«, schrie er so laut, dass es die ganze Kneipe hörte, denn genau wie Emelie und ich war er für den helllichten Nachmittag erschreckend blau. Aber egal, schließlich hatte ich einen grauenhaften Tag gehabt. »Du musst dir irgendwas obszön Kostspieliges kaufen, was nicht den geringsten Sinn ergibt.«

»Wie einen Vespa-Roller, den ich nur einmal fahre?«, fragte ich so unschuldig wie möglich. Mein Haar war noch schwerer als sonst. Ich musste wirklich aufhören zu trinken.

»Genau, etwas wie eine Vespa, auf der du nur einmal fährst. Ohne dass du deshalb Schuldgefühle haben darfst. Denn denk doch nur an all das Geld, das du ab jetzt für Geburtstags- und Weihnachtsgeschenke sparst. Genau wie das Spritgeld, weil du seine dämliche Familie nicht mehr besuchen musst. Und auch die Hochzeitsgeschenke für seine blöden Freunde fallen jetzt weg. Deswegen hast du das Recht, dir nach einer Trennung irgendwas zu kaufen, von dem niemand außer dir was hat«, klärte mich Matthew auf.

»Kann ich mir auch was kaufen?«, fragte Em.

»Nein«, antwortete er. »Weil du sowieso schon total egoistisch bist.«

»Weiter«, bat ich eilig. »Was kommt jetzt?«

»Ich denke immer noch, du solltest Simon schreiben.« Gott sei Dank war Em inzwischen zu betrunken, um noch irgendwas darauf zu geben, wenn Matthew sie beleidigte. »Ich weiß, dass wir den Brief vom letzten Entwurf gestrichen haben, aber trotzdem finde ich, dass er eine gute Idee und vor allem ein endgültiger Abschluss ist.«

»Okay.« Zum Zeichen, dass ich mich geschlagen gab, warf ich die Hände in die Luft. »Ich schreibe den verdammten Brief.« Obwohl ich das bestimmt nicht wollte. Denn weswegen sollte ich mir einen angenehmen Abend dadurch ruinieren, dass ich all die Gefühle wieder aufwühlte, zu deren Unterdrückung es all die anderen Punkte auf der Liste gab? Ich sollte die Sache mit Simon überwinden und nicht heiße Tränen auf einem Blatt Büttenpapier vergießen, weil er mich nicht mehr liebte. Aber wenn es auf der Liste stand, würde ich es tun. »Dafür bestimme ich den nächsten Punkt. Ich will reisen.«

»Okay.« Em stand schwankend auf. »Ich muss mal.«

»Das ist schön.« Matthew schnappte sich den Stift, während Em sich mit der Grazie einer sturzbetrunkenen Giraffe von ihrem Platz hinter dem Tisch erhob und in Schlangenlinien durch die Kneipe lief. »Reisen ist okay, aber du musst irgendwohin, wo du noch nie gewesen bist. Wohin willst du fahren?«

»Können wir das Ziel vielleicht wann anders festlegen?« Unzählige Ortsnamen schwirrten mir durch den Kopf. Weil es einfach unzählige Orte gab. »Ich habe schließlich nur zwei Wochen Zeit, und ich nehme an, dass Milton Keynes nicht zählen wird.«

»Du musst deinen Pass benutzen«, antwortete er. »Das ist die einzige Bedingung. Ich will einen Stempel sehen.«

Es war eine Sache, mich aus einem Flugzeug in den unweigerlich matschigen Tod zu stürzen, aber innerhalb von vierzehn Tagen irgendwohin zu reisen, wo ich einen Pass benötigte? Das war einfach lächerlich. Und irgendwie auch aufregend …

»Und wie soll ich das schaffen?«, forderte ich meinen Freund heraus und hoffte, dass er einen halbwegs praktikablen Vorschlag machen würde, ohne mich dazu zu zwingen, irgendwann betrunken die Augen aufzuschlagen und zu merken, dass ich auf der Fähre Richtung Skandinavien war.

»Ich weiß nicht, kannst du dir nicht einen Job im Ausland besorgen oder so?«, schlug er mir schulterzuckend vor. »Reisen ist schließlich nicht schwer.«

Die Wahrheit war – ich hatte schon so oft auf Auslandsjobs verzichtet, dass meine leidgeprüfte Agentin Veronica mich dafür zwar wüst beschimpft hatte, inzwischen aber nicht einmal mehr fragte, ob ich dafür zur Verfügung stand. Dabei mangelte es nicht an Arbeit, und mein Talent war durchaus auch in Übersee gefragt (ich war betrunken, deshalb pfiff ich auf Bescheidenheit), aber ich hatte Simon einfach nicht alleine lassen wollen. Was, rückblickend betrachtet, ziemlich dumm gewesen war. Vielleicht rief ich einfach mal meine Agentin an. Schaden könnte das ganz sicher nicht.

»Mir ist noch ein Punkt eingefallen, während ich pinkeln war«, juchzte Emelie und krabbelte über Matthews Schoß hinweg zurück auf ihren Platz. »Du musst dir einen Vibrator kaufen.«

Obwohl mein Gesicht wegen der Unmengen an Alkohol bereits gerötet war, konnte ich deutlich spüren, wie eine zusätzliche Schamesröte meine Wangen überzog. Woher wusste Em, dass ich nicht bereits im Besitz eines Vibrators war?

»Woher weißt du, dass sie nicht schon einen hat?«, fragte Matthew. Ich war einerseits erfreut, weil er wieder einmal vollkommen auf meiner Wellenlänge war, und andererseits schockiert, weil er nicht vor lauter Scham in Ohnmacht fiel. Er schien noch betrunkener zu sein, als ihm anzusehen war.

»Glaub mir.« Meine Freundin schüttelte den Kopf. »Sie hat ganz bestimmt noch keinen. Stimmt's, Rach?«

»Der Punkt kommt nicht auf die Liste«, sagte ich. »Er. Kommt. Nicht. Auf. Die. Liste.«

»Dann such du was aus«, verlangte sie, während sie sich gegen die Lehne ihres Stuhles sinken ließ. »Mir gehen langsam die Ideen aus. Oder vielleicht bin ich auch einfach zu betrunken. Oder ich bin betrunken, und mir gehen deshalb die Ideen aus.«

Ich wusste, dass sie immer noch beleidigt war, weil sie nicht Sex mit einem Fremden auf die Liste hatte schreiben dürfen, aber das ließ ich nie im Leben zu. Ich wollte guten Willen zeigen, aber nicht die Hosen vor jemandem runterlassen, dem ich nie zuvor begegnet war. Und behielt so meine Hosen wahrscheinlich in absehbarer Zeit auch gegenüber allen anderen Männern an. Gott, ich wurde langsam depressiv. Vielleicht sollte ich mir noch mal überlegen, ob nicht ein Vibrator doch ein guter Vorschlag war.

»Wie wäre es damit, dass ich meinen ersten Schwarm noch einmal kontaktiere?«, schlug ich vor. »Das könnte durchaus witzig sein. Da war dieser Junge, in den ich mit fünfzehn unglaublich verschossen war, bevor er mit seiner Familie umgezogen ist. Das wäre doch sicher eine interessante Erfahrung, findet ihr nicht auch?«

Em war immer noch beleidigt, aber Matthew nickte interessiert. »Das gefällt mir«, meinte er nach ein paar kleinen Schlucken Wein. »Dadurch würde der Kreis auf eine Art geschlossen. Es würde dir zeigen, dass es schon ein

Leben vor dem Blödmann gab und dass es auch ein Leben nach dem Blödmann geben wird.«

»Ich finde das unglaublich lahm«, erklärte Emelie, aber es war bereits zu spät. Weil der Punkt inzwischen auf der Liste stand.

»Also.« Matthew zählte die diversen Punkte an den Fingern ab. »Wir haben die Verwandlung, den Sport, den Bungee-Sprung oder etwas in der Richtung, das Tattoo, den Begleiter für die Hochzeit deines Dads, den Kauf von irgendwas Obszönem, was kein Vibrator ist, den Brief an den Blödmann …«

»Müsst ihr ihn immer so nennen?«

»Ja«, erklärten beide einstimmig.

»Eine Reise an einen Ort, an dem du noch nie warst, die Suche nach deinem ersten Schwarm …«

»Dem du es dann aber auch besorgen musst.«

Ich spuckte einen Mundvoll Weißwein auf den Tisch.

»Emelie, du bist uns wahrlich keine Hilfe.« Matthew starrte sie entgeistert an. »Das wäre der neunte Punkt.«

»Es müssen zehn sein«, sagte ich. »Neun Punkte gehen nicht.«

»Du bist wirklich zwanghaft«, antwortete er. »Aber gut. Noch einen.«

Wir starrten einander an, und ich durchforstete mein Hirn. Vielleicht sollte ich Gitarre spielen lernen. In einer Realityshow auftreten. Mit Delfinen schwimmen. Mich zu einem Marathon anmelden. Mit einem Typen von der Navy, einem von der Army und einem von der Air Force ausgehen. Mich von einem Mitglied irgendeiner Boygroup vögeln lassen. Mir ein Haustier zulegen. Ein Ehrenamt antreten. Wow, allmählich war ich echt verzweifelt. Aber ehe Matthew oder ich noch einen Vorschlag machen konnten, brach Emelie das nachdenkliche Schweigen.

»Du musst das Gesetz brechen«, erklärte sie und sah mich mit blitzenden Augen an. »Du musst etwas Verbotenes tun.«

»Red doch keinen Unsinn.« Ich sah nicht einmal von meinem feinen, feinen Weißwein auf. »Ich breche ganz bestimmt nicht das Gesetz.«

»Eigentlich …«, fing Matthew leise an.

»Oh, halt die Klappe.« Ich bedachte ihn mit einem strengen Blick. »Das werde ich nicht tun. Das habe ich noch nie getan. Ich halte mich sogar beim Autofahren immer an die Geschwindigkeitsbegrenzungen. Das wisst ihr genau.«

»Und genau das ist der Grund, weshalb du es machen wirst«, erklärte er, während er den Punkt unten auf die Serviette schrieb. »Super.«

»Ich kann einfach nicht glauben, dass du ihrer Meinung bist.« Ich rieb mir ungläubig die Augen. In der Hoffnung, dass ich dann ein wenig klarer sah. »Also bitte, Matthew.«

»In zwei Wochen wirst du eine völlig neue Rachel Summers sein«, erklärte er und schwenkte dramatisch die Serviette, damit die nicht mal ansatzweise feuchte Tinte trocknete. »Ein lebensfrohes, weltgewandtes Playgirl, das problemlos die Gesetze bricht.«

»Vergiss nicht das Tattoo«, rief ich ihm in Erinnerung. »Wenn ich schon kriminell werde, brauche ich wenigstens auch ein Knast-Tattoo.«

»Wir werden jede Menge Spaß haben«, verkündete Emelie und schob die Hand in die letzte Chipstüte, in der noch ein paar Krümel waren. »Jede. Menge. Spaß.«

Ich nahm Matthew die Serviette ab und las mir noch mal alle Punkt darauf durch, bevor ich sie in meine Tasche schob. Worauf ließ ich mich da nur ein?

»Ich auch?«

Matthew wandte sich an Em, und sie nickte ihm ein wenig mühsam zu.

»Wir auf jeden Fall.« Jetzt nickten beide vehement.

»Wir auf jeden Fall.«

Nachdem es Em gelungen war, die letzten Tropfen Wein direkt aus der Flasche in ihren Mund fließen zu lassen, kamen wir einstimmig zu dem Schluss, dass dies das Zeichen zum Aufbruch war. Also halfen wir uns gegenseitig auf, und ich versuchte, möglichst aufrecht und in einer möglichst geraden Linie auf die Straße zu gelangen, wo ich blinzelnd in den sonnenhellen Himmel sah. Ich konnte nicht verstehen, warum es noch nicht dunkel war. Ich war schließlich schon ewig wach.

Es war schon eine ganze Weile her, seit ich zum letzten Mal tagsüber derart voll gewesen war, aber ich hatte das grässliche Gefühl, dass dies der Anfang einer ganzen Reihe volltrunkener Tage wäre. Und vor allem hatte ich das grässliche Gefühl, als würde mir gleich schlecht.

Kaum zu glauben, doch wir schafften es in meine Wohnung, ohne uns zu übergeben, fielen auf das Sofa, und bereits nach fünf Minuten schnarchten meine beiden besten Freunde fröhlich vor sich hin. Ich saß in der Mitte – Matthews Füße auf dem Schoß und Ems Kopf auf der Schulter –, starrte in den Spiegel an der Wand und dachte überrascht, dass nichts in diesem Raum verändert war. Das Sofa war noch immer rot, der Spiegel meiner Oma hing noch immer über dem Kamin, und die feuchte Stelle in der Ecke war noch immer feucht. Doch obwohl sich nichts verändert hatte, war auch nichts mehr, wie es jahrelang gewesen war.

Ich zwängte mich behutsam aus dem Beste-Freunde-Sandwich und schlich mich auf Zehenspitzen in die Küche. Meine Wassergläser standen nach wie vor im Schrank, und das kalte Wasser aus dem Hahn war noch immer nicht ganz kalt. Trotzdem füllte ich ein Glas, leerte es in einem Zug, füllte es noch einmal nach und lehnte mich an die Arbeitsplatte. In der Kneipe hatte ich mich noch okay gefühlt. Meine Liste, Fischstäbchen und jede Menge Wein hatten mich von meinem Elend abgelenkt. Aber jetzt, zu Hause, wurde es ... real.

Aus irgendeinem Grund hatte ich halb erwartet, Simon würde auf dem Sofa liegen, Sportschau gucken und Doritos futtern wie an jedem anderen Samstag auch. Aber er war nicht da. Die Wohnung war so leer, wie sie in Zukunft immer sein würde. Kaum ging mir dieser Gedanke durch den Kopf, landete das Wasser in meinem bereits zu vollen Magen und kam sofort wieder rauf.

Gott sei Dank war meine Wohnung klein genug, dass ich es noch rechtzeitig ins Badezimmer schaffte. Denn es gab nur wenig, das ich so entsetzlich fand, wie mich zu übergeben, was einer der Gründe dafür war, dass ich nur selten und dann für gewöhnlich nur in Maßen trank. Ich stützte mich auf dem Waschbecken ab, wusch mir das Gesicht, starrte auf mein Spiegelbild und versuchte mir zu sagen, dass nur deshalb heiße Tränen über meine Wangen kullerten, weil ich eben gekotzt hatte und weil Kotzen einfach eklig war.

»Jetzt ist es gut«, sagte ich mir leise. Vielleicht war ich mitten an einem Samstagnachmittag sternhagelvoll, aber ich hätte trotzdem nicht gewollt, dass irgendjemand hörte, wie ich mit mir selber sprach. »Keine Tränen mehr.«

Auch wenn ich nicht leugnen konnte, dass ein solcher Satz auf einer Flasche Babyshampoo überzeugender geklungen hätte, musste ich mir einfach einreden, dass es so war. Ich würde keine Tränen mehr um einen Kerl vergießen, der mir eine kurze Abschiedsnachricht hinterlassen hatte. Würde mich nicht länger eines Typs wegen fertigmachen, dem fünf Jahre nicht einmal vier Sätze wert gewesen waren. Würde mir nicht mehr den Kopf über einen Grobian zerbrechen, dessen Meinung nach es vollkommen okay gewesen war, mir erst das Herz zu brechen und mir dann auch noch die Zahnpasta zu klauen. Ich war ein für alle Mal mit Simon durch.

Ich kehrte ins Wohnzimmer zurück, setzte mich in den Sessel, zog die Beine hoch und sah kopfschüttelnd die beiden Trunkenbolde auf dem Sofa an. Es war auch für sie eindeutig ein schwerer Tag gewesen. Möglichst leise, um sie nicht zu wecken, zog ich meine Liste aus der Tasche und las sie noch einmal durch. Ich würde nie im Leben auch nur eins der Dinge darauf jemals tun. In meinen ganzen bisherigen achtundzwanzig Lebensjahren wäre ich niemals darauf gekommen, auch nur eine Sache davon zu tun. Ich war nicht die Art von Frau, die so etwas tat, überlegte aber, was für eine Art von Frau wohl solche Dinge machte.

Und fand den Gedanken, das herauszufinden, durchaus etwas aufregend.

6

»Guten Morgen.«

Ich rollte mich herum und spürte etwas Weiches neben mir.

»Ich dachte, du hättest gesagt, dass eine lesbische Erfahrung nicht auf deine Liste kommt«, murmelte Emelie.

»Selbst wenn ich plötzlich lesbisch würde, dann bestimmt nicht wegen dir«, antwortete ich.

Warum lag Emelie in meinem Bett? Wo war Simon? Warum fühlte sich mein Schädel an, als hätte jemand das Gehirn herausgezogen, ohne Weichspüler gewaschen und mir durch die Nase wieder in den Kopf gestopft?

Oh.

Richtig.

Ich wälzte mich wieder auf den Bauch und murmelte in mein Kissen: »S'is noch viel zu früh.« Wenn ich lange genug so liegen bliebe, schaffte ich es ja vielleicht, mich durch selbst herbeigeführten Luftmangel ins Koma zu versetzen. Das wäre ein schönes, langes Nickerchen. Ein wunderbarer, stunden- oder vielleicht sogar tagelanger Schlaf. Oder, wurde mir bewusst, und ich zwang meine Augen wieder auf, vielleicht sollte ich doch aufstehen und die Gesellschaft anderer Menschen suchen, denn im Augenblick sah es so aus, als wäre ich mental nicht ganz im Gleichgewicht. Denn schließlich war der Wunsch, mich selbst ins Koma zu versetzen, alles andere als gesund. »Ich will ausschlafen.«

»Es ist schon fast zehn, du müsstest also längst schon ausgeschlafen sein«, erklärte Em und sprang fröhlich wie ein Welpe in einem TV-Spot aus dem Bett. »Heute ist dein erster Tag als Single. Das ist furchtbar aufregend. Steh. Also. Endlich. Auf.«

Mir schien die Sonne direkt ins Gesicht, und ich machte mir eine gedankliche Notiz, sobald wie möglich dunkle Vorhänge kaufen zu gehen. Das war der erste Silberstreif am Horizont.

»Ich fühle mich beschissen.« Mühsam schob ich meine Beine über den Rand meines Betts und hoffte, auf irgendeine Art würde dadurch auch der Rest meines Körpers in die Vertikale katapultiert. »Gehört das zum Singledasein dazu?«

Em streckte sich und nickte knapp. »Wir müssen einfach zusehen, dass du trinkfest wirst. Ich setze schon mal den Wasserkessel auf und gucke, was Matthew macht.«

Nachdem ich auf dem Sofa eingeschlafen war, konnte ich mich an den Rest des Abends nur noch undeutlich erinnern. Gegen sieben hatte ich die Augen wieder aufgeschlagen, mich des letzten Rests meiner Fischstäbchen entledigt, Tee getrunken, Pizza kommen lassen, *Emergency Room* geguckt und dabei mit meinen Freunden »Rate, wer als Nächster stirbt« gespielt. Nachmittägliche Kater waren einfach grauenhaft, doch nachdem die beiden sich versichert hatten, dass ich nicht in meine Kissen weinen würde, hatten sie mir irgendwann erlaubt, ins Bett zu gehen. Doch zumindest waren alle diese Dinge eine Abwechslung gewesen von den Dingen, die ich für gewöhnlich samstags tat: Wäsche waschen, irgendwelche Film gucken und rechtzeitig zu PizzaExpress schlurfen, um für Simons Sportschau wieder da zu sein.

Gähnend strich ich mir das Haar aus dem Gesicht und band es hinter meinem Kopf zusammen. War es seltsam, dass der Tag wahrscheinlich amüsanter als sämtliche Samstage mit meinem Freund gewesen war? Auch wenn die Beschreibung amüsant wahrscheinlich nicht ganz richtig war – aber auf jeden Fall interessant.

Selbst, wenn wie an diesem Morgen warmer Sonnenschein ins Zimmer fiel – der Parkettboden in meinem Schlafzimmer war immer kalt. Trotzdem fror nur einer meiner Füße, als ich irgendwann auf meinen wackeligen Beinen stand. Ich sah vor mich, merkte, dass mein anderer Fuß auf irgendetwas Weißem, Weichem stand, ließ mich noch einmal zurück auf die Matratze fallen und hob den Stoff vom Boden auf. Simons T-Shirt. Das wahrscheinlich während unseres freitäglichen Liebesspiels unter dem Bett gelandet war. Ich kniff die Augen zu, umklammerte die ausgewaschene Baumwolle und atmete möglichst langsam aus und ein. Ich hatte mich am Vorabend hauptsächlich deswegen nicht in den Schlaf geweint, weil ich total erschöpft gewesen war. Als erste Abwehrreaktion hatte mein Körper kurzerhand die Arbeit eingestellt, aber diese Möglichkeit hätte ich heute nicht. Ich musste irgendetwas tun.

»Willst du erst duschen oder Tee trinken?« Em streckte den Kopf durch meine Tür. »Matthew ist gerade im Bad, aber wenn du willst, kannst du als Nächste gehen.«

Ich vergrub das T-Shirt unter meinem Kopfkissen und sprang eindeutig zu schnell von der Matratze auf. Der nachmittägliche Kater hatte sich zu einem Vierundzwanzig-Stunden-Kater ausgedehnt. O Gott.

»Erst duschen«, antwortete ich. Ich musste raus aus diesem Zimmer, denn ich brauchte dringend Abstand zu dem blöden Kleidungsstück, das unter meinem Kissen lag. »Auf jeden Fall erst duschen.«

Tee trinken bedeutete Gespräch. Ein Gespräch, bei dem es früher oder später sicher auch um Simon ginge. Und wenn ich jetzt über Simon spräche, würde mir der Schädel platzen. Deshalb bräuchte ich jetzt erst mal dringend eine Ablenkung. Dabei hatte ich nicht unbedingt an einen ein Meter neunzig großen Schwulen mit nur einem Handtuch um die Hüften gedacht, doch genau das fand ich vor, als ich mein Wohnzimmer betrat. Doch als Ablenkung ging dieser Anblick sicher durch. Und mit noch größerem Erfolg lenkte mich der Anblick einer anderen Sache ab. Meiner Checkliste für Singlefrauen.

»Mein Gott, was haben wir bloß gestern Abend alles in uns reingekippt?« Matthew kniff sich in die Nase und lehnte sich mit seinen nassen Haaren an der Sofalehne an. »Oder eher gesagt, schon gestern Nachmittag? Ich weiß nicht, wann es mir zum letzten Mal so dreckig ging.«

»Offenbar müssen wir unsere Trinkfestigkeit trainieren«, antwortete ich und wandte meinen Blick eilig vom Spiegel ab. Weil die Mischung aus Zombie und Vogelscheuche, die ich dort gesehen hatte, mehr als erschreckend war. »Ich weiß wirklich nicht, wie Emelie das macht.«

Ich griff nach der schlaffen Serviette und legte einen kurzen Boxenstopp neben Matthew auf dem Sofa ein. Seine Haut war warm vom Duschen und verströmte einen sauberen Seifenduft. Wohingegen ich aus allen Poren stank.

»Planst du deinen Bungee-Sprung?«, erkundigte er sich, als er die Liste sah.

»Heute vielleicht nicht«, antwortete ich und dachte noch mal kurz über die zehn Punkte nach. Hmm.

»Wir haben einfach echt gute Ideen, wenn wir etwas getrunken haben, findest du nicht auch?«

Eine völlige Verwandlung. Sport. Ein Bungee-Sprung. Eine Tätowierung. Ein Begleiter für die Hochzeit meines Dads.

»Auf jeden Fall hat es dich davon abgehalten, dir die Pulsadern aufzuschneiden – und, weißt du, das ist in den ersten vierundzwanzig Stunden mit das Wichtigste.«

Etwas kaufen. Einen Brief an meinen Exfreund schreiben. Reisen. Meinen ersten Schwarm ausfindig machen. Irgendwas Verbotenes tun.

»Bist du heute Morgen in der Dusche sicher, oder brauchst du jemanden, der auf dich aufpasst?«, fragte Matthew mich. »Ich kann von hier aus sehen, dass du dir die Beine rasieren musst, und ich weiß nicht, ob eine Rasierklinge schon okay ist.«

»Auf jeden Fall«, versprach ich ihm, legte die Liste wider auf den Tisch und marschierte zielstrebig ins Bad. »Vertrau mir.«

Da der gute Matthew immer eine halbe Ewigkeit zum Duschen brauchte, war der Spiegel noch beschlagen, doch ein kurzer Wisch mit meiner Hand enthüllte mir, wie ernst die Lage war. Mein Pferdeschwanz sah aus wie Stroh, ich hatte einen schlaffen Teint und immer noch das Oberteil vom Vortag an. In meinem Job als Maskenbildnerin nahm ich täglich die verschiedensten Gesichter genau unter die Lupe und war immer erst zufrieden, wenn sie rundherum perfekt aussahen, bei mir selber aber hatte ich bisher nie einen so strengen Maßstab angelegt.

Aber wenn ich völlig ehrlich war, was sah ich dann in

diesem Augenblick? Meine Haut war grau und matt, meine Augen rot und aufgequollen, und vor lauter Haaren waren die Umrisse meines Gesichts nicht mehr zu sehen. Meine Haare … nie im Leben ließe ich ein Model so ans Set. Sie sahen einfach fürchterlich, einfach entsetzlich aus. Und Simon liebte sie.

Mit einem Mal ertrug ich das Gewicht all dieses Haars nicht mehr, und ohne auch nur einen zweiten Blick auf dieses Mädchen mit dem langen blonden Pelz zu werfen, öffnete ich den Badezimmerschrank, schnappte mir die Schere aus dem Erste-Hilfe-Kasten und säbelte den Ponyschwanz direkt unter dem Haarband ab. Als ich wieder in den Spiegel sah, hielt ich die Schere in der einen und den sechzig Zentimeter langen Pferdeschwanz in der anderen Hand.

»MATTHEW.«

»Was?« Er öffnete vorsichtig die Tür. »Bist du nackt? Ist eine Spinne in der Dusche? Bist du nackt?«

Ich hielt beide Hände hoch, während das Gummiband aus meinen plötzlich kurzen Haaren rutschte und zu Boden fiel. Meine neuen, kurzen Strähnen flatterten herausfordernd um meine Schultern. Allerdings auf eine wenig schmeichelhafte Art.

»Oh, grundgütiger Himmel.« Matthews Miene war ein Spiegel meines eigenen Gesichtsausdrucks. Er riss verwirrt und mehr als leicht entsetzt die Augen auf. »Was hast du getan? EMELIE.«

Ich konnte spüren, wie meine Unterlippe zitterte, hielt aber weiterhin die Schere und die Haare fest. Ich hatte mich vom Spiegel abgewandt und wagte nicht, erneut hineinzusehen.

»Ich weiß nicht«, wisperte ich. »Bin ich vielleicht durchgedreht?«

»Es ist ein bisschen wie in *Durchgeknallt*, aber durchaus okay«, erklärte er und streckte die Hand nach meiner Schere aus. »Warum gibst du mir die nicht, Angelina?«

»Sieht es schrecklich aus?«, erkundigte ich mich, obwohl ich die Antwort auf die Frage bereits kannte.

»Rachel.« Hinter Matthew tauchte jetzt noch meine Freundin auf. »Deine Haare.«

»Sieht super aus.« Matthew legte die Schere außerhalb meiner Reichweite auf das Regal und nahm mir jetzt auch noch die abgeschnittenen Zotteln ab. »Ich, hmm, nehme dir das Ding mal ab.«

»So kann ich unmöglich vor die Tür gehen«, stieß ich mit erstickter Stimme aus. Ich wagte nicht, mir an den Kopf zu greifen, denn dann fielen vielleicht noch die letzten Haare ab. »Ich sehe wie ein Junge aus. O Gott, ich sehe wie Justin Bieber aus.«

»Der ist sowieso ein mädchenhafter Typ.« Em schlang tröstend einen Arm um meine Schultern und drehte mich unauffällig so, dass ich auch weiter mit dem Rücken Richtung Spiegel stand. »Es sieht süß aus. Wirklich. Und du hast eine Veränderung gebraucht.«

»Ich habe eine Veränderung gebraucht«, wiederholte ich, als wäre ich ein Papagei. Mein Kopf war derart leicht, als würde er jeden Augenblick von meinen Schultern abheben und durch den Raum fliegen. »Und es stand sowieso auf meiner Liste.«

»Liste?« Emelie fuhr mit den Fingern durch die Enden meines Haars. »Du hast dir die Haare abgeschnitten, weil es auf der Liste stand?«

Ich nickte stumm.

»Aaaaha.« Hektisch zupfte sie an Matthews Ärmel, worauf wieder er das Kommando übernahm.

»Bevor du einen Bungee-Sprung vom Dach des Hauses machst, solltest du jetzt erst mal duschen, dir die Haare waschen und dich anziehen«, riet er mir und tätschelte Em aufmunternd den Arm. »Es wird alles gut.«

»Natürlich, es wird alles gut«, stimmte Emelie ihm zu, während sie an den Enden meiner Haare zog. »Und vor allem sparen wir von jetzt an jede Menge Zeit, weil du dich nicht mehr endlos föhnen musst.«

Das war bereits der zweite Silberstreif am Horizont.

Nachdem ich mit Duschen, Haarewaschen und einer erneuten furchtsamen Betrachtung meines Spiegelbildes fertig war, hüllte ich mich fest in meinen kuscheligen Frotteebademantel ein und kehrte in der furchtsamen Erwartung, dass mir meine Freunde wilde Vorhaltungen machen würden, in mein Wohnzimmer zurück. Emelie und Matthew hatten an den beiden Enden meines Sofas Platz genommen, die Serviette aus der Kneipe zwischen sich.

»Also.« Matthew zeigte auf den leeren Sessel, und ich nahm gehorsam Platz. »Dann nimmst du diese Liste also ernst?«

»Ja?« Ich zuckte mit den Schultern. »War sie denn nicht ernst gemeint?«

»Du willst echt zum Bungee-Jumping gehen? Obwohl du so große Höhenangst hast, dass ich bisher immer rüberkommen musste, um eine kaputte Birne auszuwechseln, wenn Simon nicht zu Hause war?«, erkundigte sich Em. »Und du willst wirklich was Verbotenes tun?«

»Bungee-Jumping oder etwas in der Art«, rief ich den beiden in Erinnerung. »Und auch die andere Sache kriege ich bestimmt irgendwie hin. Ich meine, ich plane nicht unbedingt einen bewaffneten Überfall, aber es gibt doch sicher irgendetwas ansatzweise Kriminelles, das ich machen kann, ohne dass man mich deshalb verknackt. Wenn es auf der Liste steht, werde ich es tun. Und ihr werdet mir dabei behilflich sein, denn ihr habt euch die meisten Punkte ausgedacht.«

»Ich muss dir etwas sagen, Rachel.« Emelie beugte sich vor und drückte meine Hand. »Nie zuvor in meinem Leben war ich derart stolz darauf, deine Freundin zu sein.«

Matthew stützte seinen Kopf zwischen den Händen ab. »Auch wenn ich natürlich Miss Stevens' Meinung bin, bist du dir sicher, dass das eine gute Idee ist? Ich meine, schließlich ist es nicht so, dass ich nicht wüsste, wie schwer es manchmal ist, wenn man sitzen gelassen wird, aber deshalb gleich etwas derart Dramatisches zu unternehmen, ist vielleicht ein bisschen viel.«

»Ich glaube, dass ich ein bisschen Dramatik dringend brauche«, antwortete ich. »Denn ich habe schon seit einer Ewigkeit nichts mehr gemacht, was auch nur im Entferntesten dramatisch war.«

»Solange du keinen allzu drastischen Ansatz zum Brechen des Gesetzes unternimmst.« Er wirkte immer noch nicht überzeugt. »Denn ich habe keine Lust, euch beide in den Nachrichten zu sehen, nachdem euer Banküberfall gescheitert ist.«

»Wir bekämen einen Bankraub vollkommen problemlos hin«, klärte ihn Em beleidigt auf.

Ich wechselte von meinem Sessel auf die Couch und schlang meine Arme um die zwei. »Weshalb ich eure Hilfe bei der Sache brauche. Denn ich will sie wirklich durchziehen. Ihr habt beide recht. Ich war noch nie allein und habe keine Ahnung, was ich jetzt als Single machen soll. Und ich will bestimmt nicht auf der Hochzeit meines Dads erscheinen wie ein verwahrlostes Nervenbündel, das zwei Wochen lang nichts anderes gemacht hat, als *Kuschelrock '89* zu hören, ein ums andere Mal *Bridget Jones – Schokolade zum Frühstück* zu sehen und genug Eis zu essen, um ins diabetische Koma zu fallen.«

»Das wäre wirklich ausnehmend dramatisch, da es so etwas bei Leuten, die nicht unter Diabetes leiden, nur äußerst selten gibt«, stellte Matthew unbarmherzig fest. »Aber du könntest doch auch einfach nicht auf diese Hochzeit gehen. Es ist schließlich nicht so, als wäre es die letzte Hochzeit deines Dads.«

»Es ist schon seine vierte Hochzeit, und ich war bisher noch nie auch nur verlobt.« Ich fuhr mir mit den Fingern durch das kurze, nasse Haar. »Ich bin inzwischen achtundzwanzig, und wahrscheinlich wird sich jeder wundern, wenn er mich allein dort sieht. Und mein Bruder wird mit irgendeiner Tussi erscheinen, die er gerade einmal vierundzwanzig Stunden kennt, und alle werden denken, dieser Paul ist echt ein toller Hecht.«

»Hm.« Em hüstelte verlegen. »Da du gerade von deinem Bruder sprichst …«

»Jetzt nicht, Stevens.« Matthew zog mich eng an seine Seite. »Du hast recht. Und deshalb haben wir noch jede Menge Arbeit vor uns, stimmt's?«

»Auf jeden Fall.« Ich hievte mich vom Sofa und erblickte mein gestutztes Haar im Spiegel über dem Kamin. »Das haben wir auf jeden Fall.«

Einer der Vorteile des Jobs als Maskenbildnerin waren zahlreiche Connections in der Schönheitsbranche. Bisher hatte ich die nie genutzt, aber jetzt genügten ein paar SMS, und schon hatte ich noch für denselben Vormittag einen Termin bei einer fantastischen Stylistin in einem fantastischen Salon.

Da Matthew weniger als kein Interesse an Frisuren, Make-up, Klamotten oder anderen Mädchenthemen hatte, hatte er die Aufgabe bekommen, jegliche Erinnerung an Simon aus der Wohnung zu entfernen, neue Schlösser für die Türen zu besorgen, seine Sachen wegzuräumen und dafür zu sorgen, dass für die Veränderung der Wohnung alles vorbereitet war.

Ich war auf einer Mission. Bis zum Ende dieses Tages wollte ich mir vorkommen wie eine völlig neue Frau. Wenn mich Simon nicht in seinem Leben wollte, wollte ich ihn auch nicht mehr in meinem Leben haben, und auch wenn das Auswechseln der Schlösser vielleicht etwas übertrieben wirkte, wurde mir bei dem Gedanken, dass er einfach nach Belieben bei mir reinspazieren könnte, schlecht.

Genauso ging es Starstylistin (wenn die Schauspieler aus *Hollyoaks* als Stars bezeichnet werden konnten) Tina Morgan, als sie meine Haare sah.

»Verflucht, Summers«, bellte sie und blies mir ihren Zigarettenatem ins Genick, als ich mich auf den Friseurstuhl fallen ließ. »Wer hat das gemacht?«

»Ich«, erklärte ich. War es vielleicht falsch gewesen, dass ich hier erschienen war? Ich kannte Tina seit dem College, und wenn es um Haare ging, war sie einfach genial. Zwar sahen die Frauen, die sie schminkte, immer wie betrunkene Stripperinnen aus, aber als Friseurin war sie echt der Hit.

»Hätte ich mir denken sollen. Schließlich warst du schon am College in den Haarkursen nie wirklich gut.«

Sie fuhr mit ihren Fingern durch die Strähnen und nahm Maß. »Ich wollte deine Haare schon seit Jahren einmal in die Finger kriegen. Tja, und jetzt hast du sie echt versaut.«

Ihr bedauerlicher Mangel an sozialer Kompetenz war wahrscheinlich der Grund, weshalb sie immer noch an Sonntagen in einem Laden in der Regent Street den Freundinnen und Frauen irgendwelcher Fußballspieler Extensions machte, statt in Hollywood für die echten Größen zuständig zu sein. Was an diesem Tag für mich durchaus von Vorteil war. Also legte ich mein Schicksal in die Hände einer Frau mit platinblondem Haar, leuchtend pinkfarbenem Lippenstift, hautengen Jeans und einer Klappe von der Größe Helgolands.

»Ja, das habe ich, und deswegen kriegst du jetzt eine Chance.« Ich atmete tief durch und zwang den nächsten Satz heraus: »Ich will mich total verwandeln. Also mach am besten einfach, was du willst.«

Tina trat vor dem Spiegel zurück. »Alles, was ich will?«

»Alles, was du willst«, bestätigte ich und kniff die Augen zu. »Ich will nur … gut aussehen.«

»Lass mich raten.« Sie ging in Position. »Du bist frisch getrennt.«

Ich biss mir auf die Lippe. »Ich möchte nicht langweilig erscheinen, aber ich habe wirklich keine Lust zu reden, sondern möchte einfach möglichst gut aussehen.«

»Als ob ich dich jemals anders gehen lassen würde.« Sie klopfte mir an verschiedenen Stellen auf den Hinterkopf. »Also brauchst du Farbe und vor allem einen neuen Schnitt. Lang oder kurz?«

»Ich will einfach völlig anders aussehen«, wiederholte

ich, während ich im Spiegel dorthin sah, wo ein anderer Stylist von Em in ein Gespräch verwickelt worden war. Sie reckte verstohlen einen Daumen in die Luft und setzte ihren Flirt dann schamlos fort. »Mach einfach eine andere Frau aus mir.«

»Oh, das wird bestimmt ein Riesenspaß.« Tina war die Freude überdeutlich anzuhören.

Ein letzter Blick auf das, was von einst langen blonden Haaren übrig war, und dann machte ich erneut die Augen zu. »Das habe ich gestern schon gehört.«

Erst nach drei Stunden und 45 Minuten reinster Höllenqualen schaffte Tina es erneut, etwas zu sagen, was mich zaghaft lächeln ließ.

»Fertig.«

Tina nutzte jede Chance zur Dramatik, und so hatte sie dort, wo ich saß, den Spiegel zugehängt. Nach der Menge Haare, die ich an dem Tag bereits verloren hatte, war ich etwas alarmiert gewesen angesichts der dicken Büschel, die um mich herum auf den Fußboden gefallen waren. Noch viel alarmierender jedoch waren die wiederholten Färbevorgänge gewesen, denn sie hatten mir wahrscheinlich einen Großteil meiner Kopfhaut verätzt. Nie zuvor hatte ich meine Haare etwas Aggressiverem als aufhellendem Shampoo ausgesetzt. Ich war immer blond gewesen. Nicht so sexy wie Brigitte Bardot, aber auf alle Fälle blond. Denn ich war ganz einfach nicht geheimnisvoll genug, um als Brünette durchzugehen, und Strähnchen hätten allzu große Umstände gemacht. Was zum Teufel also hatte Tina da gemacht?

»Darf ich gucken?«, fragte ich, auch wenn ich mir nicht sicher war, ob ich tatsächlich sehen wollte, was aus mir geworden war. Wenn sie das Handtuch vor dem Spiegel wegzog, und ich hätte violettes Haar, wäre ich gezwungen, komplett einen auf Britney Spears zu machen, mir den Schädel zu rasieren, mit einem Schirm auf ihren Wagen loszugehen, barfuß auf dem Klo Erdnussflips zu essen, das ganze Programm.

»Ta-da.« Schwungvoll zog sie das Handtuch weg.

Wow.

Meine fast hüftlangen blonden Haare waren durch einen kurzen roten, fröhlich um mein Kinn herumwippenden Bob ersetzt. Ich hatte keinen Pony mehr gehabt, seit ich in die Grundschule gekommen war, aber jetzt betonten lange, weich fallende Strähnen ein Paar leuchtend blauer Augen. Auch von meiner Augenfarbe war ich überrascht. Ich hatte sie viel matter in Erinnerung. Und meine Haare waren rot. Feuerrot. Ich sah wie jemand anders aus. Und dieser Jemand sah fantastisch aus.

»Wahnsinn!« Em sprang von dem Stuhl, auf dem sie Hof gehalten hatte, während alle nicht schwulen Friseure aus dem Laden zwischen ihren Terminen um sie herumscharwenzelt waren. »Du hast rotes Haar, genau wie ich!«

»Meiner Meinung nach sind deine Haare eher kastanienbraun«, stellte Tina naserümpfend fest und rückte noch mal meine Frisur zurecht. »Ziemlich langweilig, findest du nicht auch?«

»Schlampe«, zischte Emelie mit einem leicht verkniffenen Lächeln.

»Darf ich sie berühren?« Zögernd hob ich eine Hand an meinen neuen Pony. »Bleibt die Farbe drin?«

»Auf jeden Fall, du kannst sie also gerne anfassen«, bestätigte Tina. »Denn auch wenn dir das vielleicht nicht klar ist, bin ich wirklich gut in meinem Job.«

Ich musste zugeben, sie hatte recht. »Das stimmt«, erklärte ich, starrte weiter auf mein eigenes Haar, und auf meinem Gesicht breitete sich ein zufriedenes Lächeln aus. »Ich fasse es ganz einfach nicht.«

»Du wirst einmal im Monat zum Nachfärben des Haaransatzes und zum Nachschneiden des Ponys kommen müssen, und ich werde dir noch zeigen, welches Shampoo und welcher Conditioner am besten sind ...«

Während Tina mir erklärte, welcher Nachsorge mein neues Haar bedurfte, schweifte ich bereits gedanklich in die Zukunft ab und sah Rotschopf Rachel vor mir, wie sie gut gelaunt auf irgendeiner Retroparty Cocktails schlürfte, lachend mit Freundinnen beim Picknick saß und in Begleitung eines weltgewandten Mannes irgendwo zu Abend aß, wo sie in Ermangelung der passenden Begleitung bisher nie gewesen war. Während also Tina überlegte, ob sie mir zu einem Farbschutz-Shampoo oder eher einer Farbschutz-Spülung raten sollte, zog ich die zerfledderte Serviette aus einem der Fächer meiner Handtasche und brachte einen riesengroßen, ausnehmend befriedigenden Haken hinter dem in Matthews Klaue festgehaltenen ersten Punkt der Liste an. Dann verzog ich meinen Mund zu einem glückstrahlenden Lächeln. Weil ich wirklich glücklich war. Ein seltsames, doch durchaus wohliges Gefühl.

»Wow. Sie sehen echt klasse aus.«

Oh. Ein wirklich attraktiver Mann tauchte neben mir im Spiegel auf.

»Das ist wirklich wunderschön.« Er fuhr mir beidhändig durchs Haar, und ich erschauderte. Auch das ein seltsames, doch durchaus wohliges Gefühl. Ich hätte nie gedacht, dass meine Liste eine solche Macht besaß! Ein fremder, heißer Typ berührte mich, ganz ohne dass er dazu aufgefordert worden war! Was machte es da schon, dass er das einzig aus beruflichem Interesse tat?

»Hehe.« Etwas, das ein Lachen hatte werden sollen, aber eher wie das Niesen eines Esels klang. Echt attraktiv.

Im Akzeptieren von Komplimenten war ich einfach nicht geübt. Denn es war schon eine ganze Weile her, dass ich zum letzten Mal ein Kompliment bekommen hatte, das von jemand anderem als meiner Mutter kam. Okay, er arbeitete offensichtlich hier und war deshalb verpflichtet, mir zu sagen, dass ich nett aussah, aber trotzdem. »Vorher habe ich zum Kotzen ausgesehen.«

»Aha.« Sein Lächeln geriet ein wenig ins Wanken, aber schließlich hatte ich bisher auch erst die erste Stufe der Verwandlung durchgemacht. Und das war offenkundig nicht genug.

»Ich finde, du siehst fantastisch aus.« Emelie trat neben ihn, schob ihre Hand an seinem Arm herauf und sah ihn aus ihren schönsten Bambi-Augen an. »Ist sie nicht einfach wunderschön? Sieht sie nicht wie der geborene Rotschopf aus?«

»Auf jeden Fall.« Unter Ems Berührung kehrte auch der alte Glanz in die Augen dieses Kerls zurück. Wie machte sie das nur? Wie schaffte es überhaupt irgendjemand, erfolgreich einen anderen Menschen anzugraben? Es war mir selbst heute noch ein Rätsel, wie es mir vor fünf Jahren gelungen war, mit Simon anzubändeln. Das heißt, Moment mal, nein, das war es nicht. Hochzeitsempfang, offene Bar, unbeholfenes Geknutschte, und bevor ich richtig wusste, was geschah, hatten wir bereits am ersten Weihnachtstag bei seinen Eltern auf der Couch gehockt und *EastEnders* geguckt. Und wenn nicht in nächster Zukunft eine meiner Freundinnen beschloss, endlich zu heiraten, würde ich wahrscheinlich weiter irgendwelchen heißen Haarkünstlern erzählen, dass ich scheiße aussah, bis sich irgendein geschiedener Nachbar fortgeschrittenen Alters fände, der sich in aller Stille mit mir trauen ließ, weil mein Elend einfach nicht mehr zu ertragen war.

Während Emelie weiter den heißen Haarkünstler bezirzte, bauschte Tina nochmals meine neuen Haare auf.

»Wirklich, Tina, tausend Dank.« Ich hievte mich mühsam aus dem Stuhl. Nachdem ich mir fast vier Stunden den Hintern platt gesessen hatte, fühlten meine Beine sich wie Wackelpudding an. »Falls ich irgendetwas für dich tun kann, brauchst du es mir nur zu sagen.«

Sie klopfte sich mit ihren blau schimmernden Nägeln auf den knallpinken Mund. »Da gibt es wirklich was. Dan Fraser und du seid ziemlich dick miteinander, nicht?«

Ich zog meine Nase kraus. Oh, mit meinen neuen Haaren sah selbst das süß aus. Mehr nach verspieltem Kätzchen als nach Trüffelschwein. »Ich würde nicht behaupten, dass wir wirklich dick sind, aber wir arbeiten oft zusammen.«

»Weshalb du seine Telefonnummer doch ganz bestimmt gespeichert hast. Wenn ich mich auf Facebook bei ihm melde, reagiert er nämlich nie.«

Mir war sicher deutlich anzusehen, wie überrascht ich war. »Du willst Dans Telefonnummer?«

»Ich will deutlich mehr als seine Telefonnummer«, gab Tina ungerührt zurück. Igittigitt. »Ich hab nämlich schon seit Jahren ein Auge auf den Kerl geworfen, aber immer, wenn ich einen Job mit ihm ergattert habe, war er gerade fest mit irgendeiner anderen zusammen.« Sie schob sich die Finger in den Hals und stieß würgende Geräusche aus. »Das ist einfach kriminell.«

Wie sollte ich der Frau, die gerade umsonst mein Haar total verwandelt hatte, deutlich machen, dass Dan Fraser während all der Zeit, in der ich ihn inzwischen kannte, nie ernsthaft liiert gewesen war? Und zwar hauptsächlich, weil er zu sehr damit beschäftigt war, jedes Model flachzulegen, das so dämlich war, auf seine Sprüche reinzufallen. Was bedeutete, dass er inzwischen mit fast jedem Model irgendwann einmal im Bett gewesen war.

»Hm. Soweit ich weiß, ist Dan kaum jemals nicht in festen Händen.«

Da ich einfach keine Ahnung hatte, wie ich mich aus der Affäre ziehen sollte, wäre es bestimmt am besten, wenn ich einfach log.

»Trotzdem denke ich, versuche ich am besten einfach mal mein Glück, schicke diesem Typen eine SMS und unterbreite ihm mein Angebot. Schließlich habe ich, so wie die Aktien bisher stehen, nichts zu verlieren.«

Ich sollte mir unbedingt ein Beispiel an ihr nehmen. Sie war wirklich widerlich.

»Echt? Und das, obwohl er beinahe ständig eine feste Freundin hat?«

»Ich habe gehört, dass augenblicklich etwas zwischen ihm und Ana läuft. Das kann ja wohl nichts Ernstes sein. Weil sie eine echte Schlampe ist.« Als sie mir den Umhang von den Schultern zog, sah mein T-Shirt im Vergleich zu meinem tollen neuen Haar regelrecht erbärmlich aus. »Eine noch größere Schlampe als ich.«

»Das stimmt.« Ich wartete darauf, dass sie beleidigt war. Aber da hätte ich lange warten können, und so fügte ich nach einem Augenblick hinzu: »Sie ist echt eine Riesenschlampe.«

Was zur Abwechslung einmal die Wahrheit war.

»Also, hast du seine Nummer?« Tina nahm ihr iPhone aus der Hosentasche und zog fragend eine Augenbraue hoch. Also griff auch ich nach meinem Handy und las ihr Dans Nummer vor. Ich fühlte mich dabei nicht wirklich gut, auch wenn ich nicht sicher hätte sagen können, wem ich durch die Preisgabe der Nummer stärker in den Rücken fiel: Tina, die nicht die geringste Chance bei einem Typen wie Dan Fraser hatte, oder Dan, weil er ihr würde deutlich machen müssen, dass die Mühe ihres Anrufs vollkommen umsonst gewesen war. Alles, was ich wusste, war, dass ich sehr viel dafür gegeben hätte, Zeugin dieses Telefongesprächs zu sein.

»Ich glaube, dass das zwischen ihm und Ana etwas durchaus Ernstes ist, also sei bitte nicht traurig, wenn er nicht auf deine Nachricht reagiert.« Mehr konnte ich nicht für sie tun, außer vielleicht laut »du blinde Kuh« zu schreien. »Außerdem schreibt er fast nie zurück, wenn man ihm simst.«

Was abermals gelogen war.

»Du könntest ja ein gutes Wort für mich einlegen«, schlug mir Tina unbekümmert vor. »Könntest ihm erzählen, dass ich total fantastisch bin.«

»Warum nicht?« Rotschopf Rachel war anscheinend ein Naturtalent. Doch nachdem ich mit dem Lügen angefangen hatte, blieb ich am besten weiterhin dabei.

Der heiße Haarkünstler und Em machten einen Termin aus, bei dem es sicher nicht ums Waschen oder Föhnen ging, und Tina schrieb bereits die erste SMS an Dan, während ich mit meiner Handtasche in einer Ecke stand und hoffte, dass sich die Mädchen ein bisschen beeilen würden. Großer Gott, ich kam mir wieder wie im zehnten Schuljahr vor. Nur, dass ich jetzt keine hellen Strähnen hatte, sondern einen leuchtend roten Bob. Was erheblich besser war.

»Also dann.« Ich nahm meine Stylistin etwas unbeholfen in den Arm, ergriff Ems Hand und wandte mich zum Gehen. »Nochmals vielen Dank.«

»Vielleicht hast du ja Lust, meine Brautjungfer zu sein.« Sie bauschte noch einmal meine Haare auf. »Aber natürlich nur, wenn du nicht schon mal mit ihm in der Kiste warst.«

»Klar. Versteht sich ja wohl von selbst.«

Trotzdem hätte Dan wahrscheinlich eher mich oder sogar meinen schwulen Freund geheiratet als sie.

Regent Street an einem Sonntagnachmittag. Für gewöhnlich kam mir der Besuch der Innenstadt an einem Wochenende wie die reinste Folter vor, an diesem Nachmittag jedoch war jeder einzelne Tourist, der mir mit Bauchtasche und Kamera entgegenkam, ausschließlich auf der Welt, um mir bewundernd hinterherzusehen. Oh, was hatten diese Menschen für ein Glück. Ich hatte das Gefühl zu schweben, während ich mich willenlos von Em durch das Gedränge bis in eine Seitenstraße ziehen ließ, in der es deutlich ruhiger war.

»Himmel, der Stylist da eben im Salon war völlig hin und weg von dir.« Nachdem wir einen freien Fleck am Straßenrand gefunden hatten, schlang mir Em die Arme um den Hals. »Und war der nicht wirklich süß?«

»Auf jeden Fall«, erklärte ich und atmete in dem Bemühen, den Geruch des Färbemittels aus der Lunge zu bekommen, erst einmal so tief wie möglich aus und ein. »Aber ich hatte einfach keine Ahnung, was ich sagen sollte, und vor allem hat er sowieso nur was zu mir gesagt, weil er dachte, dass er über mich an dich rankommen kann.«

»Und wenn schon«, meinte meine Freundin, während sie mir fröhlich auf den Rücken sprang. Was, da sie mindestens zehn Zentimeter größer war als ich, ein bisschen schwierig war. »Du brauchst einfach mehr Selbstvertrauen. Dieses Haar wird nicht verlegen, wenn es auf irgendwelche heißen Typen trifft, und hält sich auch nicht diskret im Hintergrund. Dieses Haar trägt keine an den Knien ausgebeulten Leggins und trinkt keinen Billigwein im Lexington.«

Ich warf einen Blick auf meine typische Leggins-T-Shirt-Uniform. Em hatte recht. O Gott, und deshalb wollte sie wahrscheinlich mit mir shoppen gehen.

Dabei rief schon der Gedanke daran ein Gefühl der Panik in mir wach.

»Und wenn wir dir erst mal nur eine Jeans besorgen?«, versuchte sie zu verhandeln.

Dabei waren Jeans noch schwieriger als alles andere! Nichts zerstörte so erfolgreich und so nachhaltig das Selbstvertrauen wie der Kauf von neuen Jeans, außer, man war einen Meter achtzig groß und hatte Kleidergröße 34.

»Also bitte, dieses Haar will neue Kleider.« Wieder legte Em die Hand auf meinen Arm. »Es will hübsche Sachen tragen und sich amüsieren, während deine bisherigen Sachen unbedingt zurück nach Osteuropa und Kartoffeln essen wollen. Und vor allem, fühlst du dich in diesen Sachen etwa wirklich wohl?«

»Sie scheinen nicht mehr ganz zu passen«, gab ich widerstrebend zu, während der Blick aus meinen Augenwinkeln auf die wunderbaren Kupfertöne meiner Haare fiel. Sie waren wirklich rot. »Vielleicht wäre deshalb ein kurzer Shoppingtrip okay. Aber keine Jeans.«

Ehe sie mir eine Antwort geben konnte, fiel mein Blick auf einen durchaus hübschen Kerl, der seinem durchaus hübschen Kumpel eilig in die Rippen stieß, als er uns sah. Männer! Echte Männer sahen uns beiden hinterher! Nicht nur Männer, die dazu verpflichtet waren, mir als Angestellte des Friseursalons zu einer Frisur zu gratulieren, die dort angefertigt worden war.

»Dann fangen wir am besten sofort an.« Sie hakte sich fröhlich bei mir ein. »Ich bin mir ziemlich sicher, dass auf deiner Liste *völlige Verwandlung* steht. Du siehst einfach unglaublich aus. Nach Cocktailkleidern, Dry Martinis und danach, dass du im Restaurant nie wieder selbst bezahlst. Mir gefällt dein neuer Look.«

»Wer hätte gedacht, dass Haare so viel aussagen können?« Ich überprüfte meinen neuen Bob in einem Schaufenster. O ja, er war noch da. Und auch noch immer sehr rot. Und durch die Scheibe starrte mich ein wunderschönes Wickelkleid aus blauer Seide an. »Em, meine Haare sagen, dass ihnen dieses Kleid gefällt.«

»Es passt auch gut zu ihnen«, stimmte meine Freundin zu. »Wie also sollten wir da Nein sagen?«

Das Betreten des Geschäfts glich einer Reise in die Vergangenheit. Bisher hatte ich mich beim Klamottenkaufen auf das eilige Zusammenraffen möglichst günstiger Unterwäsche bei Marks & Spencer, einen kurzen Sprint durch Topshop oder den Genuss einer Cola Light beschränkt, während Emelie etwas für mich bei Primark kaufen ging. Denn bereits für Primark fehlte mir die Qualifikation. Und jetzt stand ich urplötzlich in einem Laden wie aus einer völlig anderen Welt. Ich wanderte durch einen Korridor aus wunderbar leuchtenden Farben auf der einen Seite und einer Million unterschiedlicher Muster auf der anderen, alles aus schimmerndem Seidenstoff und mit herrlich abstehenden Petticoats. Ein echtes Vintage-Paradies. Und wenn ich schon im Primark völlig überfordert war, verbot mein Mangel an Erfahrung es doch wohl erst recht, dass ich auch nur über die Schwelle eines solchen Ortes trat. Nein, sagte ich mir, während ich allen Mut zusammennahm und vorsichtig mit einem Finger über einen zarten Spitzenhandschuh strich, der elegant über den Rand eines verbeulten, alten Koffers hing. Die alte Rachel wäre nie hierhergekommen. Doch die neue Rachel täte das auf jeden Fall. Was vollkommen logisch war, denn schließlich stand ich schon in dem Geschäft, und irgendjemand musste meine Freundin schließlich daran hindern, mehr Geld hierzulassen, als sich innerhalb von einem Jahr verdienen ließ.

»Alles hier ist wunderschön.« Meine Mutter hatte stets die Theorie vertreten, dass man zwar schauen, aber nichts berühren sollte, wenn die Ware in einem Geschäft nicht deutlich sichtbar ausgezeichnet war. Und dies war ein solches Etablissement, aber trotzdem konnte ich die Pfoten einfach nicht von all den wunderwunderschönen Dingen lassen, die es hier gab. »Am liebsten würde ich den ganzen Laden kaufen.«

»Sagt dein Haar.« Em zeigte mir ein hinreißendes himmelblaues Kleid. Es war aus einem feinen Seidenstoff, hatte einen viereckigen Ausschnitt, keine Ärmel, eine superschmal geschnittene Taille und einen koketten Glockenrock. Es war die Art von Kleid, die ein Mädchen tragen würde, das die Enden seiner Haare immer sorgfältig nach innen föhnte und das Haus nie ohne Schuhe in der Farbe seiner Handtasche verließ. Oder, anders ausgedrückt, es war ein Kleid für jemand völlig anderen als mich. »Probier das doch mal an.«

»Darf ich Ihnen einen der Ankleideräume öffnen?« Das von mir eben beschriebene Mädchen tauchte aus dem Nichts neben uns auf, nahm Emelie das Traumkleid ab, sah uns beide grinsend an und nickte uns zu zum Zeichen, dass wir folgen sollten. In ihrem korallenroten, weiß getupften Wickelkleid, Mary Janes und weißen Söckchen war sie ein genaues Abbild von Olivia Newton-John in *Grease*. »Suchen Sie etwas Bestimmtes?«

»Wir brauchen von allem was«, antwortete Em, bevor ich meinen Mund nur aufbekam. »Wir sind nämlich gerade mitten in einer grundlegenden Stilveränderung.«

»Ich habe mir gerade die Haare färben lassen«, fügte ich hinzu. »Und jetzt würde ich einfach gerne ein paar neue Sachen anprobieren, obwohl ich im Grunde nicht der Typ für Kleider bin.«

»Dann sollten wir das dringend ändern.« Olivia zog eine große Holztür auf und scheuchte uns in die Garderobe. Wobei diese Bezeichnung deutlich untertrieben war. Mit den taubenblauen Wänden, drei enormen, frei stehenden Spiegeln und zwei ausladenden Polster-Chaiselongues wirkte es wie das Gemach von einer Königin. Mein Haar war hier zu Hause, doch, oje, mein Outfit ließ mich gnadenlos im Stich. Ich blickte über meine Schulter auf die Kleider, die neben der Tür des Raumes hingen. Konnte es tatsächlich sein, dass dieser Raum noch größer als der Laden war? Ich kam mir wie in einem Moderaumschiff vor. »Sie haben eine fantastische Figur für unseren

Vintage-Look, denn er ist eher etwas für kleine Frauen. Lassen Sie mich ein paar Sachen für Sie holen. Erst einmal nur Kleider?«

»Alles, von dem Sie denken, dass es zu mir passt.« Ich jubelte innerlich bei dem Gedanken, dass es endlich mal von Vorteil war, ein Zwerg zu sein, und auch beim Anblick all der wundervollen Farben, die das junge Mädchen für mich von den Ständern zog. Nachdem ich bisher praktisch immer nur Schwarz-Weiß getragen hatte, kam ich mir beinahe wie auf einem Mode-LSD-Trip vor. Eisblau, Jadegrün, Blassgelb, Streifen, Tupfen, Blumenmuster flogen direkt auf mich zu.

»Das meiste hier ist Vintage.« Olivia lud ihre wunderbare Fracht von ihren Armen auf den in meinem Gemach stehenden Ständer um. »Aber es sind auch ein paar neue Stücke dabei. Die man alle auch sehr gut im Alltag tragen kann.«

Meine Angst war mir anscheinend deutlich anzusehen.

»Ich hatte noch nie etwas so Hübsches an«, gab ich errötend zu. Weil es einfach eine Schande war. »Und ich weiß nicht, wann ich so was jemals anziehen soll.«

Sie nickte verständnisvoll. Was jedoch vielleicht auch einfach daran lag, dass sie dringend hoffte, dass ich irgendetwas nahm.

»Immer, wenn ich morgens vor meinem Schrank stehe, frage ich mich, welcher Traum für mich an dem Tag in Erfüllung gehen soll. Und ziehe mich entsprechend an. Denn ich würde es mir nie verzeihen, wenn ich eine Jeans anhätte und mir Johnny Depp begegnen und mich fragen würde, ob ich nicht mit ihm übers Wochenende nach Monte Carlo fliegen will. Dafür nehme ich es locker in

Kauf, High Heels zu tragen, um dann vielleicht doch nur in der Schlange im Zeitschriftenladen zu stehen, um mir einen Lottoschein zu holen.«

Damit hatte sie wahrscheinlich recht.

»Ich bin vorne im Laden. Rufen Sie mich einfach, wenn Sie fertig sind.« Damit zog sie die Tür hinter sich zu und ließ mich und Emelie bei unserem Verkleidungsspiel allein.

»Hier, zieh das an, wenn ich es nicht vor dir kaufen soll.« Em warf mir die himmelblaue Seide zu. »Etwas Hübscheres habe ich echt noch nie gesehen.«

Ich verschwand hinter dem Vorhang und versuchte, mich nicht allzu sehr für meinen alten Slip zu schämen, als ich mir das neue Kleid über die neuen Haare zog. Das Gefühl der kühlen Seide auf der nackten Haut und der Anblick meiner schwungvollen Frisur, als ich in den Spiegel sah, ließen mich erschaudern. Denn das Kleid und meine Haare waren einfach wunderschön. Nicht so die dicken schwarzen Ringe unter meinen Augen und mein matter grauer Teint.

Aber immerhin.

»Oh, Rach.« Emelie schob ihren Kopf an dem dicken Vorhangstoff vorbei. »Du siehst wie ein Mädchen aus.«

»Danke.« Dieses zweifelhafte Kompliment rief heiße Freude in mir wach. »Ich fühle mich auch wie ein Mädchen. Ein echt seltsames Gefühl.«

Schließlich aber setzte eine Art von Mädchen-Instinkt bei mir ein, und unversehens drehte ich mich vor dem Spiegel hin und her und wiegte mich schwungvoll in den Hüften, bis das Kleid locker um meine Beine schwang. Wie ein kleines Mädchen in seinem Geburtstagskleid. Auch wenn ich das nicht aus eigener Erfahrung sagen konnte, denn ich hatte auch als kleines Mädchen niemals Kleider angehabt. Obwohl ich älter als mein Bruder war, hatte ich den Großteil meiner Kindheit in Pauls abgelegten Sachen zugebracht. Denn Jeans waren erheblich praktischer, wenn man auf Bäume kletterte und Fahrrad fuhr. Weshalb niemand verstand, warum ich ausgerechnet Maskenbildnerin geworden war. Doch für mich ergab das durchaus einen Sinn. Bisher hatten meine Models meine femininen Träume für mich ausgelebt, aber damit war jetzt Schluss. Denn es war allerhöchste Zeit, dass ich diesen Teil meines Lebens jetzt in Angriff nahm.

»Es ist wirklich wunderschön«, sagte ich zu Emelie und meinem Spiegelbild. »Nur kann ich mir nicht vorstellen, sowas jemals anzuziehen.«

»Was gibt es da noch vorzustellen?« Em zückte ihr Handy und machte schnell ein Bild von mir in dem Kleid. »Du hast es doch schon an. Und jetzt ziehst du es wieder aus und probierst das gelbe an.«

Em und die beste Verkäuferin der Welt hatten wahrscheinlich recht. Dass ich bisher noch nie in einem Kleid im Supermarkt gewesen bin, hieß schließlich noch lange nicht, dass ich damit nicht jetzt beginnen könnte. Höchstwahrscheinlich würde ich auch zukünftig nicht in dem bodenlangen grünen Seidenkleid, das Em gerade bewunderte, aufs Postamt gehen, aber in dem süßen, kleinen Sommerkleid, das vor mir auf dem Ständer hing, konnte ich mich relativ problemlos im PizzaExpress an einer Thunfischpizza knabbern sehen.

»Sie sehen einfach fantastisch aus.« Inzwischen war auch Olivia zu uns zurückgekehrt. »Wie eine Mischung aus Betty und Joan.«

»*Mad Men* ist bei uns im Augenblick nicht angesagt.«

Em fuhr sich mit einem Finger über die Kehle. »Aber Sie haben natürlich trotzdem recht.«

Eine Mischung aus Betty und Joan? Das setzte eine Frau, die noch zwölf Stunden zuvor nicht mal dem Vergleich mit Peggy standgehalten hätte, ziemlich unter Druck. Und offensichtlich war der Stress mir deutlich anzusehen.

»Versuchen Sie's mal mit den Streifen.« Olivia zeigte auf etwas Schwarz-Weißes, das am Ständer hing. »Währenddessen können ich und Ihre Freundin schon einmal nach Schuhen gucken gehen.«

Ohne es zu wissen, hatte sie Ems Zauberwort benutzt. Denn selbst wenn mein Schlafzimmer in Flammen stünde, überließe Em mich gnadenlos dem Flammentod, wenn sie irgendwo auch nur den Hauch von Kitten Heels schnuppern würde. Zum ersten Mal seit Beginn meines Singletrainings war ich vollkommen allein. Es war seltsam, dass mit einem Mal kein aufmunterndes Geplapper mehr an meine Ohren drang. Und es war noch seltsamer, mich selbst mit neuem Haar, in einem neuen Kleid und mit einem vollkommen veränderten Gesichtsausdruck zu sehen. Zeit, dass ich mich abermals professionell unter die Lupe nahm. Meine Haare sahen ganz eindeutig besser aus, und auch das Kleid stand mir hervorragend. Der ausgestellte Rock kaschierte wunderbar die weihnachtlichen Pfunde, die sich hartnäckig an meine Oberschenkel klammerten, obwohl längst Sommer war, und zauberte mir eine Taille, wo eigentlich gar keine war. Und das Muster – winzig kleine weiße Schwalben auf blassem Löwenzahngelb – war so zart, und das wie für mich gemachte Oberteil mit den feinen Spaghettiträgern stand nur jemandem, der kaum Brüste hatte, also jemandem wie mir.

Jetzt bekam ich endlich meinen Ausgleich dafür, dass ich während des gesamten elften Schuljahrs mit dem grauenhaften Spitznamen »Flachbrett-Summers« herumlaufen musste. Denn in diesem Kleid war ich tatsächlich hübsch. Und im Gegensatz zu meinen bisherigen Outfits, die lediglich verhindert hatten, dass ich nackt herumgelaufen war, machte dieses Kleid mich derart high, dass ich in einen regelrechten Rausch verfiel.

Gut zwei Stunden und ein peinliches Gespräch mit meiner Bank wegen einer »ungewöhnlich hohen Buchung« später schleppten Emelie und ich uns, schwer beladen mit diversen Einkaufstüten, dafür aber mit fast schwerelosen Portemonnaies, zurück zu mir.

»Was willst du als Nächstes machen?«, fragte Em, deren Wangen vom noch nicht völlig abgeklungenen Einkaufsfieber immer noch gerötet waren. »Wie sähe es mit Abendessen aus?«

»Nö«, erklärte ich und brüllte »Matthew, wo ist der Müllsack?« durch den Flur.

Ohne auch nur stehen zu bleiben, um mir meine Schuhe auszuziehen, marschierte ich ins Schlafzimmer und riss die Schranktür auf. Denn ich war eine Frau auf einer heiligen Mission. Hosen. T-Shirts. Schlabberpullis. Alte Kleider, die zu groß, zu klein oder gerade mal okay waren. Ich würde nichts behalten, worin ich nicht auch Ryan Reynolds oder Gerard Butler vor dem Postamt über den Weg laufen konnte. Was hieß, dass alles in den Müllsack wandern würde, worin ich bisher herumgelaufen war. Denn was hätte es für einen Sinn, mir die Haare abzusäbeln, mich in einen Rotschopf zu verwandeln und mir eine solche Menge neuer Sachen zuzulegen, dass sich mühelos ganz Indien damit einkleiden ließ, verfiele ich gleich morgen wieder in alte schlampige Gewohnheiten? Mit einem Schwung schob ich das ganze alte Zeug in den von Matthew aufgehaltenen Sack und zog, ohne auch nur einen Augenblick zu zögern, die Schubladen meiner Kommode auf. Nicht ein einziges Stück, das ich darin entdeckte, rührte an mein Herz und flehte darum, dass es bleiben dürfte. Nichts darin war so erinnerungsbehaftet oder hübsch genug, dass es um eine zweite Chance bat. Alles, was dort lag, nahm seine Niederlage voller Würde hin, und bereits nach wenigen Minuten hatten leuchtend bunte, wunderschöne Kleider – jedes einzelne davon eines erstklassigen Lovers mehr als würdig – all das alte, schlabberige, angegraute Zeug ersetzt. Es kam mir wie ein Wunder vor.

Und auch Matthew hatte ein Wunder in meinem Wohnzimmer vollbracht, die Schlösser ausgetauscht, alle Fotos abgenommen und alles, was meinem Ex gehörte, in Müllsäcken in den Keller hinuntergeschleift. Ach, hätte er doch Simon ebenfalls entsorgt. Doch es war beeindruckend, die Wohnung wirkte plötzlich makellos, und ich entdeckte, dass ich sogar einen Staubsauger besaß. Man lernt wirklich jeden Tag etwas dazu …

»Du siehst wirklich super aus.« Matthew ließ mich eine Pirouette in dem letzten neuen Outfit drehen und klopfte danach auf die freie Stelle auf der Couch. Doch ich wollte mich nicht setzen, ich war durch meine neue Frisur immer noch völlig aufgedreht.

»Ich bin hin und weg.«

»Ich sehe also nicht allzu sehr wie Cheryl Cole nach ihrer Scheidung aus?«

»Kein bisschen. Und du fühlst dich gut?«

»O ja.« Ich sah mich in dem Zimmer um und versuchte rauszufinden, was alles daraus verschwunden war. Es war seltsam, wie bei diesem Partyspiel, bei dem etwas von einem Tablett genommen wird und du versuchen musst, dich daran zu erinnern, was es war. Du kannst dabei den Gegenstand nicht sehen und weißt nur, dass irgendetwas fehlt. »Echt, ich fühle mich echt gut.«

»Merk dir das«, bat er. »Weil nämlich vorhin Simon angerufen hat.«

Worauf es mir umgehend wieder hundeelend ging.

»Hast du mit ihm gesprochen?« Ich schob mir den Rest von meinem Haar hinter die Ohren, und auch die Wirkung meines Kleids war umgehend verpufft.

»Er war nicht unbedingt in Plauderstimmung«, räumte Matthew ein und zog mein Haar wieder hervor. »Du sollst ihn zurückrufen.«

»Aha.«

Ich spähte vorsichtig nach meinen Schuhen. Passend zu dem neuen Haar bräuchte ich dringend neue Schuhe. Und zu meinen neuen Schuhen bräuchte ich am besten auch noch einen neuen Freund. Wir würden uns unsterblich ineinander verlieben, uns verloben, schnellstmöglich ein Baby kriegen und auf einer Grillparty bei einem Freund aus alten Zeiten Simon treffen, der sich von der Party schleichen und von einer Brücke stürzen würde, weil ihm klar würde, dass er mich nie hätte verlassen dürfen, weil ich eine wunderbare Frau und Mutter war. Nur, wen könnte ich dazu bewegen, mich zu einem Grillfest einzuladen, wo auch Simon war?

»Du brauchst ihn nicht zurückzurufen«, holte mich Matthew in die Gegenwart zurück. »Wenn du möchtest, rufe ich ihn an. Oder schreib ihm einfach eine SMS.«

»Oder ich rufe ihn an und sage ihm, dass er ein Riesenarschloch ist«, rief Em aus Richtung Küche, wo bereits der Wasserkessel pfiff. Was für eine gute Freundin sie doch war. »Bitte sag, dass ich den Idioten anrufen darf.«

»Nein, das geht nicht.« Ich stand auf. Ließ mich zurück aufs Sofa sinken. Und stand wieder auf. »Und vor allem werde ich es ja wohl schaffen, selber bei ihm anzurufen, oder etwa nicht?«

Es stand völlig außer Frage, dass ich physisch dazu in der Lage wäre, aber brächte ich auch psychisch die erforderliche Kraft für diesen Anruf auf? Während ich die Nummer wählte, wurde mir ein wenig schlecht. Doch ich hatte keine andere Wahl. Riefe ich ihn nicht sofort zurück, obwohl ich wusste, dass er sich gemeldet hatte, würde ich mir wegen seines Anrufs stundenlang den Kopf zerbrechen. Meinen hübschen roten Kopf. Und ein kurzes Telefongespräch mit diesem Kerl bekäme ich doch sicher hin. Rotschopf Rachel hatte kein Problem mit so etwas.

Em brachte mir meine Tasse Tee, und Matthew setzte sich zu mir aufs Sofa, wo er eine seiner warmen Hände schwer auf meine Schulter sinken ließ. Es war nur ein kurzes Telefongespräch, sonst nichts. Und nur, weil wir zwei zum letzten Mal beim unbeholfenen Trennungssex oder, wie ich angenommen hatte, unbeholfenen Versöhnungssex, miteinander gesprochen hatten, könnten wir doch sicher noch normal telefonieren.

»Hallo?« Simon kam wie immer nach dem zweiten Klingeln an den Apparat.

»Ich bin's.«

Ich war wirklich eloquent.

»Rachel?«

Meine Stimme war ein bisschen leiser, als mir lieb war,

doch zumindest brach ich nicht in Tränen aus. Dank meines roten Haars. Denn ein Rotschopf weinte nicht. Nahm ich zumindest an.

»Ja. Matthew meinte, dass du angerufen hast?«

Ach, hätten wir doch Videophones. Er konnte meine prächtige Verwandlung nicht mal sehen. Wobei wir ja eigentlich beide iPhones hatten, das hieß, unsere Handys hatten eine eingebaute Videofunktion. Vielleicht legte ich also am besten auf und riefe sofort noch mal bei ihm an.

»Ich kann jetzt nicht reden«, klärte er mich müde auf. »Ich bin beschäftigt. Ich hatte vor über einer Stunde bei dir angerufen.«

»Tja, vielleicht könnten wir uns ja einfach nachher auf einen Kaffee treffen oder so«, schlug ich todesmutig vor. So verhielt sich eine Frau ja wohl, wenn sie sich nicht das Leben nahm, weil sie nach fünf Jahren plötzlich ohne Grund von ihrem Freund verlassen worden war. Sie trank mit ihm Kaffee. Oder Gin. Oder Whiskey. Mmm, ein Whiskey wäre jetzt nicht schlecht.

»Oder auf einen Drink?«

»Etwa heute Abend?«, fragte er.

»Ja.« Kam es mir nur so vor, oder klang er wirklich leicht gereizt?

»Ich kann nicht. Ich habe zu tun.« Er klang ganz eindeutig leicht gereizt.

Von dieser Wende war ich ziemlich überrascht.

»Matthew hat gesagt, dass du von mir zurückgerufen werden willst.« Ich versuchte, meinen zunehmenden Zorn zu unterdrücken. Aber Rotschopfe waren nun einmal aufbrausend, ich konnte also nichts dafür. »Also, worum geht's?«

»Ich schicke dir morgen eine Mail, weil ich jetzt gerade

im Kino bin«, zischte er mir zu. »Und morgen bin ich arbeitsmäßig unterwegs, es wird also wahrscheinlich Nachmittag.«

Er war im Kino? Guckte irgendeinen blöden Film? Er hatte mich verlassen und mir obendrein die Zahnpasta geklaut, und jetzt guckte er einfach einen Film? Natürlich überlegte ich, welchen Film er wohl sah.

»Ich will keine E-Mail, ich will mit dir reden.« Und noch lieber hätte ich ihn eigenhändig umgebracht. »Was ist los, Simon?«

»Am besten lege ich jetzt einfach auf.« Inzwischen klang er regelrecht erbost. »Ich wollte nur vorbeikommen und ein paar Sachen holen, aber dafür ist es jetzt verdammt noch mal zu spät. Und zu reden gibt es nichts.«

»Es gibt nichts zu reden?«, fauchte ich. Das war ja wohl der Hit! »Wir sind fünf Jahre zusammen, und urplötzlich kommst du zu dem Schluss, dass du keinen Bock mehr auf mich hast und dass es zwischen uns nichts mehr zu reden gibt?«

»Wir kommen nicht wieder zusammen, Rach«, erwiderte er ruhig. »Du brauchst also gar nicht zu versuchen, mich dazu zu bringen, dich auf einen Drink zu treffen, weil du denkst, dass ich es mir dann noch mal überlege und nach Hause komme. Also lass es einfach.«

Darauf fiel mir einfach keine Antwort ein.

Simon aber hatte offenbar noch nicht genug. »Ich bin neunundzwanzig, und ich habe keine Lust zu reden«, schnauzte er mich an. Dafür, dass er nicht mehr mit mir reden wollte, fielen ihm urplötzlich überraschend viele Dinge ein. »Ich will nicht in den Supermarkt, nur weil Samstag ist, ich will keinen Tee mit deiner Mutter trinken, nur weil Montag ist, und ich will möglicherweise auch nicht heiraten, zwei Kinder kriegen und am Schluss vor lauter Langeweile sterben. Und jetzt lege ich auf. Ich schicke dir morgen eine Mail oder rufe noch mal an, wenn ich wieder in London bin.«

Ehe er mich aus der Leitung werfen konnte, legte ich auf und gab Matthew mein Telefon.

»Was für ein Blödmann.« Matthew drückte meine Schulter noch ein wenig fester als zuvor. »Was für ein Idiot.«

»Reg dich ab, Matthew, er kann gerade nicht reden, weil er irgendeinen Film im Kino guckt«, gab ich im Ton größter Verbitterung zurück.

Ich hatte keine Ahnung, was ich machen sollte. Ich könnte versuchen, ihn noch einmal anzurufen, doch wahrscheinlich hatte er sein Handy ausgestellt. Ich könnte alle Kinos Londons abklappern und gucken, ob ich diesen Bastard fände, doch selbst wenn mir das gelänge, was zum Teufel sollte ich dann tun? Natürlich könnte ich Gewalt anwenden, aber jemand hatte mal zu mir gesagt, dass Gewalt nie eine Lösung war. Auch wenn ich den Eindruck hatte, dass ich es als ausnehmend befriedigend empfunden hätte, ihm nach Kräften wehzutun.

»Ich weiß, was du jetzt machst.« Em brachte mir eine Tasse Tee und den Jack Daniel's aus dem Küchenschrank, und ich hielt beides erst mal fest. Whiskey war das Letzte, was ich brauchte, aber ein paar Folgen *Mad Men* hatten mich bereits gelehrt, dass ein Rotschopf keinen Tee trank, wenn er wütend war.

»Los, hol deinen Laptop«, wies mich meine Freundin an.

Ich zog das uralte MacBook, das mir Paul bei seiner vorletzten Aufrüstung überlassen hatte, aus der Tasche, gab ihn Em und hob dann abwechselnd die Tasse und die

Flasche an den Mund. Es schmeckte durchaus interessant. Schwarzer Tee mit Tennessee. Auch wenn diese Mischung sicherlich nicht Schule machen würde, half sie mir im Augenblick durchaus.

»Matthew hat beim Ausmisten deiner Wohnung bereits einen super Job gemacht, aber jetzt ist es an der Zeit, dass du auch noch den Geist dieses Kerls vertreibst.«

»Verbrennen wir sein Zeug?«, fragte ich in hoffnungsvollem Ton.

»Das können wir später immer noch.« Sie klappte den Computer auf und loggte sich bei Facebook ein. »Wir löschen diesen Typen aus.«

»Wir bringen Simon um?«

»Nicht ganz«, erklärte sie. »Du löschst ihn aus deiner digitalen Existenz. Schließlich hast du sicher keine Lust, alle zwei Sekunden sein Gesicht zu sehen, sobald du online bist. Oh. Ah.«

»Was?« Schwarztee und Jack Daniel's passten auf einmal immer besser zusammen.

»Er ist dir bereits zuvorgekommen.« Em drehte meinen Laptop so, dass ich den Bildschirm sah.

Simon Mitchell wurde in dem Netzwerk nicht mehr als »in einer Beziehung«, sondern schon als Single aufgeführt.

Reglos starrte ich den Eintrag an.

»Er hat seinen Beziehungsstatus bei Facebook geändert?«, fragte ich, um ganz sicherzugehen. »Wie alt ist er? Vierzehn?«

»Du hast jede Menge Nachrichten.« Matthew zeigte auf die kleine rote Zahl am oberen Rand des Monitors. »Vielleicht sollten wir PR-mäßig allmählich in die Offensive gehen.«

»Nein.« Ich trank den nächsten Schluck. »Dazu lasse ich mich nicht herab. Ich will nur, dass er verschwindet.«

Em fing eifrig an zu tippen. »Kein Problem.«

Es war eine Sache, dass sich Simon von mir trennen wollte, aber etwas völlig anderes, sofort die gesamte Internetgemeinde über diesen Schritt zu informieren. Weil das derart öffentlich und so endgültig war. Ich hätte doch bestimmt das Recht gehabt, es den Leuten zu erzählen, wann ich selber es für richtig hielt. So aber wussten schon über 400 Personen, dass ich über Nacht verlassen worden war. Und dabei hatte ich bisher noch nicht mal meiner Mum etwas davon erzählt. Dieses verdammte Facebook – dabei hatte ich *The Social Network* mit Begeisterung geguckt. Und urplötzlich stellte sich heraus, dass Mark Zuckerberg der Teufel war. Warum gab es keine offizielle Regel, wie in solchen Fällen vorzugehen war? Und warum griff *Sex and the City* dieses Thema nicht mal auf? Schließlich gab es sogar eine Folge darüber, wie frau sich am geschicktesten verhielt, wenn sie regelmäßig Bremsspuren in den Unterhosen ihres Freundes fand. Und im gesamten zweiten Kinofilm war sowieso kaum etwas passiert, da hätten sie doch sicher zehn Minuten übrig gehabt, um mir zu zeigen, wie ich damit umgehen soll, wenn mein Freund dem ganzen Internet erzählt, dass er mit mir fertig ist. Carrie Bradshaw, du verdammte, selbstsüchtige Kuh.

»Was können wir tun, um dir zu helfen?«, fragte Matthew leise. Und ich brauchte einen Augenblick, bis ich erkannte, dass das seltsam krächzende Geräusch, das ich vernahm, mein eigener Atem war.

»Ich glaube nicht, dass ihr mir helfen könnt.« Ich biss mir auf die Lippe, ehe ich den nächsten Schluck aus meiner Flasche nahm. »Und außer Trinken fällt mir keine Lösung ein.«

Noch vor achtundvierzig Stunden hatte ich hüftlanges blondes Haar und einen festen Freund gehabt. Inzwischen war ich rothaarig, hatte ein Alkoholproblem, und bis Samstag wäre ich wahrscheinlich kahlgeschoren und hinge an der Nadel.

Wahnsinn, dachte ich.

Wenig später hatte Em sämtliche Spuren meines Exfreundes von meinem MacBook gelöscht, Matthew hatte seine Nummer aus dem Speicher meines Telefons entfernt, und ich war abermals betrunken. Aber schließlich hatte Em ja auch gesagt, ich müsste langsam dafür sorgen, dass ich mehr vertrug.

»Ich muss ins Bett«, verkündete ich mitten in der dritten *Promi-Dinner*-Folge. »Schließlich muss ich morgen arbeiten.«

»Ich auch.« Em rieb sich erschöpft die Stirn. Stets die gute Freundin, hatte sie mich nicht im Stich gelassen und sich ebenfalls über den Jack Daniel's hergemacht. »Ich habe eine Besprechung. Irgendwo. Wegen der Kitty-Kitty-Brotdosen. Ich sollte deshalb vielleicht heimfahren und mir ein paar Klamotten holen.«

Matthew saß mit seinem Handy auf der Couch, las die Nachrichten von irgendwelchen Leuten durch und machte ein sorgenvolles Gesicht. Trotzdem hielt ich mich zurück und fragte nicht, von wem die Nachrichten waren und worum es darin ging. Denn die Einzelheiten, die er mir dann schildern würde, trieben mir bestimmt die Schamesröte ins Gesicht.

Plötzlich wurde mir bewusst, dass mir Emelie und Matthew nicht mehr von der Seite wichen, seit sie kurz nach meinem Anruf Samstagmorgen hier erschienen waren. Hätte ich mich nicht so schlecht gefühlt, hätte ich bestimmt gedacht, dass ich ein echter Glückspilz war.

»Ihr braucht beide nicht zu bleiben.« Ich drückte meine Freundin fest und schlang ihr die Arme um den Hals. »Ich komme auch alleine klar.«

»Ich habe morgen früh nichts vor – wenn sie geht, bleibe ich hier.« Matthew blickte zwischen mir und seinem Handy hin und her. »Du hast mich also weiterhin am Hals.«

»Ich liebe euch.« Ich krabbelte über Emelie hinweg und umarmte jetzt auch ihn. »Ihr seid beide wunderbar.«

»Das stimmt«, bestätigte er und zerzauste mir das Haar. »Aber für dich ist es jetzt wirklich Zeit, ins Bett zu gehen, Rotschopf.«

»Ich habe rote Haare«, meinte ich und wälzte mich elegant von seinem Schoß. »Und sie sehen fantastisch aus.«

»Und morgen wirst du einen Kater haben.« Er hob mich vom Boden auf und trug mich Richtung Bett. Ach, wäre er doch kein hünenhafter Schwuler, sondern hetero und obendrein mein fester Freund. »Wann musst du morgen aufstehen?«

»Dan holt mich um zehn hier ab.« Wo kam nur plötzlich dieser blöde Schluckauf her? »Bis dahin bin ich sssicher wieder fit.«

»Dann wecke ich dich gegen neun.« Er zog mir die Decke bis zum Hals und küsste mich zärtlich auf die Stirn. »Also dann, bis morgen früh.«

»Nacht«, raunte ich dem leeren Zimmer zu. Ich wollte nur noch schlafen. Schlafen und ein Zimmer, in dem sich nicht alles drehte. Also rollte ich mich auf den Bauch, vergrub mein Gesicht im Kissen, tastete nach Simons altem T-Shirt und klammerte mich daran fest. Dies wäre die erste Nacht, in der ich ganz alleine schlief. Ich meine, abgesehen von Freitag hatte Simon schon seit Wochen nicht mehr hier geschlafen, aber ausgezogen war er nicht. Und selbst wenn er nicht da gewesen war, hatte ich noch alle seine Sachen hiergehabt und mich deshalb nie wirklich allein gefühlt. Nie zuvor hatte mein Bett sich derart kalt und leer und riesig angefühlt. Doch ich musste mich daran gewöhnen, zukünftig allein ins Bett zu gehen. Alleine aufzustehen. Daran zu denken, auf dem Rückweg von der Arbeit Klopapier zu kaufen, weil das niemand mehr für mich tat. Alle meine Singlefreundinnen und -freunde jammerten mir ständig was von diesen Dingen vor, aber ich selbst hatte bisher noch nie darüber nachgedacht. Auch die Einkäufe im Supermarkt bestanden ab jetzt nicht mehr aus einem Wagen voller Zutaten, die nur darauf warteten, zu köstlichen, gemeinsamen Mahlzeiten verarbeitet zu werden, sondern waren zukünftig auf peinlich kleine Körbe voller Eis und Fertiggerichte beschränkt. Niemand fuhr einen mehr zum Arzt, und man verpasste jede Menge Filme, weil man niemanden mehr hatte, der mit einem ins Kino ging. Obwohl Simon offenkundig auch als Single ein eifriger Kinogänger war.

Schließlich akzeptierte ich, dass ich nicht schlafen konnte, schaltete die Nachttischlampe an und nahm meine Handtasche vom Haken an der Tür. Die Tasche hatte in den Achtzigern meiner Mum gehört. Sie war aus leuchtend blauem, butterweichem Leder, hatte unzählige Taschen und einen so langen Schulterriemen, dass sie mir beim Gehen immer um die Knie schlug. Em hatte sie immer schon gehasst, und Matthew hatte mal gesagt, sie gäbe einen guten Futtersack für transsexuelle Ackergäule ab. Ich hingegen hatte dieses Monstrum schon geliebt, seit mein Dad es meiner Mum zu Weihnachten geschenkt hatte, als ich vier war. Nach der Scheidung war sie, wie auch alles andere, womit meine Mutter negative Erinnerungen an den einst geliebten Mann verbunden hatte, auf den Dachboden gewandert, aber vor zwei Jahren hatte sie dort gründlich ausgemistet und mir eben diese Tasche überlassen, die ich seither nicht mehr aus den Augen ließ. Wobei es in dem Augenblick nicht gerade hilfreich war, dass ich alles doppelt sah. Schwungvoller als nötig riss ich sie vom Haken, und sie krachte mir mit einer solchen Wucht gegen die Nase, dass ich unsanft auf den Rücken fiel. Ich sollte endlich aufhören, ständig drei verschiedene Bücher mit mir herumzuschleppen, obwohl ich in keinem davon las.

»Aua.« Ich drückte meine flache Hand gegen mein Auge, aber, entweder weil der Zusammenstoß mit meiner Tasche doch nicht ganz so schlimm gewesen war, oder weil ich eine halbe Flasche Bourbon intus hatte, ließ der Schmerz schnell nach, ich schlug mein Auge wieder auf, sah mich suchend in der Tasche um und zog aus einer der zahllosen, mit einem Reißverschluss versehenen Innentaschen meine Checkliste hervor.

Denn ich hatte nur zwei Möglichkeiten. Entweder ich bliebe, deprimiert und abermals betrunken, hier im Dunkeln liegen und weinte mich am Ende in den Schlaf, oder ich erinnerte mich daran, dass ich doch kein hoffnungsloser, langweiliger Loser war. Oder es zumindest nicht sein musste.

Auch wenn es vielleicht ein bisschen schäbig war, mein Leben auf der Basis von Notizen zu verändern, die jemand in krakeliger Schrift auf einer fleckigen Serviette festgehalten hatte, musste ich mich zwischen Simons T-Shirt und der Checkliste entscheiden. Wobei die Entscheidung bereits gefallen war. Mein Leben war längst auf den Kopf gestellt, und jetzt ging es nur noch darum, dass ich die Kontrolle über die Veränderungen übernahm. Nach dem Motto: erst das Haar und dann die ganze Welt.

Ich schnappte mir mein Handy, das auf meinem Nachttisch lag, und machte einen Schnappschuss von mir selbst in meiner rothaarigen Pracht. Dem iPhone 4 und seiner Kamera sei Dank. Warum war ich überhaupt so unglücklich? Hatte ich mir nicht persönlich meine Haare abgeschnitten? Und sie rot gefärbt? Hatte ich es nicht geschafft, Simon anzurufen, ohne während des Gesprächs in Tränen auszubrechen und ihn anzuflehen, zu mir zurückzukommen? Ich war alles andere als langweilig und völlig anders als die Frau, für die er mich anscheinend hielt. Mit einem letzten Hicks zog ich sein T-Shirt unter meinem Kopfkissen hervor und warf es ans Fußende des Betts. Morgen käme dieses Ding mit all dem anderen Krempel in den Müll.

Ich presste mir die Liste vor die Brust, ließ mich rücklings in die Kissen sinken und schloss die Augen. Irgendwann würde ich sicher einschlafen, ich musste einfach nur hier liegen und …

7

»Los, Rotschopf, steh auf.«

Heftig durchgeschüttelt zu werden, noch dazu von einem nicht heterosexuellen Mann, war nicht unbedingt die angenehmste Art, an einem Montagmorgen aufzuwachen, ganz zu schweigen davon, dass ich noch unter den Folgen des Konsums einer halben Flasche Whiskey litt.

»Nein, Mami braucht noch ihre Ruhe.« Stöhnend zog ich mir das Kissen vors Gesicht. »Gott, tut mir der Schädel weh.«

Ich öffnete vorsichtig ein Auge und entdeckte eine Männerhand, die einen Becher Tee auf meinen Nachttisch stellte. Der Versuch, auch noch das andere Auge aufzumachen, resultierte allerdings in einem stechenden Schmerz, der bis in meine Wangenknochen zog. Außerdem war ich mir ziemlich sicher, dass ein bisschen Spucke über meine Backe lief.

»O Gott.«

»Richtig«, stellte Matthew fest. »Vielleicht solltest du erst mal duschen und, ich weiß nicht, dir, wenn möglich, den gesamten Inhalt deines Make-up-Koffers ins Gesicht klatschen, bevor du dich irgendwo blicken lässt.«

»Ich gehe nie geschminkt zur Arbeit«, protestierte ich und versuchte, an dem Tee zu nippen, ohne dass die zaghafte Bewegung meiner Lippen die Schmerzen in meiner Augenhöhle schlimmer werden ließ.

»Ich weiß«, erwiderte er ruhig. »Aber irgendeine abdeckende Creme wäre jetzt vielleicht ganz gut.«

Er streckte einen Arm in meine Richtung aus und strich mit einem Finger über mein Gesicht.

»Aua!«, heulte ich und verschüttete den heißen Tee auf dem Parkett.

»Was hast du letzte Nacht bloß angestellt?« Entschlossen zog mein Freund einen der Vorhänge zurück, um sich mein Auge ein wenig genauer anzusehen. Auch wenn vorher schon mehr als genug anmaßend grelles Sonnenlicht auf mein Gesicht gefallen war. »Sieht aus, als hättest du mit jemandem geboxt.«

»Keine Ahnung, irgendwie habe ich meine Tasche ins Gesicht gekriegt.« Stöhnend rollte ich mich auf den Rücken und kam mir dabei wie eine umgedrehte Kakerlake vor. Nein, selbst eine umgedrehte Kakerlake fühlte sich wahrscheinlich deutlich besser. Außer, irgendjemand hätte sich mit einem Springerstiefel auf das arme Tier gestellt, ihm drei von seinen Beinen ausgerissen und es dann quer durch den Raum gekickt. Und das war der Grund, warum ich für gewöhnlich keinen Whiskey trank. »Wie spät ist es?«

»Kurz nach neun?« Blinzelnd sah er auf die Uhr, die auf dem Display meines Handys abgebildet war. »In einer Stunde musst du los.«

»Aber ich muss schlafen.« Ich versuchte, meinen Oberkörper aufzurichten, und mir wurde schlecht. Immer mit der Ruhe, Rachel. »Oder mich übergeben. Und dann schlafen.«

»Soll ich anrufen und sagen, dass du plötzlich krank geworden bist? Schließlich darf man zweimal krankfeiern, wenn man verlassen worden ist.«

Wie würde Dan wohl reagieren, wenn ich eine Stunde vor Beginn des Shootings anrief, um mich krankzumelden? Wenn er nicht persönlich hier erschiene, um mich umzubringen, nähme ihm meine Agentin diese Arbeit sicher ab.

»Dafür ist es jetzt zu spät.« Mein Magen stieß ein nicht gerade verheißungsvolles Grummeln aus, als ich mich wieder auf den Rücken fallen ließ. »Ist Em gut heimgekommen?«

»Sie ist doch nicht heimgefahren, sondern liegt noch drüben auf der Couch«, erklärte Matthew mir. »Was kein wirklich schöner Anblick ist. Whiskey gibt es für euch beide ganz bestimmt nicht mehr.«

»Hat sie nicht einen Termin?« Im Bett war es so herrlich, dass ich mir die Frage stellte, weshalb wir nicht alle nur in unseren Betten lebten. Dass John Lennon den Versuch nach einer Weile aufgegeben hatte, hieß schließlich noch lange nicht, dass es nicht machbar war.

»Oh, sie ist schon lange wach«, klärte Matthew mich mit einem Lächeln auf. »Und ich bin mir nicht ganz sicher, ob sie letzte Nacht überhaupt ein Auge zubekommen hat. Ich empfehle dir, am besten nicht zu atmen, dich nicht umzusehen und möglichst kein Geräusch zu machen, wenn du gleich das Wohnzimmer durchquerst. Oder geh am besten einfach außenrum und steig durch das Badezimmerfenster ein.«

Mit einer säuerlichen Miene rollte ich mich vorsichtig vom Bett, schleppte mich ins Wohnzimmer, und sofort tat mir die Entscheidung leid.

»Oh, Emelie.« Ich konnte fast nicht glauben, welcher Anblick sich mir auf dem Sofa bot. Ihre langen Locken waren wild zerzaust, und ihr Gesicht war aschfahl. Den

Eimer, der in ihrer Nähe stand, sah ich mir lieber gar nicht erst genauer an.

»O Gott.« Sie riss entsetzt die Augen auf. »Du siehst echt erbärmlich aus.«

Und das aus ihrem Mund!

»Das sagst ausgerechnet du? Hast du dich selber schon gesehen?«

»Ich habe sämtliche spiegelnden Oberflächen abgedeckt.« Sie machte ihre Augen wieder zu und wies auf die leuchtend pinkfarbene Decke, die über dem Spiegel meiner Oma hing. »Mach bloß nicht zu viel Lärm. Oder sei am besten völlig still. Weil ich dich sonst ermorden muss.«

»Verstehe.«

Ich stürzte so schnell wie möglich weiter Richtung Bad.

Dort hätte ich am besten ebenfalls den Spiegel zugehängt. Doch in weniger als einer Stunde käme Dan, und so blieb mir kaum noch Zeit, um mich so weit herzurichten, dass der Kerl bei meinem Anblick nicht vor lauter Schreck in Ohnmacht fiel. Also wusch ich vorsichtig mein aufgedunsenes Gesicht und deckte dann die Schwellung unter meinem Auge ab. Was mir tatsächlich ziemlich gut gelang. Nur ein paar Minuten mit meinem Zivil-Make-up – ein wenig Laura Mercier Secret Camouflage, einem Tupfer Touche Éclat sowie einer Unmenge von Nars Orgasm Rouge zur Überdeckung meiner Leichenblässe –, und schon sah mein Spiegelbild halbwegs passabel aus. Ohne an das harte Zeug gehen und dick Grundierung auftragen zu müssen, hatte ich mich so zurechtgemacht, dass ich zwar nicht gut, aber auch nicht so aussah, als hätte jemand mich ins Gesicht geboxt und ich danach die Nacht allein mit einer Whiskeyflasche zugebracht.

»Verdammt.« Dan vergaß, auf den Verkehr zu achten, und starrte mich von der Seite an. Er hatte um Punkt zehn bei mir geklingelt, und nachdem ich bei ihm eingestiegen war, hätte ich ihm bereits mehrfach fast den Wagen vollgekotzt. »Was ist mit dir passiert?«

»Ich habe mir die Haare geschnitten, sie gefärbt und mich betrunken«, murmelte ich undeutlich, lehnte mich gegen die kühle Fensterscheibe und atmete möglichst flach. »Warum?«

»Es ist nur, ach, du weißt schon, dieser neue Look«, erklärte er. »Nicht dass er nicht gut aussehen würde. Wer hat dir diese Frisur verpasst?«

»Tina Morgan«, antwortete ich. »Dafür habe ich fast vier Stunden mit ihr zugebracht.«

»Das ist seltsam.« Obwohl wir in einem fahrenden Auto saßen, achtete er immer noch nicht wieder auf die Straße, sondern starrte weiter auf mein Haar. »Sie hat mir nämlich gestern eine echt seltsame Nachricht auf der Mailbox hinterlassen. Richtiggehend obszön.«

Ich hatte nicht die Energie, um laut zu lachen, aber wenigstens ein schwaches Grinsen kriegte ich noch hin. »Sieht aus, als ob du ihr gefällst.«

»Sie ist nun wirklich nicht mein Typ«, erklärte er und blickte lange genug durch die Windschutzscheibe, um den Fahrer des Mondeo vor uns lautstark zu beschimpfen, weil der seiner Meinung nach deutlich zu langsam fuhr.

»Es kann nicht jede Frau ein Supermodel sein, Daniel«, erklärte ich und schloss meine Augen hinter meiner riesengroßen Sonnenbrille. Es konnte und es durfte nicht mehr weit zum Studio sein.

»Warum sagst du das?«

»Weil du mit Ana schläfst?« Ich wartete auf ein gleichmütiges Schulterzucken oder einen bösen Kommentar, aber er zeigte keine Reaktion.

»Weil du mit sämtlichen Models flirtest, die du bei den Shootings kennenlernst?«

Wir fuhren ein paar Minuten schweigend vor uns hin. Zum Glück verhinderte mein Kater, dass mir dieses Schweigen peinlich war.

»Es gehört zu meinem Job, dass ich mit den Models flirte«, klärte er mich schließlich auf. »Da ist nichts dabei, das ist nur leeres Geschwätz am Set.«

»Gefolgt von gemeinsamen Turnübungen außerhalb des Sets«, fügte ich hinzu.

Wir hielten an einer roten Ampel, und er wandte sich mir wieder zu. »Und mit wem genau habe ich deiner Meinung nach herumgeturnt?«

»Abgesehen von Ana?«

»Abgesehen von Ana.«

»Dann läuft zwischen euch also tatsächlich was?«

Wieder folgte eine lange Pause, ehe er erneut an einer roten Ampel hielt. Autofahren in London konnte wirklich ätzend sein.

Er zog die Handbremse des Wagens an, streckte einen Arm zum offenen Fenster raus und legte den anderen hinter meine Kopfstütze. »Und wenn es so wäre?«

Ich schwieg und starrte auf die Straße. Da ging es hin, mein problemloses Date für die Hochzeit meines Dads. Verdammt.

»Du bist doch diejenige, die immer durch die Gegend läuft und aller Welt erzählt, wie wunderbar es ist, einen festen Freund zu haben.« Endlich sprang die Ampel um, und er fuhr wieder an. »Ach, Simon und ich fahren nach

Kroatien. Oh, Simon und ich richten unser Gästezimmer ein. O nein, ich kann unmöglich noch mit einen trinken gehen, ich muss heim zu meinem Freund.«

Ich muss sagen, dass der Eindruck, den Dan von mir hatte, mir nicht unbedingt gefiel.

»Mache ich das wirklich?« Eigentlich war ich mir ziemlich sicher, dass ich nicht mal halb so häufig ach und oh sagte, wie er behauptete.

Schulterzuckend schob sich Dan die braunen Locken aus der Stirn. »Weiß nicht. Aber wird ja wohl so sein, denn sonst würde ich das schließlich nicht behaupten, oder was meinst du?«

»Tja, darüber brauchst du dir keine Gedanken mehr zu machen«, murmelte ich in die Fensterscheibe. Warum waren wir nicht endlich da? Ich wollte nur den Tag auf irgendeine Weise überstehen, dann wieder nach Hause fahren und auf meiner Liste nachgucken, wie es weiterging. Ich hatte gedacht, dass dies vielleicht der Tag für den erbosten Brief an meinen Exfreund wäre, aber vielleicht sollte ich eher die Gesetze brechen. Denn wenn ich jetzt einen Fotografen durch die Windschutzscheibe seines eigenen Wagens schubste, wäre das doch sicher illegal.

»Sag bloß nicht, dass dein toller Simon dich sitzen gelassen hat.« Dan lachte laut auf.

»Genau«, erklärte ich. »Bist du etwa nie auf Facebook?«

Dan sah wieder geradeaus und machte ein Geräusch, das verdächtig danach klang, als hätte jemand einem Seehund einen Tritt zwischen die Knopfaugen verpasst. Ich drehte mich vorsichtig auf meinem Sitz und sah ihn an. Nie zuvor hatte der Kerl so unwohl ausgesehen. Nicht mal bei den Shootings für mehrere ausnehmend homoerotische Unterwäschekampagnen von D & G, die wir zusammen absolviert hatten.

Er starrte mich etwas zu lange durch seine getönte Brille hindurch an.

»Was?« Ein gleichmütiges Schulterzucken konnte ich mir ganz einfach nicht leisten, denn dann hätte ich ihm sicher direkt in den Schoß gekotzt.

»Nichts.«

Eilig wandte er sich wieder ab und schaltete das Radio ein. Ich kniff meine Augen zu und konzentrierte mich darauf, dass auch der Rest der Fahrt zum Set möglichst spucktütenfrei verlief.

Entgegen allen göttlichen und menschlichen Gesetzen schaffte ich es wirklich, meinen Mageninhalt bei mir zu behalten, bis Dan pünktlich vor dem Studio hielt. Wohingegen Ana, wie nicht anders zu erwarten, wieder mal Verspätung hatte, doch nach unserer amüsanten Fahrt von meiner Wohnung bis hierher war der Augenblick der Stille und des Friedens einfach herrlich, wenn auch leider viel zu kurz.

»Raquel!«

Noch bevor ich meinen Tetrapack mit Vita Coco aufbrechen konnte, kamen hundertachtzig Zentimeter Supermodel in das Studio gerauscht, ignorierten sämtliche Lakaien und Hofschranzen, die viel zu schlecht dafür bezahlt wurden, sie zu ertragen, und stürzten direkt auf mich zu. Ihr Parfüm hätte mir um ein Haar den Rest gegeben – sprühten Supermodels sich tatsächlich noch mit Angel ein? Als sie noch ein wenig näher kam, roch ich das Parfüm nicht mehr, sondern fing an, es zu schmecken. Und wenn sie mich noch ein wenig fester in die

Arme nahm, kämen meine Kinder sicher mit diesem Geruch zur Welt.

»Oh, Schätzchen, ich fühle mich heute geradezu unglaub-lich.« Endlich löste sie ihre Umklammerung, ließ ihren Mantel auf den Boden gleiten und warf sich auf meinen Stuhl. Warum in aller Welt hatte ich einen neutralen Lippenstift und Smokey Eyes als Make-up für diese Primadonna vorgesehen? Und natürlich hatte sie nicht den geringsten Grund, jetzt endlich mal den Mund zu halten. Abgesehen davon, dass es die Höflichkeit geboten hätte, aber von gesellschaftlichen Umgangsformen hatte diese Tussi wahrscheinlich noch nie etwas gehört. »Du weißt doch, dass ich ab und zu mit diesem Typen ausgegangen bin. Dem mit all dem Geld. Tja, aber dann hatte ich die Nase von ihm voll, habe ihn am Freitagabend angerufen und ihm erklärt, dass es aus ist zwischen uns, und dann taucht er plötzlich *damit* bei mir auf!«

Sie schob mir ihre Pranke ins Gesicht und hätte mir mit dem unverschämt riesigen Klunker beinahe das Auge eingedrückt. Einem überdimensionalen, lupenreinen Diamanten, der auf einem breiten, ebenfalls mit lupenreinen Diamantsplittern besetzten Goldring saß. Ich brauchte einen Augenblick, um mich darauf zu konzentrieren, so sehr blendete das Stück. Ich richtete mich wieder auf und lenkte meinen Blick von dem riesigen Verlobungsring zurück auf ihr absurd schönes Gesicht.

War es vielleicht möglich, jemanden mit einem Schwämmchen zu erschlagen?

»Natürlich habe ich zu ihm gesagt, dass ich ihn nicht heirate, denn, weißt du, ich glaube, ich habe mich in einen anderen verliebt.« Sie bedachte mich mit einem vielsagenden Blick, verrenkte sich den Hals und stieß einen lauten Seufzer in Dans Richtung aus. »Trotzdem hat er das Ding nicht zurückgenommen. Was für ein Idiot. Aber hübsch ist dieser Ring auf jeden Fall. Oder was meinst du?«

Ich hatte das Denken eingestellt. Ich öffnete mehrfach den Mund, klappte ihn dann aber immer einfach wortlos wieder zu. Nicht der kleinste böse Kommentar, kein Glückwunsch und noch nicht einmal ein leises Knurren brachte ich zustande. Denn mein Hirn war einfach leergefegt. Im Verlauf der Jahre hatte ich mir mühsam antrainiert, das Geplänkel dieser hohlen Nuss einfach an mir vorbeirauschen zu lassen, und mit einem Mal stellte mein Hirn, kaum dass es ihre Stimme hörte, freiwillig die Arbeit ein. Was geradezu un-glaub-lich war.

»Hey, Ana, ich bräuchte dich da drüben auf dem Bett, damit ich ein paar Probeschüsse machen kann.« Dan legte einen Arm um ihren Rücken und geleitete sie fürsorglich zum Set.

»Du weißt ja, auf einem Bett kannst du mit mir machen, was du willst«, säuselte sie in seine Richtung und bedachte mich mit einem bitterbösen Blick. Im Flirten mochte sie erstklassig sein, aber trotzdem ärgerte es sie, dass Dan noch Probeaufnahmen von einem Supermodel machen wollte, und auch wenn sie sich nicht sicher war, warum, war das auf alle Fälle meine Schuld.

»Danke«, raunte ich Dan zu und setzte mich erst mal selbst auf meinen Make-up-Stuhl. Er nickte mir kurz zu und machte dann die ersten Aufnahmen von Ana, die bereits ihr Haar nach hinten warf und sich in einer Art auf der Matratze räkelte, die völlig unpassend für eine Fünferpackung weißer Baumwollschlüpfer war.

Lass es nicht an dich heran, sagte ich mir streng. Ana ist

nun einmal so, und du willst ihr deshalb sicher nicht die Lider mit der Shu Uemura Wimpernzange herausreißen oder so. Doch im Grunde hätte ich das durchaus gern getan. Warum in aller Welt wollte irgendjemand diese Tussi heiraten? Und zwar nicht einfach irgendwer, sondern jemand, der genügend Kohle hatte, um ihr einen Diamanten an den Ringfinger zu stecken, der dermaßen funkelte, dass er alleine *Dancing on Ice* hätte moderieren können. Ana war zwar wunderschön, aber gleichzeitig die launischste und flatterhafteste Person der Welt, und vor allem war sie einfach dumm. Wohingegen ich loyal, beständig und bestimmt erheblich schlauer war. Ich würde mich nicht unbedingt mit Stephen Hawking messen wollen, aber dämlich war ich nicht. Trotzdem schaffte ich es nicht mal, einen Freund zu halten, von dem ich zu Weihnachten eine Nintendo Wii geschenkt bekam. Das zwischen ihr und Dan konnte ich gerade noch verstehen, weil sie einfach die weibliche und männliche Version ein und derselben Spezies waren. Aber weshalb sollte jemand Reiches und Normales ihr derart verfallen sein?

Um nicht völlig auszuflippen, öffnete ich meinen Schminkkoffer und suchte meine Arbeitsmaterialien aus. Verschiedene Grundierungen, Concealer, Rouge, Bronzer, Highlighter … man brauchte jede Menge Zeug, um ein Mädchen aussehen zu lassen, als wäre es natürlich schön, und heute kam mir dieser Job zum ersten Mal wie wirklich harte Arbeit vor.

Nach zwei Packungen Vita Coco, einem Mineraldrink und zwei Ibuprofen sah ich zwar vielleicht noch nicht wieder so aus, fühlte mich aber zumindest wieder halbwegs wie ein Mensch, und Ana saß erheblich kleinlauter wieder auf ihrem Stuhl, stützte ihr Kinn auf ihren Händen ab und sah mich an, als wäre ich ein dreibeiniger Hund.

»Dan sagt, es ginge dir nicht gut«, erklärte sie und setzte eine sorgenvolle Miene auf. »Und dass ich dich nicht darauf ansprechen soll.«

Ich sah sie mit einem halben Lächeln an, schob ihr das Haar aus dem Gesicht und fing, da ich erhebliche Koordinationsstörungen hatte, mit der möglichst vorsichtigen Reinigung der Wangen an.

»Also, warum geht es dir nicht gut?«, fragte sie im nächsten Augenblick.

»Ich habe mich von meinem Freund getrennt«, antwortete ich und wischte ihr Gesicht mit einem Baumwolltupfer ab.

»Hast du deshalb eine Perücke auf?«

Ich flehte zu Gott, Buddha, Allah, Angelina Jolie und allen Heiligen um die Kraft, dem Drang zu widerstehen, dieser Frau ins Gesicht zu schlagen.

»Das ist keine Perücke«, klärte ich sie auf.

»Ohhh.« Sie zupfte vorsichtig an einer Strähne, und in meinem Schädel heulten die Sirenen los. »Das ist natürlich bitter. Und ich sitze hier und fuchtel dir mit meinem wunderschönen Ring vor dem Gesicht herum. Manchmal bin ich wirklich dumm.«

»Du konntest es ja nicht wissen.« Ohne ihr zu widersprechen, trug ich vorsichtig die Feuchtigkeitscreme auf ihre Wangen auf.

»Und es ist definitiv vorbei?« Sie spähte mich aus einem Auge an.

»Ja.«

»Gott.« Sie klatschte fröhlich in die Hände und stieß obendrein ein gut gelauntes Kichern aus. Was ich ein wenig herzlos fand, doch wie gesagt, sie war nun einmal nicht das schärfste Messer in der Schublade.

»Du warst nämlich schon viel zu lange mit dem Kerl zusammen«, klärte sie mich auf, packte meine Handgelenke und fuhr unbekümmert fort. »Und ich habe jede Menge Freunde, die ich dir abtreten kann. Sie sind entweder reich oder echt heiß. Ich bin mir nicht sicher, ob es einen reichen *und* heißen Typen gibt, der auf … rothaarige Frauen steht. Also, was von beidem ist dir wichtiger?«

Ich atmete tief durch und sagte mir, ich hätte die Situation noch immer vollkommen im Griff.

»Lass es gut sein, Ana«, bat ich sie.

»Nein, wirklich, du solltest unbedingt, so schnell es geht, mit irgendeinem anderen Kerl zusammenkommen«, fuhr sie entschlossen fort. »Du bist schließlich nicht hässlich oder so. Lass mich einfach einen meiner Freunde anrufen. Weil ich schließlich in Zukunft sowieso nicht mehr zu haben bin. Und sie gehen sicher gerne mit dir aus, wenn ich sie darum bitte, keine Angst. Du brauchst einfach jemanden, der es dir so richtig besorgt, dann geht es dir auch wieder gut.«

»Verdammt noch mal, warum kannst du nicht einfach mal die Klappe halten?«, fragte ich sie ruhig.

»Raquel?« Sie blickte aus waidwunden Augen zu mir auf. »Ich versuche doch nur, dir zu helfen.«

»Aber du hilfst mir verdammt noch mal nicht«, klärte ich sie deutlich lauter auf. So laut, dass der ganze Raum zu uns herübersah. »Mir hat gerade noch gefehlt, dass eine überbezahlte, sexbesessene, hirnlose Kuh wie du mir sagt, was ich jetzt machen muss.«

Es war schon ruhig am Set gewesen, bevor ich mich vollständig in Christian Bale verwandelt hatte, doch nach meinem Ausraster hätte man wahrscheinlich selbst das Fallen einer Stecknadel gehört. Ana kauerte vor mir auf ihrem Stuhl.

»Raquel?«

»Oh, halt einfach die Klappe.« Ich warf meine Hände in die Luft, und ein loser Puderschauer regnete auf sie herab. »Ich heiße nicht Raquel. Ich heiße nicht Raquel, das weißt du ganz genau. Mein Name ist Rachel. Du weißt genau, dass mein Name Rachel ist. Warum, warum, warum bestehst du also immer darauf, mich Raquel zu nennen? Du bist wirklich dümmer, als die Polizei erlaubt. Haben all die Abführmittel dir vielleicht das Hirn geraubt?«

Ich hatte schon zweimal erlebt, wie Ana wegen eines abgebrochenen Fingernagels hysterisch in Tränen ausgebrochen war, deshalb fand ich es beeindruckend, dass noch ein Augenblick verstrich, bevor sie dieses Mal zusammenbrach. Was jedoch vielleicht ganz einfach daran lag, dass meine Bemerkung durchaus zutreffend gewesen war. Dann aber presste sie mit wild zitternder Unterlippe einen Finger unter jedes ihrer Augen, damit die künstlichen Wimpern keinen Schaden nahmen, und rannte laut heulend aus dem Raum.

»Was?« Ich wirbelte herum und schaffte es, dabei nicht umzukippen. Was zumindest etwas war. »Habe ich vielleicht irgendwas nicht mitgekriegt? Nimmt sie keine Abführmittel mehr?«

»Um Gottes willen, was hast du getan?« Die beiden Stylisten, der Friseur und sogar Collin rannten hinter Ana her, Dan aber kam zu mir. »Was zum Teufel sollte das?«

»Nicht«, warnte ich ihn. »Das, was sie gesagt hat, war total daneben.«

»O nein, das, was *du* gesagt hast, war total daneben. Du

kannst ganz unmöglich so mit einem Model reden, und das weißt du ganz genau.«

Einen Augenblick lang starrten wir einander böse an. Ich hatte keine Ahnung, was Dan dachte, aber ich für meinen Teil zog ernsthaft einen Tritt in seine Eier in Erwägung. Denn ich hatte endgültig die Nase voll.

»Aber sie kann mit mir reden, wie sie will?« Statt in seine Eier trat ich kraftvoll gegen meine offene Puderdose und knallte den Deckel meines Schminkkoffers laut und vernehmlich zu. »Aber damit ist jetzt Schluss. Ich bin kein Fußabtreter, Dan. Weißt du, wie unglaublich langweilig es ist, wenn man sich immer nur den Scheiß von allen anderen anhören muss?«

»Hast du dir etwa die Haare rot gefärbt, nur, damit du hier die Diva rauskehren kannst?«, fuhr er mich an.

»Vielleicht habe ich ja einfach nur genug davon, immer zu lächeln und zu nicken«, fauchte ich zurück. »Vielleicht habe ich ja einfach nur genug davon, mir ständig den hirnlosen Schwachsinn anzuhören, den diese Tussi von sich gibt. Vielleicht habe ich ja einfach nur genug von deiner Aufgeblasenheit und Arroganz. Vielleicht habe ich ja einfach nur genug davon, wie sterbenslangweilig das alles ist.«

Als ich mich zum Gehen wenden wollte, packte er mein Handgelenk. »Von meiner Arroganz?« Dans braune Augen waren groß wie Untertassen. »Ich bin arrogant? Weißt du überhaupt, was du da sagst?«

»Vergiss es, Dan.« Ich schüttelte ihn einfach ab. »Ich verschwinde erst einmal von hier.«

Ich schnappte mir meinen Koffer, folgte Ana durch die Tür und bog, ohne auf das verzweifelte Schluchzen hinter der Toilettentür zu achten, nach rechts ab.

Es dauerte einen Moment, aber schließlich fand ich eine ruhige Stelle auf dem Parkplatz, tauchte zwischen zwei Geländewagen ab und atmete erst mal so tief wie möglich durch. Die Gedanken schossen mir noch immer mit einer Million Stundenkilometern durch den Hinterkopf, aber vorne an meiner Stirn war alles völlig ruhig. Ich hatte keine Ahnung, was ich gerade machte, dabei hatte ich das bisher immer ganz genau gewusst. Denn genau das war mein Ding. Aber trotz meiner Verwirrung, meiner Angst und meiner neuerlichen Übelkeit fühlte ich mich irgendwie in meinem tiefsten Inneren wunderbar. Gut und stark, als käme ich mit allem, was das Leben mir noch vor die Füße werfen würde, mühelos zurecht.

»Hallo, Rotschopf, alles klar?«

Wie durch Zauberhand griff urplötzlich das Universum ein und trat die Flamme des gerechten Zorns in meiner Seele aus. In der einen Hand ein Päckchen Zigaretten, in der anderen ein Feuerzeug, tauchte Tina Morgan auf.

»Zigarettenpause?«, fragte sie. Wir hatten zusammen studiert, zusammen bei diversen Shows gearbeitet und konkurrierten seit dem College häufiger um irgendwelche Jobs. Ich kannte ihre Schuhgröße, ihre normale Haarfarbe und den Vornamen ihrer Mutter, aber sie wusste noch immer nicht, dass ich Nichtraucherin war.

»Nein.« Wenn ich ihr nicht in die Augen sah, ginge sie ja vielleicht einfach wieder weg.

»Deine Haare sehen noch immer gut aus.« Ein Kompliment, das weniger an mich als vielmehr an sie selbst gerichtet war.

»Danke.« Mir war klar, dass ich nicht gerade höflich war, aber die Geduld für ein Gespräch brachte ich im Augenblick einfach nicht auf.

»Da drinnen ist es heute ganz schön heiß.« Sie trat mir wiederholt gegen den Fuß, bis ich endlich aufsah, und holte dramatisch mit den Armen aus. »Erde an Rachel, alias Höllenweib, werde bitte endlich wach.«

Ich lächelte.

»Kapiert. Du bist nicht in der Stimmung, um zu reden.« Sie parkte ihr monumentales Hinterteil ein Stückchen neben mir und zündete sich eine Kippe an. »Willst du auch eine?«

Ich schüttelte den Kopf.

»Wenn du die Wahrheit wissen willst – ich habe heute einfach keinen Bock.« Sie nahm einen tiefen Zug, blies den Rauch nach oben, und die leichte Sommerbrise, die sich in dem Augenblick erhob, wehte ihn mir direkt ins Gesicht. »Dem Himmel sei Dank, dass ich für heute fertig bin. Ich hasse diese blöden Studiojobs, wenn so schönes Wetter ist.«

Ich nickte zustimmend.

»Wobei die Arbeit mich an deiner Stelle nicht so stören würde«, fuhr meine Kollegin fort. »Ich kann einfach nicht glauben, dass du nichts davon gesagt hast, dass du heute mit ihm arbeitest.« Sie stieß ein dumpfes Stöhnen aus und rief dadurch ein unglaubliches Unbehagen in mir wach. »Er sieht, verdammt noch mal, einfach fantastisch aus. Seine Arme sind so dick wie meine Oberschenkel. Wobei meine Schenkel alles andere als zierlich sind.«

Ich zuckte mit den Schultern.

»Du hast dir deine Haare doch bestimmt gefärbt, weil du dein Glück bei ihm versuchen willst.« Der Ausdruck der gespitzten, dick geschminkten Lippen und der eng zusammengekniffenen Augen sollte sicher lüstern sein. Ein Mann, den sie mit einem solchen Blick bedachte, tat mir richtiggehend leid. Weil er einfach furchteinflößend war. »Oder steht er eher auf blond? Er hat auf meine Nachricht immer noch nicht reagiert.«

Paralleles Kopfschütteln und Schulterzucken.

»Aber heute ist er hier, nicht wahr?«, vergewisserte sie sich und bauschte ihre kurzen Haare auf. »Vielleicht gehe ich am besten einfach noch mal rein und sage kurz Hallo.«

»Du könntest sogar noch viel mehr tun«, meinte ich, denn plötzlich nahm mein Hirn die Arbeit wieder auf. »Ich habe einen Telefonanruf gekriegt und muss dringend weg. Könntest du wohl für mich einspringen? Dan würde dich dafür lieben.«

»Echt?« Tina sah auf ihre Uhr, auf mich und abermals auf ihre Uhr. »Und warum musst du plötzlich weg?«

»Weil mein Hund gestorben ist«, log ich, ohne nachzudenken.

»Oh, verdammt. Na dann, hau ab.« Sie stand auf, trat ihre Zigarette aus und zog mich auf die Füße. »War er krank?«

»Er hatte TB.« Überrascht von meinen Lügen riss ich selbst die Augen auf. Tuberkulose, Rachel? Na, nun übertreib mal nicht.

»Hunde können TB bekommen? Hier in London?« Tina folgte mir zurück ins Studio, und ich drückte ihr meine Make-up-Entwürfe in die Hand und packte den Rest meiner Sachen ein. Sie hatte auch als Maskenbildnerin schon durchaus gute Jobs gemacht. Es gab bestimmt noch schlechtere als sie. »Hast du es selber auch?«

»Nein.« Ich sah sie an, als wäre sie bescheuert, aber dann entsann ich mich, dass die Geschichte von dem Hund mit der TB schließlich von mir selbst erfunden worden war.

»Aber erst mal vielen Dank. Natürlich werde ich veranlassen, dass du das Geld für diesen Job bekommst.«

»Natürlich«, murmelte sie, denn ihr großmütiges Angebot tat ihr anscheinend bereits wieder leid. »Ich schreibe dir einfach eine Mail.«

»Nochmals tausend Dank.« Ich zerrte meinen halb geschlossenen Koffer auf nur einer Rolle durch die Tür. Denn ich musste einfach weg von diesem Ort. Ich wusste nicht genau, wohin ich wollte, aber erst mal weg von diesem Ort. Nur war es offenkundig so, dass nicht einmal der allerkleinste Teil des Universums an diesem beknackten Tag auf meiner Seite war. Und so war ich gerade auf dem Parkplatz unter einem Treppenaufgang abgetaucht, wo ich auf ein Taxi warten wollte, als Dan mit einer Packung Chips in der Hand und finsterem Gesicht die Straße heraufstürmte und direkt vor mir stehen blieb.

»Was machst du da?« Mit der chipsfreien Hand wies er auf meinen Koffer. »Wir sind noch nicht mal ansatzweise fertig, und vor allem wirst du ziemlich auf den Knien rutschen müssen, bis sie überhaupt wieder von der Toilette kommt.«

»Es tut mir wirklich leid, aber ich muss gehen.« Ich umklammerte mein Handy. Wäre es vielleicht als Waffe zu gebrauchen? Auch wenn ich das Gefühl hatte, dass mein verdammtes iPhone nicht mit einer Schlagstock-App versehen war. »Ich kann jetzt nicht noch mal da rein.«

»Du hast einen Job, Rachel.« Dan sprach mit mir, als wäre ich ein kleines Kind. »Du kannst nicht einfach gehen. Vielleicht erinnerst du dich noch? Du sorgst dafür, dass das Model gut aussieht, dann mache ich die Aufnahmen, und wir bekommen alle unser Geld.«

»Ich habe einen Ersatz gefunden«, ging ich achtlos über

seinen Sarkasmus hinweg. »Sie hat meine Entwürfe und kriegt Ana sicher super hin. Ihr kommt also auch ohne mich zurecht.«

»Heute Morgen hast du noch gesagt, du wärst okay«, rief er mir wutschnaubend in Erinnerung. »Und jetzt schreist du plötzlich Supermodels an. Ich kann einfach nicht glauben, wie unprofessionell du bist.«

Was der Tropfen war, der das Fass zum Überlaufen brachte. Dämliches Fass.

»Halt die Klappe.« Aus dem Nichts strömten mir plötzlich heiße Tränen über das Gesicht. »Ich weiß, ich bin heute hier aufgetaucht, habe mein Möglichstes getan und es dann vermasselt, aber ich habe für Ersatz gesorgt, okay? Also lass mich endlich gehen, du Arsch. Ich muss einfach von hier weg.«

»Ich bin froh, wenn du verschwindest«, brüllte Dan, als ich mich an ihm vorbei auf das schimmernd schwarze Taxi zubewegte, das in diesem Augenblick am Rand der Straße hielt. »Ich will dich in diesem Zustand nicht an meinem Set. Krieg dich erst mal wieder ein.«

Ich drehte mich noch einmal zu ihm um und starrte ihn aus großen Augen an. Damit hatte seine Unverschämtheit einen neuen Höhepunkt erreicht. »O mein Gott, was bist du für ein Schwein.« Ich marschierte auf ihn zu, riss die Chipstüte aus seiner Hand, warf sie auf den Boden, trampelte darauf herum und bedachte ihn mit einem, wie ich hoffte, nicht vollkommen irren, sondern eher herausfordernden Blick. Ehe ich jedoch die Gelegenheit zu einem markanten Einzeiler bekam, streckte er die Hand aus und schob mir das Haar aus dem Gesicht.

»Hat er dich geschlagen?«, fragte er und berührte meine Wange.

»Was?« Ich war etwas verwirrt. Wer sollte mich geschlagen haben? Warum strich er mir mit einem Mal so sanft übers Gesicht? Warum fing mein Wangenknochen an zu kribbeln?

»Woher hast du dieses Veilchen? Hat dir das etwa dein Ex verpasst? Hat er dich geschlagen?« Er zog seinen Arm zurück, ballte männlich seine Fäuste und wirkte, falls das möglich war, sogar noch wütender als in dem Augenblick, als ich auf seinen Chips herumgetrampelt war. Warum hatte ich ihm nicht einfach die Tüte abgenommen, um sie selbst zu essen, wenn ich gleich im Taxi säße? Denn mein Magen schrie nach einem herzhaften Kartoffelsnack.

»Wovon redest du?« Ich hatte die ernsthafte Befürchtung, dass Dan den Verstand verloren hätte, bis ich mir die Tränen von den Wangen wischte und das Touche Éclat an meinen Fingern kleben blieb. Aha. Das also hatte er gemeint.

»Mich hat niemand geschlagen.« Da ich seit Verlassen meiner Wohnung nicht an mein Gesicht gekommen war, hatte ich meine Verletzung vollkommen vergessen. Nur war dieses blöde YSL, wie sich herausstellte, nicht wasserfest. Was ich hätte wissen sollen. »Ich bin einfach eine Idiotin. Denn ich habe mir mit meiner Tasche selbst eine verpasst.«

Dan bedachte mich mit einem argwöhnischen Blick, stellte aber schließlich fest: »Das passt zu dir. Aber trotzdem kannst du jetzt, verdammt noch mal, nicht einfach gehen. Bleib einfach noch kurz hier draußen sitzen, und dann bringen wir das Shooting hinter uns, gehen in einen Pub, besaufen uns und reden.« Er nahm meine Hand.

»Wie gesagt, ich habe für Ersatz gesorgt.« Ich schüttelte ihn ab und schob meinen Koffer in den Fond des wartenden Gefährts. »Und ich muss mich nicht betrinken, sondern brauche einfach etwas Schlaf. Dann bin ich morgen sicher wieder auf dem Damm.«

»Du kannst nicht gehen, Rachel.« Er packte die Wagentür, als ich neben meinen Koffer rutschte. »Ich meine, wenn du jetzt gehst, kannst du auch morgen bleiben, wo der Pfeffer wächst.«

»Wie sieht's aus, Dan, können wir allmählich anfangen?« Tina streckte schmollend ihren Kopf durch die Studiotür. »Ich weiß wirklich nicht, wie lange ich noch mit dieser hohlen Nuss über *Big Brother* quatschen soll.«

Ich schüttelte den Kopf darüber, wie schnell Ana wieder zurück zu ihrer alten Form gefunden hatte.

»Das ist dein Ersatz?« Er drehte sich noch nicht mal nach ihr um. »Myra Hindley?«

Da ich mir relativ sicher war, dass sich dieser wenig glückliche Vergleich nur auf ihre Frisur und nicht auf Tinas Potenzial als Serienkillerin bezog, ging ich gar nicht darauf ein.

»Hat sie dir von ihrem toten Hund erzählt?« Es war Tina deutlich anzusehen, dass sie sich bemühte, eine mitfühlende Miene aufzusetzen, aber sie war derart dick geschminkt, dass sie eher wie ein unglücklicher Transvestit aussah.

»Steig aus«, verlangte Dan, während er mit seinen Adidas Sambas gegen die Stoßstange des Taxis trat.

»Es tut mir leid, aber nein. Es wird nicht noch mal vorkommen.« Wieder stiegen Tränen hinter meinen Augen auf. Ich war mir nicht sicher, ob es wegen meines Katers oder wegen Tinas unglücklicher Miene war, doch ich musste einfach weg von diesem grauenhaften Ort. »Morgen bin ich wieder da.«

»O nein, das bist du nicht, weil du an meinem Set nichts mehr verloren hast.« Wütend knallte Dan die Tür hinter mir zu. »Weil du nämlich gefeuert bist.«

»W-w-was?«, stotterte ich. »Du kannst mich gar nicht feuern.«

»Meinetwegen kann ich dich nicht feuern, aber ich kann dir auf jeden Fall verbieten, dass du dich bei diesem Shooting noch einmal blicken lässt. Und jetzt entschuldige mich bitte, ich und Andy Warhol müssen gucken, dass wir wieder halbwegs geradebiegen, was du so phänomenal vermasselt hast.« Er machte auf dem Absatz kehrt, verschwand wieder im Haus, und Tina folgte ihm, mit einem kurzen Daumenrecken in meine Richtung.

8

»Dieses Arschloch.« Meine Mum ließ ein Stück ihrer etwas schlabbrigen Pollo-ad-Astra-Pizza zurück auf den Teller fallen und starrte mich mit großen Augen an. »Warum hast du mich nicht gleich am Freitag angerufen?«

Ich traf meine Mutter immer montagabends. Um ein bisschen Abwechslung in die Termine zu bekommen, wählten wir immer verschiedene Lokale, doch genau wie ihre Tochter war auch Sarah Summers ein Gewohnheitsmensch und regelmäßig knapp bei Kasse, weshalb etwas anderes als eine Pizzeria für uns nicht infrage kam. Hin und wieder hatten wir Gesellschaft, Matthew oder Em, früher Simon, und alle Jubeljahre tauchte auch mein Bruder zu den Treffen auf.

Angesichts der Katastrophe, die am Freitag über mich hereingebrochen war, hatte er sein Kommen auch für diesen Montagabend zugesagt, doch inzwischen saßen Mum und ich bereits seit einer Stunde in dem Restaurant, ohne dass auch nur die allerkleinste Spur von Paul zu sehen war.

»Weil du dann gesagt hättest, dass er ein Arschloch ist, und mir drei Stunden lang erklärt hättest, dass du schon die ganze Zeit wusstest, dass er nicht zu mir passt, und dass das Universum endlich Raum für meinen Seelenverwandten geschaffen hat«, erklärte ich und tauchte ein Brötchen in die Knoblauchbutter ein. Manchmal brauchte man im Leben einfach nur einen PizzaExpress. Ich hatte das relativ schicke Restaurant in Kentish Town gewählt, um dem Treffen einen eleganten Touch zu geben. Doch es funktionierte nicht.

»Hätte ich nicht«, stritt meine Mutter kategorisch ab, machte sich aber noch immer nicht über ihre exklusive Hühnchenpizza her.

»Ach nein?«

»*Vielleicht* hätte ich angedeutet, dass nie etwas ohne Grund passiert«, räumte sie widerstrebend ein. »Und natürlich ist mir klar, dass du gleich sagen wirst, dass ich die Klappe halten soll, aber deine Saturnrückkehr steht an, weshalb das alles durchaus einen Sinn ergibt. So wurde Klarschiff gemacht, und dir wurden die Probleme aufgezeigt, für die du eine Lösung finden musst. Der Saturn erteilt den Menschen immer wichtige Lektionen für das Leben.«

Man sagte mir oft, ich wäre das genaue Ebenbild meiner Mum – und das war tatsächlich so. Oder war zumindest so gewesen, bis ich beim Friseur gewesen war. Wir hatten dasselbe blonde Haar, dieselben blauen Augen, dieselbe winzige Statur, dieselben kleinen Brüste und denselben trockenen Humor. Was ich nicht von ihr geerbt hatte, war ihre grenzenlose Fähigkeit, immer nur das Beste in den anderen zu sehen, ganz egal, was auch geschah. Sie hatte sich als Teenager Hals über Kopf in meinen Dad verliebt, ihn bereits nach ein paar Monaten geheiratet, erst mich und danach meinen Bruder in die Welt gesetzt, und dann hatte mein Dad nach fünfzehn Jahren grenzenloser Seligkeit mit einem Mal gemerkt, dass die Seele seiner Sekretärin seiner Seele deutlich näherstand als die meiner Mum und sich zwecks Gründung einer neuen glücklichen Familie aus dem Staub gemacht. Nur fünf Jahre später hatte sich das Schema wiederholt, und in vierzehn Tagen ginge er mit der Seelenverwandten Nummer vier den »Bund fürs Leben« ein. Trotzdem hatte meine Mutter ihren unerschütterlichen Optimismus nie verloren, und die beiden kamen immer noch fantastisch miteinander aus. Regelmäßig schaute Dad auf eine Tasse Tee bei ihr vorbei, und sie hatte schon des Öfteren auf meine Halbgeschwister aufgepasst, wenn er mit deren Müttern unterwegs gewesen war. Womit alle beide offenkundig durchaus glücklich waren, auch wenn ich dieses Arrangement in höchstem Maße seltsam fand. Wobei auch meine Mum durchaus ein wenig seltsam war. Früher war sie einfach eine quietschfidele Frau gewesen, aber dann hatte sie plötzlich angefangen, Sachen wie »alles passiert aus einem Grund« und »das Universum gibt dir immer, was du brauchst, solange du offen für seine Energien bist« zu sagen, und inzwischen war sie bei Astrologie als echter Hammerdroge angelangt. Es war wirklich keine schöne Sucht, doch mein Bruder weigerte sich standhaft, mir dabei zu helfen, gegen dieses Treiben vorzugehen. Dabei hatte ich ihm ausführlich erklärt, dass sie, wenn sie »einfach machte, was sie glücklich machte«, irgendwann bei Ouija-Brettern, Tarotkarten und Hellsehen landen könnte, weil Astrologie eindeutig eine Einstiegsdroge war.

»Du hast doch selbst die ganze Zeit gewusst, dass das zwischen euch mal problematisch werden würde«, sagte sie nach einem Augenblick der Stille, während der ich nicht auf ihre letzten Sätze eingegangen war.

»Ach ja?«

Ach ja?

»Was haben schließlich meine Karten über euch gesagt?

Mit dir als Jungfrau und mit Simon als Skorpion hätte es nie im Leben funktioniert. Weil eine Beziehung zwischen den entgegengesetzten Enden des Spektrums ein einziger Alptraum ist.« Sie machte sich zufrieden über ihre Pizza her. Denn ihre Erklärung war das astrologische Äquivalent von »Ich habe es dir immer schon gesagt«.

»Es wäre wirklich toll, wenn wir vielleicht mal auf diesen Mystik-Mist verzichten könnten«, brach es ganz spontan aus mir heraus.

»Rachel Lulu Summers«, antwortete meine Mutter ebenso schnell. »Wir fluchen nicht in Restaurants.«

Der grässliche Musikgeschmack meiner Mum hatte dazu geführt, dass ich seit achtundzwanzig Jahren litt. Nur eine Handvoll Menschen hatten jemals meinen zweiten Vornamen gekannt, und zwei von ihnen waren tot. Wobei der Tod in beiden Fällen ohne Fremdeinwirkung eingetreten war.

»Dies ist kein Restaurant, sondern eine Pizzeria«, klärte ich sie schmollend auf. Ich war nur noch ein *South-Park*-T-Shirt und ein Paar Doc Martens von meinem fünfzehnjährigen Ich entfernt. Wenn ich mich nicht vorsah, würde mir bestimmt das Taschengeld gestrichen. Oder – noch schlimmer – ich bräche jeden Augenblick in Tränen aus.

»Tut mir leid«, erklärte ich und atmete tief durch. »Das war total daneben. Du hast recht, wahrscheinlich ist es besser so.«

Für den Fall, dass ich mich nicht schon elend genug fühlte, fuhr sie sich mit einer Hand über die Augen und brach in ein falsches Gähnen aus.

»Und ich werde auch nicht mehr fluchen, wenn du dir das Wort mit L verkneifst.« Ich schob ihr den Brötchenteller hin. Eine dramatischere Art sich zu entschuldigen gab es beim besten Willen nicht.

»Dann geht's dir also gut?«, erkundigte sie sich und kratzte sich nachdenklich an der Nase. »Natürlich hast du Matthew, Emelie und so, aber mir gegenüber brauchst du dich nicht zu verstellen.«

»Es geht mir ziemlich schlecht«, gab ich mit leiser Stimme zu. »Ich bin zum ersten Mal allein, weshalb es besonders schrecklich für mich ist. Aber ich werde mich schon wieder berappeln, denn ich habe schließlich keine andere Wahl.«

»Ich weiß wirklich nicht, woher du diese Haltung nimmst«, stellte Mum bewundernd fest, lehnte sich auf ihrem Stuhl zurück und sah mich lächelnd an. »Aber du warst schließlich immer schon unglaublich rational. Immer schon ein wirklich ausgewogener Mensch.«

»Was sicher einzig und allein deiner ausgezeichneten Erziehung zu verdanken ist.« Ich lächelte zurück und schob mir den nächsten Brötchenbissen in den Mund.

»Sicher.« Sie zog eine Braue hoch.

»Ich dachte, den Sarkasmus hätte ich gepachtet.« Ich schob einen Happen ihrer Pizza hinterher. Denn ich litt schon immer unter einem ausgeprägten Futterneid.

»Ein bisschen habe ich von dir gelernt«, gab sie zurück. »Aber im Ernst, es ist definitiv vorbei? Mit Simon, meine ich?«

»Definitiv definitiv.« Ich blickte auf all die glücklichen Paare, die sich um uns herum ihren mittelteuren Montagabend-Pizza-Luxus leisteten. Elendiges Lumpenpack. »Ich meine, er ist weg. Er hat mir eine kurze Nachricht hinterlassen, und gestern haben wir kurz telefoniert.«

Meine Mutter brauchte wirklich nicht zu wissen, was

vor dem Hinterlassen seiner kurzen Nachricht noch geschehen war. Denn dann hätte sie wahrscheinlich Jagd auf diesen Schuft gemacht und ihn abgeknallt wie einen Hund. Was zwar durchaus amüsant gewesen wäre, doch dann hätte ich sie zukünftig im Knast besuchen müssen. Und Gefängnisse in England lagen immer im Nirgendwo.

»Ich kann einfach nicht glauben, dass er derart herzlos war.« Sie schüttelte den Kopf, und ihr blonder Pagenschnitt schimmerte im Licht der Lampe über unserem Tisch. »Aber Skorpione sind eben geradezu erschreckend kalt und unemotional.«

»Mutter.«

»Tut mir leid.«

Ich starrte auf das letzte Brötchen, bis sie seufzte und den Teller wieder zu mir rüberschob. »Warum hast du dir überhaupt noch etwas anderes bestellt? Du hast deinen Salat noch gar nicht angerührt.« Sie wies mit ihrer Gabel auf den Haufen Grünzeug, der auf meinem Teller lag. Dabei war das sicher nicht die feine Art. »Aber du isst doch hoffentlich?«

»Ja«, erklärte ich, auch wenn ich mich beim besten Willen nicht daran erinnern konnte, wann ich zum letzten Mal irgendwas gegessen hatte, das kein Süßkram oder Pizza war. »Emelie und Matthew kümmern sich um mich. Sie werden mich ganz sicher nicht verhungern, in der Badewanne einschlafen oder sonst was Dummes machen lassen.«

»Das sieht man an deinem Haar.« Sie pikste ein großes Thunfischstück von meinem Teller auf. »Ich kann einfach nicht glauben, dass du sie dir abgeschnitten hast.«

»Gefällt's dir etwa nicht?« Ich bauschte meinen neuen Bob vorsichtig auf. »Alle anderen fanden's toll.«

»Es sieht natürlich reizend aus«, ruderte Mum zurück. »Ich meine, ich bin nur nicht überzeugt davon, dass sie dich daran hindern werden, irgendwelche Dummheiten zu machen. Was die Tatsache beweist, dass du dir die Haare selbst mit einer Küchenschere abgesäbelt hast. Deine wunderbaren Haare.« Sie stieß einen lauten Seufzer aus und gedachte schweigend der verlorengegangenen Pracht.

»Mit einer Erste-Hilfe-Schere«, korrigierte ich. »Und ich musste es ganz einfach tun. Weil es schließlich auf meiner Liste stand.«

»Du und deine dumme Liste.« Sie blickte liebevoll über den Tisch und, hoffnungslose Närrin, die ich nun mal war, dachte ich tatsächlich kurz, ich wäre mit dem Blick gemeint.

»Na, hattest du Streit mit deinem Friseur?« Ich spürte einen harten Schlag am Hinterkopf. »Oder schulen sie gerade Freddy Krueger um, und du warst sein Modell?«

»Paul«, grüßte ich meinen Bruder mit der ihm gebührenden Begeisterung. Schließlich tauchte er mit siebenundneunzigminütiger Verspätung auf.

»Alles klar, Mum?«, fragte er und gab unserer strahlenden Mutter einen Wangenkuss. Während Mum und ich uns vollkommen problemlos für die sieben Zwerge hätten casten lassen können, war mein Bruder breitschultrig und fast so groß wie Matthew, was, da Matthew, sicher wegen eines Gendefekts, fast alle anderen Menschen überragte, wirklich riesig war. Aber seine Größe war so ungefähr das Einzige, was er von unserem Vater mitbekommen hatte. Seine Augen waren leuchtend blau, und seine kurzen blonden Haare hatten fast denselben Schnitt wie die von Mum. Was ich ein bisschen seltsam fand.

»Dann hat sie dir also erzählt, dass sie sitzen gelassen wurde?« Paul nahm eine Gabel in die Hand und machte sich wechselweise über den Salat auf meinem Teller und die Reste von Mums Pizza her.

»Versuch doch bitte, etwas Rücksicht auf deine Schwester zu nehmen, Paul.« Mum tätschelte ihm sanft den Arm, und ich ersparte mir die Feststellung, dass sie ihm nicht gesagt hatte, dass er sich schlecht benahm. Denn schließlich war ich keine fünfzehn mehr. »Ihr wurde das Herz gebrochen.«

»Ja genau, mir wurde das Herz gebrochen«, wiederholte ich und zog, obwohl ich keinen Hunger hatte, den Salat zu mir zurück. Seit einem Lego-Zwischenfall im Jahre 1989 fiel mir das Teilen mit ihm schwer. »Also halt die Klappe.«

»Also bitte, Rachel«, tadelte mich Mum.

»Ja, genau. Also bitte, Rachel«, stimmte Paul ihr grinsend zu.

Als ich ihn zum letzten Mal gesehen hatte, hatte er Simon vor dem Phoenix umgehauen, aber trotz dieses ein wenig steinzeitlichen Beweises brüderlicher Liebe war er heute Abend ganz eindeutig wieder einmal kämpferisch gestimmt.

»Also, was macht deine Herzensdame?« Mum winkte die Kellnerin heran, damit ihr armer Sohn auch ein Getränk bekam. Herzensdame war ihr Code für »dieses Mädchen, dessen Stimme ich im Hintergrund gehört habe, als wir letztes Mal am Telefon gesprochen haben, aber deren Namen du mir nicht genannt hast, weil du ihn wahrscheinlich selbst nicht weißt«.

»Ach, der geht es gut«, wich Paul der Frage aus und streckte gähnend seine Arme aus. »Ich bin total erledigt.

Weil die Arbeit in den letzten Tagen einfach superstressig war.«

»Du arbeitest in einem Skateboard-Laden«, warf ich böse ein. »Und der macht erst mittags auf. Wie kannst du also von der Arbeit derart fertig sein?«

»Vielleicht rennen uns um diese Jahreszeit die Leute ja die Bude ein?« Die Kellnerin brachte sein Bier, und er nahm es ihr grinsend ab. Es war einfach entsetzlich, meinen Bruder in Aktion zu sehen. Bis zu seinem einundzwanzigsten Geburtstag war er noch ein klapperdürrer Zwerg gewesen und hatte seine gesamte Freizeit mit Computerspielen und *Der Herr der Ringe* zugebracht. Dann aber war etwas Schreckliches mit ihm passiert – die Kombination aus einer üppigen Blondine mit Namen Theresa und spät wirkendem Testosteron – und in den letzten Jahren hatte er im Schutz der Dunkelheit, in seinem Schlafzimmer, geschützt vor neugierigen Blicken, seine zahllosen Verehrerinnen noch schneller als seine Harry-Potter-Bücher durchgekriegt.

»Moment, ich muss kurz drangehen«, meinte Mum, zog ihr brummendes Handy aus der Tasche und winkte uns fröhlich damit zu. »Ich habe mich fürs Wochenende bei diesem Göttinnenworkshop in Glastonbury angemeldet. Ich glaube, dass das die Leiterin des Hexenzirkels ist.«

»Des Hexenzirkels?«, wiederholte ich hörbar entsetzt. Paul trat mich unter dem Tisch und schüttelte den Kopf, aber Mum hatte mich gar nicht mehr gehört. Denn sie hatte ihr Handy an ein Ohr gepresst, hielt sich das andere zu und rannte bereits eilig Richtung Tür.

»Hexenzirkel?«, zischte ich. »Also bitte. Und du findest nicht, dass sie damit zu weit gegangen ist?«

»Du bist ihr gegenüber einfach viel zu hart«, stellte er,

den Mund voll Thunfisch, fest. »Ich verstehe nicht, warum du sie nicht einfach machen lassen kannst, was sie anscheinend glücklich macht.«

»Weil sie sich damit nur ablenkt und nicht wirklich glücklich ist. Wie sollte sie wohl glücklich sein? Sie ist immer noch allein und immer noch der Überzeugung, dass Dad eines Tages zu sich kommen und sich sagen wird, oh, ich glaube, ich liebe vielleicht doch noch Sarah, leb wohl, du Frau, mit der ich jetzt gerade zusammen bin.«

»Du sagst das, als hätte er nicht schon viel Verrückteres getan«, stellte Paul mit ernster Stimme fest.

»Da hast du natürlich recht.« Ich drehte nachdenklich mein Weinglas zwischen meinen Händen hin und her. »Trotzdem würde ich mir wünschen, dass sie endlich auch jemanden findet. Denn ich finde es einfach entsetzlich, dass sie immer noch alleine ist.«

»Vielleicht will sie ja gar nicht fest mit jemandem zusammen sein. Es gibt Leute, die das gar nicht wollen. Wie zum Beispiel ich.«

»Du bist doch nie alleine«, widersprach ich ihm. »Ich habe dich noch nie ohne ein Mädel im Schlepptau gesehen.«

»Das ist nicht dasselbe«, meinte er, während er erneut in Richtung der Bedienung sah. »Ich habe gerne jemanden in meiner Nähe, stimmt, aber ich habe ganz bestimmt nicht vor zu heiraten. Ich habe einfach meinen Spaß, und wenn der Spaß vorbei ist, geht man wieder auseinander, ohne dass es deswegen ein Riesendrama gibt.«

»Und du wunderst dich, weil ich nicht zulasse, dass du mit Emelie ausgehst.« Ich bedachte ihn mit einem durchdringenden Blick.

»Wer sagt denn, dass es mir bei ihr nicht anders gehen

würde?« Dieser Blödmann hatte ganz eindeutig zu viel Spaß an dieser Diskussion.

»Ich kann einfach nicht verstehen, dass jemand keine feste Beziehung haben will. Ist es nicht viel besser, wenn man einen Menschen hat, mit dem man sein Leben teilen kann? Jemanden, der da ist, wenn man abends von der Arbeit kommt?« Ich beugte mich über den Tisch und stahl eine Kirschtomate von meinem Salat zurück. »Jemanden, für den man wichtiger als alle anderen Menschen ist?«

»Ich bin mir wichtiger als alle anderen Menschen«, antwortete Paul. »Und wenn ich Gesellschaft haben möchte, war bisher noch immer jemand da.«

»Ich meine nicht die erste Glückliche, die auf deine freitägliche Rundmail ›Wer hat Lust, mit mir ins Bett zu gehen?‹ reagiert.« Ich zog eine Grimasse, doch er lachte unbekümmert auf.

»Diese Mail verschicke ich nicht immer freitags, aber die Mädels haben wirklich Glück. Und auch ich bin total zufrieden, denn ich habe mir die Frauen extra nach ihren hohen IQs, ihren guten Umgangsformen und ihrer Bereitschaft, nachts um eins vor meiner Tür zu stehen, ausgesucht.«

»Du bist einfach widerlich, aber das ist dir sicher klar.« Ich zog meinen Salat zu mir zurück. Zur Hölle damit, dass ich eine reife Frau von beinahe dreißig war.

»Meinetwegen.« Genüsslich schob er sich ein Stückchen Pizza in den Mund. »Ich will damit nur sagen, dass nicht jeder ist wie du. Nicht jeder braucht einen festen Partner zum Glücklichsein. Nicht jeder strebt zwei Komma vier Kinder und eine Doppelhaushälfte irgendwo in einem Vorort an.«

»Ich habe gerne einen festen Freund«, verteidigte ich mich. »Daran ist ja wohl nichts verkehrt.«

»Aber es ist auch nichts verkehrt daran, wenn Mum lieber alleine ist.« Als Mums Teller leer war, wischte Paul sich seine Hände an den Hosenbeinen ab. »Und es ist auch nichts verkehrt daran, wenn ich einfach lockere Beziehungen habe, solange ich nichts Festes will.«

»Solange keine dieser lockeren Beziehungen meine beste Freundin ist, kannst du tun und lassen, was du willst.« Ich hielt ihm eine Serviette hin. »Auch wenn ich deine Einstellung, dieses ›Wenn es keinen Spaß mehr macht, ist es Zeit, die Zelte abzubrechen‹ einfach nicht verstehen kann. So funktionieren Beziehungen nämlich ganz einfach nicht.«

Paul schüttelte den Kopf und riss den Blick vorübergehend von der Bedienung los. Es sah aus, als wollte er mir gleich die Weisheiten zugutekommen lassen, die er im Verlauf zahlreicher lockerer Beziehungen gewonnen hatte. Oder vielleicht hatte er auch einfach zu viel Luft im Bauch.

»Ich kann dich verstehen, wirklich. Schließlich haben unsere Eltern uns nicht gerade vorgelebt, wie man eine erfolgreiche Beziehung führt, aber deshalb brauchst du trotzdem nicht herumzulaufen und uns allen zu erzählen, dass du recht hast und wir unrecht haben, nur, weil du nicht gern alleine bist.«

»So, wie du es formulierst, könnte man denken, ich wäre ein Beziehungs-Nazi oder so.« Doch ich würde mich ganz sicher keinem Psychoquiz mit meinem Bruder unterziehen. Denn dass ich keine lockeren Affären mochte, hieß schließlich noch lange nicht, dass ich total bescheuert war.

»Den Stechschritt hast du auf alle Fälle drauf«, erklärte dieser Blödmann und stand auf. »Zumindest heiratet sie nicht bereits zum vierten Mal. Wirst du zu Dads Hochzeit gehen?«

»Mir bleibt ja wohl nichts anderes übrig. Du wirst doch wohl nicht kneifen?«

»Nein.« Plötzlich sah er aus, als hätte ich ihn mit der Hand in der Keksdose erwischt. »Hast du nicht mit Emelie geredet?«

»Doch, natürlich habe ich mit Emelie geredet.« Ich bedachte ihn mit einem argwöhnischen Blick. »Aber seit wann redest du mit Emelie?«

»Hat sich einfach so ergeben«, ging er achtlos über meinen bösen Blick hinweg. »Als Simon vor mir auf dem Boden lag.«

»Nein, das passt mir gut.« Mum kam zurück an unseren Tisch, strich mir geistesabwesend über den Kopf und plättete die Hälfte meines schicken Bobs. »Ja, morgen. Sei gesegnet.«

Sei gesegnet, meine Güte.

Eilig leerte ich mein Weinglas und sah Mum mit einem möglichst echten Lächeln an. Das wahrscheinlich ziemlich unecht war.

»Wolltest du was sagen?«, fragte sie.

»Paul hat deine Pizza aufgegessen.«

»Rachel denkt, du bräuchtest einen Freund.«

»Kinder«, seufzte Mum und massierte sich die Stirn. »Vielleicht hätte ich mir besser einfach ein paar Katzen zugelegt.«

»Das sehe ich genauso«, meinte Paul und prostete ihr zu.

»Oder nach dem ersten aufgehört«, fügte ich hinzu. »Ja,

am besten hättest du nach der Geburt deiner Tochter aufgehört.«

Nachdem Paul auch unsere Nachspeisen vertilgt hatte und ich fantastische zwanzig Minuten in der Linie 214 damit hatte verbringen dürfen, jeden Blickkontakt mit einem abgerissenen Typen zu vermeiden, der den Titelsong von *Arielle, die Meerjungfrau* zum Besten gab und mir auch sonst nicht ganz geheuer war, kehrte ich in eine leere Wohnung heim. Auf einem Zettel meiner Freundin stand, sie hätte kurz nach Hause fahren müssen, um dort ein paar Sachen für die Arbeit einzupacken, käme aber anschließend zurück. Und in einem komplizierten Schrieb von Matthew stand, er hätte kurz nach Hause fahren müssen, um dort irgendwas zu tun, aber ich sollte anrufen, wenn ich ihn bräuchte, was eine Umschreibung dafür war, dass er ein Date und keine Ahnung hatte, wie er mir das sagen sollte, ohne dass ich deswegen zusammenbrach. Aber früher oder später hatte es ja wohl so kommen müssen, dass ich einmal ganz allein in meiner Wohnung war.

Ich setzte mich aufs Sofa, starrte auf den schwarzen Bildschirm meines Fernsehers, und sofort schwirrten mir zahllose Gedanken durch den Kopf. Ich fragte mich, was Simon gerade machte, wie ich ganz allein die Raten für die Wohnung zahlen sollte, wann mein nächster Auftrag käme, warum ich noch immer keine Karte für den lieben Matthew hatte, obwohl schon am Samstag sein Geburtstag war.

Es gab nur eine Möglichkeit, mein Hirn dazu zu bringen, seine Arbeit wieder einzustellen. Ich nahm meine Handtasche vom Boden, wo ich sie bei meiner Heimkehr einfach hatte fallen lassen, und fischte nach meinem Notizbuch, das mal wieder ganz zuunterst lag. Eine Liste half mir bestimmt. Schließlich hatte ich entsetzlich viel zu tun. Auch wenn das, nun ja, ein bisschen übertrieben war. Weil ich ohne einen Freund, für den ich sorgen musste, keine echten Pflichten hatte – abgesehen von den Punkten auf der Checkliste für Singlefrauen.

Da eindeutig eins der grauenhaften, mir von meiner Freundin prophezeiten Tiefs im Anzug war und ich den fast überwältigenden Drang verspürte, Simon anzurufen, um ihn anzuflehen, es sich noch mal zu überlegen, streckte ich die Hand nach meinem Handy aus. Denn mein Haar ertrug keine zweite, völlige Veränderung. Und schließlich hatte er gesagt, ich könnte anrufen.

»Was ist los?«, fragte mich Matthew alarmiert, nachdem er schon beim ersten Klingeln an den Apparat gekommen war.

»Meine Mum ist eine Hexe, und mein Bruder ist ein Blödian.«

»Es ist schrecklich, wenn man so was über seine eigene Mutter sagt.«

»Sie tritt einem Hexenzirkel bei«, erklärte ich und ging zugleich die Checkliste auf der Serviette durch. Es juckte mich richtiggehend in den Fingern, endlich einen Strich durch einen Punkt zu ziehen. »Außerdem bin ich gefeuert worden.«

»Hast du endlich Dan eine geklebt?«

»Ich habe dem Model erklärt, sie wäre eine sexbesessene, hirnlose Kuh«, klärte ich ihn gähnend auf.

»Und, ist sie das?« Ich hörte Geraschel im Hintergrund und gedämpfte Worte, die eindeutig nicht für mich bestimmt waren.

»Ja, aber darum geht es nicht«, erklärte ich. »Daran sind sicher meine Haare schuld. Sie bringen mich dazu, Dinge zu tun, die ich sonst nie tun würde. Hast du gerade Besuch? Rufe ich zu einem ungünstigen Zeitpunkt an?«

»Ja und nein, wir können trotzdem reden.« Da er mir anscheinend keine Einzelheiten nennen wollte, hakte ich nicht nach. »Und eine wichtige Tatsache hast du bisher verdrängt. Du hast diese Dinge getan. Vielleicht, weil du in deinem tiefsten Inneren immer schon ein Rotschopf warst. Hast du heute irgendeinen Punkt auf deiner Liste abgehakt?«

»Nein«, räumte ich ein. »Ich hatte es wirklich vor, aber nach dem Fiasko auf der Arbeit und dem Treffen mit Mum habe ich es einfach nicht geschafft.«

»Es ist noch nicht zu spät. Zieh einfach los, und überfall 'ne Tankstelle«, riet er mir halb im Scherz. »Bist du okay?«

»Ja, ich dachte, ich mach noch ein bisschen Onlineshopping oder so.« Ich klappte meinen Laptop auf und stellte ihn auf meinen Bauch. »Ich brauche noch ein Kleid für die Hochzeit meines Dads. Und ein paar normale Sachen, die ich immer tragen kann.«

»Vielleicht warst du beim Ausmisten ein bisschen zu brutal«, erklärte er. »Wobei Frauen diese Sache mit dem Internet vollkommen falsch verstehen. Dir ist doch wohl klar, dass das Internet nur dazu da ist, dass man Pornos gucken kann?«

»Und dass man von seinen Exfreunden vor einem internationalen Publikum erniedrigt werden kann.«

»Dafür natürlich auch«, gab er unumwunden zu. »Aber du stellst ihm doch wohl nicht nach? Ich kann dir aus Erfahrung sagen, dass sich diese Arbeit echt nicht lohnt.«

In den ersten Wochen nach der Trennung hatte Matthew im Minutentakt auf seinem Handy neue Fotos, Statusmeldungen und Kommentare irgendwelcher Freunde seines Exfreundes gesucht. Alles, was ihm einen Hinweis darauf hatte geben können, was in Stephens Leben vor sich ging, nachdem er kein Teil mehr davon war. Es war mir damals wie der reinste Cyber-Masochismus vorgekommen, und erst jetzt wurde mir langsam klar, wie groß diese Versuchung war.

»Weißt du, was wir machen könnten?« Ich loggte mich bei Facebook ein. »Wir könnten stattdessen meinem ersten Schwarm nachstellen.«

»O ja.« Plötzlich bekam Matthews Stimme einen völlig neuen Schwung. »Das wäre gewaltfrei und vor allem amüsant.«

»Ich war damals sechzehn«, schwelgte ich in der Erinnerung. »Er hieß Ethan, sah fantastisch aus – wie David Beckham Ende der Neunziger –, und ich war einfach hin und weg. Er war Trompeter in diesem Sommerorchester, in dem ich damals war.«

»Du warst in einem Orchester?« Es war Matthew deutlich anzuhören, dass er sich bemühte nicht zu kichern, und ich hoffte, dass dieses Geräusch die Reaktion auf meine Worte und nicht die auf irgendwas, was vielleicht gerade zwischen ihm und jemand anderem passierte, war. »Was hast du für ein Instrument gespielt?«

»Geige. Allerdings echt schlecht.«

»Hat das Ethan abgeturnt?«

»Ich kann mir nicht vorstellen, dass es hilfreich war. Ich habe immer wie ein misshandeltes Meerschweinchen geklungen. Weil ich offenkundig alles andere als musikalisch bin.«

»Das hört man bereits, wenn du singst.« Wieder drang ein lautes Gähnen an mein Ohr. »Also, erzähl mir mehr von diesem Ethan. Schließlich bin ich fest entschlossen, dich dazu zu bringen, dass du wieder Lust auf Männer kriegst.«

»Ich soll Lust auf einen Typen kriegen, den ich seit zwölf Jahren nicht mehr gesehen habe?«

»Kann bestimmt nicht schaden, oder was meinst du? Ihr könntet ein paar Neuigkeiten austauschen und dann ein bisschen flirten. Genau dafür ist Facebook schließlich da.«

»Ich dachte, es wäre dafür da, dass dein Exfreund aller Welt erzählen kann, dass du eine hässliche, alte Gewitterziege bist, auf die er nicht mal spucken würde, wenn sie lichterloh in Flammen stünde.«

»Wie heißt er mit Nachnamen?«

»Harrison. Ethan Harrison.« Ich tippte seinen Namen in das kleine Feld oben auf der Seite. »Er war blond. Und sah, wie gesagt, fantastisch aus.«

»Wie ich.«

Darauf ging ich nicht ein.

»Hast du ihn geküsst? Habt ihr hinter dem Fahrradständer rumgemacht?«

»Leider nein.« Ich weigerte mich, die Zahl am Ende meiner Einkaufsliste anzusehen. »Er war nicht interessiert. Ich glaube, er dachte, dass ich ein Junge bin. Aber wenn ich ehrlich bin, habe ich wahrscheinlich wirklich etwas jungenhaft gewirkt. Ich habe jede Menge sehnsüchtiger Blicke über den Notenständer geworfen und seinen Namen ein ums andere Mal in meine Notenbücher gekritzelt, was, alles in allem, unglaublich traumatisch war.«

»Ich habe hier ungefähr fünfundsiebzigtausend Ethan

Harrisons«, beschwerte Matthew sich. »Können wir das Feld vielleicht noch etwas eingrenzen?«

»Bestimmt.« Nickend starrte ich dieselbe Seite an wie er. »In der Oberstufe hat er die Schule gewechselt, und dann habe ich gehört, dass er mit seiner Familie nach Kanada gezogen ist. Vielleicht grenzt das das Feld ja ein. Ich habe einen Monat lang nur in meinem Zimmer auf dem Bett gelegen, *Eternal Flame* gehört und mir die Augen aus dem Kopf geheult, nachdem er von unserer Schule abgegangen war.«

»Mein erster Schwarm hieß Ryan Smith«, erzählte Matthew mir. »Nur leider war er ein totaler Schuft. Seitdem zieht sich bei mir immer alles zusammen, wenn *My Heart Will Go On* im Radio läuft. Weil mir dieser Kerl das Herz gebrochen hat. Suchst du noch?«

»Ja.« Inzwischen hatte ich die Zahl auf fünf begrenzt. Etwas derart Aufregendes hatte ich bereits seit einer Ewigkeit nicht mehr gemacht.

»Und? Welcher von den fünfen ist es?«

»Der, der am besten aussieht«, antwortete ich und klickte ein Erwachsenenfoto meines Schwarms aus Teeniezeiten an. »Der echt heiße Typ. Dunkelblondes Haar, Labrador im Hintergrund, Vater meiner zukünftigen Kinder.«

»Du hattest damals einen echt guten Geschmack.« Matthew pfiff anerkennend in sein Telefon. »Er ist wirklich heiß. Wobei ich in Bezug auf Kerle für gewöhnlich eher selten deiner Meinung bin.«

»Was soll ich jetzt machen?«, fragte ich, während ich sanft mit einer Hand über den Bildschirm strich. »Was soll ich jetzt machen?«

»Keine Ahnung«, räumte Matthew ein. »Wenn du

schwul wärst, würdest du ihm einfach ein obszönes Foto von dir schicken und dann hoffen, dass du eins von ihm zurückgeschickt bekommst.«

»Gibt's vielleicht auch irgendein Klischee, das du nicht erfüllst?« Ich ließ nicht zu, dass er diesen Moment mit der Liebe meines Lebens irgendwie besudelte. »Aber da ich ja wohl kaum ein Foto meiner Geschlechtsteile schicken kann, hast du vielleicht noch einen anderen Tipp für mich?«

»Kalt duschen und ins Bett gehen?« Was unter den gegebenen Umständen ein durchaus guter Vorschlag war. In diesem Augenblick wurde mir klar, dass ich mit den interpretationsfähigen Punkten auf der Liste nicht wirklich zufrieden war. Denn schließlich sollten Ziele immer klar umrissen sein.

»Soll ich vielleicht einfach eine kurze Nachricht schreiben?« Obwohl ich bisher nur dies eine Bild von meinem Jugendschwarm gesehen hatte, hatte ich mir längst ein ganzes Leben für ihn ausgemalt. Das Foto zeigte ihn und diesen Hund, deshalb war ich zu dem Schluss gekommen, dass er ganz eindeutig Single und dass dieser Hund ein Zeichen seines liebevollen und naturverbundenen Wesens war. Das T-Shirt und die Shorts verrieten mir nicht viel, und er hatte sich das Haar geschnitten, was total in Ordnung war, denn im einundzwanzigsten Jahrhundert waren Matten wie zu unserer Schulzeit einfach nicht mehr in. Doch sein Lächeln war noch haargenau dasselbe wie vor all der Zeit. Mit einem Mal verspürte ich den Drang, *Rachel & Ethan* auf ein Blatt Papier zu kritzeln und *Hit Me Baby (One More Time)* zu hören. Dabei – hüstel – hatte ich mir weder Britneys erste Single noch ihr kurz darauf herausgekommenes, erstes Album je gekauft.

»Willst du ihm denn eine Nachricht schreiben?«, fragte Matthew mich zurück.

»Ich will ihn heiraten«, erklärte ich.

»Heb dir diese Botschaft vielleicht besser für die zweite Nachricht auf«, empfahl mein weiser Freund.

Während ich noch überlegte, wie das Leben meiner ersten Liebe wohl in Kanada verlaufen war, schloss jemand die Tür der Wohnung auf. »Da kommt gerade Emelie«, sagte ich zu Matthew. »Also gehe ich am besten los und stelle den Wasserkessel an.«

»Ich merke es, wenn ich nicht mehr gebraucht werde«, erklärte er. »Erst hast du mich benutzt, und dann wirfst du mich einfach weg, kaum, dass deine Frau nach Hause kommt.«

»Oh, mach einfach mit den schmutzigen Dingen weiter, bei denen du durch meinen Anruf unterbrochen wurdest«, gackerte ich ins Telefon. »Tschüss, Matthew. Tschüss, gesichts- und namenloser Fremder.«

»Okay. Und grüß auch deine Frau von mir.« Damit legte Matthew auf, ich klappte meinen Laptop wieder zu und faltete meine Serviette auf. Am besten ging ich so vorsichtig wie möglich mit ihr um – denn schließlich war sie erst zwei Tage alt und sah schon ziemlich mitgenommen aus. Doch in dieser kurzen Zeit hatte ich schon zwei der Aufgaben erfüllt – hatte mich total verwandelt und jetzt auch noch meinen ersten Schwarm ausfindig gemacht.

»Hi, Em, was machst du morgen früh?«, rief ich in Richtung Flur.

»Schlafen.« Sie umklammerte den Türrahmen, als trügen ihre Beine sie nicht mehr. »Ich musste heute Nachmittag zu diesem Kitty-Kitty-Meeting und wäre vor Langeweile fast gestorben. Wahrscheinlich hätte ich am Ende sogar irgendwelchen Kitty-Kitty-Nuklearsprengköpfen zugestimmt, wenn sie sie rosa angestrichen und ein Kätzchen draufgeklebt hätten, nur, damit ich endlich gehen kann. Und wie war es bei dir?«

»Ich habe ein Supermodel als überbezahlte, sexbesessene Kuh beschimpft und bin dafür vom Set geflogen«, antwortete ich und drehte mich ein wenig um, um sie besser zu sehen.

»Okay.« Sie machte auf dem Absatz kehrt und verschwand im Nebenraum. »Eins zu null für dich.«

9

»Ich kann einfach nicht glauben, dass wir das tatsächlich machen.« Emelie stand neben mir im Regent's Park, wo sie während ihrer Dehnübungen stöhnend ihren Kopf zwischen die Knie sinken ließ. »Du sollst Sport treiben, nicht ich.«

»Aber du sollst mich dabei unterstützen«, rief ich ihr in Erinnerung. »Und außerdem habe ich dir versprochen, dafür morgen Abend mit dir auf diese blöde Wohltätigkeitsveranstaltung zu gehen. Also halt den Mund und lauf.«

»Es ist noch nicht mal neun, du elendiger Folterknecht.« Sie schnitt eine unglaublich hässliche Grimasse und trabte angewidert los. »Warum müssen wir ausgerechnet joggen gehen? Warum kann es nicht irgendetwas Nettes und Entspannendes wie Yoga sein?«

»Weißt du noch, wie wir am Sonntag innerhalb von nicht einmal zwei Stunden mein bis dahin prall gefülltes Konto ins Minus katapultiert haben?«, erinnerte ich sie. »Als der nette Mann vom Vintageshop meine Bank anrufen musste, um ihr zu bestätigen, dass tatsächlich ich es war, die beschlossen hatte, sich innerhalb von einem halben Nachmittag zu ruinieren?«

»Du weißt gar nicht, wie stolz ich dabei auf dich war.« Em nickte begeistert mit dem Kopf.

»Tja, und jetzt sei stolz darauf, dass ich schon Turnschuhe besitze und uns das hier jetzt nicht einen Penny kostet.«

Sie drehte ihren Kopf von einer Seite auf die andere. »Stimmt.«

Die Vorstellung zu joggen hatte mich nicht unbedingt begeistert, aber meine Liste schrieb nun mal Bewegung vor, und außer Laufen war mir kein Sport eingefallen, der nicht mit horrenden Ausgaben oder dem Anziehen eines Badeanzuges verbunden war. Und jetzt stellte sich heraus, dass eine morgendliche Runde durch den Regent's Park ein wirkliches Vergnügen war. Zwar war ich nicht unbedingt ein Morgenmensch und auch nicht unbedingt athletisch, aber dieses Läufchen machte einfach Spaß. Ganz London lag in hellem sommerlichen Sonnenschein. Es war geradezu erstaunlich, denn dies war bereits der dritte wunderbare Sommertag in Folge. Doch zum Ausgleich sollte es die ganze nächste Woche regnen, hatte meine Mutter mir am Telefon erzählt. Das hatten ihr die BBC und ihr Schamane mitgeteilt. Nein, Rachel, sagte ich mir streng, dies ist nicht der rechte Augenblick, um darüber nachzudenken, ob du deine Mutter in den Höhlen einer Sekte wie aus *Indiana Jones und der Tempel des Todes* verlieren wirst. Konzentrier dich erst mal auf dein neues Ich. Auf diesen wunderbaren Lauf. Vertreib die Spinnweben aus deinem Kopf, und bring das Blut in Wallung. Was in einem schönen Park wie diesem sicherlich nicht weiter schwierig war. Bäume, Gras und ab und zu ein netter Hundesitter, der uns fröhlich einen guten Morgen wünschte, wenn er uns, umringt von seinen netten Vierbeinern, entgegenkam. Einfach brillant. So sollte jeder Tag beginnen. Und so würde zukünftig auch jeder Tag für mich beginnen. Weil die neue Rachel Joggerin aus Überzeugung war.

Eine rothaarige Joggerin, die sich nichts bieten ließ und die es in ihren schmutzigen Träumen mit dem Schwarm aus ihren Teeniejahren im Musikraum trieb.

»Übrigens hat Paul gestern beim Essen etwas Seltsames gesagt.« Ich beschleunigte mein Tempo, bis ich neben meiner Freundin lief. Es war einfach nicht gerecht, dass sie so lange Beine hatte und erheblich fitter war als ich. »Es ging um die Hochzeit unseres Dads, und da hat er mich gefragt, ob du mit mir gesprochen hast.«

»Seltsam«, meinte sie und legte noch ein wenig Tempo zu. Laufen machte wirklich Spaß. Nun, vielleicht nicht wirklich Spaß, aber es war auf jeden Fall nicht schlecht. »Vielleicht dachte er, du hättest den Termin vergessen, und ich müsste dich daran erinnern.«

»Ja, vielleicht.« Ich fing leicht an zu keuchen. Super, spür die Anstrengung und so. »Ich dachte nur, dass ihr euch vielleicht Freitagabend kurz über die Feier unterhalten habt.«

»Das würde natürlich eher einen Sinn ergeben, nicht?« Sie starrte weiter geradeaus, wobei sie ihr Gesicht hinter ihrem wild schwingenden Pferdeschwanz verbarg. »Denn schließlich würdest du wohl kaum die Hochzeit deines Dads vergessen, oder?«

»Warum bist du mit einem Mal so komisch?« Oh, jetzt setzten auch noch leichte Seitenstiche ein. Aber keine Sorge, lauf sie einfach weg.

»Ich bin nicht komisch«, widersprach sie mir und verfiel in einen regelrechten Sprint. »Sei still und lauf.«

»Warum ist deine Stimme dann so hoch, dass sich der Hund da drüben die Pfoten an die Ohren hält?« Meine Waden brannten, aber ich würde nicht aufgeben. Weder meinen Lauf noch die Befragung Emelies.

»Nur so.« Em verlangsamte ihr Tempo, bis sie Schulter an Schulter mit mir lief. »Paul hat mir einfach vorgeschlagen, mitzukommen, weil du dich dann vielleicht weniger alleine fühlst.«

»Weil ich mich dann weniger alleine fühle?«

»Äh, ja.«

»Und hat er diese großzügige Einladung vielleicht auch noch auf Matthew ausgedehnt?«

»Äh, nein.«

Meine Muskeln wurden langsam locker, schweigend joggte ich ein paar Minuten weiter, und stumm trottete Emelie hinter mir her.

»Und was hast du geantwortet?«, erkundigte ich mich, wobei ich mich von einer Rentnergruppe überholen ließ. Was mir nicht im Geringsten peinlich war.

»Ich habe gesagt, ich würde kommen«, sagte sie so leise, dass ich sie beinahe nicht verstand.

»Und in welcher Funktion genau wirst du auf diese Feier kommen?« Plötzlich wurden meine vorher herrlich weichen Muskeln hart. Aber das war sicher vollkommen normal.

»Als Pauls Begleiterin«, erklärte sie. »Er hatte es bisher verpeilt, sich eine Begleiterin zu suchen, also habe ich Ja gesagt.«

Ich war mir nicht sicher, ob zuerst die Übelkeit oder der fürchterliche Krampf in meiner Wade kam, doch bevor ich michs versah, landete ich unsanft auf meinem Hinterteil, stieß eine Reihe wenig attraktiver Laute aus und umfasste mein pochendes Bein. Wobei zumindest Letzteres die Folge meines Krampfes war.

»Oh, verflucht.« Sofort ging meine Freundin vor mir auf die Knie. »Du musst deine Wade kräftig reiben. Du bist einfach übersäuert. Offenbar hast du dich doch nicht richtig aufgewärmt.«

»Du gehst allen Ernstes mit meinem Bruder auf die Hochzeit meines Dads?«, hakte ich nach, wobei ein dichter Strom von Tränen über meine Wangen rann. »Und das, obwohl, ich meine, obwohl du ihn inzwischen echt kennen müsstest?«

»Ich werde nicht mitgehen, wenn du das nicht willst.« Sie warf sich die Hände vors Gesicht. »Ich habe einfach nicht nachgedacht. Er hatte gerade Simon umgehauen, und dann hat er mich gefragt, und ich habe Ja gesagt, und dann hatte ich keine Ahnung, wie ich dir das beibringen sollte, und … du weißt, dass ich manchmal einfach eine Idiotin bin. Und dass er mir irgendwie sympathisch ist und ich bisher noch keinen Typen wirklich nett gefunden habe, und ich weiß, dass das entsetzlich ist, weil er dein Bruder ist, aber trotzdem, ich … ich weiß nicht, was ich sagen soll.«

»Er ist mein kleiner Bruder«, heulte ich. »Und er ist einfach widerlich.«

»Ich weiß«, heulte auch Em. »Ich werde absagen.«

Der Schmerz in meiner Wade ließ allmählich nach, und ich blickte zu meiner besten Freundin auf. Sie sah völlig fertig aus. Aber Paul war einfach ein Idiot. Weshalb musste mich das Universum derart auf die Probe stellen? Reichte es nicht, dass mein Freund erklärt hatte, ich wäre langweilig, dass er ein letztes Mal lustlos mit mir ins Bett gegangen war und mir dann die Zahnpasta gestohlen hatte, jetzt musste mein Bruder mir auch noch meine beste Freundin wegnehmen? Ich legte mich rücklings ins Gras und merkte, dass ich direkt neben einem gut versteckten Haufen Hundekot gelandet war. Igittigitt. Vielleicht war Joggen doch nicht ganz so schön. Eilig setzte ich mich wieder auf und schüttelte den Kopf. Die beiden waren erwachsen, und ich könnte Em wohl kaum verbieten mit ihm auszugehen. Als würde diese Hochzeit nicht auch so bereits die grässlichste Veranstaltung dieses Jahrhunderts, müsste ich jetzt obendrein den ganzen Tag mit ansehen, wie sich meine beste Freundin von Paul begrapschen ließ. Tante Beverley würde bestimmt begeistert sein.

»Sag bloß nicht meinetwegen ab«, bat ich sie in einem Ton, der ihr deutlich verriet, dass ich tödlich beleidigt war. »Ich kann einfach nicht glauben, dass du schon ein Date für die Hochzeit meines Vaters hast, während ich vermutlich alleine dort erscheinen muss. Und schlag mir bloß nicht vor, Matthew mitzunehmen, denn das wäre der Ausverkauf für mich.«

Glückstrahlend schlang sie mir ihre Arme um den Hals. »Es muss doch eine Million Leute geben, die du fragen kannst.«

»Zumindest muss ich bald jemanden finden«, antwortete ich, unterdrückte meine Übelkeit und rappelte mich mühsam wieder auf. Am besten liefe ich dem Krampf und dem durch die Sache mit Paul und Em hervorgerufenen Würgereiz einfach davon. Liefe bis zu Starbucks und begrübe dort mein Elend unter einem Berg von Muffins oder so. »Hast du eine Idee, wie ich das anstellen soll?«

»Ich habe sogar eine Million Ideen.« Em bedeutete mir, dass ich langsam wieder losgehen sollte. Blödes Bein und blöde Rennerei. An alldem war nur diese blöde Liste schuld. »Ich könnte dich heute Abend mit in eine Kneipe nehmen, dir einen Drink spendieren, und dann könntest du mit jedem Typen dort nach Hause gehen. Typen aufzureißen ist gar nicht schwer – man braucht nur selbstbewusst genug zu sein. Wobei es die meisten Männer wohl kaum anturnt, wenn du auf sie zumarschierst und fragst, ob sie nicht in zwei Wochen mit dir auf die Hochzeit deines Vaters gehen wollen. Außer, du baust dich in Strapsen vor ihnen auf und drückst ihnen dazu noch einen Gutschein für einen Blowjob in die Hand. Und selbst dann …«

»Aber es steht auf meiner Liste«, heulte ich. »Deshalb brauche ich einfach ein Date.«

»Wie kommst du damit überhaupt voran?«, erkundigte sich Em. »Mit der Liste, meine ich. Was haben wir alles schon geschafft?«

Ich zog eine Grimasse und bemühte mich, ein Zähnchen zuzulegen. Aber nein. Anscheinend war ich doch nicht die geborene Läuferin. Verdammt.

»Sonntag lief es wirklich super«, sagte ich. »Mit den Haaren, den Klamotten und dem ganzen anderen Zeug habe ich mich einfach wunderbar gefühlt. Jedes Mal wenn ich in meine neuen Sachen steige, denke ich, ich kriege einfach alles hin. Und ich weiß, dass es wahrscheinlich total dämlich klingt, aber ich glaube wirklich nicht, dass ich Dan so einfach ins Gesicht gesagt hätte, was für ein Vollidiot er ist, wenn ich noch die alte Rachel wäre. Außerdem habe ich gestern Abend Ethan über Facebook ausfindig gemacht, das war echt cool.«

»Kann nicht vielleicht er mit dir auf diese Hochzeit gehen?«

»Er lebt inzwischen in Toronto, deshalb wäre es vielleicht ein bisschen weit für ihn.«

»Ah, ein Kanadier wie ich.« Sie rückte das Gummiband an ihrem enormen Pferdeschwanz zurecht. »Hast du ihn schon kontaktiert?«

Ich schüttelte den Kopf. »Was würde das schon bringen? Auf der Liste stand, dass ich ihn finden muss, sonst nichts. Und, ehrlich gesagt, war ich bereits nach einem kurzen Blick auf sein Foto wieder hoffnungslos in ihn verliebt. Deshalb käme ich bestimmt nicht damit klar, wenn ich plötzlich wirklich mit ihm reden müsste. Und vor allem waren wir damals nicht mal gute Freunde oder so. Wäre es deshalb nicht seltsam, wenn ich mich urplötzlich bei ihm melden würde, nachdem zwölf Jahre vollkommene Funkstille zwischen uns beiden war?«

»Das wäre kein bisschen seltsam«, widersprach mir Emelie. »Und vor allem wäre eine kleine Online-Schwärmerei vielleicht genau das, was du brauchst. Dadurch könntest du emotional Klarschiff machen, und es wäre auch als kleine Flirtübung nicht schlecht.«

»Vielleicht.« Ich wurde immer besser darin, mich nicht festzulegen. Das gebot mein Selbsterhaltungstrieb. »Aber ich habe bereits jede Menge anderer Sachen, über die ich mir Gedanken machen muss. Wir haben nur noch etwas mehr als eine Woche Zeit, um mir ein Tattoo machen zu lassen, einen Bungee-Sprung zu absolvieren, das Gesetz zu brechen, jemanden zu finden, der mit auf die Hochzeit meines Vaters kommt, Simon einen Brief zu schreiben, in dem steht, dass ich mich freue, einen solchen Blödmann los zu sein, ohne Geld etwas zu kaufen, was zum einen teuer und zum anderen total sinnlos ist, und irgendwohin zu reisen, wo ich noch nie war.«

»Lauter Kleinigkeiten.« Plötzlich sprintete sie los. »Aber trotzdem wird es langsam Zeit, dass du den nächsten Punkt in Angriff nimmst.«

Wir liefen noch genau sieben Minuten, bevor Emelie erklärte, dass es ihr jetzt reichte, und den Park in Richtung Bushaltestelle verließ. Ich konnte nicht behaupten, dass ich anderer Meinung war, denn es bestand die minimale Chance, dass ich, anders als erhofft, doch kein Naturtalent im Laufen war. Und vor allem hatte ich an diesem Tag noch alle Hände voll zu tun. Denn ich musste den nächsten Punkt in Angriff nehmen, der auf meiner Liste stand.

Seit Matthew alles weggeräumt hatte, was je mit Simon in Kontakt gekommen war, war meine Wohnung plötzlich geradezu erschreckend leer, doch zumindest konnte ich mich nun an den Schreibtisch setzen, ohne dass ich auf dem Weg dorthin über die Schuhe meines Exfreundes, eine halb geleerte Wodkaflasche oder, Gott bewahre, ungewaschene, mehrfach getragene Unterhosen fiel. Warum fanden Männer nie den Weg zur Waschmaschine, selbst wenn sie in ihrer eigenen Küche stand? Es gab das schreckliche Gerücht, dass es in New York Apartments ohne Waschmaschine gab. Die armen Mädels, die gezwungen waren, mit Typen auszugehen, die ihre Boxershorts in einem Waschsalon waschen mussten, taten mir von Herzen leid. Wahrscheinlich krabbelten die Dinger irgendwann von ganz allein die Straßen hinab.

Ich zog den Vorhang vor dem Fenster meines Gästezimmers auf, um den sommerlichen Sonnenschein hereinzulassen, und positionierte meine Liste, meinen Laptop sowie einen Becher dampfend heißen Tees auf dem ansonsten leer geräumten Tisch. Denn es war mir wirklich ernst. Am liebsten hätte ich mir noch das Haar zurückgebunden und eine Brille aufgesetzt, das Problem war nur, dass meine Augen noch fantastisch waren und mein Haar zu kurz für einen Pferdeschwanz.

»Also gut, wo war ich stehen geblieben?« Ich studierte

meine Liste – auf der sich nichts verändert hatte –, nippte an meinem Tee, machte eine grüblerische Miene à la Carrie Bradshaw und spähte durchs Fenster in den Garten. Meine Liste sollte mich dazu bewegen, alles das zu tun, was ich bisher versäumt hatte, meinen Horizont zu erweitern und mir gleichzeitig vor Augen zu führen, wie amüsant das Singleleben war. Bisher allerdings hatte sie nur mein Bankkonto geplündert, drei bis gestern weiße Bettbezüge rot gefärbt und mich vielleicht ein bisschen trinkfester gemacht. Was möglicherweise alles drei wichtige Meilensteine auf dem Weg zu einem erfolgreichen Singledasein waren. Ich war mir nicht ganz sicher, ob die Tatsache, dass ich zum ersten Mal in meinem Leben während eines Jobs gefeuert worden war, auch dazu gehörte, aber irgendeine Lektion hatte die Erfahrung mich bestimmt gelehrt. Ich wollte gerne glauben, dass sie hieß: »Ich bin sowas von sauer und werde mir von nun an nie mehr irgendwas gefallen lassen.« Aber irgendwo in meinem Kopf sagte mir eine andere Stimme, dass sie vielleicht auch »Halt zukünftig besser die Klappe, denn sonst hast du bald nicht nur einen leeren Kühlschrank, sondern obendrein noch nicht mal mehr ein Dach über dem Kopf« lauten könnte.

Ich ging die verpassten Anrufe auf meinem Handy durch. Einer war von meiner Mum, die mir eine wohlmeinende Nachricht auf der Mailbox hinterlassen hatte, einer war von der Bank, wahrscheinlich um zu fragen, ob ich die Idee, ALL MEIN GELD im Laufe eines Nachmittages zu verprassen, wirklich gut gefunden hatte, sowie drei von meiner wütenden Agentin, die unter dem Ana-Gate-Skandal noch mehr zu leiden schien als ich. Aber ich bekäme diese Sache wieder in den Griff. Denn ich war ein großes Mädchen. Herrin über mein eigenes Schicksal. Hatte die Kontrolle über mein Leben. War zu allen Schandtaten bereit. Ich atmete tief durch, trank den nächsten Schluck von meinem Tee, scrollte durch Asos.com, atmete erneut tief durch, nippte abermals an meinem Tee, und drückte den Knopf für Wiederwahl …

… legte sofort wieder auf und ging auf Facebook.

Wenig überraschend hatte das Profil von Ethan sich in den vergangenen zwölf Stunden nicht im Mindesten verändert, und so sah ich immer noch nur ein einziges Bild und las erneut, dass er inzwischen in Toronto lebte. Was nicht gerade um die Ecke war.

Das »Nachricht senden«-Feld am rechten Rand des Bildschirms zwinkerte mir zu.

»Los«, wisperte es. »Was kann im schlimmsten Fall passieren? Im schlimmsten Fall kommt keine Antwort von dem Kerl. Wohingegen er im besten Fall vielleicht der Mann fürs Leben für dich ist!«

Mein Zeigefinger hing über der Funkmaus. Ein einziger Klick würde genügen, um ihm eine kurze Nachricht zukommen zu lassen. Eine kurze Nachricht, weiter nichts. Wie oft hatten mir schon Leute aus der Schule und selbst aus dem Kindergarten Facebook-Nachrichten geschickt? Zugegeben, meistens hatte ich sie einfach ignoriert, aber schließlich hatte ich mit ihnen auch kein Twix auf einer Fahrt in die Philharmonie am 14. August vor zwölf Jahren geteilt. Das war immerhin nicht nichts. Daran würde er sich sicherlich erinnern. Würde sich daran erinnern, dass ich auf der Busfahrt auf der anderen Gangseite zwei Reihen hinter ihm gesessen hatte. Und deshalb nicht denken, dass irgendein Freak ihm eine Nachricht schrieb. Trotzdem ging ich für den Fall der Fälle erst mal meine Facebook-Bilder durch und löschte jedes einzelne, auf dem ich vielleicht nicht ganz so gut getroffen war. Verschwunden waren die Aufnahmen von Halloween, als ich als Fraggle rumgelaufen war. Verschwunden waren die Aufnahmen von mir, auf denen ich über Matthews Schulter hing. Verschwunden waren die Aufnahmen von mir, auf denen ich nur einen winzigen Bikini trug – davon könnte Ethan sich ein Bild machen, wenn unser Kontakt ein bisschen enger war. Erst mal schriebe ich ihm einfach eine kurze Nachricht, weiter nichts.

Ich öffnete das Nachrichtenfeld und tippte »Hi«. Das war doch sicherlich okay. Nichts an einem kurzen *Hi* deutete auf potenziellen Wahnsinn hin. Nichts an einem netten Hallo ließe darauf schließen, dass ich erst seit Kurzem wieder Single und deswegen leicht hysterisch war.

Und jetzt zu meinem eigentlichen Text. Hi Ethan, fing ich an. Ich weiß nicht, ob du dich noch an mich erinnern kannst. Wir waren zusammen im Orchester, als wir Kinder waren.

Himmel. Löschen, löschen, löschen. Als wir Kinder waren? Weil ich inzwischen eine langweilige, alte Schachtel war, an der niemand mehr Interesse hatte, und die deswegen gezwungen war, Jagd im Internet auf dich zu machen, weil du meine letzte Chance auf Liebe bist? Wie geht's dir übrigens?

»In den Zeitungen steht immer, Facebook würde Ehen ruinieren«, jammerte ich vor mich hin. »Warum also tue ich mich derart schwer?« Vielleicht hatte Matthew recht, vielleicht wären Aufnahmen meiner Geschlechtsteile ja der beste Weg. Hey, Ethan, guck mal, das sind meine Titten. Küsschen, Küsschen, Rachel. Es war wirklich alles andere als leicht. Wie zum Teufel sollte ich es formulieren, ohne wie eine verrückte Stalkerin oder eine traurige

Verliererin vor Ethan dazustehen? Bis ich mich entschieden hätte, welcher Variante ich den Vorzug geben sollte, sah ich mir einfach weiter sein männliches Foto an. Und rief eine Aufnahme von mir direkt daneben auf. Wir passten wirklich gut zusammen. Ja, wir sahen wirklich super aus. Das wäre doch eine wirklich witzige Geschichte, die ich unseren Enkelkindern irgendwann erzählen könnte, oder? Stellt euch vor, bevor eure Großeltern zusammenkamen, hat sich eure Großmutter aus einem Foto von der zweiten Hochzeit ihres Dads herausgeschnitten, auf dem ihr Brautjungfernkleid ein bisschen wie ein Hochzeitskleid aussah, und es in ein Bild von eurem Großvater kopiert. Simon hatte mir einmal erzählt, dass jede Menge Typen, die er kannte, Facebook als Pornoersatz benutzten, wenn sie einen »ruhigen Augenblick für sich alleine« hatten, und ich fragte mich, was schlimmer war: vor den Urlaubsaufnahmen des Mädchens aus der Buchhaltung zu masturbieren oder falsche Hochzeitsfotos herzustellen. Das hieß, ich wusste es. Ich wusste es genau.

Zutiefst beschämt erkannte ich, dass dies der Augenblick für meine Strafe war und nahm abermals mein Handy in die Hand.

Sie kam sofort an den Apparat. »Veronica Mantle. Was kann ich für Sie tun?«

Aha.

Veronica wusste genau, mit wem sie gerade sprach. Und in all den Jahren, in denen sie mir Jobs verschaffte, hatte sie auf meine Anrufe stets nur mit »Oh, Schätzchen, ich habe fantastische Neuigkeiten für dich« oder mit »Verdammt, was willst du?« reagiert. Sie schien also entweder unter einem Schädel-Hirn-Trauma zu leiden und hatte dadurch eine vollkommen neue Persönlichkeit entwickelt, oder sie erlaubte sich zum ersten Mal, seit ich sie kannte, einen Scherz. Den allerdings nur sie allein verstand.

»Ich bin's, Rachel.«

Nichts.

»Rachel Summers?«

»Nein, das kann nicht sein. Weil Rachel nicht mehr lebt.«

Doppeltes Aha.

»Doch, ich lebe noch.« Ich versuchte es mit einem leicht nervösen Lachen, das jedoch als leises Quietschen über meine Lippen kam. »Obwohl mir gestern wirklich sterbenselend war.«

»Okay.« Sie erwiderte mein Quietschen nicht. »Aber wenn Rachel noch am Leben wäre, hätte sie mich schon viel eher zurückgerufen. Oder wäre abgetaucht, bevor ich bei ihr auf der Matte stehe, um sie eigenhändig zu erwürgen.«

Die letzten Worte hatte sie mit einem solchen Nachdruck formuliert, dass ich mich tatsächlich umdrehte, um mich zu vergewissern, dass kein Auftragskiller wie bei Tarantino auf der Schwelle meines Zimmers stand.

»Nein«, murmelte ich über einem nervenberuhigenden Schluck meines Tees. »Sie ist nicht tot. Sie wurde in die Wüste geschickt, aber sie ist nicht tot.«

»Ich habe dich nicht in die Wüste geschickt«, stellte sie erschreckend fröhlich fest. »Meine Güte, nein. Wenn dies wirklich Rachel ist und sie noch am Leben ist, werde ich sie ganz bestimmt nicht eher in die Wüste schicken, bis ich sie derart in der Mangel hatte, dass sie wie ein Baby schluchzt und auf Knien um Vergebung fleht. Und wenn sie Glück hat, schicke ich sie danach in die Wüste, und sie kehrt in ihrem hoffentlich nur noch sehr kurzen Leben nie mehr in die Zivilisation oder in ein Studio zurück. Hast du auch eine verdammte Ahnung davon, was für eine Schadensbegrenzung ich betreiben musste wegen deines verdammten Wutanfalls? In wie viele Ärsche ich deswegen kriechen musste? Ana war so sauer, dass ich beinahe vor ihr auf die Knie hätte gehen müssen, um an ihrem Schwanz zu lutschen. Nur, dass sie gar keinen hat. Wie also hätte ich das machen sollen, Rachel? Sag mir, wie?«

Wie immer nahm Veronica auch jetzt nicht mal das allerkleinste Blättchen vor den Mund.

»Ich weiß nicht.«

»Also nein, ich habe dich noch nicht in die Wüste geschickt. Und jetzt schlage ich dir vor, dass du allmählich anfängst, vor mir auf dem Bauch zu kriechen, bis ich dir erlaube wieder aufzustehen, du verdammte, blöde Kuh.«

»Ich habe damit gemeint, dass Simon mich in die Wüste geschickt hat«, wisperte ich. »Und es tut mir leid. Es tut mir sehr, sehr, sehr, sehr, sehr, sehr, sehr …«

»Wie bitte?«

Hieß, dass sie mir ins Wort fiel, dass meine Entschuldigung inzwischen lang genug gewesen war?

»Was hast du da gesagt?«

»Dass Simon mich verlassen hat?«

»Wann?«

»Am Samstag?«

»Und du bist am Montag arbeiten gegangen?«

»Ja.«

»Obwohl du genau wusstest, dass du dort mit diesem lächerlichen Arschgesicht zu tun bekommst?«

Meinte sie damit wohl Ana oder Dan?

»Ja.«

»Wenn das so ist, sag mir, was ich für dich tun kann, Schatz.«

Ich nahm das Handy kurz von meinem Ohr und warf einen Blick auf das Display. Hatte ich vielleicht versehentlich mit einem Mal die Nummer meiner Mum gewählt?

»Wirklich?« Ich wollte mein Glück nicht überstrapazieren, sondern mich nur vergewissern, ob ich mir nicht vielleicht meinen Schädel angeschlagen hatte und in einer Art Privathimmel gelandet war, in dem das Leben plötzlich einfach war.

»Warum hast du dich, verdammt noch mal, nicht schon viel eher bei mir gemeldet?« Der Lautstärkeregler ihrer Stimme sank von elf auf achteinhalb. Was ein gutes Zeichen war. »Und vor allem hättest du, verdammt noch mal, nie zur Arbeit gehen dürfen, aber da du bisher nie etwas vermasselt hast und von jetzt an mein Vorzeige-Miststück bist, will ich es dabei bewenden lassen. Wusstest du, dass zwischen ihr und Dan was läuft?«

»Ja.« Ich wartete nicht mehr darauf, dass sich der Lauf eines Gewehrs durch den Briefkastenschlitz meiner Flurtür schob, und widmete mich wieder meinem Tee. »Auch wenn sie erst eine neue Geschlechtskrankheit entwickeln müssen, an der einer von den beiden sich beim anderen anstecken kann.«

»Trotzdem schuldest du ihm einen Dank«, erwiderte Veronica. »Denn er hat sie beruhigt. Ich würde dir ja vorschlagen, ihm einen Blumenstrauß zu schicken, aber eine Packung mit Kondomen aller Art wäre vielleicht passender. Am besten welche mit Stacheldraht.«

»Klingt wirklich nett«, erklärte ich, während ich die Beine übereinanderschlug.

»Außerdem hast du noch einen Kneipenbesuch mit kostenlosem Besäufnis bei mir gut. Hast du nachher Zeit?«

Sie war wirklich eine tolle Frau. Hätte sie nicht meiner Mum an meinem fünfundzwanzigsten Geburtstag unverblümt erklärt, sie müsste sich mal wieder richtig vögeln lassen, und danach beim Karaoke laut *I Touch Myself* gebrüllt, hätte ich vielleicht sogar gesagt, dass sie eine gute Freundin war.

»Ich glaube, ich habe den Kater vom Samstag und vom Sonntag noch nicht völlig überwunden.« Es war eindeutig noch viel zu früh für neuen Alkohol. »Aber du könntest was anderes für mich tun.«

»Dir ist doch wohl klar, dass ich nicht wirklich jemanden ermorden lassen kann?« Und mit Flüsterstimme fügte sie hinzu: »Auch wenn ich nicht möchte, dass das alle Welt erfährt.«

»Ich dachte, die Leute bringen sich einfach auf deinen Befehl hin selber um.« Ich berührte meine Liste, denn sie brachte mir ja vielleicht Glück. »Aber darum geht es nicht. Ich hatte gehofft, dass du vielleicht einen Job im Ausland für mich hast. Denn ich würde wirklich gern ein bisschen reisen.«

»Hmm.« Ich hörte das Klicken ihrer Tastatur. »Einen solchen Job kann ich nicht einfach aus dem Hut zaubern. Vor allem, da dich außerhalb von England kaum wer kennt. Was, verdammt noch mal, nur an dir selbst liegt.«

»Ich weiß«, erklärte ich. Ich hatte meinen Obszönitätenfilter eingeschaltet und war deswegen für ihre Schimpfworte praktisch taub. »Aber ich möchte wirklich mal hier raus, und es ist mir vollkommen egal, ob es dabei um irgendeine Show oder ein Shooting geht und ob ich in einem Studio oder sonst irgendwo arbeiten muss.«

»Du hast doch schon seit Jahren nichts mehr außerhalb eines Studios gemacht.«

Wenn sie keine Agentin wäre, hätte sie eine fantastische Mechanikerin abgegeben, dachte ich. Denn sie war nur noch ein leises Zungenschnalzen von einem »Der Anblick dieser Kopfdichtung gefällt mir nicht« entfernt.

»Wenn Dan nicht gerade sauer auf dich wäre, hätte ich dich vielleicht mitgeschickt, wenn er in zwei Wochen nach Sydney fliegt. Dann hätte ich ein paar Beziehungen spielen lassen können und dich, wenn er darauf bestanden hätte, bei dem Shooting mit untergebracht. Denn die Redakteurinnen und selbst die Redakteure sind total verrückt nach ihm.«

Oh, verflixt und zugenäht.

»Gib mir ein paar Tage Zeit, okay?«, bat sie mich in einem Ton, der wenigstens eine gewisse Zuversicht verriet. »Und geh die Dinge erst mal langsam an. Zieh los, betrink dich, und lass dich von irgendeinem heißen Kerl flachlegen, der dir nicht bis nach Hause folgen kann. Die Zeiten für Singlefrauen waren noch nie so gut wie jetzt. Denn inzwischen haben wir die Schwänze und bestimmen selbst, mit wem wir wann und wo auf welche Weise in die Kiste gehen. Und welche Frau braucht schon einen Freund, wenn sie größere Eier hat als jeder Kerl?«

Ich sagte noch auf Wiederhören, trank meinen kalten Tee und verbrachte dann den Rest des Nachmittags damit, den Gedanken daran zu verdrängen, wie groß wohl Miss Mantles Eier waren.

10

»Raaaa-cheeeeeeeel.« Ich spürte einen leichten Schlag auf meinem Kopf. »Auuuuf-waaaachen.«

Ich würde Matthew bis ans Lebensende nicht verzeihen, dass er mich aus einem Traum gerissen hatte, in dem Ethan Harrison, ein Notenständer und gewisse Akte vorgekommen waren, die die sechzehnjährige Rachel vollkommen entsetzt hätten, weil ihre Mum immer behauptet hatte, sie machten sie zu einem »lockeren Mädchen«. Womit damals noch etwas wie eine Schlampe und nicht eine Frau wie Jane McDonald, Paris Hilton oder irgendeine von den Tussis aus den aktuellen Dokusoaps gemeint war.

Mir war wirklich nicht danach zumute aufzustehen. Nach dem Anruf bei Veronica hatte ich den Rest des Tages mit dem Ausräumen diverser Schränke zugebracht, hatte all den Krempel, den ich nicht mehr brauchte, ins Gebrauchtwarenhaus geschleift und drei Eimer Farbe, zwei Farbrollen und eine Auswahl Pinsel aus dem Baumarkt heimgeschleppt. Wobei ich dann bereits nach dem Abkleben des Türrahmens viel zu k.o. für irgendetwas anderes gewesen war. Was ich auf meine morgendliche Joggingrunde schob. Die schließlich fast ein Marathon gewesen war.

»Wie spät ist es?«

»Schon fast zehn.« Er zog mir das Kissen aus der Hand und schlug mir damit auf den Kopf. »Schwing endlich deinen Hintern aus dem Bett. Wir müssen langsam los, denn so kurzfristig habe ich nur noch für halb zwölf einen Termin gekriegt.«

Zumindest hatte Matthew mir als Ausgleich für die rüden Schläge Kaffee mitgebracht. Mühsam setzte ich mich auf und streckte meine Hand nach der koffeinhaltigen Gottesgabe aus, bevor ich meine Augen auch nur richtig aufbekam.

»Das Verhältnis Zucker – Kaffee ist hervorragend«, murmelte ich und genoss den ersten großen Schluck.

»Da du noch am Anfang der Erholungsphase bist, durftest du natürlich ausschlafen«, meinte Matthew, während er an einem meiner Arme zog. »Aber trotzdem müssen wir gleich los.«

»Du willst mir doch wohl nicht irgendein grässliches Verhütungsmittel einsetzen lassen oder so?«, erkundigte ich mich, während ich mir vorsichtig den Schlaf aus den verquollenen Augen rieb. »Also, was hast du für einen Termin für uns gemacht?«

»Wenn ich dir das sagen würde, wäre es ja wohl eindeutig keine Überraschung mehr.« Er riss mir den Kaffeebecher weg und hielt ihn über seinen Kopf.

Was für ein widerlicher Schummler er doch manchmal war.

Das Einzige, was Matthew fast so sehr wie Sex mit attraktiven, jungen Männern liebte, waren Überraschungen. Auch nachdem er mich aus meinem Bett und Emelie von ihrem Laptop losgerissen hatte, weigerte sich dieser Mistkerl standhaft, uns zu sagen, wohin unsere morgendliche Reise ging. Alles, was wir wussten, war, dass es bis zum Ziel eine gute Viertelstunde Fußweg war, und als wir endlich vor einem mir unbekannten Haus mit zwei großen schwarzen Holztüren standen, war ich so erledigt, dass ich alles, was der Kerl geplant hatte, problemlos über mich hätte ergehen lassen, Hauptsache, es gab hinter den Türen eine Sitzgelegenheit.

Wahrscheinlich war es gut, dass ich derart ermattet war.

Denn er hatte uns zu einem Tattoo-Studio geführt.

»Soll ich mir tatsächlich eine Tätowierung machen lassen?«, fragte ich und blickte zwischen meinen beiden besten Freunden hin und her. »Im Ernst?«

»Total im Ernst.« Matthew nickte. »Aber nicht nur du allein, sondern wir alle drei. Ich habe über deine Liste nachgedacht, und du hast völlig recht. Es macht einfach keinen Spaß, alleine unglücklich zu sein, deshalb möchte ich dir helfen. Und die Tätowierung war das Einzige, was sich in so kurzer Zeit organisieren ließ. Wie es aussieht, kriegen wir den Bungee-Sprung nicht auf die Schnelle hin.«

Ich warf mich ihm begeistert an den Hals. »Auch wenn der Gedanke, dass ich mich mit einem Gummiband am Knöchel irgendwo von einer Brücke stürzen soll, immer noch erschreckend für mich ist, finde ich das alles furchtbar aufregend.« Meine haarbedingte Euphorie kehrte millionenfach verstärkt zurück. »Ich kann einfach nicht glauben, dass wir uns tatsächlich tätowieren lassen.«

»Warum müssen wir das alle machen?« Em vergrub die Hände in den Taschen ihrer Strickjacke und fügte quengelig hinzu: »Ich habe Nadeln immer schon gehasst.«

»Weil wir das zusammen machen.« Matthew zog sie gegen ihren Willen in unsere Umarmung. »Und weil du sowieso schon eine Tätowierung hast.«

Statt etwas zu erwidern, streckte sie erbost den Mittelfinger aus.

»Also, was lassen wir uns stechen?«, fragte ich in dem verzweifelten Verlangen, in das Studio zu kommen und es hinter mich zu bringen, ehe mich der Mut verließ. Denn wenn Emelie schon eine Tätowierung hatte und sich jetzt derart dagegen sträubte, täte es wahrscheinlich ziemlich weh.

»Ich dachte, es sollte was Bedeutsames mit Tiefgang sein«, fing Matthew an. »Wie James Francos Gesicht. Aber mein künstlerisches Talent hat nur für so etwas gereicht.«

Er zeigte uns ein Blatt Papier, auf dem ich drei durch zarte Ranken eng verbundene, fünfzackige Sterne sah. Die Beschreibung »zarte Ranken« klingt wahrscheinlich ziemlich blöde, aber es sah total fantastisch aus.

»Und wo lasst ihr euch sie hinstechen?«, erkundigte ich mich.

»In die Brust.« Matthew wies auf einen Fleck direkt über seinem Herzen.

»Wahrscheinlich in die Schulter«, seufzte Em.

»Echt?« Ich versuchte, mir das Bild auf meiner nackten Schulter vorzustellen, doch das kam mir irgendwie nicht richtig vor.

»Das ist bei Weitem nicht so kitschig wie ein Arschgeweih.« Matthew zog Ems T-Shirt hoch, bis ich das komplexe, schnörkelige Muster oberhalb ihres Steißbeins sah.

»Halt die Klappe«, fauchte Em und riss an ihrem Oberteil, bis es keine Lücke mehr zwischen dem Shirt und ihrer ultraknappen Hose gab. »Ich war damals siebzehn, und da haben das alle gemacht.«

»Dir ist ja wohl klar, dass mit diesem Argument auch

die Nazis an die Macht gekommen sind«, antwortete Matthew, blickte sie dabei aber nicht an. »Also, gehen wir die Sache an.«

»Das tut weh«, heulte er zehn Minuten später. »Nein, ich kann das nicht.«

Em kauerte schweigend irgendwo in einer Zimmerecke, während Muskulöser Tätowierer Nummer eins mit ihrem dritten Stern begann. Matthew lag lang ausgestreckt mitten im Raum auf einer Pritsche und schrie sich die Seele aus dem Leib. »Aua, das tut wirklich weh.«

Muskulöser Tätowierer Nummer zwei stieß einen abgrundtiefen Seufzer aus und legte eine kurze Arbeitspause ein. »Ich hab doch gesagt, dass diese Stelle echt empfindlich ist. Aber gleich haben wir's geschafft. Und wenn du jetzt nicht endlich still bist und mich weitermachen lässt, schreibe ich dir das Wort Schlappschwanz auf die Stirn.«

Matthew knirschte mit den Zähnen, nickte aber aufopferungsvoll mit seinem Kopf. Ich saß schweigend neben ihm, während er versuchte, mir die Hand zu brechen, und wartete ängstlich darauf, dass einer der Künstler fertig wurde und ich an die Reihe kam. Ob wohl alle Studios dieser Art innen rot gestrichen waren? Und waren wohl alle Tätowierer derart aggressiv rasiert? Die Wände in dem Raum waren mit den Arbeiten der beiden Männer übersät: Die beliebtesten Motive in der Londoner Tattoo-Gemeinde waren Kreuze, Rosen, Brüste. Wo waren die hübschen Tätowierungen versteckt, die man an berühmten Leuten sah? War die Kunst, die ich an diesen Wänden sah, vielleicht ein Test für Menschen, die hier durch die Tür spazierten und sich einen süßen, kleinen

Vogel in den Knöchel stechen lassen wollten, oder gab es dafür eigene Studios?

»In Ordnung, ich bin fertig«, verkündete Muskulöser Tätowierer Nummer eins und winkte mich herbei. »Na, dann komm du mal her.«

»Lass mich los«, fauchte ich Matthew an, entwand meine Finger seiner eisernen Umklammerung und marschierte mutig auf den Hocker zu. Em schlurfte erschöpft zu einem freien Stuhl. Sie war ein bisschen blass, schrie sich anders als gewisse andere Personen aber nicht die Seele aus dem Leib.

»Es war okay«, erklärte sie und zuckte leicht zusammen, als der Tattoo-Künstler Mull um ihre frische Tätowierung band. »Nicht annähernd so schlimm wie ich erwartet hatte.«

Ich erklärte, was ich haben wollte – dasselbe Motiv wie meine beiden Freunde auf der Innenseite meines linken Handgelenks – und kniff die Augen zu, als er mit einem Einwegrasierer über die beschriebene Stelle fuhr. Dann desinfizierte er sie gründlich und legte sein Werkzeug auf den Tisch. Frische Nadeln. Frische Tinte. Und ein ziemlich großes, surrendes Gerät, das in meiner Haut so tiefe Narben hinterlassen würde, dass man sie bis an mein Lebensende sah.

»Atme einfach weiter; gleich ist es geschafft«, munterte der Kerl mich lächelnd auf. Unter seiner Glatze und verschiedenen Totenkopf- und Nackte-Frauen-Tattoos sah er im Grunde durchaus freundlich aus. »Es ist wirklich nicht so schlimm. Nur ein leichtes Kratzen, weiter nichts.«

»Kein Problem«, erklärte ich, bemühte mich, das wilde Pochen meines Herzens weitestgehend zu ignorieren, und kniff erneut die Augen zu. Der Gedanke an die Nadeln schreckte mich erheblich weniger als der Moment, in dem der Kerl mit dem Rasierer über meine Schlagader gefahren war.

Bis der Bohrer angeworfen wurde. Der nicht anders als ein Zahnarztbohrer klang. Und gleich drang dieser Mann mit einem Zahnarztbohrer in die zarte Haut an der Innenseite meines Handgelenkes ein. »Es geht mir gut.«

Doch nach zwei Sekunden fing das Brennen an. Dicht gefolgt von dem Gefühl einer Nadel, die in einen meiner Unterarme stach. Dann war es also wahr. Tätowierungen bekam man nicht mit dem Horn eines Einhorns verpasst. Verdammt.

»Alles klar?«, drang Matthews Stimme an mein Ohr. Dass kein lautes Schluchzen mehr aus seiner Richtung kam, war die Bestätigung dafür, dass auch Muskulöser Tätowierer Nummer zwei mit seiner Arbeit fertig war.

Ich nickte, brachte aber keinen Ton heraus. Das hier war nicht halb so angenehm, wie beim Friseur zu sitzen, während jemand stundenlang um mich herumtanzte. Aber immerhin bekam ich ein Tattoo. Ich und ein Tattoo. Als Nächstes würde ich wahrscheinlich meinem Lehrer Widerworte geben und heimlich hinter dem Fahrradständer rauchen.

»Nun, während du gerade tatenlos herumsitzt, habe ich eine aufregende Neuigkeit für dich.«

O Gott. Was könnten das für Neuigkeiten sein? Vielleicht, dass er plante, mit José nach Mexiko zu ziehen? Dass er zu *Britain's Got Talent* ging? Dass er schwanger war?

»Also, du weißt ja, dass ich und Emelie beide dein Facebook-Passwort kennen.«

»Halt mich da raus«, schrie meine Freundin aus der anderen Zimmerecke. Muskulöser Tätowierer Nummer eins runzelte die Stirn. Ems erhobene Stimme schien zu viel für sein zartes Nervenkostüm zu sein.

»Nein, Matthew, das wusste ich bisher noch nicht.« Ich knirschte hörbar mit den Zähnen und machte mich auf das Schlimmste gefasst. Mein plötzliches Unbehagen hatte nichts damit zu tun, dass mich jemand wiederholt mit einer Nadel pikste, sondern damit, dass ich ahnte, was geschehen war.

Und tatsächlich meinte er: »Es ist im Grunde keine große Sache. Denn es wäre früher oder später sowieso passiert. Ich habe die Dinge nur etwas beschleunigt und eine Nachricht an Ethan geschickt.« Er wich so weit vor mir zurück, dass ich ihm nicht gegens Schienbein treten konnte, und fügte hinzu: »Und zwar als du.«

»Als ich?« Das Quietschen meiner Stimme klang alles andere als natürlich. Aber schließlich war es auch nicht unbedingt natürlich, dass jemand mit einer Nadel ein ums andere Mal durch einen meiner Unterarme fuhr. »Was hast du getan?«

»Nichts. Ich habe nur Hallo gesagt und ihn gefragt, ob er der Ethan Harrison ist, mit dem du früher im Orchester warst. Sonst nichts.«

Ich brauchte nicht erst sein Gesicht zu sehen, um zu wissen, dass er log.

»Und was sonst noch?«

»Nichts! Wirklich.«

»Matthew?«

»Nichts. Aber, nun, er hat geantwortet.«

Lächelnd schaltete Muskulöser Tätowierer Nummer eins den Zahnarztbohrer aus.

»Fertig«, meinte er und wischte einen winzig kleinen Blutstropfen und einen Rest von Tinte von meinem tätowierten Arm. »Creme die Stelle mehrmals täglich mit einer desinfizierenden Salbe ein, und achte darauf, dass kein Dreck dran kommt, dann dürfte nichts passieren. Und dann tritt ihm in die Eier, weil das, was er gemacht hat, wirklich scheiße war.«

Ich fiel ihm dankbar um den Hals, was zugegebenermaßen vielleicht etwas übertrieben war, aber die Tatsache, dass ich eine Tätowierung bekommen hatte, setzte jede Menge Endorphine in mir frei. Ich hatte mich schon gut gefühlt, nachdem ich vom Friseur gekommen war, doch mit meiner Tätowierung fühlte ich mich einfach wunderbar. Plötzlich konnte ich verstehen, weshalb so viele Menschen süchtig danach waren.

Nachdem wir alle endlich fertig waren, starrte ich die ganze Zeit auf den weißen Verband an meinem Handgelenk. Matthew blickte ausnehmend selbstzufrieden drein, Emelie jedoch sah hundeelend aus.

»Geh am besten schon mal raus.« Ich legte einen Arm um ihre Taille und führte sie sanft in Richtung Tür.

»Keine Angst, ich werde für euch mitbezahlen«, rief uns Matthew hinterher.

»Oh, das wirst du auf jeden Fall.«

Als auch Matthew aus dem Studio kam, suchten wir, um unsere Freundin wiederzubeleben, erst einmal nach möglichst frischer Luft. Schweigend führte ich die verwundeten Soldaten zu zwei leeren Bänken unweit der Tate Modern. Was in aller Welt sollte ich zu Matthew sagen? Ich wusste ganz genau, was ich gern mit ihm gemacht hätte, aber die passenden Worte dazu fielen mir einfach nicht ein. Wir hatten etwas mehr als eine Stunde in dem Studio zugebracht, und bis wir wieder drüben an der South Bank waren, stand die Sonne hoch am Himmel und tauchte die Sehenswürdigkeiten Londons in ein helles Licht.

»Ich kann einfach nicht glauben, dass du das getan hast.« Ich umklammerte meinen Verband und konzentrierte mich auf meine Freude über das Tattoo statt auf mein Verlangen, diesem Blödmann an die Gurgel zu gehen. »Was hast du dir dabei gedacht?«

»Du weißt, dass ich immer versuche, möglichst nicht zu denken, wenn's um Männer geht.« Schulterzuckend setzte er sich neben mich, während Em sich vollkommen erledigt auf die Bank in unserer Nähe sinken ließ. Sie sah aus, als bräuchte sie erst einmal einen Augenblick für sich. »Ich dachte, dass ich dir einen Gefallen damit tue. Er ist wirklich süß, du kennst ihn schon, und er lebt in einem anderen Land. Es ist also ein total sicherer Flirt.«

»Erzähl mir ganz genau, was du ihm geschrieben hast«, forderte ich Matthew seufzend auf.

»Nicht viel.« Er schwang eins von seinen langen Beinen auf die Bank und verpasste nur um Haaresbreite Ems Gesicht. »Nur das Übliche. Freut mich, von dir zu hören, was treibst du denn so, ich mache dies und das, blabla.« Er hatte unterwegs drei Dosen Pepsi light besorgt, und die teilte er jetzt aus.

»Ich will mehr als nur Blabla, wenn es um die Einzelheiten geht, die du in meinem Namen über Facebook irgendwelchen Männern schreibst«, erklärte ich und drückte meine kalte Pepsidose auf meinen Verband. »Was hast du genau geschrieben? Wort für Wort?«

»Wäre es nicht einfacher, wenn du die Nachricht liest?«, schlug mir Matthew vor. »Ich kann mich nicht mehr an jedes Wort erinnern, aber lies es dir doch einfach kurz auf deinem iPhone durch.«

»Nein, du wirst es mir vorlesen, damit ich dir im Notfall gleich eine verpassen kann. Und das kann ich nicht, wenn ich in meiner einen Hand eine Dose und in meiner anderen ein Handy halte.« Ich setzte mich zu Emelie, die, ihre noch geschlossene Dose neben sich, noch immer völlig reglos auf der Zweitbank saß. »Und beeil dich, denn es ist nicht wirklich warm.«

»In Ordnung.« Er zerrte sein Handy aus der Hosentasche. »Aber denk dran, ich habe es nur für dich getan.«

»Was auch immer, lies es einfach vor.« Ich zog Em ein wenig dichter neben mich und starrte über das Wasser auf die Busse, die die Straßen rauf- und runterfuhren, und auf St. Paul's Cathedral, deren Kuppel man zwischen den anderen Gebäuden sah. Ein wirklich hübsches Bild.

»Hi, ich bin mir nicht ganz sicher, ob du der richtige Ethan Harrison bist, denn schließlich ist es ewig her. Aber falls ja, ich bin Rachel Summers, und wir waren zusammen in einem Orchester, als wir jünger waren. Ich habe gerade ein bisschen mit Facebook rumgespielt und dachte, ich gucke mal, ob es dich dort irgendwo gibt. Gib einfach kurz Bescheid, wenn du es bist! Wäre toll, noch mal Kontakt zu haben. Küsschen, Rachel.« Matthew las die Nachricht mit einer, wie er hoffte, witzigen Mädchenstimme vor. Die natürlich wirklich witzig war.

»Und er hat geantwortet?«

»O ja, und zwar sofort.« Er tauschte die Mädchenstimme gegen einen furchtbaren kanadischen Akzent, obwohl a) eine gebürtige Kanadierin neben ihm saß und b) er wusste, dass der gute Ethan im verfluchten Surrey aufgewachsen war. »Hi Rachel! Ja, ich bin's! Es ist einfach toll, von dir zu hören!«

»Die Ausrufezeichen brauchst du nicht ganz so zu betonen.« Doch ich konnte es nicht leugnen, ich war total aufgeregt. Der verfluchte Ethan Harrison. Ethan Harrison aus meiner Schule fand es toll, von mir zu hören. Oder von einem neunundzwanzigjährigen Schwulen, der behauptete, er wäre ich.

»Was auch immer. Aber für gewöhnlich klingen Heteros nicht derart aufgeregt. ›Hi, Rachel, ja, ich bin's, es ist einfach toll, von dir zu hören‹. Wie geht es dir? Ich habe auch schon mal nach dir gesucht, dich aber nicht gefunden. Weil es offensichtlich jede Menge Rachel Summers in Großbritannien gibt. Also, wie stehen die Aktien bei dir? Bist du verheiratet? Hast du Kinder? Lebst du immer noch in Surrey? Ich bin nach der Schule nach Toronto umgezogen, als mein Dad hier einen Job bekam. Es ist eine großartige Stadt. Ich bin inzwischen Musiklehrer an einem Gymnasium – wer hätte das gedacht, nachdem ich im Orchester eine solche Niete war? Lol.«

»Lol?«

»Lol.«

Hmm. Ich war mir nicht ganz sicher, ob der Vater meiner Kinder lollen würde.

»Dann kommt nur noch ein ›Schreib zurück, ich würde mich freuen, noch mal von dir zu hören‹. Echt nett.«

»Ich sollte dein Handy in die verfluchte Themse schmeißen«, fauchte ich ihn an. Dummerweise musste ich bei diesem Satz bis über beide Ohren grinsen, aber ich konnte nichts dagegen tun.

»Tu das, denn ich brauche sowieso allmählich eine neuere Version.« Er stieß mich mit dem Ellenbogen an.

»Ich sollte dich erschießen.« Ich zupfte vorsichtig am Rand meines Verbands. »Meinst du, den kann ich langsam abnehmen?«

»Auf jeden Fall, denn schließlich trägst du ihn bereits seit einer halben Ewigkeit.«

Muskulöser Tätowierer Nummer eins hatte mir diesen Verband vor weniger als einer Stunde angelegt.

Matthew zog am Ausschnitt seines Hemds und machte ein paar Knöpfe auf, um sich den Verband auf seinem Oberkörper anzusehen. »Iiih, es hat geblutet.«

»Du Memme.« Ich versuchte, Haltung zu bewahren, als ich den Verband von meiner eigenen Tätowierung zog. Von der bleichen Haut an meinem Handgelenk hoben sich drei kleine schwarze Sterne ab. »Ich kann einfach nicht glauben, dass wir tätowiert sind.«

»Ich auch nicht«, Matthew drückte den Verband wieder auf seinen Sternen fest. »Vielleicht sollten wir uns noch ein Päckchen Zigaretten und zwei Flaschen Wein besorgen und damit in den Park gehen oder so.«

»Achtung, Leute, damit ist der vierte Punkt auf meiner Liste abgehakt. Ich hatte in den letzten Tagen wirklich alle Hände voll zu tun.«

»Darauf trinke ich.« Matthew stieß mit meiner Pepsidose an. »Und, fühlst du dich schon anders? Schließlich liegt inzwischen schon ein Drittel des Wegs zum echten Single hinter dir.«

»Ich fühle mich echt gut«, erklärte ich. »Als gäbe es keine Grenzen mehr für mich.«

Mein Handgelenk tat weh, mir schwirrte der Kopf, und am liebsten hätte ich die ganze Zeit auf mein Tattoo gestarrt. Denn ich hatte ein Tattoo.

»Die gibt es auch nicht mehr«, antwortete er, während er mir sanft den Rücken rieb. »Und genau darum geht es bei dieser Liste. Dir zu zeigen, dass du alles kannst.«

»Das stimmt.« Ich nickte langsam mit dem Kopf. »Und

ich kann dir gar nicht sagen, wie froh ich darüber bin, dass mein zwanghaftes Verlangen, Listen zu erstellen, endlich einmal einen Sinn ergibt.«

»Ich glaube nicht, dass es eine gute Idee wäre, heute auch noch einen Bungee-Sprung von der Westminster Bridge zu wagen. Zwei Punkte an einem Tag genügen, findest du nicht auch?« Matthew legte seinen Arm auf meinen Schultern ab.

»Simon hasst Tattoos«, erklärte ich. »Er würde auch diese Tätowierung hassen.«

»Nun, du hast es nicht für ihn getan«, rief er mir in Erinnerung, »sondern für dich selbst. Weil du eine Tätowierung wolltest. Und in Zukunft wird es bei deinen Entscheidungen ausschließlich darum gehen, was du selber willst. Daran solltest du jedes Mal denken, wenn du diese Tätowierung siehst.«

»Und vor allem kann ich wieder einen Punkt von meiner Liste streichen«, juchzte ich, zog vorsichtig, um ja nicht mit dem Handgelenk irgendwo anzustoßen, die zerknitterte Serviette und den schwarzen Stift aus meiner Handtasche und hakte pflichtbewusst die Tätowierung ab.

»Außerdem hast du schon deinen ersten Schwarm gefunden, dich verwandelt und nach Aussage von Em versucht, dich sportlich zu betätigen«, fügte er hinzu und zerzauste mir das Haar. »Du machst deine Sache wirklich gut.«

»Du auch.« Ich stieß ihn mit dem Ellenbogen an. »Wer war eigentlich gerade bei dir, als ich dich gestern Abend angerufen habe?«

Seit StephenGate war noch kein Mann wieder in Matthews Bett gelandet. Nicht dass er nicht bereits wieder regelmäßig in den Betten anderer gelandet wäre, aber er ertrug es einfach nicht, dass ein neuer Typ in seine und Stephens Wohnung kam. Was ich zwischenzeitlich gut verstand.

»Nur ein Freund«, wehrte er meine Frage ab. »Keine Angst, wir kümmern uns um mich, wenn wir mit dir fertig sind.«

»Tja, inzwischen bin ich ein dreiunddreißig Komma dreiunddreißig Prozent erfolgreicherer Single als noch letzten Samstag, deshalb habe ich auch dreiunddreißig Komma dreiunddreißig Prozent mehr Zeit, um mir Sorgen um dich zu machen«, stellte ich mit stolzer Stimme fest. »Obwohl jetzt die schweren Sachen kommen. Aber vielleicht warte ich besser bis morgen, bis es mit der Liste weitergeht. Denn anscheinend gehen Em und ich heute Abend aus. Zu irgendeinem Charity-Event, für das ich mich extra in Schale werfen muss. Was ein bisschen dauern kann.«

»Klingt echt hart«, erklärte er. »Sollst du dich wie ein Mädchen anziehen?«

»Auf jeden Fall. Und zwar nicht nur mit einem Kleid, sondern auch dem ganzen anderen Zeug«, bestätigte ich und schob meine Serviette vorsichtig in meine Handtasche zurück. »Hey, Em, wollen wir langsam gehen? Wenn ich nicht bald etwas in den Bauch bekomme … oh, Scheiße, Matthew.«

Ems Kopf hing zwischen ihren Knien, und direkt vor ihr breitete sich eine wenig ansehnliche, grünlich braune Pfütze auf der Erde aus.

»Emelie, bist du okay?« Eilig lief ich zu ihr, kauerte mich neben sie und achtete darauf, dass ich möglichst nicht in die Nähe dieser Pfütze kam. Denn ich hatte neue Schuhe, neue wildlederne Schuhe an. »Em?«

»Ich habe mich übergeben.«

»Ja.« Ich schob ihr die Haare aus der Stirn. Die von ihrem Mageninhalt nicht getroffen worden waren. Was schon mal nicht übel war. »Aber jetzt ist alles gut.«

»Igittigitt«, stieß sie mit schwacher Stimme aus. »Kotzen ist einfach eklig.«

»Matthew«, brüllte ich in Richtung unserer Bank, doch dort hatte mich ein großer Mann in Shorts ersetzt, der sich neben Matthew in die Brust warf, während er ihm irgendeinen Zettel gab. Großer Gott. Das wäre wirklich süß gewesen, hätte nicht vor zwei Minuten unsere Freundin unweit der Tate Modern mitten auf den Weg gekotzt. »MATTHEW.«

Kichernd steckte er den Zettel ein, gab dem anderen Mann die Hand und kam dann mit einem Gesicht wie Donnergrollen auf mich zugestapft.

»Was?«, erkundigte er sich und bedachte Emelie mit einem wenig mitfühlenden Blick. »Was ist mit ihr?«

»Ihr ist schlecht«, erklärte ich und strich ihr sanft über das Haar. Was eine allseits anerkannte Trostgeste für eine spuckende Freundin war. »Wir müssen sie nach Hause bringen.«

»Super Timing.« Zornig beugte er sich vor und legte sich Emelie über die Schulter. Wo sich umgehend ein neuerlicher Schwall auf den Rücken seines Hemds ergoss. »Na toll.«

»Und dabei ist sie noch nicht mal angetrunken.« Pflichtbewusst trottete ich hinter den beiden her und verknotete Ems Haar an ihrem Hinterkopf.

11

»Ich kann einfach nicht glauben, dass wir das tatsächlich tun.« Ich humpelte in meinen hochhackigen Schuhen hinter meiner Freundin her. »Ich sehe einfach lächerlich aus.«

»Du siehst total heiß aus«, widersprach mir Emelie. »Und jetzt halt die Klappe, zieh den Bauch ein, streck die Titten raus, und ich zeige dir, wie man so was macht.«

Nach ihrem öffentlichen Kotzathlon und zwei Stunden in meinem Bad sah Em so aus, als hätte sie einen zwölfstündigen Schönheitsschlaf gemacht. Was einfach eine Unverschämtheit war. Ihre sanft gelockten Haare glänzten, ihre weiche Haut verströmte einen angenehmen Duft, und nachdem ich sie geschminkt hatte, sah sie wie eine Göttin aus.

Ich hatte mich ebenfalls bemüht. Ein weicher Schimmer lag auf meinem glatten roten Haar, ich war tatsächlich leicht geschminkt und hatte meine Füße in die neuen schwarzen Platform Heels gezwängt, um ein bisschen damenhafter auszusehen. Was zu funktionieren schien. Denn ich musste zugeben, wir beide sahen fantastisch aus.

»*Bonsoir*«, begrüßte sie die Gruppe ausnehmend gut gekleideter Raucher vor dem Eingang des Savoy, klapperte mit ihren Wimpern und zog eine Zigarette aus dem kleinen Täschchen, das sie bei sich trug. »Hätte vielleicht einer der Herren Feuer?«

Fiebrig klopften alle drei an ihren Jackentaschen herum und starrten Emelie in dem hautengen roten Kleid mit großen Augen an. Schließlich hatte einer der Galane irgendwo sein Feuerzeug gefunden, stieß die beiden anderen aus dem Weg und hielt es ihr triumphierend hin.

»Da drin herrscht der totale Wahnsinn, oder?« Sie schob die Zigarette zwischen ihre Lippen, nickte ihrem Gegenüber zu, und als er ihr Feuer gab und das Licht der Flamme auf ihre perfekt geschminkten Züge fiel, war es vollends um ihn geschehen. »Wir mussten einfach mal kurz raus. Denn es wurde einfach unerträglich … heiß.«

Ich hatte keine Ahnung, wo ich hinsehen sollte. Manchmal war sie einfach eine schamlose Person. Aber ihre Masche war zugleich auch ungeheuer effektiv. Wir waren auf irgendeiner Auktion von Originalkunstwerken, deren Erlös an irgendwelche deprimierenden Vereine ging, und zu der von meiner Freundin irgendeine Kitty-Kitty-Skizze beigetragen worden war. Da ich keine elf mehr war, vergaß ich hin und wieder, dass es Kitty Kitty gab. Für mich war es einfach ein Katzenbild, das sie immer dann gezeichnet hatte, wenn sie hätte lernen sollen, und das Matthew immer so verändert hatte, dass es irgendwie obszön geworden war. Doch in Großbritannien, den Niederlanden, Deutschland und Brasilien stellte es die umsatzstärkste nichtmediale Marke bei den unter vierzehnjährigen Mädchen dar. Was ich als durchaus beeindruckend empfand. Und was ihr zu meinem Glück genügend Geld einbrachte, um sich so viele Designersachen zulegen zu können, dass an Abenden wie diesem auch für mich noch etwas übrig war. Sie hatte das Event zu einer Mission erklärt, zwei der engsten Kleider aus dem Schrank gezerrt und mir eröffnet, was ihr Plan für diesen Abend war. Wir würden einen Typen finden, der mich auf die Hochzeit meines Dads begleitete, koste es, was es wolle. Denn dies war schließlich ein Charity-Event, und da gab es doch sicher irgendwo einen wohlmeinenden, mitleidigen Mann mit zu viel Zeit und Geld.

»Ich glaube irgendwie doch nicht, dass es mir hier draußen besser geht«, klärte Emelie ihre versammelten Verehrer auf. »Vielleicht wären Sie ja so nett und mir und meiner Freundin was zu trinken holen?«

Sie trat ihre ungerauchte Zigarette auf der Erde aus und setzte ein strahlendes Lächeln auf. Zum einen, weil sie nicht rauchte, und zum anderen, weil dies, wie sie mir zuvor erläutert hatte, Teil des Planes war, mich in die Kunst des Flirtens einzuführen. Ihre Aufgabe war die, potenzielle Kandidaten anzuquatschen, während ich die Klappe halten, gut aussehen und tun sollte, was sie mir sagte. Hatte nicht Meatloaf bereits gesagt, zwei von drei wären nicht schlecht? Und das Kleid, das sie für mich gewählt hatte, war wirklich wunderschön. Ich hatte regelrecht nach Luft gerungen, als ich es zum ersten Mal sah. Schmale schwarze Träger führten bis zu einem supertiefen V-Ausschnitt, der an Emelie wahrscheinlich richtiggehend unanständig wirkte. Wegen meiner eher geringen Reize hatte ich mir eingeredet, ich wirke mit diesem Ausschnitt elegant. Und wenigstens verhinderte die Unmenge doppelseitiges Klebeband, die wir zwischen das Kleid und meinen Körper geklebt hatten, dass mein Anblick allzu pornografisch war. Das eng geschnittene Oberteil ging in mehrlagige Rüschen über, die Gott sei Dank weit genug um meine Füße wogten, um in den hochhackigen Schuhen nicht auf den Saum zu treten. Wobei meine Schuhauswahl für jemanden wie mich eher problematisch war.

Deshalb trank ich am besten gar nichts. Oder vielleicht jede Menge. Was von beidem, würde ich ja sehen. Make-up-technisch hatte ich einen eher neutralen Lippenstift und flüssigen Eyeliner gewählt – minimale Korrekturen mit maximaler Wirkung, und vor allem ganz eindeutig elegant.

Em hingegen wirkte nicht nur elegant, sondern sah einfach fantastisch aus. Ihr rotes, trägerloses Kleid schmiegte sich an ihre Rundungen, als wäre es ihr auf den Leib geschneidert worden, und der bodenlange Rock sah wie eine Kaskade zarter Fältchen aus. Jedes Mal wenn sie sich auch nur minimal bewegte, wogte auch ihr Rock, durch dessen hohen Schlitz man an ihrem meterlangen Bein herauf bis zu ihrem Oberschenkel sah. Ein Hauch MAC Russian Red auf ihren Lippen brachte ihr Gesicht zum Leuchten, und die wilden Locken, die sich für gewöhnlich über ihren Schultern ringelten, hatte sie irgendwie gezähmt und trug sie jetzt als sanfte Wellen à la Veronica Lake. Es war geradezu absurd. Sie wirkte wie Julia Roberts in *Pretty Woman*, als sie in die Oper ging, nur dass sie einfach noch viel reizender aussah und es ihr obendrein gelang, den Eindruck zu erwecken, sie wäre im Bett noch viel besser als jede Professionelle. Echt beeindruckend.

Der Besitzer des Sieger-Feuerzeugs bot ihr seinen Arm. »Lassen Sie mich Ihnen was zu trinken holen«, schlug er freudestrahlend vor. Seine Freunde gaben sich geschlagen, sahen einander an, und schließlich bot mir einer der Verlierer seinen Arm.

»Angenehm«, murmelte ich und hakte mich entschlossen bei ihm ein. Ob er wollte oder nicht.

Innerhalb von fünf Minuten nach der Rückkehr in den

Ballsaal hatten Emelie und ich unsere Begleiter abgeschüttelt und schlürften genüsslich den Champagner in der kostenlosen Bar.

»Echt unglaublich«, sagte ich und blickte mich mit großen Augen um. »Wie kommt es, dass du nicht jeden Abend auf so eine Feier gehst?«

»Meistens sind sie sterbenslangweilig.« Sie nahm einem äußerst attraktiven Ober ein eher fragwürdig wirkendes Häppchen vom Tablett. »Aber wir sollten auf alle Fälle wieder öfter durch die Kneipen ziehen. Weil du die Liebe deines Lebens sicher kaum in einem Darkroom in Vauxhall triffst.«

»Rede nicht davon«, bat ich sie erschaudernd, denn vor ein paar Monaten hatte ich zum ersten und zum letzten Mal mit Matthew den Fire Club besucht. Öffnet dort am besten nie – ich wiederhole: nie – die falsche Tür. Es ist grauenvoll.

»Ich kann mich gar nicht mehr daran erinnern, wann wir zwei zum letzten Mal alleine losgezogen sind.« Em nahm einen vorsichtigen Schluck aus ihrer Champagnerflöte, ich hingegen hätte mit Begeisterung das ganze Glas auf einmal ausgeleert. Denn so unterhaltsam dieser Abend war, fühlte ich mich nach wie vor ganz einfach fehl am Platz an einem solchen Ort. Und das beste Gegenmittel wäre selbstverständlich Alkohol. Sicher hatte bereits Shakespeare etwas Ähnliches gesagt. Wahrscheinlich hatte er es einfach eleganter formuliert.

»Das letzte Mal, dass wir zwei richtig etwas unternommen haben, war an einem Samstag letztes Weihnachten.« Lächelnd strich sie eine Strähne meiner Haare glatt. »Als wir mit Matthew und Stephen losgezogen sind.«

»Wie kann das sein?« Ich wischte meinerseits ein wenig

losen Lidschatten unter ihrem linken Auge weg. Weil ich eine Perfektionistin war. »Das ist Monate her. Obwohl wir in der Zwischenzeit des Öfteren im Phoenix waren.«

»Zwei Stunden pro Monat in einer Kellerkneipe sind was anderes, als wenn man richtig ausgeht«, korrigierte sie. »Ich will mich nicht beschweren, mir ist klar, dass man, wenn man mit jemandem zusammen ist, keine Lust mehr hat, sich in hochhackigen Schuhen die Füße wund zu laufen, wenn man sich stattdessen gemütlich aufs Sofa hauen und mit seinem Freund *Boston Legal* gucken kann, aber aus einer egoistischen Perspektive bin ich wirklich glücklich, dass du heute Abend hier bist. Denn du hast mir echt gefehlt.«

Das Bild, das Em da malte, sagte mir nicht im Geringsten zu. Vielleicht hatte ich sie in den letzten Monaten etwas vernachlässigt. Früher, selbst in meiner Anfangszeit mit Simon, waren wir noch regelmäßig ausgegangen, aber nach dem Kauf unserer Wohnung war ich irgendwie in eine Art dauerhaften Winterschlaf verfallen und erst letzten Samstag wieder aufgewacht. Dass sie in den letzten Tagen pausenlos um mich herum gewesen war, hatte sich total natürlich angefühlt. Weil unsere Freundschaft für mich einfach selbstverständlich war.

»Ich habe mich erbärmlich aufgeführt«, gab ich mit einem leisen Stöhnen zu. »Ehrlich, ich habe nicht verdient, dass du dich mir gegenüber derart toll benimmst. Es tut mir furchtbar leid.«

»Ach, sei still.« Sie nahm mich in den Arm und tat meine Entschuldigung mit einem Achselzucken ab. »Ich bin immer für dich da, wenn du mich brauchst. Und ja, wir haben uns in letzter Zeit nicht so oft wie sonst gesehen, aber so etwas kommt eben vor. Wenn ich dich gebraucht habe, warst du immer für mich da. Und das ist das Einzige, was zählt.«

»Du hast mir auch gefehlt.« Etwas unbeholfen nahm auch ich sie in den Arm. »Die Zeit ist irgendwie verflogen, aber nun, da plötzlich alles anders ist, kommt es mir so vor, als ob ich in den letzten Jahren schlafgewandelt wäre oder so. Hätte ich die Augen früher aufgemacht, stünde ich jetzt vielleicht gar nicht hier.«

»Ist es nicht schön, dass man rückblickend immer schlauer ist?« Em nickte in Richtung zweier Smoking-Träger an der Bar. »Aber die beiden sind auch nicht schlecht. Welchen der beiden möchtest du, blond oder lieber braunhaarig?«

Ich dachte über meine Möglichkeiten nach. Sie waren beide durchaus attraktiv. Der blonde Typ hatte ein fein geschnittenes Gesicht, einen ordentlichen Haarschnitt und war riesengroß, und der Dunkelhaarige erinnerte mich an den Erdkunde-Referendar, in den ich in der achten Klasse unsterblich verliebt gewesen war.

»Braun.« Ich hatte einen trockenen Mund, dafür aber schweißnasse Achseln. Was die geradezu perfekte Aufreißmischung war. »Sag mir noch mal schnell, wo wir hier sind. Falls die Sprache darauf kommt.«

»Auf einem Charity-Event. Auf Partys wie dieser geht es jedes Mal um irgendeinen guten Zweck.« Obwohl sie bereits einen leichten Schluckauf hatte, tauschte sie ihr leeres Glas gegen ein volles aus. Am liebsten hätte ich gesagt, dass sie es langsam angehen lassen sollte, denn zu diesem Outfit passte es ganz einfach nicht, wenn sie sich nachher im Bus die Seele aus dem Leib kotzte. »Ich kann dir gar nicht sagen, auf wie vielen solcher Feiern ich inzwischen war.«

»Du bist eben eine echte Menschenfreundin.« Automatisch starrte ich all die attraktiven Männer in unserer Umgebung an. Zugegeben, alle diese Männer hatten Smokings an, und in einem Smoking sah wahrscheinlich jeder Mann erheblich heißer aus als sonst. Das war einfach eine Tatsache. Und ebenso, dass der Mann, der jetzt auf uns beide zutrat, echt umwerfend war. Der Blonde.

»Meine Damen.« Er nickte uns beiden zu, doch bereits, bevor er seinen Mund geöffnet hatte, war mir klar gewesen, dass er ganz bestimmt nicht meinetwegen angetrabt gekommen war. Aber ich war nicht einmal beleidigt. Denn schließlich stand ich selbst kurz davor, meiner Liste einen elften Punkt hinzuzufügen, und zwar den, einmal mit Emelie ins Bett zu gehen. »Würden Sie gern tanzen?«

Stets die gute Freundin, blickte Emelie mich fragend an, bevor sie sich bei ihm einhakte und in Richtung der Tanzfläche verschwand. Ich wartete darauf, dass jetzt der Erdkunde-Referendar sich meiner Wenigkeit erbarmte, doch er hielt die Stellung ein paar Meter neben mir und starrte irgendwo auf einen Fleck links von meinem Ohr. Doch was hatte ich schon zu verlieren?

»Hi.« Ich streckte meine Hand in seine Richtung aus und betete, dass er sie nähme. Was er nach ein paar unglaublich unbehaglichen Sekunden auch tatsächlich tat. »Ich bin Rachel.«

»Asher.« Er lächelte zwar nicht, machte aber auch nicht auf dem Absatz kehrt. »Tut mir leid, ich hasse solche Feiern. Tim hat mich gezwungen mitzugehen. Seine Frau ist schwanger und fühlt sich nicht gut, und er hatte keine Lust, alleine herzukommen. Dabei hasse ich es, Anzüge zu tragen, und ich hatte einen wirklich langen Tag und … Hmm.«

Hätte es denn nicht gereicht, dass einer von uns beiden in gesellschaftlicher Hinsicht unbeholfen war? Es ging doch einfach nichts über ein wenig Sprechdurchfall, damit eine Begegnung einen guten Anfang nahm.

»Was machen Sie denn beruflich?«, fragte ich, während der verheiratete, zukünftige Vater meine Freundin gut gelaunt über die Tanzfläche wirbeln ließ. Seltsam, dass er keinen Ehering am Finger trug, während er die attraktivste Frau im ganzen Saal in seinen Armen hielt.

»Ich bin Yogalehrer«, klärte er mich deutlich angeregter auf. »Deshalb laufe ich normalerweise nicht im Smoking rum.«

»Nein, wahrscheinlich nicht.« Ich bedachte ihn mit einem aufmunternden Lächeln und versuchte, ihn mir nicht in der Hundestellung vorzustellen. Champagner tat mir eindeutig nicht gut. »Und wo unterrichten Sie?«

»Oh, überall in London.« Er schnappte sich ein Champagnerglas und trank es mit einem Zug zur Hälfte aus. Braver Junge. »Haben Sie schon mal Yoga gemacht?«

»Ich habe es mal ausprobiert.« Ich war einmal in einem Kurs gewesen, hatte allerdings nicht akzeptieren wollen, dass ein paar langweilige Dehnübungen schwierig werden könnten und mir umgehend den Rücken ausgerenkt. »Ich laufe mehr.«

Nach seinem Heiratsantrag würde ich ihm sagen, dass das eine Lüge war.

»Sie sollten mal in einen meiner Kurse kommen.« Hinter seinen dicken Brillengläsern wurde er ein wenig rot. Was mir durchaus gefiel. »Ich verspreche Ihnen, eine Stunde, und ich habe Sie bekehrt.«

Statt zu kichern und auf seinen Vorschlag einzugehen, wie mein Hirn es mir befahl, machte ich ein schnaubendes

Geräusch, errötete von Kopf bis Fuß und trank mit einem Schluck ein ganzes Glas Champagner aus.

»Würden Sie mich wohl bitte kurz entschuldigen?« Asher wich ein Stück vor mir zurück. »Ich bin sofort wieder da.«

Na klar. Ich verfolgte, wie er fast zum Ausgang rannte. Ja, natürlich wäre er gleich wieder da.

Ich hielt fast eine Minute durch, bevor ich mich allein am Rand der Tanzfläche derart verloren fühlte, dass ich mir die nackten Arme rieb, mir abermals ein Glas Champagner geben ließ und beschloss, erst einmal eine Runde durch den Saal zu drehen. Meine Erfahrungen mit Bällen waren auf die Verfilmungen von Jane-Austen-Romanen beschränkt und auf die Tanzveranstaltungen, die Meg und Jo in *Betty und ihre Schwestern* besuchten. Nicht dass dieses Event sich auch nur annähernd damit vergleichen ließ. Zum Beispiel trug hier niemand einen Reifrock, und auch Judi Dench war nirgendwo zu sehen.

Ich folgte einem Schild mit der Aufschrift »Stille Auktion« durch einen dunklen Gang, wobei ich mit meinen Absätzen in dem dicken Teppich fast versank. Nachdem ich umsonst hereingekommen war und inzwischen auch noch drei Gläser Champagner kostenlos serviert bekommen hatte, fühlte ich mich irgendwie verpflichtet, irgendwo etwas zu geben. Nur schien diese Feier nicht die Art Event zu sein, bei der man am Ende des Abends einen Zehner irgendwo in einen Eimer werfen konnte, und wahrscheinlich lief hier auch niemand durch den Saal und bot Lose an.

Der Auktionssaal war fast leer. Nur ein paar andere Partygäste wanderten herum, sahen sich die ausgestellten Fotos und Gemälde an, blieben hin und wieder stehen, schrieben irgendwas auf kleine Zettel und steckten diese in die Umschläge, die ich neben den Werken hängen sah.

Vor einer Schwarz-Weiß-Aufnahme blieb ich stehen. Sie war einfach wunderschön. Ein weiter, wolkenverhangener Wüstenhimmel, und in der linken unteren Ecke eine kniende Person, deren Gesicht im Schatten lag. Es war einer dieser Augenblicke, in dem man meint, man wäre völlig unbeobachtet, weshalb man nicht versucht, irgendjemand anders zu sein als man selbst. Es fühlte sich natürlich, ehrlich und zugleich wie etwas ganz Besonderes an. Der Preisliste zufolge hofften die Veranstalter dieses Events auf fünftausend Pfund allein für dieses eine Bild. Und mit der »stillen Auktion« sollte sicher verhindert werden, dass jemand wie ich laut »Heilige Scheiße, so viel?« schrie.

»Gefällt es dir?«

Ich war so damit beschäftigt, nicht allzu schockiert über den Preis für diese Aufnahme zu wirken, dass ich gar nicht mitbekommen hatte, wie er neben mich getreten war. Und selbst wenn ich es bemerkt hätte, hätte ich ihn in der eleganten Aufmachung bestimmt nicht gleich erkannt. Nie zuvor hatte ich Dan in etwas anderem als Jeans und T-Shirt durch die Gegend laufen sehen, weshalb seine plötzliche Verwandlung eine echte Überraschung für mich war. Der schwarz schimmernde Stoff der Smokingjacke stand in deutlichem Kontrast zu seinem blütenweißen Hemd und seiner leicht gebräunten Haut, und durch die perfekt sitzende, förmliche Garderobe wurden seine ein wenig zu langen braunen Locken noch betont. Er war wirklich alles andere als hässlich.

Groß, breitschultrig, mit wunderschönen dunkelbraunen Augen …

»Ich finde es wunderbar.« Falls es irgendetwas gab, das meinen Blick von diesem Foto reißen konnte, war es Dan. Plötzlich flatterte etwas in meinem Bauch. Aber stopp, das war ja Dan, weshalb es sicher keine Schmetterlinge, sondern eher Killermotten waren. »Was machst du denn hier?«

»Ich wünsche dir ebenfalls einen guten Abend«, antwortete er. »Ich arbeite für diesen Verein. Ich nehme an, dass du mit Em gekommen bist?«

»Ja?« Okay, vielleicht war ich ein bisschen unhöflich gewesen, aber schließlich hatte er mich völlig überrascht. »Woher weißt du das?«

»Weil ich sie für den Verein gewonnen habe. Wir beide wurden uns auf deiner Geburtstagparty vor zwei Jahren vorgestellt.«

Verständnisloser Blick.

»Bei dem Karaoke.«

Wieder ein verständnisloser Blick.

»In der Karaoke Box. In Smithfield.«

»Oh.« Endlich fiel bei mir der Groschen. Sein Gedächtnis war einfach phänomenal. »Tja, aber wie dem auch sei. Dieses Foto ist echt toll.«

»Es ist eins von meinen Lieblingsfotos.« Er drückte mir ein kleines, steifes Kärtchen in die Hand. Wüstenserie Nummer vier, Daniel Fraser. Er hatte also dieses Foto aufgenommen. »Weißt du nicht mehr? Du warst bei dem Shooting dabei.«

»O mein Gott, das stimmt.« Ich sah mir das Bild noch mal genauer an. Das hatte wirklich Dan gemacht? »In Marokko, stimmt's? Wie lange ist das her? Vier, fünf Jahre?«

»Vier.« Er nickte mit dem Kopf. »Du siehst übrigens echt gut aus. Ich war mir erst nicht sicher, ob du es tatsächlich bist.«

»Mir ging es mit dir genauso.« Irgendwie hatte ich keine Ahnung, wie ich mich verhalten sollte. Als wir zwei das letzte Mal gesprochen hatten, hatten wir uns lautstark angeschrien. Und dann war da noch das grauenhafte Hassverbrechen, das von mir an seinen Chips begangen worden war. Ich hatte immer noch ein schlechtes Gewissen, wenn ich daran dachte, wie ich auf dem Zeug herumgesprungen war. »Also.«

»Also.« Er schob meine Hand durch seinen Arm. »Wollen wir ein bisschen gehen?«

Nach gestern war ich jetzt bereits zum zweiten Mal der festen Überzeugung, dass mich jemand töten wollte. Während meiner Zeit mit Simon hatte ich mich immer recht sicher gefühlt, und manchmal waren Wochen oder sogar Monate vergangen, ohne dass ich hatte um mein Leben fürchten müssen. Und ich hoffte nur, dass dies zu den Anfangsschwierigkeiten des Alleinlebens gehörte und kein fester Bestandteil meines zukünftigen Singledaseins war.

Schweigend wanderten wir über eine breite Treppe auf die Galerie, von der aus der gesamte Saal zu überblicken war. Puhh, Zeugen. Emelie in ihrem roten Kleid entdeckte ich sofort. Ich war unglaublich stolz auf sie, denn sie sah aus, als würde sie sich prächtig amüsieren.

»Dürfen wir hier oben sein?« Nervös sah ich mich um. Ich hatte immer eine Heidenangst davor, in Schwierigkeiten zu geraten, und die Galerie lag in fast vollkommener Dunkelheit und wurde einzig von dem Licht über der Tanzfläche erhellt. Demnach schien dies kein Ort zu sein, zu dem der Zutritt jedermann gestattet war.

»Darfst du überhaupt auf dieser Feier sein?«, erkundigte sich Dan. Dankbar registrierte ich das leichte Lächeln, das dabei in seiner Stimme lag. »Ich kann mich nicht daran erinnern, dass dein Name auf der Gästeliste stand.«

»Ich bin Ems Begleiterin«, rief ich ihm in Erinnerung. »Ich stand auf der Liste, nur unter meinem anderen Namen: Plus Eins.«

»Dann gibst du dich also extra als Lesbe aus, nur um mich auf einem Fest zu sehen, aber kriegst es nicht gebacken, während eines Jobs am Ball zu bleiben, bis die Arbeit ordentlich erledigt ist?«

Ich nahm an, dass diese Frage hieß, dass er nicht mehr allzu sauer auf mich war.

»Das vom Montag tut mir leid.« Hol tief Luft, zeig Reue, bitte ihn, dich mit nach Australien zu nehmen, geh wieder nach unten, und schnapp dir das nächste volle Glas. Das schaffst du, Summers, los. »Ich weiß wirklich nicht, wie es dazu gekommen ist. Aber Ana hatte kaum die Klappe aufgemacht, da habe ich urplötzlich einfach rotgesehen.«

»Verstehe.« Er strich mit den Fingern über eine Strähne meines Haars, und als er sie wieder fallen ließ, rann ein Schauer über meinen Rücken bis zu meinem Steißbein und von dort wieder hinauf. »Hat dich das rote Haar so verrückt gemacht, oder hat deine Verrücktheit zu dem roten Haar geführt?«

»Die Liste hat zu meinem roten Haar geführt.« Ich schlug mir gedanklich mehrmals ins Gesicht. Dan Fraser rief verdammt noch mal *kein* Kribbeln in mir wach. Dan Fraser rief in Models und Idiotinnen ein Kribbeln wach, und ich war weder das eine noch das andere. Oder wenigstens nicht allzu oft. »Wie dir sicher aufgefallen ist, kann ich einfach nicht selbst auf mich aufpassen, und deshalb haben Em und Matthew mir aufgeschrieben, was … o Gott, es klingt einfach unglaublich blöd, wenn man es laut ausspricht.«

Er lehnte sich mit dem Rücken gegen das Geländer und zog wie Roger Moore die Brauen hoch. Was zu dem Smoking wirklich gut aussah.

»Auf der Liste stehen lauter Sachen, die mir helfen sollen, als Single klarzukommen«, brach es aus mir heraus. So also bekam James Bond derart viele Frauen herum. Weil er einen Smoking trug.

»Erklär mir das bitte ein bisschen genauer.«

Meinetwegen. Sollte er sich ruhig erst mal über mich lustig machen, denn danach wäre er sicher damit einverstanden, dass ich mit nach Sydney käme, und dann hätte diese Schmach sich wenigstens gelohnt. Etwas so Belangloses wie Würde wurde sowieso total überschätzt.

»Ich war bisher noch nie wirklich allein.« Ich untersuchte meine eilig manikürten Nägel, knibbelte aber zumindest nicht daran herum. »Ich hatte einfach keine Ahnung, was ich machen sollte, als mich Simon, nun, als mich Simon sitzen gelassen hat.« Es fiel mir immer noch entsetzlich schwer, das auszusprechen, merkte ich. »Und weil ich mir ständig irgendwelche Listen mache, kamen sie auf die Idee mit der Checkliste für Singlefrauen.«

»Und was steht auf dieser wundersamen Liste?«, fragte Dan. Doch wenigstens blieb seine Miene ernst. »Abgesehen von einer drastischen Veränderung deiner Frisur und davon, gefeuert zu werden?«

»Dass ich mich feuern lassen soll, stand gar nicht drauf.« Ich zog die Serviette aus dem winzigen, perlenbestickten Täschchen, das ich bei mir trug. Ich hätte nie geglaubt, dass ich sie brauchen würde, aber meine Zwangsneurose hatte sich inzwischen dahingehend ausgedehnt, dass sie von mir verlangte, dieses schlabberige Etwas ständig bei mir zu tragen. Weil es meine winzig kleine, geradezu erschreckend zarte und schon fast in Auflösung begriffene Rettungsdecke war. »Schau, hier steht es: Ich muss mich radikal verändern, mich sportlich betätigen, einen Bungee-Sprung – oder etwas in der Richtung – hinbekommen, mich tätowieren lassen, einen Begleiter für die Hochzeit meines Vaters finden, irgendetwas furchtbar Teures kaufen, das ich gar nicht wirklich brauche, einen Brief an Simon schreiben, meinen ersten Schwarm ausfindig machen und, als wäre das nicht alles bereits schwer genug, eine Straftat oder Ordnungswidrigkeit begehen.«

Er nahm mir die Serviette aus der Hand und betrachtete sie während eines endlos langen Augenblicks, in dem mein Herz die Arbeit einzustellen drohte. Schließlich aber hielt er sie mir wieder hin.

»Du willst wirklich Bungee springen?«, fragte er mich wenig überzeugt.

Oder sterben.

»Oder etwas in der Art.«

Ich verstaute meine Liste wieder sicher in dem Täschchen, blickte erneut auf James Bond und atmete tief durch.

»Ich habe mit Veronica gesprochen, und sie meinte, dass du einen Job in Sydney hast.«

»Ja, am nächsten Wochenende. Und das zwischen dir und Simon ist tatsächlich endgültig vorbei? Das hier ist nicht nur irgendeine Ablenkung, bis ihr wieder zusammenkommt?« Dan starrte in die Dunkelheit hinten auf der Galerie.

»Es ist definitiv vorbei«, bestätigte ich. Darüber zu

sprechen, wie tief ich gefallen war, machte es nicht gerade leichter, nett zu Dan zu sein. »Danke, dass du mich noch mal daran erinnerst.«

»Aber du bist nie allein«, stellte er mit ruhiger Stimme fest. »Ich kenne dich jetzt seit sechs Jahren, und in all der Zeit warst du nicht einen Tag allein.«

Da sein Gesicht im Dunkeln lag, musste ich ihn richtiggehend anstarren, um seine Miene zu sehen. Also starrte ich ihn an.

»Es gibt für alles ein erstes Mal«, erklärte ich. »Du bist doch professioneller Junggeselle. Vielleicht hätte ich dich fragen sollen, wie man das Alleinsein überlebt.«

»Indem man nicht alleine ist«, gab er umgehend zurück.

Peeein-lich.

»Vielleicht muss ich erst mal ein bisschen alleine sein«, antwortete ich und fühlte mich urplötzlich zehnmal unwohler als unten an der Bar. »Denn schließlich war ich das noch nie.«

»Ich gebe dir eine Woche.« Er wandte sich mir wieder zu und sah mich mit seinem gewohnt spöttischen Lächeln an. »Ich kenne dich, du bist ganz einfach nicht die Art von Frau, die allein sein kann.«

»Danke, dass du so viel Vertrauen in mich hast.« Ich strich mit meinem Daumen über mein Tattoo. »Aber, wenn ich ehrlich bin, habe ich mir heute schon eine spektakuläre Abfuhr eingehandelt. Dabei soll ich einen Typen finden, der mich auf die Hochzeit meines Dads begleitet, statt mich irgendwo in einer dunklen Ecke zu verstecken, damit mich die coolen Kids nicht sehen.«

»Dann sind wir also nicht die coolen Kids?«, erkundigte er sich und griff nach meinem Handgelenk. »Ich kann einfach nicht glauben, dass du eine Tätowierung hast. Wie weit bist du überhaupt mit dieser Liste?«

»Hmm, ich habe mich verändert, Sport getrieben, eine Tätowierung, meinen ersten Schwarm ausfindig gemacht«, zählte ich die Punkte, die erledigt waren, auf. »Vier Sachen habe ich bereits geschafft, also bleiben mir noch sechs.«

»Du hast deinen ersten Schwarm ausfindig gemacht?« Er zog das Muster auf meinem Handgelenk mit einer Fingerspitze nach. Und rief damit wieder diesen Schauder hervor. Oh, verdammte Hacke. Nein, ich würde nicht mit einem Mal Gefühle für Dan entwickeln, daran änderten auch drei Gläser Champagner und ein sanftes Streicheln nichts.

»Diesen Jungen, der in meiner Schule war.« Gegen meinen Willen hatte meine Stimme einen unsicheren Klang. Meine verflixten Eierstöcke trafen urplötzlich Entscheidungen, mit denen ich ganz und gar nicht einverstanden war. »Ich habe ihn über Facebook ausfindig gemacht, er lebt jetzt in Kanada.«

»Oh, aha.«

Ich konzentrierte mich wieder darauf, Em auf der Tanzfläche zu finden, aber sie war nicht mehr da. Genauso wenig wie der Ehemann und zukünftige Vater Tim. Das erschien mir alles andere als ideal.

»Hat dein Dad nicht schon im letzten Jahr geheiratet?« Dan beugte sich neben mir über die Brüstung und kam mir dabei so nah, dass ich sein Shampoo roch. Schön, dass er extra geduscht hatte. Aber natürlich stellte ich mir ihn jetzt nicht unter der Dusche vor. »Oder im Jahr davor?«

»Im Jahr davor.« Fünf Punkte dafür, dass ich das noch wusste. »Das kommt bei ihm ziemlich regelmäßig vor, auch wenn er zwischen zwei Versuchen meistens ein Jahr Pause macht.«

»Und du bist nicht darauf gekommen, mich zu fragen?«

Ich lächelte und schüttelte den Kopf. »Ehrlich gesagt, habe ich kurz daran gedacht.«

»Aber?« Er war herrlich warm. Warum war er so warm? Hier auf dem Balkon war es eiskalt.

»Aber du schläfst mit Ana.«

Nie zuvor in all der Zeit, in der wir zwei uns kannten, hatte ich Dan mühsam nach Worten suchen sehen. Vielleicht war ja Vollmond? Oder Neumond? Oder die Apokalypse war über uns hereingebrochen, ohne dass es mir bisher bewusst gewesen war.

»Ich schlafe mit Ana«, wiederholte er nach einer halben Ewigkeit. »Und natürlich fragst du deshalb nicht.«

»Deshalb und weil du mich, als wir uns zum letzten Mal gesehen haben, aus dem Studio geworfen hast und ich auf deinen Chips herumgetrampelt bin.« Ich legte meinen Kopf ein wenig schräg. »Daran ist nichts beschönigt.«

»Aber sonst hättest du mich gefragt?«

»Da ich sonst niemanden fragen kann, wahrscheinlich ja.«

»Verdammt.« Lächelnd kniff er die Augen zu. Manchmal konnte er ein furchtbar selbstzufriedener Fatzke sein.

»Du bist echt charmant.« Inzwischen wirbelte Emelie wieder fröhlich unten auf der Tanzfläche herum, zum Glück *ohne* den verheirateten Tim.

»Löwe.« Entschuldigend breitete er seine Arme aus. »Was ja wohl offensichtlich ist.«

»Jungfrau«, antwortete ich. »Was ja wohl genauso offensichtlich ist.«

»Das mit Abstand schönste Sternzeichen.« Zum ersten Mal an diesem Abend sah der Kerl mir direkt in die Augen, schob mir eine Haarsträhne hinter das Ohr und ließ seine Hand noch kurz an meiner Wange liegen, während er erklärte: »Diese Farbe steht dir wirklich gut.«

»Bin ich nicht die Maskenbildnerin?« Ich hätte über seine kitschige Bemerkung lachen wollen, doch das Einzige, woran ich denken konnte, war die Hand, die immer noch an meiner Wange lag. Seine Haut war herrlich warm, während meine eigene Haut in Flammen stand. »Ich bin hier diejenige, die sich Gedanken über Farben machen muss.«

»Ich gäbe sicher einen super Maskenbildner ab.« Er zog seine Hand zurück. Mmm, vielleicht wollte ich gar nicht, dass er das tat.

»Als Fotograf bist du aber auch nicht schlecht.« Hatte ich mit dieser Unterhaltung nicht irgendein Ziel verfolgt? Ja, genau, ein ganz bestimmtes Ziel, das sicher nichts mit seiner Unterwäsche zu tun hatte. »Aber außer in deinem Job hättest du wahrscheinlich nur als Maskenbildner derart mühelos Kontakt zu so vielen Frauen gekriegt.«

Sein Lächeln legte sich, und er sah mich unter ein paar wirren Locken hervor aus zusammengekniffenen Augen an. »Du hältst mich für den totalen Weiberhelden, stimmt's?«

Ich wollte Nein sagen, denn das wollte er offensichtlich hören. Doch in Wahrheit hielt ich ihn dafür. Auch wenn mir das schwer im Magen lag.

»Ich halte dich nicht für den *totalen* Weiberhelden«, antwortete ich.

Weil die Kunst der Diplomatie schließlich nichts anderes als die Fähigkeit zu gesellschaftlich akzeptablen Lügen war.

»Sondern nur für einen normalen Weiberhelden?«, hakte er umgehend nach.

»Ich weiß, dass du mit jeder Menge Models ›ausgegangen‹ bist.« Ich machte Anführungszeichen in der Luft und wurde für meine Mühen mit einem bitterbösen Blick belohnt. »Und dass du gegenüber all den anderen Models immer den Charmeur raushängen lässt.«

»Wie gesagt, ich bin eben Löwe.« Wieder beugte er sich zu mir vor. »Ich kann nichts dagegen tun.«

»Ich bin mir ziemlich sicher, dass man es mit dreißig nicht mehr ausschließlich auf sein Sternzeichen schieben kann, wie man sich benimmt.« Ich versuchte, mich so vorsichtig an das Geländer anzulehnen, dass ich nicht kopfüber auf die Tänzer fiel. »Man ist nun mal, was man ist.«

»Und was bist du?«, erkundigte sich Dan. »Außer einer vorurteilsbeladenen Zwangsneurotikerin?«

Jetzt waren wir wieder auf Kurs. Na toll.

»Davon abgesehen?«

»Ja, davon abgesehen.«

Ein paar Meter tiefer tänzelte meine Freundin gut gelaunt von Mann zu Mann. Ich würde wahrscheinlich nie verstehen, warum sie bisher noch nie länger als zwei Wochen mit ein und demselben Mann liiert gewesen war. Vielleicht fand sie es ja wirklich gut, allein zu sein. Vielleicht war das Singledasein ja tatsächlich durchaus angenehm.

»Ich weiß nicht, was ich bin. Ich bin gut in meinem Job. Ich bin ein friedliebender Mensch, auch wenn es im Augenblick vielleicht nicht unbedingt so wirkt. Ich kenne die

Texte sämtlicher Destiny's-Child-Lieder auswendig, die es auf CD gibt, und auch ein paar von denen, die niemals aufgenommen wurden.« Ich rieb mir die nackten Arme. Hier oben war nicht nur das Licht, sondern auch die Heizung ausgestellt. »Ich will eine Familie und einen Hund. Mir ist immer kalt. Wenn ich mehr als drei Whiskeys getrunken habe, kann ich sämtliche Dialoge aus *Falsches Spiel mit Roger Rabbit* aufsagen. Willst du sonst noch etwas wissen, oder reicht dir das?«

»*Falsches Spiel mit Roger Rabbit* ist ein sträflich unterschätzter Film.« Er zog sich seine Smokingjacke aus und hängte sie mir um. »Besser so?«

Seine Jacke begrub mich praktisch unter sich, und noch mehr als die Hitze seines Körpers, die darin gespeichert war und sich auf meinen Körper übertrug, wärmte mich die Geste selbst.

»Besser.« Ich schob meine Arme in die Ärmel und blickte auf meine Fingerspitzen, die aus ihren Enden lugten, ehe ich die Ärmel einfach baumeln ließ. »Danke.«

»Gern geschehen.«

Die Musik, die unten furchtbar laut gewesen war, klang hier oben nur noch wie ein Echo, dessen gleichmäßiger Takt die Sekunden der Stille herunterzählte, bis ich es nicht mehr ertrug.

»Das Bild ist wirklich wunderschön«, sagte ich, um irgendwas zu sagen. »Das Bild, das unten hängt.«

Mit einem kurzen Nicken dankte er mir für das Kompliment. »Ich liebe meine Arbeit. Von dem Zeitschriftenkram kann ich die Miete zahlen, aber die Bilder, die du da unten siehst, sind das, was mir am meisten Freude macht.«

»Ich mache auch am liebsten Jobs, bei denen mir nicht

alles vorgeschrieben wird«, stimmte ich ihm zu. »Und ich werde in Zukunft mehr versuchen, Sachen in der Richtung zu tun.«

Sydney. Ich musste ihn ganz einfach dazu bringen, dass er mich mit nach Australien nahm. »Dabei fällt mir wieder ein – dieser Job in Sydney …«

Gerade als ich ihm sämtliche Gründe nennen wollte, weshalb er mich unbedingt mit zu diesem Shooting nehmen müsste, spürte ich, dass eine Hand auf meiner Schulter lag. Erst sah ich auf die Hand, dann in sein Gesicht, dann wieder auf die Hand und schließlich abermals in sein Gesicht. Er lächelte nicht mehr. Sein Mund war leicht geöffnet, und er sah mich fragend an. Da ich einfach keine Worte hatte, um auf die Situation zu reagieren, biss ich mir fest auf die Lippe und blieb völlig reglos stehen. Er wertete mein Schweigen offenbar als Zustimmung, denn seine Finger glitten über meinen Arm hinab zu meiner Hand und umschlossen sie. Meine andere Hand umklammerte die Brüstung, während seine freie Hand ihren Weg zu meiner Wange fand. Es war vollkommen absurd. Als er seinen Kopf nach vorne beugte, trat ich einen winzig kleinen Schritt zurück und brach dadurch den Bann.

Seine Hände fielen herab, und er starrte den Boden an.

»Was machst du denn da?«, fragte ich, nachdem ich in sicherem Abstand zu ihm war.

»Nichts.« Auch er trat einen Schritt zurück, bevor er seine Faust auf das massive Eichengeländer krachen ließ. »Mal wieder typisch ich, oder? Ich kann nichts dagegen tun.«

Ich zog seine Jacke aus, schleuderte sie in die Richtung, wo er stand, machte auf dem Absatz kehrt und marschierte auf die Treppe zu. Ich hielt es hier nicht länger aus. Konnte es einfach nicht tun. Ganz egal, was es auch war. Leb wohl, Sydney, sagte ich mir, während ich wieder nach unten stapfte. Was für ein verdammter Mistkerl. Und ich hatte gedacht, ich hätte es durch meine montägliche Schreierei vermasselt. Weit gefehlt.

»Hey, da bist du ja!«, nahm mich eine erschöpfte Emelie am Fuß der Treppe in Empfang. Ihre Augen waren ein bisschen glasig, doch als beste Freundin spürte sie sofort, dass ich nicht in der weltbesten Stimmung vom Balkon gekommen war. »Was ist los? Möchtest du gehen?«

»Das erzähle ich dir später. Ja.« Ich schnappte mir ein letztes Glas Champagner, kippte es in einem Zug herunter und fügte hinzu: »Ich muss nur noch vorher schnell aufs Klo.«

Nickend zeigte Em den Gang hinab. »Ich rufe uns schon mal ein Taxi«, meinte sie, während sie bereits in ihrer Clutch nach ihrem Handy wühlte. »So, wie wir beide aussehen, kämen wir nicht lebend aus dem Nachtbus raus.«

»Entweder das, oder wir würden jede Menge Kohle machen«, überlegte ich und atmete tief durch. »Wobei ich in meine nächste Steuererklärung nicht ›Einnahmen als Luxus-Callgirl‹ schreiben möchte.«

»Dann also vielleicht im nächsten Jahr.«

Ich sagte mir, das wäre nur ein Scherz, und eilte Richtung Klo. Ich wollte nur noch raus aus meinem wunderschönen Kleid, rein in meinen Schlafanzug, ins Bett und morgen nach dem Aufwachen so tun, als wäre nie etwas geschehen. Doch natürlich sollte das nicht sein.

»Raq – Rachel?«

Ana stand in der Toilettentür und starrte mich mit großen Augen an. Es war seltsam, wenn ein Mensch, der einen um dreißig Zentimeter überragte, sich vor einem duckte. Sie war hier? Sie war die ganze Zeit auf diesem Fest gewesen, während Dan getrieben hatte, was auch immer er getrieben hatte? Was für ein verdammtes Arschloch dieser Kerl doch war. Sobald er beschloss, dass es ihm zu eng wurde mit einer Frau, machte er sich schnurstracks an die erstbeste Singlefrau heran, die in seine Nähe kam. Doch das war bestimmt noch zu viel der Ehre, denn wahrscheinlich war die Frage, ob die Frau tatsächlich Single war, ihm vollkommen egal.

»In Ordnung«, sagte ich mehr zu mir selbst als zu der furchtsam dreinblickenden Ana. »Das von Montag tut mir leid. Mein Verhalten war total daneben. Aber jetzt müsste ich wirklich dringend mal aufs Klo. Dürfte ich also vielleicht an dir vorbei?«

Sie presste sich so eng an die Wand, dass locker ein Panzer und ein Doppeldeckerbus noch durchgepasst hätten, nebeneinander.

»Danke«, murmelte ich. »Dan ist oben auf dem Balkon.«

»Ich weiß, dass du ganz einfach eifersüchtig bist«, sagte sie, als sie in sicherer Entfernung zu mir war. »Auf Dan und mich. Sonst hättest du sicher nicht immer wieder diese jämmerliche Geschichte aufgetischt, dass du sitzen gelassen wurdest.«

Abrupt machte ich halt und drehte mich noch einmal zu ihr um.

»Denkst du allen Ernstes, dass ich eifersüchtig auf euch bin?«

Die beiden Frauen, die vor den Waschbecken gestanden und geplaudert hatten, wurden still und drehten wie in Zeitlupe die Wasserhähne auf.

»Ich weiß, dass du das bist«, klärte sie mich schmollend auf. »Er spricht die ganze Zeit von dir. Das ist ein eindeutiges Zeichen dafür, dass du regelrecht besessen von ihm bist. Was wirklich armselig ist.«

»Er spricht die ganze Zeit von mir, und deswegen soll ich von ihm besessen sein?«

Das ergab noch nicht einmal für Ana einen Sinn.

»Ana, Dan und ich sind Freunde«, sagte ich so langsam, dass selbst Ana es verstehen musste. Denn Veronica würde mir einen zweiten Ausraster ganz sicher nicht verzeihen. »Wir sind schon seit Jahren Freunde. Und ich bin am Montag einzig deshalb derart ausgeflippt, weil ich mich gerade erst von meinem Freund getrennt hatte und noch etwas verkatert war. Tut mir leid, das war daneben, aber trotzdem bin ich nicht von Dan besessen, bitte glaub mir das.«

Obwohl es dir durchaus gefallen hat, als er deinen Arm gestreichelt hat, du Schlampe, rief mir eine Stimme irgendwo in meinem Kopf wenig hilfreich in Erinnerung.

»Was auch immer.« Jetzt richtete Ana sich wieder zu ihrer ganzen Größe auf. »Trotzdem ist es einfach armselig, findest du nicht auch? Erst wirst du sitzen gelassen, dann verpfuschst du dir die Haare, und dann machst du dich an den Freund einer anderen heran.«

Ich musste zugeben, ich fand es angenehmer, wenn sie furchtsam war.

»Obwohl ich nicht gedacht hätte, dass du überhaupt das Zeug zu so was hast.« Ana bauschte ihre langen blonden Haare auf, damit sie weich auf ihre nackten Schultern fielen. Ihr hautenges goldenes Hervé-Léger-Bandage-Kleid ließ mein elegantes schwarzes Outfit aussehen, als hätte ich es von der Queen geborgt. »Denn schließlich bist du furchtbar langweilig.«

»Ich bin langweilig?«

Schlag nicht zu, schlag ja nicht zu.

»Sogar stinklangweilig. Kein Wunder, dass dein Freund dich sitzen gelassen hat, wahrscheinlich vögelt er jetzt deine Oma, weil das deutlich aufregender für ihn ist.«

Ich durfte sie nicht schlagen. Dann bekäme ich ganz sicher nie mehr einen Job. Und vor allem kam sie aus einer Gegend, in der man die Fähigkeit zum Faustkampf bereits mit der Muttermilch aufsog. Und diese beiden Kühe, die sich ihre Hände bereits länger wuschen als Lady Macbeth, sprängen mir, wenn's eng würde, wahrscheinlich auch nicht bei.

»Wahrscheinlich«, stimmte ich ihr zu, streckte meinen Arm in ihre Richtung aus und freute mich, als sie zusammenfuhr.

Doch sofort darauf stieß sie ihr widerlich kokettes Lachen aus. »Seit wann hast du denn eine Tätowierung, Raquel? Was glaubst du, wer du bist? Angelina Jolie?«

»Wohl kaum.« Ich griff an ihr vorbei, drückte so fest ich konnte auf den Feuermelder, und sofort ging die Sprinkleranlage über unseren Köpfen an. Während die Sirenen heulten, fügte ich hinzu: »Ich nehme anderen Frauen nicht die Männer weg«, aber, dicht gefolgt von den zwei anderen blöden Ziegen, rannte sie schon schreiend aus dem Raum.

Als ich selber wieder in den Ballsaal kam, sah ich, dass die Räumung des Gebäudes schon in vollem Gange war. Hmm, vielleicht hatte ich den Knopf ja etwas voreilig gedrückt.

»Rachel, komm, es brennt!« Em packte mich am Arm

und zerrte mich in Richtung Tür. »Wahnsinn. Hast du Ana gesehen? Und Dan?«

»Hast du die zwei etwa zusammen gesehen?« Panisch blickte ich mich um. Und natürlich lehnte Ana schluchzend an Dans Schulter und heulte einem Mann in einer orangefarbenen Weste etwas vor. Oje. Bevor ich flüchten konnte, kreischte sie bereits hysterisch los und zeigte mit der ausgestreckten Hand dorthin, wo ich stand. Flüchtig sah ich Dans Gesicht, und als ich merkte, dass er sich das Lachen mühsam verkneifen musste, lächelte auch ich. Ich musste wirklich aufhören zu trinken. Und mir die Haare rot zu färben und in finstere Tattoo-Studios zu gehen. Vielleicht wäre es im Augenblick für mich das Beste, man stellte mich unter Hausarrest.

Die Sprinkler stellten ihre Arbeit ein, und ich drehte mich um, als direkt neben mir ein autoritäres »Verzeihung, Miss« erklang. Der Ballsaal war fast leer. Abgesehen von mir, Emelie, Dan, Ana und ein paar Männern von der Feuerwehr. Und dem Polizisten, der jetzt gerade mit mir sprach. »Diese junge Dame meint, Sie hätten den Feueralarm ausgelöst.«

»Ach ja?« Ich blickte immer noch auf Dan. Dieser Blödmann hatte offenkundig seinen Spaß.

»Sie hat auf den Knopf gedrückt«, heulte Ana und vergaß sogar vor lauter Wut ihren reizenden Akzent. Offensichtlich brach das Essex-Mädel in ihr durch, wenn sie in Rage war. »Verdammt, sie war's.«

Es freute mich zu sehen, dass, wer auch immer sie für diesen Abend hergerichtet hatte, keinen Wert auf wasserfeste Utensilien gelegt zu haben schien. Denn nach ihrer Dusche sah sie wie ein blonder, ziemlich mitgenommener Alice Cooper aus.

»Sind Sie nicht Anastasia Smith?« Seltsam fasziniert trat meine Freundin auf sie zu. »Das Model?«

»Ja.« Wenn auch einen Tick zu spät, verfiel sie wieder in ihre gewohnte Rolle und sah Em mit einem breiten Lächeln an. »Ja, genau.«

»Die überbezahlte, hoffnungslos untalentierte alte Schlampe, die so dumm ist, dass sie sich nicht mal die Namen anderer Leute merken kann?«

Oh, Emelie.

»So, jetzt *reicht's.*« Wutschnaubend schob Ana sich an Dan vorbei, stürzte sich auf Emelie und setzte den schönsten Zickenkrieg der Welt entschlossen fort. Nur schade, dass wir keine Liveschaltung zum Promi-Blogger Perez Hilton hatten, denn mit diesem Auftritt hätten wir wahrscheinlich jede Menge Geld verdient. Ana fuhr ihre acrylverstärkten Krallen aus, doch Em parierte mühelos und schwang ihre Fäuste in Anas Gesicht. Ich hätte all mein Geld auf Emelie gesetzt.

»Aua!« Keuchend ging ich in die Knie, als ich einen Schlag unter das Kinn bekam.

»Tut mir leid! Das war ein Querschläger!«, entschuldigte sich Em, die sich inzwischen keuchend in stahlharten Polizistenarmen wand, während Dan sich bemühte, Ana mit einem Griff um die Taille zurückzuhalten.

Und so wurde ich klatschnass, mit zerrissenem Kleid und meinem zweiten blauen Auge innerhalb einer Woche auf ein Polizeirevier gekarrt.

»Em?«, wisperte ich, hin und her gerissen zwischen der Hoffnung, dass meine Mum niemals etwas davon erführe, und der Überlegung, ob ich unsere Chauffeure bitten sollte, die Sirene und das Blaulicht anzustellen.

»Rachel?«

»Glaubst du, dass ich das als Straftat zählen kann?«

Seufzend lehnte sie den nassen Kopf an der Lehne der Rückbank an.

»Ja, Rach«, meinte sie, während sie mit ihren Handschellen auf meine ebenfalls zusammengebundenen Handgelenke wies. »Ich glaube ganz bestimmt, dass du das kannst.«

12

Matthew hatte sich total gefreut, als wir ihn von der Wache aus angerufen hatten. Als wir ihn jedoch gebeten hatten, unsere Ausweise vorbeizubringen, hatte seine Freude sich gelegt. Das Problem mit Abendtäschchen war, dass sie einfach nicht dazu geeignet waren, Pässe aufzunehmen. Wobei unsere Festnahme auch schließlich nicht geplant gewesen war.

»Mit ›Etwas Verbotenes tun‹ haben wir gemeint, dass du irgendwo was Kleines mitgehen lassen sollst.« Inzwischen saßen wir im Taxi auf dem Weg nach Hause, und der müde Matthew riss den Mund zu einem Gähnen auf. Er hätte nicht unbedingt im Schlafanzug auf die Wache kommen müssen, aber trotzdem war ich dankbar, dass er dort erschienen war. »Die Geschwindigkeitsbegrenzung überschreiten. Eine Katze in einen Mülleimer stopfen oder so. Nicht dass du im Savoy Feueralarm auslösen und dann auch noch einem Supermodel eine reinhauen sollst.«

»Emelie hat Ana eine reingehauen«, klärte ich ihn auf. »Und ich habe auch nicht den Feueralarm ausgelöst. Es gibt keine Zeugen, es steht also Anas Aussage gegen meine, und, wie dieser nette Polizist so zutreffend bemerkt hat, scheint sie nicht ganz dicht zu sein. Es war einfach ein Versehen, weiter nichts.«

Em saß schweigend zwischen uns und starrte verwirrt und leicht benommen geradeaus.

»Ich bin wirklich froh, dass du diese Liste ernst nimmst«, antwortete er. »Aber vielleicht könnten wir uns darauf einigen, dass du, wenn du diesen Brief an Simon schreibst, nicht das Blut einer geopferten Jungfrau, sondern ganz normale Tinte nimmst.«

»Okay.« Das klang nach einem fairen Kompromiss. »Übrigens wollte Dan mich vorhin küssen.«

»Was?« Matthew spuckte seinen Kaffee gegen die Rückenlehne des Fahrersitzes, und auch Emelie erwachte umgehend aus ihrer Trance.

»Tut mir leid«, entschuldigte sich Matthew bei der Rückenlehne, ehe er entgeistert wiederholte: »Dan wollte dich küssen? Vor oder nach deiner *Ocean's-Eleven*-Inszenierung?«

»Vor.« Ich rieb mir die Schulter und dachte an den Schauder, der mir bei seiner Berührung über den Rücken gelaufen war. »Wir haben uns unterhalten, und dann hat er sich plötzlich zu mir vorgebeugt. Hat sich einfach an mich rangemacht. Und Ana sagt, er denkt, dass ich von ihm besessen bin.«

»Der Einzige, der je von diesem Kerl besessen war, ist ja wohl eindeutig er selbst«, stieß Matthew schnaubend aus. »Aber ganz egal, wie heiß er meinetwegen ist, ist er ein entsetzlich eingebildeter Idiot.«

»Ich weiß.« Ich nickte nachdenklich. »Sie meint, er redet die ganze Zeit von mir.«

»Hm«, meldete sich Emelie zu Wort. »Das ist wirklich seltsam. Aber mich interessiert vor allem, ob er ein guter Küsser ist.«

»Es kam dann doch nicht zu dem Kuss.« Und das bedauerte ich keinesfalls, rief ich mir in Erinnerung. »Ich habe es verhindert.«

»Oh!« Em wirkte irgendwie enttäuscht. »Oh!« Sah dann aber plötzlich sehr zufrieden aus.

»Der Typ von der Bar hat dich gesucht.« Sie öffnete ihre Clutch und leuchtete mit ihrem Handy in den Innenraum. »Er sagte, er hätte nur mal kurz verschwinden müssen, und als er zurückkam, warst du nicht mehr da. Aber er hat mir seine Telefonnummer gegeben. Ashley oder so?«

»Asher«, sagte ich und nahm ihr den kleinen Zettel ab. Wow. Dann war er also wirklich nur kurz auf dem Klo gewesen. Und ich hatte einen süßen, grundehrlichen Yogalehrer sitzen und mich um ein Haar von einem arroganten Fotografen küssen lassen, der der größte Lügner aller Zeiten war. »Wahnsinn.«

»Das Wunder der Liste.« Em schwenkte ihre Arme und stieß eine Reihe unheimlicher Geräusche aus. »Ruf ihn an. Gleich morgen. Denn sonst rufe ich ihn für dich an.«

»Ich glaube, ihr zwei habt inzwischen oft genug für mich kommuniziert.« Ich lehnte meinen Kopf an die Schulter meiner Freundin und blickte auf die Lichter der vorbeirauschenden Stadt. Zu meiner Überraschung war ich plötzlich vollkommen erschöpft. »Deshalb rufe ich ihn lieber selber an.«

Viel zu schnell war der Donnerstagmorgen da. Als ich gegen elf erwachte, blieb ich noch fast eine Stunde liegen und versuchte rauszufinden, was genau am Abend auf der Feier im Savoy über mich – und über Dan – gekommen war. Und ob ich jemals wieder einen Job bekommen würde oder nicht. Doch zumindest hatte ich eine willkommene Ablenkung von all dem Elend, das seit letztem Freitag über mich hereingebrochen war. Eine Facebook-Freundschaftsanfrage von Ethan Harrison. Ich lag mit meinem Handy da, ging seine Fotos durch und freute mich, als ich auf keinem eine offenkundig feste Freundin sah. Hätte er nicht offiziell bekundet, dass er sich für Frauen interessierte, hätte ich mir ernsthafte Gedanken über ihn gemacht. So jedoch sah ich ihn mir in verschiedenen Action-Posen an. Ethan beim Felsklettern. Ethan bei einem Wettrennen. Ethan beim Strandspaziergang mit dem Hund. Tausend Dank, Mark Zuckerberg, all deine Sünden seien dir verziehen.

Ich verfasste eine kurze Nachricht und genoss das flatternde Gefühl in meinem Bauch.

»Hi, Ethan, hat mich auch riesig gefreut von dir zu hören. Ich kann kaum glauben, dass es dich nach Kanada verschlagen hat, aber dass du Musiklehrer geworden bist, überrascht mich nicht. Weil du schließlich immer der Beste im Orchester warst.«

Ob das zu dick aufgetragen war? Nee. Ich rollte mich auf meinen Bauch. Ich würde es so lassen. Schließlich war es wahr, und sollte man nicht dem männlichen Ego stets nach Kräften schmeicheln?

»Wenig überraschend habe ich beruflich kaum was mit Musik zu tun. Ich bin Maskenbildnerin und lebe in London. Ich teile mir mit meiner besten Freundin eine Wohnung in Islington, was echt witzig ist.«

Und vor allem nicht wirklich gelogen war. Ja, natürlich hatte Emelie auch eine eigene Wohnung, doch seit Simons Auszug hatte sie nicht eine Nacht mehr dort verbracht, und »Ich lebe allein, weil mich mein Freund verlassen hat, aber meine beste Freundin ist vorübergehend bei mir eingezogen, um darauf zu achten, dass ich keine Dummheiten mache« klang einfach nicht so unbekümmert wie die andere Version.

»Hast du noch Verwandte hier?«

Was die denkbar dämlichste Umschreibung für »Kommst du noch oft nach England?« war.

»Die Aufnahmen von deinem Hund sind einfach toll. Ich überlege ständig, ob ich mir nicht einen Hund zulegen soll. Aber jetzt muss ich erst mal los, ich habe heute alle Hände voll zu tun – bis bald!« Und damit rundete ich meine Nachricht mit drei dreisten Lügen ab.

Perfekt.

Nach fünf weiteren Minuten Facebook-Stalkings rollte ich mich übers Bett, suchte nach meiner Handtasche und zog mein Notizbuch und den blauen Stift heraus. Das Abarbeiten meiner Checkliste für Singlefrauen machte mir inzwischen einen Riesenspaß, doch allmählich war's mal wieder Zeit für eine stinknormale Liste, dachte ich. Seltsam, denn ich hatte seit 1998 täglich eine Checkliste erstellt. Selbst im Urlaub, wenn es keine anderen Stichpunkte als »Strandbesuch«, »Cocktails in allen Regenbogenfarben schlürfen« und »Trinken bis zum Umfallen« gab. Diese Listen liebte ich sogar besonders, auch wenn Em versuchte, sie mir zu verderben, indem sie erklärte, dass ein Kater auch nicht dadurch besser wurde, dass er auf der Tagesordnung stand. In der Hoffnung, dass mein Hirn seine verrückten Gedanken über einen Umzug nach Toronto und zwei wunderhübsche Kinder, die Eishockey spielten und mit einem seltsamen Akzent mit ihrer Mutter sprachen, einstellte, fing ich mit der neuen Liste an.

Matthew hatte am Samstag Geburtstag, und das Ausrichten der Party ihm zu Ehren fiel bereits seit Jahren in meinen Aufgabenbereich. Bisher hatten diese Feste wegen meiner hausfraulichen Defizite und Simons Gereiztheit, wenn er eine Woche nach dem Fest noch irgendwelche halb gegessenen Garnelen von der Island-Partyplatte hinter unserer Couch fand, stets in irgendwelchen Kneipen stattgefunden.

Diesmal aber nicht. Diesmal schmisse ich für meinen besten Freund die Party des Jahrhunderts, und statt der gewohnten Island-Partyplatte gäbe es ein köstliches Büfett von Marks & Spencer und dazu genügend Alkohol, dass selbst Mel Gibson sich ins Koma saufen könnte. Oder die Sängerin von Girls Aloud, deren Namen ich mir ganz einfach nicht merken konnte, die aber so gerne einen trank.

Als Erstes schickte ich die Online-Einladungen raus. Es war einfach so, dass inzwischen nur noch die Dinge wirklich passierten, über die es Einträge in Facebook gab. Und was machte es schon aus, dass es nur noch zwei Tage bis Samstag waren, schließlich hatte ganz bestimmt noch niemand etwas Besseres vor. Wir waren achtundzwanzig, und statt uns an Samstagen zu amüsieren, sahen wir in der Regel *X Factor* oder nahmen zwangsweise an irgendwelchen langweiligen Familienfesten teil. Ich schickte also die Einladung zur Party an sämtliche Leute, denen Matthew irgendwann einmal begegnet war, und fing dann mit den richtigen Listen an. Nachdem ich am Vorabend quasi zu Unrecht festgenommen worden war, hatte ich schließlich ein bisschen Spaß verdient. Und tatsächlich lenkten die Getränke-, Essens- und Geschenkelisten mich erfolgreich von meinem erlittenen Unrecht ab. Außerdem brauchte ich noch ein Kleid für die Hochzeit meines Dads. Da das violette Seidenkleid aus dem Schlussverkauf bei Warehouse, in dem ich bisher auf beinahe jeder Feier aufgelaufen war, inzwischen ein eindeutiges No-Go war. Ach, könnte ich mich doch auf einen lukrativen und prestigeträchtigen Job in Sydney freuen …

Zum ersten Mal seit einer Ewigkeit musste ich mir wirklich überlegen, was ich anziehen sollte. Alle meine schönen, neuen Kleider hatte ich an der Gardinenstange aufgehängt, damit ich sie sehen konnte und die blöde Sonne mir nicht direkt in die Augen schien. Mein Schlafzimmer sah wie eine äußerst glamouröse Filiale eines Second-Hand-Ladens aus. Also, was sollte ich heute anziehen? War heute eher ein Tag für ein gestreiftes Sommerkleid oder für ein Blümchenkleid im Stil der Fünfziger? Ich entschied mich für das Blümchenkleid und tapste barfüßig ins Wohnzimmer, um in den Spiegel über dem Kamin zu sehen. Zwergin, die ich war, musste ich extra die Couch erklimmen, damit ich auch meine Beine sah. Und tatsächlich sah ich gar nicht übel aus. Mein neuer Bob fiel weich auf meine Schultern, dank der angeschnittenen Ärmel meines hübsch gemusterten Bekleidungsstücks sahen meine viel zu schmalen Schultern urplötzlich nach etwas aus, das größte Wunder jedoch war die Taille, die ich in der bisher taillenlosen Mitte meines Oberkörpers sah. Bei jeder anderen Frau hätte das Kleid wahrscheinlich nicht mal ganz das Hinterteil bedeckt, zu meinen kurzen Stummelbeinen aber sah es komplett fantastisch aus. Im Gegensatz zu mir. Außer der »wachsweiße Leichenlook« wäre in diesem Sommer angesagt. Doch als Maskenbildnerin war ich mir ziemlich sicher, dass er das noch nie gewesen war.

Ich setzte mich aufs Sofa, zog den Schminkkoffer zu mir heran und fing an zu spielen. Ein bisschen Grundierung, jede Menge Rouge, ein wenig Mascara und vielleicht eine Spur von blauem Eyeliner? Ich hatte keine Ahnung, ob es einfach daran lag, dass die junge Frau im Spiegel plötzlich wieder wie ein Mensch aussah, oder daran, dass ich bereits seit drei Tagen niemanden hatte beruflich schminken müssen, aber plötzlich machte es mir durchaus Spaß mich herzurichten, und ich blickte liebevoll auf die verschiedenen Tiegel farbenfrohen Lidschattens, strich zärtlich mit der Hand über das Rouge und lächelte den Lipgloss an. Ich muss endlich aufhören, das Schminken meines eigenen Gesichts als Arbeit anzusehen. Vielleicht bekäme ich ja bessere Jobs, wenn mein eigenes Erscheinungsbild schon zeigen würde, was für eine gute Maskenbildnerin ich war. Im Grunde hatte ich es gar nicht nötig, dass mich Dan mit nach Australien nahm, denn ich war wirklich gut in meinem Job. Veronica sollte einfach ein wenig Werbung für mich machen, und wenn sich die Redakteure und Redakteurinnen nach Durchsicht meines Buchs reihenweise bei ihr melden würden, nähme Rotschopf Rachel überhaupt nur noch die lukrativsten und interessantesten Aufträge an.

Ehe ich das Haus verließ, dachte ich noch kurz über ein Geschenk für Matthew nach. Für gewöhnlich war der Kauf eines Geschenks für alte Freundinnen und Freunde kein Problem, nur, dass Matthew einfach anders als die meisten anderen Menschen war. Er verabscheute es, wenn er sich Klamotten kaufen musste, fand es aber noch entsetzlicher, wenn er etwas zum Anziehen geschenkt bekam. Schenkte man ihm Hautpflegeprodukte, wollte man ihm damit deutlich machen, dass er alt und runzlig war. Obwohl er für sein Leben gerne aß, war er allergisch gegen Nüsse, und wenn ihm jemand Schokolade schenkte, nahm er das als rücksichtslosen Anschlag auf seine fantastische Figur, und obwohl er ein Musikfan war, war er zugleich ein fürchterlicher Snob, weshalb eine CD ganz sicher nicht infrage kam. Vielleicht irgendeine alte Platte, dann aber auf keinen Fall gebraucht. Eine neue, alte Platte wäre also eine Möglichkeit.

Doch im Grunde gab es nur ein einziges Geschenk, von dem er total begeistert wäre, da ich es aber auch dieses Jahr nicht schaffen würde, ihn klonen zu lassen und ihm dann den zweiten Matthew als lebendes Spiegelbild zu überlassen, liefe es wahrscheinlich wieder mal auf eine Flasche Whiskey und einen seiner geliebten Schwulen-Pornos raus. Ein Geschenk, an dem er lange Freude haben würde. Deshalb wäre es vielleicht gar nicht so schlecht.

Platten.

Simons Platten.

Ich sprang von der Couch und stürzte zu der Ecke, in der unser Plattenständer stand. Vor zwei Jahren hatte Simon sich einen alten Plattenspieler sowie eine Reihe seltener Scheiben zugelegt, um damit vor meinem Bruder und vor seinen Freunden anzugeben, wenn sie bei uns zu Besuch waren. Sie waren überzeugt, er hätte sich auf die Sechziger spezialisiert. In Wahrheit allerdings war das Einzige, was er jemals auf seinem iPod hörte, Lady Gagas erstes Album und das letzte von Coldplay. Noch nicht mal *Parachutes*, ihr erstes. Ah, da war sie ja. Seine heiß geliebte, superseltene Beatles-Platte. Die er sich laut schluchzend an die Brust gedrückt hatte, bis sie ihm von seiner Mutter überlassen worden war. Hmm. Es könnte ganz bestimmt nicht schaden, wenn ich sie mal schätzen ließe, oder? Wahrscheinlich täte ich ihm damit sogar noch einen Gefallen. Und wenn ich etwas allzu Wertvolles in meiner Wohnung hätte, würde ich womöglich ausgeraubt. Und er würde sich entsetzlich fühlen, wenn ich eines Nachts in meinem Bett überfallen und ermordet würde, nur, weil ich von ihm mit einer seltenen Platte von den Beatles hier allein gelassen worden war. Ich sollte sie auf alle Fälle schätzen lassen. Und ich müsste sowieso gleich nach Soho. Also schob ich meinen Fund in einen aus zwei *Glamour*-Ausgaben gebastelten Schutzumschlag, steckte ihn in meine Tasche und machte mich ungewohnt fröhlich auf den Weg.

Soho war für mich ein merkwürdiger Ort. Nahe genug an der Oxford Street gelegen, als dass sich gelegentlich Touristen herverirrten, die sich mit den Mittelklasse-Medien-Typen mischten, deren Coolness nicht reichte, um ihr Business im Osten der Stadt anzusiedeln, war dies hauptsächlich der Ort, an dem man Schwule über Schwule traf. Was natürlich – wenigstens bei Tageslicht – nicht wörtlich im Sinne von »aufeinander« zu verstehen war. Den Großteil meiner Zeit auf Sohos Kopfsteinpflasterstraßen hatte ich bisher entweder bei Shootings in oder vor den hier gelegenen Nobelherbergen oder, in glücklicheren Zeiten, mit Matthew und Stephen in der Edelschwulenkneipe Friendly Society verbracht. In unglücklicheren Zeiten hatten Em und ich gelegentlich ein wenig Zeit mit Matthew in der Aufriss-Kneipe O Bar zugebracht, bis er einen Typen an der Angel hatte, waren danach ins Floridita umgezogen, bis auch sie versorgt gewesen war, und am Ende eines solchen Abends hatte ich dann meistens Simon in einem Wagamama's getroffen, eine Kleinigkeit gegessen und mich anschließend gemütlich mit ihm vor den Fernseher gehauen. Was – zumindest rückblickend betrachtet – vielleicht wirklich etwas langweilig gewesen war. Heute aber war ich nur aus einem Grund hier in Soho: Ich brauchte ein Geschenk für meinen besten Freund. Fest entschlossen, die Kombination aus Boxershorts und Bier vom letzten Jahr zu sühnen (vor seinem Geburtstag hatte ich sehr viel zu tun gehabt und war gleichzeitig sehr faul gewesen), trat ich durch die Tür von Vinyl Junkies, wo sich sicher etwas ganz Besonderes finden ließ.

Plattenläden waren ganz eindeutig nicht für Frauen gemacht. Genau wie Comicläden, Dungeons-&-Dragons-Turniere am PC und das Lesen der Zeitung auf dem Klo waren Plattenläden, und vor allem auf alte Raritäten spezialisierte Plattenläden, etwas, das sich einem nur erschloss, wenn man Träger des berühmten Y-Chromosoms war.

Kaum war ich durch die Tür getreten, fragte ich mich unbehaglich, weshalb ich in einem Kleid und sorgfältig geschminkt statt in Jeans und Turnschuhen hier aufgelaufen war. Die zwei mittelalten Männer, einer kahl, der andere übertrieben stark behaart, und beide ganz eindeutig Frauenhasser, hatten mich bereits, bevor ich die Gelegenheit bekam, den Mund zu öffnen, als Neuling ausgemacht.

»Hi.« Ich setzte mein bestes Bitte-lacht-nicht-über-mich-und-reißt-mich-nicht-in-Stücke-Lächeln auf, doch mein Bemühen wurde mit einem doppelten Pech-gehabt-Schätzchen-Kopfnicken quittiert.

»Ich suche eine Platte«, stieß ich quietschend aus. »Als Geburtstagsgeschenk für einen Freund.«

Die beiden tauschten vielsagende Blicke.

»Na klar«, stellte der Kahlkopf fest. »Wir haben jede Menge Platten. Soll es was Bestimmtes sein?«

Na toll. Jetzt war es offiziell, dass ich eine Idiotin war. Warum nur hatte ich nicht meinen Bruder Paul gebeten mitzukommen? Der bestimmt der allerbeste Kumpel dieser beiden Blödiane war.

»Mein Freund ist ein Musik-Freak«, fuhr ich fort und sah mich in den Auslagen hinter dem Tresen um. »Er liebt ...«

O Gott, mein Hirn war völlig leergefegt. Warum? Warum? Sag es nicht, Rachel, sag's nicht.

»Er liebt Musik.«

Darauf fiel den beiden Typen keine Antwort ein. Okay, jetzt gab es nur noch eine Möglichkeit, die Situation zu retten. Ich schob eine Hand in meine Tasche und zog meine *Glamour*-Schutzhülle hervor.

»Ich glaube nicht, dass wir was haben, was in diesem Blatt besprochen wird, Schätzchen«, klärte mich die Matte auf. Etwas Witzigeres hatte Kahlkopf offenbar noch nie gehört.

Mit einem ein wenig gepressten Lächeln klappte ich das Cheryl-Cole-Cover zurück und enthüllte meinen Schatz. Na, wer hätte das gedacht? Mit einem Mal rissen die beiden Typen interessiert die Augen auf.

»Da ich schon mal hier bin, dachte ich, Sie könnten sich das hier vielleicht einmal für mich ansehen.« So vorsichtig wie möglich legte ich die Platte auf dem Tresen ab. John, Paul, George und Ringo blickten lächelnd zu mir auf.

Da die beiden Kerle offenbar nicht in der Lage waren, irgendeine Äußerung zu tun, die frei von Sarkasmus war, wertete ich ihr Schweigen kurzerhand als Zustimmung.

»Sie ist von meiner Mutter«, log ich ohne Grund. »Ich will sie für sie schätzen lassen, und natürlich habe ich auch schon im Internet geguckt.«

Was ebenfalls gelogen war.

»Tja, nun.« Kahlkopf streckte eine Hand aus, hielt dann aber noch mal inne und blickte mich fragend an. Ich nickte großmütig und genoss den Power-Trip, auf dem ich plötzlich war. »Ich weiß nicht, die ist wirklich selten.«

»Die Hülle ist in einem guten Zustand«, fing die Matte an. »Spiegelvinyl, kanadischer Import. Sehr schön.«

Vielleicht ist das ein Zeichen, dachte ich, als ich die Ohs und Ahs vernahm. Alle Wege führten urplötzlich nach Kanada. Vielleicht sollte ich das Ding verkaufen und das Geld verwenden, um nach Kanada zu fliegen, mich in Ethan zu verlieben und ihn umgehend zu heiraten? Das ergäbe schließlich durchaus einen Sinn.

»Ich nehme an, fünfhundert könnten wir dir dafür geben.« Er ließ die Platte nicht mehr aus der Hand.

Bis zu diesem Augenblick war der stolzeste Moment in meinem Leben der gewesen, als man mir die Schlüssel meiner Wohnung übergeben hatte. Oder als ich nicht über James Franco auf dem Make-up-Stuhl hergefallen war. Doch von jetzt an wäre es die Tatsache, dass ich der Matte nicht die Kohle aus der Pranke riss, die Beine in die Hand nahm und das Weite suchte. Fünfhundert Mäuse? Echt?

»Oh.« Ich zuckte mit den Schultern und streckte meine Hand nach der Platte aus. »Auf eBay kriege ich wahrscheinlich mehr. Trotzdem vielen Dank.«

»Achthundert«, bot mir Kahlkopf eilig an.

»Hmm.«

»Achthundertfünfzig. Mehr ist echt nicht drin.«

Während ich mir alle Mühe gab, noch immer nicht ganz überzeugt zu wirken, wog ich eilig meine Möglichkeiten ab. Einerseits hätte man sagen können, dass dies Diebstahl war. Andererseits jedoch war Simon ein ganz übler Typ, der mich einfach mit der Platte hatte sitzen lassen, was durchaus bedeuten konnte, dass er wollte, dass ich sie verkaufte. Oder etwa nicht? Und ich hätte wirklich gern achthundertfünfzig Pfund.

Die zwei Kerle hielten es vor Spannung kaum noch aus. Ich spitzte nachdenklich die Lippen, strich über den Rock meines luftigen Sommerkleids, hängte meine Tasche wieder über meine Schulter und meinte achselzuckend: »Also gut.«

Als ich wieder auf die sonnenhelle Straße trat, war mir ein wenig schwindelig. Ich zog mein Notizbuch aus der Tasche, in der ich plötzlich ein kleines Vermögen hatte, und klappte in dem Bemühen, wieder etwas Bodenhaftung zu bekommen, meine Einkaufsliste auf, doch statt der dort aufgeschriebenen Punkte sah ich siebzehnmal die Worte achthundertfünfzig Pfund. Und das Allerschlimmste war, dass ich noch nicht einmal Gewissensbisse hatte. Weit davon entfernt. Simon hatte diese Platte, seit er vor zwei Jahren damit heimgekommen war, nie wieder angerührt, und würde deshalb niemals merken, dass sie nicht mehr Teil seiner Sammlung war. Hoffte ich.

Ich wich einem Obststand mitten auf dem Gehweg aus und ging die Berwick Street ein Stück hinauf, bevor ich um ein Haar mit einem wirklich heißen Mann zusammenstieß. Während eines Augenblicks tänzelten wir wie zwei Boxer voreinander her, bis er lachend auf die Straße sprang.

»Entschuldigung«, bat ich. Ich hasste dieses Links-Rechts-Links-Gehampel – warum konnten wir nicht einfach alle auf der linken Seite gehen, wie es auf den Rolltreppen der U-Bahn vorgeschrieben war?

»Kein Problem, schöne Frau.« Er lächelte zurück. Warum konnte nicht die ganze Welt so freundlich wie ein

Schwuler sein, der mitten an einem Donnerstagmorgen gut gelaunt durch Soho lief, fragte ich mich, als ich kurz darauf mit einem wütend aussehenden Kerl im Zweireiher zusammenstieß. Schwule waren einfach wunderbar.

Außer, wenn man ihr Geburtstagsgeschenk vergaß. Oh, verdammt. Nie im Leben ginge ich noch mal in diesen Plattenladen. Also blieb mir nur noch eins. Ich sah auf und fand sofort den Laden, aus dem der heiße Typ gekommen war. Oh, das wunderbare Soho und die wunderbaren Schwulenshops, die es dort gab …

Zehn Minuten später stand ich wieder auf der Straße und drückte eine Schwulen-Porno-Parodie von *Jersey Shore* und eine Schachtel mit erlesenen Kondomen gegen meine Brust. Matthew würde sicher vollkommen begeistert sein.

Nachdem Soho für mich erledigt war, holte ich tief Luft, wappnete mich und all mein Geld für den Sprint zur U-Bahn, und wollte mich gerade in Bewegung setzen, als mein Blick auf ein Geschäft zu meiner Linken fiel. In dem Schaufenster waren zwei Puppen mit nicht mehr als Nippelquasten und Zylindern auf den Köpfen ausgestellt. Ein Anblick, der hier in Soho nicht unbedingt schockierend war, aber trotzdem blieb ich noch mal stehen. Denn dies war nicht irgendein Geschäft. Dies war Agent Provocateur.

Meine Freundin Emelie liebte luxuriöse Unterwäsche, seit sie während unseres zweiten Studienjahrs bei La Senza einkaufen gewesen war. Inzwischen hatte sie Marken wie Elle Macpherson Intimates, Calvin Klein und Cosabella längst schon hinter sich gelassen und fuhr nur noch auf die wirklich harten Sachen ab. Coco de Mer, La Perla und natürlich oder vor allem Agent Provocateur. Es war nicht so, dass nicht auch ich Spaß an hübschen Dingen hätte, denn den hatte ich durchaus. Nur verdiente ich eben erheblich weniger als Em, und zweihundert Pfund für einen BH waren bei mir einfach nicht drin.

Em bemühte sich seit Jahren, mich in dieser Hinsicht zu bekehren, indem sie steif und fest behauptete, etwas, das ausschließlich zu dem Zweck geschaffen worden war, dass sich eine Frau darin wie eine Sexbombe vorkam, müsste einfach gut für einen sein, aber bisher waren mir immer gleich ein halbes Dutzend anderer Dinge eingefallen, die mir wichtiger gewesen waren. Nun aber müsste die neue Single-Rachel es zum ersten Mal seit Jahren mit jemand anderem tun. Und das, obwohl sie nicht mehr Anfang zwanzig war. Klar, die neue Rachel hatte schon gezeigt, dass sie selbstbewusst und vielleicht unzurechnungsfähig war – aber sexy? Sicher könnte es nicht schaden, wenn ich etwas fände, was mein Selbstbewusstsein auch in dieser Hinsicht etwas wachsen ließe. Und ich bräuchte ja nicht unbedingt zweihundert Pfund für einen BH auszugeben, sondern könnte mir die Sachen erst mal einfach ansehen. Schaden würde ein Versuch wahrscheinlich nicht.

»Hallo, kann ich Ihnen helfen?«, fragte eine schmerzlich attraktive Pin-up-Schönheit, als ich durch die Tür des Ladens trat. Sie trug ein kurzes, blass pinkfarbenes Kleid zu schwarzen Netzstrümpfen und hatte sich die nett lächelnden Lippen dunkelrot geschminkt. Als Maskenbildnerin erkannte ich gleich, sie war perfekt zurechtgemacht. Was für mich als ganz normale Frau in höchstem Maße furchteinflößend war.

»Ich wollte mich nur mal umsehen, danke.« Ich hatte die Absicht, eine kurze Runde durch das prächtige Geschäft zu drehen, mir die Preise anzusehen und dann möglichst unbemerkt den Rückzug anzutreten. Als ich plötzlich etwas sah, das wie für mich geschaffen war. Pinkfarbene Seide unter schwarzer Spitze, aber, o mein Gott, bereits der Anblick des leeren BHs rief glühendes Verlangen in mir wach, und ich wagte gar nicht erst mir vorzustellen, welche Wirkung er wohl hätte, trüge jemand ihn am Leib.

»Der Françoise. Mein Lieblingsstück«, stellte Pin-up-Girl mit angemessen ehrfürchtiger Stimme fest. »Möchten Sie ihn vielleicht mal anprobieren?«

»Ja.« Ich nickte nachdrücklich. »Sehr gern.«

Es war ein unvergessliches Erlebnis, als ich mich im Spiegel der Garderobe sah. Meine Brüste waren nicht gewachsen, meine Schenkel nicht geschrumpft, und ich wies auch nicht urplötzlich Rundungen à la Jessica Rabbit auf, aber trotzdem sah ich einfach sexy aus. Ich trug ein Stück Elastikstoff mit Spitze für beinah fünfhundert Pfund und fühlte mich unglaublich. Nicht dass ich jemals ohne fremde Hilfe in die Strumpfhalter und Strümpfe kommen würde, und vor allem, wann in aller Welt zöge ich wohl so was jemals an? Ich drehte eine Pirouette, schob die Hand unter mein rotes Haar und ergötzte mich am Anblick meines Rückens.

Es war einfach lächerlich. Bei Marks & Spencer gäbe es – wahrscheinlich – ebenfalls ausnehmend reizvolle Dessous. Und auch wenn ein Quasi-Diebstahl mich um beinahe einen Riesen reicher hatte werden lassen, schwamm ich schließlich nicht im Geld. Es war vollkommen absurd, es war … Für einen Moment unterbrach ich meine lächerlichen Posen vor dem Spiegel und zog vorsichtig die Checkliste für Singlefrauen hervor. Die mir den Kauf von irgendetwas furchtbar Teurem, Sinnlosen befahl. Wie Designer-Unterwäsche. Superteure, superprachtvolle Designer-Unterwäsche, die ich mir mit einem Mal problemlos leisten könnte. Und zwar von durch den Verkauf der superseltenen Beatles-Platte meines Exfreundes erwirtschaftetem Geld. Oder eher der superseltenen Beatles-Platte seiner Mum, aber auch sie hatte nichts anderes verdient. Denn diese blöde Kuh hatte mir bis heute nicht verraten, wie sie ihren Schokoladen-Käsekuchen machte, dabei hatte ich sie ein ums andere Mal nach dem Rezept gefragt. Vielleicht hatte sie es mir ja einfach deshalb nie gegeben, weil sie schon von Anfang an gewusst hatte, dass ich nie ihre Schwiegertochter würde, und hatte gewollt, dass das Rezept in der Familie blieb.

»Alles in Ordnung?«, fragte Pin-up-Girl. »Kann ich Ihnen sonst noch etwas holen?«

»Haben Sie noch mehr von diesen Slips?«, überließ ich Rotschopf Rachel die Regie. Denn die war einfach nicht so zögerlich wie ich.

»Natürlich«, antwortete sie. »Nur die Panties oder auch welche mit einem anderen Schnitt?«

»Alles, was Sie haben«, bestätigte Rotschopf Rachel ihr. »Ich nehme das gesamte Sortiment.«

Von nun an, schwor ich mir bei Dita Von Teese und Emelie, würde ich nie wieder einen angegrauten Büstenhalter mit ausgeleiertem Gummi und hervorlugenden Plastikstäbchen tragen. Diese Zeiten waren ein für alle Mal vorbei.

Ich hatte den gesamten Vormittag mit dem Verkauf von fremdem Eigentum, dem Besuch von Schwulen-Sexshops und dem Kauf sündhaft teurer Unterwäsche zugebracht, und deshalb das Gefühl, dass ich meinen Nachmittag auf eine Art verbringen sollte, mit der meine Mutter einverstanden wäre, falls sie mich am nächsten Montag fragte, wie mein Donnerstag verlaufen war. Ich verstaute meine unrechtmäßige Beute, tauschte mein geblümtes Kleid gegen ein altes, einfarbiges T-Shirt und fing mit dem Streichen meiner Wohnung an. Mehr Leute als erwartet hatten meine Facebook-Einladung zu Samstagabend angenommen, sicher hauptsächlich aus Mitleid, weil mein neuer Singlestatus schließlich nicht zu übersehen war. Aber das war mir egal. Selbst wenn mich die Menschen nur aus Mitleid mochten, hatte ich es durchaus gern, beliebt zu sein. Doch natürlich hieß das, dass mein Wohnzimmer nicht bleiben konnte, wie es augenblicklich war. Denn abgeklebte Lichtschalter waren nicht avantgarde, sondern sahen einfach dämlich aus. Hatte Emelie bereits zutreffend festgestellt.

Kurzentschlossen rief ich sie und Matthew an, um zu fragen, was sie gerade trieben, aber dummerweise hatte keiner von den beiden Zeit. Meiner Freundin musste ich zugutehalten, dass sie über ihrem Kitty-Kitty-Kätzchen saß, Matthew mit dem Vermögen seines toten Vaters aber fehlte einfach unentschuldigt, wie es in den letzten beiden Tagen bereits öfter vorgekommen war. Ohne dass er mir bisher verraten hätte, was er machte, wenn er nicht mit mir zusammen war. Ich verdrängte meine Sorge, dass es vielleicht niemals einen toten Dad gegeben hatte und er vielleicht irgendwo mit Anschaffen sein vieles Geld verdiente, und wandte mich meiner Arbeit zu.

Mit den Händen in den Hüften starrte ich die Farbeimer in der Zimmerecke an.

»Ihr seid mit mir allein«, erklärte ich, schloss meinen iPod an, stellte ihn auf Shuffle, ging jedoch sofort aufs nächste Lied, als *Love Me Do* erklang. Ja, genau, Madonna wäre jetzt nicht schlecht. Ich, Madonna und zwei Eimer Dulux Sexy Pink Seidenmatt. Was könnte da schon schiefgehen?

Vielleicht einen Monat nach dem Einzug in die Wohnung hatten Simon und ich auf der Couch gehockt, Spaghetti Bolognese gegessen, *Mieten, Kaufen, Wohnen* geguckt, und da war es mit einem Mal passiert. Die Journalistin Laura hatte eine Bleibe in der Innenstadt gesucht, und nach mehreren Fehlschlägen hatte der nette Phil schließlich ein wunderhübsches Apartment in Clapham für sie entdeckt. Und in diesem Apartment hatte es eine leuchtend pinkfarbene Wand gegeben sowie eine leuchtend rote Ledercouch. Meine Augen hatten offenbar noch mehr geleuchtet, denn noch ehe ich etwas sagen konnte, hatte Simon laut und deutlich »Nein« gerufen, war aufgestanden, hatte Tee gekocht und sich schlichtweg geweigert, auf mein Flehen einzugehen. Schließlich hatte ich die rote Ledercouch bekommen, mich mit meiner pinkfarbenen Wand jedoch nicht gegen Simon durchgesetzt. Tja, jetzt guckst du, Simon, jetzt gehört die Wohnung mir allein, und ich bekomme meine pinkfarbene Wand. Und höre Madonna, während ich sie streiche. In nicht mehr als einem alten T-Shirt und einem wahrscheinlich noch älteren Slip. Denn zum einen ist es wirklich heiß, und zum anderen interessiert es keinen Menschen, was ich trage, wenn ich ganz allein in meiner eigenen Wohnung bin.

Wer wusste schon, wie lange ich in dieser Wohnung bleiben könnte, falls der Kerl beschloss, dass er sie verkaufen wollte, doch solange ich sie hätte, wollte ich in ihr zu Hause sein. Weil sie schließlich mein Zuhause war.

Ich sah noch einmal nach, ob meine Couch und alle anderen Möbel ordentlich mit Folie abgedeckt waren, trat einen Schritt zurück, griff mir eine Farbrolle und atmete tief durch. Dies war offenbar der Tag für stolze Augenblicke, dachte ich. Dass ich wirklich Malerkrepp zum Abkleben verwendet hatte, war die Art von Leistung, die ich am liebsten meinem Vater am Telefon erzählt hätte. Mindestens so toll, wie wenn man auf Facebook das Status-Update ohne fremde Hilfe hinbekam.

Fröhlich singend fing ich an, Farbe an die Wand zu klatschen. Erst kamen die Ecken dran, und dann probierte ich ein wenig mutiger neue Designs aus. Wie die Worte »Simon ist ein Idiot«, die in sechzig Zentimeter hohen Buchstaben direkt über dem Sofa prangten, und die ich mit meinem Handy knipste, ehe ich erneut mit meinem Pinsel über diese Stelle ging. Ich war so begeistert von mir selbst, dass ich überlegte, ob ich vielleicht außer Maskenbildnerei auch noch Innendesign anbieten sollte. Denn ich war eindeutig ein Naturtalent. Und vielleicht täte auch dem Schlafzimmer ein bisschen Farbe gut. Vielleicht irgendein Rot. Oder ein Blau.

Ich war so vertieft in meine Pläne zur Veränderung der Wohnung und sang so beherzt *La Isla Bonita* mit, dass ich fast nicht mitbekommen hätte, als mit einem Mal die Türklingel ging. Da es eine der größten Ängste meines Lebens war, irgendetwas zu verpassen, stellte ich Madonna leiser, rannte durch den Flur und drückte auf den Türöffner, um den Besuch heraufzulassen, ehe ich bemerkte, dass ich keine Hose trug. Was soll's, sagte ich mir, wahrscheinlich waren es Zeugen Jehovas, denen wäre mein Erscheinungsbild bestimmt egal. Und vor allem hatte ich bereits so zahlreiche Gebote übertreten, dass es sicher nicht der dickste Minuspunkt in meinem Sündenregister wäre, nähme ich jetzt auch noch irgendwelche himmlischen Vertreter halb bekleidet in Empfang.

Doch es stellte sich heraus, dass ich deutlich glücklicher gewesen wäre, wären tatsächlich Zeugen Jehovas bei mir aufgetaucht. Oder ein Vertreter für dreifach verglaste Fenster. Oder Adolf Hitler.

Über beinahe jeden Menschen hätte ich mich mehr gefreut als über den Typen, der tatsächlich auf meiner Schwelle stand.

13

»Hi.« Dan Fraser hatte seinen Smoking gegen die gewohnte Uniform aus Jeans, T-Shirt und Turnschuhen getauscht und verströmte ein durch nichts gerechtfertigtes Selbstvertrauen. »Darf ich vielleicht reinkommen?«

Ich lugte vorsichtig hinter dem Türrahmen hervor und versuchte, meinen ungebetenen Gast mit einem möglichst bösen Blick in Verlegenheit zu bringen. Aber sicher hätte ich bei meinen Farbeimern erheblich mehr Erfolg damit gehabt. »Warum?«

»Darum.« Er fuhr sich mit der Hand durchs Haar, bis ihm die Masse seiner Locken in die Augen fiel. Nicht dass mir seine Augen aufgefallen wären. Oder seine Locken. Oder wie sich durch das Anwinkeln des Arms der weiße Stoff seines T-Shirt über seinem Bizeps spannte. Nichts von alledem. »Lass mich einfach rein, Rachel.«

Ich erwog, einfach die Tür vor seiner wohlgeformten Nase zuzuschlagen, schließlich aber gab ich mich geschlagen und ließ ihn an mir vorbei. Rotschopf Rachel müsste eben zehn Minuten Pause machen. »Ich verstehe wirklich nicht, was du hier willst«, stellte ich fest und machte die Tür hinter ihm zu. »Außer Ana hätte dich geschickt, damit du mir in den Hintern trittst.«

»Ana könnte dir auch selber in den Hintern treten.« Er ging durch das Wohnzimmer und betrachtete mein Werk. »Aber gegen Emelie hätte sie sicher keine Chance.

Du streichst deine Wohnung? Oder bemalst du sie einfach mit irgendwelchen Graffiti?«

Ich blickte auf die überdimensionalen Worte an der Wand und zuckte mit den Schultern. »Er ist nun einmal ein Idiot.«

»Dann ist es also definitiv vorbei?«, vergewisserte er sich.

»Das haben wir doch alles bereits durchgekaut. Bevor deine Freundin auf der Toilette eines superschicken Hotels vollkommen ausgerastet ist.« Ich nahm auf der Lehne meines Sessels Platz, denn falls er abermals versuchen wollte, mich zu küssen, hielt ich besser einen gewissen Sicherheitsabstand zu ihm ein. Dan zu küssen wäre schrecklich. Einfach grauenhaft. Natürlich hatte ich noch nicht eingehend darüber nachgedacht und auch nicht die halbe Nacht wach in meinem Bett gelegen und mir in Erinnerung gerufen, welches Herzrasen und welches Lippenkribbeln schon durch unseren Beinahe-Kuss bei mir eingetreten war. »Anscheinend bin ich sterbenslangweilig.«

»Lass mich bitte ein paar Dinge klarstellen.« Er wandte mir immer noch den Rücken zu, griff sich einen Pinsel und strich sorgfältig um meine wortgewaltige Botschaft an der Wand herum. »Erstens: Ana ist nicht meine Freundin. Zweitens: Du warst diejenige, die in einem Streifenwagen aufs Revier verfrachtet worden ist. Und drittens: Niemand kann ernsthaft behaupten, du wärst langweilig. Was der zweite Punkt beweist.«

Warum hatte er bei dieser Aufzählung nicht auch erwähnt, dass ich keine Hose trug? Oder dass er versucht hatte, mich auf dem Fest zu küssen? Ana war nicht seine Freundin? Was für eine Unterhose hatte ich noch einmal an? Warum war er hier?

»Ich war gestern Abend nicht ganz bei mir«, gab ich zu, schnappte mir den zweiten Pinsel und trat ebenfalls wieder vor meine halb gestrichene Wand. »Im Augenblick ist bei mir alles etwas in der Schwebe. Und sie hat sich … hat sich einfach wie eine …«

»Idiotin aufgeführt?«

»Also, ja.« Ich blickte dorthin, wo er mit einem zufriedenen Lächeln seinen Pinsel schwang. Ich wäre einfach dumm gewesen, hätte ich zwei solche Arme hier gehabt und sie nicht genutzt. Zwei herrlich muskulöse Arme und einen nicht minder muskulösen Rücken, den ich unter seinem viel zu engen T-Shirt jedes Mal, wenn er sich streckte, überdeutlich sah. Wobei ich nicht ganz sicher war, inwiefern sein Rücken mir bei meiner Arbeit half, abgesehen davon, dass ich jedes Mal in Trance verfiel, wenn mein Gast sich bückte und den Pinsel in die Farbe hielt. »Tut mir leid, ich weiß, ihr beiden seid, nun, was auch immer, aber darauf kann ich keine Rücksicht nehmen. Weil sie einfach total dämlich ist.«

Offensichtlich litt mein Taktgefühl unter der grauenhaften Hitze, die mich urplötzlich befiel.

»Sie kann wirklich manchmal ziemlich dämlich sein«, stimmte Dan mir zu und klatschte fröhlich weiter Farbe an die Wand. »Ich weiß wirklich nicht, was ich mir dabei gedacht habe, als ich mit ihr dort aufgelaufen bin.«

»Wahrscheinlich hast du gar nicht nachgedacht«, schlug ich ein wenig erleichtert, weil er nicht gegangen war, bevor er die schwierige Stelle unter der Decke gestrichen hatte, vor. Denn ich hasste Leitern aller Art. »Das ist bei dir schließlich normal.«

»Was macht deine Liste?« Plötzlich drehte er sich zu mir um und erwischte mich bei einem sehnsüchtigen Blick.

Errötend wandte ich mich wieder meiner Arbeit zu und hoffte, dass er nur noch eine meiner roten Wangen sah.

»Ich komme gut voran.« Ich hatte wirklich keine Lust, ihm von meiner neu erstandenen Unterwäsche zu erzählen. Denn alles, was er je von meinen Dessous zu sehen bekommen würde, hatte ich im Augenblick am Leib.

»Gut.«

Zu den leisen Klängen von *Crazy for You* strichen wir gemeinsam weiter, aber schließlich kam ich zu dem Schluss, dass dieses dumme Katz-und-Maus-Spiel wohl kaum ewig währen könnte – wollte er nicht vielleicht irgendwann mit mir darüber reden, dass er mich auf dieser blöden Feier gestern Abend hatte küssen wollen? –, legte meinen Pinsel weg, überprüfte eilig, ob der Schlüpfer, den ich trug, die Mindestkriterien des Anstands erfüllte, räusperte mich kurz und sah ihn an.

»Dan?«

»Rachel?«

»Ich möchte ganz bestimmt nicht undankbar erscheinen, aber warum bist du hier?«

Er hielt im Streichen inne, wandte sich mir zu und schnitt eine Grimasse.

»Das ist eine gute Frage«, antwortete er, während etwas von der pinken Farbe auf einen seiner weißen Schuhe tropfte. »Ich war in einem Fotoladen in der Old Street und wollte zurück zur U-Bahn gehen, und als Nächstes stand ich mit einem Mal vor deiner Haustür.«

»Aha.« Ich bemerkte einen pinkfarbenen Fleck auf seiner Wange und musste mich mühsam beherrschen, denn am liebsten hätte ich ihn weggewischt. Rotschopf Rachel war eindeutig völlig wahnsinnig und mochte es kein bisschen, wenn ich sie zu einer Auszeit zwang.

»Ich dachte mir, ich gucke besser nach, ob du inzwischen wieder aus dem Knast entlassen worden bist.« Als er den Fleck auf seinem Schuh bemerkte, setzte er sich kurzerhand im Schneidersitz auf mein Parkett und rubbelte daran herum. »Ich wollte nur sehen, ob du in Ordnung bist.«

Das war nett. Echt nett.

»Du hättest auch einfach anrufen oder mir simsen können«, meinte ich.

»Das hätte ich gekonnt.«

Ich brauchte endlich eine Hose, merkte ich. Weil das übermächtige Verlangen, Dan auf meinen Fußboden zu drücken und herauszufinden, wie der Kuss am Vorabend gewesen wäre, ganz eindeutig einzig meiner spärlichen Bekleidung zuzuschreiben war.

»Ich bin sofort wieder da.« Ich ließ meinen Pinsel fallen, rannte in mein Schlafzimmer und warf die Tür hinter mir zu. Ich brauchte einfach eine Hose, ein Paar Shorts, irgendwas, womit ich angezogen war. Schließlich machte eine abgewetzte, abgeschnittene Jeans, die beim Ausmisten wahrscheinlich einfach von mir übersehen worden war, das Rennen, und als ich sie eilig über meine Beine zog, ging ich mit mir selbst ins Gericht. Dies war Dan. Dies war mein Freund, mein Kumpel Dan. Meinetwegen, ja, als du ihm zum ersten Mal begegnet bist, fandest du ihn süß, aber kaum hatte er festgestellt, dass du nur die Maskenbildnerin und keins der Models warst, hat er seinen Charme durch rüde Pöbeleien ersetzt und dadurch sofort jeglichen Gedanken an eine Büroromanze ausgemerzt. Wahrscheinlich tat ich ihm nur leid, weil ich verlassen worden war. Oder vielleicht hatte ihm Veronica erzählt, dass ich den Job in Sydney haben wollte, und er war nur hier, um mir schonend beizubringen, dass das nicht infrage kam. Doch egal aus welchem Grund – dass er hier in meiner Wohnung war, zum Anbeißen aussah und mir obendrein beim Streichen half … nun, das war ganz sicher kein Verbrechen, aber trotzdem müsste er jetzt wieder gehen. Weil es einfach zu seltsam war.

»Weißt du, ich war bisher noch nie in deiner Wohnung«, rief er aus dem Wohnzimmer. »Ich finde, sie passt zu dir.«

»Danke«, sagte ich und marschierte zielstrebig zurück. Wobei meine Zielstrebigkeit etwas erschüttert wurde, als ich ihn mit einem Mal mit nacktem Oberkörper vor mir stehen sah. O. Mein. Gott.

»Ich wollte nicht, dass Farbe auf mein T-Shirt kommt«, erklärte er und wies arglos auf den Stuhl, über dem das weiße Stoffstück hing. Es war eine Sache, wenn man seinen attraktiven Helfer in für einen Hetero viel zu engen Jeans und T-Shirt sah, aber etwas völlig anderes, wenn er halbnackt vor einem stand. Hatte er schon immer einen derart wohlgeformten Körper gehabt? Die kräftigen Arme konnte ich ja noch verstehen, denn schließlich schleppte der Kerl ständig seine Fotoausrüstung mit sich herum, aber die Muskeln an seinem Bauch? Von denen jeder einzelne deutlich zu erkennen war? Nicht so aufgebläht und protzig wie bei einem Bodybuilder, sondern einfach klar umrissen und perfekt gebräunt. Und obwohl ich bisher immer angenommen hatte, dass ich einer glatten Brust wie der von Simon jederzeit den Vorzug gäbe, tat die braun gelockte Brustbehaarung, die perfekt zu seinem Haupthaar passte, auch nicht wirklich weh. Wobei wir nicht von Tarzan und den Affen sprechen, sondern nur von einem weichen Flaum auf seiner breiten, breiten Brust.

Veeer-dammt.

»In Ordnung.« Ich nahm sein Hemd vom Stuhl. »Ich habe meine Kleider angezogen, also zieh auch du dich bitte wieder an. Außerdem musst du jetzt bitte gehen, denn ich habe noch was vor.«

»Meinetwegen. Nur solltest du diese eine Wand noch einmal überstreichen, wenn die Leute nicht in deinem Wohnzimmer Glücksrad spielen wollen.« Er legte seinen Pinsel fort und zog sein T-Shirt wieder an. Das sofort voller pinkfarbener Flecken war.

»Ich kaufe ein A und möchte auflösen«, sagte ich und hielt die Flurtür auf. »Wir sprechen uns.«

»Warte.« Auf der obersten Stufe blieb er noch mal stehen. »Hast du Samstag schon was vor?«

»Tagsüber?«

»Abends.«

Hey Ho. Scooby Doo.

»Da schmeiße ich eine Geburtstagsparty für Matthew«, stammelte ich. »Hier bei mir.«

»Oh.« Er knibbelte die Farbe von der Vorderseite seines T-Shirts. »Klingt nach jeder Menge Spaß.«

»Du kannst gerne kommen, wenn du willst«, platzte es aus mir heraus.

Dieser verdammte Rotschopf Rachel. Die Sache mit der gespaltenen Persönlichkeit wurde allmählich ein bisschen *Black-Swan-mäßig*. Nur, dass ich nicht Natalie Portman war und mir niemand einen Oscar dafür verleihen würde, wenn ich den Verstand verlor. »So gegen neun?«

»Abgemacht. Dann also bis Samstag, Summers.« Er sah mich mit einem Grinsen an und wandte sich zum Gehen.

Ich wusste nicht, was mir größere Sorgen bereitete: die Tatsache, dass ich ihn am Samstag wiedersehen würde, oder die Tatsache, dass ich deswegen so aufgeregt war. Sicher wäre es das Beste, wenn ich einige Vorsichtsmaßnahmen ergriff.

Zurück in meinem Wohnzimmer setzte ich mich erst mal hin und starrte auf die frisch gestrichene, pinkfarbene Wand. Was genau war da eben passiert? Vollkommen verwirrt zerrte ich meine Handtasche zu mir heran und wühlte nach meinem Handy, wobei mir der Zettel mit der Telefonnummer von Asher in die Hände fiel. Okay. Am besten riefe ich den süßen Yogalehrer sofort an. Vielleicht wäre ja ein Date mit einem Clark-Kent-Doppelgänger genau das, was ich brauchte. Schließlich hatte Dan mich bei seinem Besuch ja auch gar nicht um ein Date gebeten. Und selbst wenn er mich darum gebeten hätte, hätte ich – wahrscheinlich – Nein gesagt. Um mich von diesem Gedanken abzulenken, gab ich eilig Ashers Nummer in mein Handy ein.

»Hallo, hier spricht Asher«, meldete er sich gleich nach dem ersten Klingeln, was durchaus sympathisch war.

»Hi, Asher.« Ich war ziemlich schlecht am Telefon, und nicht ohne Grund hatte irgendjemand die Idee mit der Simserei gehabt. »Ich bin's, Rachel. Wir haben uns auf diesem Fest kennengelernt im …« Wo hatte ich noch mal die Sprinkleranlage angeschaltet, einen Schaden in Höhe von mehreren Tausend Pfund verursacht und mit angesehen, wie meine beste Freundin einem Supermodel einen Fausthieb auf die Nase gab? O ja. Jetzt fiel's mir wieder ein. »… gestern Abend im Savoy.«

»Oh, hi.« Er legte tatsächlich nicht auf! Und klang wirklich so, als würde er sich über meinen Anruf freuen! Aber schließlich wusste er auch nicht, dass ich der Psycho war, der seinen teuren Smoking ruiniert hatte! »Ich hätte nicht gedacht, dass du dich melden würdest.«

»Oh.«

»Aber ich freue mich echt riesig, dass du dich meldest.«

Oh!

»Bist du noch heil dort herausgekommen? Findest du nicht auch, dass dieser Vorfall mit den Sprinklern der totale Wahnsinn war?«

Ich war nur froh, dass Asher mein Gesicht nicht sehen konnte. »Das war wirklich der totale Wahnsinn«, stimmte ich ihm zu.

»Ich frage mich gerade, ob du morgen Abend schon was vorhast«, sagte er ganz direkt. Wow! Ein Rendezvous! Und das passierte Emelie die ganze Zeit!

»Nein«, erklärte ich und bemühte mich um einen möglichst flirtbereiten Ton. Weil der Mann schließlich der potenzielle Vater meiner Kinder war. Meine Güte, meine Mutter würde vor Glückseligkeit vergehen, wenn ich ihr erzählte, dass mein zukünftiger Mann ein Yogalehrer war. Obwohl, da ich bisher noch gar nicht mit ihm ausgegangen war, zäumte ich das Pferd vielleicht gerade von hinten auf.

»Super.« Er klang ganz eindeutig glücklich. »Ich habe morgen einen Kurs in Islington und dachte, dass du vielleicht Lust hast, dir die Sache einmal anzusehen.«

Hatte dieser Typ sich etwa nur die Mühe gemacht, Emelie seine Telefonnummer zu geben, um mich dann zu seinem blöden Yogakurs zu rekrutieren? Sorry, Mum.

»Und danach könnten wir vielleicht noch etwas trinken gehen?«

Die Hochzeit rückte wieder etwas näher.

»Das klingt wirklich toll«, log ich mit zusammengebissenen Zähnen. Denn auch wenn der Drink fantastisch klang, erschien mir der Gedanke, mir die Knochen zu verrenken, wie die reinste Höllenqual. »Ich kann es kaum erwarten.«

Er nannte mir noch schnell die Uhrzeit und den Ort des Kurses, und danach legte ich auf. Eine Verabredung zum Yoga. Das war entweder brillant, weil man dabei jede Menge Möglichkeiten zur Berührung hatte und ich dann in ein paar Jahren unseren Kindern eine irre komische Geschichte über unser erstes Rendezvous erzählen könnte, oder es war grauenhaft, weil es damit enden würde, dass ich mich mit jeder Menge Schmerzmitteln vollpumpen musste und wir einzig deshalb Kinder hatten, weil der Kerl, nachdem er mich verletzt hatte, aus einem verdrehten Pflichtgefühl heraus bei mir geblieben war. Wieder einmal hatte ich das Pferd eindeutig von hinten aufgezäumt.

Da ich schließlich gerade eine Glückssträhne zu haben schien, guckte ich noch schnell nach einer neuen Nachricht meines Freundes aus Toronto und kicherte wie ein kleines Mädchen, als tatsächlich eine Meldung von ihm eingegangen war.

»Noch mal hallo«, schrieb mir Ethan. »Kaum zu glauben, dass du Single bist.«

Mein Blick fiel wieder auf das nicht zu übersehende »Simon ist ein Idiot« an meiner Wand, und ich konnte die ungläubige Feststellung meines Schwarms aus Jugendtagen nicht verstehen.

»Du siehst immer noch fantastisch aus – kannst du mir vielleicht erklären, warum wir damals nie zusammengekommen sind? Ich hätte dich als erstes Mädchen küssen sollen und nicht Verity Smith. Hast du mal ein aktuelles Bild von ihr gesehen? Kein schöner Anblick …«

Was? Ich sah immer noch fantastisch aus? Hatte er etwa schon während der Orchesterzeit gedacht, ich wäre auch nur ansatzweise hübsch?

»Tut mir leid, das war gemein. Aber ich kann wirklich nicht verstehen, warum du nicht mit irgendeinem tollen Kerl zusammen bist. Wenn du hier wärst oder ich in London wäre, würde ich dich sofort bitten, mit mir auszugehen. Du hast nicht zufällig schon mal ans Auswandern gedacht? Toronto ist echt toll!«

Nein, natürlich hatte ich bisher noch nicht ans Auswandern gedacht, doch in diesem Augenblick fing ich bereits in Gedanken mit dem Packen meiner Koffer an. Kanada wäre bestimmt gar nicht so schlecht. Was machte es schon aus, wenn es dort eisig war? Und wenn ich dort keinen Menschen kannte außer meinem ersten Schwarm, der immerhin inzwischen meine potenzielle große Liebe war? Es war nicht so weit von New York entfernt, dass ich nicht irgendwelche wirklich guten Jobs bekommen könnte – und auch in Toronto gäbe es für mich bestimmt etwas zu tun. Denn ich war mir ziemlich sicher, dass die Menschen sich dort schminkten und dass man sogar in Kanada Modezeitschriften las. Zumindest Emelie hatte ein Faible für Make-up und las jede Menge Magazine, und sie war Kanadierin. Auch wenn sie inzwischen bereits ziemlich lange hier in England war.

Ich gab das Streichen erst mal auf, legte mich genüsslich in die Badewanne und dachte in Ruhe über die verbliebenen Punkte meiner Liste nach. Inzwischen hatte ich mehr als die Hälfte aller To-dos abgehakt, und es wurde immer kniffliger. Vielleicht sollte ich ganz einfach weiter hoffen, dass Veronica es schaffte, mir den Job in Sydney zu vermitteln, denn viel weiter reisen konnte man beim besten Willen nicht. Und den Brief an Simon schriebe ich am besten, wenn ich geistig wieder etwas mehr im Gleichgewicht oder aber vollkommen von Sinnen wäre. Was von beidem, war egal. Also blieben mir nur noch die Suche nach einem Begleiter für die Hochzeit meines Dads und der verfluchte Bungee-Sprung. Oder etwas in der Art. Wobei ich nicht hätte sagen können, welcher dieser beiden Punkte beängstigender war. Wobei nichts mich auch nur annähernd so ängstigte wie die Erkenntnis, dass ich immer noch Dans Brustbehaarung vor mir sah. Ich versank, so tief es ging, in meinem wunderbaren Schaumbad, kniff die Augen zu und versuchte, mir nicht seinen Knackarsch vorzustellen, als er sich gebückt hatte, weil ihm der Pinsel aus der Hand gefallen war. Ein Bungee-Sprung wäre ganz sicher weitaus weniger gefährlich als die seltsamen Gefühle, die der Kerl mit einem Mal in mir zu wecken schien.

Es war Freitag, und ich fand es geradezu unglaublich, welch gravierende Veränderung in sieben Tagen mit mir vorgegangen war. Ich kam mir vor, als lebte ich nicht ganz, aber beinahe in einem Craig-David-Song, obwohl ich ehrlich hoffte, spätestens bis Sonntag wäre ich wieder halbwegs runtergechillt. Wobei ich das Wort »chillen« nie laut ausgesprochen hätte, denn als weiße Mittelklassefrau von achtundzwanzig käme ich damit einfach nicht durch.

Abends hätte ich mein erstes Date seit fast fünf Jahren, und um nicht daran zu denken, hatte ich gleich nach dem

Aufstehen noch einmal mein Glück als Joggerin versucht und es geschafft, die Runde ohne größere Verletzungen zu überstehen. Danach hatte ich die Wände meines Wohnzimmers ein zweites Mal gestrichen, die Getränke und das Essen für die Party Samstagabend eingekauft und statt der von Matthew streng verbotenen Eistorte meinen eigenen Schokoladen-Käsekuchen für ihn gemacht. Während all der Zeit war niemand einfach bei mir aufgetaucht, hatte sich niemand übergeben und mir auch niemand erklärt, ich wäre langweilig und deshalb mache er jetzt mit mir Schluss. Bisher war es also einer der angenehmeren Freitage der jüngeren Vergangenheit.

Schließlich tauchten Emelie und Matthew aus der vierundzwanzigstündigen Versenkung auf, um mir alles Gute für mein Date zu wünschen, wobei Em sich auf mein Sofa warf und über einer Riesenportion Hühner-Curry eine Nachricht nach der anderen an meinen Bruder schrieb, während Matthew »einfach so« was in sein Handy tippte und dann stundenlang versuchte, eine möglichst heiße Aufnahme seines neuen Tattoos für Facebook hinzukriegen (wobei »Facebook« in dem Fall bestimmt ein Synonym für sein geliebtes Schwulennetzwerk Grindr war). Wenig überraschend hatte keiner von den beiden Lust, mit mir zu dem Yogakurs zu gehen. Ich bat sie ja auch nicht, mit zu dem Date zu kommen, aber beim Yogakurs hätte ich durchaus moralische Unterstützung brauchen können, doch gegen halb sieben stand ich ganz allein in einem von Ems knappen Sporthöschen und einem heißen pinkfarbenen Top, das nicht annähernd genug verdeckte, in meinem Flur und klammerte mich unglücklich an Matthews Yogamatte fest.

Mir blieb nur noch eine allerletzte Möglichkeit: Ich fing zu jammern an. »Aber ich will da gar nicht hin.«

»Und was ist, wenn Asher dein Seelenverwandter ist?«, erkundigte sich Emelie, den Mund voll Fladenbrot.

»Das ist er sicher nicht«, fuhr ich mit Jammern fort.

»Em hat mir erzählt, er wäre ein echt heißer Typ«, mischte sich auch Matthew ein, ohne allerdings auch nur von seinem Handy aufzusehen. »Also ab mit dir.«

»Viel Spaß bei deinem Date.« Em winkte mich aus dem Raum und wandte sich erneut der Wiederholung von *X Factor* im Fernsehen zu. Sie gab sich ganz eindeutig alle Mühe, die Sky Plus Box mit so vielen Anti-Simon-Sendungen wie möglich anzufüllen.

»Ich hasse euch beide.« Wutschnaubend dampfte ich ab. »Aber ich gehe ja schon.«

»Wenn du dich nicht beeilst, kommst du zu spät«, klärte mich Matthew auf. »Also hau endlich ab.«

»Ich lege dir ein paar Kondome nebens Bett«, rief Emelie mir nach.

Ich drehte mich wortlos um und stapfte hörbar – was zu meiner Überraschung, wenn man es nur dringend genug wollte, selbst in Ballerinas möglich war – aus der Wohnung und knallte die Tür hinter mir zu.

Wie nicht anders zu erwarten, fuhr der Bus verspätet ab, weshalb ich gerade noch zur rechten Zeit in meine Yogaklasse kam. Asher, der ganz vorne saß, atmete erleichtert auf und winkte kurz, als ich durch die Tür gestolpert kam, unbeholfen meine Matte ausrollte und dabei meinen beiden Nachbarn mit den Yogablöcken, die man mir ausgehändigt hatte, auf die Köpfe schlug. Gott sei Dank waren die Dinger aus Hartschaum und nicht aus Holz.

»Guten Abend allerseits«, fing Asher an. Ich zwang meine Beine in den Schneidersitz und versuchte, so entspannt wie möglich auszusehen. Asher war auch ohne Smoking wirklich süß, nur hoffte ich, er setzte nach dem Kurs wieder seine schlaue Brille auf. Doch selbst wenn nicht, hatte er wenigstens nicht eines dieser eng sitzenden Yoga-Outfits aus Lycra an. Vielleicht wäre er ja doch der Richtige für mich? Vielleicht würden wir am Schluss mit unseren beiden wunderhübschen, geschmeidigen Kindern Clover und Paxo irgendwo in einen Ashram ziehen. Das hieß, Moment mal, Paxo war eine Gewürzmischung, weshalb der Name vielleicht doch nicht das Ideale war.

»Sollen wir die heutige Stunde mit drei Ohms beginnen, um die Stimmen in unserem Kopf zum Schweigen zu bringen?«, fragte Asher uns mit einer ruhigen Stimme, die auf mich alles andere als beruhigend wirkte. Vielleicht konnte er mir ja ansehen, dass ich unseren Erstgeborenen nach einer Gewürzmischung aus der Dose benennen wollte.

Ich kniff die Augen zu und atmete tief durch, doch die leise Stimme in meinem Gehirn spielte einfach nicht mit. Statt dreimal leise Ohm zu sagen, schnalzte sie deutlich mit der Zunge und raunte erbost: »Mein Gott. Muss das denn wirklich sein?«

Ja, Hirn, gab ich unglücklich zurück, es muss anscheinend wirklich sein.

»Na, wie hat es dir gefallen?«, fragte Asher mich, als ich nach dem Ende unserer Übungsstunde rotgesichtig und verschwitzt meine Matte zusammenrollte und zum lieben Gott im Himmel flehte, dass das Ding bis an mein Lebensende zusammengerollt bliebe. Ich konnte nicht glauben, dass er mich das wirklich fragte, und starrte ihn an. In der einen Hälfte der Stunde hatte ich in Totenstellung ausgeharrt und stumm in mich hineingeweint, und in der anderen Hälfte hatte ich mir beinahe die Wadenmuskulatur abgerissen und ziemlich laut geschrien.

»Es war eine Herausforderung«, erklärte ich nach einer halben Minute angestrengten Überlegens. Denn so schnell fiel mir beim besten Willen keine Antwort ein, die nicht gelogen war und trotzdem nicht die Worte »einfach grauenhaft« enthielt.

»Nicht wahr?« Er strahlte wie ein Honigkuchenpferd. »Also, wonach ist dir jetzt zumute?«

Während ich so auf dem Boden saß und in das offene, glückliche Gesicht meines Gegenübers sah, hatte ich eine plötzliche Vision. Asher und ich in perfekten Kriegerposen mit zwei identischen kleinen Ashers, die versuchten, es uns nachzumachen und dabei vor Freude juchzend auf ihre bebrillten Nasen fielen. Ich riss mich zusammen, biss mir auf die Lippe und schlug ihm mit rauer Stimme vor: »Wie wäre es jetzt mit dem Drink?«

»Und dann habe ich sie als hirnlose Kuh bezeichnet und bin einfach aus dem Raum marschiert«, beendete ich meine witzige Geschichte des Tages, an dem ich ein Supermodel angeschrien hatte, und trank gleichzeitig den Rest meines zweiten Rotweins aus.

»Okay. Wow. Das ist, wie soll ich sagen? Wow«, äußerte Asher seinen Standardkommentar und trank den Rest von seinem dritten Bier. Für einen Yogalehrer trank er ganz schön viel. Was eher gegen ihn als zukünftigen Vater meiner Kinder sprach.

»Aber weißt du, ab jetzt geht's für mich steil bergauf.

Die nächste Runde geht auf mich. Noch mal dasselbe?«, fragte ich und stand entschlossen auf.

»Okay. Ja«, antwortete er. »Für mich noch mal ein Bier.«

Als ich an der Bar stand, blickte ich zurück zu unserem Tisch. Okay, er war ein bisschen ruhig, wirkte aber trotzdem durchaus nett. Und er konnte ja wohl unmöglich ein schlechter Mensch sein, wenn er Yogalehrer war. Nach dem Kurs hatte ich ihn ins Lexington gelockt, denn wenn meine Wadenmuskulatur vollends ihren Dienst versagte, könnte ich zumindest noch nach Hause kriechen und säße nicht endlos irgendwo in einer Kneipe fern der Heimat fest. Barmann Jamie nickte freundlich und schob mir die beiden vollen Gläser hin.

»Alles klar, Rachel?«, erkundigte er sich, während er meinen Zwanziger entgegennahm.

»Alles bestens.« Ich erwiderte sein Lächeln und griff nach dem Wechselgeld. »Und, ist heute Abend viel Betrieb?«

»Oben spielt eine Band, deshalb ist es ziemlich ruhig«, antwortete er und nickte in die Richtung, in der Asher saß und mit seinem Handy spielte. »Und was ist das da für ein Kerl?«

»Oh, ein neuer … Freund.« Ich schnitt eine Grimasse. »Simon und ich haben uns getrennt.«

»Dann hast du dir aber ganz schön schnell einen neuen Kerl geangelt«, stellte Jamie fest. »Aber ich nehme an, es macht auch keinen Sinn, wenn man allzu lange wartet.«

»Er wirkt ganz okay.« Ich nickte kurz.

»Tja, ich an deiner Stelle würde mich ganz sicher nicht mit einem Typen begnügen, der nur ganz in Ordnung ist, aber solange du dich amüsierst …« Er sah mich mit einem etwas schiefen Lächeln an und wandte sich dem nächsten Kunden zu.

Solange ich mich amüsiere? Amüsierte ich mich denn?

»Also, seit wann machst du schon Yoga?«, fragte ich und stellte das Bierglas vor ihn auf den Tisch. Seine langen Beine waren unter seinem Stuhl gefaltet, und die Yogamatte hatte er auf einen zweiten, freien Stuhl gelegt.

»Cheers. Seit ein paar Jahren«, antwortete er, während er seine Brille etwas höher schob. »Ich liebe diesen Sport.«

Ich nickte zustimmend. Er hatte also einen guten und gesunden Lebensstil. Was durchaus für ihn sprach. »Und wie bist du darauf gekommen?«

»Ein Exfreund hat mich drauf gebracht«, gab er unumwunden zu und nippte vorsichtig an seinem Glas. »Er hatte schon jahrelang Yoga gemacht, und um ihn überhaupt einmal zu sehen, musste ich in diesen blöden Yogakurs gehen. Aber inzwischen bin ich froh, dass ich damals dort gelandet bin – und vor allem hatte ich am Yoga von Anfang an deutlich mehr Spaß als je an ihm.«

Entgegen dem Befehl meines Gehirns wurden meine Augen groß wie Untertassen, und ganz langsam floss der Wein zurück aus meinem Mund in mein noch fast volles Glas. Aus irgendeinem Grund konnte ich einfach nicht schlucken …

»Du hast einen Exfreund?« Meine Stimme war bestimmt nicht ganz so schrill, wie sie in meinen Ohren klang.

»Ja, o Gott, das ist doch hoffentlich für dich okay?« Er blickte nervös über den Tisch. »Manchmal denke ich einfach nicht daran, dass das ein Problem für manche Leute ist.«

Ehe ich etwas erwidern konnte, marschierte vor meinem geistigen Auge ein strammer, ein Meter achtzig großer Yoga-Gott an mir vorbei, stieß mich unsanft in die Seite und gab Asher einen Schmatzer auf den Mund. Ich saß schluchzend im Gras, und unsere Fantasienachkommen fragten weinend: »Warum, Daddy, warum?«

»Das ist für mich total okay«, antwortete ich und hob – diesmal mit deutlich größerem Erfolg – erneut mein Weinglas an den Mund. »Auf jeden Fall.«

»Puhh.« Scherzhaft fuhr er sich mit einer Hand über die Stirn. »Aber wie gesagt, er ist mein Exfreund. Und die Sache ist inzwischen ewig her.«

Das war für mich in Ordnung. Echt. Denn für wen wäre das heutzutage wohl noch ein Problem? Abgesehen von meinem Dad? Und meine Mum würde wahrscheinlich sogar vollkommen begeistert davon sein. Aber auch ich selbst kam natürlich gut damit zurecht.

»Mit der Ausbildung zum Lehrer habe ich nach unserer Trennung angefangen.« Asher lehnte sich auf seinem Stuhl zurück und streckte seine langen Beine aus. Meine eigenen Beine waren immer noch gelähmt. Dabei war es zwei Stunden und drei Gläser Rotwein her, dass ich den herabschauenden Hund zumindest versucht hatte. »Ich kann immer noch nicht glauben, dass dieser Versuch, mich abzulenken, mein Leben dauerhaft verändert hat.«

»Das kann ich verstehen.« Wieder nippte ich an meinem Wein. »Wirklich.«

»Gut zu wissen.« Er beugte sich über den Tisch, blickte nach links und rechts und winkte mich zu sich heran. Entschlossen stellte ich mein Weinglas ab. Würde er mich küssen? Wäre dies möglicherweise der Beginn von etwas Wunderbarem? »Ich weiß, dass wir uns gerade erst begegnet sind, aber samstags leite ich einen Nudisten-Kurs, und danach treffen wir uns meistens noch bei mir zu Hause. Du kannst morgen gerne kommen, wenn du willst.«

Ich richtete mich wieder auf und presste meine Lippen derart fest zusammen, dass bestimmt nur noch ein dünner weißer Strich zu sehen war.

»Sind da drüben die Toiletten?«, fragte er und zeigte auf die Türen an der Seite des Raums. Ich nickte stumm, sah geradeaus und verharrte bewegungslos an meinem Platz. All die Zeit in der Totenstellung hatte sich anscheinend doch gelohnt.

Kaum war er auf dem Klo verschwunden, zerrte ich mein Handy aus der Tasche und schrieb eine kurze SMS an Em. Denn ich hatte endgültig genug. Verstohlen blickte ich in Richtung der Toilettentür, doch dort rührte sich noch nichts.

»ICH BIN EIN STAR, HOL MICH HIER RAUS«, tippte ich, so schnell ich konnte, und behielt danach mein Handy in der Hand.

Ich hatte eine SMS von Dan. Während eines kurzen Moments hing mein Daumen über dem Öffnen-Feld in der Luft. Höchstwahrscheinlich wollte er nur sagen, dass Ana die Schrauben um seine Eier angezogen und ihn heimbefohlen hatte und er deshalb nicht zur Party morgen Abend käme. Und auch wenn ich mir die größte Mühe gab, so zu tun, als wäre es mir egal, ob er erschiene oder nicht, war ich doch etwas enttäuscht.

»Kann ich morgen irgendetwas mitbringen?«

Puh. Das war mal eine nette SMS. Trotzdem hatte ich noch immer keine Ahnung, was zwischen uns beiden lief, und ich hatte Ahnungslosigkeit schon immer abgrundtief gehasst. Matthew war der festen Überzeugung, dass es Dan um irgendeine Wette ging, und auch wenn mir der Gedanke, dass ich Gegenstand einer Wette war, nicht unbedingt gefiel, könnte das natürlich durchaus sein. Wovon ich, wie Em umgehend aufgefallen war, auf perverse Art geschmeichelt war. Solange es bei dieser Wette nicht um das Aufreißen der abstoßendsten Frau in der Umgebung ging. Denn das wäre für keinen von uns beiden schmeichelhaft.

Ich fasste mich bei meiner Antwort möglichst kurz. »Nur dich. Und jede Menge Alkohol.«

»Checkst du deine Nachrichten?« Asher nahm wieder mir gegenüber Platz. »Oder lässt du deine Freunde wissen, dass ich kein Serienkiller bin?«

»Das steht ja wohl noch gar nicht fest.« Von dem Date mit meinem nackten Yoga-Orgienmeister hatte ich jetzt endgültig genug. »Nein, ich habe nur gerade eine SMS gekriegt.« Zur Untermalung meiner Worte schwenkte ich mein Handy durch die Luft.

»War sie wenigstens aufregend?«, erkundigte er sich und versuchte, unauffällig seine Jungs zurechtzurücken. Was ihm jedoch nicht gelang. Dies war eines der Probleme während eines Dates direkt nach einem Yogakurs. Lycra oder nicht, überließ sein Outfit kaum etwas der Fantasie – und dabei war ich nicht einmal besonders fantasiebegabt. Was ich auch als Peinlichkeit empfunden hätte, säßen wir nicht hier in meiner Stammkneipe inmitten von Männern in Jeans und anderen normalen Klamotten.

»Sie war von einem Freund.« Ich stolperte nur leicht über das Wort. »Einem Typen, mit dem ich arbeite.«

»Einem Maskenbildner?«

Meiner Meinung nach klang er für einen bisexuellen

Yogalehrer ein wenig zu amüsiert von dem Gedanken, dass es auch männliche Maskenbildner gab.

»Er ist Fotograf«, stellte ich klar. »Wir arbeiten für dieselbe Agentur.«

»Du bist die erste Maskenbildnerin, die ich kenne«, stellte er nachdenklich fest. »Ich stelle es mir furchtbar öde vor, von morgens bis abends nichts anderes zu tun, als den Lippenstift von irgendwelchen Leuten nachzuziehen.«

Ich setzte ein höfliches Lächeln auf und leerte den Rest von meinem Glas mit einem schnellen Zug. Sonst hätte ich ihm meinen Wein wahrscheinlich ins Gesicht gekippt, und an einer Szene lag mir nichts. Wo in aller Welt blieb Em? Warum rief sie mich nicht an?

»Wie bist du darauf gekommen, dass du so etwas beruflich machen willst? Andere Leute schminken, meine ich.« Er rieb sich die Spitze seiner Nase. War sie in der letzten Viertelstunde angeschwollen, oder war sie immer schon so groß gewesen, und ich hatte es bisher ganz einfach nicht bemerkt?

»Nun, ich habe schon immer gern gemalt, war aber nicht wirklich gut darin, und ich habe meine Freundinnen schon in der Schulzeit oft geschminkt«, antwortete ich prompt. Denn diese Frage wurde mir mit nervtötender Regelmäßigkeit gestellt. »Und dabei habe ich gemerkt, dass es mir einfach Spaß macht, jemanden mit Hilfe von Make-up völlig zu verwandeln und was Schönes herzustellen. Das ist alles.«

»Das ist interessant, denn du siehst nicht wie jemand aus, der viel Make-up benutzt«, erklärte er, und ich setzte mich auf meine Hände. »Es liegt bestimmt daran, dass ich ein Mann bin, aber ich kann einfach nicht verstehen, was ihr Frauen davon habt, dass ihr euch jede Menge Zeug ins Gesicht klatscht. Damit seht ihr schließlich ganz bestimmt nicht besser aus. Ich meine, an dem Abend auf dem Fest? All diese Frauen, die wie totale Schlampen rumgelaufen sind? Na, vielen Dank.«

»Ich für meinen Teil klatsche Frauen nicht einfach jede Menge Zeug ins Gesicht«, klärte ich ihn mit gepresster Stimme auf.

»Trotzdem ist es ein seltsamer Job, findest du nicht auch?« Er wusste einfach nicht, wann es geschickter war, die Klappe zu halten. »Haben deine Eltern nicht zu viel gekriegt und dir erklärt, dass du dir eine richtige Arbeit suchen sollst?«

»Nein.«

»Und dass ihr sogar noch behauptet, dass ihr Künstler seid. Also bitte. Make-up-Künstlerin? Ich meine, sind die echten Künstler nicht beleidigt, wenn ihr euch so nennt?«

»Nein.«

Obwohl mein Blick sogar den siebten Kreis der Hölle mühelos hätte gefrieren lassen, fuhr er unbekümmert fort.

»Aber Fotograf wäre ich durchaus selber gern geworden.« Er schob mir sein Handy hin, auf dem ein alles andere als bemerkenswertes Bild der Waterloo Bridge zu sehen war. »Ich hatte immer schon ein gutes Auge.«

Ich hatte längst schon aufgehört zu zählen, wie häufig Dan von Hobbyfotografen angesprochen worden war. Sie mit einem Blick in ihre Schranken zu verweisen war eindeutig ein Talent, das mir nicht gegeben war. Manchmal musste er zwar noch herablassend schauen oder höflich lächeln, aber ganz egal, was er auch tat, verstand ich ihn auf jeden Fall. Denn wir beide hatten Jobs, von denen jeder dachte, dass auch er sie machen könnte. Denn schließlich besaß fast jeder eine Kamera, und die meisten Frauen hatten sich schon Hunderte von Malen ihre Lippen angemalt und irgendwelches Zeug in die Gesichter geklatscht.

»Das ist wahrscheinlich schwieriger, als die meisten Leute denken«, antwortete ich diplomatisch, ohne mir noch mal das blöde Foto anzusehen. »Und Dan ist wirklich talentiert.« Ich dachte an das Foto in der Galerie. Er hatte wirklich einen unglaublichen Blick, wenn ihm neben all den blöden Bildern von der blöden Ana in den blöden Unterhosen eine derart überwältigende Aufnahme gelungen war.

»Wenn ich nicht hätte Geld verdienen müssen, hätte ich bestimmt Fotografie studiert. Reich werden kann man damit doch sicher nicht.« Es war Asher deutlich anzuhören, dass er beleidigt war. »Aber manche Leute haben dabei einfach Glück und kriegen irgendwelche halbwegs gut bezahlten Jobs.«

»Das war bei Dan kein Glück«, gab ich nicht minder aggressiv zurück. »Er hat dafür hart gearbeitet. Man wird nicht einfach aus Zufall Fotograf – erst ackert man jahrelang als Assistent, und dann muss man auch weiter ständig neue Techniken studieren und mit neuem Equipment arbeiten. Und dann sind da noch die langen Arbeitstage und die ganze Reiserei. Aber wenn man so gut ist wie Dan, wird man auf alle Fälle anständig dafür bezahlt.«

Inzwischen wirkte Asher ernsthaft angepisst.

»Und dasselbe gilt für Maskenbildnerinnen«, murmelte ich in mein leeres Glas. Mein Handy hielt noch immer seinen vorgezogenen Winterschlaf. Wo in aller Welt war

Emelie? Falls sie irgendwelche Nachrichten an meinen Bruder schrieb, statt mich vor einer Nacht in einer Zelle zu bewahren, nachdem ich diesen Volltrottel erschlagen hätte, würde sie den größten Ärger ihres Lebens kriegen, schwor ich mir erbost. »Man macht dabei nämlich ein bisschen mehr, als nur den Lippenstift von irgendwelchen Leuten nachzuziehen.«

»Erzähl mir mehr davon.« Er sah auf seine Uhr.

»Das würde ich ja gern, aber wie gesagt, ich habe diese SMS von diesem Freund gekriegt und muss jetzt leider wirklich los«, antwortete ich, während ich mir bereits meine Tasche über meine Schulter schwang. »Danke für den Abend.«

»Hat dein Freund dir wirklich eine SMS geschickt?«, erkundigte sich Asher. Er erhob sich ebenfalls, wirkte wegen des abrupten Endes dieses Abends aber nicht besonders überrascht.

»Nein.« Ich stolzierte hocherhobenen Hauptes an dem Kerl vorbei. »Ciao.«

»Deine Yogamatte liegt noch hier«, rief er mir durch die inzwischen gut besuchte Kneipe hinterher.

»Mir egal«, rief ich zurück.

Was tatsächlich stimmte, bis ich draußen angekommen war und mich daran erinnerte, dass es gar nicht meine Yogamatte war und ich Matthew deswegen jetzt zwanzig Mäuse schuldete. Verflixt.

Ein. Derart. Tolles. Date. Hatte. Ich. Noch. Nie.

14

»Oh, du kennst mich wirklich gut«, brüllte Matthew über die Musik hinweg und schwenkte fröhlich sein Geschenk. »Darf ich die Sachen jetzt gleich einweihen?«

»DVD ja, Kondome nein«, antwortete ich.

Matthews Party lief erheblich besser als erwartet. Aber schließlich hatte ich mich auch in dem verzweifelten Verlangen, sämtliche Erinnerungen an den Vorabend zu tilgen, voll und ganz in die Vorbereitungen des Fests zu seinem Ehrentag gestürzt. In der Küche fanden sich absurde Mengen Alkohols, dreimal so viel Essen, wie die Gästeschar würde vertilgen können, und ich hatte sogar noch die Lichterkette von Weihnachten hervorgekramt, um ein bisschen Stimmung zu schaffen. Außerdem konnte man bei der schummrigen Beleuchtung das Graffito an meiner Wand nicht so gut erkennen. Aber wie dem auch sei, schien sich alle Welt zu amüsieren. Matthew war bereits erheblich angetrunken, Em hatte den Service übernommen und füllte die Gläser unserer Gäste regelmäßig wieder auf, und ich war bisher nicht einmal ausgeflippt. So weit, so gut.

»Also, wie hast du den Tag verbracht?« Ich legte eine kurze Pause im Nachfüllen der Chips- und Dips-Behälter ein und setzte mich aufs Sofa neben das Geburtstagskind. Anders als erwartet sprang er nicht wie ein Verrückter durch die Gegend, sondern war beinah erschreckend ruhig. »Du bist nicht halb so flippig und so nervtötend wie sonst, wenn du Geburtstag hast.«

»O Gott, bin ich das nicht?« Er starrte mich entgeistert an. »Tut mir leid. Ich bin ein bisschen abgelenkt.«

»Genau das macht mir Sorgen.« Ich zerzauste ihm das Haar und versuchte, nicht in Richtung meines eigenen Fernsehers zu sehen. Wahrscheinlich war er deprimiert, weil dies die erste Feier ihm zu Ehren ohne Stephen war, deswegen ging ich nicht näher auf das Thema ein. »Aber bist du okay? Hast du einen schönen Tag gehabt?«

Im Gegensatz zu mir verfolgte Matthew gebannt, was auf dem Bildschirm meines Fernsehers geschah. »Heute? Lange geschlafen, ferngesehen, mir einen runtergeholt. Kannst du mir mal sagen, was der große braunhaarige Typ in deiner Küche macht?«

Damit meinte er natürlich Dan. Der war um Punkt neun mit einer Flasche Whiskey, einer Flasche Wodka und dazu noch einem Sixpack aufgetaucht. Man konnte wirklich nicht behaupten, dass er sich nichts sagen ließ. Doch bisher hatten wir kaum gesprochen, seit er auf dem Fest erschienen war, und ich hatte mich inzwischen damit abgefunden, dass ich die Situation anscheinend falsch interpretiert hatte und er sich, weil ich frisch verlassen war, einfach nur bemühte, nett zu mir zu sein. Worüber ich natürlich ausnehmend erleichtert war.

»Aber er scheint tatsächlich ganz okay zu sein.« Matthew schenkte uns zwei Whiskey ein. Das Bier- und Weinstadium lag längst schon hinter ihm. »Und vor allem hatte ich total vergessen, wie heiß der Knabe ist.«

»Meinetwegen, aber erst einmal zurück zu dir, Geburtstagskind.« Der Whiskey tat mir gut. »Ist bei dir wirklich alles klar? Ich finde einfach, dass du ein bisschen niedergeschlagen wirkst. Und zwar anders, als wenn du normalerweise denkst, dass außer dir alle Idioten sind.«

»Ich weiß, ich bin ein elendiger Jammerlappen.« Matthew kippte den Whiskey hinunter und schenkte sich umgehend nach. »Aber das ist wahrscheinlich einfach der Geburtstags-Blues.«

»Dann bleib weiter still hier sitzen und guck deinen Porno an«, befahl ich ihm, küsste ihn zärtlich auf den Kopf und marschierte wieder in die Küche, um zu sehen, ob es dort noch Nachos gab. Eine wirklich tolle Party.

»Na, amüsiert sich Matthew?«, fragte Dan, als ich mich an ihm vorbei in Richtung der Arbeitsplatte schob. Heute trug er zu hautengen dunkelblauen Jeans ein blau-weiß kariertes Hemd, einen blauen Kashmirpullover mit V-Ausschnitt und eine schmale schwarze Krawatte. Ich musste zugeben, er sah fantastisch aus. Auch wenn er in seinem Aufzug sicher furchtbar schwitzte. Denn ich selber trug mein neues ärmelloses himmelblaues Seidenkleid und hatte das Gefühl zu glühen.

»Der kleine Junge ist jetzt sicher zufrieden, denn ich habe ihm erlaubt, seine neue DVD zu sehen«, antwortete ich und warf noch einmal einen Blick dorthin, wo Matthew auf dem Sofa saß. Er hätte sicher nicht gewollt, dass ich Dan erzählte, dass er unter fürchterlichem Liebeskummer litt, deswegen ließ ich es sein. Weil ich schließlich eine gute Freundin war. »Und, bist du okay?«

»Na klar. Ich habe mich eben mit Emelie unterhalten. Wenn sie nicht gerade meiner Begleiterin eins auf die Nase gibt, scheint sie echt nett zu sein.«

»Das ist sie auch«, bestätigte ich ihm. Seine Begleiterin? Die beiden waren doch wohl nicht wieder zusammen? Argh. »Weißt du, ob irgendwo noch Nachos sind?«

»Sie ist wirklich heiß.« Dan griff in das oberste Regal, denn dort hatte er das Zeug versteckt.

»Auf jeden Fall.« Er war doch sicher nicht auf meiner Party aufgetaucht, um meine beste Freundin anzumachen. Oder etwa doch?

»Aber keine Angst.« Er legte die Tüte mit den Nachos auf den Tisch und wandte sich mir zu. »Du bist nämlich noch viel heißer.«

Ich musste husten und wäre beinahe an dem Nacho, das ich gerade hatte essen wollen, erstickt.

»Rach!«, schrie Matthew aus dem Wohnzimmer. »Da klopft jemand an die Tür.«

»Dann mach doch einfach auf«, antwortete ich, ohne meinen Blick von Dan zu lösen.

»Ich gucke gerade einen Porno«, brüllte er zurück. »Und außerdem ist heute mein Geburtstag.«

»Ich mache schon auf«, erbot sich Dan, und schnell, aber nicht schnell genug, sah ich woandershin. »Kannst du in der Zeit die Guacamole in die blaue Schale füllen? Das grüne, klumpige Zeug.«

»Du bist ja ein richtiger Scherzkeks. Hoffentlich mache ich mir nicht gleich vor Lachen in die Hose.«

»Bitte nicht hier in der Küche.« Er legt mir die Hände um die Taille und schob sich an mir vorbei. Hmm, abermals wurde mir seltsam heiß. Er musste wirklich damit aufhören, mich zu berühren. Oder es noch öfter tun. Was von beidem, hätte ich nicht sagen können. Weil ich immer, wenn ich Whiskey trank, entsetzlich unentschlossen war.

»Das ist wirklich eine super Party.« Em nahm den Platz von Dan in der Küche ein und knabberte vorsichtig an einem Karotten-Stick. Was mich ein bisschen ärgerte, denn schließlich hatte ich die Cheddarkäse-Minis nur für sie gekauft. »Es sind jede Menge Leute da.«

»Tu doch nicht so überrascht«, antwortete ich. »Ich bin eben sehr beliebt.«

»Und du trägst wieder ein Kleid.« Sie schlang mir die Arme um den Hals, prüfte eilig, ob jemand in ihre Richtung sah, und warf sich eine Handvoll trocken gerösteter Erdnüsse in den weit aufgerissenen Mund. »Das dir wirklich ausgezeichnet steht.«

»Danke.« Ich drehte eine kleine Pirouette, denn dann bauschte sich der Rock des Kleides herrlich auf. »Ich hatte kaum noch neue Outfits, aber nichts von meinen anderen Sachen, die die Ausmistaktion überlebt haben, kam mir auch nur ansatzweise passend vor.«

»In deinen alten Sachen hättest du noch nicht einmal mehr Kühe melken sollen«, gab sie ungerührt zurück. »Ich hätte teilweise noch nicht mal sagen können, aus was für einem Stoff sie waren.«

Ich hielt in meiner Pirouette inne und stopfte ihr einen Mini-Cheddarwürfel in den Mund. »Du hast auch meinen Wollmantel entsorgt. Der mein einziger Mantel war.«

»Meine liebe Rach«, erklärte Em, den Mund voll Käse. »Das soll ein Wollmantel gewesen sein? Ich kann dir versichern, dieses Ding war nie auch nur in der Nähe eines Schafs. Wenn es je ein Schaf getroffen hätte, wäre es sofort von deinem Körper gekrabbelt, um es sich genauer anzusehen, und hätte dich gefragt, was das für ein flauschiges Mäh-Mäh ist.«

»Trotzdem habe ich jetzt keinen Mantel mehr«, stieß ich knurrend aus. »Aber es freut mich, dass du in einem so schlichten Outfit hier erschienen bist – ich hätte schließlich nicht gewollt, dass du dir extra Mühe machst.«

Es wäre noch untertrieben zu behaupten, Emelie hätte sich für die Party ihres besten Freundes schwer ins Zeug gelegt. Mit ihrem Aussehen machte sie den Teilnehmern beim Karneval in Notting Hill ernsthafte Konkurrenz. Ich hatte keine Ahnung, wann sie zu dem Schluss gekommen war, dass dies ein gelungenes Outfit für eine private Party war. In ihrer grenzenlosen stilistischen Weisheit hatte sie Hot Pants, die man dank ihrer leuchtend roten Farbe und der zahlreichen Pailletten selbst im Dunkeln glitzern sah, mit Netzstrümpfen und einem breit gestreiften, schlabbrigen T-Shirt kombiniert, das gerade tief genug von ihrer linken Schulter hing, dass man ihre neue Tätowierung sah. Ihr schimmerndes kastanienbraunes Haar, das das fünffache Volumen hatte wie normal, fiel ihr in einer Woge wilder Locken über die rechte Schulter, und die nachtblauen Plateau-High Heels mit den schmalen Riemchen, die ich neben meinem Sofa liegen sah, gehörten sicher ihr. Sie sah entweder wie eine von den Pussycat Dolls aus oder wie ein superexklusives Callgirl.

»Ich dachte nur, es wäre vielleicht nett, wenn ich mir ein bisschen Mühe gebe«, meinte sie und blickte zurück ins Wohnzimmer, wo Dan mit möglichst großem Abstand zum Geburtstagskind auf meinem Sofa saß und sich bemühte so zu tun, als interessiere ihn nicht im Geringsten, was im Fernsehen geschah. Dabei war es unabhängig von der sexuellen Orientierung der Beteiligten in höchstem Maße interessant zu sehen, wie viele Menschen gleichzeitig in einen Whirlpool passten. Sicher machten sie sich alle extra möglichst schlank, damit genügend Platz für alle war. »Also, ich hatte eben ein Gespräch mit Dan, the Man.«

»War sicher amüsant«, antwortete ich schnell. »Weißt du, wo das Zaziki ist?«

»Zwischen ihm und Ana ist es aus.« Immer noch sah Em mir reglos ins Gesicht. »Offenbar hatten die beiden einen Riesenstreit, nachdem … hm, nachdem sie von dir geduscht und von mir verhauen worden ist.«

»Ach ja?« Wie zum Teufel war es ihr gelungen, ihm all diese Infos innerhalb von fünf Minuten im Gedränge einer Party zu entlocken? Er war erst am Vortag eine halbe Stunde hier bei mir gewesen – hatte sogar meine Wand gestrichen –, ohne dabei auch nur ansatzweise zu erwähnen, wie es zwischen ihm und Ana lief. »All das hat er dir erzählt? Wortwörtlich?«

»Ja … seltsam, dass er heute Abend hier gelandet ist«, antwortete sie. »Mal angenommen, Rach, er wäre an dir interessiert. Wärst du das andersrum dann auch?«

»Falls du vorhast, dich an ihn heranzumachen, werde ich dich nicht daran erinnern, dass du einverstanden warst, mit meinem widerlichen Bruder auf die Hochzeit meines Dads zu gehen, und dass Dan der größte Frauenheld dieses Jahrhunderts ist.«

Ich bemühte mich, die Tatsache zu ignorieren, dass ich das Gefühl hatte, als hätte ich mir selber ein ums andere Mal ein rostiges Buttermesser in den Leib gerammt.

»Es geht hier nicht um mich.« Sie machte eine Pause und zwinkerte Pete, meinem Nachbarn und zugleich dem Briefträger des Viertels, der sich vorsichtig an ihr vorbei in Richtung Kühlschrank schob, so freundlich zu, dass der arme Kerl vor lauter Schreck fast einen Herzinfarkt bekam. »Sondern um dich.«

»Wir reden hier von Dan.« Ich hob meine Hände in die Luft, um zu unterstreichen, wie absurd der Vorschlag war. »Ich meine, *Dan.* Wir arbeiten seit Jahren zusammen und sind Freunde. Oder etwas in der Art. Mehr nicht.«

»Und warum nicht?«, hakte Em prompt nach. »Die Dinge ändern sich. Du hast dich verändert. Und vor allem ist er groß, phänomenal gebaut und hier auf deiner Party aufgetaucht.«

Damit hatte sie wahrscheinlich recht.

»Und ich würde ihm am liebsten ständig mit den Händen durch die Haare fahren.« Sie raufte sich ihr eigenes Haar und bauschte die Enden auf. »Und die Augen, Rachel. Diese großen braunen Augen. Erzähl mir also bitte nicht, du fändest ihn nicht heiß …«

»Bitte. Ich bin gerade am Essen.« Ich hätte – wahrscheinlich – eine große Karriere in der Politik vor mir gehabt.

»Rach?« Helena, meine Nachbarin von oben, tauchte vor mir auf, hauchte zarte Küsse in die Luft links und rechts meines Gesichts und hielt mir eine Flasche Wodka hin. »Sehe ich nur schlecht, oder steht da drüben an der Wand ›Simon ist ein Idiot‹?«

»So in etwa, ja.« Ich nickte nachdenklich. »Vielleicht sollte ich noch einmal drüberstreichen.«

»Ruf, wenn ich dir dabei helfen soll«, brüllte Dan aus Richtung Couch. »Sie ist nämlich keine wirklich gute Malerin.«

Hatte er uns hören können? Hatte er etwa auch Emelie gehört? Veeer-dammt.

»Ich streiche sogar ziemlich gut«, entgegnete ich. »Schließlich habe ich alle Kanten selbst gestrichen, oder etwa nicht?«

»Wenn du es sagst.« Er wandte sich wieder dem Gespräch mit Matthew zu. Und ich wandte mich mit einem etwas röteren Gesicht wieder an Helena.

»Also, hmm, ich habe auf Facebook gesehen, dass ihr

nicht mehr zusammen seid«, fuhr Helena ein wenig unbehaglich fort. »Ist bei dir alles okay?«

Helena war eine tolle Nachbarin. Sie nahm die Post entgegen, wenn wir nicht zu Hause waren, machte keinen übertriebenen Lärm und hatte immer Milch und Teebeutel. Unglücklicherweise war sie nicht gerade das beste Vorbild für mein zukünftiges Leben als alleinstehende Frau. Sie sah echt gut aus, war beruflich ausnehmend erfolgreich und – soweit ich wusste – frei von ansteckenden Krankheiten, hatte aber, obwohl sie schon achtunddreißig war, bisher noch keinen festen Partner gehabt. Was, so wie sie zu Dan auf dem Sofa starrte, wohl kaum an fehlender Entschlossenheit bei ihren Annäherungsversuchen lag.

»Alles bestens.« Ich hatte einfach keine Lust, auf dieses unselige Thema näher einzugehen. Weil dies schließlich Matthews Abend war. Zumindest bis Mitternacht. Oder bis ich mir die Whiskeyflasche schnappte und mich hoffentlich ins Koma tränke. Je nachdem, was früher kam. »Danke, dass du fragst.«

»Wir sollten mal zusammen ausgehen«, schlug sie mir mit einem freundschaftlichen Knuff in die Seite vor. »Obwohl du ja die Angel vielleicht längst schon wieder ausgeworfen hast.« Wieder warf sie einen vielsagenden Blick in Richtung Couch.

»Nein, ich bin jetzt offizieller Single«, antwortete ich. »Hauptberuflich männerlos.«

»Super.« Hicksend schlang sie einen Arm um meine Schultern. »Damit kennt sich niemand besser aus als ich. Weil ich schließlich schon ewig Single bin. Ich kann dir also gern die Spielregeln erklären, wenn du willst.«

Ich nahm ihren Abschiedsklaps auf meinen Allerwertesten mit einem gut gelaunten Lachen hin. Ewig Single. Der Gedanke munterte mich wirklich auf.

»Rach, dein Handy«, meinte Em. Auf dem Fernseher vibrierte sanft mein iPhone vor sich hin, ich stürzte an den *Jersey Whores* vorbei, schnappte mir das Ding, ignorierte das Gegröle derer, die vor der Glotze versammelt waren, und zog mich in mein Schlafzimmer zurück.

Es war eine Nachricht von dem wunderbaren Ethan Harrison. Schnell schob ich den Haufen Jacken auf die andere Seite meines Betts, damit ich mich setzen und in Ruhe lesen konnte, was für eine nette Nachricht dieses Mal von ihm gekommen war.

Nach seiner Ich-würde-dich-umgehend-bitten-mit-mir-auszugehen-Nachricht hatte ich in einer fieberhaften einstündigen Sitzung eine erste Antwort formuliert, sie wieder gelöscht, die zweite Antwort formuliert, korrigiert, gelöscht und dann die dritte Antwort abgeschickt. Die Kernaussage meiner Botschaft war gewesen, dass er sich mit seinen Wünschen vorsehen sollte, dass ich ebenfalls nicht glauben könnte, dass er Single war, und dass ich im Rahmen meiner Arbeit sehr viel reisen musste und ein Trip nach Kanada nicht gänzlich ausgeschlossen war. Was er schließlich auch nicht war. Ich konnte kaum erwarten, seine Antwort aufzurufen. In der hoffentlich nicht irgendwas von einer einstweiligen Verfügung für eine gewisse Rachel Summers stand.

»Hey, hoffe, du hast einen amüsanten Samstagabend. Heute war brutal. In der Schule gab es einen Zwischenfall, als ein Schüler seine Oboe als Laserschwert verwendet hat. Manchmal ist der Job als Lehrer wirklich hart.«

Echt süß.

»Hm, warum bin ich Single? Das ist eine gute Frage.

Auf die ich wahrscheinlich keine Antwort habe, denn sonst wäre ich es sicher nicht! Aber um ganz ehrlich zu sein, hatte ich bis Anfang dieses Jahres eine durchaus ernsthafte Beziehung, nur hat es am Schluss nicht funktioniert. Sie ist weggezogen, und ich wollte in Toronto bleiben. Weshalb ich jetzt eben Single bin. Allerdings glaube ich nicht, dass ich besonders gut als Single bin, denn sonst hätte ich wahrscheinlich samstagabends aufregendere Dinge vor, als nur mit meinem Hund daheim zu sein. Hast du irgendwelche aufregenden Dinge vor, mit denen du mich neidisch machen kannst?«

Ich schob mir das Haar hinter die Ohren und setzte zu einer Antwort an. Emelie wäre bestimmt total entsetzt. Dass ich sofort eine Antwort auf die Nachricht eines Typen schrieb! Aber er war einfach süß – es war geradezu unglaublich, dass er immer noch so süß wie früher war. Ich wollte interessant und witzig klingen, aber keinesfalls wie eine durchgedrehte Partymaus. Ich hatte es sogar geschafft, die Sache im Savoy geheim zu halten – also wäre eine kurze Antwort doch bestimmt das reinste Kinderspiel. Doch die Formulierung einer Nachricht war einfach entsetzlich schwierig, wie zum Teufel war es möglich, dass jemals ein Paar durchs Internet zusammenkam?

»Hallo! Frohen Samstag!«

Guter Anfang, gratulierte Rotschopf Rachel mir. Und jetzt tippst du einfach ein paar Sätze und zerbrichst dir nicht wie heute Nachmittag eine Stunde lang den Kopf.

»Dein Job klingt echt gefährlich – Laserschwert-Oboen? Ich hoffe nur, dass du eine Gefahrenzulage kriegst. Ich richte heute eine Geburtstagsparty für einen meiner Freunde aus. Der augenblicklich auf dem Sofa sitzt und einen Schwulenporno guckt, während ihm alle paar Minuten irgendjemand was zu trinken bringt. Ich glaube, er hat seinen Spaß.«

Und dann war erst mal Schluss. Alle Komplimente waren bereits ausgetauscht – wie also machte ich am besten weiter, ohne dass ich ihm erzählte, wie bei uns das Wetter war, oder mich erkundigte, was es bei ihm zum Abendessen gab? Sollte ich mich überhaupt bemühen, die Sache fortzusetzen? Denn im Grunde war es völlig sinnlos. E-Mail-Flirts auf so große Distanz nahmen kaum je ein gutes Ende, aber irgendwie war ich noch nicht bereit, auf das Kribbeln zu verzichten, das mich momentan bei jedem Klingeln meines Telefons durchfuhr.

»Ein Abend mit dem Hund zu Hause klingt echt nett. Vor allem, wenn man ihn mit dieser Schwulen-Geburtstags-Party vergleicht. Ich hoffe, dass du ein paar ähnlich aufregende Pläne für das Wochenende hast.«

Ehe ich es mir noch einmal überlegen konnte, schickte ich die Nachricht ab und lag dann noch einen Augenblick auf meinem Bett. Ich liebe meine Freunde und war echt begeistert, dass sie alle derart kurzfristig erschienen waren, aber trotzdem brauchte ich einen Moment für mich allein. Weil ich einfach hundemüde und das Singledasein wirklich harte Arbeit war. Ich hatte innerhalb einer Woche eine Party organisiert, mich tätowieren lassen, ein bekanntes Supermodel angeschrien, einen Yogakurs besucht, ein Rendezvous mit einem Vollhirni gehabt, war zweimal gejoggt, hatte mir die Haare nicht nur abgeschnitten, sondern auch noch färben lassen, das Gesetz gebrochen, eine superseltene Platte meines Exfreundes verkauft, das Geld für superteure Unterwäsche ausgegeben *und* mich obendrein als Malerin in meinem Wohnzimmer versucht. Hatte ich also nicht alles Recht der Welt, k.o. zu sein?

»Was ist los?« Emelie steckte den Kopf durch meine Tür. »Du verpasst den ganzen Spaß.«

»Ach ja?« Ich rührte mich noch immer nicht vom Fleck.

»Nein, nicht wirklich.«

Die Matratze wippte leicht, als Em sich auf die Jacken warf. »Dieses Bett ist echt bequem.«

»Und jetzt habe ich darin auch jede Menge Platz.« Ich streckte meine Arme links und rechts von meinem Körper aus.

»Das ist einer der Gründe, warum ich niemals einen Typen bei mir übernachten lasse«, stellte meine Freundin weise fest. »Bevor sie es sich allzu gemütlich machen, werfe ich sie immer raus.«

»Ich nehme alles zurück, was ich jemals über dich und Paul gesagt habe. Ihr zwei wärt einfach das perfekte Paar.«

»Ha. Das werden wir ja sehen.«

Em verstummte, fragte dann aber nach einem Augenblick: »Alles in Ordnung? Ich meine, allgemein. Mit dir.«

»Ich glaube, ja.« Trotzdem machte ich die Augen immer noch nicht auf. »Ich brauche nur kurz einen Augenblick für mich.«

»Weißt du, ich bin wirklich stolz auf dich.« Sie suchte meine Hand und drückte sie. »Du gehst diese ganze Sache wie ein echter Profi an.«

»Was für ein Profi?«

Ehe sie mir eine Antwort geben konnte, summte abermals mein Handy, das zwischen uns auf der Matratze lag.

»Eine ausländische Nummer. Aber hallo«, meinte sie, stand auf und glitt lautlos durch die Tür.

Ich richtete mich kerzengerade auf. Eine ausländische Nummer? Könnte das tatsächlich sein?

»Hallo?« Ich hatte Herzklopfen und einen furchtbar trockenen Mund, was nur teilweise an dem von mir genossenen Whiskey lag.

»Rachel?«

Es war Simon. Fast genau acht Tage, nachdem er mich schändlich hatte sitzen lassen, rief er plötzlich bei mir an.

»Hi«, wisperte ich. Ich hätte liebend gerne aufgelegt. Hätte diesen Blödmann liebend gerne angeschrien. Konnte es aber ganz einfach nicht. Also hörte ich ihm einfach zu.

»Ich wollte dich schon die ganze Woche anrufen«, fing Simon langsam an. »Um zu sehen, ob du in Ordnung bist.«

»Heute ist Matthews Geburtstag.« Ich war fest entschlossen, dieses schreckliche Gespräch möglichst würdevoll zu überstehen. Wo war Rotschopf Rachel, wenn man sie mal brauchte? »Wir feiern eine Party.«

»Tja, dann richte ihm doch bitte meinen Glückwunsch aus.« Er hüstelte verlegen und fuhr fort: »Hör zu, ich habe heute mit einem Immobilienmakler darüber gesprochen, dass ich unsere Wohnung möglichst schnell verkaufen will.«

Er hatte bereits einen Makler wegen des Verkaufs von unserer Wohnung kontaktiert? Mein Handy, das ich fest umklammert hielt, drückte heiß gegen mein Ohr.

»Natürlich habe ich auch kein Problem damit, falls du mich ausbezahlen willst.« Er sprach mit genau derselben kalten Stimme wie bei unserem letzten Telefongespräch. Denn hier ging es schließlich ums Geschäft. »Nur würde ich diese Dinge gern so schnell wie möglich klären.«

Eloquenz zum rechten Zeitpunkt war eindeutig keine meiner Stärken. Wie bereits mein Auftritt gegenüber Ana klar bewiesen hatte, war ich keine dieser Frauen, die ihre Gegner mit brillanten Sätzen in die Knie zwangen – aber fiel mir wirklich *gar nichts* dazu ein? Nicht der allerkleinste Satz? Das war vollkommener Schwachsinn. Trotzdem hatte ich jetzt nur noch eine Möglichkeit: Ich legte einfach auf. Denn ich würde mich nicht jetzt in diesem Augenblick damit auseinandersetzen, dass mein Exfreund nicht nur ein Idiot, sondern ein ausgemachtes Arschloch war.

»Darf ich wieder reinkommen?«, erkundigte sich Em, obwohl sie bereits wieder vor mir stand. »War das Ethan?«

»Das war Simon.« Ich starrte die Wand mir gegenüber an. »Er will die Wohnung verkaufen.«

»*Enculé.*« Sie biss in einen ihrer Nägel. »Und wie hast du reagiert?«

»Ich habe einfach aufgelegt.«

»Braves Mädchen«, lobte sie und sah mich mit einem schmalen Lächeln an. »Und was willst du jetzt machen?«

»Dies ist eine Geburtstagsparty, oder etwa nicht?« Ich schüttelte mich kurz. Denn ich ließe ganz bestimmt nicht zu, dass er mir dieses Fest verdarb. »Also lass uns den Kuchen holen.«

»Genau.« Em klatschte in die Hände und strich vorsichtig die Falten meines Kleides glatt. »Du siehst übrigens fantastisch aus. Zur Hölle mit dem Kerl.«

»Genau, zur Hölle mit dem Kerl«, stimmte ich ihr aus tiefstem Herzen zu. Irgendwie hatte der Satz was Tröstliches, vor allem, wenn man ihn mehrmals nacheinander sprach.

»Happy birthday to you …« Em dimmte das Licht und fing an zu singen, als ich vorsichtig mit meinem wunderbaren Schokoladen-Käsekuchen aus der Küche kam. Das hieß, mit meinem auf der einen Seite etwas eingefallenen, wunderbaren Schokoladen-Käsekuchen, den man aber trotz der etwas schiefen Form bestimmt problemlos essen könnte. Meinen letzten Kuchen – einen gestürzten Ananas-Biskuit – hatte ich im Kochkurs in der Schule fabriziert und konnte deswegen nur hoffen, dass mein neuestes Werk genießbar war.

»Wo hast du den denn her?«, erkundigte sich Matthew. Dabei hatte ich mir eine etwas andere Reaktion auf mein kulinarisches Meisterwerk erhofft. »Ich hoffe nur, dass du die Quittung aufgehoben hast.«

»Den hat sie selbst gebacken, du Idiot.« Em schlug ihm gegen den Hinterkopf. »Also halt die Klappe, und hau rein.«

»Den hast du selbst gebacken?« Der Glanz in seinen Augen drückte neben starkem Alkoholgenuss eindeutig auch Liebe aus. »Aber du kannst doch nicht mal Tee kochen.«

»Ich weiß.« Ich war zu stolz auf mich, um auch nur leicht gekränkt zu sein. »Und ich glaube, dass er nicht mal schrecklich schmecken wird.«

»Das zu beurteilen überlässt du besser mir.« Er warf sich in Position und schnitt unter Vermeidung einer der unzähligen Kerzen ein relativ großes Stück von meinem Kuchen ab. Totenstille senkte sich über den Raum, als Matthew entschlossen seine Gabel in das Stück auf dem Teller stieß und einen großen Teil davon in seinem Mund verschwinden ließ.

»Er schmeckt nicht schrecklich, oder? Schmeckt er schrecklich?«

»Nein, er schmeckt nicht schrecklich«, bestätigte er mir und schob sich zum Beweis den nächsten großen Bissen in den Mund. »Er schmeckt sogar echt gut.«

Ein kollektiver Seufzer der Erleichterung hallte durch den Raum. Ich hatte das Geburtstagskind anscheinend nicht vergiftet, weshalb einer Fortsetzung der Feier nichts im Wege stand.

»Gut gemacht, hm, Rachel?«, gratulierte Jeremy, und ich nickte zur Bestätigung, dass das mein Name war. Er war schon seit Jahren Matthews bester schwuler Freund, wusste aber immer noch nicht ganz genau, welche von uns beiden Emelie und welche Rachel war. »Eines Tages wirst du sicher eine wunderbare Ehefrau.«

»Tja, nun, bestimmt. Bitte entschuldige mich einen Augenblick.« Ich setzte mein strahlendstes Lächeln auf, machte auf dem Absatz kehrt und marschierte schnurstracks in mein Bad. Und stieß dort ein noch erbärmlicheres Heulen aus als Matthew während seiner Tätowierung. Abermals senkte sich Totenstille über mein Wohnzimmer.

»Jeremy, du Idiot«, hörte ich meine Freundin kreischen, ehe eine deutlich ruhigere Version derselben Stimme durch die Tür des Badezimmers drang. »Rach? Bist du okay?«

»Nicht wirklich«, antwortete ich von meinem Thron aus.

Immer wieder zog ich an der Toilettenpapierrolle, bis das ganze, extra für das Fest gekaufte dreilagige Velvet einen Berg zu meinen Füßen bildete.

»Dürfen wir reinkommen?«

»Bleibt besser, wo ihr seid.«

»Helena sagt, sie muss mal pinkeln«, meinte Matthew.

»Helena kann auch bei sich zu Hause pinkeln gehen.« Meine Güte, meine Stimme klang, als wäre ich vollkommen durchgedreht.

Ich hörte Murmeln vor der Tür, gefolgt von Schritten, Rascheln, Türenknallen und erneuter Murmelei. Statt mir jedoch Gedanken darüber zu machen, was die Leute dachten, machte ich mich daran, das gesamte Klopapier wieder auf die Rolle zu bekommen, was jedoch nicht gerade einfach war.

»Rach«, rief Em, die offenbar noch immer vor der Tür des Badezimmers stand. »Matthew und Jeremy wollen tanzen gehen, deshalb wollen wir jetzt alle noch ins Popstarz.«

»Alle?« Ich versuchte, mir Briefträger Pete auf einer wilden Schwulenfete vorzustellen. Offenkundig blieben einem selbst die liebsten Nachbarn auch nach Jahren immer noch ein wenig fremd.

»Ja, aber ich bin ziemlich müde, deshalb würde ich genauso gerne hierbleiben und den Rest von deinem Käsekuchen essen. Falls noch etwas davon übrig ist.«

So versuchte sie mir diplomatisch zu verstehen zu geben, dass die anderen das Weite suchten, weil ich geistig offenkundig nicht mehr auf der Höhe war, sie aber in meiner Nähe bliebe, weil ansonsten eine Kurzschlusshandlung meinerseits nicht auszuschließen wäre, obwohl mein nicht vollkommen misslungener Käsekuchen ja wohl eindeutig ein Grund zum Leben war.

»Geh ruhig mit den anderen mit«, rief ich krächzend durch die Tür. »Ich brauche nur einen Moment für mich und komme dann einfach nach.«

»Ich bin echt nicht in der Stimmung …«

»Emelie, du solltest wirklich gehen«, beschied ich ihr.

»Ich will nur noch ins Bett und habe keine Lust auf einen Übernachtungsgast.«

Abermals drang leises Murmeln durch die Tür.

»He, Rach, Em kommt mit ins Popstarz. Also schwing dich einfach in ein Taxi, und komm nach, wenn du noch in der Stimmung dazu bist.« Matthew war eindeutig froh, dass er endlich hier verschwinden konnte. Weil er in Gedanken schon von Anfang an nicht auf diesem Fest gewesen war. Hätte ich nicht selbst gerade auf meinem Klo gehockt und gegen den Verlust des mir verbliebenen Rests von Verstand gekämpft, hätte ich mich sicherlich gefragt, wo seiner geblieben war.

Traurig lächelnd strich ich mit der Hand über den Saum meines hübschen Kleids. Sorry, Kleid. Du hast was Besseres verdient.

»Schwing endlich deine Hufe, Alte«, Matthew klang, als zerre er an jemandem herum. »Nicht du, Engel. Ich habe nur zu Emelie gesagt, dass sie sich nicht so anstellen soll. Schließlich kommst du durchaus gut allein zurecht. Wir sehen uns dann später, ja?«

»Auf jeden Fall.« Ich gab mir wirklich alle Mühe, mir nicht anhören zu lassen, dass ein dichter Strom von Tränen über meine Wangen rann.

Erst nachdem die Wohnungstür ins Schloss gefallen war, erhob ich mich inmitten eines Meers aus Klopapier von meinem Sitz und stieß einen übertrieben lauten Seufzer aus. Woraufhin es mir sofort ein wenig besser ging.

Ich begegnete im Spiegel Rotschopf Rachels bitterbösem Blick, wandte mich entschlossen wieder ab, öffnete vorsichtig die Tür und spähte in mein Wohnzimmer, in dem vor lauter leeren Gläsern, Dosen und halb leer gegessenen Papptellern kaum noch etwas von dem Mobiliar zu sehen war. Der Anblick der traurigen Überreste einer Party gab mir jedes Mal den Rest. Also räumte ich am besten sofort auf. Doch dazu musste ich mich erst aus meinem Kleid schälen. Ich öffnete den Reißverschluss an meinem Rücken und schüttelte vorsichtig die schmalen Träger ab. Ganz eindeutig hatte es auch Vorteile, wenn man alleine lebte. Denn dann konnte man in Unterwäsche durch die Wohnung laufen, ohne dass es jemand sah. Ich ließ den weichen Stoff zu Boden gleiten und stieg aus der himmelblauen Seidenpfütze. Als ich plötzlich hörte, dass jemand in meine Wohnung kam.

»Oh, verdammt.« Dan stand in der Tür des Wohnzimmers und schirmte mit der Hand die Augen ab. Ich wusste nicht, ob ich mich freuen oder eher zu Tode schämen sollte, weil ich meine wahnsinnig verführerische neue Unterwäsche trug. Nun, wahrscheinlich war es besser, wie eine Burlesque-Tänzerin als wie eine durchschnittliche Oma auszusehen. Eilig zog er seinen flauschigen Pullover über seinen Kopf, warf ihn ungefähr in die Richtung, in der ich stand, und nach kurzem Überlegen kam ich zu dem Schluss, dass er wollte, dass ich dieses Ding über meine Unterwäsche zog.

»Tut mir leid.« Mein Quietschen drang kaum durch den weichen Stoff, von dem mein Kopf umgeben war. »Es tut mir wirklich furchtbar leid. Ich dachte, ihr wärt alle weg.«

»Ich wollte nur noch meine Schlüssel holen.« Er spreizte die Finger, um zu gucken, ob ich angezogen war. »Und die Tür zu deiner Wohnung war nur angelehnt.«

Ich nickte meinen Zehen zu. Peinlich, peinlich …

»Alles klar?«

Ich blickte auf. Eine derart blöde Frage hatte ich noch nie gehört.

»Du bist so viel besser als all das hier.« Er wies auf mein Wohnzimmer und meine frisch gestrichene Wand. Machte er jetzt etwa auch noch meine Deko madig? Oder gar sein eigenes Werk? »Du bist keine dieser vorzeitig gealterten Hausfrauen, wie man sie im Fernsehen sieht, und du bist bestimmt nicht langweilig. Mensch, Rachel, du bist einfach eine tolle Frau.«

»Ich bin vorzeitig gealtert?«, fragte ich entsetzt, denn ich brauchte einen Augenblick, bis auch noch der letzte Teil der kurzen Rede zu mir durchgedrungen war. »Ich bin eine tolle Frau?«

»Genau, und deshalb solltest du allmählich gucken, dass du bessere Jobs bekommst«, fügte er umgehend hinzu. »Du solltest nicht nur irgendwelche langweiligen Sachen hier in London übernehmen, weil du rechtzeitig nach Hause musst, um deinem Freund das Abendbrot zu machen. Meiner Meinung nach ist diese Trennungskiste langfristig echt gut für dich.«

»Genau.« Ich hielt es für besser, nicht darauf zu achten, wie enttäuscht ich von Dans Worten war, und zog den Pullover bis zu meinen Knien. »Tja, aber vielleicht komme ich ja gerne pünktlich heim, um meinem Freund das Abendbrot zu machen?« Dies war sicher nicht der rechte Augenblick, um mein Gegenüber darauf hinzuweisen, dass ich in fünf Jahren kein einziges Mal zur Abendessen-Zubereitungs-Tat geschritten war.

»Vielleicht solltest du mit mir nach Sydney kommen«, fügte er hinzu. »Die Leute, die sie bisher vorgeschlagen haben, kann man echt vergessen.«

Sydney! Bei dem Stichwort sollte ich vor Freude einen Luftsprung machen, aber meine Füße waren am Boden festgeklebt. Immer noch wurde das Zimmer einzig von der Lichterkette an der Wand erhellt, und die Reste von Matthews Geburtstagstorte und die abgebrannten Geburtstagskerzen waren auf dem Couchtisch zwischen uns verteilt.

»Ich habe schon mit Veronica darüber gesprochen«, antwortete ich. »Und ich glaube, dass sie mich empfehlen wird.«

»Dann kriegst du den Job auf jeden Fall. Weil du schließlich eine der Besten bist«, erklärte er, verließ die Sicherheit des Türrahmens und kam langsam dorthin, wo ich in seinem Pullover zu ertrinken drohte. Weil ich eben einfach winzig war.

»Außerdem bist du unglaublich witzig«, fuhr er fort. »Clever, unberechenbar, und mit ein bisschen Übung gäbst du sicher sogar eine halbwegs anständige Malergehilfin ab.«

»Danke.« Eine andere Antwort brachte ich in diesem Augenblick beim besten Willen nicht heraus.

»Du brauchst ganz bestimmt nicht irgendwelches Zeug auf einer Liste abzuhaken, um zu lernen, was für eine tolle Frau du bist.« Inzwischen stand er direkt vor mir. Nah genug, dass ich kurze Bartstoppeln und dunkle Ringe unter seinen Augen sah und sein Shampoo riechen konnte. »Du hast sicher einen neuen Freund, bevor du auch nur blinzeln kannst.«

Ich blinzelte.

Und Dan beugte sich zu mir vor und gab mir einen Kuss.

Sanft und vorsichtig und nur ganz kurz. Trotzdem brach ich umgehend in Panik aus, riss mich fast gewaltsam von ihm los, warf mir die Hand vor den Mund und starrte ihn aus großen Augen an. Er hatte mich definitiv geküsst, und nicht wie im Savoy nur einen unbeholfenen Versuch gemacht. Seine Lippen hatten ganz eindeutig meinen Mund berührt. Doch jetzt rührte er sich nicht vom Fleck. Er stand einfach da, sah mich aus sanften braunen Augen an, hatte die vollen Lippen halb geöffnet, und die scharf geschnittenen Wangenknochen wurden von den Schokoladenlocken vorteilhaft betont. Statt sich zu entschuldigen oder sonst etwas zu sagen, nahm er meine Hand, hielt sie neben meinem Körper fest, küsste mich erneut … und dieses Mal ließ ich es ohne Gegenwehr geschehen.

Seine freie Hand glitt über meine Wange und dann weiter durch mein Haar. Seine Lippen waren herrlich weich, doch seine anfangs sanften Küsse wurden umso drängender, je mehr mein Körper dem seinen entgegenkam. Mein Gehirn war immer noch im Badezimmer und versuchte rauszufinden, wie das Klopapier am besten wieder auf die Rolle käme, doch das machte mir nichts aus. Denn seine Dienste wurden gerade nicht gebraucht. Meine Hände schlangen sich um seinen Nacken, meine Finger kämmten seine Locken, meine Füße schoben sich auf die Zehenspitzen, weil sein Mund so besser zu erreichen war.

Es war vollkommen verrückt. Ich küsste Dan. Aber mein Herz pochte so laut in meinen Ohren, dass ich die Stimme in meinem Kopf gar nicht hörte, die mir vorwurfsvoll erklärte, ihn zu küssen wäre eine Riesendummheit, die ich nur beginge, weil ich angetrunken war, und ich würde es morgen früh bitter bereuen, wenn ich ihn nicht dazu brächte aufzuhören. Doch ich fand ganz einfach nicht die rechten Worte, und im Grunde suchte ich auch gar nicht danach.

Sondern ließ es ohne Gegenwehr geschehen, dass Dan mich in die Arme nahm, mich sanft gegen die großen Flauschkissen auf meinem Sofa drückte und dann seinen warmen Körper auf mich schob. Seine Lippen lagen immer noch auf meinem Mund, aber seine Hände fingen an zu wandern, glitten unter den seidig weichen Pulli, legten sich auf meinen Rücken und setzten von dort aus ihre Reise fort.

»Das habe ich mir schon so lange vorgestellt«, raunte er mir zu und bahnte sich küssend einen Weg von meinem Ohr bis hinab zu meinem Hals. Mir fehlten immer noch die Worte, aber mein lauter Atem reichte ihm anscheinend aus. Statt etwas zu erwidern, zog ich widerstrebend meine Hände aus dem dicht gelockten Haar und fuhr die Konturen seiner breiten Schultern und der Rückenmuskeln nach. Das Schleppen seiner Ausrüstung war offenbar ein wunderbares Training. Denn die Muskeln fühlten sich kompakt und kräftig an.

Er lockerte seine Krawatte, öffnete zwei Knöpfe seines Hemdes, und dann machten seine Hände sich wieder in anderen Gegenden ans Werk.

»Oh.« Quietschend riss ich meine Augen auf. »Kalte Hände.«

»Tut mir leid.« In seiner Stimme lag ein leises Lächeln, das mir deutlich machte, dass seine Zerknirschung nur geheuchelt war. Was ebenfalls die Tatsache bewies, dass er immer noch versuchte, mir einen Pullover auszuziehen, den er mir keine fünf Minuten zuvor zugeworfen hatte. »Hast du immer solche Sachen unter deinen Leggins an?«

»Nein«, erklärte ich mit einer atemlosen Stimme, die vollkommen fremd in meinen Ohren klang. »Oder ja? Na klar.«

Neben all den anderen Hämmern, die ich in der letzten Zeit gebracht hatte, fiel eine kleine Schwindelei bestimmt nicht ins Gewicht.

»Erstaunlich.« Seine Fingerspitzen glitten ehrfürchtig über den Spitzensaum meines BHs, bevor er sich daran machte, sich seiner eigenen Klamotten zu entledigen. Das Geräusch des Reißverschlusses riss mich wenig sanft aus meiner Trance. Ich war erst seit einer guten Woche Single, und Dan war mein Kumpel. Aber seine starken Hände fühlten sich auf meiner weichen Haut einfach fantastisch an. Simons Telefonanruf hatte mich aus dem Gleichgewicht gebracht. Das, was wir hier machten, konnte ganz unmöglich sein. Meine Beine umklammerten wie von selbst seine Taille, während seine Jeans zu Boden glitt. Hatte ich mich je zuvor derart begehrt gefühlt? Und jemals vorher einen Mann derart begehrt? Trotzdem wäre dies die größte Dummheit, die ich machen konnte, außer vielleicht irgendeinen Typen auf der Straße aufzulesen und mit ihm ins Bett zu gehen. Nein, ich konnte das nicht tun.

»Ich kann dir gar nicht sagen, wie oft ich das schon bei der Arbeit machen wollte«, flüsterte mir Dan ins Ohr. »Ich habe jahrelang davon geträumt, einfach mein Equipment wegzuwerfen, dich gegen die Wand zu drücken und …« Er knabberte an meinem Ohrläppchen und brach in leises Stöhnen aus. Aahhh.

»Wirklich?«, hörte ich mich fragen. Ich klang völlig überrascht. Mein im Bad verbliebenes Gehirn erklärte mir, dass das tatsächlich überraschend war. Doch vor allem wollte es endlich ins Wohnzimmer zurück, aber immer noch ließ ich es nicht herein.

»Wirklich.« Er stützte sich auf einen Ellbogen und blickte mich aus dunklen, schweren Augen an. Ich presste eine Hand auf seine Brust und spürte, wie sein Herz kraftvoll gegen seine Rippen schlug. Dies wäre meine letzte Chance, Vernunft walten zu lassen. »Ich träume schon seit einer Ewigkeit davon, mit dir zu schlafen. Warte schon seit einer Ewigkeit auf diesen Augenblick.«

Mir wurde siedend heiß, doch in dem Augenblick, in dem ich alles nur noch irgendwie verschwommen sah, hörte ich das laute Schrillen meines Handys, das ich im Schlafzimmer vergessen hatte.

»Geh einfach nicht ran«, murmelte Dan und hielt meine Arme über meinem Kopf fest.

»Das ist Emelie.« Ich bog den Rücken durch und spürte, wie ein Schauder von der Spitze meines Kopfes bis in meine Zehen rann. »Ich sollte besser rangehen.«

»Sie wird den Wink mit dem Zaunpfahl schon verstehen.« Er schmiegte sein Gesicht an meinen Hals und, oh, da war wieder die Sache mit dem Ohrläppchen. Das war in höchstem Maße ungerecht. »Bitte.«

Doch ich wusste, meine Freundin gäbe nicht so einfach auf. Und wenn ich ihr nicht versicherte, dass mit mir alles in Ordnung war, käme sie vorbei, um nachzusehen. Und das war das Letzte, was ich brauchen konnte, denn ich hatte schließlich selbst keine Ahnung, was gerade mit mir geschah. »Eine Sekunde.« Widerstrebend schob ich seine Hände fort und schwang meine Beine über den Rand der Couch. »Bin sofort wieder da.«

Ich schnappte mir seinen Pullover, zog ihn eilig wieder an und rückte im Laufen meinen BH-Träger zurück. Das

Ding war jeden einzelnen, verdammten Penny wert, ging es mir durch den Kopf, als ich mit wackeligen Knien möglichst schnell ins Schlafzimmer hinüberlief. Das leuchtende Display auf meinem iPhone zeigte drei verpasste Anrufe innerhalb der letzten fünf Minuten an, allesamt von Em. Und als ich mir das Handy schnappte, schrillte es schon wieder los.

»Hey«, grüßte ich schnell. »Ich bin okay, ich kann nur gerade nicht reden, ich …«

»Rachel, waren in dem Kuchen, den du gebacken hast, etwa Walnüsse?«, fiel meine Freundin mir ins Wort. »Matthews Gesicht ist nämlich, ich weiß nicht, fünfzehn Mal größer als normal.«

»Oh, verdammt.« Ich presste mir die freie Hand vor den Mund. »Ich habe die Kekse für den Boden nicht kontrolliert. Ich habe einfach nicht an seine Allergie gedacht.«

»Er wird wieder in Ordnung kommen, wir sind bereits auf dem Weg ins Krankenhaus«, antwortete sie. »Ich muss nur wissen, was ich den Ärzten sagen soll.«

»Hat er denn nicht seinen EpiPen dabei?« Ich rannte an einem halbnackten Dan vorbei in meine Küche, wo immer eine Spritze für den Notfall lag. Und davon hatten wir allein in diesem Jahr schon zwei gehabt. Matthew war nicht annähernd so vorsichtig, wie es angeraten wäre, aber trotzdem konnte ich einfach nicht glauben, dass ich derart dumm gewesen war.

»Er hat ihn nicht mitgenommen. Meinte, seine Jeans wären zu eng, und das Ding in seiner Hose sähe dann wie ein winziger Dauerständer aus.«

»Hätte ich mir denken können. Bin schon unterwegs.«

»Du brauchst nicht extra zu kommen«, sagte Em. »Wir sind schließlich schon fast da.«

»Natürlisch musch schie gommen«, erklang Matthews angeschwollene Stimme im Hintergrund. »Gamit isch ihr eine reinhauen gann.«

»Bin schon unterwegs.« Und zurück durchs Wohnzimmer, ohne auf den wunderschönen Mann auf meiner Couch zu achten, in mein Schlafzimmer zu meinem Schrank. Jeans. Ich brauchte eine Jeans. Weil schließlich mein bester Freund an seinem Geburtstag quasi vorsätzlich von mir vergiftet worden war. Ich war einfach eine Versagerin.

»Hey, ich – o Gott.«

Auf meinem dritten Trip durchs Wohnzimmer wurde ich von einem auf dem Sofa ausgestreckten Dan begrüßt. Sein Hemd war jetzt bis unten aufgeknöpft und gab den Blick auf seine bisher nur erahnte Brustbehaarung frei. Und die Boxershorts konnten noch etwas anderes nicht vollkommen verbergen, was ebenfalls bisher zwar nur von mir erahnt, aber sehnsüchtig erwartet worden war. Verdammt.

»Alles in Ordnung?«, fragte er. Er gehörte offensichtlich zu den Menschen, die sich durchaus wohl fühlten, wenn sie nur halb bekleidet waren. Aber, musste ich mir eingestehen, dazu hatte er auch allen Grund. »Komm her.«

»Ich fürchte, dass der Zeitpunkt nicht ganz günstig ist.« Ich durfte keinesfalls zu nahe an das Sofa kommen, und so blieb ich in der Tür des Zimmers stehen. Offensichtlich aber hatte sich mein Hirn inzwischen aus dem Bad befreit und war in meinen Kopf zurückgekehrt. »Ich muss nämlich leider sofort gehen. Matthew ist allergisch gegen Nüsse, hat deswegen meinen Käsekuchen nicht vertragen und ist auf dem Weg ins Krankenhaus. Es tut mir furchtbar leid«, erklärte ich.

Was noch deutlich untertrieben war.

»Ist Emelie nicht bei ihm?« Dan setzte sich auf, nahm meine Hand und zog mich abermals zu sich herab. Der Abstand zwischen uns war nicht einmal mehr annähernd groß genug. »Übrigens steht dir mein Pullover echt gut. Aber zieh ihn bitte trotzdem wieder aus.«

»Ich meine es ernst, Dan, ich muss wirklich los.« Seufzend fuhr ich ihm mit meinen Händen durch das Haar. Theoretisch wollte ich ihn dadurch daran hindern, mich noch überzeugender zu küssen, er aber nahm diese Geste offensichtlich als Ermutigung, und als sein Atem heiß auf meinen Nacken traf, schmolz ich um ein Haar dahin. »Wirklich, ich muss schnellstmöglich zu ihm ins Krankenhaus.«

Als ich nicht auf seine Küsse reagierte, machte er sich von mir los und sah mich aus plötzlich trüben Augen an.

»Du musst tatsächlich sofort los?«

Endlich.

»Ich muss sofort los.« Dankbar, dass ich vor der Rückkehr in mein Wohnzimmer in meine Jeans gestiegen war, trat ich einen Schritt zurück. Je mehr Lagen Stoffs zwischen uns beiden wären, umso leichter wäre es für mich, zu gehen.

»In Ordnung, warte kurz, damit ich dich begleiten kann.« Er knöpfte sein Hemd entschlossen wieder zu.

»Nein, das ist nicht nötig. Zieh nachher einfach die Tür hinter dir zu.« Ich zog meine Tasche aus dem üblichen Versteck neben der Couch, hängte sie mir über die Schulter und sah eilig nach, ob ich genügend Geld fürs Taxi hatte. Falls ich überhaupt ein Taxi fand. »Hm, soll ich dich nachher anrufen?«

»Rachel, ich will mit ins Krankenhaus«, erklärte Dan

und stieg in seine Jeans. »Ich bin mit dem Wagen hier und kann dich fahren.«

»Red doch keinen Unsinn.« Ich stand bereits in der Wohnungstür. Es wurde von Sekunde zu Sekunde peinlicher. Ich war ganz eindeutig nicht für One-Night-Stands, einmalige Ausrutscher mit Freunden, oder was zum Teufel aus der Sache hätten werden sollen, gemacht. »Es ist wirklich kein Problem.«

»Würdest du wohl endlich deine Klappe halten?« Seine Stimme wurde gerade laut genug, dass ich merkte, dass er wütend auf mich war. »Ich will mitkommen. Ich möchte dich ins Krankenhaus begleiten.«

Ich sah ihn mit großen Augen an. Langsam wurde es mir eindeutig zu viel. Ich musste endlich vor die Tür und einen klaren Kopf bekommen.

»Du brauchst nicht so – anständig zu sein.« Kaum war das Wort heraus, war mir bewusst, dass mir ein grauenhafter Fehler unterlaufen war. »Es war total … ach, ich muss jetzt wirklich gehen.«

»Ich brauche nicht so anständig zu sein?«

Eilig hob er seine Krawatte vom Boden auf und stopfte sie in eine Tasche seiner Jeans. Ich starrte unglücklich auf mein Tattoo. Ich würde nie bereuen, dass ich es mir hatte machen lassen, denn es böte mir bis an mein Lebensende sicher noch des Öfteren eine willkommene Ablenkung.

»Was soll das heißen?«, fragte er. »Bin ich sonst vielleicht nicht anständig? Denkst du, ich müsste mich extra bemühen, um anständig zu sein?«

»Nein, das soll nur heißen, dass du mich nicht fahren musst«, erklärte ich dem Fußboden. »Weil du schließlich nicht mein Freund bist oder so. Ich komme auch allein ins Krankenhaus.«

»Was bin ich, Rachel?«, fragte er ruhig. »Sag mir, was genau ich für dich bin. Sag mir, was das eben für dich war.«

»Du bist Dan«, erklärte ich mit einem abgrundtiefen Seufzer. »Und das eben war dasselbe, was du mit fast allen Frauen machst. Und wir zwei sind Freunde, und es war entsetzlich dumm von mir, dass es überhaupt so weit gekommen ist. *Weil* wir Freunde sind.«

»Ich bin Dan?«, erkundigte er sich mit einem ungläubigen Lachen. »Dein schwachsinniger Kumpel Dan? Gut genug für eine schnelle Nummer auf dem Sofa, aber ganz bestimmt nicht gut genug, um dich ins Krankenhaus zu fahren, wenn du einen Fahrer brauchst. Nicht gut genug als Freund für dich, weil mir schließlich nichts je wirklich wichtig ist.«

»Nicht.« Ich musste dringend los. Denn vielleicht hörten diese schrecklichen Gefühle dann ja auf. »Ich weiß, du denkst …«

»Woher willst du wissen, was ich denke?« Wütend zog er seine Schuhe an. »Verdammt, du hast doch keinen blassen Schimmer, was ich denke.«

»Ich muss wirklich los.«

Zumindest das war wahr. Innerhalb von fünf Minuten hatte sich mein Wunsch, ihm möglichst nah zu sein, ins Gegenteil verkehrt. Und wer weiß, vielleicht lebte Matthew schon gar nicht mehr. Zwar war es wahrscheinlicher, dass seine Zunge auf die Größe eines Doppeldeckerbusses angeschwollen war und er mich total verfluchte, aber sicher war ich nicht.

»In Ordnung, lass mich gucken, ob ich dich richtig verstanden habe.« Dan schob sich die Haare aus der Stirn und trat auf mich zu. »Dann war das eben also nur als schnelle Nummer mit deinem alten Kumpel Dan gedacht?«

»Nicht.«

»Als etwas, was auf deiner Liste stand?«

Hatte ich vielleicht was überlesen? Hatte ich auf meiner Liste vielleicht doch den mir von meinen Freunden vorgeschlagenen One-Night-Stand notiert?

Er wertete mein Schweigen offenbar als Zustimmung.

»Wow. Na vielen Dank.« Er schob sich an mir vorbei zur Tür. »Ich hätte wirklich nicht gedacht, dass du so bist.«

»Ich bin nicht so!« Hilflos warf ich meine Hände in die Luft. »Ich weiß ja nicht mal sicher, was du damit meinst. Und wenn einer von uns so ist, dann ja wohl du!«

»Und wie bin ich genau?«, erkundigte er sich und öffnete die Tür. »Alles, was ich weiß, ist, dass ich ein Riesentrottel bin.«

»Hör zu. Das ist eine schwachsinnige Diskussion. Ich muss und du willst anscheinend dringend weg. Können wir also vielleicht einfach so tun, als wäre nie etwas passiert?«

»Vielleicht sollten wir so tun, als ob ich dich gar nicht kennen würde.« Er bedachte mich mit einem bösen Blick. »Denn so wie es aussieht, tue ich das wirklich nicht.«

Krachend warf er die Tür hinter sich zu, und ich zuckte zusammen. Er hatte wie stets das letzte Wort gehabt, doch ich hatte keine Zeit, um mir zu überlegen, was genau geschehen war. Oder um ein Haar geschehen wäre. Denn ich musste mich auf eine amüsante Nacht in der Notaufnahme des Krankenhauses vorbereiten.

15

Infolge der Geschehnisse auf meiner Couch, des anschließenden Streits und einer Reihe sturzbetrunkener Idioten, die bei jeder sich bietenden Gelegenheit vor meinem Taxi auf die Straße sprangen, brauchte ich fast eine Stunde, bis ich nach dem Anruf meiner Freundin endlich in der Notaufnahme war. Und da es noch einmal endlos dauerte, bis ich die Dame an der Rezeption dazu bewegen konnte, mir zu sagen, auf welche Station mein Freund verfrachtet worden war (schließlich waren wir beide nicht verwandt, und da sie ihn gesehen hatte, wusste sie genau, dass ich nicht seine feste Freundin war), lag er schon in einem Bett, trug einen attraktiven grünen Kittel und drehte mühsam den wie ein Luftballon angeschwollenen Kopf, als ich durch die Tür des Krankenzimmers trat.

»Hi«, sagte ich vorsichtig und hielt ihm seine Notfallspritze hin. Natürlich wäre sie keine ausreichende Verteidigung, falls er beschließen sollte, mich krankenhausreif zu schlagen. Doch zumindest wäre dann der Weg bis in die Ambulanz für mich nicht allzu weit. »Wie fühlst du dich?«

»Alsch og isch schtergen würge«, klärte er mich auf. Seine blauen Augen waren rot und aufgequollen, und seine Zunge schob sich riesengroß aus seinem Mund. Hätte ich nicht direkt die Verantwortung für sein Erscheinungsbild gehabt, hätte ich vielleicht sogar gelacht.

»Er übertreibt«, erklärte Em. Sie saß neben Matthews Bett und hatte ihre langen Beine darauf ausgestreckt. »Der Arzt meinte, die Reaktion wäre so leicht gewesen, dass wahrscheinlich keine Nüsse in dem Kuchen waren, sondern dass lediglich in der Fabrik, in der sie die Kekse gebacken haben, auch Nüsse verarbeitet worden sind. Er wird also nicht nur nicht sterben, sondern bräuchte nicht mal hier zu übernachten, aber er geht davon aus, dass man samstagsnachts in Krankenhäusern immer jede Menge heißer Typen trifft.«

»Weil Schwule schich beim Tantschen oft verletschen«, bestätigte Matthew mir. Die Schwellungen nahmen bereits ein wenig ab. Was etwas enttäuschend war, denn schließlich hatte ich bisher noch nicht einmal ein Foto von seinem Gesicht gemacht.

Ich sank auf den harten Plastikstuhl auf der anderen Seite seines Betts, legte meinen Kopf zurück und machte die Augen zu. »Gott sei Dank. Ehrlich, ich habe die gesamte Fahrt hierher damit verbracht mir einzureden, dass du sterben wirst. Auf dem ganzen Weg hierher war das Einzige, woran ich denken konnte, wie ich deiner Mum erklären soll, dass du nur deshalb gestorben bist, weil ich nicht backen kann.«

»Bist du wieder okay?«, erkundigte sich Emelie und ließ ihre Hand auf Matthews Schulter fallen, die er jedoch wenig sanft beiseiteschob, als ein attraktiver junger Kerl in hautengen gelben Jeans und einem neonpinken T-Shirt durch die Tür gekarrt wurde. Ein Bein hatte er hochgelegt, sodass man nur noch am anderen Fuß einen ebenfalls neonpinken Converse Chuck sah. »Ich hatte Angst, du würdest dir vielleicht das nächste Supermodel suchen, dem du eine reinhauen kannst.«

»*Du* hast Ana eine verpasst«, rief ich ihr in Erinnerung. »Nein, heute Abend habe ich mich lieber ein bisschen mit Dan auf meiner Couch gewälzt.«

Stille.

»Losch, ertschähl«, forderte mich Matthew auf.

»Er kam noch mal zurück, weil ...« Tasche? Schlüssel? Was genau er hatte holen wollen, wusste ich nicht mehr. »... er was vergessen hatte, und dann hat er mich irgendwie geküsst, und dann hast du angerufen, und ich habe ihm erklärt, dass ich gehen muss, worauf er verduftet ist.«

»Weil du deinen Freund im Krankenhaus besuchen musstest?« Ich hätte nicht sagen können, wann die gute Emelie zum letzten Mal so aufgeregt gewesen war. »Was für ein Idiot. Aber was viel wichtiger ist, wie war es sonst?«

»Seltsam. Er war super angenervt.« Ich runzelte die Stirn. »Als wäre er sauer, weil ich nicht total in ihn verliebt bin oder so.«

»Ich meine nicht den Streit«, stieß sie ungeduldig aus. »Der Kuss? Habt ihr euch wirklich nur geküsst? Und, *bist* du in ihn verliebt?«

Matthew löste seinen Blick lange genug von dem Neon-Knaben, um die Brauen hochzuziehen. Zumindest ging ich davon aus, dass er das tat. Genau erkennen konnte ich es nicht.

»Natürlich nicht. Wir reden hier von Dan. Du erinnerst dich? Der Kerl mit den viel zu engen Jeans, der ständig mit irgendwelchen Models in die Kiste steigt und ein totaler Blödmann ist?«

»Der Kerl, der ein Supermodel für dich sitzen lässt? Der plötzlich aus dem Nichts vor deiner Tür auftaucht? Der dir begeistert das Gesicht abschleckt?«

»Oh, halt die Klappe«, sagte ich. »Trotzdem bleibt er Dan. Er ist ja wohl kaum der Vater meiner zukünftigen Kinder, sondern eher der Typ, bei dem man anruft, um zu fragen, ob möglicherweise er der Grund ist, dass man wegen eines plötzlichen Juckreizes zum Gynäkologen muss.«

»Gasch ischt ekelhascht«, nuschelte Matthew. »Ager wahr.«

»Ich hätte es niemals so weit kommen lassen dürfen.« Ich versuchte, nicht daran zu denken, wie weit wir genau gegangen waren. Oder wie fantastisch es gewesen war. »Und ich kann einfach nicht glauben, dass ich tatsächlich so weit gegangen bin.«

»Hattest du die neue Unterwäsche an?«, fragte mich Em. »Du hattest sie doch an, oder etwa nicht?«

»Ja.« Ich blickte an Dans Kaschmirpullover herab. Den ich zum Glück noch immer trug. »Woher weißt du das?«

»Weil das alles erklärt.« Sie streckte ihre Hände aus, als wäre das, was sie gleich sagen würde, völlig offensichtlich. »Es war einfach die Schuld deiner Dessous. Männer denken immer mit dem Schwanz, weil der außerhalb ihres Körpers ist und alles genau mitbekommt, was um ihn herum geschieht. Sie können einfach mit nichts anderem denken. Es liegt in ihrer Natur.«

»Dasch ischt wahr.« Matthew nickte heftig mit dem Kopf. »Wir gönnen nischtsch gagegen tun.«

»Uns Frauen geht es anders, denn bei uns ist alles ordentlich verpackt. Das heißt, dass wir nicht ständig daran denken, dass wir unsere Geschlechtsteile irgendwo reinstecken wollen. Aber wenn du teure und verführerische Unterwäsche trägst? Aus und vorbei.«

Diese Theorie sagte mir durchaus zu. Denn sie nahm

mir die Verantwortung für alles, was geschehen war, und erklärte obendrein, warum sich die Erinnerung an ein Paar warme, starke Hände, die begehrlich über meinen Körper gefahren waren, nicht abschütteln ließ. Das leichte Flattern in der Magengegend lag längst hinter uns. Inzwischen waren wir bei Doppelsaltos vom Zehnmeterbrett in ein Becken voll Du-dämliche-Idiotin angelangt.

»Nachdem wir das geklärt hätten, kannst du mir vielleicht endlich sagen, ob er nackt so schön ist, wie man, wenn er angezogen ist, vermutet.« Wie gewöhnlich ignorierte Em ganz einfach meine Bitte, ein mir wenig angenehmes Thema zu beenden. »Haben seine Arme tatsächlich die Form kleiner Fässchen?«

»Ein zweiter Popeye ist er nicht.« Ich stieß einen abgrundtiefen Seufzer aus. »Aber trotzdem ist er ganz schön muskulös. Ich weiß nicht, ich habe es einfach vermasselt. Er hat davon angefangen, dass er nicht gedacht hätte, dass ich *eine dieser Frauen* wäre, und ich habe ihm erklärt, dass er *einer dieser Männer* ist. Und dann wurde er ziemlich sauer, und wahrscheinlich komme ich jetzt doch nicht nach Australien.«

»Ich bin mir nicht ganz sicher, was Australien jetzt auf einmal damit zu tun hat.« Em band sich ihr dickes Haar zu einem voluminösen Pferdeschwanz. »Und ich weiß, das alles ist noch neu für dich, aber, ehrlich, wenn du einen Kerl als Sexobjekt benutzen willst, dann sagst du ihm das besser nicht.«

»Ich wollte ihn gar nicht als Sexobjekt benutzen«, klärte ich sie böse auf.

»Er wird drüber hinwegkommen«, versuchte sie mich zu beruhigen. »Und ich wette, dass er dich schon längst auf deinem Handy angerufen hat.«

Vorsichtig zog ich mein iPhone aus der Tasche, das ich dreist nicht ausgeschaltet hatte, als ich von der Dame an der Rezeption lautstark darum gebeten worden war. Ich hatte keine Anrufe verpasst, aber eine Facebook-Nachricht hatte mich erreicht.

»Kein Anruf, aber dafür News von Ethan«, antwortete ich.

Der liebe, überhaupt nicht komplizierte, Tausende von Meilen entfernte Ethan Harrison. Ah, er schrieb, sein Wochenende wäre sicher deutlich schöner, wenn ich in Toronto wäre. Nun, solange er nicht auch allergisch gegen Nüsse war …

»Rach.« Em bemühte sich um einen möglichst ernsten Blick. »Diese Sache mit Dan. Bist du wirklich sicher, dass die Knutscherei mit ihm nichts zu bedeuten hat? Schließlich seid ihr schon seit Jahren befreundet, und er gibt sich echt viel Mühe, damit er dir an die Wäsche gehen kann.«

Ich dachte kurz darüber nach. Bis zu einem gewissen Grad waren wir tatsächlich Freunde, und es stimmte: Unsere Beziehung hatte sich verändert, seit ich ihm erzählt hatte, dass ich von meinem Freund verlassen worden war. Und es war nicht so, dass ich vorhin nicht heiß auf ihn gewesen wäre, denn in meinem Leben war mir kaum etwas so schwergefallen wie vorhin von meinem Sofa aufzustehen. Doch er konnte noch so aufmerksam und süß und witzig sein – trotzdem blieb er Dan.

»Ihr scholltet heimfahren ung eusch in gie Falle hauen«, nuschelte mein allergiegeplagter Freund. »Ihr müscht goch total gabutt schein.«

Mir fiel auf, dass er, während er sprach, in eine völlig andere Richtung sah – nämlich dorthin, wo der süße Knabe lag –, und entschlossen zog ich Emelie von ihrem Stuhl. Er hatte seine Worte ganz eindeutig nicht nur selbstlos gemeint, und deshalb war es Zeit für uns zu gehen.

»Komm mit nach Hause, Stevens. Überlassen wir die Invaliden ihrem Schicksal.« Ich nahm Matthew in den Arm. »Wir sprechen uns morgen.«

Em tätschelte ihm aufmunternd den Kopf. »Falls du morgen sprechen kannst.« Dann wandte sie sich mir mit einem verschwörerischen Grinsen zu. »Und du erzählst mir jetzt ausführlich, wie es zwischen dir und Dan gelaufen ist.«

Nachdem ich Em, dem halben Unterdeck der Linie 205 und jedem, der uns in der Amwell Road begegnet war, eine jugendfreie Version meines Zusammenseins mit Dan erzählt hatte, war ich unglaublich froh, als ich endlich allein auf meiner Couch zusammenbrach. Em war auf direktem Weg ins Bad marschiert, um sich die Zähne vor dem Schlafengehen zu putzen, denn die Aufregung des Abends hatte offenbar auch sie total erschöpft. Ganz allein in Dans Pullover auf der Couch zu lümmeln war nicht annähernd so spannend, wie mit dem Besitzer des Pullovers dort zu liegen, aber deutlich spannender, als es mit Simon war, wenn wir uns irgendeinen Schwachsinn in der Glotze angesehen hatten. Aber schließlich war Simon nicht aufregend gewesen, sondern mein intelligenter, süßer, wunderbarer, amüsanter Freund, der mich hatte fallen lassen, weil er zu dem Schluss gekommen war, ich wäre »nicht die Richtige für ihn«. Was von Jungssprache auf Englisch übersetzt so viel hieß wie »Ich möchte mal ein bisschen durch die Gegend vögeln« oder zumindest: »Ich will mit einer anderen schlafen und verwende diese lächerliche Phrase, damit ich nicht schuld am Ende unserer Beziehung bin. Denn ich kann schließlich nichts dafür, dass du die Falsche bist.«

Wobei ich als Freundin geradezu genial gewesen war. Schließlich hatte ich ihn Jahr für Jahr an den Geburtstag seiner Mum erinnert, hatte stets das Bett gemacht, mir täglich die Beine rasiert und mich an seinem Geburtstag nur mit halterlosen Strümpfen und einem Trikot des FC Liverpool auf unserer Couch drapiert, wobei mein Dad sich als Manchester-United-Fan vor lauter Zorn im Grab umgedreht hätte, wenn er a) etwas davon erfahren hätte und b) überhaupt tot gewesen wäre – was er glücklicherweise nicht war. Was also hatte der Kerl mit einem Mal für ein Problem mit mir gehabt?

Und was für ein Problem hatte jetzt plötzlich Dan? Er hatte sich an mich herangemacht und sollte sich gefälligst glücklich schätzen, dass er nicht in hohem Bogen bei mir rausgeflogen war. Und was für ein Spiel spielte der blöde Ethan Harrison mit mir? Was nutzten mir all die koketten E-Mails, wenn er trotzdem keine ernsten Absichten zu haben schien? Vielleicht sollte ich mich darauf konzentrieren, eine Zeitmaschine zu erfinden, um ins neunzehnte Jahrhundert zu gelangen, wo ich sicher längst verheiratet und Mutter von vier Kindern wäre. Die vielleicht die Cholera bekämen – aber trotzdem. Grrrrh. Was hatte sich der liebe Gott bei der Erschaffung der Männer nur gedacht?

»Rach?« Em stupste mich an der Schulter. »Warum bist du plötzlich so still? Du willst dich doch wohl nicht betrinken und dann anfangen, *All By Myself* zu singen oder so?«

»Ich habe weder vor, mich zu betrinken, noch werde

ich singen«, antwortete ich. »Ich versuche nur herauszufinden, wie all das passieren konnte.«

»Vergiss nicht, es mir zu erzählen, wenn du die Antwort hast.«

»Ich glaube, die wird ziemlich lang.« Oooh. Mir kam eine Idee. »Wir sehen uns dann morgen früh.«

»Nacht, meine Hübsche.« Emelie küsste mich sanft aufs Haar und wandte sich zum Gehen. Es war geradezu absurd, wie nett sie zu mir war. Seit über einer Woche tauschte sie ihr riesengroßes Bett in ihrer wunderbaren Wohnung in West Hampstead gegen die zweitgünstigste Schlafcouch von IKEA, nur um zu verhindern, dass ich aus dem Fenster sprang. Definitiv ein Zeichen echter Liebe.

Inzwischen war es kurz vor drei, aber ich war immer noch hellwach. Deshalb nahm ich das Briefpapier aus der Schublade unter dem Couchtisch. Als ich es vor zwei Jahren von meiner Mum geschenkt bekommen hatte, hatte ich ihr kurzerhand das Chatten auf Facebook beigebracht. Was wahrscheinlich keine so gute Idee gewesen war. Ich hatte keine Briefe mehr geschrieben, seit ich in der neunten Klasse von meinem französischen Brieffreund Fotos seines nackten Unterleibs geschickt bekommen hatte, meine Mutter aber ging inzwischen vollkommen in Facebook auf. Und man konnte seine Mutter nicht einfach von seiner Freundesliste streichen. Weil sie einem das bis an ihr Lebensende nicht verzeihen würde.

Dies aber war eine echte Briefpapier-Situation, mit Wasserzeichen und allem Drum und Dran, und plötzlich war ich froh über das lange Zeit verachtete Geschenk.

Lieber Simon.

Ich hievte mich mühsam in die Vertikale und hielt meinen türkisfarbenen Lieblingskugelschreiber über das Papier. Wie fing ich am besten an?

Es gibt da ein paar Dinge, die ich dich noch wissen lassen möchte, die ich aber einfach nicht in Worte fassen konnte, als du angerufen hast. Inzwischen aber hatte ich genügend Zeit, um darüber nachzudenken, weshalb ich dir jetzt statt irgendwelcher wirren Phrasen die wohlüberlegte, sorgsam formulierte Antwort geben kann, die du für dein Tun verdienst. Du bist ein Feigling. Ein schwacher, jämmerlicher Feigling, der es nicht verdient, glücklich zu sein. Du verdienst es nicht mal, unglücklich zu sein. Du verdienst es, elend und alleine vor dich hinzuvegetieren als einer dieser traurigen, kleinen Männer, die in einem Haus voll Unrat sterben, weil sich niemand genug für sie interessiert, um ab und zu vorbeizukommen und zu gucken, ob sie ihren Müll rausbringen, und die, wenn man sie schließlich findet, weil der Gestank aus ihrer Wohnung irgendwann bis auf die Straße dringt, von Mülltüten mit Resten von Fertiggerichten aus dem Jahr 1997 und Horden fauchender Katzen umgeben sind. Und genau das hast du auch verdient.

Ich legte eine kurze Pause ein und atmete tief durch. Das Verfassen dieses Briefes war das reinste Kinderspiel. Und machte jede Menge Spaß. Was vielleicht auch daran lag, dass ich ein paar Drinks genossen hatte, aber ganz eindeutig nicht betrunken war. O nein. Ich griff erneut nach meinem Stift.

Ich bin nicht wütend, weil du dich von mir getrennt hast. Ich bin wütend auf die Art, in der du mich fallen gelassen hast. Du hast gesagt, du bräuchtest eine kurze Auszeit, aber aus wäre es zwischen uns deswegen nicht. So hast du es selbst formuliert. Im Allgemeinen meint man das, was man zu einem anderen Menschen sagt, auch so. Vor allem, wenn man was zu einem Menschen sagt, den man liebt, mit dem man zusammenlebt und mit dem man gemeinsam den Kredit für eine Wohnung abbezahlt. Vielleicht kannst du das nicht verstehen, weil du einen Penis hast, der dich verwirrt. Vor allem, wenn es um den Unterschied zwischen richtig und falsch und Wahrheit und Lüge geht. Ich hätte es dir deshalb leichter machen sollen. Aber du, du widerlicher, schwanzgesteuerter Wichser, hattest nicht genügend Rückgrat, um mir zu erklären, dass du einen Schlussstrich unter die Beziehung ziehen willst, also hast du dich in unserem Gästezimmer einquartiert und darauf gewartet, dass es mir zu blöd wird und ich dich von selbst bitte zu gehen.

Kurze Überprüfung des bisher Geschriebenen. Ja, bisher war es okay.

Was einfach erbärmlich war. Genau, wie du selbst erbärmlich bist. Ich bin wütend, weil du so erbärmlich bist. Ich dachte allen Ernstes, dass wir beide eine Zukunft haben. Dachte, dass du auch eine Familie und Kinder willst, aber nein, du willst dich lieber einmal quer durch London vögeln. Nun, ich hoffe nur, dass du dieses Ziel erreichst, ohne dir was einzufangen, wovon dir der Schwanz abfault. Es ist nicht in Ordnung, jemanden, von dem du sagst, dass du ihn liebst, so zu behandeln, wie du mich behandelt hast. Es ist nicht in Ordnung, etwas zu behaupten und es dir dann zwei Sekunden später noch einmal zu überlegen. Es ist nicht in Ordnung zu erwarten, dass der andere Gedanken lesen kann. Es ist nicht in Ordnung, jemandem zu sagen, dass er mit nach Sydney oder nach Toronto kommen soll, und einfach davon auszugehen, dass der andere weiß, was du wirklich damit sagen willst.

Ich las den letzten Satz noch einmal durch. Vielleicht war ich etwas vom Thema abgewichen, aber ich hatte kein Tipp-Ex, und so blieben diese Worte eben stehen. Benutzte man überhaupt noch Tipp-Ex? Hatte die Regierung sich wohl schon mit dem Problem befasst? Gab es eine Denkfabrik, in der man überlegte, was mit all den arbeitslosen Leuten aus den Tipp-Ex-Fabriken geschehen sollte? Aber wie dem auch sei …

Wie dem auch sei, wollte ich nur glücklich mit dir sein. Es tut mir leid, dass dir das offenkundig nicht genügt hat, und es tut mir leid, dass du schwach und emotional zurückgeblieben bist und dir deswegen der größte Fehler deines Lebens unterlaufen ist, obwohl du mir dadurch wahrscheinlich einen riesigen Gefallen erwiesen hast. Denn ich bin eine tolle Frau. Und eine tolle Frau ist viel zu gut für dich. Nur zu deiner Information: Wenn ich dich das nächste Mal irgendwo auf der Straße sehe, werde ich die Straßenseite wechseln und dir auch nicht winken. Weil wir keine Freunde sind. Weil du ein Wichser bist. Und würdest du einen Wichser auch nur als Kumpel haben wollen? Nein? Das hätte ich auch nicht gedacht.

Ich wünsche dir ein schönes Leben,
Rachel

Das war sogar noch besser als mein Sachkunde-Essay fürs Abitur, der wirklich gut gewesen war. Ich faltete das Schreiben ordentlich zusammen, schob es in einen passenden Umschlag, schrieb den Namen meines Exfreundes auf die Vorderseite, zog darunter einen schnörkeligen Strich und legte ihn auf meinem Couchtisch ab. Bevor ich meinen Kugelschreiber wieder in die Tasche steckte, zog ich die Serviette aus dem Seitenfach und strich die Worte »Brief an Simon schreiben« durch.

Alles, was jetzt noch auf meiner Liste stand, waren der Bungee-Sprung, eine Reise in ein fremdes Land und die Suche nach einem Begleiter für die Hochzeit meines Dads. Es war, wie wenn man in der Quality-Street-Dose endlich zu den Toffee-Talern und den Kaffee-Sahne-Bonbons kam.

Allerhöchste Zeit, ins Bett zu gehen.

Als am nächsten Vormittag mein Handy schrillte, war ich praktisch noch bewusstlos und in einen Traum verstrickt, in dem mir ein halbnackter Dan, der eine kanadische Flagge schwenkte, auf den Fersen war. Weshalb ich ein paar Sekunden brauchte, bis ich nach dem Öffnen meiner Augen halbwegs bei mir war.

Ich rollte mich über das Bett und streckte die Hand nach meinem iPhone aus, in der Absicht, die Person anzuschreien, die mich so unsanft aus dem lange noch nicht abgeschlossenen Schönheitsschlaf gerissen hatte. Nur, dass die Person am anderen Ende der Leitung Matthew war.

»Dann bist du also noch am Leben.«

»Aber es war wirklich knapp.« Für, meine Güte, nicht mal sieben Uhr an einem Sonntag klang er geradezu erschreckend aufgekratzt. Ich hatte nicht mal vier Stunden geschlafen, und ich fragte mich, was er genau im Krankenhaus gespritzt bekommen hatte … und ob von dem Mittel noch was für mich übrig war. »Und meine Nahtod-Erfahrung hat mich zum Nachdenken gebracht. Diese Checkliste ist gut und schön, aber wir müssen das Tempo etwas anziehen, Rach. Weil schließlich sekündlich einer von uns sterben kann.«

»Matthew, du bist schon dein Leben lang allergisch gegen Nüsse«, gähnte ich. »Du warst deshalb schon fünfmal im Krankenhaus, davon einmal, weil du wegen einer Wette eine Walnuss-Praline gegessen hast. Außerdem sind auf der Liste kaum noch Punkte übrig. Was also willst du damit sagen, dass wir das Tempo anziehen sollen?«

»Nichts«, log er. Wenn er nicht die Wahrheit sagte, wurde seine für gewöhnlich eher verschlafene Stimme immer etwas schrill. Was an seinem Schwulsein lag. Schwule waren einfach keine so gewieften Lügner wie die Heteros. »Ich bin einfach zu dem Schluss gekommen, dass man öfter mal was wagen sollte.«

»Können wir das vielleicht tun, wenn ich ein bisschen wacher bin und …«, ich schnupperte flüchtig unter meinem Arm, »… geduscht habe?«

»Dusch am besten jetzt sofort, und pack dann ein paar Sachen ein.« Er klang geradezu erschreckend aufgeregt. Wie ein Mitglied von *Take That* kurz vor der Wiedervereinigung. »Ich hole euch in einer Stunde ab, und dann geht's los.«

»Wovon redest du?« Es war eindeutig noch viel zu früh für eine Verrücktheit nach Matthews Art. »Was heißt das, dann geht's los? Ich muss mit meiner Agentin sprechen, damit die mir endlich wieder einen Job verschafft. Schließlich habe ich seit einer Woche keinen Auftrag mehr gehabt.«

»Eine Woche mehr wird auch nicht schaden«, meinte er. »Du hast schon ewig keinen Urlaub mehr gemacht, und ich habe unsere Tickets bereits reserviert. Aber in zwei Stunden müssen wir am Schalter sein. Sag auch Emelie, dass sie sich fertig machen soll. Ich gehe schließlich davon aus, dass ich sie auch mitnehmen soll. Und packt eure Pässe ein.«

»Matthew, du weißt, dass ich hierbleiben muss, falls es Veronica gelingt, mir diesen Job in Sydney zu besorgen«, heulte ich. Sydney. Sonne. Sand. Eine halbe Erdkugel von Simon weg.

»Ja, natürlich, weil dich Dan nach dem, was letzte Nacht passiert ist, ja auf jeden Fall mit nach Australien nehmen wird, nicht wahr?«

Ohhhh. Da hatte er natürlich recht.

»Pässe. Eine Stunde. Ich bin unterwegs.«

Ich brauchte meine ganze Kraft, um ihn nicht daran zu erinnern, dass mein Vater nicht vor über zwanzig Jahren abgetaucht war, dann aber vor einem Jahr das Zeitliche gesegnet hatte und mir neben einem Riesenvaterkomplex jede Menge Kohle hinterlassen hatte, und ich deswegen gezwungen war, mir meinen Lebensunterhalt und die für die Begleichung der horrenden Kreditkartenrechnung erforderliche Summe irgendwie durch eigener Hände Arbeit zu verdienen. Aber bis ich zu dem Schluss kam, dass ich es ihm einfach sagen müsste, hatte Matthew bereits aufgelegt. Und damit war das Thema abgehakt.

Ich warf mich wieder rücklings in die Kissen und genoss das große, leere Bett, bevor ich mich zum Aufstehen zwang. Wohin Matthew uns auch immer brachte, ich konnte nur hoffen, dass es dort genügend Betten gab.

Em saß schon im Wohnzimmer und knabberte an einem Stück Pizza, das die ganze Nacht zwischen den leeren Gläsern auf dem Tisch gelegen hatte. Manchmal konnte sie echt eklig sein. Außerdem war sie in den Brief an meinen Ex vertieft.

»Matthew hat mich eben angerufen und gesagt, dass ich den Hintern schwingen und vor allem meinen Pass einstecken soll«, rief sie mir hinterher, als ich in die Küche schlurfte, weil ich erst mal einen Kaffee brauchte, ehe ich ihr auch nur hätte sagen können, wie ich hieß. »Haben sie ihm im Krankenhaus vielleicht das falsche Zeug verpasst, von dem er einen Hirnschaden bekommen hat? Bist du schuld daran, dass er verrückt geworden ist?«

Sie hob die Hand, um fröhlich mit mir abzuklatschen, doch ich schüttelte den Kopf, woraufhin sie die Flosse traurig wieder sinken ließ.

»Anscheinend hat er irgendwelche Tickets reserviert und kommt uns in einer Stunde abholen«, erklärte ich. »Das ist alles, was ich weiß.«

»Ich habe wirklich kein Problem damit, dass einer meiner besten Freunde eine Ex-Saftschubse ist«, setzte sie an. »Nur hat er noch nie angerufen und gesagt, dass er uns nach Honolulu mitnehmen will. Und in das blöde Düsseldorf fliege ich sicher nicht noch einmal mit.«

»Ich fand Düsseldorf gar nicht so schlecht.« Wobei mir vor allem das phänomenale Schnitzel, das ich dort gegessen hatte, in guter Erinnerung geblieben war. »Ich meine, die Stadt war doch echt nett.«

»Düsseldorf war nett?« Emelie zog eine Braue hoch.

»Das zeigt wieder mal, dass man über Geschmack nicht streiten kann.«

»Ich hätte kein Problem damit, auch einfach hierzubleiben.« Ich lehnte mich mit meinem Kaffeebecher an den Kühlschrank. »Können wir nicht einfach *Hollyoaks* gucken und danach wie ganz normale Leute irgendwo was essen gehen?«

»Amen, Schwester«, nickte Em. »Das kannst du ihm ja sagen, wenn er hier erscheint. Nachdem du mit deiner Entschuldigung wegen des Giftanschlags fertig bist.«

»Hmm.« Ich nippte an meinem lauwarmen Nescafé. »Vielleicht gehe ich allmählich rüber und fange mit Packen an ...«

Als Matthew seinen Schlüssel in das Türschloss schob, saß ich mit einem zweiten Becher Kaffee auf der Couch und starrte meinen Mini-Koffer an. Es war immer noch erst kurz vor acht, und ich wollte halbwegs munter sein, wenn Matthew uns verkündete, er hätte eine Woche irgendwo am Arsch von Norwegen für uns gebucht. Em war immer noch im Gästezimmer und ereiferte sich lautstark über die »beschissenen Jimmy Choos«, die sich standhaft weigerten, sich klein genug zu machen für das bisschen Platz, das noch in ihrem Koffer war. Ich hätte ihr anbieten können, sie in meinem Koffer zu verstauen, doch es war viel unterhaltsamer, ihr dabei zuzuhören, wie sie leblose Gegenstände anbrüllte, während ich im Fernsehen verfolgte, wie den Leuten in der Promi-Kochschule die Zubereitung eines Reisgerichts misslang. Es war geradezu erschreckend, wie viele Klamotten meiner Freundin innerhalb der letzten Woche hier gelandet waren. Em hatte mehr Sachen hier in meinem Gästezimmer, als ich überhaupt besaß. Weshalb mir das Packen meines Koffers ziemlich leicht gefallen war.

»Na, wer ist bereit fürs große Abenteuer?« Matthew warf sich neben mich aufs Sofa und sah mich aus großen Augen an. Ich presste meine Lippen aufeinander und bedachte ihn mit einem bösen Blick. »Deinetwegen habe ich meinen Kaffee verschüttet.«

»Nachdem du mich quasi vorsätzlich vergiftet hast«, gab er gut gelaunt zurück. »Was meinst du, sind wir quitt?«

»In Ordnung«, stimmte ich ihm, wenn auch widerstrebend, zu. »Also, wo geht's hin?«

»Okay.« Er rieb sich die Hände an den Oberschenkeln seiner Jeans. »Also, dass ich um ein Haar gestorben wäre, nur weil deine Mutter dir nicht beigebracht hat, wie man einen anständigen Käsekuchen macht, hat mich zum Nachdenken gebracht. Ich weiß, dass wir versuchen, dich dazu zu bringen, eine gute Singlefrau zu sein, aber ich bin zu dem Schluss gekommen, dass es mindestens genauso wichtig für dich ist, zu lernen, auch einmal ein Wagnis einzugehen. Deshalb fliegen wir nach Kanada.«

»Wir fliegen nicht nach Kanada«, gab ich umgehend zurück, und fast genauso schnell erschien der Kopf von unserer Freundin in der Gästezimmertür.

»Kanada? O nein.« Sie schüttelte den Kopf. »Wir fliegen nicht nach Kanada. Ich habe nächste Woche nämlich alle Hände voll zu tun.«

»Und du, was hast du für eine Ausrede?«, erkundigte Matthew sich bei mir und fügte an Em gewandt hinzu: »Du hast doch seit 2003 nicht einen Tag lang alle Hände voll zu tun gehabt.«

»Ich arbeite sehr hart«, erklärte sie. »Dass ich von zu

Hause aus mein Geld verdiene, heißt noch lange nicht, dass ich nicht mindestens so fleißig wie die meisten anderen Menschen bin. Ich muss sämtliche neuen Kitty-Kitty-Produkte genehmigen, entwickele neue Trends, arbeite an …«

»Blablabla.« Matthew machte eine wenig schmeichelhafte Plapper-Geste mit der Hand.

»Ruhe, Kinder.« Ich sah Matthew an. »Wie stellst du dir das vor? Wenn ich plötzlich vor Ethans Haustür stehe, denkt der doch bestimmt, ich wäre völlig durchgeknallt.«

»Du wirst nicht plötzlich vor seiner Haustür stehen«, klärte er mich seufzend auf. »Du hast einen Job in Vancouver und legst nur einen kurzen Zwischenstopp im herrlichen Toronto ein. Siehst du? Ich habe an alles gedacht.«

Ich blickte in die Gesichter meiner Freunde. Matthew wirkte aufgeregt, Em sah sauer aus, und ich fragte mich, was für eine Grimasse ich wohl gerade selber zog. Sollte ich tatsächlich mir nichts, dir nichts den Atlantik überqueren? Ja, okay, ich hatte in den nächsten Tagen keinen wichtigen Termin. Und nein, es war nicht so, als würde irgendjemand dringende Dinge von mir erwarten. Und Matthew hatte für die Tickets sicherlich so gut wie nichts bezahlt, und niemand könnte leugnen, dass es sicherlich das Beste für mich wäre, erst mal etwas Abstand zwischen mich und meine Wohnung zu bekommen, und dass Sydney eindeutig für mich gestrichen war. Eine Woche möglichst weit entfernt von hier, dann zurück zur Hochzeit meines Dads, und danach wäre ich bestimmt bereit, mich wieder ins Berufsleben zu stürzen. Matthew hatte ganz eindeutig schon erheblich schlechtere Ideen gehabt. Wie die mit Düsseldorf.

»Es wird dir guttun, wenn du einmal etwas Abstand zu allem bekommst. Und wir werden uns nach Kräften amüsieren«, versprach er mir.

»Es wäre sicher schön, mal wegzukommen«, gab ich zu. Rotschopf Rachel zerrte bereits ihren Koffer auf die Straße und wartete ungeduldig darauf, dass ein freies Taxi kam. »Und es steht auf meiner Liste.«

»Echt?« Matthew klang, als könnte er nicht glauben, was er hörte. »Du fliegst einfach so mit mir nach Kanada, ohne dass ich auch noch alle meine anderen tollen Argumente dafür anbringen muss?«

Ich wies auf meinen Koffer und wedelte mit meinem Ausweis vor seinem Gesicht herum. »Lass uns gehen, bevor ich es mir noch mal anders überlege.«

»Du willst doch wohl nicht echt nach Kanada?« Em streckte einen ihrer Jimmy Choos in meine Richtung aus. »Wir fliegen doch wohl nicht echt nach Kanada?«

»Also, entweder gibst du jetzt einfach zu, dass man dich dort wegen Mordes sucht, oder du hältst endlich den Mund und steigst in das Taxi, das in drei Minuten hier sein wird«, fuhr Matthew sie ungehalten an. »Schließlich schleife ich dich nicht nach Guantanamo Bay, sondern lade dich zu einem Erste-Klasse-Flug in eine der weltschönsten Städte ein, wo du mit deinen beiden besten Freunden ein paar schöne Tage in einem netten Hotel verbringen sollst. Also wäre vielleicht statt deiner blöden Meckerei ein Danke angebracht.«

Die Lippen meiner Freundin bildeten einen gefährlich schmalen Strich. Ich hatte keine Ahnung, was sie sagen wollte, doch ein Danke würde es ganz sicher nicht werden.

»Dadurch, dass du Rachel dazu bringst, mit einem Typen ins Bett zu gehen, für den sie geschwärmt hat, als sie sechzehn war, kriegst du Stephen nicht zurück.«

Oje. Jetzt hatte sie die ganz großen Geschütze aufgefahren.

Matthew antwortete nicht, doch er atmete hörbar aus und ein und hielt meinen Snoopy-Becher derart fest umklammert, dass ich Angst hatte, er bräche ihn entzwei.

Als mit einem Mal das übertrieben laute Schrillen meiner Klingel die lähmende Stille unterbrach, stand Matthew schweigend auf, schob Emelie zur Seite und marschierte in den Flur.

»Ich verstehe wirklich nicht, warum du das gesagt hast«, raunte ich ihr zu. »Warum, *warum* in aller Welt hast du das Wort mit ›S‹ benutzt?«

Ems Gesicht war kreidebleich. »Das fragst du besser ihn.« Sie schüttelte den Kopf. »Ich weiß, dass er noch nicht mit dir darüber gesprochen hat.«

»Worüber hat er noch nicht mit mir gesprochen?« Matthew hatte mir etwas verschwiegen? Was in aller Welt? Ich hatte irgendwas nicht mitgekriegt, und das gefiel mir nicht.

Matthew riss die Tür der Wohnung auf, knallte sie genauso eilig wieder zu, kam ins Wohnzimmer zurückmarschiert, schnappte sich den Stapel Briefe, die auf meinem Couchtisch lagen, und marschierte wieder aus dem Raum. Brachte er tatsächlich meine Werbepost zum Altpapier, bevor wir in den Urlaub fuhren? Dann war er fast so schlimm wie meine Mum, die einen Herzinfarkt bekäme, wenn sie wüsste, dass ich die Toilette nicht geputzt hatte, bevor ich das Haus für mehr als einen Tag verließ.

»Weißt du, wo er hingegangen ist?«, wandte ich mich leicht verwirrt an Em, doch sie zuckte mit den Schultern und hielt immer noch den blöden High Heel in der Hand.

»Ich glaube, dass er rausgegangen ist«, antwortete sie und spähte in den Flur. »Draußen auf der Treppe steht er nicht.«

»Falls er sich jetzt unten auf dem Bürgersteig verbrennen will oder etwas in der Art, kriegt er was von mir zu hören«, murmelte ich von meiner Couch. »Aber jetzt im Ernst, was ist mit euch beiden los? Was hat er mir nicht erzählt?«

Ehe Em mir eine Antwort geben konnte, tauchte Matthew plötzlich wieder auf. Er öffnete die Tür, warf sie geräuschvoll hinter sich ins Schloss und kam zum zweiten Mal zurück ins Wohnzimmer marschiert.

»Emelie, hör endlich auf zu jammern, pack den blöden Schuh in deine Handtasche, und schaff dich runter auf die Straße«, wies er unsere Freundin an. »Rachel, das war Simon.«

»Um acht Uhr in der Früh?«, fragte Emelie verwirrt. »An einem Sonntag? Ist er krank?«

»Er steht am Wochenende immer so früh auf«, klärte ich sie tonlos auf. »Weil er dann Fußballtraining hat.«

»Er wollte seine Post abholen«, fuhr Matthew fort. »Aber jetzt hat er seine Post und wird dich nicht noch einmal nerven. Und er wird auch nicht mit irgendwelchen Maklern über den Verkauf von eurer Wohnung reden, bis er grünes Licht von dir bekommt. Inzwischen steht das Taxi unten auf der Straße, können wir also vielleicht allmählich los?«

Ich starrte ihn mit großen Augen an. Matthew Chase. Ein Mann der Tat.

»Dann sollten wir wohl langsam unsere Hufe schwingen.« Em schob den Schuh in ihre Handtasche und zog den Griff ihres Koffers hoch. »Auf nach Kanada.«

Mir blieb jetzt nur noch eins zu tun. Ich ließ die normale Rachel mit dem doofen Ex, dem blonden Haar und der Sky Plus Box voller *Glee*-Wiederholungen auf ihrem Sofa sitzen, um sich irgendwas im Fernsehen anzusehen, und ließ Rotschopf Rachel meinen Koffer durch den Flur hinunter auf die Straße und dann in das schwarze Taxi zerren.

Also, auf nach Kanada.

16

Vierzehn Stunden, einen Erste-Klasse-Flug und mehrere Gläser Champagner später hatte Rotschopf Rachel Kanada erreicht und hakte die Auslandsreise auf ihrer Servietten-Liste ab. Ich beugte mich über den Tisch, der sich über die Breite unseres Raums erstreckte, starrte aus dem Fenster und konnte nur mit Mühe glauben, was ich sah. Okay, die Aussicht auf ein Gebäude und ein paar Garagen war nicht unbedingt berauschend, aber etwas anderes als das, was ich in Islington zu sehen bekam. Denn wir waren nicht in Islington, sondern – Wahnsinn – tatsächlich in Kanada. Unsere von Matthews Kumpel Jeremy, dem internationalen Jetsetter, empfohlene Unterkunft war zwar geradezu erschreckend trendy, gleichzeitig jedoch einfach genial. Es kam mir vor, als hätten wir am Set von *Mad Men* eingecheckt, wo wir von Serena, Blair und ihren Freundinnen aus *Gossip Girl* umgeben waren. Wir hatten kaum den sicheren Hafen unseres Hotelzimmers erreicht, als sich Emelie schon quer über die weiche Matratze warf.

»Okay, wir sehen uns später«, gähnte sie und machte ihre Augen zu. »Geht ihr zwei Verrückten euch ruhig amüsieren, ich bin total k.o.«

»Los, schwing deinen Hintern.« Matthew zerrte sie an einem Bein ans Fußende des Betts. »Wir gehen runter in die Bar. Es ist schließlich erst« – er warf einen Blick auf seine Uhr, merkte, dass er sie noch nicht verstellt hatte, und zuckte mit den Schultern – »nun, auf jeden Fall ist es noch früh.«

Hilfesuchend wandte meine Freundin sich an mich, doch ich hockte im Schneidersitz in dem breiten, viereckigen Sessel und las mir die Angebote des Zimmerservice durch. »Sie bieten auch einen Vierhundert-Dollar-Vibrator an.« Ich spürte, wie mir alle Farbe aus den Wangen wich. »Wo hast du uns hier hingebracht?«

»Ich wette, das ist nur ein Scherz. Ich wette, den hat noch nie jemand bestellt«, winkte Matthew lässig ab. »Das steht bestimmt nur da, weil's trendy ist. Ich wette, wenn du so ein Ding bestellen würdest, hätten sie es nicht mal da.«

»Aha«, meinte ich wenig überzeugt. »Hm, bilde ich mir das nur ein, oder ist das da die Dusche? Diese Düse da?«

Die beiden anderen blickten in die Richtung, die ich ihnen wies.

»Und warum gibt es keinen Duschvorhang?«

Offenbar hatte Jetsetter Jeremy vergessen zu erwähnen, dass es keine separaten Badezimmer, sondern lediglich in die Zimmer integrierte Duschkabinen gab. Und zwar in unserem Raum direkt am Fußende des Betts. Eine durchsichtige Duschkabine kaum drei Fußbreit von dem Ort, an dem man schlief, entfernt. Und etwas wie Milchglas, hinter dem man wenigstens ein Mindestmaß an Diskretion hätte wahren können, gab es hier in Kanada anscheinend nicht.

»Zieht euch ja nicht vor mir aus.« Matthew starrte uns entgeistert an. »Ich werde draußen warten, wenn ihr duschen wollt.«

»Hast du etwa vor, dich jedes Mal nach draußen in den

Flur zu setzen, wenn eine von uns duschen will?«, erkundigte sich Emelie.

»Ich werde sicher nicht hier sitzen bleiben und euch dabei zusehen.«

Armer, schwuler Matthew.

»Dann guck besser jetzt schon weg.« Entschlossen stand sie auf und fing an sich auszuziehen. »Ich fühle mich nach langen Flügen immer reif für die Dusche.«

Ich warf mich nun an ihrer Stelle auf das Bett und schnappte mir die Fernbedienung unseres Fernsehers. »Und nach dir dusche ich.«

»O Gott.« Matthew warf sich beide Hände vor die Augen, machte auf dem Absatz kehrt und marschierte Richtung Tür. »Ich gehe in die Bar und trinke dort so viel, dass mich der Anblick nackter Frauen nicht mehr stört. Kann sein, dass ihr mich dann zurück aufs Zimmer tragen müsst.«

Nach der Dusche legte Em sich prompt wieder ins Bett, und noch bevor ich in die Duschkabine stieg, hatte sie entgegen meinem Ratschlag zur Vermeidung eines Jetlags abermals die Augen geschlossen und schlief bereits wie ein Murmeltier, als ich mit Duschen fertig war. Oder sie tat zumindest so, um nicht mit mir in die Bar gehen und dort mit ansehen zu müssen, wie der gute Matthew seinen Beitrag zur Verbesserung der internationalen Beziehungen leistete. Warum nur musste immer ich die Mutter sein? Ich ging meine bescheidene Garderobe durch. Es war Sonntagabend, also bräuchte ich bezüglich meines Outfits sicher nicht zu übertreiben, aber angesichts all der hippen Menschen, die ich lässig durch die Eingangshalle hatte schlendern sehen, wäre es bestimmt auch nicht verkehrt, wenn ich mir ein wenig Mühe gab. Lippenstift und

Eyeliner wären das absolute Minimum. Kleidungsmäßig wählte ich zu einer schmalen schwarzen 7/8-Hose das längste, gestreifte T-Shirt meiner Kollektion und hoffte, damit ginge ich als europäisch schick und nicht einfach nur als faul und müde durch. Wobei es sicherlich für jedes der beiden Urteile genügend Grundlage gab.

Schließlich steckte ich meinen Zimmerschlüssel in die alte, große Handtasche, die selbstverständlich mit nach Kanada gekommen war, schloss die laut schnarchende Emelie in unserem Zimmer ein und unterdrückte das Gefühl des Neids, weil sie im Gegensatz zu mir jetzt ihren wohlverdienten Schönheitsschlaf bekam.

Obwohl es Sonntag war, herrschte in der *Sky-Yard-Bar auf dem Dach des Hotels* Hochbetrieb, und obwohl ich mich sogar zweimal durch das Gedränge schob, war Matthew nirgendwo zu sehen. Hinlänglich verlegen, weil ich keinen Menschen kannte, schlurfte ich zu einem leeren Tisch im Hintergrund und beschloss, mir einfach erst einmal die Leute anzusehen, bis die Bedienung kam. Das gesamte Publikum der Bar war geradezu verstörend hip und attraktiv, und nirgends war auch nur ein einziger Mountie von der kanadischen Polizei oder ein Holzfäller zu sehen. Meine Mutter wäre unglaublich enttäuscht gewesen, wohingegen Matthew sich wahrscheinlich wie im siebten Himmel fühlte. Weil von all den hübschen Kerlen, die mich hier umgaben, ganz eindeutig kaum einer auf Frauen stand.

Hoffentlich hatte mein Freund mich nicht schon sitzen lassen, ehe ich auch nur hier in der Bar erschienen war. Nach ein paar Minuten gab ich auf, zog mein iPhone aus der Tasche und schrieb Matthew eine SMS. Aus Angst vor einer SMS von Simon oder Dan hatte ich bisher noch nicht gewagt, mein Handy auch nur anzusehen, aber keiner von beiden hatte sich gemeldet, und um nicht die idiotische Enttäuschung zuzulassen, die ich deswegen verspürte, konzentrierte ich mich auf die Aufregung, die ich empfand, weil eine neue Nachricht von dem plötzlich gar nicht mehr so fernen Ethan eingegangen war. Ich hatte ihm vom Flughafen aus geschrieben, dass ich überraschend einen Job in Vancouver bekommen hätte und vorher zwei Tage in Toronto wäre, wo ich mich zu einer Vorbesprechung mit der ebenfalls kurzfristig angeheuerten Stylistin träfe. Was für einen Highschool-Lehrer sicher durchaus glaubhaft klang.

Es dauerte eine halbe Ewigkeit, aber schließlich hatte ich die Antwort direkt neben dem süßen Bild von ihm und seinem Hund auf dem Display.

»Hey, du kommst nach Toronto? Das heißt, bis du das hier liest, bist du bestimmt schon da. Was echt unglaublich ist. Meinst du, du hast Zeit, um mich zu treffen? Wahnsinn, dass du gerade jetzt, wo wir wieder Kontakt haben, in diese Gegend kommst. Ruf doch einfach an, sobald du in der Stadt bist, mein Terminkalender ist noch ziemlich leer.«

Er wollte mich tatsächlich treffen. Er schien das alles auch nur ein bisschen überraschend zu finden. Und er hatte seine Handynummer an die Nachricht angehängt. Was lauter gute Zeichen waren. Denn wenn er gar nicht überrascht gewesen wäre, hätte ich befürchtet, dass er ultrareligiös, leicht zurückgeblieben oder sonst was war. Trotzdem war ich nicht bereit, ihn sofort anzurufen, und so schrieb ich einfach eine Nachricht, um ihm mitzuteilen, dass ich morgen ebenfalls keine Termine hätte und mich riesig freuen würde, ihn zu sehen. Ein winziger Schauder zuckte über meinen Rücken, als ich ihm die Nachricht schickte. Weil das alles schließlich echt aufregend war.

»Da scheint aber jemand ausnehmend zufrieden mit sich und der Welt zu sein.« Eine geradezu schmerzlich attraktive Frau zeigte auf den leeren, zweiten Stuhl an meinem Tisch. »Ist dieser Platz noch frei?«

»Im Moment schon noch.«

Unbekümmert nahm sie Platz.

Machte man das so in Kanada? Setzte man sich einfach irgendwo dazu? Wobei die Bezeichnung »man« für diese junge Frau vollkommen unzureichend war. Sie war ganz eindeutig irgendeine Stilikone, von den Göttern meiner Checkliste gesandt, um mir zu zeigen, dass ich mir noch nicht genügend Mühe gab. Ihre kaffeebraunen, weich schimmernden Locken, ihr olivfarbener Teint, die perfekt gestylten Nägel und das frische, strahlende Make-up wiesen sie als professionell aus. Was das Styling betraf, nicht die andere Art Professionelle, die man in Hotelbars traf.

»Süßes T-Shirt«, meinte sie, während sie an mir herauf- und dann noch mal heruntersah. »American Apparel?«

»Topshop.« Ich war zu verwirrt und viel zu britisch, um ihr ebenfalls ein Kompliment zu machen, ehe die Kellnerin an unserem Tisch erschien, doch ihr Outfit deutete auf mühelose Klasse hin: schwarze Zigarettenhose, taubengraues T-Shirt, geschmackvolle Accessoires. Vielleicht war sie ja Moderedakteurin oder so.

»Was möchten die beiden Damen trinken?« Die Bedienung blickte uns gelangweilt unter ihren dick geschminkten Lidern hervor an.

»Äh, ein Glas Wein?« Ich spähte auf die Getränkekarte vor mir auf dem Tisch. »Weißwein?«

»Wir haben einen tollen Chardonnay«, schlug sie mir vor.

»Nein, haben Sie nicht«, widersprach ihr meine Tischgenossin. »Bringen Sie ihr ein Glas Sauvignon. Und mir auch. Das heißt, bringen Sie gleich eine Flasche, ja?«

»Kommt sofort.« Die Bedienung machte auf den Absätzen ihrer High Heels kehrt.

»Ist der Chardonnay so schlecht?«

»So schlecht, dass ich einfach dazwischengehen musste«, klärte mich mein Gegenüber nickend auf. »Ich bin übrigens Jenny.«

»Rachel. Bist du aus Toronto?«

»Gott bewahre, nein. Kanada würde niemals Anspruch auf mich erheben.« Sie schob sich das Haar aus dem Gesicht. »Dafür bin ich nicht mal annähernd nett genug. Ich bin nur der Arbeit wegen hier.«

Ich wusste immer noch nicht, was ich sagen sollte, und so nickte ich nur stumm.

»Ich bin keine Nutte«, antwortete sie ernst. »Falls es das ist, was du denkst.«

»O nein, das habe ich ganz sicher nicht gedacht. Wirklich nicht.« O nein! Das hatte ich auf keinen Fall gedacht!

»Entspann dich, das war nur ein Witz.« Sie legte mir eine superweiche Hand mit mehreren superschicken Cocktailringen auf den Arm und versuchte, nicht zu lachen. »Ich vergesse einfach immer wieder, dass ihr Briten so sensibel seid. Aber wie gesagt, ich bin nur der Arbeit wegen hier. Ich komme aus New York und bin eine viel zu große Zicke, um als Kanadierin durchzugehen.«

»Und was machst du beruflich?«, fragte ich und sah mich gleichzeitig nach Matthew und nach unserer Flasche

Weißwein um. Es war mir egal, was von beidem früher käme, Hauptsache, es käme schnell.

»Ich bin Stylistin.«

»Nie im Leben.« Ich warf einen Blick auf meine letzte Facebook-Mitteilung an Ethan Harrington. Ich liebte es, wenn mir das Schicksal dabei half, nicht als Lügnerin dazustehen.

»Doch«, erklärte Jenny mir. »Ich weiß, dass das bescheuert ist. Aber ich verdiene nun einmal mein Geld damit, dass ich andere Leute anziehe.«

»Das ist alles andere als bescheuert«, versicherte ich ihr. Jenny hatte recht gehabt, der Sauvignon war wirklich gut. »Ich bin Maskenbildnerin.«

»Echt? Das ist ja wohl der Hammer«, meinte sie und prostete mir zu. »Bist du wegen eines Jobs in Kanada?«

Das Vibrieren meines Handys zeigte, dass schon wieder eine Nachricht für mich eingegangen war.

»Nein, ich bin mit Freunden hier.« Ich sah mich nach besagten Freunden um, nur, dass dieses Mal das Schicksal nicht auf meiner Seite war. »Und vielleicht geht's auch um einen Mann.«

»Wann geht's mal nicht um einen Mann? Aber ein Vielleicht-Mann in der Fremde? Klingt wie eine Story, die man sonntagabends an einer Hotelbar erzählen kann.«

Ich lächelte. Normalerweise fiel es mir nicht gerade leicht, Small Talk mit mir fremden Frauen zu führen. Oder Small Talk überhaupt, doch es war einfach unmöglich, dieses Mädchen nicht zu mögen, und so tischte ich ihr eine leicht gekürzte Fassung meiner Ethan-Harrison-Geschichte unter Einbeziehung Simons und der Liste, aber unter Auslassung von Daniel Fraser auf, und dann lasen wir gemeinsam Ethans neue Nachricht durch.

»Brunch hier im Hotel? Am besten sagst du sofort zu«, empfahl Jenny mir mit einem mörderischen Grinsen. »Denn ein Brunch mit diesem Typen tut bestimmt nicht weh.«

»Nein?« Ich zögerte noch kurz, tippte dann aber ein knappes »Also dann bis morgen« in mein iPhone und schob das Gerät in meine Handtasche zurück.

»Kommt drauf an, was deiner Meinung nach mit diesem Typ passieren wird.« Jenny band ihr Haar zu einem explosiven Pferdeschwanz zurück. »Geht's dir einfach darum, etwas Spaß mit ihm zu haben, oder um ein märchenhaftes Happy End, das dein Leben vollkommen verändern soll?«

»Ich nehme an, es geht mir erst mal nur um etwas Spaß.« Selbst in meinen eigenen Ohren hatte meine Stimme keinen allzu überzeugten Klang. »Da es ein märchenhaftes Happy End schließlich normalerweise nur im Märchen gibt.«

»Okay, drei Dinge«, fing sie an und zählte dann die Punkte nacheinander an ihren beringten Fingern ab. »Erstens – werden durchaus immer wieder einmal Märchen wahr, vor allem, wenn's darin um Frauen aus Großbritannien und ausländische Kerle geht. Zweitens – versteh mich bitte nicht falsch, aber du wirkst wirklich nicht wie die Art Frau, die einfach nur zum Spaß mit einem Typen in die Kiste steigt, und drittens – hast du eine Ahnung, was er sich von einem Wiedersehen erhofft?«

Ich nippte abermals an meinem Wein. Der dritte Punkt war wirklich interessant. »Ich habe keinen blassen Schimmer«, gab ich zu.

»Wenn er also denken würde: Wahnsinn, hier ist diese coole Frau, auf die ich schon an der Highschool abgefahren bin, und jetzt sind wir beide plötzlich Singles, sie ist für zwei Nächte in der Stadt, und am besten nutzen wir diese Gelegenheit nach Kräften aus. Wie würdest du das finden?« Sie stützte sich mit ihren Fingerspitzen auf den Tisch. »Fändest du das gut oder eher schlecht?«

»Echt begeistert wäre ich wahrscheinlich nicht.«

»Genau.« Sie zog die Brauen hoch. »Und was passiert, wenn ihr euch trefft, irgendeine irre Nähe zueinander spürt, und du merkst, dass er für dich der Mann fürs Leben ist?«

»Der Mann fürs Leben?« Lächelnd schob ich meine Haare hinter meine Ohren. »Gibt es so was überhaupt?«

»Auf jeden Fall«, versicherte mir Jenny. »Und auch wenn das jetzt wahrscheinlich vollkommen idiotisch klingt, wirst du das erkennen, sobald du ihn triffst.«

Ich bedachte sie mit einem ungläubigen Blick.

»O ja«, fuhr sie entschlossen fort. »Dann werden deine Hände anfangen zu schwitzen, dir wird schlecht, dein Herz fängt an zu rasen, und vor allem wirst du erst einmal der felsenfesten Überzeugung sein, dass er eindeutig der völlig Falsche für dich ist.«

Während wir uns einen Augenblick lang schweigend gegenübersaßen, versuchte ich mich selbst davon zu überzeugen, dass ihre Ausführungen *nicht* auf Dan Fraser zutrafen.

»Dann hast du also alle Punkte deiner Liste abgehakt?«, erkundigte sich Jenny nach einem Moment.

»Zwei Punkte sind noch übrig.«

»Irgendwas, wobei ich helfen kann?«

Ich runzelte die Stirn und fragte mich, ob sie vielleicht die passende Begleiterin für einen stimmungsvollen Samstagnachmittag in einer Kirche in Godalming war.

»Ich muss noch Bungee springen oder etwas in der Art, und dann muss ich noch einen Begleiter für die Hochzeit meines Vaters nächsten Samstag finden, mit dem ich möglichst Eindruck schinden kann. Bisher kommt mir der Bungee-Sprung erheblich leichter vor. Und das, obwohl ich nicht einmal die Decke meiner Wohnung streichen kann, ohne dass mir schwindlig wird.«

»Vielleicht kann ich dir bei deinem Bungee-Sprung tatsächlich weiterhelfen«, klärte sie mich freudestrahlend auf. Diesem Mädchen schien die Fähigkeit zum Lösen von Problemen angeboren zu sein. »Ich bin mir nämlich ziemlich sicher, dass sie bei den Niagarafällen einen dieser Bungee-Schleuderbälle haben, die von unten in die Höhe schießen und in die man einfach ganz bequem einsteigen kann, ohne erst mühsam irgendwo hochzuklettern. Es ist gar nicht weit von hier entfernt. Würde das denn zählen?«

Diese Frau war echt unglaublich. Hätte ich gewusst, dass es auch Bungee-Bälle gab, hätte ich bereits persönlich bei den Niagarafällen angerufen und dort einen Platz in einem solchen Ball für mich gebucht.

»Ich denke schon.« Eilig schlug ich mein Notizbuch auf und trug die Worte »Bungee-Ball« und »Niagarafälle« ein. Bisher hatte ich noch nicht mal daran gedacht, dass wir in der Nähe dieser weltberühmten Wasserfälle waren – aber nun, da mich jemand daran erinnerte, wollte ich sie mir vor meiner Rückreise auf alle Fälle ansehen. Weil ich seit dieser einen Szene aus *Dirty Dancing,* wo es um eine Hochzeitsreise zu den Niagarafällen geht, regelrecht besessen davon war. Das andere Reiseziel, das in derselben Szene erwähnt wird – Acapulco –, wurde mir allerdings durch das bekannte Phil-Collins-Lied verleidet. Denn ich hatte einfach nicht das geringste Interesse, zusammen mit Phil Collins *loco down in Acapulco* zu sein. »Ich kann dir gar nicht sagen, wie glücklich ich bin, wenn der letzte Punkt auf dieser Liste durchgestrichen ist. Vielleicht sollte ich mal zum Psychiater, weil ich manchmal etwas zwanghaft bin. Obwohl ich nicht vierzehnmal das Licht ausmache, wenn ich einen Raum verlasse, oder so.«

»Ich liebe Listen. Ziele. Gute Vorsätze. Wirklich, ich kann dich total verstehen«, pflichtete mir Jenny bei. »Auch wenn du dich jetzt erst mal bemühen solltest, das Gelernte in die Praxis umzusetzen. Weil es schließlich völlig sinnlos wäre, alle Punkte dieser Liste abzuhaken und sie danach einfach zu vergessen. Guck am besten, dass du auch in Zukunft täglich nach der Liste lebst.«

»Nun, ich habe nicht die Absicht, mir von jetzt an regelmäßig ein Tattoo stechen zu lassen oder jede Woche irgendein Charity-Event zu sprengen, aber ja, ich glaube, diese Liste hat mich tatsächlich ermutigt, auch mal neue Wege einzuschlagen«, stimmte ich ihr zu. »Ich war zum Beispiel bis vor einer Woche blond.«

»Echt? Na, dann machst du deine Sache bereits jetzt schon wirklich gut.« Sie winkte meine Sorgen einfach fort. »Du hast super Freunde, einen tollen Job und siehst auch noch echt gut aus. Ich wüsste also nicht, was jetzt noch schiefgehen kann.«

»Meinst du wirklich?«, fragte ich sie lachend. »Bitte ruf doch gleich noch meine Mutter an und sag ihr das. Wie steht's überhaupt mit dir? Bist du auch Single?«

Jenny atmete tief durch, schwenkte nachdenklich das Glas in ihrer Hand und leerte es in einem Zug.

»Ja.«

»Darf ich fragen, warum?«

Sie lächelte, doch ihre Augen blieben ernst. »Der Typ, den ich liebe, liebt mich nicht, und hat inzwischen eine neue Freundin, mit der er sogar zusammengezogen ist.«

»Glaubst du, dass sich irgendjemand freiwillig dazu entschließt, allein zu sein?«

»Auf jeden Fall«, erklärte sie. »Wobei die Entscheidung dazu und der Wunsch danach zwei grundverschiedene Dinge sind. Ich glaube, es gibt jede Menge Leute, die sich denken, hey, ich brauche endlich mal ein bisschen Zeit für mich, aber ich glaube nicht, dass sie deswegen jede Nacht mit einem Lächeln auf den Lippen ganz alleine schlafen gehen. Ich bin lieber allein als mit dem falschen Mann zusammen, aber meiner Meinung nach ist niemand wirklich gern allein. Ich auf alle Fälle bin es nicht.«

»Du erinnerst mich an eine meiner Freundinnen«, erklärte ich und hoffte, dass ich mir all ihre weisen Worte würde merken können, um sie Em und Matthew zu erzählen.

»Und du erinnerst mich an eine meiner Freundinnen«, gab sie zurück. »Also, wie sieht's aus? Möchtest du deinen Ex zurück? Ist er die Liebe deines Lebens?«

»Nein«, erklärte ich spontan. »Das ist er nicht. Er war eben einfach da. Und ich hatte irgendwie immer zu viel damit zu tun, die Dinge des Alltags zu erledigen, als darauf zu achten, wie entsetzlich langweilig es schon seit Langem mit ihm war. Wahrscheinlich hätte ich bereits vor Jahren einen Schlussstrich ziehen sollen.« Mich selbst diese Dinge sagen zu hören war ein seltsames Gefühl. Denn sie waren einfach wahr. Weshalb hatte ich das nicht schon viel eher realisiert?

Jenny legte ihren Kopf ein wenig schräg, zog eine Strähne ihrer Haare glatt und ließ sie zurückschnippen in ihre ursprüngliche Lockenform. »Das kann den Besten von uns passieren, Schätzchen. Mach dir deshalb keinen Kopf. Mein Fehler war der, dass ich mir immer so viele Gedanken über Dinge gemacht habe, von denen ich dachte, dass sie mir fehlen, dass ich gar nicht gemerkt habe, wie reich ich doch im Grunde war. Und erst als er sein Zeug gepackt und mich verlassen hat, hat er mir mit einem Mal gefehlt. Was ganz schön ätzend ist.«

»Ich wünschte, ich könnte dir irgendeinen weisen Ratschlag geben.« Ich füllte mein Glas zum dritten Mal.

»Ich finde, in den meisten Situationen passt ›Sei kein Idiot‹ ganz gut«, antwortete sie. »Nur bin ich nicht besonders gut darin, meine eigenen Ratschläge auch zu befolgen.«

»Weißt du denn jetzt, was du willst?«

»Ja, ich will einfach mit ihm zusammen sein, aber für ihn ist die Sache beendet, und deshalb kann ich nichts tun.«

Ich konnte mir nicht vorstellen, dass es einen Mann auf Erden gab, der diese tolle Frau *nicht* wollte. Sie war total süß, wunderschön und hochintelligent. Was also stimmte nicht mit diesem Kerl?

»Wenn es das ist, was du willst, darfst du nicht einfach aufgeben.« Das war ein wirklich blöder Ratschlag, aber einen anderen hatte ich ganz einfach nicht. »Sag ihm einfach, was du fühlst.«

»Vielleicht.« Jenny sah mich an. »Und was willst du? Nachdem du all diese wunderbaren neuen Dinge über dich herausgefunden hast?«

»Ich will mit jemandem zusammen sein, der auch mit mir zusammen sein will«, erklärte ich spontan. »Mit jemandem, der möchte, dass ich glücklich bin. Der nur das Beste für mich will.«

Mit jemandem wie Dan?, erkundigte sich eine Flüsterstimme irgendwo in meinem Kopf.

»Du suchst also nach einem supersüßen, supernetten Typen, der dich liebt – und der zwar aufregend, aber auch ehrlich, witzig, aber zuverlässig und vor allem immer für dich da ist?«, führte Jenny aus. »Das wäre der totale Traummann, und ich wünschte, ich könnte sagen, dass es diesen Mann tatsächlich gibt.«

Vielleicht hast du ihn ja sogar schon gefunden, schlug die penetrante leise Stimme vor.

Doch ich stellte mich taub und stieß mit meiner neuen Freundin an. »Ist das etwa zu viel verlangt?«

»Leider ja«, erklärte Jenny, warf einen Blick auf ihre Uhr und trank den Rest von ihrem Wein in einem Zug. »Das Gespräch mit dir hat einen Riesenspaß gemacht, aber jetzt muss ich leider los. Ich bin in Zimmer 307. Ruf mich einfach an, wenn du morgen in der Nähe bist, okay? Ich habe das Gefühl, dass es für uns noch jede Menge Arbeit gibt.«

»Schönen Abend noch. Und danke für die Therapiestunde.« Irgendwie war ich ein wenig traurig, weil sie ging.

»War mir ein Vergnügen.« Sie warf eine wunderschöne, teuer aussehende Tasche über ihre Schulter, beugte sich über den Tisch und küsste mich auf beide Wangen. »Denn, weiß Gott, ihr Britinnen habt wirklich jede Menge Therapiebedarf.«

Die Menge in der Bar teilte sich wie das rote Meer vor Moses, als sie mit wippendem Haar zum Ausgang lief. Das war wirklich interessant. Und noch interessanter war, dass Matthew vor inzwischen fast zwei Stunden in Richtung *Sky Yard* aufgebrochen war und ich ihn noch immer nirgendwo entdecken konnte.

Ich gab's auf, verließ den *Sky Yard* so allein, wie ich gekommen war, und folgte den Rufen meines Betts. Denn auch Matthew war inzwischen sicherlich den Rufen eines Betts gefolgt, auch wenn er bestimmt nicht darin schlief.

17

»Ich kann einfach nicht glauben, dass du echt ein Date mit deinem Schwarm aus der Schule hast.« Trotz meiner wiederholten Warnungen, das Bett nicht vollzukrümeln, hockte Emelie vergnügt auf der Matratze und knabberte süße Teilchen. Ich dagegen probierte alle Outfits, die in meinem kleinen Koffer lagen, nacheinander an. Keins fühlte sich richtig an. Aus irgendeinem Grund hatte sich Rotschopf Rachel an dem Morgen noch nicht blicken lassen, und ich war nicht weniger nervös als ein Kandidat bei *X Factor*, der einzig deshalb auf der Bühne stand, weil er seinem Vater auf dem Totenbett versprochen hatte, es zumindest einmal zu versuchen.

»Es wird sicher wunderbar. Du wirst ihn auf alle Fälle heiraten.«

»Es geht doch einfach nichts über eine gute Freundin, die einen noch nervöser macht«, raunte ich dem Spiegel an der Tür des Zimmers zu. »Wie sieht's hiermit aus? Ist das okay?«

Inzwischen hatte ich das knapp knielange gelbe Sommerkleid mit den schmalen Trägern und den aufgedruckten, kleinen weißen Schwalben, weiße Ballerinas und, da ich das Date ohne mein übertrieben selbstbewusstes, zweites Ich angehen musste, einen Cardigan gewählt. Denn man wusste ja schließlich nie.

Nickend schluckte Em ein Stück ihres Croissants.

»Es wird alles gut.« Fröhlich machte sie sich über einen Mini-Muffin her. »Du wirst deinen Jugendschwarm heiraten, und ich trete sicher irgendwann mit deinem Miststück von Bruder vor den Traualtar. Es wird alles sein wie im Film.«

»Darüber solltest du noch nicht mal Witze machen.« Vorsichtig bauschte ich meine Haare auf, zog ein paar Strähnen zurück, ließ sie wieder fallen und zog sie abermals zurück. Warum sah das alles so furchtbar aus? Warum in aller Welt war dieses Date so schwer? »Du weißt, das würde ich noch nicht mal meiner ärgsten Feindin wünschen.«

»Ich weiß nicht«, überlegte Em. »Sicher wären er und Ana das perfekte Paar. Wenn ich ihn mir nicht vorher angele.«

»Emelie!« Diese Unterhaltung trug nicht gerade dazu bei, dass ich ruhig und gelassen wurde. »Jetzt rück mal raus mit der Sprache: Gefällt Paul dir wirklich, oder ist das einfach nur ein verzweifelter Hilfeschrei?«

Sie setzte ihr attraktivstes Trüffelschwein-Gesicht auf und konzentrierte sich erneut auf ihr Gebäck. »Ich weiß nicht.« Wieder schob sie sich ein Stück von ihrem Muffin in den Mund. »Ich weiß, du findest den Gedanken widerlich, aber denkst du nicht auch, dass es allmählich an der Zeit ist, dass ich mal mein Glück mit einem festen Freund probiere?«

»Ja, aber nicht mit meinem Bruder.« Ich nahm ein winzig kleines Plunderstück von unserem Frühstücksteller, ehe sie sich auch noch dieses Teil in den Mund schob. »Denn das wäre wirklich krass, und vor allem wäre er einfach nicht gut genug für dich.«

»Er könnte jede Nacht vor meinem Fenster sitzen und

mir Liebeslieder singen, und du fändest immer noch, dass er der Falsche für mich ist«, stellte sie durchaus zutreffend fest. »Weil du in ihm immer nur den blöden kleinen Bruder siehst.«

Ich dachte an Jennys Worte über die Begegnung mit »dem Richtigen« zurück. Empfand meine Freundin vielleicht so für Paul? Stand ich ihrem Glück vielleicht bereits seit einer Ewigkeit im Weg? Wenn mir bei der Vorstellung von Em und Paul als Paar nicht so übel würde, hätte ich vielleicht ein schlechtes Gewissen gehabt. Da mir aber nun mal übel wurde, blieben wenigstens die Schuldgefühle aus.

»Mein Gott, ich liebe diese Stadt.« Die Zimmertür flog krachend auf, als Matthew, immer noch in seinen Reisekleidern, aus dem Flur hereingepoltert kam. Und aufgrund der fünfstündigen Zeitverschiebung hatte er die Sachen jetzt bereits seit über vierundzwanzig Stunden an. Ihrem Aussehen und dem Ausdruck in Matthews Gesicht zufolge hatten die Klamotten allerdings gewisse Zeit auf einem Fußboden verbracht. »Ich habe jemanden kennengelernt.«

»Was du nicht sagst.« Ich breitete die Arme aus und drehte mich in der Hoffnung, dass mein Outfit seinen Beifall fände, einmal um mich selbst.

»Du siehst reizend aus«, erklärte er, warf seine Kleider ab und marschierte auf die Dusche zu. »Du siehst wirklich reizend aus.«

»He, du kannst dich doch nicht einfach vor uns ausziehen«, brüllte Em, als seine Unterhose auf den Boden fiel. »Ich bin schließlich am Essen. Und vor allem – wo bleibt deine Prüderie?«

»Dass ich euch nicht nackt sehen will, heißt noch lange nicht, dass ich euch den Anblick eines hübschen Männerkörpers vorenthalten soll.« Nach einer schwungvollen Verbeugung tauchte Matthew in der Duschkabine ab. »Wo willst du überhaupt hin?«

»Brunch mit Ethan«, antwortete ich, atmete tief ein und wieder aus und streckte meine Hand nach meiner Tasche aus. »Ist es draußen warm?«

»Weiß nicht. Weil ich bisher nicht aus dem Hotel herausgekommen bin«, klärte er mich wegen des rauschenden Wassers brüllend auf. »Ich habe unten in der Eingangshalle einen supernetten Künstler kennengelernt. Sein Name ist Dallas, und immer wenn er in Toronto ist, steigt er hier ab. Lebt an irgendeinem gottverlassenen Ort, an dem sie Tiere töten müssen, wenn sie etwas essen wollen.«

»Töten *müssen*?«, hakte Em ungläubig nach.

»Ich will nicht unbedingt behaupten, dass es dort nicht irgendwo auch einen Supermarkt gibt, aber ihr wisst schon, was ich damit sagen will«, antwortete er und seifte sich genüsslich ein. »Und vor allem fand ich, dass das ein phänomenaler Satz zum Kennenlernen war.«

Ich warf einen Blick auf meine Uhr und versuchte, über das Gefühl der Übelkeit, das ich schon seit dem Aufstehen empfand, hinwegzugehen. Also wirklich, Schmetterlinge hätten eindeutig genügt. »Ich mache mich wohl besser langsam auf den Weg. Ehrlich, sehe ich okay aus?«

»Du siehst einfach klasse aus«, bestätigte mir Emelie. »Wenn ich dich nicht mehr gesehen hätte, seit du sechzehn warst, wäre ich völlig hin und weg.«

»Mit sechzehn war ich die totale Loserin.« Ich bauschte mir ein letztes Mal die Haare auf, bevor ich meine Tasche über meine Schulter warf und nach meinem Zimmerschlüssel griff. »Zahnspange, aufhellendes Strähnenspray in den Haaren und umgenähte Jeans meines Bruders. Ich sah also alles andere als klasse aus.«

»Dann wird er jetzt auf jeden Fall beeindruckt sein.« Em warf sich rücklings aufs Bett und schaltete die Glotze an. »Dann erwartet er das hässliche, sechzehnjährige Entlein und bekommt den eleganten, achtundzwanzigjährigen Schwan.«

»Das stimmt«, murmelte ich. »Wünscht mir bitte trotzdem Glück.«

Fröhlich scheuchte sie mich aus dem Raum. »Viel Glück. Und schreib mal eine SMS, damit ich weiß, wie's läuft.«

Matthew malte einen Smiley an die dampfumwölkte Tür der Duschkabine, winkte ebenfalls, malte noch einen riesengroßen Penis und reckte aufmunternd die Daumen in die Luft. Was ich als Stichwort nahm zu gehen.

Obwohl das Café gut besucht war, sah ich ihn sofort. Zwischen all den Typen in Flanellhemden und Strickmützen stach er mit seinen großen, blauen Augen und dem leuchtend blonden Haar sofort heraus. Er sah völlig unverändert aus. Bis er sich von seinem Platz erhob. Während ich in den vergangenen zehn Jahren Vater-Mutter-ohne-Kind gespielt und die Hintern irgendwelcher Supermodels eingepudert hatte, wirkte Ethan so, als hätte er die ganze Zeit im Fitnessstudio verbracht. Er war einfach riesengroß und irre muskulös. Er sah mir ins Gesicht, verharrte kurz bei meinem Haar, von dem mir plötzlich einfiel, dass es leuchtend rot und nicht mehr dunkelblond wie früher war, und winkte mir dann zu. Und mit einem Mal war ich wieder das junge Mädchen mit der Vorliebe für Body Shop White Musk, Robbie Williams und eine Tüte Frit-Sticks.

»Rachel?« Kaum war ich ihm nah genug, dass er mich packen konnte, zog er mich bereits an seine breite Brust. Dann hatten die Jahre der Trennung seine Zuneigung zu mir also tatsächlich nicht getrübt. Dabei hatte ich ihm früher nicht einmal die Notenblätter reichen können, ohne dass ich feuerrot geworden war. »Freut mich wirklich riesig, dich zu sehen.«

»Mich auch.« Ich wagte kaum, ihm gegenüber Platz zu nehmen. Er sah wirklich klasse aus. Die Fotos auf Facebook waren ihm eindeutig nicht gerecht geworden, denn er war ein äußerst attraktiver Mann. Und er sah so unglaublich naturverbunden aus, dass ich mich nicht gewundert hätte, wenn er ein Stück Holz unter dem Tisch hervorgezogen hätte, um es sorgsam mit Sandpapier glattzuschmirgeln, oder wenn er einen riesengroßen, goldenen Labrador dabeihätte, der mit der Zunge über seine frisch rasierten Wangen fuhr. Aber vielleicht käme ich dem Vierbeiner ja noch zuvor. Eigentlich war er nicht unbedingt mein Typ, aber hieß es nicht, dass der Teufel in der Not auch Fliegen fraß? Was bestimmt nicht allzu schwierig würde, da die Fliege, die hier vor mir saß, unglaublich lecker war.

»Du siehst fantastisch aus.« Ethan griff nach seinem Wasserglas. »Wenn ich dir zufällig irgendwo begegnet wäre, hätte ich dich sicher nicht erkannt. Damals hast du immer wie ein Junge ausgesehen. Und deine Haare! Wow.«

Ich saß in einem Café in Toronto zusammen mit Ethan Harrison. Dem Ethan Harrison. Dem Rachel-loves-Ethan-4ever-Harrison. Seufz, schwärm, wildes Herzklopfen.

»Du siehst noch genau wie früher aus.« Abgesehen von den Muskeln und der abgelegten Spange und den Muskeln und den dreißig Zentimetern, die er in der Zwischenzeit gewachsen war. Und den Muskeln. Trotzdem war ich immer noch zu schüchtern, um ihm direkt ins Gesicht zu sehen, deshalb starrte ich erst einmal auf den Kragen seines weißen Polohemds und beschloss, mich im Lauf der nächsten Stunde hinaufzuwagen, bis mein Blick auf seine Augen traf. »Aber du klingst ein bisschen anders.«

»Ja, ich nehme an, ich habe den Akzent von Toronto übernommen«, gab er lachend zu. »Mein Vater ist Kanadier, deshalb hatte ich auch schon zu Hause immer einen kleinen Akzent. Und als wir hierhergezogen sind, hat er sich eben noch verstärkt.«

»Eine meiner besten Freundinnen kommt aus Montreal, deshalb bin ich den Akzent gewöhnt.« Ich bestellte einen Kaffee und betrachtete sein Kinn. Es war ein gutes, grundsolides, viereckiges Kinn. Sein strohblondes Haar fiel leicht gelockt um seine Ohren, und auch wenn es vorne deutlich kürzer als zu unserer Schulzeit war, begann mein Herz zu flattern, als ich daran dachte, dass es gerade lang genug war, um die Hand nach einer Strähne auszustrecken, die ihm in die Augen fiel. Nur, dass ich auf meinen Händen saß. In einem Café in Kanada. Gegenüber Ethan Harrison. Wo zum Teufel steckte Rotschopf Rachel? Die sechzehnjährige Rachel kam mit der Situation ganz einfach nicht zurecht.

»Ist es nicht seltsam?« Ethan kratzte sich am Kopf, und der Ärmel seines T-Shirts spannte über dem straffen Bizeps. Seine Arme waren sogar noch kräftiger als die von Dan. Nicht dass ich an Dan gedacht hätte. O nein, auf keinen Fall. »Hätte mir jemand vor zehn Jahren gesagt, dass wir beide jetzt hier sitzen würden, hätte ich ihm nicht geglaubt.«

»Etwas in der Richtung habe ich in letzter Zeit des Öfteren gehört.« Ich verdrängte jeglichen Gedanken an die Dinge, die vor meiner Abreise geschehen waren. »Obwohl, ehrlich gesagt, ich hätte noch vor einer Woche nicht geglaubt, dass ich heute hier sitzen würde. Aber trotzdem bin ich hier.«

»Dann hast du diesen Auftrag also erst im letzten Augenblick bekommen?«, fragte er. »Den in Vancouver?«

Ich starrte ihn etwas zu lange an. »Ja. In Vancouver. Im letzten Augenblick.« Ich nickte mit dem Kopf. »Ein Shooting. Für ein Modemagazin.«

»Und du bist Maskenbildnerin?« Er klang ein bisschen überrascht, behielt aber sein Lächeln bei. »Das ist wirklich seltsam. Denn ich kann mich nicht daran erinnern, dass du eins von diesen Mädchen warst.«

»Eins von welchen Mädchen?« Ich war immer neugierig zu hören, was die Leute von mir hielten. Außer die Person hieß Dan. Ich hatte kein Interesse daran, je wieder zu hören, was Dan Fraser von mir hielt. Denn ich dachte nicht an Dan. Errrrk.

»Oh, das war nicht negativ gemeint.« Auf seinen Wangen breitete sich eine hübsche Röte aus. Ahh. »Es ist nur so – da war diese Gruppe Mädchen, die immer unglaublich dick geschminkt in der Schule rumgelaufen sind. Die Lipgloss-Fraktion habe ich sie immer genannt.«

»Die Lipgloss-Fraktion?« Ich lachte, denn ich wusste ganz genau, von wem er sprach. Denn mich hatte damals eine fürchterliche Eifersucht auf jede einzelne von diesen Schönheiten geplagt. »Das ist echt gemein.«

»Du weißt schon, Louise und Claire und all die anderen – ständig haben sie sich mit diesem furchtbar grellen Lipgloss angemalt.« Er zog eine Grimasse, als der wirklich hübsche Träger einer schwarzen Strickmütze mit meinem Kaffee kam. Meine Berufserfahrung sagte mir, dass er im Hauptberuf ein Model war. Und meine Erfahrung mit Bestellungen bei Models, die sich nebenher als Kellner was dazuverdienten, sagte mir, dass ich nicht darauf hoffen sollte, dass ich das, was ich bei ihm bestellte, auch bekam. Weil das bisher nie der Fall gewesen war.

»Ich weiß noch, dass ich fand, sie sähen aus, als hätten sie ihre Münder dick mit Klebstoff vollgeschmiert. Und wer hätte schon ein Mädchen küssen wollen, das nach Klebstoff schmeckt?«

»Ja, ich hatte damals nicht viel übrig für das Zeug.« Ich presste meine lipglossigen Lippen aufeinander und sandte ein Stoßgebet zum Himmel, dass der feuchte Klebglanz durch den Druck verschwand. »Aber ich liebe meinen Job. Weil man bei meiner Arbeit immer jede Menge interessanter Leute trifft.«

»Tatsächlich?«

»Nein«, gestand ich sofort. »Die meisten Leute sind entsetzlich. Einfach fürchterlich.«

»Du warst damals auch schon so witzig.« Ethan legte eine Hand auf meinen Arm, und ich kämpfte gegen meinen wilden Herzschlag an. »Freut mich wirklich riesig, dich zu sehen. Ich muss sagen, gerade liebe ich das Internet. Dieses Treffen macht all die grauenhaften Online-Dates, die ich in der letzten Zeit hatte, mehr als wett.«

»Dann bist du also ein Fan von Online-Dating?« Ich bemühte mich um einen möglichst beiläufigen Ton, obwohl ich darauf brannte zu erfahren, was mit Ethan nicht in Ordnung war. Sicher war es irgendetwas wirklich Schlimmes, was mir bisher noch nicht aufgefallen war. Sympathisierte er möglicherweise mit den Nazis? Trat er kleine Hunde? Verbrachte er seine gesamte Freizeit mit irgendwelchen blöden Videospielen? Irgendetwas konnte entweder mit Ethan oder mit sämtlichen Frauen dieses Landes nicht in Ordnung sein. Denn ich stand kurz davor, ihn mit einem Zwiebelring zu bitten, mich zu heiraten.

»Ganz sicher nicht.« Er zog seine Hand zurück, worauf mein Herz in Tausende kleiner Stücke zersprang. Außerdem schien ich unter einem sagenhaften Fall von innerem Monologisierungsdrang zu leiden. »So lange bin ich noch gar nicht allein. Die Sache zwischen mir und meiner Ex ging erst Anfang dieses Jahres auseinander, und ich habe fast den ganzen Sommer noch daran geknabbert. Und jetzt fängt bald wieder die Schule an, und ich habe einfach viel zu viel zu tun, um ständig mit verschiedenen Frauen auszugehen. Weil das schließlich harte Arbeit ist.«

Aber für eine Beziehung auf Distanz mit deinem Jugendschwarm bist du nicht zu beschäftigt, dachte ich. Und fragte mich, was er wohl nächsten Samstag vorhatte. Allerdings griff ich den Dingen dadurch sicher etwas vor.

»Und wie steht es mit dir?« Er sah mich fragend an. »Ist bei dir online viel los?«

Ich stieß ein nicht gerade verführerisches Schnauben aus. »Nicht wirklich. Aber schließlich bin ich auch noch nicht so lange Single.«

Als ich nach den Drinks mit meiner neuen besten Freundin Jenny nachgerechnet hatte, war ich zu dem Schluss gekommen, dass ich während der vergangenen zwölf Jahre nicht mal zwei Monate allein gewesen war. Meinen ersten festen Freund hatte ich kurz nach Beginn des zwölften Schuljahres gehabt, und das mit Simon war seit gerade einmal acht Tagen vorbei. Kein Wunder, dass ich Hilfe brauchte. Denn ich war das Singleleben einfach nicht gewohnt.

»Dieses Café ist echt nett«, stellte er nach der Bestellung unseres Frühstücks fest. Ich hatte mir das Frühstückssandwich ausgesucht, genau so, wie es in der Speisekarte stand, und er hatte sich etwas zusammenstellen wollen, was mit Speck und Spiegeleiern dem englischen Frühstück nahekam, und dadurch den heißen Kellner hoffnungslos verwirrt. Als Bedienung gab er ein phänomenales Model ab, und wahrscheinlich würde es nicht lange dauern, bis er vor mir auf einem Make-up-Stuhl säße, weil er von Armani für eine Dessouskampagne angeheuert worden war. »Ein paar Freunde gehen manchmal in den *Sky Yard*, aber ich war noch nie dort.«

»Ich habe gehört, dass es echt nett sein soll.« Ich nickte unbestimmt, denn ich war bereits zu dem Schluss gekommen, ihm nicht zu verraten, dass ich nur deshalb im *Drake* logierte, weil der beste schwule Freund von meinem besten schwulen Freund bei jedem Aufenthalt eine Nummer schieben konnte. Weshalb sollte ich den Zauber dieses Ortes brechen, wenn er Ethan offenbar so gut gefiel?

»Also, was hast du für Pläne, während du hier in Toronto bist?« Ethan drückte mir erneut die Hand. Wenn es so weiterging, bekäme ich bestimmt noch einen Herzinfarkt. »Du bist heute und morgen hier, richtig?«

»Genau. Zwei Tage Toronto, und dann geht's nach Vancouver.« Inzwischen war ich eine recht passable Lügnerin. Was wahrscheinlich günstig wäre, falls ich je würde erklären müssen, weshalb Simon plötzlich auf geheimnisvollem Weg verschwunden war. »Aber wenn ich ehrlich bin, habe ich noch gar keine konkreten Pläne für die beiden Tage hier. Denn den Termin mit der Stylistin hatte ich schon gestern, gleich nachdem ich angekommen bin.«

Was, genau genommen, nicht gelogen, sondern eher ein Grammatikfehler war. Weil Jenny zwar vielleicht nicht *die*, aber auf jeden Fall *eine* Stylistin war.

»Soll ich dich vielleicht ein bisschen rumführen?« Wieder sah er mich mit seinem breiten weißen Grinsen an, und ich errötete vom Kopf bis zu den Zehen. »Zwar bin ich kein wirklich guter Fremdenführer, aber die wichtigsten Sehenswürdigkeiten kriege ich wahrscheinlich hin.«

Ich war bereits in höchstem Maß zufrieden mit dem Anblick, der sich mir jetzt gerade bot, aber trotzdem war es immer nett, wenn man guten Willen zeigte, und so nickte ich begeistert mit dem Kopf.

»Klingt toll.«

Schon nach kurzer Zeit war ich total in diese wunderbare Stadt verliebt. Was dank meines ausnehmend charmanten Reiseführers, den fast aggressiv zuvorkommenden Menschen und den Unmengen von Ahornsirup, die es zu sämtlichen Nahrungsmitteln gab, nicht wirklich überraschend war. Bis zum späten Nachmittag bestand ich fast nur noch aus Zucker. Was für mich durchaus in Ordnung war.

Nach dem Frühstück hatten wir das *Drake* verlassen, waren ziellos durch die Stadt spaziert, und Ethan hatte mich auf all die kleinen Galerien, Vintage-Läden und auf jeden Hund, der uns begegnet war, aufmerksam gemacht. Alles an dem Morgen war unglaublich süß gewesen, und obwohl das Viertel, durch das wir gelaufen waren, sich bemühte, mit kunstvoll heruntergekommenen Fabriken, Graffiti-verzierten Wänden und Geschäften, deren Personal fast ausschließlich aus klapperdürren Jungs in Karohemden mit viel zu engen, fruchtbarkeitsschädigenden Jeans bestand, wie ein kleines New York zu wirken, hatten sich seine Bewohner ihre angeborene Gastfreundschaft bewahrt. Nie zuvor in meinem Leben hatte ich so vielen fremden Menschen guten Tag gesagt. Was ich als waschechte Londonerin etwas unheimlich gefunden hatte, bis mir nach dem zweiten Ahornsirup-Macchiato praktisch alles an der Stadt, den Menschen und vor allem den Getränken wunderbar erschienen war.

Bis zum Ende der von Ethan aufgestellten Sightseeingliste (die bedauerlicherweise keine körperlichen Sehenswürdigkeiten enthielt) hatten wir die Hockey Hall of Fame und den CN Tower besucht, waren den Boardwalk am Ontariosee hinabspaziert, hatten kurz erwogen, das Royal Ontario Museum zu besuchen, uns dann aber mit der Ansicht des bizarren Äußeren begnügt (es wirkte wie ein Raumschiff nach der Bruchlandung im Victoria und Albert Museum in London) und uns noch bis ins Hotel Thompson und dort in das Dachcafé geschleppt, von dem aus die gesamte Stadt zu überblicken war. (Trotz meiner fürchterlichen Höhenangst musste ich zugeben, dass die Aussicht fantastisch war. Und solange ich nicht allzu dicht an das Geländer ging, war es für mich – halbwegs – okay.) Zwar fand ich es durchaus bewundernswert, was für ein begeisterter Kanadier Ethan offenkundig mit der Zeit geworden war, aber trotzdem hatte ich eine Begutachtung des Sterns von Bryan Adams auf dem kanadischen Walk of Fame rundweg abgelehnt. Denn ich hatte mich dringend erst mal setzen müssen, da ich vollkommen k.o. war. Em und Matthew hatten mir gesimst und mir erzählt, sie hätten den ganzen Tag im Dachcafé unseres eigenen Hotels verbracht, sich gemütlich einen angetrunken und sämtliche angebotenen Speisen durchprobiert. Was mich etwas neidisch machte, obwohl auch mein eigener Tag natürlich wunderbar gewesen war.

Ethan war ein toller Gastgeber, hatte mir die Türen aufgehalten, jedes Mal wenn ich mich hatte setzen wollen, einen Stuhl für mich zurückgezogen und immer als Erster seinen Geldbeutel gezückt. Jedes Wort aus seinem Mund war amüsant und süß und interessant. Er war intelligent und kenntnisreich, liebte seinen Job als Lehrer, brachte jede Menge Zeit mit Büchern, mit der Vorbereitung seiner Stunden und mit Wanderungen ganz allein mit seiner Hündin Sadie zu, und hatte ein so ehrliches Gesicht, dass ihm jeder noch so winzige Gedanke, den er hegte, sofort deutlich anzusehen war. Er spielte mir nichts vor und zwang mich nicht zu irgendwelchem Rätselraten. Wenn ich etwas fragte, gab er mir umgehend eine Antwort, und wenn er mich etwas fragte, dann, weil ihm die Antwort wichtig war. Ethan war in jeder Hinsicht der perfekte Mann.

Deshalb konnte ich nur hoffen, dass es ausschließlich am Jetlag lag, dass ich nichts empfand. Wir saßen Seite an Seite an der Ecke eines hohen Tischs, nicht zu dicht am Rand des Dachs. Ich warf einen verstohlenen Blick auf Ethan, hinter dem gerade die Sonne unterging, was seine Haare leuchten ließ, während sein hübsches Gesicht im Schatten lag. Weshalb rief sein Anblick nicht einmal ein leises Kribbeln in mir wach? Nachdem ich meine erste Aufregung und meine Angst vor einer Herzattacke überwunden hatte, war etwas sehr Seltsames geschehen. Plötzlich hatte ich gemerkt, dass ich in Wahrheit nicht das Mindeste für ihn empfand. Ich fand ihn wirklich nett, doch mehr auch nicht. Ich konnte mich bemühen, wie ich wollte, doch sein Anblick ließ mich einfach kalt.

»Und du hast wirklich im Savoy den Feueralarm ausgelöst?«, fragte er mich über einem riesengroßen Teller voll Pommes und Sauce unter einer dicken Schicht von etwas, das aussah wie gelblicher Babybrei. Obwohl Ethan mir versichert hatte, etwas Köstlicheres als die Spezialität *Poutine* – Pommes Frites in einem Meer aus Bratensauce und zerlassenem Käse – gäbe es wahrscheinlich nicht, sah die Mischung meiner Meinung nach nicht wirklich appetitanregend aus, und da der Koch sicher keine Möglichkeit gefunden hatte, dem Ganzen Ahornsirup beizumengen, war ich offiziell nicht interessiert.

»Allerdings«, bestätigte ich ihm. »Außer, wenn die Polizei dich danach fragt. Dann war es ein Versehen, und ich hatte nichts damit zu tun.«

Angesichts der Umstände, durch die wir wieder in Kontakt gekommen waren, hatte ich ihm von der Liste bisher nichts erzählt, aber nun, da wir zusammensaßen, gingen uns erschreckend schnell die Themen aus. Mir war Eishockey egal, und er war schon seit Längerem nicht mehr an Fußball interessiert. Er ging gerne wandern, wohingegen eine meiner größten Ängste war, irgendwann mal ohne Korkenzieher in der Wildnis ausgesetzt zu sein. Und außerdem sah er nicht fern. Er. Sah. Nicht. Fern. Was für Themen blieben da?

»Du bist total verrückt.« Ethans von winzigen Fältchen eingerahmte blaue Augen lächelten mich an. »Ich fand dich schon immer cool, aber inzwischen ist mir klar – du bist total verrückt.«

»Nicht wirklich.« Ich berührte das Tattoo an meinem rechten Handgelenk. Inzwischen war die Haut wieder beinahe völlig glatt. »Eher total normal. Und nach Meinung mancher Leute sogar ziemlich langweilig.«

»Das kann ich mir nicht vorstellen«, widersprach er mir. »Wer könnte wohl je behaupten, du wärst langweilig?«

Ich stützte mich mit einem Ellenbogen auf den Tisch und verbarg mein leises Lächeln hinter meiner Hand. Bisher hatte ich nur an meinem Drink genippt, aber trotzdem war mir bereits schwindelig. Was wahrscheinlich eine der Gefahren von Alkoholgenuss mit einem Jetlag war. Hier saß ich in einem fremden Land und kippte Cocktails in mich hinein. Was eine durchaus nette Abwechslung von all den anderen Montagen der letzten Jahre war.

Du weißt, was nicht in Ordnung ist, wisperte mir plötzlich Rotschopf Rachel zu. Du weißt ganz genau, was an dieser Szene nicht in Ordnung ist.

Nett von ihr, dass sie am Ende des verdammten Tages noch erschien. Dabei hätte sie sich besser vielleicht gar nicht blicken lassen, nach dem Motto ›Besser nie als viel zu spät‹.

»Nein, im Ernst, im Grunde liebe ich das ruhige Leben.« Ich beschloss, mein großmäuliges zweites Ich zu ignorieren, doch noch während ich die Worte sagte, merkte ich, sie waren nicht mehr wahr. »Ich brauche nicht jeden Mittwoch einem Supermodel eine reinzuhauen.«

In Ordnung, der Teil stimmte, doch genauso wenig wollte ich in Zukunft jeden Donnerstag Spaghetti Bolognese für einen Typen kochen, der es nicht verdiente. Sondern lieber für mich selbst. Und vielleicht für Em. Denn Matthew fiel in Zukunft als Empfänger irgendwelcher selbstgekochten Köstlichkeiten aus.

Ethans Miene machte deutlich, dass er in Gedanken

noch bei meinem »Einem Supermodel eine reinzuhauen«-Teil der Unterhaltung war.

Ich wählte eine möglichst käse- sowie saucenfreie Fritte aus. »Das war sowieso nicht ich, sondern meine Freundin Emelie.« Ich biss in den Kartoffelschnitz und legte dann die zweite Hälfte wieder fort. Igittigitt. »Ich habe nur den Feueralarm ausgelöst, sonst nichts.«

»Ich kann einfach nicht glauben, wie sehr du dich verändert hast.« Ethan machte sich mit deutlich größerer Entschlossenheit über sein Abendessen her. »Du bist eine wirklich faszinierende Person.«

Du bist eine faszinierende Person. Rotschopf Rachel gähnte neben mir. Und er ist sterbenslangweilig.

Rotschopf Rachel war etwas gehässig. Aber leider war ihr Urteil geradezu erschreckend wahr.

»Ich bin bestimmt nicht faszinierend. Und das würdest du auch sicher nicht behaupten, hätten wir schon einen Monat eher wieder Kontakt gehabt.« Ich zog selbstironisch eine Braue hoch. »Weil da alles noch ganz anders war.«

Doch natürlich hatten wir vor einem Monat noch keinen Kontakt gehabt, denn ohne meine Liste wäre ich niemals auf die Idee gekommen, rauszufinden, was aus ihm geworden war. Matthew hätte niemals eine Nachricht an den Schwarm aus meiner Jugendzeit geschickt. Und ich säße jetzt nicht hier in einem Dachcafé hoch über einer fremden Stadt, sondern läge faul mit einer Flasche Weißwein und mit einer halben Thunfischpizza auf der Couch und sähe mir die Sportschau an.

»Also, Rachel Summers, erfolgreiche internationale Maskenbildnerin«, Ethan hielt mir ein imaginäres Mikro vors Gesicht. »Wo sehen Sie sich in fünf Jahren?«

»Auch darauf hätte ich vor einem Monat eine völlig andere Antwort gehabt«, erklärte ich und fragte mich, wie meine Antwort auf die Frage heute war. »Das ist schwer zu sagen, Mr. Harrison.«

»Also?«

»Noch vor einem Monat hätte der Gedanke daran, dass ich dann schon beinahe eine alte Schachtel bin, mich total nervös gemacht. Dreiunddreißig. Das klingt irgendwie erschreckend.« Ich kniff meine Augen zu und schluckte. »Und auf alle Fälle hätte ich gesagt, bis dahin wäre ich verheiratet und hätte mindestens ein Kind. Wahrscheinlich hätte ich was in der Art gesagt.«

Ethan lächelte mich glücklich an. »Diese Antwort hätte ich wahrscheinlich auch gegeben.«

»Nur bin ich mir inzwischen nicht mehr sicher, ob ich das auch jetzt noch sagen würde.« Wieder rieb ich meine Tätowierung und schob mir die Haare wieder hinter die Ohren. »Inzwischen kommt mir der Gedanke, dass ich dann schon dreiunddreißig bin, nicht mehr halb so furchteinflößend vor wie die Vorstellung, dass ich dann vielleicht Mutter bin.«

»Und was willst du jetzt?«, erkundigte er sich.

Ich stieß ein lautes Lachen aus und musste dann über meine Antwort lächeln. »Keine Ahnung. Nein, ich weiß es wirklich nicht. Schließlich bin ich gerade erst dabei herauszufinden, was ich nicht mehr will.«

»Glaubst du, dass du dauerhaft in London bleiben wirst?«, fragte Ethan, während ich mich umdrehte, um mir den Sonnenuntergang hinter der Skyline von Toronto anzusehen. Ich hätte nie gedacht, dass mir die Stadt so gut gefallen würde. Allerdings hatte ich Kanada genau wie viele andere Dinge bisher auch nie wirklich auf meinem Radar gehabt. Doch inzwischen war ich froh, dass Matthew mich zu diesem Trip gezwungen hatte. Irgendwie kam ich mir wie ein Frosch in einem Brunnen vor, und mir blieb nur zu hoffen, dass ich etwas weniger abstoßend war. Die Lichter des CN Tower hoben sich vom pudrig blauen Himmel ab, und in der Ferne glitzerte das Wasser des Ontariosees. »Ich habe gehört, dass es hier in Toronto einen eklatanten Mangel an begabten Maskenbildnerinnen gibt.«

»Ach ja?«

Langweilig, jammerte Rotschopf Rachel. Abgeschmackt und langweilig. Sind wir über solche Kerle nicht hinweg?

»Ach ja.«

Dies wäre der perfekte Augenblick für einen Kuss gewesen. Wir saßen dicht nebeneinander an dem hohen Tisch und genossen nach der jahrelangen Trennung über einem Drink das Ende eines wunderbaren Tages, doch die Schmetterlinge, die vor ein paar Stunden noch in meinem Bauch herumgeflattert waren, hatten sich klammheimlich aus dem Staub gemacht.

»Wahrscheinlich würde dir erst klar, wie viel dir fehlt, nachdem du London verlassen hättest«, brach Ethan schließlich unser angespanntes Schweigen und rückte ein wenig von mir ab. »Ich glaube, dass das der Knackpunkt bei den meisten Städten ist – man gewöhnt sich an die ganzen Dinge, die sie einem bieten, und denkt erst wieder darüber nach, wenn man sie plötzlich nicht mehr hat. Ich habe nach dem College einen Sommer in New York gelebt, und als ich wieder nach Toronto kam, kam mir alles hier entsetzlich langsam vor, so, als dauerte es immer eine halbe Ewigkeit, bis irgendwas passiert. Aber inzwischen würde ich nie wieder von hier weggehen. Ich will einfach morgens in die Schule fahren, dann nach Hause kommen, mit meinem Hund spazieren gehen und relaxen.«

»Klingt echt nett«, erklärte ich. Die Rachel von vor einer Woche hätte ernsthaft überlegt, ob genau das nicht das wahre Leben war. Rotschopf Rachel allerdings steckte sich die Finger in den Hals und stieß würgende Geräusche aus. Und irgendwo dazwischen war der echten Rachel klar, dass sie für ein solches Leben einfach nicht geschaffen war. So romantisch und so wunderbar es auch gewesen wäre, mir mit meinem Jugendschwarm ein neues Leben aufzubauen.

Er fuhr sich mit der Hand durch das Gesicht und stützte dann seinen Kopf auf einer Faust ab. »Ich wage nicht einmal, mir vorzustellen, wie langweilig mein Leben sicher für dich klingt. Ich meine, ich sitze nicht den ganzen Tag im Haus und warte darauf, dass es endlich Zeit zum Schlafengehen ist. Ich will damit einfach sagen, dies ist eine tolle Stadt, wenn man nicht ständig auf die Pauke hauen will. Ein wirklich toller Ort.«

»Die Stadt ist wirklich wunderschön.« Ich befingerte das Kleingeld in der Tasche meines Kleids und hatte keine Ahnung, was ich weiter sagen sollte. »Und vor allem habt ihr Tiere auf euren Münzen.«

Ethan sah mich lächelnd an, und mir ging die Frage durch den Kopf, wann ich geistig derart aus dem Gleichgewicht geraten war.

»Das stimmt.« Er beugte sich ein wenig zu mir vor und löste die Haare hinter meinem Ohr.

»Biber.« Ich hielt ihm die Münzen hin. »Und, ist das ein Elch? Witzig, findest du nicht auch?«

»Ich schätze, ich habe noch nie darüber nachgedacht.« Sein Nach-Zahnspangen-Gebiss war makellos, sein Lächeln aber etwas schief. Warum löste dieses Lächeln keinerlei Gefühle in mir aus? Ich war eindeutig verrückt. »Ich nehme an, ich habe über viele Dinge noch nicht nachgedacht.«

Was du nicht sagst, bemerkte Rotschopf Rachel, während sie gelangweilt ihre Fingernägel inspizierte.

»Aber eine Sache weiß ich ganz genau.« Ethan beugte sich noch etwas weiter zu mir vor.

Gleich wäre es so weit.

Seine Lippen lagen nur einen Moment auf meinem Mund. Es war weniger ein echter Kuss als vielmehr ein erstes vorsichtiges Schnuppern, und kaum fing ich an, mich an die zärtliche Berührung zu gewöhnen, war sie schon wieder vorbei. Es war ein sanfter, süßer, rundherum perfekter erster Kuss.

Nur kam er eben nicht von Dan.

»Wow. Ich habe was mit Rachel Summers.« Leicht errötend drückte Ethan meine Hand. »Warte, bis ich das den Jungs erzähle.«

»Und du hast nur zwölf Jahre dafür gebraucht.« Weshalb schaffte ich es nicht zu lächeln? Oh, verdammt, was war nur mit mir los? Warum dachte ich in diesem Augenblick an Dan? Ich bemühte mich, mir vorzustellen, wir stünden hinter der Turnhalle der Schule, und sein Axe-Deo würde sich mit meinem Impulse-Vanilla-Kisses mischen, wobei mein Problem nicht nur darin bestand, dass mir der Geruch der Pommes frites mit Hundefutter in die Quere kam.

Ich hatte mich so sehr bemüht, die Sache mit Ethan Wirklichkeit werden zu lassen, dass mir eine andere, viel beunruhigendere Sache kurzfristig völlig entfallen war. Und dabei ging es nicht um die Pommes frites.

»Also, was möchtest du jetzt machen?«, fragte er. »Wir könnten vielleicht noch ins Kino oder etwas essen gehen. Die Poutine sagt dir anscheinend nicht besonders zu.«

»Tut mir furchtbar leid, aber ich bin vollkommen erledigt.« Zur Betonung meiner Worte riss ich meinen Mund zu einem Gähnen auf. »Ich will nur noch ins Bett.«

»Ins Bett?« Wenn er noch etwas röter würde, wäre er im Schlafzimmer ohnehin für nichts mehr zu gebrauchen. Denn inzwischen hatte sich wahrscheinlich das gesamte Blut aus seinem Körper in den Wangen gestaut.

»In mein Bett«, klärte ich ihn eilig auf. Wobei vielleicht auch dieser Satz noch Raum für falsche Schlüsse ließ. »Ich sollte allmählich in mein Bett und schlafen. Langsam spüre ich den Jetlag.«

Und kaum hatte ich die Worte ausgesprochen, gab mein Körper einfach auf. Während sich der Himmel über unseren Köpfen rauchig violett verfärbte, fielen mir die Augen zu, und ich wollte wirklich nur noch in mein Bett. Vielleicht war ja meine Urteilskraft durch meine Müdigkeit getrübt? Ich brauchte dringend etwas Schlaf. Und mit einem klaren Kopf konnte ich versuchen rauszufinden, was genau an diesem Bild oder vielleicht einfach mit mir selber nicht in Ordnung war.

Rotschopf Rachel stand bereits am Lift und klopfte ungeduldig auf die Uhr. Sie schien ganz genau zu wissen, was nicht stimmte. Doch sie klärte mich einfach nicht auf.

»Oje, du musst total erledigt sein.« Ethan klang etwas enttäuscht, aber stets der Gentleman, erbat er umgehend die Rechnung und drückte mir nochmals sanft die Hand. »Ich hatte heute jede Menge Spaß. War wirklich super, dich nach all der Zeit wiederzusehen.«

»Auf jeden Fall.« Wir hatten wirklich jede Menge Spaß gehabt. Nur eben nicht die Wirbelwind-Romanze, zu der unser Wiedersehen im Vorfeld von mir aufgeblasen worden war. »Tausend Dank dafür, dass du mit mir praktisch jede Straße von Toronto abgeklappert hast.«

»Und jetzt schaffe ich dich zurück in dein Hotel.« Er warf ein paar Scheine auf die Theke und sah die Bedienung mit einem freundlichen Abschiedslächeln an. Die Grübchen, in die ich als Sechzehnjährige verzweifelt hatte zwicken wollen, kehrten dabei mit aller Macht zurück. Ich wünschte mir, ich könnte sagen, was mit mir nicht stimmte. Es lag doch bestimmt nicht einzig daran, dass er offenbar allergisch gegen Fernsehen war?

»Danke.« Eilig hüpfte ich von meinem Hocker, überließ ihm meine Hand und hoffte auf ein herrlich schnulziges Gefühl im Bauch. Doch das Einzige, was ich dort spürte, war das ranzige Stückchen Pommes frites. Und aus diesem Stoff waren die großen Liebesgeschichten der Menschheit sicher nicht gemacht.

»Da wären wir.« Ethan brachte sein ausnehmend praktisches Auto direkt vor dem schwarz schimmernden Schriftzug über dem Hoteleingang zum Stehen.

Ich löste meinen Gurt und sah ihn mit einem, wie ich hoffte, freundlichen, verschlafenen Lächeln an. Wobei ich vielleicht auch schielte, weil ich vor Erschöpfung zwischenzeitlich alles doppelt sah. »Nochmals vielen Dank, es war ein wirklich schöner Tag.«

»Das war es auf jeden Fall.« Er schaltete den Motor aus, legte seine Hände um das Lenkrad und machte ein todernstes Gesicht. »Ich weiß, dass du am Mittwoch wieder fliegst, aber hast du morgen schon was vor?«

»Ich weiß nicht«, log ich dreist. »Könnte ich mich vielleicht einfach morgen bei dir melden und dir dann Bescheid geben?«

»Na klar.« Er drehte sich auf seinem Sitz, bis er mir direkt gegenübersaß. »Ich würde dich wirklich gerne noch mal sehen. Heute war echt toll.«

»Auf jeden Fall.« Eine Hand am Türgriff, hauchte ich ihm möglichst schnell ein Küsschen auf die Wange und sprang auf den Bürgersteig. »Nacht, Ethan.«

Ich warf die Tür hinter mir zu und war bereits, noch ehe er seinen Wagen wieder angelassen hatte, sicher im Hotel.

»Hi, Miss Summers.« Die Empfangsdame winkte mir freundlich zu. »Haben Sie einen schönen Tag gehabt?«

Ich antwortete mit einem Ja, das sie genauso wenig überzeugte wie mich selbst.

Em hatte mir gesimst, um mir zu sagen, dass sie mit Matthew in die Bar gegangen war und ich mich noch dazugesellen sollte, aber meine Fähigkeit zur Kommunikation war hinlänglich erschöpft, und ich wollte nur noch in mein Bett. Vor allem wäre es echt nett, endlich einmal ohne Zuschauer zu duschen, dachte ich.

»Tja, schlafen Sie gut«, rief mir die Dame vom Empfang noch hinterher.

»Bestimmt«, murmelte ich und schleppte mich zum Lift.

Doch so müde ich auch war, bekäme ich bestimmt kein Auge zu.

18

Immer noch in meinem Sommerkleid kroch ich ins Bett und zog mir meine Decke bis unter das Kinn. Ich war zu erschöpft zum Duschen, und es war mir vollkommen egal, ob ich einen leichten Sonnenbrand bekommen hatte und ob ich am nächsten Morgen Pandabäraugen hätte. Weshalb hatte bisher noch niemand rausgefunden, dass ein Jetlag und unnötige Aufregung wegen eines Typen das perfekte Mittel gegen Zwangsneurosen waren? Ich hatte nicht mal mehr die Energie, um die Lampe auszuschalten, und bis ich mich richtig in die Decke eingewickelt hatte, lag ich mitten auf dem Bett. Ach verdammt, dann müsste Em mich eben einfach an die Seite rollen, wenn sie nachher käme. Auch wenn das bestimmt nicht einfach würde, denn kaum lag ich in der Horizontalen, wurden meine Glieder schwer wie Blei, und genau wie ein Stück Blei versank ich geradewegs in einem tiefen, komatösen Schlaf, als ich meine Augen schloss.

Als ich sie wieder öffnete, war bereits heller Tag.

»Morgen.« Matthew lag mit einer französischen Zeitschrift auf der Chaiselongue. Obwohl er kein Französisch sprach. »Du warst gestern nicht mehr ansprechbar.«

»Ich war einfach total k.o.«, klärte ich ihn flüsternd auf, weil Emelie noch schlief. »Wir sind den ganzen Tag herumgelaufen. Wie spät ist es?«

»Zehn. Ich dachte, du wachst nie mehr auf. Und jetzt rüttel bitte auch Dornröschen wach. Der Wagen ist für halb zwölf bestellt, und ich muss dringend etwas essen, bevor sich meine Magenwände selbst verdauen.«

»Der Wagen?« Aufzustehen war ein harter Kampf. Meine Gliedmaßen fühlten sich an, als hätte man sie abgehackt und durch Würstchen ersetzt. Ich kam einfach nicht hoch.

»Em hat mir von diesem Bungee-Ball bei den Niagarafällen erzählt.« Er stand auf und zerrte mich vom Bett. »Also habe ich geguckt, ob es dieses Ding tatsächlich gibt. Und da es zu existieren scheint, fahren wir heute hin.«

»Ach ja?« Ich blickte auf mein zerknittertes Sommerkleid und in Matthews vollkommen entgeistertes Gesicht: »Ich habe in meinem Kleid geschlafen.«

»Das ist nicht zu übersehen.« Er packte meine Schultern und schob mich in Richtung Dusche. »Und, wie war dein Date?«

»Das erzähle ich euch unterwegs.« Ich öffnete den Reißverschluss von meinem Kleid und wickelte mich in ein Handtuch ein, ehe Matthews Sehvermögen durch den Anblick meiner nackten Brüste Schaden nahm.

»So schlimm?« Entschlossen drehte er die Dusche auf und testete die Temperatur mit seiner Hand. »Bist du okay?«

Fest entschlossen, wieder ein bisschen Verstand in meinen Kopf zu spülen, griff ich nach meinem Spezialshampoo für rotes Haar.

»Sagen wir einfach, dies ist der perfekte Tag, um mich irgendwo runterzustürzen«, antwortete ich und zog die Tür der Dusche zu.

»Auuusflug!«, brüllte Emelie, warf eine Tüte voller Süßigkeiten auf den Rücksitz des Autos und hielt Matthew und mir zwei riesengroße Starbucks-Becher hin. Er saß hinter dem Steuer, ich sollte den Navigator spielen, und Em sollte uns unterhalten, obwohl meine Rolle hauptsächlich darin bestand, das iPhone festzuhalten, damit Matthew immer wieder einen Blick auf die Navigations-App werfen konnte, während Em gemütlich auf der Rückbank lungerte und sich kiloweise Chips in den Mund schob. Weshalb der kurze Strohhalm eindeutig an mich gegangen war.

Zur Freude meiner Freundin ließ Matthew beim Start den Motor unseres Mini Coopers heulen, als plötzlich mein Handy vom Kartenmodus auf den Anrufmodus umsprang und ich eine fremde Nummer sah.

»Das ist wahrscheinlich Ethan«, sagte ich, öffnete die Fahrertür und sprang auf den Bürgersteig. »Einen Moment.«

»Du hast eine Minute«, brüllte Em durchs Fenster. »Auuusflug!«

»Hallo?« Es gab wirklich keinen guten Grund, ihn nicht zu treffen, abgesehen davon, dass ich die Absicht hatte, einen Sprung aus ungeahnten Höhen zu riskieren, wobei mich nur ein Stückchen Gummiband um meine Knöchel hielt. Und er hätte schließlich sicher nicht die Absicht, mich zu bitten, seine Frau zu werden. Obwohl die Sprache gestern geradezu erschreckend häufig auf die frischgebackenen Väter in seinem Bekanntenkreis gekommen war. Falls also jemand der Typ zum Heiraten und Kinderkriegen war, dann er. Und bis vor einer Woche, ich. Ein bescheuerteres Timing gab es einfach nicht.

»Also, ich habe deinen Brief gelesen.«

Simon hatte sich die Mühe von Begrüßungsfloskeln immer schon erspart. Was eine seiner weniger angenehmen Angewohnheiten war. Genau wie sich die Zehennägel im Wohnzimmer zu schneiden, vor dem Schlafengehen Marmite-Sandwiches zu essen und sich ständig an den Schritt zu greifen, während er die Sportschau sah. Eigentlich auch während jedem anderen Film nach zwanzig Uhr. Genau das waren die Dinge, die ich nicht vergessen durfte, wenn ich mit ihm sprach.

»Warum liest du meine Briefe?« Ich war vollkommen verwirrt. »Und warum habe ich deine Nummer nicht erkannt? Hast du eine andere Nummer?«

»Du hast die Schlösser ausgewechselt, ohne mir etwas davon zu sagen«, antwortete er. »Da erschien mir das nur fair.«

»Du hast mich verlassen.« Ich fand ein Bushäuschen und setzte mich dort auf die Bank. Auf und ab zu stapfen täte meinem Blutdruck ganz bestimmt nicht gut. Ich nickte den beiden alten Damen, die bereits dort saßen, zur Begrüßung zu, und sie nickten zurück. Die Kanadier waren wirklich ein unglaublich nettes Volk. »Warum liest du meine Post?«

»Ich lese nicht *deine* Post«, erklärte er mir ziemlich angenervt. »Ich habe den Brief gelesen, den du mir geschrieben hast und auf dem mein Name stand. Den, in dem du mich mehrmals als Wichser titulierst.«

Ich brauchte einen Augenblick, bis ich endlich verstand. Der Brief. Der Brief von meinem Couchtisch. Den Matthew anscheinend mitgenommen hatte, als er mit der Post von meinem Ex verschwunden war. Wichser, alle beide, dachte ich.

»Oh.« Nur gut, dass ich schon saß, obwohl ich vielleicht besser irgendwo gelegen hätte. »*Der* Brief.«

»*Der* Brief«, antwortete er. »Matthew hat gesagt, ihr fliegt nach Kanada?«

Ich blickte auf die beiden alten Damen, auf die auf der falschen Straßenseite fahrenden Autos, die rumpelnd die Straßenbahngleise überquerten, und das trendige, schwarz-weiß gestreifte Hochhaus, dem ich gegenübersaß.

»Ich bin in Kanada«, bestätigte ich ihm. »In Toronto.«

»Wegen eines Jobs?« Sein angenervter Ton wurde durch eine gewisse Neugierde ersetzt.

»Nein.« Einzelheiten hatte er ganz sicher nicht verdient.

»Okay. Hör zu, dieser Anruf kostet mich wahrscheinlich ein Vermögen, deshalb fass ich mich besser kurz«, stellte er nach einer kurzen Pause fest. »Dieser Brief hat mich total geärgert.«

»Das kann ich mir vorstellen«, gab ich knapp zurück. Ich könnte einfach auflegen, wenn er anfinge, mir auf den Keks zu gehen. Denn die Mühe, extra bis nach Kanada zu kommen, um mich eigenhändig zu erschießen, machte er sich sicher nicht.

»Ja. Es war nicht gerade angenehm, so etwas über mich zu lesen, aber als ich fertig war, dachte ich … du hast vollkommen recht. Bei ein paar Stellen in dem Brief habe ich mich wirklich mies gefühlt. Deshalb kann ich dir nicht böse sein. Denn du hattest völlig recht mit dem, was du geschrieben hast.«

Na, wenn das nicht eine denkwürdige Wendung war.

»Was ich getan habe, war Scheiße und vor allem total feige, und das hattest du ganz sicher nicht verdient.«

Ich lehnte mich gegen die Wand des Bushäuschens. Ach ja?

Er atmete tief durch, und ich hätte schwören können, dass er leise schniefte. »Oh, Rachel, es tut mir leid. Ich weiß, ich sollte dich nicht darum bitten, und ich weiß, du solltest Nein sagen und wirst das auch ganz sicher tun, aber, Gott, ich möchte dich wirklich wiedersehen.«

Ich starrte auf die Straßenbahn, die an mir vorüberratterte. Straßenbahnen. Die Kanadier waren wirklich ein lustiges Volk.

»Rachel, bist du noch da? Du weißt, dass ich am Telefon nicht sehen kann, was für ein Gesicht du machst.«

»Ich bin noch da«, erklärte ich. »Du willst mich also wiedersehen.«

»Ich weiß, ich bin ein blöder Wichser, der es nicht verdient hat, aber ich möchte nach Hause kommen«, erklärte er mir hastig und hängte ein nervöses Lachen an. »Ich habe schon den ganzen Tag lang hier gesessen, immer wieder deinen Brief gelesen und mein Handy angestarrt. Und ich rufe jetzt erst an, denn vorher habe ich mich einfach nicht getraut.«

Was in aller Welt sollte ich dazu sagen? Was in aller Welt sollte ich tun? Ich knabberte die Ecke meines Daumennagels ab.

»Okay, ich werde einfach weiterreden, und du hörst mir einfach weiter zu, okay?«

In all der Zeit unseres Zusammenseins hatte ich Simon nur zweimal weinen sehen. Einmal, als sein Großvater gestorben war, und einmal, nachdem Chelsea doppelter Meister geworden war, aber jetzt klang es für mich, als setze er zum Hattrick an.

»Ich weiß nicht, was ich mir dabei gedacht habe. Vielleicht lag es an meinem neuen Job, an den neuen Leuten, die ich da kennengelernt habe, daran, dass ich bald dreißig werde oder so«, fuhr er entschlossen fort. »Auf alle Fälle habe ich mir eingeredet, dass ich was verpasse. Ich habe dich angesehen und an unsere Hypothek, unsere Rentenpläne, Studiengebühren, wöchentliche Fahrten in den Supermarkt gedacht und mich entsetzlich alt gefühlt. Dich hab ich gar nicht mehr wahrgenommen. Aber das war falsch.«

Ich war also eine wöchentliche Fahrt zum Supermarkt? Ich zog meinen Daumen aus dem Mund. Er sah mich an und dachte dabei nur an seinen Rentenplan?

»Aber inzwischen hatte ich ein bisschen Zeit, um über alles nachzudenken, und mir ist klar, dass ich im Unrecht war. Das kann ich jetzt zugeben. Ich *war* ein widerlicher Wichser, aber jetzt will ich wieder nach Hause kommen. Denn ich liebe dich.«

»Ach ja?«

»Ach ja.«

»Obwohl ich eine Langweilerin bin?«

»Obwohl du eine Langweilerin bist.« Er bemühte sich zu lachen. »Aber wenn man drüber nachdenkt, ist es gar nicht mal so schlimm, langweilig zu sein, nicht wahr? Du fehlst mir wirklich, Rachel.«

Ich atmete tief ein und dann hörbar wieder aus. Ich war ruhig. Ich war vollkommen ruhig. Ich würde sicher nicht hier an der Queen Street West einen solchen Ausraster bekommen, dass ich deshalb in sämtliche Zeitungen des Landes kam.

»Aber was, wenn ich dich nicht mehr will?« Gegen meinen Willen stand ich kurz davor zu explodieren. »Was, wenn ich nicht mehr dieselbe bin?«

»Du wirst immer Rachel bleiben«, antwortete er. Es schien jemanden zu erbosen, dass ich mich nicht sofort hechelnd auf den Rücken warf. »Hör zu, wann kommst du aus Kanada zurück? Soll ich dich vom Flughafen abholen? Ich werde uns was kochen, und dann können wir über alles reden.«

Ich blies meine Backen auf und blickte dorthin, wo der Mini Cooper stand. Em hing aus dem Fenster und machte das »Ende«-Zeichen mit den Händen, wenn sie sich nicht gerade Riffels zwischen ihre Kiemen schob. Ich winkte ihr und hob zum Zeichen, dass ich spätestens in zwei Minuten fertig wäre, meinen Zeige- und den Mittelfinger in die Luft. Was rein zufällig auch das Siegeszeichen war.

»Rach?«, drang wieder Simons Stimme an mein Ohr.

»Nein.«

»Nein. Dann soll ich dich nicht abholen?«

»Nein zu allem.« Ich stand auf und stapfte vor den beiden alten Damen auf und ab. Zur Hölle mit der Möglichkeit, dass ich deswegen einen Schlaganfall bekam. »Nein, du sollst mich nicht abholen. Nein, du kannst nicht urplötzlich so tun, als wäre nichts passiert. Nein, du kannst nicht mehr nach Hause kommen. Weil es nicht mehr dein Zuhause ist.«

Dadurch, dass ich es laut aussprach, wurde es auf wunderbare Weise wahr. Ich hatte in den letzten Tagen einfach viel zu viel erlebt, um jetzt das Leben wieder aufzunehmen, das von Simon unsanft unterbrochen worden war. Natürlich wäre es das Einfachste, so zu tun, als hätte er nur einen kurzfristigen Aussetzer gehabt, doch seit wann war irgendetwas, was sich wirklich lohnte, gleichzeitig auch leicht? Ich liebte ihn nicht mehr. Und hatte ihn bereits seit Längerem nicht mehr geliebt. Ich hatte es geliebt, dass ich nicht allein gewesen und dass abends jemand für mich da gewesen war, doch inzwischen war mir klar, dass ich das gar nicht brauchte. Dass mein Herz nicht seinetwegen, sondern höchstens wegen irgendwelcher Dinge, die er mir nicht geben konnte, gebrochen war. Doch selbst diese Dinge wollte ich nicht mehr.

»Rachel?«

»Du bist ein Feigling. Und ein Wichser.« Ich zuckte zusammen und nickte den beiden alten Damen achselzuckend zu. Eine schüttelte den Kopf, die andere lächelte mich an. »Was, wenn ich vor drei Monaten gekommen wäre und gesagt hätte, hör zu, Simon, ich glaube, ich habe vielleicht Lust, ein bisschen rumzuvögeln, aber wenn ich keinen Bock mehr darauf habe, bei einem von meinen Aufrissen auf der Couch zu schlafen, komme ich zu dir zurück. Aber zu meinen Bedingungen, und vor allem rufe ich dich vorher noch kurz an, um dich nach Kräften zu beleidigen. Klingt das für dich okay? Was hättest du zu sowas wohl gesagt?«

»Rach …«

»Ich rufe dich an, wenn ich wieder in London bin und entschieden habe, was ich mit der Wohnung machen will. Und jetzt muss ich los, denn ich stehe im Begriff, von einer Brücke zu springen oder so.«

Ich drückte auf den roten Knopf, schickte Simon noch mit lauter Stimme eine grässliche Verwünschung hinterher, und die beiden alten Damen sahen mich etwas verwundert an.

»Tut mir leid.« Verlegen hielt ich mir eine Hand vor den Mund und fügte entschuldigend hinzu: »Ich hatte kurz vergessen, dass ich nicht alleine bin.«

»Kein Problem.« Die Dame in dem schicken orangefarbenen Regenmantel nickte mir aufmunternd zu. »Wir haben im Verlauf der Zeit mehr Wichser als genug erlebt, nur haben wir sie eben anders genannt.«

»Erinnerst du dich noch an Donald Tyler?«, kicherte die andere Frau, als der Bus vor unserem Häuschen hielt. »Wenn der kein echter Wichser war …«

Froh, dass ich bisher halbwegs gefasst geblieben war, wischte ich die ausbrechenden Tränen fort und lächelte die beiden alten Damen, während sie den Bus bestiegen, an. In vierzig Jahren würden ich und Emelie wahrscheinlich ganz genauso sein. Wohingegen Matthew viel zu sehr damit beschäftigt wäre, sich von seinem neuesten Lustknaben in dessen neuem Cabrio durch Miami chauffieren zu lassen oder so. Ich kratzte meine kribbelnde Nase, ging zurück zu unserem Wagen und nahm wieder neben Matthew Platz.

»Was ist los?« Nach einem kurzen Blick in mein Gesicht zog er mich an seine Brust. »Alles okay?«

»Das war Simon«, raunte ich dem tränenfeuchten T-Shirt meines Freundes zu. »Er will nach Hause kommen.«

»O mein Gott.« Em schob sich und ihre Riffels durch den Spalt zwischen den Sitzen und schlang mir ihre Arme um den Hals. »Was hast du gesagt?«

»Dass ich das nicht will.« Als Erstes nahm ich ihr die Riffels ab und warf sie in den Fußraum vor dem Sitz. Denn wenn ich mit dem Bericht geendet hätte, hätte ich mir ein paar Handvoll Chips eindeutig verdient. »Dass ich ihn nicht wiederhaben will. Dass es nicht mehr sein Zuhause ist, weil er schließlich gegangen ist.«

»Unglaublich.« Matthew löste sich aus unserer dreifachen Umarmung, hob die Hand und klatschte mit mir ab. »Gut. Denn ohne diesen Kerl bist du viel besser dran.«

»Du machst deine Single-Sache wirklich gut«, stimmte Emelie ihm zu. »Männer der Welt, nehmt euch in Acht.«

»Hmm, ja.« Ich legte meinen Kopf auf ihren Arm. »Rachel Summers, internationale Herzensbrecherin.«

Der Titel hätte irgendwie mehr Glaubwürdigkeit, wenn ich nicht ständig an ein ganz bestimmtes Herz denken müsste, das von mir in letzter Zeit zumindest stark beschädigt worden war. Ein in höchstem Maße ungutes Gefühl.

»Du musst uns alles ganz genau erzählen«, rief mir Matthew in Erinnerung, nachdem er Em gewaltsam wieder auf den Rücksitz geschoben und sie gezwungen hatte, sich auch dort wie vorgeschrieben anzuschnallen. »Willst du deinen Sprung lieber verschieben? Wir können auch morgen zu den Niagarafällen fahren.«

Die letzten beiden Tage hatten mich erschöpft und hoffnungslos verwirrt. Der Jetlag hatte Rotschopf Rachel kurzfristig außer Gefecht gesetzt, aber ohne sie kam ich beim besten Willen nicht zurecht. Deshalb hatte ich nur eine Möglichkeit. Ich schnallte mich vorschriftsmäßig an, zog meine Liste aus der Tasche und schwenkte sie vor Matthew in der Luft. »Wenn ich diesen Sprung je schaffen soll, ist heute genau der richtige Tag dafür.«

»Zu Befehl, Ma'am.« Er ließ zum zweiten Mal den Motor an. »Dann geht's jetzt also los.«

»Juchu!«, schrie Em erneut durchs offene Fenster. »Auusflug!«

»Bitte, Em«, sprach Matthew in den Rückspiegel. »Hör endlich auf.«

»JUCHU.« Sie beugte sich nach vorn und schrie ein doppelt lautes »AUSFLUG!« in sein rechtes Ohr.

»Könnten wir jetzt bitte endlich fahren?«, schlug ich vor

und packte meine schmutzige Serviette wieder ein. Vielleicht wäre es gar nicht so schlecht, wenn ich den Sprung nicht überlebte. Ein gebrochenes Genick war sicher besser, als mit diesen beiden vier Stunden in einem Auto zu sitzen.

Ich war mir nicht ganz sicher, was ich von den Niagarafällen erwartet hatte, aber eine Mischung aus Vergnügungspark und der Spielhallenatmosphäre in Blackpool sicher nicht. Der Ort war geradezu erschreckend stillos, das genaue Gegenteil der ausnehmend geschmackvollen, modernen Stadt, aus der ich gerade kam. Wir fuhren über eine Viertelstunde lang im Schritttempo an grellen Neonschildern, einem Wachsfigurenmuseum, einem Bowlingcenter, vier verschiedenen Starbucks sowie einem kleinen Rummelplatz vorbei, bis Matthew endlich einen Parkplatz fand. Und mit Parkplatz meine ich ein riesengroßes Kiesfeld, auf das Em begeistert wie ein energiegeladener Welpe sprang, ehe der Wagen überhaupt richtig stand.

»Los, hier entlang«, schrie sie uns zu, hüpfte fröhlich auf und ab und hielt ihr Gesicht derart begierig in die Sonne, dass man hätte glauben können, sie wäre normalerweise in einer Kiste irgendwo in einem dunklen Keller eingesperrt. »Ich will, dass ihr es endlich seht.«

Matthew zwängte seinen riesengroßen Körper unwesentlich würdevoller aus dem kleinen Wagen, richtete sich unter Schmerzen auf und streckte sich. Er war der lebende Beweis dafür, dass Eitelkeit mitunter ziemlich schmerzhaft war. Und den coolsten, aber gleichzeitig nun mal auch kleinsten Wagen einer Flotte anzumieten, war für einen Mann von seiner Größe eine ziemlich dämliche Idee.

»Los.« Er schlang einen Arm um meine Schultern, und wir folgten unserer Freundin und den Horden anderer Besucher über den knirschenden Kies. »Es wird alles gut.«

Von meinem Zusammensein mit Ethan hatte ich den beiden auf der Fahrt nur kurz berichtet. Noch völlig von SimonGate erschüttert, hätte ich schließlich nicht gut dort sitzen und erklären können, weshalb ich nach einem wundervollen Tag mit einem wundervollen Mann nicht das Mindeste für ihn empfand. Em hatte ganz eindeutig immer noch ihre Romantikkappe auf und schob es auf alles von Nervosität über den Jetlag und die Jeans, die er getragen hatte, bis hin zum hoffnungslos verfrühten Heranführen an ihre geliebten Poutine. Wenn das Treffen schon nichts anderes für mich ergeben hatte, hatte ich dabei zumindest rausgefunden, weshalb sie so gerne geschmolzene Käsescheiben und nach Möglichkeit auch jede Menge Bratensauce über ihre Fritten kippte, wenn sie meinte, dass es niemand sah. Im Gegensatz zu ihr kehrte Matthew kurzerhand den Fatalisten raus. Ethan war ganz einfach nicht der Richtige, Schluss, aus. Es war eine nette Schwärmerei gewesen, wie es über eine so weite Entfernung häufiger geschah, hatte er nüchtern konstatiert, doch am Ende hatte die Chemie zwischen uns beiden einfach nicht gestimmt.

»Das ist nicht deine Schuld«, hatte er mir erklärt, als wir zu den Klängen eines Bryan-Adams-Lieds über die Autobahn gegondelt waren. Bryan Adams, Kanada, wir waren völlig auf Kurs. »Du wirst dich auch morgen ganz bestimmt nicht hoffnungslos in ihn verlieben. Wäre Ethan irgend so ein Kerl, den du abends in einer Bar getroffen hättest, wäre es egal, dass du ihn nicht bereits eine Viertelstunde nach dem ersten Treffen hättest ehelichen wollen.

Und wahrscheinlich hättest du dich, wenn er noch in London leben würde, gar nicht derart unter Druck gesetzt.«

»Wahrscheinlich hast du recht.« Ich starrte auf die Nachricht, die ich meinem Jugendschwarm geschrieben hatte, und versuchte, mich dabei nicht so grässlich zu fühlen.

Hi Ethan,
nochmals vielen Dank für gestern. Es hat mir wirklich einen Riesenspaß gemacht. Toronto ist eine echt tolle Stadt. Es war einfach klasse, dich nach all der Zeit wiederzusehen, auch wenn ich dich heute leider nicht noch einmal treffen kann. Ich habe überraschend einen Job hereingekriegt. Lass uns in Verbindung bleiben, und wenn du jemals zurück nach London kommst, ruf mich auf alle Fälle an.
Alles Liebe,
Rachel

Das hatte er wirklich nicht verdient. Er war auf jeden Fall ein toller Mann, und ich hatte das Gefühl, als hätte ich mit meiner Absage kurzen Prozess mit ihm gemacht, aber ich hatte einfach keine andere Wahl gehabt. Schließlich waren wir nicht verlobt, sondern hatten uns nur ein einziges Mal getroffen, er hatte mich nur ein einziges Mal geküsst, und wir beide wussten, dass ich nur für zwei Tage hier in der Stadt war.

All diese Dinge hatte ich mir zwischenzeitlich schon so oft vorgesagt, dass ich fast verdrängen konnte, wie grässlich ich mich fühlte, weil der arme Kerl von mir so verschaukelt worden war. Bisher hatte er noch nicht auf meine Nachricht reagiert. Ich beschloss zu glauben, dass das einfach daran läge, dass er irgendwo mit seinem Hund spazieren ging, wo es keine Telefonverbindung gab, und nicht daran, dass ihm sein Bemühen, eine rothaarige Voodoopuppe herzustellen, keine Zeit für das Verfassen einer Nachricht ließ. Dabei brauchte er mich gar nicht zu verfluchen. Denn bestimmt bekäme ich im Laufe dieses Tages sowieso noch einen Herzinfarkt. Wegen des bevorstehenden Bungee-Sprungs.

»Es wird alles gut«, hatte Matthew mir versprochen. »Früher oder später wirst du einen Typen finden, der dich völlig umhaut. Einen Typen, der dir das Gefühl gibt, total lebendig zu sein. Einen Typen, der deine Knie zum Zittern bringt, wenn er dich küsst. Schließlich sind Beziehungen auch so schon kompliziert genug. Da lohnt es sich ganz sicher nicht, wenn man sich mit weniger begnügt.«

»Richtig«, hatte Em ihm zugestimmt. »Und nichts fühlt sich so gut an, wie jemanden zu treffen, der dich völlig verrückt macht. Du brauchst endlich einmal etwas Leidenschaft in deinem Leben, Ray Ray. So viel Leidenschaft, dass es dir die Zehennägel aufrollt und deine Lippen ganz blau werden.«

Ich war mir nicht ganz sicher, welche der vielen Optionen ich als erschreckender empfand. Den Bungee-Sprung, die Sorge, dass ich mich mit weniger begnügen könnte, oder die Tatsache, dass die einzige Person, für die ich je eine derartige Leidenschaft empfunden hatte, Dan war, als er mich vor zweiundsiebzig Stunden derart umgehauen hatte, dass ich geradewegs auf meiner Couch gelandet war.

Da ich von den grauenhaften Touristen-Fallen auf dem Weg zu unserem eigentlichen Ziel immer noch total geblendet und von all dem wirren Zeug, das mir durch den Kopf ging, völlig durcheinander war, war ich nicht im Mindesten gewappnet für die geradezu absurde Schönheit der Natur, die sich urplötzlich vor mir ausbreitete, als ich endlich zu den Wasserfällen kam. Mit jedem meiner Schritte schwoll das Rauschen der enormen Wassermassen an, und schließlich stockte mir der Atem angesichts des Bilds, das sich mir bot. Ohne auf meine Höhenangst zu achten, die mir zuraunte, dass ich am besten nicht nach unten sähe, schwang ich meinen Hintern auf ein kleines Mäuerchen und machte eine Million Bilder, die jedoch bestimmt nicht wiedergeben könnten, was ich in dem Augenblick empfand. Ich blickte über meine Schulter auf die leuchtenden Neonschilder hinter uns und wandte mich dann abermals den Wasserfällen zu. Kein Wunder, dass die Läden so verzweifelt um die Aufmerksamkeit der Gäste kämpften, obwohl ihr Bemühen vollkommen vergeblich war. Außer vielleicht bei Gürteltaschenträgern im ballonseidenen Jogginganzug.

Die Wasserfälle waren einfach sagenhaft. Noch beeindruckender als ein Besuch im Luxusmarkentempel *Wonder Room* bei Selfrigdes. Fast so aufregend wie mich zum ersten Mal mit rotem Haar zu sehen. Ich hatte vollkommen vergessen, dass es außer Sky Plus auch in der Natur noch Dinge gab, die mich vor lauter Ehrfurcht zum Verstummen bringen konnten, Dinge, die schon seit Jahrmillionen bestanden. Kaum aber hatte ich meine Fassung zurückerlangt, machte ich als Kind des einundzwanzigsten Jahrhunderts, das ich schließlich nun mal war, eine Aufnahme mit meinem Handy und schickte sie umgehend an meine Mum. Sie hätte es hier geliebt. Das heißt, sie würde es lieben, denn ich beschloss, ganz bald mit ihr hierher zurückzukehren.

»Wahnsinn«, stellte Matthew nach ein paar Minuten leise fest. »Bist du sicher, dass du dir nicht irgendwo ein Fass besorgen und dich damit in die Tiefe stürzen willst? Das würde ich als Alternative zu dem Bungee-Sprung auf alle Fälle akzeptieren.«

Ach ja, natürlich. Ich war ja gar nicht hier, um angesichts der Wunder der Natur in Ehrfurcht zu erstarren. Ich war hier, um mich freiwillig in ein riesengroßes Hamsterrad sperren zu lassen, mich damit eine Million Meter in die Luft schleudern zu lassen und am Ende so hart auf der Erde aufzuklatschen, dass ein Teil meines umherspritzenden Bluts zurück bis nach Toronto flog. Die Mail an Ethan hätte ich mir sparen können. Warum war ich nicht ganz einfach ruhig gestorben? Dann hätte er weiter in seliger Unwissenheit gelebt.

»Nein danke«, antwortete ich und spähte vorsichtig über den Rand des Abgrunds, dorthin, wo sich das tosend weiße Wasser krachend in den Fluss ergoss. Eine Unzahl feinster Wassertröpfchen schlug mir ins Gesicht und betäubte die Übelkeit, die ich empfand. Es war seltsam, dass etwas so Zartes in etwas so Mächtigem wie diesem Wasserfall enthalten war. Trotzdem war das Einzige, woran ich denken konnte, während ich mit meinen beiden besten Freunden, meinem rotem Haar, einer Tätowierung und einem Beinahe-Strafregister fern der Heimat an den weltberühmten Niagarafällen hockte … Dan. Mir blieb nur eine Möglichkeit. Aber leider hatte ich kein Fass zur Hand.

»In Ordnung.« Ich sprang von dem Mäuerchen und klopfte mir den Hintern ab. »Wo ist dieser verfluchte Bungee-Ball?«

»Oh, verdammt.« Ich kniff die Augen zu, während mir jemand die Riemen eines höchst intimen Gurtzeugs um meine Jeans Shorts band. »Muss ich das wirklich tun?«

Von all den Punkten auf der Liste hatte dieser mich am meisten aufgewühlt. Eine Tätowierung? Kein Problem. Eine Straftat? Warum nicht? Schließlich gab es tausend Möglichkeiten, was Verbotenes zu tun, ohne dass man automatisch Ärger bekam. Und ich hätte lieber unterschrieben, dass mir der Schädel platzen würde, wenn ich in den kommenden zehn Jahren nicht brav jeden Morgen joggen ginge, als dem Angestellten dieses höllischen Betriebs, der von seinem Aussehen her wahrscheinlich nicht mal einen Pingpongball bedienen konnte, mein Leben anzuvertrauen. Nie zuvor hatte mich meine Höhenangst derart gelähmt, auch wenn das wahrscheinlich daran lag, dass ich Höhen bisher immer ausgewichen war. Aber wann im Leben musste man sich auch an einen Ort begeben, der nicht auf der Erde angesiedelt war? Simon hatte bei uns immer alle Glühbirnen ausgewechselt, in den Bussen setzte ich mich stets ins Unterdeck, und bei Urban Outfitters suchte ich meine Kleider immer in der unteren Etage aus. Alles kein Problem. Ich hatte mir bisher nie wirklich Gedanken über meine Höhenangst gemacht. Ich mochte keine Höhen. Mochte keine engen Räume. Und ich mochte keine minderjährigen Betreiber von Geräten, die möglicherweise tödlich waren. Und jetzt wurde ich mit einem Mal gleichzeitig mit den drei größten Ängsten meines Lebens konfrontiert. Schlimmer konnte es nur noch werden, wenn man mir jetzt auch noch eine Spinne ins Gesicht setzte.

Ich hatte Em und Matthew angewiesen, ihre riesengroßen Eisportionen unten auf der Plattform aufzuessen, vorgeblich, damit sie ein paar Fotos von mir machten, hauptsächlich jedoch, damit es möglichst keine Zeugen gäbe, wenn ich gleich vor lauter Furcht zusammenbrach. Außerdem gefiel mir nicht, wie der Gedanke, dass sie vielleicht Augenzeugen meines Todes würden, ihre Augen leuchten ließ. Vor allem Matthew hatte ganz eindeutig zu viel Spaß an meinem Elend. Während der gesamten endlos langen, knappen Stunde, die wir in der Warteschlange hatten stehen müssen, hatte er die ganze Zeit das Surren der Schleuder und das Krachen des wieder aufkommenden Balles nachgeahmt, und bis das Gurtzeug endlich richtig saß, war ich bereits schweißgebadet und mir ziemlich sicher, dass ich hyperventilierte.

»Also, ich werde das Karussell gleich in Bewegung setzen, und dann geb ich Ihnen ein Signal und dann …« Der für das nicht sonderlich vertrauenerweckende Gerät verantwortliche Junge wischte sich mit seinem Handrücken die Nase ab und blickte Richtung Himmel, damit dieser ihm das nächste Stichwort gab. »Die Person im Bungee-Ball wird mit einer Geschwindigkeit von über hundertsechzig Stundenkilometern über hundert Meter in die Luft über dem Wasserfall geschleudert.«

Er fing an zu husten. Spuckte etwas auf den Boden. Und fuhr dann mit seiner Rede fort.

O mein Gott, ich würde wirklich sterben.

»Sie sollten sich nicht in den Himmel schleudern lassen, wenn Sie schwanger sind, Herzprobleme haben oder, äh, sonstwie angeschlagen sind«, führte er schulterzuckend aus. »Sie haben doch wohl keinen Braten in der Röhre, oder?«

»Nein, ich bin nur geistig leicht verwirrt«, klärte ich das Bürschchen mit einem strahlenden Lächeln auf. Am besten brächte ich es einfach hinter mich. Als risse ich ein Pflaster ab. Ein todbringendes Pflaster, das sich jeden Moment in Bewegung setzen und mich in den Himmel schleudern würde, bis ich anschließend in meinem nassen Grab versank. »Können wir jetzt bitte einfach anfangen?«

»Ja, äh, ich nehme an, das ist okay. Wir haben auf jeden Fall schon öfter Leute hiergehabt, die ein bisschen balla balla waren.« Er schlurfte zurück zu dem veralteten Kontrollpaneel. »Obwohl ich so was hier am Karussell nicht sagen soll.«

Dies war ja wohl kein Karussell. Eine Karussellfahrt machte Spaß. Genau wie eine Kutschfahrt. Oder wie ein Eselsritt am Strand. Mich aber hatte der Sohn von Mr. Bean in eine riesige metallene Todesmaschine eingesperrt. Und es gäbe nicht mal einen Preis für die vollständige Abarbeitung meiner Liste. Abgesehen von dem herrlichen Gefühl, dass jeder Punkt erledigt war. Das wäre mein Preis. Außer, wenn ich vorher draufginge, denn dann wäre alles, was ich vorzuweisen hätte, der Besuch auf einer Polizeistation, jede Menge Verwirrung und eine schmuddelige, vollgekritzelte Serviette. Hätte ich den ganzen Unsinn nie begonnen, wäre ich jetzt ganz bestimmt nicht hier. Ohne diese Liste würde ich mich nicht bemühen herauszufinden, warum ich mich ständig fragte, wo Dan Fraser gerade war, was er gerade machte und mit wem er sich möglicherweise traf. Dann wäre mir egal, dass er nicht versucht hatte, mich zu erreichen. Wäre mir egal – Moment mal. War das etwa das Signal? Ich versuchte, mich in meinem Gurt nach vorn zu beugen, um zu sehen, was Bean Junior gerade trieb, doch nein, er kauerte noch immer über dem Kontrollpaneel, und dabei hing ein halber Tortilla Chip aus seinem Mund.

Ich klammerte mich an dem Gurt fest, atmete tief durch und wappnete mich für den Tod. Hätte Elvis sich entscheiden können, ob er lieber auf dem Klo oder gegenüber einem der sieben Weltwunder aus dem Leben scheiden wollte, hätte er bestimmt das Klo gewählt. Vor allem, da es für den Bungee-Ball eine Gewichtsbegrenzung gab. Aber sicher konnte man die Welt auf grässlichere Art verlassen als mit Blick auf die Niagarafälle. Denn sie waren wirklich wunderschön. Und von meinem Platz aus konnte ich gleichzeitig beide Wasserfälle sehen. Wild schäumendes, weißes Wasser, leuchtend grüne Bäume und ein wolkenloser blauer Himmel. Was für schöne Farben. Wirklich schade, dass ich, als ich eine Drehung machte, nur noch eine grelle Bowlingcenter-Leuchtreklame sah. Sie hatte sicher ihren eigenen Charme, nur … nein, den hatte sie eindeutig nicht.

Kanada lag unter mir oder unter meiner Kapsel, und dort drüben, gleich hinter dem Wasser, lag Amerika. Ehrlich gesagt, schockierte mich die Tatsache, dass der ganze Kitsch auf der kanadischen Seite angesiedelt war, noch mehr, als dass es ihn überhaupt gab. Die US-Seite der Wasserfälle wirkte im Vergleich dazu unglaublich würdevoll, und ich war nur froh, dass ich etwas so Schönes noch zu sehen bekam, bevor ich starb. Denn sterben würde ich auf jeden Fall.

Bevor ich irgendetwas spürte, hörte ich das Klick, und einen halben Herzschlag später flog ich in den Himmel, und die Wasserfälle blieben eine Million Kilometer unter mir zurück. Oder wenigstens die hundert Meter, die mir von dem jungen Kerl versprochen worden waren. Es war seltsam, denn ich spürte nichts mehr – weder meinen Körper noch sonst irgendetwas. Alles, was ich wusste, war, dass mein Magen und die Niagarafälle irgendwo weit unter mir zurückgeblieben waren, und dass dieses herrliche Gefühl zu fliegen jeden Augenblick jäh enden und ich dann wieder nach unten rasen würde. In einen total verfrühten Tod.

Hatte ich es nicht gewusst?

Verflixt. Und dabei hatte ich es bisher immer so geliebt, im Recht zu sein.

19

»Omeingottdaswarechtdertotalewahnsinn«, kreischte ich, während mich Einsteins leicht zurückgebliebener kleiner Bruder vor den Augen zahlreicher Touristen und unter dem lauten Grölen meiner beiden Freunde aus der Kapsel steigen ließ. Beinahe auf der Stelle gaben meine Beine nach, doch zum Glück hoben zwei starke Arme mich vom Boden auf, als Little Einstein eilig einen Schritt nach hinten machte und mich einfach fallen ließ.

»Wir dürfen die Kunden nicht berühren«, erklärte er von oben. »Wir hoffen, der Flug mit unserem Schleuderball hat Ihnen Spaß gemacht.«

Trotz meiner weit aufgerissenen Augen war ich völlig blind. Ich sah nur verschwommene Farben, und alles um mich herum erschien mir ungewöhnlich laut. Ich war noch am Leben. Und ich fühlte mich lebendiger als je zuvor. So ähnlich fühlte es sich sicher an, wenn man auf die Welt kam – man war desorientiert, betäubt und verspürte den Drang, so laut es ging zu schreien. Aber erst mal wollte ich mich setzen. Um den Bungee-Sprung auf meiner Liste abzuhaken. Und in meinem ganzen Leben niemals wieder etwas in der Art zu tun.

»Ich bin total stolz auf dich.« Em schlang mir die Arme um den Hals. »Das war einfach unglaublich. Matthew hat den ganzen Flug gefilmt.«

»Das stimmt«, bestätigte er. »Aber vielleicht sollten wir

den Film erst noch mit einem Soundtrack unterlegen, ehe wir ihn deiner Mutter zeigen. Denn entweder ist dieses Gerät unglaublich empfindlich, oder deine farbenfrohen Flüche waren unglaublich laut.«

»Vielleicht beides?«, schlug ich vor, während ich einen vorsichtigen Bambi-tapst-auf-einem-zugefrorenen-See-Schritt nach vorne unternahm. »Es war unglaublich.«

»Und, hast du jetzt noch immer Höhenangst?«, erkundigte sich Em, während sie mir von der Plattform half, auf der zwei grölende Collegejungs meinen Platz in der Kapsel übernahmen. Ob der Genuss von Bier in diesem Ding wohl ratsam war?

»Auf jeden Fall«, erklärte ich. »Aber jetzt habe ich es hinter mir. Ich habe es tatsächlich geschafft, und ich habe das Gefühl, als würde ich von jetzt an alles schaffen, was ich schaffen will.«

»Und was wäre das?«, fragte Matthew mich.

Ich hielt einen Moment lang inne, um über die Frage nachzudenken. Soeben hatte ich etwas geschafft, was mein Leben dauerhaft verändern würde. Hatte mich sehenden Auges meiner größten Angst gestellt. Hatte den Mount Everest erklommen. Allein in einem Segelboot den Atlantik überquert. Im Ausverkauf bei Selfridges ein Paar Louboutins entdeckt.

»Ich könnte jetzt jemanden umbringen, um einen Riesenburger zu bekommen«, antwortete ich.

Erst mal sammelten wir sämtliche Beweise dafür, dass ich wirklich in dem Bungee-Ball geflogen war – Fotos, T-Shirts, Schlüsselringe und das ganze andere Zeug –, und dann half mir Emelie zu einer Bank, während Matthew sich auf Nahrungsjagd begab.

»Na, bist du zufrieden?« Em sah sich die Fotos meines Fluges an. Ich war darauf nicht wirklich gut getroffen, doch mein Stolz ließ keinen Platz für falsche Eitelkeit. Zumindest nicht sofort. Und außerdem gab es ja Photoshop.

»Und ob«, bestätigte ich, zog mit zitternden Fingern meine Checkliste aus meiner riesengroßen Tasche und strich den Punkt »Bungee-Sprung« sorgfältig durch. Jetzt blieb mir nur noch eins zu tun. Ich stopfte die Serviette wieder in die Tasche und versuchte meinen Magen dazu zu bewegen, endlich still zu sein. »Vielleicht ist mir ein bisschen schlecht, aber davon abgesehen fühle ich mich supergut.«

»Bestimmt ist jedem, der etwas so Besonderes geschafft hat, erst mal schlecht.« Sie schlang einen Arm um meine Taille, rückte aber für den Fall der Fälle gleichzeitig ein wenig von mir ab. »Ich meine, Astronauten, Leute, die auf Berge steigen, oder Frauen, die Johnny Depp berühren.«

Etwas unsicher, ob sie sich nicht über mich lustig machte, stieß ich ein gepresstes Lachen aus, legte meinen Kopf auf meinen Knien ab und hoffte, dass mein Herz gleich aufhörte, derart zu rasen. Bereits das Gefühl in meinen Beinen war nicht allzu angenehm, aber der Gedanke, dass ich jeden Moment einen Herzinfarkt bekäme, trübte meine Stimmung noch erheblich mehr. Schließlich hatten schon zwei Ereignisse an diesem Tag meinen Blutdruck hochgejagt.

»Bitte, Superstar.« Wenige Minuten später tauchte Matthew mit drei riesengroßen braunen Wendy's-Papiertüten bei uns auf. »Dreimal die Nummer sieben, extra groß, mit Pommes, Zwiebelringen und Cola light.«

Er stellte ein Papptablett auf die noch freie Bank in unserer Nähe und machte meine Tüte für mich auf. Großer Gott, es roch fantastisch. Eilig wickelte ich meinen Burger aus der Alufolie aus und biss, ohne Matthew zu fragen, was Nummer sieben eigentlich war, hinein. Wie sich zeigte, war Nummer sieben der leckerste Chickenburger, den ich je gegessen hatte, weshalb ich ihn gierig mampfte und bereits nach meiner Pommestüte griff, als Em und Matthew noch damit beschäftigt waren, die Tomatenscheiben aus ihren Burgern zu ziehen. Was wahrscheinlich die Erklärung dafür war, dass ich mich kaum zwei Minuten später in einen Papierkorb übergeben musste.

»Alles in Ordnung?«, wollte Matthew wissen, als ich nach einer nicht allzu angenehmen Viertelstunde aus einem Starbucks wiederkam, wo ich mich auf der Toilette halbwegs wiederhergerichtet hatte. »Wirklich?«

»Weiß nicht«, antwortete ich und starrte auf das Wasser. »Ich fühle mich irgendwie komisch.«

»Komisch?«

»Als könnte ich einfach alles tun.« Ich bemühte mich herauszufinden, was genau ich in dem Augenblick empfand. Denn schließlich hatte man es mit achtundzwanzig nicht mehr allzu oft mit einem völlig neuen Gefühl zu tun. »Und das macht mir irgendwie Angst. Ich habe das Gefühl, als hätte ich eine Tür geöffnet, ohne zu wissen, was sich dahinter befindet. Als hätte ich keine Ausreden mehr, um irgendetwas nicht zu tun.«

»Wow.« Em schob sich die letzten Fritten in den Mund. »Das klingt unglaublich tiefschürfend.«

»Wahrscheinlich«, stimmte ich ihr zu. »Obwohl es mir nicht unbedingt gefällt.«

»Dies war ein großer Tag für dich«, stellte Matthew richtig fest. Ein kalter Wind wehte aus Richtung der Wasserfälle und blies mir die Haare ins Gesicht. Ich schob sie hinter meine Ohren, und zum ersten Mal zog Matthew sie nicht gleich wieder hervor. Er erwähnte auch mit keinem Wort, dass auf meinem riesigen Kapuzenpulli ein grinsender Elch mit einem Hockeyschläger abgebildet war. Immer wenn mir schlecht war, fing ich an zu frieren, und was Besseres hatte das Souvenirgeschäft ganz einfach nicht im Angebot gehabt.

»Ich habe was für dich.« Er zog ein kleines, in blaues Papier gehülltes Päckchen aus der Innentasche seiner Jacke und hielt es mir hin. »Das ist von mir und Em. Wir haben es besorgt, als du im Duty-free am Flughafen das Toblerone-Fach geplündert hast.«

»Ich habe nur zwei Packungen gekauft«, murmelte ich, nahm aber das Päckchen an. »Was ist es denn?«

»Mach's auf, dann weißt du's.« Damit wandte er sich abermals der wunderbaren Aussicht zu.

»Ich habe es ausgesucht«, erklärte Em, die auf meiner anderen Seite saß.

Ich wickelte ein pinkfarbenes ledernes Notizbuch aus, das laut dem goldfarbenen Aufdruck für »Glückslisten« vorgesehen war. Ich blickte meine Freunde an, die beide lächelten.

»Und nachdem auf deiner aktuellen Liste kaum noch etwas steht, habe ich schon einmal eine neue angefangen.« Matthew nickte gut gelaunt in Richtung des kleinen Buchs.

Direkt auf der ersten Seite prangte eine fette Eins, neben der in Silberfarbe »Restaurantbesuch mit Matthew« stand. Ich schlug die zartblaute Seite um. Auf der zweiten Seite stand genau das Gleiche. Auf der dritten und der vierten auch.

»Irgendwann wurde mir langweilig.« Er beugte sich über das Buch und stützte sein Kinn auf den Händen ab. »Ich wollte eigentlich noch ein paar andere witzige Sachen auf die Liste setzen, aber Em hat mir erklärt, das wäre nicht erlaubt.«

»Das ist für deine neue Single-Checkliste«, erklärte Em. »Teil deiner Verwandlung. Ein neues Notizbuch für den Neuanfang.«

»Super.« Ich wickelte das Buch wieder in das Papier, bevor ich es in meiner Handtasche verschwinden ließ. »Danke, das ist wirklich toll. Ihr zwei seid wirklich toll.«

»Ich hatte einfach Angst, dass du ausflippen würdest, wenn du nicht bald eine neue Liste schreiben kannst«, stellte Matthew achselzuckend fest. »Schließlich kommt man gegen die eigene Natur nicht an, Schätzchen.«

»Und ihr glaubt nicht, dass ich wegen dieses Listenticks, nun, ein bisschen irre bin?«, fragte ich vorsichtig. In unserem Rücken ging langsam die Sonne unter, und der Himmel oberhalb der Wasserfälle wurde allmählich dunkel.

»Wären wir wohl mit dir befreundet, wenn du irre wärst?«

»Natürlich. Weil ihr schließlich schon seit Jahren meine Freunde seid, und weil ich ein Video davon habe, wie ihr euch bei *Feivel, der Mauswanderer* die Augen aus dem Kopf heult, und mir obendrein bekannt ist, dass du einmal in der Woche ins Solarium gehst. Aber im Ernst, haltet ihr mich für verrückt? Oder für langweilig?«

Emelie schlug deutlich fester als nötig auf meinen linken Arm. »Wie kommst du denn mit einem Mal auf die

Idee? Hast du etwa schon vergessen, was du eben erst geleistet hast?«

Ich schlug kraftvoll zurück. »Meinst du das Zähneputzen auf dem Klo von Starbucks, weil ich den Geschmack in meinem Mund so eklig fand?«

»Vorher«, sagte sie und rieb sich den Arm. »Der Bungee-Ball. Die Liste. Die Tatsache, dass wir nach Kanada geflogen sind. Was ist aus deinem neuen Ich geworden? Hast du das etwa mit deinem Burger ausgekotzt?«

»Nein.« Wieder zog ich meine Liste aus der Handtasche. »Es ist noch da. Ich habe nur ein bisschen Angst, dass es wieder verschwinden wird, wenn der letzte Punkt auf meiner Liste durchgestrichen ist. Was mache ich dann?«

»Einen Begleiter für Dads Hochzeit finden«, las Matthew von der Liste ab. »Schwebt dir schon jemand Bestimmtes vor?«

»Ich hatte eigentlich an dich gedacht«, erklärte ich. »Es ist schließlich keine Tragödie, wenn man mit seinem besten Freund auf eine Hochzeit geht. Em wird ebenfalls da sein, also gehörst du auch dorthin.«

»In dem Fall wäre es mir eine Ehre.« Er machte eine schwungvolle Verbeugung. »Also tu es. Hak auch noch den letzten Punkt auf deiner Liste ab.«

Ich atmete tief ein, zog den schwarzen Kugelschreiber aus den Tiefen meiner Tasche und strich auch den zehnten Punkt der Liste durch. So.

Ich hatte es geschafft.

»Na also.« Em zerzauste mir das Haar und stieß einen derart lauten Juchzer aus, dass sich in einem Radius von fünfzehn Metern alle nach ihr umsahen. Was jede Menge Leute waren. »Du hast es geschafft. Jetzt bist du offizieller Single.«

»Wahrscheinlich hast du recht.« Ich blickte auf. Der Himmel war nicht eingestürzt. Und nirgends flog ein Schwein umher.

Alles war noch ganz genauso wie vor zwei Sekunden. Oder fast.

»Ohne euch beide hätte ich das nie geschafft. Ich läge bestimmt noch immer heulend auf dem Sofa meiner Mum, wenn ihr mich nicht gezwungen hättet, all das zu tun.« Ich starrte triumphierend meine Liste an. »Das klingt wahrscheinlich seltsam, aber so viel Spaß wie in der letzten Woche hatte ich seit Jahren nicht.«

»Weil die Woche für dich nicht so wie für andere verlassene Frauen war«, rief mir Matthew in Erinnerung. »Und weil du fast die ganze Zeit mit mir zusammen warst. Und ich bin einfach ein toller Typ.«

»Genau wie ich.« Em schnappte sich die Liste, um sie noch mal kurz zu überfliegen. »Ich kann immer noch nicht glauben, dass du diesem Weib eine gescheuert hast.«

»Und ich kann immer noch nicht glauben, dass du tatsächlich mit meinem Bruder auf die Hochzeit meines Vaters gehen willst.« Abermals empfand ich eine leichte Übelkeit und verzog angewidert das Gesicht. »Also werden nur noch Matthew und ich lautstark ›Single Ladies‹ auf der Feier singen. Toll.«

»Meinst du?« Emelie legte den Kopf ein wenig schräg und blickte Matthew an. »Gibt es vielleicht irgendetwas, das du uns erzählen willst?«

Ich drehte mich viel zu schnell für meinen Magen zu ihm um.

»Mann, Emelie, du blöde Kuh, wie kann man nur so taktlos sein?«

Zu Matthews Unglück nützte es ihm nichts, dass er vor

sich auf den Boden starrte. Denn er war so groß und ich so klein, dass ich keine Mühe hatte, ihm von unten ins Gesicht zu sehen.

»Irgendetwas habe ich da wohl nicht mitgekriegt.« Ich pikste ihm unsanft in die Hüfte. »Also, was ist los?«

»Okay.« Er vergrub die Hände in den Taschen seiner Jeans und bedachte Emelie mit einem bitterbösen Blick. »Vielleicht habe ich nach meiner kürzlichen Nahtod-Erfahrung, die – das sollte nicht vergessen werden – du verursacht hast, Stephen wiedergesehen.«

»Wahnsinn. Wann?«

»Es ist wirklich der totale Wahnsinn«, stimmte er mir unumwunden zu. »Aber wie auch immer. Ich habe ihn angerufen, ihm mein dämliches Herz ausgeschüttet und – lange Rede, kurzer Sinn – er hat mich aus der Klinik abgeholt, und wir haben beschlossen, es noch einmal zu versuchen, wenn ich wieder zu Hause bin.«

»Deshalb also warst du in letzter Zeit so oft verschwunden?« Endlich kam ich, wenn ich zwei und zwei zusammenzählte, wieder zutreffend auf vier statt auf »Wo in aller Welt ist Matthew, und warum ist er nicht hier bei mir?« »Dann seid ihr also wieder zusammen?«, hakte ich nach.

»So in etwa.« Er atmete zischend ein. »Vielleicht. Wir gehen es erst mal langsam an.«

»Die Art von langsam, dass du noch problemlos hier in Kanada mit irgendeinem fremden Typen in die Kiste steigen kannst?« Ich konnte nicht ganz glauben, was er da erzählte. Stephen hatte ihm das Herz herausgerissen und ihn vollkommen zerstört. Der arme Matthew hatte seinetwegen fast ein halbes Jahr lang in die Kissen meines Gästebetts geschluchzt, und jetzt waren sie einfach so wieder zusammen, so, als wäre nie etwas geschehen?

»Ich bemühe mich, Vernunft walten zu lassen und die Dinge nicht zu überstürzen«, klärte Matthew mich etwas gedrechselt auf. »Wobei Vernunft für dich und mich vielleicht nicht unbedingt dasselbe ist. Aber nur zu deiner Information: Ich hatte nichts mit diesem Typ. Wir haben nur gequatscht.«

Ich drückte seinen riesigen Arm. Matthew war wirklich ein ungewöhnlich großer Mann. »Warum hast du mir nicht eher davon erzählt?«

»Irgendwie war nie der rechte Augenblick dafür«, antwortete er. »Und ich wusste nicht, ob wirklich etwas daraus wird. Erst mal haben wir nur ab und zu telefoniert, dann haben wir uns auf einen Drink getroffen, tja, und dann … er wollte schon auf meine Geburtstagsparty kommen, aber dann hat er die Panik gekriegt und noch mal abgesagt. Und dann habe ich ihn vom Krankenhaus aus angerufen, und er meinte, er bräuchte noch ein bisschen Zeit, und nichts lässt die Zeit schneller vergehen, als wenn man auf Reisen ist.«

Ich war völlig sprachlos. Er hatte in meinem Namen meinen Schwarm aus der Schulzeit kontaktiert, mich um die halbe Welt geflogen und mich dann Millionen von Kilometer in die Luft schleudern lassen, um sich davon abzulenken, dass sein Exfreund unentschlossen war?

»Mir ist klar, ich hätte es dir sagen sollen, und mir ist genauso klar, dass du ganz bestimmt nicht damit einverstanden bist«, bemühte er sich zu erklären. »Aber ich weiß, er ist der Richtige für mich, und wenn er sich nicht bereit erklärt hätte, mir eine zweite Chance zu geben, wäre ich wahrscheinlich durchgedreht.«

»Und das glaubst du wirklich?«, fragte ich ihn ruhig.

»Weil es die Wahrheit ist. Er ist der Einzige, für den

ich jemals so empfinden werde. Ganz egal, was er auch macht.« Er nickte mit dem Kopf. »Hast du etwa noch nie wegen einem Typen Schmetterlinge im Bauch gehabt? Hast du bisher noch nie urplötzlich total unter Strom gestanden, als du einem Mann begegnet bist?«

»Die Sache ist die, dass dann der Schmetterling einen Stromschlag kriegt und am Schluss nichts anderes bleibt als ein ekliger Wurm«, klärte ich ihn schmollend auf. »Schmetterlinge bleiben nicht für immer, und deshalb sollte niemand etwas nur wegen der Schmetterlinge tun.«

»Dann sind dir also schon mal Schmetterlinge durch den Bauch geflattert?« Er verzog den Mund zu einem Lächeln. »Em, zück deine Kamera, ich will für alle Zeit bewahren, was für ein Gesicht sie macht, wenn sie gesteht, dass ihr schon mal Schmetterlinge durch den Bauch geflattert sind.«

Ich klappte meine Augen zu. »Ich werde es nur einmal sagen, und verkneift euch bitte jeden Kommentar.«

Matthew riss die Augen auf und ballte seine Fäuste, während Em in einer Art von Snoopy-Tanz begeistert auf und nieder sprang.

»Sagen wir es so …« Ich machte eine Pause, um zu sehen, ob sie es wirklich schafften, nichts zu sagen. Und zu meiner Überraschung blieben sie vollkommen stumm. »… wenn ich diese Art Gefühle für jemanden hätte – dieses überschwängliche, beängstigende An-nichts-anderes-mehr-denken-Können: Wäre es nicht möglich, dass es nur daran liegt, dass ich gerade frisch verlassen bin? Und wäre es dann nicht ziemlich dämlich, zu glauben, dass das wirklich etwas zu bedeuten hat?«

»Nein«, erklärten beide wie aus einem Mund. Es war

einfach immer wieder nett, wenn sie sich gegen mich verschworen.

»Es geht um Dan, nicht wahr?«, hakte meine beste Freundin nach. »Bitte sag mir, dass es um Dan Fraser geht.«

Ich presste meine Lippen fest zusammen.

»Rachel Lulu Summers.« Matthew platzte fast vor Neugier. »Ist das wahr? Bist du in Dan verliebt?«

»Ich nehme an, o Gott, jetzt, wo ich darüber nachdenke, nehme ich an, dass es nicht völlig ausgeschlossen ist …« Ich brachte es nicht über mich, die beiden anzusehen. Da hatte ich mich kurz zuvor von einem pickeligen, prolohaften Teenie hundert Meter in die Höhe schleudern lassen, schaffte es aber nicht, den besten Freunden, die ich hatte, ins Gesicht zu blicken. Ich war einfach ein hoffnungsloser Fall. »Tja nun, irgendwie denke ich ziemlich oft an ihn.«

Johlend klatschten meine Freunde ab, und ich kniff abermals die Augen zu. Weil mir ihr würdeloser Auftritt echt peinlich war.

»Damit helft ihr mir ganz sicher nicht«, fuhr ich ein bisschen lauter fort. »Ich weiß einfach nicht, wie ich es anders formulieren soll.«

»Schmetterlinge? Kribbeln?«, schlug mir Matthew vor. »Klingelt da vielleicht etwas? Sind es am Ende Kirchenglocken?«

»Genau das ist das Problem.« Ich knabberte erneut an meinem Daumennagel. Wirklich, einer von uns dreien müsste noch mal irgendwas bei Wendy's holen gehen. »Ich spüre zwar die Schmetterlinge und das Kribbeln, aber Kirchenglocken höre ich ganz sicher nicht. Dan ist nämlich einfach nicht der Typ, mit dem es ernst werden könnte.«

»Du hast dir eben bisher einfach immer einen anderen Typen dafür vorgestellt«, klärte Matthew mich nach einer neuerlichen Abklatsch-Runde auf. »Aber so laufen die Dinge nun mal nicht.«

»Sind wir dafür nicht der lebende Beweis?« Em zeigte erst auf ihn und dann auf sich. »Ich bin schon seit einer Ewigkeit in den dämlichen Paul verknallt, und Matthew kehrt zu einem Kerl zurück, der ihn betrogen hat. Ich hoffe, dass ich das so sagen darf.«

»Du darfst.« Wieder klatschte Matthew bei ihr ab. »Vielleicht ist sie entsetzlich taktlos, aber sie hat ganz eindeutig recht. Man kann sich genauso wenig aussuchen, in wen man sich verliebt, wie man entscheiden kann, wann es passiert.«

»Aber ich weiß nicht, was ich machen soll.« Nachdem der Damm einmal gebrochen war, purzelten die Worte nur noch so aus mir heraus. »Ich mag ihn wirklich, nur war mir das bisher nie bewusst. Aber seit der Sache im Savoy, und dann auf deiner Party, als ihr anderen alle verschwunden wart und wir zwei … ihr wisst schon, o mein Gott. Es war wie ein Faustschlag ins Gesicht. Ich habe es total vermasselt, dabei kenne ich ihn schon lange, und jetzt ist urplötzlich alles neu, und ich bin total verwirrt, und er ist wie ein völlig anderer Mensch und oh-ich-weiß-es-einfach-nicht. Was, wenn er meine Gefühle nicht erwidert? Was, wenn es für ihn nur eine einmalige Sache war?«

»Du hast es nicht vermasselt, Schatz. Du musst ihm einfach sagen, was du jetzt für ihn empfindest.« Matthew legte einen Arm um meine Schultern und stieß einen Seufzer aus. »Du noch viel lernen musst, junger Padawan.«

»Ruf ihn an«, Emelie hielt mir ihr Handy hin. »Und zwar jetzt sofort.«

»Ich habe selbst ein Handy, Em«, antwortete ich und schwenkte zum Beweis mein iPhone vor ihrem Gesicht herum. »Aber ich weiß einfach nicht, was ich ihm sagen soll.«

»Es ist doch ganz einfach.« Matthew streckte bittend seine Hände aus. »Bist du glücklicher, wenn du mit ihm zusammen bist, als wenn du nicht mit ihm zusammen bist?«

»Vielleicht.«

»Was, wenn er einfach der nette Dan wäre und nicht der laute Dan? Was, wenn es in Zukunft zwischen euch immer so wäre wie nach meiner Party auf der Couch?«

»Ich kann nicht behaupten, dass mir das missfallen würde.«

»Dann musst du ihn anrufen und ihm das sagen.«

Ich blickte zu meinem verrückten, riesigen Teutonen auf.

»Ich liebe dich.«

»Ich dich auch.« Er küsste mich zärtlich auf den Kopf. »Auch wenn du eine Idiotin bist.«

Ich blickte auf ihn und Emelie. Die beiden bewegten sich kein bisschen, stattdessen schienen sie es sich auf unserer Bank gerade so richtig gemütlich zu machen.

»Würdet ihr vielleicht mal einen Augenblick verduften?«, fragte ich, wobei ich auf das zweite Blackpool wies. »Wenn ich euch verspreche, nicht noch mal zu kotzen, bringt ihr mir dann einen neuen Burger mit?«

»Ich könnte auch noch was vertragen.« Emelie tätschelte ihren nicht existenten Bauch und zerrte Matthew lächelnd von der Bank. »Wir sind in fünf Minuten wieder da.«

Ich beobachtete, wie die Touristenboote weit unter mir

über die spiegelglatte Wasseroberfläche glitten, bis sie näher an die brausenden Kaskaden kamen, wo die Wucht der aufprallenden Wassermassen sie wie kleine Spielzeugschiffchen auf den Wellen tanzen ließ. Es wirkte alles andere als amüsant. Und doch kam es mir in diesem Moment amüsanter vor als ein Telefongespräch mit Dan, aber am amüsantesten würde ich es finden, einfach in Ruhe in der Ecke zu sitzen und einen leckeren Burger zu essen.

Männer, dachte ich erbost. Vielleicht bliebe ich am besten nicht nur Single, sondern ginge gleich den Weg bis zum Ende und entschied mich für das Zölibat. Für die Jonas Brothers schien das durchaus gut zu funktionieren. Wohingegen Britney nicht so gut damit gefahren war. Hmm. Am besten stellte ich die Klatschspalten-Lektüre ebenfalls umgehend ein. Vielleicht sollte ich einfach alleine bleiben und mir eine Katze holen. Oder zwei. Ich würde sie »Tragödie« und »Alte Jungfer« nennen, würde sie in Windeln wickeln, ihnen Baby-Mützen stricken und sie Tag für Tag in einem Kinderwagen durch die Gegend schieben. Denn sie würden meine Babys sein.

Großer Gott, ich hatte offenkundig vollends den Verstand verloren. Wahrscheinlich die beste Gelegenheit für ein Gespräch mit Dan.

»Hallo?«

»Dan? Ich bin's, Rachel.«

Zwar hatte ich nicht unbedingt mit einem lauten Jubelchor gerechnet, doch die Minute vollkommener Stille, die der Nennung meines Namens folgte, rief ein leichtes Unbehagen in mir wach.

»Dan, ich will bestimmt nicht nerven, aber der Akku von meinem iPhone ist totaler Mist.«

»Aha. Also, was ist los?«

Okay, der Anfang war gemacht.

»Ich dachte nur, ich rufe dich mal an.« Ich durchforstete mein Hirn, doch mir fielen einfach keine guten Sätze ein. »Um Hallo zu sagen.«

»Und warum hast du damit bis Mitternacht gewartet? Bist du vielleicht betrunken?«

Ich warf einen Blick auf meine Uhr. An den Niagarafällen war es kurz vor sieben. Und, da sie in London schon fünf Stunden weiter waren, war es dort tatsächlich kurz vor Mitternacht. Verdammt.

»Ich bin in Kanada«, erklärte ich. »Tut mir leid, ich habe einfach nicht an die Zeitverschiebung gedacht. Aber du warst doch wohl hoffentlich noch wach?«

»In Kanada?«

»Bei einem Freund«, flunkerte ich. Hatte ich ihm gegenüber Ethan je erwähnt? Ich wusste es nicht mehr. Ich wusste gar nichts mehr. »Ich habe ihn spontan besucht.«

Ich machte meine Sache nicht besonders gut. Warum war ich nicht betrunken, wie es Dan nicht ganz zu Unrecht zu vermuten schien? Niemand sollte je auch nur versuchen, ein so wichtiges Gespräch zu führen, während er stocknüchtern war.

»Ich habe mich gefragt, ob wir uns vielleicht unterhalten können, wenn ich wieder zu Hause bin.« Ich wünschte, er würde mich nicht so elendig zappeln lassen. Und ich war mir ziemlich sicher, dass es mir lieber gewesen wäre, wenn er mich wie vor einer Woche auf dem Parkplatz lautstark angebrüllt hätte.

»Wir sollen uns unterhalten?« Leider klang er deutlich weniger begeistert als erhofft.

»Ja.«

»Und was gibt's, das du mir nicht jetzt gleich am Telefon erzählen kannst?«, erkundigte er sich. »Oder kannst du gerade nicht frei sprechen, weil dein Freund aus Kanada neben dir sitzt?«

Weshalb hatte dieser Satz aus seinem Mund nur einen derart zweideutigen Klang?

»Nein.« Ich baumelte mit meinen Beinen, denn ich hoffte, die Bewegung würde mir wieder etwas Verstand ins Hirn pumpen. »Ich muss mit dir über uns beide reden. Über das, was du gesagt hast, als ich an dem Abend zu Matthew ins Krankenhaus gefahren bin.«

Ich hörte einen lauten Seufzer und danach ein Schlucken. Nun, zumindest er hatte etwas zu trinken in der Hand.

»Wann kommst du zurück?«

»Am Donnerstag?« Ich war mir ziemlich sicher, dass das richtig war. »Dan?«

»Dann bin ich nicht mehr hier«, klärte er mich nüchtern auf. »Ich habe einen Auftrag in L.A. Weißt du noch, was ein Auftrag ist?«

Ich biss mir derart kräftig auf die Lippe, dass sie riss.

»Du fliegst nach L.A? Vor Donnerstag?« Vorsichtig betastete ich meinen verletzten Mund. »Und wie lange bleibst du dort?«

»Keine Ahnung. Ich habe ein Arbeitsvisum, also bleibe ich vielleicht erst einmal eine Zeitlang dort.«

»Eine Zeitlang?«

»Ja. Seltsam«, antwortete er. »Ich erkläre einer Frau, dass ich sie schon seit Jahren mag, und sie haut einfach ab nach Kanada, um einen anderen Kerl zu sehen. Und um darüber wegzukommen, habe ich mir eine Checkliste gemacht. Auf der hauptsächlich steht: Flieg nach Kalifornien, vögel jede Menge Models, und sprich nie wieder auch nur ein Wort mit dieser Frau.«

Normalerweise hätte ich nichts gegen eine Liste sagen können, aber irgendwie klang es nicht so, als ob mir diese Liste weiterhalf.

»Nicht, Dan, schließlich gebe ich mir alle Mühe.« Ich hatte meine Tränen über Tage hinweg ausnehmend erfolgreich unterdrückt, doch nach allem, was mir in der letzten Woche widerfahren war, war es mir mit einem Mal egal. »Bitte sei nicht so.«

»Weißt du nicht mehr, Rachel?«, fragte er. »So bin ich nun einmal. So was mache ich nun mal. Noch viel Spaß in Kanada.«

Er legte auf, bevor ich auch nur eins der Dinge sagen konnte, die ich hatte sagen wollen. Was für Dinge das auch immer waren. Sofort wählte ich noch einmal seine Nummer, aber er ging nicht noch einmal an den Apparat. Und noch nicht mal seine Mailbox war bereit sich anzuhören, was der Grund für meinen neuerlichen Anruf war.

Genau deshalb waren Schmetterlinge schlecht. Denn jetzt sprudelte ich nicht mehr über und war nicht mehr aufgeregt, sondern fühlte mich gebrochen, kalt und leer. Ich bestand nur noch aus Versatzstücken, die es nie in Liebeslieder oder in romantische Komödien schafften, sondern bestenfalls in einen depressiven Streifen von Mike Leigh.

»Rachel?«

Ich sah auf, und Em und Matthew hielten mir mein frisches Essen hin. Allerdings wich die erwartungsvolle Freude aus ihren Gesichtern, als sie meine Trauermiene sahen.

»Hast du mit ihm gesprochen?«

»Was hat er gesagt?«

»Nichts Gutes.« Ich nahm Em die braune Tüte ab und schob ein paar Pommes frites in meinen Mund. Ah, wunderbar gesalzene Pommes frites, nicht verfälscht durch Bratensauce oder Käsestreusel, die meine Arterien verstopften. Einfache Pommes ließen einen eben nie im Stich.

»Weinst du etwa?« Matthew pikste unsanft meine linke Wange an. »Du weinst. Hör bitte auf damit.«

»Geht nicht«, murmelte ich rau. Wegen meiner zugeschnürten Kehle und des mit Pommes gefüllten Mundes konnte ich mich selber kaum verstehen. »Auch wenn ich nicht weiß, warum.«

»Na toll, jetzt hat sie neben allem anderen auch noch PMS.«

»Hab ich nicht.« Zum Zeichen meines guten Willens setzte ich ein schwaches Grinsen auf, das jedoch in einem jämmerlichen Schluchzer unterging. »Falls es dich interessiert, kriege ich meine Tage erst …«

»Du erinnerst dich doch sicher an Regel Nummer vierundzwanzig im Handbuch für die Freundschaft zwischen einer Frau und einem schwulen Mann. Sie besagt, dass eine Frau mit einem schwulen Freund nie über ihren monatlichen Besucher spricht.« Während er mir seine muskulösen Arme um die Schultern schlang, hockte sich Em vor meine Füße und hielt mir die Tüte mit den Pommes hin, als wäre ich ein Pferd, das gerne Junkfood fraß. »Erzähl uns genau, was er gesagt hat. Was hast du gesagt?«

»Ich hatte keine Chance etwas zu sagen.« Meine aufgebissene Lippe brannte von den salzigen Pommes frites. Doch ich leckte das Salz nicht ab. »Ich habe gesagt, ich würde gerne mit ihm reden, wenn ich wieder in London bin, und er meinte, er hätte kein Interesse, und er fliegt schon vor meiner Rückkehr nach L.A. Und zwar für eine ganze Weile.«

»Oh, Rach, das ist echt blöd.« Matthew nahm mich doppelt innig in den Arm. »Und wann fliegt er?«

»Er hat nur gesagt, wenn ich zurückkäme, wäre er weg«, murmelte ich. »Und bliebe eine Zeitlang fort.«

»Dann müssen wir dich umgehend nach Hause schaffen«, überlegte Em und blickte Matthew an. »Nicht wahr? Wir müssen sie nach Hause schaffen, damit sie ihn noch erwischt.«

»Das ist ein hervorragender Plan. Und warum eigentlich nicht? Ich werde sofort Jeremy anrufen, um zu sehen, ob er unsere Flüge ändern kann.«

Ich hockte auf der Bank, aß meine Pommes frites und versuchte, nicht zu hyperventilieren, während Matthew vor mir auf und ab marschierte und versuchte, seinen schwulen Kumpel zu erreichen. Der um Mitternacht ganz sicher noch nicht in der Falle lag. Falls er überhaupt je schlief.

»Es wird alles gut«, versprach mir Em, während sie eine meiner Fritten aus der Tüte stahl.

Nicht, wenn du noch mehr von meinem Abendessen klaust, dachte ich, doch statt meine wunderbare Freundin zu bedrohen, nickte ich ihr einfach lächelnd zu. Und schob mir, bevor sie ihre Hand erneut in meine Tüte gleiten lassen konnte, eine möglichst große Menge tröstender Kartoffelspalten in den Mund.

Während Matthew unsere Abreise organisierte, saßen wir fast eine Stunde auf der Bank. Für gewöhnlich mischte ich mich stets in alles ein, schrieb Dinge auf und steckte meine Nase auch noch in das winzigste Detail, dieses Mal jedoch war ich vollauf damit zufrieden, auf der Bank zu sitzen, Fritten in mich reinzuschieben und mich in den riesigen Kapuzenpullover zu kuscheln, der verhinderte, dass ich erfror. Wobei zufrieden hieß, dass ich empfindungsmäßig tot und körperlich total erledigt war.

Immer wieder blieben andere Touristen bei uns stehen und machten ein paar Fotos, folgten dann aber den Lockrufen der Souvenirgeschäfte und des Wendy's, wo nach meiner immer gleichlautenden Auskunft Chickenburger Nummer sieben ganz besonders zu empfehlen war.

Genau in dem Moment, in dem ein äußerst selbstzufriedener Matthew wieder auf der Bildfläche erschien, waren es die Niagarafälle leid, dass alle Welt sie ignorierte. Und noch ehe er sich zu uns setzen konnte, explodierte oberhalb der Fälle ein phänomenales, ohrenbetäubendes Feuerwerk, das wunderhübsche, bunte Muster auf das Wasser warf.

»Wahnsinn.« Ohne seinen Blick vom Himmel abzuwenden, nahm er langsam Platz. »Seht euch das mal an.«

Und genau das taten wir. Eine Viertelstunde lang saßen wir schweigend da und beobachteten, taub für all die Ohs und Ahs um uns herum, die einmalige Show. Emelie legte sogar die Pommestüte weg, nahm mich und Matthew bei den Händen und stieß einen ehrfürchtigen Seufzer aus. Schon die Niagarafälle selbst waren einfach wunderschön gewesen, doch ich hatte Feuerwerke immer schon geliebt, und so setzte dieses Schauspiel ihnen noch die Krone auf. Sicher gab es auch Puristen, deren Meinung nach man des Guten auch zu viel tun konnte, doch sie irrten sich. Schluss, aus. Ein Feuerwerk über den Niagarafällen, eine vollständige Liste und zwei wirklich wunderbare Freunde. Was konnte ich mehr verlangen? Außerdem waren wir drei zusammen nie zuvor so still gewesen, ohne dass etwas im Fernsehen lief.

Ein – aus verschiedenen Gründen – denkwürdiger Augenblick.

Ich stand kurz davor, erneut in Tränen auszubrechen, als ein lautes, maskulines Schniefen rechts von mir mich innehalten ließ. Dicht gefolgt von einem femininen Schluchzen links.

»Weint ihr etwa?«, fragte ich, als ich vier nasse Wangen sah. »Alle beide?«

»Es ist einfach wunderschön. Und ich bin einfach echt glücklich«, heulte Matthew.

»Ja«, stimmte ihm Em mit rauer Stimme zu. »Und auch wenn es deine Liste war und so, kommt es mir so vor, als hätten wir alle zusammen ein Abenteuer durchgestanden und dabei jede Menge darüber gelernt, was es bedeutet, füreinander da zu sein und Dinge miteinander durchzustehen.«

Womit sie mir aus der Seele sprach. Denn ohne Emelie und Matthew wäre ich ein elendiges Wrack, das sich im Gästezimmer seiner Mum vor aller Welt verbarg. Oder – noch schlimmer – ich hätte Simon wieder aufgenommen, und es wäre wieder alles, wie es jahrelang gewesen war. Inzwischen aber hatte ich gelernt, dass wir alles konnten. Dass ich alles konnte. Mir die Haare färben, joggen, eine Tätowierung machen lassen, meinen ersten Schwarm ausfindig machen, obszön teure Dinge kaufen, einfach, weil sie mir gefielen, einen Brief an meinen Exfreund schreiben und ihm unverblümt erklären, was für ein Idiot er war, etwas Bungee-Sprung-artiges unternehmen, die Gesetze übertreten, an mir unbekannte Orte reisen und einen Begleiter für die Hochzeit meines Vaters finden, der mir das Gefühl gab, perfekt zu sein, so wie ich war, weil er einer meiner besten Freunde war.

Sinn und Zweck der Liste war nicht nur, die Punkte abzuhaken und danach nicht mehr daran zu denken, sondern etwas über mich zu lernen. Und das Wichtigste, was ich gelernt hatte, war, dass ich tun und lassen konnte, was ich wollte, weil ich eine selbstbewusste Frau mit jeder Menge Power war. Und vielleicht war die Sache mit Dan ja auch eine Lektion. Die echt weh tat, aber mir wahrscheinlich trotzdem etwas zeigen sollte. Dass ich die Zurückweisung durch ihn verwinden würde, weil ich sogar dafür die erforderliche Kraft besaß. Jawohl.

Nachdem das Feuerwerk geendet hatte und wir noch die letzten Pommes aufgegessen hatten, hievten wir uns von der Bank und schlurften dorthin zurück, wo der Wagen stand. Es bereitete mir beinahe körperliche Schmerzen, die phänomenalen Wasserfälle wieder zu verlassen. Ich war immer noch total euphorisch, doch zugleich auch panisch, weil dieses Gefühl wahrscheinlich nicht von Dauer war. Aber Jeremy hatte tatsächlich noch drei freie Plätze in dem Flieger morgen früh für uns organisiert, und so kämen wir bereits um zehn am nächsten Abend, gut zwölf Stunden früher als geplant, wieder in London an.

Hoffentlich war das noch früh genug.

Die Rückfahrt zum Hotel verlief erheblich ruhiger als die morgendliche Reise zu den Niagarafällen, hauptsächlich, weil Em laut schnarchend auf der Rückbank lag, statt die Fahrer von diversen LKWs mit Handzeichen zu bitten, möglichst laut zu hupen, während sie aus voller Lunge »Auuusflug« aus dem offenen Fenster schrie.

Aus irgendwelchen Gründen fehlte mir der Krach, doch während ich schweigend aus dem Fenster starrte, breitete sich eine ungeahnte Zuversicht in meinem Innern aus. Ja, ich hatte einem Mann gesagt, dass ich ihn gernhatte, oder es wenigstens versucht, und auch wenn er meine Andeutungen nicht erwidert hatte, hatte ich sie ausgesprochen und stand im Begriff, den nächsten Schritt zu tun. Saß nicht einfach nur herum und hoffte, alles würde von alleine besser, denn inzwischen war mir klar, dass man dadurch höchstens sicherstellen konnte, dass niemals etwas geschah.

Wir erreichten das Hotel unglaublich schnell, denn offensichtlich hielt auch Matthew sich mit einem Mal an meine Liste und hatte sämtliche Geschwindigkeitsbegrenzungen in unserem Gastland einfach ignoriert. Und indem er einfach etwas mehr aufs Gaspedal getreten war, hatte er die für gewöhnlich zweistündige Fahrt mühelos auf anderthalb Stunden verkürzt.

Er übergab den Wagen dem Portier, zerrte unsere Freundin vom Rücksitz und fand sich damit ab, dass er sie würde tragen müssen, während ich die unzähligen Snacktüten aufsammelte, die überall im Wageninneren verteilt waren.

»Miss Summers?«, rief dieselbe junge Frau, an der ich schon am Vorabend ohne Erfolg vorbeigeschlichen war. »Ich habe ein Paket für Sie.«

»Ein Paket?«, fragte ich ehrlich überrascht. Vielleicht hatte mir ja Ethan einen abgehackten Pferdekopf geschickt. Ich war immer noch ein bisschen überrascht, weil er meine Facebook-Nachricht bisher einfach übergangen hatte, aber irgendwie kam er mir nicht wie jemand vor, der tote Welpen in Kartons steckte und dann verschickte oder so. Ich legte meine Snacktüten auf dem Empfangstisch ab und öffnete die große blaue Schachtel, auf der tatsächlich mein Name stand. Darin lag auf einem Polster aus wunderschönem goldenen Stoff eine kurze Nachricht. Sie war von Jenny.

Rachel, tut mir leid, dass ich nicht länger bleiben konnte. Die Geschichte mit deiner Liste hat mir wirklich Spaß gemacht! Hier ist eine Kleinigkeit, von der ich hoffe, dass du sie auf der Hochzeit deines Dads gebrauchen kannst, mit oder ohne Date. Hau sie alle um. Alles Liebe, Jenny.

Die Empfangsdame war mindestens so aufgeregt wie ich. Ich legte die Karte an die Seite und griff nach dem goldenen Stück Stoff. Nur war es kein Stück Stoff, sondern ein betörend schönes, blassgoldenes Kleid mit dreiviertel langen Ärmeln, einem geraden Ausschnitt sowie einem weit schwingenden Tüllrock, der mir, wie es aussah, bis kurz unter die Knie reichte und aus derart vielen Stofflagen bestand, dass sie unmöglich zu zählen waren. Ein so schönes Kleid hatte ich nie zuvor auch nur gesehen. Ich hielt es vor meinen Körper, hob den Kopf und sah die Rezeptionistin an. Sie hatte Tränen in den Augen und hielt ihre Hand vor den Mund.

»Es ist einfach wunderschön«, hauchte sie nach einem Augenblick.

»Ich weiß«, stimmte ich ihr mit derselben ehrfürchtigen Stimme zu.

Dies war der endgültige Beweis. Jenny war kein Mensch

aus Fleisch und Blut gewesen, sondern meine gute Fee. Ich hielt mir das Kleid noch einmal vor den Körper und starrte in die Spiegelwand der Eingangshalle des Hotels. Ja, Aschenputtel, sagte ich mir, als der goldene Ton des Stoffes meine Haut zum Glänzen brachte und das Rot von meinen neuen Haaren seidig schimmern ließ. Du wirst nun zum Ball gehen.

20

»Ich komme!«, brüllte ich und stürzte in meinem wunderschönen Goldkleid, den geborgten, wunderbar grazilen Jimmy Choos, die Clutch unter dem Arm, einen Diamantstecker im Ohr, den anderen in der Hand, in Richtung Tür. Doch das Klopfen ließ nicht nach.

»Oh, Miss Summers, Sie sehen einfach bezaubernd aus.« Elegant in einem neuen grauen Anzug und mit einem passend zu meinem Kleid blassgoldenen Schlips betrat Matthew meinen Flur. »Nein, wirklich, du siehst fantastisch aus.« Er beugte sich zu mir herab und küsste vorsichtig die Luft neben meiner Wange, damit mein Make-up erhalten blieb.

»Du hast dich aber auch echt schick gemacht«, bemerkte ich, und er drehte sich einmal um sich selbst. »Ich bin fast fertig.« Ich kehrte noch mal ins Wohnzimmer zurück. »Warum hast du dich nicht einfach selber reingelassen?«

»Weil ich einen großen Auftritt haben wollte«, rief er aus dem Flur. »Hast du die Bilder alle alleine aufgehängt? Sehen gut aus.«

»Ich bin durchaus in der Lage, einen Nagel in die Wand zu schlagen«, antwortete ich und trug noch eine letzte Schicht schwarzen Mascara auf meine Wimpern auf. »Ich habe sie gestern aufgehängt.«

Nachdem wir in London gelandet waren, hatte ich

mich in der Hoffnung, dass er nicht schon nach L.A. geflogen wäre, sofort auf den Weg zu Dan gemacht. Doch er war nicht da, und die Nachbarin, die hatte nachschauen wollen, was der Grund für all den Lärm vor ihrer Haustür war, hatte ihn bereits den ganzen Tag nicht mehr gesehen. Ich war also zu spät, denn er hatte sich schon auf den Weg gemacht. Statt jedoch zur nächsten Brücke hatte ich mich von dem Taxi, das mich zu Dans Haus gefahren hatte, auf direktem Weg zu meiner Wohnung bringen lassen, um in Ruhe abzuwarten, bis der blöde Kerl von selber mit mir reden wollte. Und da das wahrscheinlich eine ganze Weile dauern würde, hatte ich beschlossen, erst mal meine Wohnung neu zu dekorieren, denn das lenkte mich vielleicht ein bisschen ab.

Also hatte ich, nachdem ich ein paar Stunden geschlafen hatte, eine Joggingrunde durch den Park gedreht und danach im Flur die Trauerränder an den Stellen, wo ich all die Simon-und-ich-Fotos abgenommen hatte, übermalt. Dann war ich am Freitag, nach einem erneuten Läufchen, zu Ikea aufgebrochen und hatte mir eine ganze Kiste voll neuer Bilderrahmen zugelegt. Für das Bild von meinem neuen Haarschnitt, meine Eintrittskarte für die Party im Savoy, den Zettel mit der Telefonnummer von Ashley, meine Quittung von Agent Provocateur, eine Aufnahme von meiner, Emelies und Matthews Tätowierung sowie mehrere tausend Aufnahmen von meinem Flug im Bungee-Ball und mir und meinen beiden besten Freunden an den Niagarafällen. Innerhalb von nur zwei Wochen war es mir gelungen, den gesamten Flur in meiner Wohnung umzuschmücken. Und in meinem Wohnzimmer, direkt über der Couch, in einem riesengroßen schwarzen Rahmen, prangte eine hoffnungslos zerfledderte Serviette, die mit blauem und schwarzem Kugelschreiber vollgekritzelt war.

»Ist Emelie schon weg?« Matthew kam ins Wohnzimmer gewandert und griff nach der neuen *Mad-Men*-DVD, die auf dem Fernseher lag. »Dann fährt sie also nicht mit uns?«

»Sie ist gestern Abend heimgefahren.« Ich warf einen letzten Blick in meinen Spiegel. Meine Haare glänzten, mein blassgoldenes Kleid war makellos, mein Make-up war frisch und – entsprechend der Erfahrungen der letzten Woche – wasserfest. »Ich glaube, sie wollte nicht, dass Paul sie hier bei mir abholt.«

»Was ich gut verstehen kann.« Lächelnd blickte er auf mein künstlerisches Meisterwerk. »Ich nehme an, sie muss allmählich sowieso wieder in ihre eigene Wohnung ziehen, denn du lässt uns schließlich gnadenlos im Stich.«

»Nun ja«, stimmte ich zu. »Wenn sie schon allein sein muss, kann sie das auch genauso gut bei sich zu Hause sein. Außerdem soll sie sich unterstehen, mit meinem Bruder hier in meiner Wohnung etwas anzufangen. Denn total okay ist die Sache für mich noch immer nicht.«

»Wann genau geht's noch mal los?«, erkundigte er sich.

Kurz nachdem ich den Versuch, Dans Haustür einzuschlagen, aufgegeben hatte, hatte sich Veronica bei mir gemeldet und verkündet, dass der Job in Sydney tatsächlich an mich gegangen war. Die Maskenbildnerin, die ursprünglich für diesen Job gebucht war, hatte einen Rückzieher gemacht, als sie vernommen hatte, dass nicht Dan die Fotos machen würde, und der hatte zuvor einen Rückzieher gemacht, weil er dachte, der Job der Maskenbildnerin sei an mich gegangen. Eine solche Ironie des Schicksals gab es nicht mal in den Liedern von Alanis Morissette. Die Australier hatten mich nur deswegen gebucht, weil sie von Dan im Stich gelassen worden waren. Und ich bekam nur deswegen die Chance meines Lebens, weil ich ihn im Stich gelassen hatte. Oder vielleicht doch er mich? Egal, jedenfalls hatte er bei unserem letzten Telefongespräch keinen glücklicheren Eindruck als ich selbst gemacht, und jetzt hatten wir beide zwei Jobs auf zwei verschiedenen Kontinenten, nur, weil er sich geweigert hatte zuzuhören. Und auch wenn ich durchaus einen Teil der Schuld an unserem Dilemma auf mich nahm, war der Hauptschuldige ganz eindeutig er.

»Ich fliege morgen Abend.« Ich nahm die Hochzeitseinladung, die auf der Sofalehne lag, und breitete zum Zeichen, dass wir gehen konnten, beide Arme aus. »Abflug ist um zehn.«

»Ich kann dich gerne fahren.« Matthew bot mir seinen Arm. »Wenn du mir dafür ein paar Gläser Vegemite mitbringst.«

»So, ihr zwei, seid ihr bereit?« Kaum streckte Stephen seinen Kopf bei uns herein, fing Matthew an zu strahlen wie ein Honigkuchenpferd. »Ich parke in zweiter Reihe, und es kommt kein Schwein an mir vorbei. Rachel, du siehst echt unglaublich aus.«

Als geborener Glückspilz, der ich war, hatte ich inzwischen sogar zwei Begleiter für die Hochzeit meines Dads. Und, so wie die zwei einander in die Augen sahen, würde es bestimmt nicht lange dauern, bis die nächste Einladung zu einer Hochzeitsfeier kam. Seit wir wieder hier in London waren, hatte Stephen jeden wachen Augenblick genutzt, um mich und Emelie davon zu überzeugen, dass er doch der Richtige für Matthew war. Und das gehörte sich aus unserer Sicht auch so. Denn auch wenn ihm Matthew eine zweite Chance geben wollte, hatten Em und ich ihm rundheraus erklärt, dass er erst einmal nur auf Bewährung wieder unser Kumpel wäre. Und dass in den kommenden sechs Monaten ein falscher Blick genügen würde, um ihm an die Kronjuwelen zu gehen.

»Sollen wir?«, fragte Matthew und bot mir noch einmal seinen Arm.

Ich schlug schnell mein kleines pinkfarbenes Büchlein auf – Einladung, Wegbeschreibung, Karte und Geschenk – okay, alles war da.

»Wir sollen«, sagte ich, versank in einem kleinen Knicks und nahm den angebotenen Arm. Und da ich Männern erst mal abgeschworen hatte, hielt ich in nächster Zeit bestimmt auch kein anderes männliches Körperteil mehr in der Hand.

Emelie und Paul erwarteten uns vor der Kirche, und auch wenn es schmerzlich für mich war, das zuzugeben, sahen sie zusammen wirklich glücklich aus. Paul hatte sich das wirre Ewok-Haar gewaschen, und Em schien in meinem blassblauen Seidenkleid und den süßen, kleinen Spitzenhandschuhen regelrecht zu glühen. Nur leider wartete außer den beiden noch jemand auf mich.

Ich war die Erste, die Simon ein wenig abseits stehen sah. Wahrscheinlich spürte man nach einer fünfjährigen Beziehung einfach, wenn der andere in der Nähe war. Sein Wagen, unser Wagen, stand ein Stück den Weg hinab, und er selber hatte sich an einen Grabstein angelehnt. Er trug seinen besten Anzug und hatte sein etwas zu langes dunkelblondes Haar sorgfältig gekämmt. Den letzten Friseurtermin hatte er eindeutig verpasst.

»Keine Bange«, meinte Matthew, als sich Paul die Ärmel seiner Jacke bis zu den Ellenbogen schob. »Wir sagen ihm, dass er verschwinden soll.«

»Nein.« Ich schirmte meine Augen mit der Hand gegen die Sonne ab. Es war Simon deutlich anzusehen, dass er keinen Ärger machen wollte. Er sah furchtbar traurig aus. »Ich werde mit ihm reden. Geht ihr anderen schon mal rein.«

Da sie sahen, dass es mir ernst war, liefen sie den Weg hinauf, während ich in die andere Richtung ging. Es würde ganz bestimmt nicht lange dauern.

»Simon?«

»Rachel?« Simon blinzelte, riss dann aber verblüfft die Augen auf. »Bist du das?«

»Mir ist klar, dass es inzwischen eine Weile her ist, aber trotzdem hätte ich gedacht, dass du mich noch erkennst.« Ich kreuzte meine Arme vor der Brust. »Was machst du hier?«

»Deine Haare.« Er starrte mich so lange an, bis es nicht mehr einfach lächerlich, sondern richtiggehend lästig war. »Du siehst fantastisch aus.«

»Danke«, antwortete ich. Zumindest sah ich wirklich super aus, und ich atmete erleichtert auf. Seit der Nacht im Flur, in der ich ihm in einem schmuddeligen, alten T-Shirt und in schlabberigen Boxershorts begegnet war, hatte ich es ziemlich weit gebracht. »Aber noch mal – was machst du hier?«

»Tja, du wolltest am Telefon nicht mit mir reden«, antwortete er und hielt seine im Wind flatternde Krawatte fest. Er hatte einfach kein Talent zum Schlipse-Knoten, und das schmale Ende war mal wieder viel zu lang. »Und ich weiß, dass du es hasst, wenn du alleine auf Familienfeiern gehen musst. Deshalb dachte ich, ich komme mit.«

»Ich bin aber gar nicht alleine.« Ich zeigte auf Matthew und auf Paul – die entgegen meiner ausdrücklichen Anweisung noch draußen auf den Stufen vor der Kirche standen und versuchten, möglichst drohend auszusehen. Dabei wirkten sie jedoch nicht wie die Mitchell-Brüder, sondern eher wie Dick und Doof. »Und wenn ich mit dir reden wollte, hätte ich mich schon bei dir gemeldet.«

»Ich habe dich gar nicht erkannt«, erklärte er. »Als du da drüben standest, war mir gar nicht klar, dass du das bist. Was hast du mit deinen Haaren gemacht?«

Meine Haare. Immer ging es nur um meine Haare.

»Simon, wir sind auf der Hochzeit meines Dads. Glaubst du also nicht, dass dieser Tag auch so schon ziemlich ätzend für mich ist, ohne dass du jetzt auch noch hier stehst und diese blöde Schau abziehst?« Ich schüttelte den Kopf. »Fahr einfach wieder heim.«

»Rachel, hör mir zu.« Er schob sich vorsichtig ein bisschen näher, aber ich wich keinen Millimeter vor dem Kerl zurück. »Ich weiß, dass du bestimmt noch sauer auf mich bist, und dazu hast du auch alles Recht der Welt, aber es tut mir wirklich leid. Kannst du mir nicht einfach eine zweite Chance geben? Sag mir einfach, was ich machen soll, und ich mache es.«

Wahnsinn. Sag mir einfach, was ich machen soll. Ich fragte mich, ob er sich von mir in einem Fass die Niagarafälle hinunterstoßen lassen würde, und seufzte leise, weil er in einem wirklich jämmerlichen Zustand war. Die einstige Liebe meines Lebens. Der Mann, von dem ich mir vorstellen konnte, dass er der Vater meiner zukünftigen Kinder wäre. Das war, bevor ich gelernt hatte, dass es nicht richtig war, sich einfach mit der zweiten Wahl zu begnügen. Ich hatte keinen Zweifel daran, dass er es tatsächlich ehrlich meinte: Er sah völlig fertig aus. Nähme ich ihn jetzt zurück, würde er sich mindestens ein halbes Jahr lang hervorragend benehmen und mich sogar vielleicht bitten, seine Frau zu werden. Und es wäre herrlich, nachts nicht mehr allein in meinem Bett zu liegen, jemanden zu haben, wenn ich abends in die Wohnung käme, jemanden, der für mich sorgte.

Aber dieser Jemand würde jemand anders sein. Und bis ich wüsste, wer, war ich durchaus in der Lage, selbst für mich zu sorgen.

»Tut mir leid, Simon.« Ich trat auf ihn zu, nahm ihn flüchtig in den Arm und rückte seinen Schlips zurecht. »Es würde nicht mehr funktionieren. Also fahr nach Hause.«

»Aber was ist mit der Wohnung? Mit dem Wagen? Mit Kroatien?«, fragte er verzweifelt.

Hmm. Hatte nicht ich selber vor zwei Wochen haargenau dieselben Argumente vorgebracht?

»Meine Mutter sagt, dass sie dich ausbezahlen will«, erklärte ich ihm, dankbar, dass sie deutlich besser mit Geld umzugehen verstand als ich. »Der Wagen gehört dir, ich habe ihn sowieso fast nie benutzt. Wir werden dafür sorgen, dass du deinen Anteil an der Wohnung möglichst bald von uns bekommst. Und nach Kroatien wirst du wohl mit jemand anderem fahren müssen, weil ich nämlich bereits praktisch auf dem Weg nach Sydney bin.«

»Nach Sydney in Australien?« Inzwischen war ihm anzuhören, dass er sich geschlagen gab, und ich hatte das Gefühl, zuzusehen, wie er schrumpfte, während ich in meinen hochhackigen Schuhen zu wachsen schien.

»Ich habe dort einen Job.« Ich nickte mit dem Kopf.

»Wenn ich wieder da bin, rufe ich dich an. Dann können wir die Sache mit der Wohnung klären.«

Und mit einem letzten Kuss auf seine Wange drehte ich mich auf dem Absatz um, marschierte den Weg wieder hinauf, nahm Matthews Hand und schloss das Kapitel Simon ein für alle Male ab. Dadurch hätte ich diese Beziehung wahrhaft würdevoll und elegant beendet, wäre nicht mein Bruder noch mal rausgelaufen, um den armen Simon vor den Augen des Pfarrers unter lautstarken Verwünschungen den Weg hinabzujagen, bis dieser mit Tränen in den Augen in sein Auto sprang.

Mein Bruder, mein Beschützer.

Wie auch seine beiden anderen Hochzeiten, auf denen ich in nichtfötaler Form zu Gast gewesen war, war auch diese Hochzeit meines Vaters einfach wunderschön. Aber schließlich sollte man auch meinen, dass ein Mann sich nach so vielen Ehen auf die Kunst des Heiratens verstand. Eines musste ich ihm lassen: Er sah tatsächlich so aus, als meinte er die Worte, die er sagte, ehrlich. Und er konnte auch kein völlig schlechter Mensch sein, denn sonst säßen meine Mum und seine zweite Frau Theresa nicht nebeneinander in der Kirche und vertrieben sich die Zeit während der Trauung mit vergnügten Plaudereien. Vielleicht tauchte seine dritte Frau ja dann bei der nächsten Hochzeit auf. Man sollte ihr zumindest eine Hochzeit Pause gönnen, bis ihre Enttäuschung überwunden war.

»Rachel Summers«, krähte eine mir bekannte Stimme hinter mir. »Du siehst einfach bezaubernd aus.«

»Tante Beverley.« Ich fragte mich, ob es die Hochzeitsetikette zuließ, dass ich eine ältliche Verwandte umstieß und dann irgendwo hinter den Grabsteinen in Deckung ging. Mit achtundzwanzig Jahren war das sicher nicht okay. Vielleicht könnte ich ja einfach einen von den jüngeren Cousins dafür bezahlen. Oder Matthew bitten, es für mich zu tun.

»Das Kleid ist rundherum entzückend«, meinte sie und zog meine Arme an die Seiten, um es sich genauer anzusehen. Um zu gucken, wo sich mir das Messer am geschicktesten zwischen die Rippen stoßen ließ. »Fast wie ein Hochzeitskleid, nicht wahr? Aber trotzdem sehe ich noch immer keinen Ring an deinem Finger. Was die reinste Schande ist. Wie alt bist du? Dreißig? Einunddreißig?«

Ahh, der Angriff war eröffnet. Da gab es nur einen Weg, um mich zu wehren, und zum Glück war Rotschopf Rachel nicht zu ängstlich, um auf passiv-aggressive Zickigkeit mit passiv-aggressiver Zickigkeit zu reagieren.

»Oh, verflixt, ich habe ihn doch nicht etwa verloren?« Ich riss meine Hand zurück und hielt den Ringfinger vor mein Gesicht. »Matthew wird wahrscheinlich ausflippen, wenn er das merkt.«

»Du bist verlobt?« Sie klang etwas verwirrt. Aber schließlich war sie alt und wirkte stets etwas verwirrt. »Mit diesem jungen Mann?«

Wir beide blickten dorthin, wo der junge Mann die Liebe seines Lebens auffällig begrapschte. Dabei war die einzige Bedingung für das Mitbringen seines Freundes gewesen, dass er gegenüber Tante Beverley so tat, als wäre er mit mir verlobt. Nur dass gegen eine junge Liebe offenbar kein Kraut gewachsen war.

»Nein, war nur ein Witz.« Ich wandte mich wieder meiner Tante zu und sah sie mit meinem strahlendsten Lächeln an. »Wir gehen nur ab und zu miteinander ins Bett.«

»Oh.« Sie ließ meine Hand erschrocken los. »Also bitte, Rachel.«

»Ja, ich weiß, er steht zugleich auf Männer, aber du weißt ja, wie die Männer sind. Sie können einfach nie genug bekommen, und wenn sie ihn lassen würde, fiele er wahrscheinlich sogar über eine Ziege her.« Ich beugte mich vor und nahm sie viel zu lange viel zu innig in den Arm. »Ciao, Bev. Grüß auch Onkel Alan.«

Lächelnd und mit einem Lied im Herzen schlenderte ich über den Rasen. Denn ich brauchte gar keinen Begleiter, um das Fest zu überstehen. Es stimmte, was Veronica behauptet hatte. Welche Frau brauchte schon einen Mann, wenn ihre Eier dicker waren als die von jedem Kerl?

Bis zum Abend hatten alle festgestellt, dass die Hochzeit ein Erfolg war, und vor allem, dass ich in meinem goldfarbenen Kleid echt toll aussah. Eigentlich hätte ich Schuldgefühle haben sollen, denn ich stahl der Braut die Schau, aber da die meisten Gäste – darunter auch Paul – sich nicht mal ihren Namen merken konnten, war es mir egal. Außerdem war sie viel zu erbost, weil meine Mutter und Theresa auf dem Fest erschienen waren, um zu bemerken, wie das älteste ihrer neuen Stiefkinder gekleidet war. Obwohl sie wahrscheinlich gar nicht wusste, wer ich war. Mein Vater hatte zwischenzeitlich derart viele Kinder, dass wir praktisch eine zweite Trapp-Familie waren, zwar erheblich besser angezogen, dafür aber ohne deren musikalisches Talent.

»Wie lange gibst du dieser Ehe?« Meine Mum setzte sich zu mir an den Tisch direkt neben der Tanzfläche. »Ich finde sie sympathisch, sie hat eine positive Energie.«

»Ein, zwei Jahre?«, schlug ich vor.

»So weit würde ich nicht gehen. Ein Jahr maximal.«

»Ich dachte, dass sie dir sympathisch ist?«

»Deshalb gebe ich den beiden ja auch nur ein Jahr«, klärte sie mich lächelnd auf. »Weil sie viel zu gut für deinen Vater ist.«

»Und ihr zwei behauptet, dass ihr Freunde seid.« Ich nippte an meinem millionsten Champagner und lächelte meiner besten Freundin zu, als sie und Paul mit meinem Dad und seiner neuesten Frau den Tanz eröffneten. Die beiden waren einfach unzertrennlich, und auch wenn mir ihr Geturtel furchtbar auf die Nerven ging, musste ich gestehen, dass sie zusammen wirklich gut aussahen. Ich hatte nie zuvor erlebt, dass Em von einem Typen so hingerissen oder dass mein Bruder derart aufmerksam und höflich war. Vielleicht waren sie tatsächlich füreinander bestimmt. Aber trotzdem. Grrrh. »Ich kann einfach nicht glauben, dass die zwei zusammen hier sind.«

»Sie gefällt ihm schon seit einer ganzen Weile.« Meine Mutter ließ sich frischen Champagner einschenken und stieß mit mir an. »Vielleicht solltest du dich langsam daran gewöhnen. Ich für meinen Teil wäre mit Emelie als Schwiegertochter deutlich glücklicher als mit den meisten anderen jungen Damen, von denen ich bisher gehört habe.«

»Junge Damen?«

»Ganz genau«, antwortete Mum. »Und Matthew ist wieder mit Stephen zusammen?«

»Ja«, bestätigte ich ihr. »Wie es aussieht, gibt es Fälle, in denen eine Auszeit funktioniert. So glücklich wie im Augenblick habe ich die beiden nie zuvor erlebt.«

Ich drehte mich auf meinem Stuhl, damit sie mein strahlendes Lächeln und meine gepflegten Hände sah. »Hast du noch nicht gehört? Ich habe eine Dreiecksbeziehung mit zwei schwulen Jungs. Das ist das Hauptthema auf diesem Fest.«

Tante Beverley hatte dieses Gerücht in Windeseile unters Volk gebracht.

»Tja, nun, ich habe es gehört.« Meine Mum stieß einen Seufzer aus. »Ich habe Bev erzählt, ich hätte euch alle letztes Jahr zum Weihnachtsessen eingeladen, und die beiden würden Mutter zu mir sagen.«

Meine Mum war wirklich wunderbar.

»Aber jetzt erzähl mir erst mal, wie es wirklich bei dir läuft? Bist du okay?«

»Auf jeden Fall«, gab ich zurück. »Oder ich werde es zumindest wieder sein. Aber ja, auf der Arbeit läuft es gut, meine beste Freundin und mein bester Freund sind glücklich, mein Bruder hat endlich eine Freundin, bei der er sich keine widerlichen Krankheiten einhandeln kann, und du sitzt lächelnd da. Was könnte ich mehr verlangen?«

»Ich habe Simon vorhin draußen gesehen«, ging sie genauso achtlos wie seit siebenundzwanzig Jahren über meinen Kommentar hinweg. »Seid ihr …?«

»Auf keinen Fall.«

»Gut.«

»Weshalb sollte ich wohl meine Zeit mit einem Skorpion vergeuden?« Ich stieß meine Mutter von der Seite an und nippte abermals an meinem Glas, während meine angeblichen Liebhaber sich zu den Klängen eines Blues die Arme um die Hälse schlangen. Und sofort brach der gesamte Saal in lautes Murmeln aus. »Ich halte mich erst mal etwas von den Männern fern. Es hat schließlich keinen Sinn, meine Zeit mit dem Falschen zu vergeuden.«

»Freut mich, dass du das endlich so siehst«, erklärte

Mum. »Alleinsein heißt nicht automatisch, dass man einsam ist. Wir beide, du und ich, sind aus wesentlich härterem Holz geschnitzt. Und, weißt du, ein Mann kann dich nicht glücklich machen, wenn du nicht auch mit dir selber glücklich bist.«

»Ich weiß.« Ich stellte mein Champagnerglas auf den Tisch und nahm sie in den Arm. »Tut mir leid, dass ich es dir die ganze Zeit so schwer gemacht habe. Aber bisher waren mir diese Dinge irgendwie nicht klar.«

»Du vergisst, dass du für alle Zeit mein Baby bleiben wirst.« Jetzt nahm sie mich in den Arm. »Vielleicht bildest du dir ein, dass du total erwachsen bist, aber trotzdem musst du noch viel lernen, ehe du so weise und so klug wie deine alte Mutter bist.«

»Da hast du wahrscheinlich recht.« Würde es wohl jemals leichter werden, zu akzeptieren, dass die Eltern recht hatten und man im Unrecht war?

»Miss Summers?« Matthew tauchte vor mir auf und bot mir seinen Arm, während Stephen meine Mutter formvollendet um die Ehre eines Tanzes bat.

»Sollen wir nach dem Tanz nach Hause fahren?« Matthew wirbelte mich von sich fort und zog mich dann zurück an seine Brust. »Das ist echt ein unglaubliches Kleid. Erinner mich bloß daran, dich darin nach deiner Rückkehr aus Australien an irgendeinen Ort zu führen, der seiner würdig ist.«

»Danke.« Über seine Schulter hinweg winkte ich kurz meinem glückstrahlenden Vater zu. »Vielleicht komme ich auf dieses Angebot zurück. Hast du an einen bestimmten Ort gedacht?«

»Ich habe das deutliche Gefühl, dass es Zeit für eine neue Liste ist.« Er beugte mich tief über die Tanzfläche.

»Vielleicht zehn neue Stempel in deinem Reisepass? Ein Land auf jedem Kontinent? Eine Reise durch sämtliche Staaten der USA?«

»Vielleicht sollte ich erst mal Sydney abhaken, bevor wir weitersehen?«

»In Ordnung«, meinte er und zog mich eng an seine Brust. »Ich liebe dich, Rach.«

»Ich liebe dich auch.« Ich schnupperte an seinem Hemd, drehte den Kopf und merkte, dass ein hochgewachsener Mann mittleren Alters meine Mum aus Stephens Armen zog. Es war niemand, den ich kannte, doch das Blitzen ihrer Augen war mir hinlänglich vertraut. Weshalb es auch für sie noch Grund zur Hoffnung gab. »Und falls eine kleine, alte Frau in einem dunkelblauen Kostüm dich fragt – du gehst ab und zu mit mir ins Bett.«

»Verstanden«, nickte er.

Und nach einer letzten Runde zu dem alles andere als passenden *Three Times a Lady* schlug er vor zu gehen. Womit ich mehr als einverstanden war.

Auf meine Bitte hörten wir auf der gesamten Fahrt zurück nach London Radio Magic FM. Matthew und Stephen grölten die alten Balladen mit, als hinge ihr Leben davon ab, während ich versuchte, hin und wieder einen Ton zu treffen, und nachdem unser spektakuläres *Total Eclipse of the Heart* geendet hatte, hielten wir vor meiner Wohnung an.

»Schlaf gut, meine Hübsche.« Matthew küsste mich durchs offene Fahrerfenster auf die Wange, und obwohl ich immer noch nicht wusste, ob er diese Ehre überhaupt verdient hatte, schob ich mich über meinen besten Freund, verpasste auch Stephen einen feuchten Schmatzer auf die

Backe, machte auf dem Absatz kehrt und lief auf meine Haustür zu.

Ich war glücklich, weil die besten Freunde, die ich hatte, glücklich waren. Glücklich, weil meine Familie glücklich war. Glücklich, weil ich was getrunken hatte. Bis ich eine große, finstere Gestalt auf meiner Eingangstreppe stehen sah. Warum hatte ich die Jungs nur heimgeschickt, ohne mich noch bis zur Tür bringen zu lassen? Denn jetzt würde ich in diesem wunderschönen Kleid ermordet, und die widerliche Tante Beverley würde auf meiner Beerdigung der ganzen Welt erzählen, dass ich mit einem schwulen Mann ins Bett gegangen war.

»Hi.«

Wahrscheinlich war es nicht normal, dass ein Mörder Hallo sagte.

Und es war bestimmt auch nicht normal, dass er mit einem Koffer kam.

Doch genauso wenig war ich davon ausgegangen, dass der Mörder gar kein Mörder war, sondern ein erschöpfter, unrasierter Dan. Hier vor meiner Tür. Um Mitternacht.

»Hi.« Mit wild klopfendem Herzen machte ich am Fuß der Treppe halt. »Du bist doch in L.A.«

»Und du bist betrunken«, antwortete er und zeigte auf den Koffer neben sich. »Ich bin noch gar nicht weg. Ich bin jetzt erst auf dem Weg.«

»Oh.« Krachend sank mein Herz zwischen meine Knie. »Du hast mich nicht zurückgerufen.«

»Nein.« Er legte seinen Kopf so schräg, dass ihm die Locken über seine Stirn bis in die Augen fielen. »Ich musste erst ein bisschen nachdenken.«

»Das ist gefährlich«, antwortete ich. Die Pattsituation wurde allmählich zu einem Problem. Ich war angetrunken, mir war kalt, und ich musste dringend Pipi machen. Die unheilige Dreifaltigkeit der Haustür-Dilemmas.

»Ja. Die Sache ist die«, setzte er an, schälte sich aus seinem Pulli und hielt ihn mir hin. Er war abermals aus Kaschmir, diesmal aber schwarz. Wenn wir so weitermachten, hätte ich bald eine Sammlung zu großer Pullover, dachte ich. »Ich liebe diese Frau, die mich nicht liebt, und ich habe einfach keine Ahnung, was ich deshalb machen soll.«

»In Ordnung.« Da die Ballen meiner Füße brannten und ich wirklich dringend aufs Klo musste, huschte ich die Treppe möglichst leichtfüßig hinauf. »Woher weißt du, dass sie dich nicht liebt?«

»Wenn sie meine Gefühle erwidern würde, hätte ich das doch bestimmt gemerkt.« Er atmete tief ein und nahm auf der letzten Treppenstufe Platz. Ich müsste es einfach aushalten. Und um ihn nicht zu unterbrechen, setzte ich mich neben ihn.

»Ich wusste es schon seit dem ersten Tag, als sie zu mir ins Studio kam, aber ich hatte einfach keine Ahnung, was ich machen sollte. Nie zuvor in meinem Leben hatte ich derart für jemanden empfunden, aber sie schien von mir alles andere als entzückt zu sein. Und sie hatte einen Freund, obwohl mich das, ehrlich gesagt, vorher auch noch nie abgehalten hat.«

»Du hattest eine Baseballkappe auf«, erklärte ich ihm tonlos und schickte ein Stoßgebet zum Himmel, dass der Nebel in meinem Gehirn sich lichten möge. Denn in diesem Augenblick brauchte ich all meinen Verstand. »An dem Tag, an dem wir uns zum ersten Mal begegnet sind. Bei einem Shooting für die *Cosmopolitan*.«

»Und du hast mir erklärt, du könntest mich nicht ernst

nehmen mit dieser Kappe auf dem Kopf«, führte er unsere gemeinsamen Erinnerungen weiter aus. »Aber ich weiß noch, dass ich dachte, dass du deinem Freund wahrscheinlich irgendwann den Laufpass geben würdest, weil dir klar würde, dass er im Gegensatz zu mir der Falsche für dich ist. Deshalb habe ich all meine Baseballkappen noch am selben Tag entsorgt.«

Kinnlade auf Fußboden. Das war ganz eindeutig das Romantischste, was je ein Mann für mich getan hatte. Auch wenn ich davon nichts mitbekommen hatte.

»Das hast du getan?«

»Nun, vielleicht nicht alle, aber fast alle«, schränkte er schulterzuckend ein. »Aber ich hatte nie mehr eine Baseballkappe auf, wenn du zu einem Shooting kamst. Ich habe die ganze Zeit darauf gewartet, dass du deinem Freund endlich den Laufpass gibst. Aber als es endlich so weit war, hattest du schon längst einen anderen Typen, bis ich davon erfuhr.«

»Ich war in diesen Dingen immer ziemlich schnell«, räumte ich ein. Es war wirklich seltsam. Warum hatte er seine Gefühle in sechs Jahren nie auch nur mit einem Wort erwähnt? Manchmal konnte Coolness wirklich ätzend sein.

»Doch zum Glück war auch diese Geschichte irgendwann vorbei. Aber ich sagte mir, ich sollte noch ein bisschen warten, denn ich wollte mehr als nur ein Lückenbüßer für dich sein. Also habe ich etwas zu lange abgewartet, denn kaum hattest du dich von dem Kerl getrennt, hattest du auch schon Simon kennengelernt, mit dem du praktisch gleich am ersten Tag zusammengezogen bist. Und dann habt ihr euch sogar gemeinsam eine Wohnung zugelegt, und ich dachte, jetzt ist meine Chance endgültig vertan, also habe ich angefangen, mit verschiedenen Models auszugehen, um mich von meinem Elend abzulenken. Aber dann … tja, dann … und jetzt sitzen wir hier.«

Selbst wenn mein Gehirn nicht völlig leergefegt gewesen wäre, hätte ich aufgrund der unzähligen Schmetterlinge, die in meinem Magen schwirrten, kein einziges Wort herausgebracht. Aber schwirrten Schmetterlinge überhaupt? Auf alle Fälle sorgten sie dafür, dass mir mit einem Mal speiübel war. Und das war alles andere als angenehm.

»Rachel?« Dan nahm meine Hand. »Ich würde mich unglaublich freuen, wenn du auch mal etwas sagen würdest. Irgendwas.«

»Ich war in Kanada, um einen Mann zu treffen.« Mühsam kämpfte ich gegen die Schmetterlinge und das laute Klopfen meines Herzens an. »Er war mein erster Schwarm.«

»Ich weiß, ich habe dich gebeten, irgendwas zu sagen, aber das habe ich nicht damit gemeint«, fiel mir Dan ins Wort. »Fällt dir vielleicht irgendetwas anderes ein?«

»Halt die Klappe«, herrschte ich ihn an. Seine Hand, die meine Finger hielt, war heiß. Heiß und groß und muskulös, wie der gesamte Mann eigentlich. Ich selber hatte durchaus lange Finger, aber im Vergleich zu seinen nahmen sie sich winzig aus. »Ich war also in Kanada, um diesen Mann zu treffen, und es war unglaublich nett. Er war unglaublich nett. Aber während all der Zeit, die ich mit ihm zusammen war, war das Einzige, woran ich denken konnte, du.«

»Oh.« Er stieß mich mit seinen Knien an. »Das klingt schon besser.«

»Und dann habe ich einen Bungee-Sprung an den Niagarafällen gemacht und dich angerufen, um dir das zu sagen, aber du wolltest mir nicht zuhören, und deshalb bin ich früher heimgekommen, um dich noch zu sehen, aber ich dachte, du wärst schon nach L.A. geflogen, auch wenn das, wie ich inzwischen weiß, ein Irrtum war. Also habe ich erst mal aufgegeben«, fügte ich hinzu.

»Oh.« Er legte seinen anderen Arm um meine Schultern und begann etwas abwesend, mir über den Rücken zu streichen. Bumm. Die Schmetterlinge tauchten ab, als mich ein massiver Stromschlag traf. »Das tut mir leid. Warte, du hast einen Bungee-Sprung gemacht?«

»So was Ähnliches. Weil es auf meiner Liste stand.« Ich legte meinen Kopf in meinen Nacken, um ihm ins Gesicht zu sehen. »Ich habe meinen Rückflug extra vorverlegt. Als ich dich telefonisch nicht erreichen konnte, bin ich extra früher heimgeflogen, aber als ich dann zu deiner Wohnung kam, warst du schon nicht mehr da.«

»Ich war einfach in Panik.« Er schob mir das Haar aus dem Gesicht und zog mit einer Fingerspitze die Konturen meines Ausschnitts nach. »Aber jetzt bin ich hier.«

»Nur, dass du bald fliegen wirst«, erklärte ich, verwob unsere Finger und zog sie zurück auf seine Knie. Jetzt wurde es langsam knifflig. »Noch heute Nacht?«

»Ich bin in einer Woche wieder da.« Dan drückte meine Hand, doch ich zog sie zurück. »Oder komm doch einfach mit. Geh schnell rein und pack ein paar Sachen.«

»Ich kann nicht«, stieß ich mit erstickter Flüsterstimme aus. »Ich fliege nach Australien.«

»Du bist für den Sydney-Job gebucht.« Er schloss seine Augen und machte sich von mir los. Während eines kurzen Augenblicks fiel der Strom in meinem Innern aus. »Natürlich bist du das.«

Die alte Rachel wollte ihm erklären, dass sie diesen blöden Job ganz einfach sausen lassen, dass sie einfach anrufen und sagen würde, dass sie krank geworden wäre, in Kanada festsäße oder so, um mit ihm nach L.A. zu fliegen, doch das brachte ich einfach nicht über mich. Das ließ die neue Rachel nicht mehr zu.

»Wie lange wirst du weg sein?« Er zupfte am Saum von seinem T-Shirt, sah dann aber wieder auf und blickte mich aus seinen großen braunen Augen an. »Ich bin nächsten Sonntag wieder da.«

»Ich bleibe einen Monat. Mindestens.« Jetzt nahm ich seine Hand. »Veronica meint, dass ich vielleicht noch ein paar Anschlussaufträge bekomme, also bin ich sicher eine Zeitlang unterwegs.«

Schlimmer hätte es nicht mal sein können, wenn ich Bambi hätte erklären müssen, dass die Reh-Mama erschossen worden war.

»Ich dachte, du wärst weg«, erklärte ich. »Ich dachte, dass nie etwas aus uns beiden wird. Deshalb dachte ich, es wäre gut, erst mal für eine Weile abzuhauen.«

»Dann war mein Timing echt beschissen.« Er schob sich die viel zu langen Locken aus der Stirn.

»Es war nicht unbedingt brillant.« Ein leises Lachen stieg aus meinem Hals. Dies war sicher nicht der rechte Zeitpunkt, um zu kichern, aber wenn ich jetzt nicht lachte, bräche ich in Tränen aus. »Wann geht dein Flug?«

»Erst morgen früh.« Dan trommelte mit einer Faust auf seinen Koffer. »Ehrlich gesagt, hatte ich vor, dich entweder dazu zu überreden mitzukommen oder loszuziehen und mich nach Kräften zu betrinken. Weil das schließlich ein bewährtes Mittel gegen Herzschmerz ist.«

»Es gibt gar keinen Grund für Herzschmerz«, sagte ich

nach einem viel zu langen Augenblick der Stille. »Schließlich bin ich gerade einmal einen Monat weg. Und gemessen an der Zeit, die wir danach noch haben werden, ist das kaum der Rede wert.«

Doch so fühlte es sich ganz bestimmt nicht an. Mir kam es vielmehr so vor, als sollte es einfach nicht sein. Ich hatte von Beginn an recht gehabt: Man sollte nicht auf Schmetterlinge hören, von ihrem Geflatter wurde einem übel, weiter nichts. Und über das, was Dan jetzt dachte, grübelte ich besser gar nicht nach.

»Kann ich heute bei dir bleiben?«, fragte er.

Oh. *Daran* dachte er. Jahrelange, einseitige Liebe hin und her, war er doch einfach ein Mann mit einem Schwanz.

»Ich würde gerne Ja sagen.« Ich lehnte meinen Kopf an seine Stirn. »Aber ich glaube, das ist keine so gute Idee.«

»Ich finde, das ist sogar eine ausgezeichnete Idee.« Sein Atem kitzelte mein Ohr, und meine Entschlossenheit geriet ins Wanken, als mich abermals ein Stromschlag traf.

»Ich brauche noch ein bisschen Zeit.« Es fiel mir schwer, die Worte auszusprechen, doch es musste einfach sein. »Ich will dich nicht unnötig zappeln lassen, aber ich bin irgendwie noch nicht bereit.«

»Okay.« Er löste sich abrupt von mir und stand entschlossen auf. »Also dann Plan B. Ich werde losziehen und mich betrinken. Viel Spaß in Sydney.«

»Dan, warte.« Um ein Haar wäre ich umgefallen, als ich plötzlich ganz alleine auf der Treppenstufe saß.

»Ich habe lange genug gewartet«, rief er über seine Schulter, während er den Koffer laut ratternd über die Straße zog. »Vielleicht kannst du ja einen Telefonanruf bei mir auf deine Liste setzen, wenn du aus Australien kommst.«

Natürlich hätte die Romantik es geboten, dass ich mir die Schuhe von den Füßen riss, vergaß, dass ich auf die Toilette musste, meine Beine in die Hand nahm und ihm hinterher über die Straße rannte. Doch die neue Rachel rannte Männern nicht mehr hinterher. Sie behielt die hochhackigen Schuhe an, stellte sich auf ihre eigenen zwei Beine und sperrte die Tür zu ihrer Wohnung auf.

Vier Wochen später …

Bei meinem zehnstündigen Zwischenstopp am Flughafen von Los Angeles wurde mir wieder klar, weshalb ich Fliegen hasste. Ich rutschte auf meinem unbequemen Plastikstuhl herum und wartete darauf, dass auch meine linke Pobacke wieder etwas empfand, während ich eine neuerliche Runde durch die Duty-free-Geschäfte in Erwägung zog. Denn man konnte nie zu viel günstige Toblerone haben.

Nach dem letzten Monat war das Treiben, das mich auf dem Flughafen umgab, ein regelrechter Schock für mich. Das Shooting für die Zeitschrift war phänomenal gewesen, hatte mir zahlreiche wichtige Kontakte beschert sowie eine Reihe zusätzlicher Aufträge. Bevor ich es mich versehen hatte, war ich mit mehreren Londoner Models nach Neuseeland aufgebrochen, in von Glühwürmchen erhellte Unterwasserhöhlen abgetaucht, hatte Szenen aus *Xena – die Kriegerprinzessin* nachgestellt und eine Reihe gut gelaunter, angetrunkener Abende am Strand verbracht. Was jedoch das Überraschendste von allem war: Ich war ein bisschen braun. Doch nach den ausgedehnten Weiten von Australien und Neuseeland fühlte ich mich auf dem Flughafen ein bisschen eingeengt und wollte nur noch heim. Wollte nur noch in mein Bett und mich danach bei Em erkundigen, wie sie auf die Idee gekommen war, vor einer Woche gleichzeitig mit Paul bei Facebook ihren Status auf »in einer Beziehung« umzustellen. Seit dieser Erklärung hatte ich sie über Skype nicht mehr erreicht, doch auch wenn ich mich noch immer nicht völlig daran gewöhnt hatte, dass sie mit Paul zusammen war, gab ich mir zumindest alle Mühe, möglichst tolerant zu sein.

Im Gegensatz zu Em konnten Matthew und sein alter/neuer Liebster mich ganz einfach nicht in Ruhe lassen. Lächelnd las ich seine letzten Nachrichten auf meinem iPhone durch. Matthew war so glücklich wie wahrscheinlich nie zuvor in seinem Leben, und er wollte seine Freude unbedingt mit anderen Menschen teilen. Deshalb schickte er mir Tag für Tag ausführliche Berichte über ihre Abenteuer – Gott sei Dank nur außerhalb des Betts –, und sie gingen niemals aus dem Haus, ohne dass ich wusste, was das Ziel des jeweiligen Ausflugs war. Ich vermutete, ich sollte mich geehrt fühlen, weil ihre neue, kleine Katze mir zu Ehren Rotschopf hieß, musste aber beide Daumen drücken, dass sie mich nie bitten würden, nach dem armen Tier zu sehen.

Der Einzige, von dem ich nichts gehört hatte, war Dan. Matthew hatte mir erklärt, das müsste nichts bedeuten, und als Argument für die Behauptung je nach meiner Stimmung wechselweise Sätze wie »Er muss erst mal wieder einen kühlen Kopf bekommen, nachdem du ihn zurückgewiesen hast« oder »Er will dir einfach Zeit zum Überlegen geben« vorgebracht. Ich hatte ihm mehrere E-Mails sowie eine Reihe Kurznachrichten aus Australien geschickt, doch er hatte auf keine reagiert. Wenn sich Dan so angestrengt um einen kühlen Kopf bemühen musste, war der Kampf gegen die weltweite Erwärmung sicher aussichtslos. Obwohl, mir wurde schon bei dem Gedanken an den immer noch erbosten Daniel Fraser kalt.

Ich ging ein letztes Mal die Nachrichten auf meinem Handy durch. Ich könnte meine Mum anrufen. Sie telefonierte schließlich immer gern. Und in London war es auch erst, oh, vier Uhr in der Früh. Vielleicht riefe ich sie doch erst später an. Außerdem hatte der Liebesvirus offenbar auch sie befallen, während ich auf Weltreise gewesen war. Bei meinem letzten Anruf hatte sie mit dem »Bekannten« von der Hochzeit meines Dads im PizzaExpress diniert. Zunächst hatte mich der Gedanke, dass sie mit dem Kerl in »unserer« Pizzeria aß, erbost, aber nach einer Weile war mir eingefallen, dass ich schon seit einer Weile nicht mehr dreizehn war und sie durchaus das Recht hatte, auch ohne mich in einem Restaurant zu speisen, in dem alles völlig überteuert war. Es war einfach noch zu früh, um irgendwen in England anzurufen. In Australien wären zwar die Leute schon vor einer ganzen Weile aufgestanden, aber schließlich hatte ich mich dort erst vor ein paar Stunden verabschiedet. Und um abermals etwas zu essen, war mein Magen einfach noch zu voll.

Ich könnte Ethan anrufen, der mir inzwischen wieder regelmäßig nette E-Mails schrieb. Zu meiner Schande hatte sich herausgestellt, dass er unseren Flirt von vornherein nicht ganz so ernst genommen hatte wie ich selbst, und dass er über meinen hundsgemeinen Rückzieher durch mehrere Dates mit einer Chemielehrerin seiner Schule ziemlich gut hinweggekommen war, und jetzt war es einfach nett, dass ich einen Typen, der auf Frauen stand, mit Fragen bombardieren konnte, selbst wenn dessen Antworten oft ein wenig taktlos waren. Doch was hatte ich auch anderes erwartet?

Ich gab den Gedanken an die Kommunikation mit einem anderen Menschen erst mal auf, steckte mein Handy wieder ein und machte meine Augen zu. Nur noch zwei Stunden, bis endlich mein Flieger ging.

»Hast du da ein iPhone in der Tasche, oder ist das nur die Freude, mich zu sehen?«

Meine Augen flogen wieder auf.

»iPhone«, krächzte ich. »Auf jeden Fall.«

Dort vor mir stand Dan. Er hatte ganz eindeutig nicht die letzten acht Stunden auf einem entsetzlich unbequemen Plastikstuhl verbracht. Statt zerknautscht, verkrampft und elend sah er frisch gebräunt und beinahe unverschämt zufrieden aus.

»Autsch.« Er nahm meine riesengroße Handtasche vom Nachbarstuhl, nahm statt ihr dort Platz und packte sich das Monstrum auf den Schoß. »Was bewahrst du darin auf? Sieht wie Dr. Whos Raum-Zeit-Maschine aus. Nur dass dieses Ding noch größer und blauer ist.«

»Was machst du hier?« Ich versuchte, meinen Schock in Ärger zu verwandeln, bekam aber stattdessen beinahe einen Herzinfarkt, als ich daran dachte, was für ein Gepäck ich sicher unterhalb von meinen Augen trug. Würde es vielleicht das Protokoll erlauben, dass ich schnell auf die Toilette lief und meine Tränensäcke etwas retouchierte, ehe dieser Kerl mir eine Antwort gab?

»Das ist eine seltsame Geschichte.« Er öffnete mein blaues Ungetüm und spähte vorsichtig hinein. Was. Eine. Riesenunverschämtheit. War. »Am Ende bin ich beinahe einen Monat hiergeblieben, weil ich dachte, dass ich hier ein bisschen leichter wieder einen klaren Kopf bekomme, doch aus irgendeinem Grund habe ich die ganze Zeit an dich gedacht.«

»Und es ist dir trotzdem nicht gelungen, wenigstens auf eine meiner Nachrichten zu reagieren.«

Hallo, mein Name ist Rachel, und ich gebe in den ungeeignetsten Momenten, wenn ich nicht weiß, was ich sagen soll, möglichst abfällige Kommentare ab.

»Und es ist mir trotzdem nicht gelungen, wenigstens auf eine deiner Nachrichten zu reagieren«, gab er unumwunden zu. »Denn immer, wenn ich aufgeschrieben habe, was mir durch den Kopf ging, klang es irgendwie verkehrt. Und vor allem wusste ich nicht, was du überhaupt mit deinen Nachrichten bezweckt hast, denn unsere letzte Unterhaltung hast du nie auch nur mit einem Wort erwähnt.«

Eilig dachte ich an meine Mails zurück. Es war durchaus möglich, dass ich in meinem Bemühen, möglichst cool zu wirken, ein bisschen zu weit gegangen war. Aber es war nun mal nicht einfach, jemandem sein Herz über ein Medium auszuschütten, in dem sich selbst die dümmsten Sätze speichern ließen, um sie vielleicht irgendwann mal gegen einen ins Feld zu führen. Dass das nicht ausgeschlossen war, hatte die Erfahrung mir gezeigt.

»Deshalb hatte ich gerade beschlossen, dass es an der Zeit ist heimzufliegen und mit meinem Leben fortzufahren, als Veronica mich anrief und bei dem Gespräch erwähnte, dass auch du mit einem Zwischenstopp hier in L.A. wieder auf dem Weg nach Hause bist.« Er zog vier große Packungen Toblerone aus der Tasche und sah mich mit hochgezogenen Brauen an. »Und jetzt sitzen wir beide hier.«

»Du hast denselben Flug wie ich?«

»Ich habe denselben Flug wie du.«

Er müsste endlich damit aufhören, sich an mich anzuschleichen, wenn ich unter einem Jetlag litt, völlig ermattet oder angetrunken war. Selbst in meinen besten Zeiten war ich furchtbar unentschlossen, aber wie zum Teufel sollte es jetzt weitergehen? Alles, was ich wusste, als er plötzlich neben mir in der Abflughalle saß, war, dass er mir noch mehr gefehlt hatte, als mir bewusst gewesen war.

»Netter Zufall, findest du nicht auch?« Noch immer schaffte ich es nicht, ihm ins Gesicht zu sehen.

»Nicht ganz.« Plötzlich hielt er statt der Schokolade einen Stift und mein Notizbuch in der Hand. Mein Herzschlag setzte – auf nicht gerade angenehme Weise – aus. »Es hat mich jede Menge Zeit und Geld gekostet, es zu arrangieren, dass ich dich wie zufällig Tausende von Meilen von daheim entfernt in einer Abflughalle treffe, aber irgendwie fand ich es cooler so zu tun, als hätte ich diese Begegnung nicht sorgfältig inszeniert.«

»Da hast du wahrscheinlich recht.« Ich biss mir auf die Lippe, damit sie wieder ein bisschen röter wurde. Und, o Gott, meine Haare. Sie sahen entsetzlich aus. Ich hatte Heidi-Zöpfe. Was zum Teufel hatte ich mir nur dabei gedacht?

»Jede Menge neue Listen.« Dan blätterte gut gelaunt in meinem Buch. »Du hast wirklich ein Problem.«

»Das ist ja wohl nichts Neues.« Ich versuchte immer noch herauszufinden, was hier gerade lief. Wollte Dan vielleicht nur einfach freundlich zu mir sein? »Was schreibst du da?«

Er drehte das Buch so, dass ich das Geschriebene lesen konnte. Es war eine kurze Liste, die nur drei Punkte enthielt.

Dans Entschuldigung annehmen.

Dan etwas von der Toblerone abgeben.

Ihn endlich küssen.

Und ohne auch nur im Mindesten auf die ersten beiden Punkte der Liste einzugehen, schob er seine Finger in mein Haar und zog mich so dicht an sich heran, dass sein Mund auf meinen Lippen lag. Ein noch prächtigeres Feuerwerk als bei den Niagarafällen schien in meinem Innersten zu explodieren, und die Schmetterlinge wurden ausnahmslos dahingerafft. Doch es fühlte sich grundrichtig an. Deshalb also hatte Matthew nicht gezögert, Stephen eine zweite Chance zu geben. Deshalb hatte Emelie mehr als zehn Jahre ausgeharrt, bis ich ihr endlich erlaubt hatte, mit meinem Bruder auszugehen. Ich hätte mein Leben lang auf einen zweiten, derartigen Kuss gewartet, den ich allerdings zum Glück bereits im nächsten Augenblick bekam.

»Tut mir leid, dass ich an dem Abend vor deiner Tür ein solcher Blödmann war«, murmelte er, während er vorsichtig an meinen wirren Zöpfen zog. »Ich dachte, meine Möglichkeiten wären erschöpft.«

»Ich brauchte wirklich nur ein bisschen Zeit«, wisperte ich zurück, und es war mir vollkommen egal, was für ein Schauspiel unsere Versöhnung den anderen Passagieren bot. »Aber inzwischen ist mir klar, dass das idiotisch war.«

»Es hätte kein Problem sein sollen«, widersprach er mir. »Also, was meinst du? Wollen wir unser Glück versuchen?«

»Tja.« Und nach ein paar kurzen Hmms und Ähhs fügte ich vorsichtig hinzu: »Ich schätze, dass es auf der Liste steht.«

»Auf jeden Fall.«

Ehe ich noch etwas sagen konnte, drückte Dan mir abermals die Lippen auf den Mund.

Immer musste er das letzte Wort haben.

Obwohl ... ich musste zugeben, dass dieser Punkt ganz eindeutig auf meiner Liste stand.

Dank

Herzlichen Dank an Lynne, Victoria und das gesamte HarperCollins-Team, vor allem Ellie Portch, Kate Fitzpatrick und Sarah McPhee dafür, dass sie neben vielen anderen Dingen einfach nur fantastisch sind. Außerdem eine Extraportion internationaler HarperCollins-Liebe allen bei HarperCollins Canada – fühlt euch kollektiv umarmt. Es gibt nicht genug Worte, Jubelrufe oder trunkene Umarmungen, um auszudrücken, wie tief ich Rowan Lawton und Juliet Mushens von PFD verbunden bin, weil sie mir geholfen haben, halbwegs bei Verstand zu bleiben, und schlicht und einfach die besten Agentinnen auf Erden sind. Dank auch allen meinen Freundinnen, die ihre Zeit und Energie auf den nett gemeinten Versuch verwendet haben, mich daran zu hindern, dieses Buch je zu beenden. Ein weiterer Dank dem Mietwagenverleih Enterprise dafür, dass sie mich und Nana Wright vier ganze Tage einen Wagen haben fahren lassen, obwohl wir beide ausgewiesene fahrtechnische Nieten sind, sowie dem Staat Kanada dafür, dass er uns die Grenze überqueren ließ, obwohl wir *sehr, sehr* laut »You Can Call Me Al« gesungen haben, den Niagarafällen dafür, dass sie einen so zum Staunen bringen, und dem Universum von WWE World Wrestling Entertainment schlicht für seine Existenz.

Vor allem aber geht ein RIESENDANK an meine neuen Mitarbeiterinnen, das heißt, an meine neuen Facebook- und Twitter-Freundinnen. Nie zuvor habe ich so begeistert stundenlang die Zeit vertrödelt. Dafür liebe ich euch alle sehr.

Als Lindsey ihre Facebook-Fans um ihre eigenen Checklisten für Singlefrauen bat, wurde sie mit E-Mails voller Listen, die zum Brüllen komisch, aber gleichzeitig auch aufbauend und berührend waren, überschwemmt.

Auf den nächsten Seiten sind ihre vier Lieblingslisten abgedruckt.

Line Sehested Laursens Checkliste für Singlefrauen

1. Ich benutze, wenn ich schlafe, das ganze Bett. Erst war es ein bisschen seltsam, meinen Körper auf der gesamten Matratze eines Doppelbetts auszubreiten, aber es wird sicher nicht sehr lange dauern, bis mich wieder jemand zwingt oder auf jeden Fall von mir erwartet, mich mit meiner Hälfte zu begnügen. Deshalb nutze ich das ganze Bett, solange ich es kann!
2. Ich plane meine zukünftige Hochzeit! Während man eine Beziehung hat – und nicht verlobt ist –, ist es etwas seltsam, wenn man zahlreiche Notizbücher mit Hochzeitsplänen füllt und eine gesamte Wand mit Hochzeits-Gedankenblitzen übersät. Wahrscheinlich würde ein fester Partner durch den Anblick schreiend in die Flucht getrieben, weil er das Gefühl hätte, dass ich ihn zu was drängen will, worauf er nicht vorbereitet ist. Deshalb gehe ich die Planung meiner Hochzeit einfach jetzt schon an. Mit unbegrenztem Budget, und ohne dass ich überlegen muss, ob meinem Partner eine pinkfarbene Tischdecke gefällt.
3. Ich versuche zu reisen und die Dinge, die die Welt zu bieten hat, wie gutes Essen, Jungs und alles andere, nach Kräften zu genießen. ☺ Ich werde nie wieder so jung und frei sein wie im Augenblick, und ich bin der festen Überzeugung, dass es wichtig ist, so etwas zu

tun, solange es mir möglich ist – und deshalb tue ich es auch! Auf meinen Reisen um die Welt habe ich Unglaubliches erlebt, was mich und mein Leben zum Besseren verändert hat – Dinge, die ich nicht hätte erleben können, hätte eine Beziehung mich daran gehindert loszuziehen!

4. Ich will dringend kochen lernen! Nicht, weil ich der Meinung bin, dass Kochen in einer Beziehung Frauensache ist – was sich mit meiner Einstellung als Feministin ganz eindeutig nicht verträgt –, sondern weil ich gerne koche. Nur bin ich bisher noch nicht sehr gut darin. Und, seien wir ehrlich, die Wahrscheinlichkeit, mal einen tollen Ehemann zu kriegen, ist erheblich größer, wenn du eine tolle Köchin bist. So ist es nun einmal. Trotzdem muss auch er ein toller Koch sein, damit wir uns diese Arbeit teilen können.

Katie Turners Checkliste für Singlefrauen

1. Seth MacFarlane treffen. (Ist geschafft!)
2. Seth MacFarlane heiraten.
3. Mich von Seth MacFarlane scheiden lassen $$$.
4. Hollywood als Maskenbildnerin erobern.
5. Früh in Rente gehen und den ganzen Tag lang »Doctor Who« gucken.

Stacey Cosens
Checkliste für Singlefrauen

1. Mit den besten Freundinnen die Welt bereisen und auf dieser Reise jede Menge aufregender Mädels-Abenteuer bestehen!
2. Sparen und dann zu einer schamlos exzessiven Shoppingtour nach New York fliegen.
3. Sich hoffnungslos betrinken und dann allen in der Disco zeigen, dass man die Tanzschritte der Spice Girls nicht vergessen hat.
4. Seine Freundinnen auf eine Bühne zerren, um dort an einem Karaokeabend die kitschigste Mädchenhymne der Welt zu grölen.
5. Bei einem Frauenabend daheim alles in sich reinstopfen, worauf das Auge fällt, ohne dass man deshalb Schuldgefühle hat.
6. Auf einem Tresen tanzen, ohne dass einen die Security rausschmeißt.
7. Mit seinen Freundinnen in Motto-Kostümen durch die Gegend ziehen.
8. Sich eine dramatische Frisur verpassen lassen.
9. Sich als Bäckerin versuchen.
10. Eine neue Handarbeit wie Stricken, Nähen oder Sticken lernen.

Gemma Critchleys Checkliste für Singlefrauen

1. Den BOOKMARK-Shop von Marc Jacobs in New York besuchen und mir ein paar sinnlose, aber ganz einfach wunderwunderschöne Kleinigkeiten gönnen.
2. Mich auf eine tolle Party bei berühmten Leuten einladen lassen (eine Einladung zur Hochzeit von William und Kate dürfte reichen, aber ich würde mich sogar mit der Teilnahme am abendlichen Stehempfang begnügen).
3. In etwas, das Stella McCartney nur für mich entworfen hat, auf besagte Party gehen. Oder Holly Fulton, falls Stella gerade zu beschäftigt ist. Ich bin schließlich nicht anspruchsvoll.
4. Etwas über Wein lernen. Und damit meine ich nicht nur, mein Talent auszubauen, dass ich immer weiß, welcher Supermarkt gerade drei Flaschen für zehn Pfund anbietet.
5. Außerhalb von Yorkshire leben. Technisch gesehen habe ich das schon getan, aber bisher zieht es mich irgendwie immer in die sanft wogende Hügellandschaft zurück. Wobei ich, um das zu vermeiden, wahrscheinlich das Land verlassen muss.
6. Bei der Arbeit zur »Königin des Internets« befördert werden. Ich glaube zwar nicht, dass es das schon als Berufsbezeichnung gibt, aber ich bin sicher, dass die Queen darüber mit sich reden lässt.

7. Mindestens ein Abenteuer pro Woche bestehen, selbst wenn es nur der Besuch eines neuen Pubs nach der Arbeit ist. Ich vergesse allzu oft, wie herrlich neue Abenteuer sind, bis ich zu lange nichts mehr wage und mich dann plötzlich ein Abenteuer überrascht.
8. Mein Blog-Projekt in diesem Jahr verwirklichen und es hinbekommen, Zeug zu schreiben, das halbwegs interessant ist und nach Möglichkeit auch irgendeinen Sinn ergibt. Falls Sie mal reinschnuppern wollen, gucken Sie einfach hier: http:/beatifnik.wordpress.com
9. Es endlich lernen, mich nicht mehr daran zu stören, dass meine vier jüngeren Geschwister ausnahmslos verheiratet, verlobt und stolze Eltern sind. Kein Problem mehr damit haben, dass ich eindeutig das schwarze Schaf in unserer Familie bin, weil ich mit 28 noch nicht fest gebunden bin. Schließlich ist schwarze Schurwolle was Wunderbares und bei Topshop diesen Herbst total angesagt …
10. Generell dem Leben etwas Positives abgewinnen: mich nach Kräften amüsieren, mich nicht mehr an irgendwelchen Kleinigkeiten stören, die ich sowieso nicht ändern kann, und lächelnd durchs Leben gehen. Wenn mir das gelingt, erfüllen sich die anderen Punkte auf der Liste sicher von allein.

Allen, die ihre Listen geschickt haben, herzlichen Dank!